ちくま文庫

日本語の外へ

片岡義男

筑摩書房

日本語の外へ　目次

第1部　アメリカ

第2部　日本語

第1部　アメリカ

湾岸戦争を観察した

八月二日、軽井沢、快晴

その年の夏、七月の終わり、僕は軽井沢にいた。仕事は例によって多忙だった。そうではなくても、軽井沢に本来なら僕はなんの用もない。そのときそこにいたのは、美術館の展覧会を見たかったからだ。アンドリュー・ワイエスがヘルガを描いた絵が、下絵も含めて数多く公開される展覧会だった。これはぜひ見たかった。

ホテルに泊まって仕事をして過ごし、八月の二日、夏らしい美しく晴れた暑い日、僕は午前中にその美術館へ出かけていった。ワイエスの作品を見て、僕は幸福な時間を過ごした。お昼になった。美術館のカフェテリアには屋外の部分があった。強い陽ざしが直射するテーブルを選び、僕はひとり昼食を食べた。

ふたたび、僕はワイエスの絵を見た。つきることのない散歩道を歩くような気分で、いくつもの絵を僕は何度も見てまわった。そして庭へ出た。自然の地形をうまく利用した庭園だった。そこをも、僕はさまざまに歩いた。広く芝生のスペースがあり、僕はそこに寝そべり、晴れた夏の日の空を眺めて過ごした。

横たえた体の下に草と土地の厚みを感じながら、高く広がる快晴の空と夏の陽光を、全身の感覚で僕は受けとめた。遠くにつらなる山なみの造形と、そこに直射する陽ざしの様子を見ていた僕は、いつだったかこれとそっくりの体験をしたことがある、と思った。デジャヴーではなく、それは現実の体験だった。二、三年前、おなじ季節におなじ美術館で、僕はサム・フランシスの抽象画の展覧会を見た。より遠いほうのそのとき、僕は近いほうのこのときと、まったくおなじ時間の過ごしかたをしたのだった。

山なみに当たる陽光の角度の変化が明らかに見て取れるようになってから、僕はもういちど美術館のなかに入った。本なら序文にあたるような位置に、日本語による解説のパネルが掲げてあった。読むともなく、僕はそれを読んでみた。私の絵にペシミスティックな感触があるのは、いま自分が見ているこの瞬間を、いつまでも自分のものとして持っていたいと私が願うからだろう、という意味のワイエスの言葉を僕は記憶に残した。

この言葉を彼自身の英語で読んでみたい、と僕は思った。自宅に持っているワイエスの画集には、英文の解説がかなり長く入っている。彼のこの言葉は、おそらくそこにあるだろう。帰ったらさっそく探してみよう。そう思いながら、僕は美術館を出た。ホテルまでかなりの距離があった。いい散歩だ。僕はそこからホテルまで歩くことにした。僕は歩いた。

ペシミズムの出発点について、僕は考えた。いま自分が見ているこの瞬間のこの光景を、いつまでも自分のものとして持っていたいと願うこと。それがペシミズムの出発点だ。少なくともワイエスによれば、そうだ。時間は経過していく。経過してかたっぱしから消える。そのなかで、すべてのものは変化していく。消えるものも多い。そのこと自体が、ペシミズムの土台だ。生きてこの世にあるということは、ペシミスティックにとらえてこそ、正解なのか。ペシミズムは子供の頃からの僕の趣味だ。

ホテルまで歩いて戻り、僕はロビーに入った。そこにあるすべてのものが、平凡さの権化のようだった。これをいったいどうすればいいのか、などと思いながら、その平凡さの一部分として、僕はフロント・デスクへ歩いた。デスクのカウンターには、その横幅いっぱいに、人だかりがしていた。だから僕はさらに奥へ歩き、窓に沿って配置してある革張りのソファの、空席にすわった。

テーブルをはさんで向かい側の席には、中年の男性がひとりすわっていた。日本の会社のおっさんだ。されるほうなのか、あるいはするほうなのか、接待ゴルフ以外にいまは世界を持たないまま、凡庸さを絵に描いたような服装で、心の貧しさをそのまま体つきと表情に出して、彼は地元の夕刊を読んでいた。僕に向けて広げている一面のいちばん上に、かなり大きな黒い文字で、「イラク、クエートに侵攻」とあるのを、僕は見た。

あ、戦争になる、と僕は反射的に思った。待ち構えたようにアメリカが出ていって、アラビア半島で戦争が起こる。イラクについて知っているほんの少しのことが、僕の頭のなかにスクロールされてきた。バグダッドもバスラもイラクにある。バグダッドはアラビアン・ナイトの舞台だ。バスラは、一九五〇年代のハリウッドが盛んに作った、娯楽時代劇の舞台だ。どちらも、アメリカによって、第二次大戦後のドレスデンのようになるのだろうか。イラン・イラク戦争が終わったばかりだ。軍事力その他、イラクはほとんどすべてを使い果たしているはずだ。アメリカの工作により、クエートへ侵攻したというかたちで引っぱり出され、イラクはアメリカによって叩き(たた)つぶされるのか。

フロント・デスクの前から人が少なくなっていた。僕は部屋の鍵をもらい、二階だったか三階だったかの、僕の部屋へ歩いた。部屋のあるフロアに上がると、階段のホールからいちばん奥の突き当たりに向けて、廊下がまっすぐにのびていた。階段から上がってきてその廊下へ曲がり込む角のところに、首相の警護の人がひとりだけ立っていた。首相はいちばん奥のスイートに宿泊していた。僕の部屋はそのいくつか手前だった。黙礼くらいはマナーだろうと思い、僕はその警護の人に黙礼した。その人は、きわめて丁寧に、黙礼を返してくれた。

犬にでもくれてやれ

クエートという国は、イギリスの都合によって、あるときいきなり作られた。都合とは、中東に対するイラクの影響力を削ぐことだ。イラクにとっての障害物として、イギリスは勝手に線を引いて、クエートを作った。一九二一年のことだ。同族経営の石油会社、という内容の国だ。自由や民主という観点から言うなら、現在でもこの国は箸にも棒にもかからない。

中東の石油はヨーロッパによって支配されてきた。中心であったイギリスに、やがてアメリカがとって代わった。一九五八年から、アメリカは中東へ好き勝手な干渉を開始した。こちらの政府をつぶし、情勢が変わるとこんどはそちらの政府をくつがえす、というような工作の連続のなかで、石油の支配とそのための軍事プレゼンスの確立を、アメリカは画策していった。

一九八〇年にイラン・イラク戦争が始まった。これはアメリカの工作によるものだ。アメリカの承認を得て、イラクがイランに戦争をしかけた。アメリカはどちらの国にも援助をし、戦争を八年間も続けさせた。この戦争が終わるとすぐに、こんどはイラクを、アメリカは敵として想定し始めた。このことの延長線の上に、湾岸戦争はある。

サウディ・アラビアには、アメリカの最先端軍事技術の詰まった、アメリカによるアメリカのための軍事施設が、すでに完成していた。基地だけで二十か所を数え、地下の巨大で堅牢(けんろう)ないくつかの基地を含めて、全体としての能力はすさまじい攻撃力であるという、まさに支配のための、国外での最前線のひとつだ。準備は整っていた。路線は敷いてあった。

ペルシア湾地域への支配権を獲得しようとする外部勢力によるすべての試みは、アメリカにとっての死活的な国益に対する挑戦や攻撃であると理解し、それらをアメリカは徹底的に攻撃して撃退する、というような意志と方針の決定が、一九八〇年に、アメリカの上下両院でなされた。カーター大統領の頃だ。そしてこの二年ほどあとには、徹底的に攻撃して撃退するための、緊急展開部隊が創設されたと、僕は記憶している。

国連が決議したとかいう、イラクに対する最後通牒(つうちょう)としての撤退期限というものを、記憶しているだろうか。一九九一年一月十六日、東部標準時で午後七時。この時刻が過ぎたなら、イラクに対する攻撃を開始するよう、ジョージ・H・W・ブッシュ大統領はノーマン・シュワルツコフに命令した。「戦争がリアル・タイムで茶の間に飛び込んでくる」という馬鹿げた言いかたが日本のTV報道でなされたが、この馬鹿げた言いかたも、連合軍による攻撃開始だけに関しては、正しいと言ってもいい。アメリカ国内での、夜の時間の最初のニュースという、TVのプライム・タイムに合わせた撤退期限の時間だったのだから。

中東にもし石油がなかったなら、中東に対するアメリカの態度は、「犬にでもくれてやれでしかない」と、アメリカのTVニュースの記者が、アラビアの砂漠を歩きながら報道していた。クエートやイラクのあたりには膨大な埋蔵量の石油がある。どの国もその石油を売って自国の経済の土台としている。イラクもそうだ。石油の価格は安定しているのがもっとも好ましい。だがクエートは、価格安定という基本ルールを無視して増産に増産を重ね、結果として原油価格を下落させた。

そのつどイラクは交渉で問題を解決しようとした。土中深くを斜めに掘削する技術をアメリカから提供してもらい、イラクの油田に向けて斜めに掘り、クエートは原油を盗んだという。交渉で解決しようとするイラクに対して、クエートは一貫して挑戦的だった。アメリカは戦争の準備を続け、イラクを孤立させるためのキャンペーンを展開した。核、化学、生物などの兵器を持ってなおも軍備を拡大しているイラクは、中東全域とその石油の支配を企てている、という情報戦争だ。このキャンペーンは、西側によるイラクに対する経済制裁へと実ったし、悪者としてのサダムのイメージを巨大に拡大することにも成功した。

イラクがクエートに侵攻してからのアメリカの動きは、素晴らしく速かった。イラクを可能なかぎり悪者に仕立て上げること。国連を使って西側を連合国としてひとつにまとめること。そして戦争のために世界じゅうからアメリカの軍隊をサウディ・アラビアに向けて大動員すること。この三つが重なって突進していく様子を、こういうものを見るのもひょっとしたらこれが最後かもしれない、と思いながら僕は間接的に見た。

　これは石油のためにアメリカが勝手におこなおうとしている戦争だ、という意見は日本のなかでも最初からあった。それは言ってはいけない、とたしなめる意見もあった。現代の世界では許しがたい軍事暴力に対する、自由と民主の世界ぜんたいからの応戦である、ととらえるべきだと説く意見だ。どの意見に加担しようとも、間違いなくはっきりと見えてくるものが、ひとつあったはずだ。西側つまり先進国における生活は、すべて安い石油の上に成立していて、その石油は中東で産出されているという、どうごまかしようもない事実だ。

　石油は驚嘆するほど安い。この当時、原油は一バレルにつき二十四ドル、そしてガソリンはアメリカ国内で一ガロンにつき一ドル三十八セントだった。先進国の生活は、中東からのこのような安い石油の上に立って、一蓮托生だ。先進国以外の国、つまり生活の土台が安い石油であるという段階にまでまだ到達していない国は、この構図にまったく関係ない。ちなみに、高度経済成長期の日本は、原油を一バレル五ドルで買えていた。これは高くなってからの値段であり、それ以前は二ドルしなかった。

　九月十五日、アメリカ軍の動員には遅れが出ているという報道を、アメリカ国内のTVニュースで僕は見た。海路による輸送のための予備の船舶群が、軍事予算の削減の影響を受けて機能が落ちているからだ、という説明がされていた。部分的には機能不全のところがあっても、ぜんたいとしてアメリカ軍の動員はすさまじい速度で進行していた。九月十七日には、八月二日からの動員総数は十七万七千名に達し、その経費は二十億ドルに達したという。動員開始から五十五日めになると、動員数はこれより二万名増え、経費は三十億ドルに達したそうだ。必要がなくなればただちに引き上げるが、必要なあいだはいつまでも無期限に、六か月交替で中東に駐在する、という方針が決定された。アメリカ市場での原油の価格は、早くも四十ドル近くまで上昇していた。

ウエイ・オヴ・ライフを守る

アメリカによる中東の石油の支配とは、その価格をそのときどきの自分のつごうに合わせて、上げたりも下げたりも自由にしたい、ということだ。そのためには、中東の産油国のなかで、アメリカは発言権を強化しなくてはいけない。さらにそのためには、攻撃力の大きな軍事プレゼンスを、アメリカは中東に持っていなければならない。ここでなにかあったとき、ここを守れるのはアメリカだけだ、と常に言っていられる状態を作っておくためだ。

イラクを悪者にするキャンペーンを画策していったアメリカは、一九九〇年二月のある日を境にして、サダムをアラビアの砂漠に暴力で君臨しようとする悪の大王にし始めた。そのキャンペーンは西側によるイラクの経済制裁を引き出した。クエートはイラクを挑発し続けた。交渉で解決しようとするイラクに対して、アメリカの後ろ楯に全面的に頼っていたクエートは、イラクの求めにまともには応じなかった。

イランのイスラム原理主義を敵とした西側によって、イラン・イラク戦争を八年間も戦わされたイラクは、国力をほとんど使い果たしていた。疲労しきった国内には、莫大な額の借金だけが残っていた。石油を売るほかに国家としての収入のないイラクにとって、石油の値段は高いほうがいいが、とにかくせめて、値段は安定していてほしい、と願っていた。石油価格を安定させることに協力してほしい、とイラクはオペックの会議で求め続けた。

いっさいを無視して、クエートは石油を増産した。増産すれば価格は下がる。一バレルにつき五十セントの低下でも、イラクにとっては文字どおり壊滅的な意味を持った。ほとんどなんの根拠もなしに砂漠の悪者に仕立て上げられる。経済制裁は受ける。周辺国は相手にしてくれない。石油の価格は下がる。イラクは追い込まれた。尊厳なしに生きるならその命に意味はなにもない、と言ってサダムはクエートとの国境に軍を集結させた。クエートを威嚇するためだ。威嚇は功を奏さないまま、クエートとの最終交渉は決裂した。イラク軍は国境を越えてクエートに侵攻した。

その侵攻は事実だが、アメリカが盛んに言い立てたように、サウディ・アラビアまで攻め込むつもりは、サダムにはまったくなかった。というよりも、イラクの軍事力にとっては、そんなことは到底出来ないことだった。稼働率が五十パーセントを切るような状態の、ソ連製や中国製の戦車で、あの砂漠を延々といかなければならない。その戦車隊に、補給能力を含めて、軍事力のありったけを注ぎ込む必要がある。出来ないことであるよりも先に、それはサダムにとっては、思いもしないことだった。イラン・イラク戦争の経験をとおして、サダムはアメリカの力というものを、嫌というほどに知っていた。サウディ・アラビアに攻め込むのは思いもしないことだし、いわゆるアラブの大義にもそれは大きく反することだ。そしてアメリカとの戦争など、サダムにとってはとんでもないことだった。

イラクがクエートに侵攻しても我々はそれに干渉しない、とアメリカはイラクに思わせた。アメリカによるこのプロセス作りには、奸計というような言葉を使ってもいい。詳しく書くことが馬鹿ばかしく感じられるほどに、そのプロセスは一定の方向への意図に満ちていた。イラクを軍事攻撃する計画は、アメリカにはとっくに出来ていた。その計画に沿ってブッシュ大統領は強引に走った。本来の彼は慎重な政治家であり、その慎重さゆえに、ウィムプ（弱虫）とすら呼ばれていた人だ。八月二日のうちに彼がしたことだけを列挙しても、列挙される事実の果敢な直進性は、ウィムプが乗ることの出来た計画の、事前における確実な存在を示している。八月二日のうちに早くも轟々たる動きを開始したアメリカ軍が、その計画を支えていた。

アメリカ国内で放映されているTV番組としての、ニュースあるいはニュース解説番組のいくつかが、日本の地上波局から放映されている。趣味のひとつとして、それらを僕は以前から見ていた。たとえば三十分のニュース番組を見るとき、僕はその三十分だけは居ながらにしてアメリカへいっている、などと僕は冗談を言っていた。湾岸戦争をアメリカのTVのニュース番組だけで追ってみる、という試みを僕は八月のなかばに思いついた。アメリカの国内文脈としての湾岸戦争をTVで観察すれば、この戦争をつらぬくアメリカの意図はおのずから見えてくるはずだ、と僕は思った。

ブッシュ大統領はサダムをヒトラーになぞらえた。キャンプ・デイヴィッドで会ったマーガレット・サッチャーに「徹底的に叩いとかないと、サダムは第二のヒトラーになんのよ」と言われたからだ。ブッシュの世代にとって、ヒトラーというひと言はたいへん効果的だった。ヒトラーの再来である巨悪によって、世界は深刻な威嚇にさらされている、と彼は説き始めた。その巨悪を退治して、アメリカは世界に新しい秩序を樹立するのだ、と彼は宣言した。八月なかば、彼がペンタゴンでスピーチをしたとき、そのなかに次のような一節があった。

Our job, our way of life, our own freedom and the freedom of friendly countries around the world would all suffer if control of world crude oil reserve fell into the hand of that one man, Saddam Hussein.

（世界の原油の供給が、サダム・フセインというこのひとりの男の手に落ちたなら、私たちの雇用、私たちの生活様式、私たちのフリーダム、そして世界の友好諸国のフリーダムが、被害を受けることになります）

ブッシュ大統領の使う英語は、簡潔明瞭（めいりょう）で力強く、わかりやすくてたいへんいい、と褒める人たちがいるようだが、僕はそのような意見を採らない。誰にとっても好ましく喜ばしいことについて語るときには、アメリカらしくてこういうのもいいかな、と思うことがあるのは確かだが、いま引用したこの一節のような文脈になってくると、アメリカの大統領が正式に使う言葉としては、あからさまに過ぎるゆえに真意が透けて見え、したがって品位に欠けると僕は思う。徹底的このような言葉づかいは、明快ではあるけれど、同時に攻撃的に深く踏み込んでいる。徹底的にやるぜ、とこの大統領は言っている。そうすることにきまっていたし、そのための準備は整っていた。湾岸戦争をとおして、アメリカは、自分がかかえている問題の多くを、世界に向けて公開した。なかば居直るようなかたちでの公開だった。公開された問題のほとんどが、この短い一節のなかに含まれている。その意味では、このスピーチは一種の名文だと言っていい。

　大統領は後段で石油について触れている。そして前半では、自国のウエイ・オヴ・ライフやフリーダムに言及している。どちらも最終的にはおなじところへ帰結する。だからどちらを取り上げてもいいのだが、ウエイ・オヴ・ライフについてまず書いておこう。

　ウエイ・オヴ・ライフというものを、アメリカが、しかも大統領が、このようなかたちで出してきたなら、あとは戦争しかない。必要ならいつでも戦争をするという決意と準備が、ウエイ・オヴ・ライフという言葉を支える。そしてその戦争は、アメリカにとっては、相手に対して圧倒的な勝利で終わる戦争でなければならない。アメリカはイラクに対して戦争をしかけ、その戦争に完全な勝利をおさめるという、ただひとつしかあり得ないコースの上に、大統領は立っていた。

　ウエイ・オヴ・ライフという言葉は、片仮名で書かれると、いまでは日本語としても通用しているようだ。享楽的な消費を積み重ねることをとおして、人とのあいだに差をつけつつ営まれる、あらゆる意味において安逸な生活、というような意味のイメージ用語だ。しかしアメリカでは、ウエイ・オヴ・ライフは戦争と直結している。

　アメリカで現役の兵士になると、入隊してすぐに、さまざまな教科書やマニュアルなどの印刷物を、かなり多く支給される。どのような部隊に所属するかによって異なるが、漫画になったマニュアルもある。きわめて陽気な漫画をとおして、最新鋭の戦車や攻撃ヘリコプター、銃器などの扱いかたからメインテナンスまで、新兵さんはこなせるようになったりする。このようなマニュアルでは、新しい部分はどんどん新しくなっていくが、少しも変わらない基本的な部分も多くあり、それらはたとえば第二次大戦の頃とくらべて、現在もたいして変わっていない。細かい活字と、当然のことながらやや陰気な図解や写真を使って編まれたマニュアルが、いまも数多く使用されている。

海兵隊員になると支給されるマニュアルのなかに、『アメリカ海兵隊　エッセンシャル・サブジェクツ』という表題の、もっとも基本的なマニュアルが一冊ある。文庫本をひとまわり大きくしたサイズの、厚さが三センチほどの本だ。このマニュアルの第一章には、コード・オヴ・コンダクト、軍隊の法規、そして戦争における行動の三点について、ごく簡潔に述べてある。第一章のセクション・ワンは、コード・オヴ・コンダクトについてだ。コード・オヴ・コンダクトは、行動規範、とでも訳せばいいのだろうか。

そのセクション・ワンのAは、コード・オヴ・コンダクトに関するいくつかの項目に分かれている。その項目の第一番目、アーティクル・ワンには、次のような記載がある。

I am an American fighting man. I serve in the forces which guard my country and our way of life. I am prepared to give my life in their defence.

(自分はアメリカの兵士であります。自分の国および生活様式を守る軍隊に自分は身を置き、

挺身（ていしん）するものであります。国および生活様式を守るにあたり、自分は生命を捧げる用意を持つものであります）

これは海兵隊員だけではなく、全軍に等しく共通するものだ。一般の民間人から兵士になったとたん、それまでとはまったく異なった世界の人となるのであり、そのような存在として最後まで守り抜かなければならない、絶対と言っていい基本的な規範のなかのもっとも基本的なものが、このアーティクル・ワンだ。兵士になるとは、必要とあらばいつでも国に命を捧げることだ。そして国とは、ウエイ・オヴ・ライフだ。

ウエイ・オヴ・ライフという英語の言葉を、字面だけ日本語に置き換えると、一例として、生活様式、となる。これではあまりにも手ざわりがなさ過ぎるから、もう少し具体的に言葉数を多くするなら、ウエイ・オヴ・ライフとはたとえば次のようなことだ。「これ以外の生活のしかたを、ごく短い期間ならともかく、長期にわたって、あるいは無期限にいつまでも、失ったり放棄したりすることが、自分にとっては体の底から、心の底から、とうてい耐えることの不可能な、日々すでにもっとも慣れ親しみ、それはもう自分自身であると言っていいほどに自分のものとなっている、毎日の生活のしかた」

これが敵国の威嚇によって危険にさらされたなら、その敵国を相手に最後まで戦うほかない、とアメリカは反射的に反応する。アメリカの歴史は、建国から現在にいたるまで、ほんの少しだけ誇張して言うなら、戦争の連続だ。しかし、アメリカがことさらに好戦的である、というわけではない。なにかことがあるそのつど、ただちに武力に訴えたがるトリガー・ハッピーでもない。建国以来、アメリカとアメリカ人を支えてきた理念が、戦争につながる性質を明確に持っているだけだ。そしてその理念をひと言で言うなら、さきほど引用した大統領のスピーチのなかにある、フリーダムだ。

普遍的な概念としての自由と区別するため、アメリカの文脈のなかでは、フリーダムという言葉を僕は使うことにしよう。アメリカがフリーダムをどのようにとらえたか。それをどう解釈したか。それにもとづいてどんな世界を作ってきたか。それがそっくりそのまま、アメリカという国であり、その文化だ。フリーダムが国内だけに限られるなら、さほど問題はないかもしれない。しかし、国外へ持ち出してもそのままでは普遍的な機能をもはや持たないフリーダムを、湾岸戦争のようなかたちで国外へ突出させると、そのフリーダムが保証しているウエイ・オヴ・ライフのいびつさや矛盾が、そのままじつに正直に、全世界に向けて公開されてしまうことになる。湾岸戦争のなかに効用を求めるなら、そのもっとも大きなものはこれだった、と僕は思う。

ウエイ・オヴ・ライフとはなにだろうか。日常生活のディテールから始まって、文化、政治、経済、軍事、外交その他、自分の国のすべてが、ウエイ・オヴ・ライフだ。湾岸へ兵士として出ていったひとりのアメリカ人の位置から言うなら、なんのことはない、それは home と job だ。このふたつの、一見したところきわめて単純そうな言葉は、湾岸戦争が続いていたあいだずっと、その報道のなかに登場するアメリカ軍兵士の口から、頻出した。さきほど引用した大統領のスピーチの冒頭にも、job という言葉が出てくる。

ホームとジョッブによって作り出される彼らのウエイ・オヴ・ライフは、もちろんたいへんにアメリカ的なものだ。どのような点においてもっともアメリカ的であるかというと、外国から買った安い石油の上にのみ営み得るものである、という点においてだ。

国内で消費する石油の七十パーセントを、アメリカは外国に依存している。一九八五年から一九九〇年までの五年間に、外国の石油に対するアメリカの依存度は倍になった。国民ひとりにつき日本人の倍の石油を使う、という統計数字もある。あらゆることが安い石油の上に乗っている事実は、どう言い逃れることも不可能だ。外国からの石油の非常に大きな部分を、アメリカはサウディ・アラビアに負っている。アメリカとサウディ・アラビアとの、これまでのつきあいの全プロセスは、石油のみがテーマだった。それ以外のことがテーマになったことは、一度もない。

アメリカが採択した、イラクに対する全力をあげての軍事行動の、理念的な根拠としてアメリカが掲げた世界の民主主義を守るという大義、そして民主主義によって運営されているアメリカそのものも、とにかくすべては安い石油の上だ。安い石油の上に成立しているものすべてを、これまでどおりに存続させるために、アメリカはイラクという敵を意図的に作った。

地球上にまだいくつかしかない先進国は、どれもみな、はっきりと知ったはずだ。正面きっては言われたくないことを、これ以上にはわかりやすくなり得ないような言葉で、言われてしまった。自分たちの毎日が安い石油の上に立っている事実を、アメリカの軍事行動をとおして、先進国のどこもが、いまさらながらに思い知らされるかたちで、知ったはずだ。日本もその先進国のひとつだ。

現在の先進国の存立の土台は、基本的にみなおなじだ。先進国はその意味で一蓮托生だ。湾岸戦争は、自由世界を代表するアメリカが、悪に対して立ち上がって正義を守ったのではなく、先進国の生活の土台がなにであるかを、率先して正直にさらけ出した出来事だった。

町を囲んだ黄色いリボン

八月の第一週、CBS『イーヴニング・ニュース』のアンカー、ダン・ラザーは、釣りにいっていた。つまり休暇を取っていた。八月六日のアンカーを務めたコニー・チャンは、ダンはヨルダンへいっていると言い、彼によるヨルダン国王フセインのインタヴューを紹介した。

例のとおりアメリカ的に脚を組み、唇を両側へつり上げぎみに引っ張り、目を丸くして相手を見るというしぐさおよび表情で、ダン・ラザーはヨルダン国王と向き合っていた。

「これは敬意とともに申し上げるのですが、陛下はたいそうお疲れのご様子にお見受けします」

とラザーは言った。

彼が言うとおりの、疲労に心労の重なりきった様子をしていたヨルダン国王は、

「サダム大統領が取ったクエート侵攻という行為は、アラブ世界をばらばらにするものであり、アメリカの軍事力によるそこへの介入は、アラブ世界を最終的には崩壊へと導くものだ」

という意味のことを答えた。正解ではあるけれど、表向きのあたりさわりのない言葉と表現を選ばなければならないこのような状況は、彼の心労をさらに深くしたのではないか。

ヨルダン国王は、アラブにおけるアメリカの画策を、知り抜いていたはずだ。アメリカの支援に安心したクエートは、交渉を望むイラクに挑戦的な態度を取り続けた。ヨルダン国王フセインはあちこち飛びまわり、調停役を務めようと必死だった。しかしことは思いどおりに運ばず、アメリカへいってブッシュに会っても相手にされず、敵国のような扱いさえ受けた。そのような疲労と心労の蓄積を、国王は見せていた。ダン・ラザーはそのことを知っていたのだろうか。

おなじ頃、国防長官のリチャード・チェイニーはサウディ・アラビアにいた。サウディへのアメリカ軍の出動を、サウディに認めさせるためだ。出動を認めさせたのち、その出動はサウディの要請にもとづくものである、とアメリカは言いたいと思っていた。そしてすべてをそのとおりにした。

ダン・ラザーはかなり長く中東に滞在した。八月十四日には、横須賀(よこすか)を母港とするインディペンデンス号というアメリカの航空母艦から、彼はレポートを送っていた。このときのインディペンデンスは、彼の言葉によれば、「位置は明言出来かねるけれど、ホルムーズ海峡を出た海域のどこかにいる」ということだった。インディペンデンスは一九五〇年代に建造された、八万トンの空母だ。乗組員の数は五千人を越える。戦闘機を七十機はかかえ込むことが可能で、デッキには一千フィートの滑走路がある。都会のなかの建物になぞらえるなら、二十五階建てのビルディングに匹敵する大きさだ。ペルシア湾での戦略にとって、重要な中心となるひとつだった。

このときのインディペンデンスは、すでに臨戦態勢だったのではないか。あるいは、臨戦態勢の一歩手前の状態だ。こういう状態にある八万トンの空母の船体深くもぐり込んで取材すると、戦争という異常事態が生み出す異様なまでに強力なエネルギーの集積と集中に、誰もがかならず圧倒される。空母の内部という、限定され閉ざされた場所では、集積と集中の密度は耐えがたいほどに強い。

インディペンデンスのダウン・ビローで、ダン・ラザーも興奮ぎみだった。「百十度という高温のなかで一日じゅうたいへんな作業が連続しているここは、映画のなかの一場面ではない。トム・クルーズが演じたような役は、ここにはどこにもない」などと彼は言っていた。乗組員の年齢は、十八歳から二十二歳くらいまでが中心だ。その若いクルー・メンバーのひとりが、ラザーからアメリカへのメッセージを求められた。Hi, Mom. Dad. と言ったきり、あとは照れて言葉にならなかった。若くあどけない、頼りなさそうでおだやかな、そしてたいそう純な笑顔で、彼はヴィデオ・カメラのレンズを見ていた。「あなたの知っている人がこの空母に乗り組んでいるなら、どうか手紙を書いてあげてください」と、ラザーはレポートを結んだ。

海上封鎖の様子。クエートにいるアメリカ人たちに向けて、勝手に国境を出ようとするな、と伝えているVOA。サウディからバグダッドまで、F-15で往復四時間の飛行となる、夜間訓練の様子。ジェット燃料の補給基地としてもっとも近いのはシンガポールであること。ヴァージニア州の基地からサウディまで、F-15一機の片道の飛行にかかる費用は、二十五万ドルであること。サウディに向かう軍艦が、非常緊急時の最高速度で航行すると、一隻につき五十万ドルも費用が増加すること。

このような途方もない費用の総額を、いったい誰が支払うのか。平和の配当はすべて中東に消えるのではないか。アメリカの本土から十分おきにサウディに到着している、補給のための輸送機。アメリカの米作農業にとってクエートは最大の輸出国だったが、イラクの侵攻によって米が輸出不可能になったこと。典型的な戦車カントリーであるクエートやイラクの砂漠での戦争では、制空権を手にすることが絶対の条件であること。アメリカの偵察衛星はイラクのどのような動きも見逃しはしないはずであること。戦争は何か月も続くとして、米軍の死傷者を国民はどのように受けとめるか。

　というようなことが、おなじ日の三十分のニュース番組のなかに、ぎっちりと詰め込まれていた。アメリカの軍事偵察衛星の性能には、恐るべきものがある。僕になぞらえて言うなら、僕が自動車で外出すると、そのことは写真を分析するまでもなく、見ればすぐにわかる。二階のヴェランダで新聞を読めば、もしそれがスポーツ紙なら、少なくとも一面の見出しは、三百キロの上空から衛星のカメラは読み取ってしまう。クエート国境に集結したイラク軍がたいした兵力ではないことは、最初からわかっていた。サウディに攻め込むに足る兵力ではないことも、はっきりしていた。しかしアメリカは、サダムの率いる精鋭の大群がサウディに侵攻しようとしている、と言い続けた。戦争が始まってからは、通称をJスターという、ボーイング702を改造したレーダー機が、戦場の上空を飛んだ。上空からレーダー偵察した地上の様子は、地上のアメリカ軍に送られた。地上でのイラク軍の車輌（しゃりょう）の動きは、一台ずつくっきりと明瞭（めいりょう）に、レーダー・スクリーンに映し出されて、筒抜けだった。

　八月のうちに四万七千名のナショナル・ガードが召集された。国家危機の状況下では、大統領はナショナル・ガードに召集をかけることが出来る。しかしそれも二万三千名までであり、それを越える数の場合は議会の承認が必要だ。ナショナル・ガードが四万七千名もコール・アップされるのは、たいへんなことだ。ナショナル・ガードは、陸軍と空軍の、志願による予備兵たちだ。それぞれの州、テリトリー、そしてワシントン特別区にナショナル・ガードのユニットがあり、総勢は五十万名ほどだ。パートタイム・ソルジャーと呼ばれている彼らには、年間に四十八回の演習と二週間のトレーニング・キャンプが、義務づけられている。そして給料が支払われる。本職での収入に加わる別途収入となる。戦争ごっこを中心にした、男たちの同志愛や愛国心の発露などの機会でもあり、平時のナショナル・ガードはなかなか快適だ。

最前線の戦闘要員としては訓練不足だしソフトに過ぎるけれど、本業での専門知識と経験は、兵士としてそれが生かされるなら、たいへんに貴重だ。召集されたナショナル・ガードたちは、ひと言で言うなら、一般市民社会でのそれぞれに重要な現場での、熟練した技術者および責任者たちだ。彼らを安い給料で予備兵としてつなぎとめておけば、いざというとき、ただちに、高度な現場要員を大量に動員することが出来る。

自宅へ夜明けにかかってくる電話一本で、出頭命令が言い渡される。そのまま車で直行し、基地のゲートを入って出頭したなら、その瞬間からはひとりのアメリカ軍兵士であり、兵士としてあらゆる命令に従わなくてはいけない。どこへ配属されるのか、いつ帰ることが出来るのかなど、まったくわからない。本業の収入はゼロになるから、家計は半減以下となる。ローンをかかえていたりすると、その手当てに留守家族は途方に暮れたりもする。召集されるのは男性だけではない。妻や母が、アメリカ兵士として、大量にサウディに向かった。
マサチューセッツ州のナショナル・ガードとして騎兵隊に籍を置いていた、五十七歳のサージャント・ファースト・クラスのレイ・バーソロミューは、かつて陸軍に七年間いたことがあった。年金がつく状態になることをめざして、ナショナル・ガードはすでに十一年続けていた。彼が召集されたとき、取材に来たＴＶニュースの記者に、彼は所信を次のように述べた。

My commitment to my country is that when I'm needed, I'm ready to go.
（自分が必要とされるときが来れば、出動する用意はいつでも整っているというのが、自分の国に対する自分のコミットメントです）

サウディの軍事基地に大量動員され続けたアメリカ軍の中心のひとつに、Ｆ－15というよく知られた新鋭の戦闘機があった。ひと目見ただけではなんのことかわからないのも一興だと思いつつ片仮名で書くと、ファースト・タクティカル・ファイター・ウイング・オヴ・ザ・ユーエス・エア・フォースは、このＦ－15を数多くかかえていた。コマンダーのひとり、ジョン・マクブルームという大佐は、ヴェトナム戦争当時の最新鋭機であり、サウディでの戦争準備にも参加したＦ－４を、Ｆ－15と比較して次のようなことを言っていた。
「Ｆ－４を車にたとえるなら、一九四九年のシェヴィーですよ。そしていまのＦ－15は、たとえるならアキュラやレジェンドです」

そのF－15にかかわるすべての兵士たちを、TVニュースの記者たちが、たとえば「アメリカン・ファイティング・メン・アンド・ウィメン」と表現し、その映像が若いアメリカの女性兵士だったりすると、そこにきわめてアメリカ的な光景が生まれるのを、僕はTVのスクリーンに興味深く見た。見たところごく普通の若い女性が、F－15に装着する各種のロケット弾の、メインテナンスや装塡（そうてん）の専門技術者であったりする。百数十名の男性部下を従え、楽しげにさえ見える態度で、砂漠の炎天下で作業をこなしていく。アメリカの人たちのみが作り出し得る、徹底して屈託のない、合理的な風とおしの良さのようなものを、彼女たちの姿は感じさせた。

　砂漠の現場での発言だったと思うが、ジム・マティスという中佐の次のような言葉が、僕のメモに書きとめてある。

　I hope the lessons of Vietnam is not forgotten, but I think the clear cut moral issue, the outrage of the entire world community, leaves no doubt we are the good guys.

（ヴェトナム戦争の苦い体験を忘れていないことを私は願いますけれど、道義上の明確な問題として、世界全体が今回のことに関して怒りを表明しているのですから、今度は私たちが正義の味方であることになんら疑問はありません）

　当事者として事態の末端に深く巻き込まれている人たちの、典型的な発言の一例だ。自分は当事者ではないし、なんら巻き込まれてもいないとしか思っていない人の典型的な発言は、たとえば、「イラクによるクエートの侵攻は国際法違反であり、人道上も許せない」というようなものとなるだろう。中東の五か国を歴訪中だった当時の日本の外相は、トルコのアンカラでこう発言し、日本へ帰っていった。バグダッドには日本人の人質もいたのだが。

アメリカの町のいたるところに黄色いリボンが結んである光景を、僕はＴＶニュースの画面のなかに、八月中だけでも何度も見た。戦場におもむいた兵士たちが無事に帰って来ることを祈って、近親者や友人、知人たちが結んだリボンだ。玄関の柱に、郵便受けに、電信柱に、立木の幹に、人々は数多くの黄色いリボンを結んだ。湾岸戦争に関して、ＴＶでもっとも頻繁に見たのは、この黄色いリボンの映像ではなかったか。黄色いリボンを結ぶ行為は、ＴＶニュースによって全米へ広く伝播したのだろう、と僕は思う。銃後であるホームフロントは戦場の兵士たちを全面的に支持しつつ無事な帰還を祈っている、というかたちでの愛国心の表現手段として、黄色いリボンは中心的な役割を果たした。

ひとつひとつのリボンを結んだ人たちのもっとも切実な気持ちは、なんでもいいからとにかく無事に帰って来てほしい、ということであったはずだ。ヴェトナム戦争のときの、続々と死体で帰還する兵士たちの、悪夢としか言いようのない映像は、湾岸戦争では町のいたるところに結ばれた黄色いリボンの映像に変わった。リボンを結ぶこの風習は、南北戦争の頃からあった。当時は緑色で、時代とともに色は変化した。朝鮮戦争のときは白だった、と僕は記憶している。いまはなぜだか黄色だ。

反戦運動の映像を、八月二十八日になって、僕は初めて見た。八月中旬、サンフランシスコのベイ・エリアにある市民団体が二十いくつか参加して、中東でのアメリカによる戦争を阻止する緊急委員会というものを、急いで作った。この委員会がおこなったデモは、二十七日の午後、石油会社シェヴロンの社屋前にいた。戦争反対を訴える人たちが持つプラカードのひとつに、18 males to the gallon. という文句を僕は読んだ。自動車の燃費を言いあらわすための、定型的な言いかたをもじったものだ。日本語にするなら、「戦費はガロン当たり十八人の兵士」とでもなるだろうか。そしてその戦費としての兵士たちだが、地上戦になったときに攻撃の最前線に立つスピアヘッドの海兵隊員たちは、TVニュースの画面のなかで圧倒的に若かった。あどけなく率直な、つまりこの上なく頼りなさそうに見える、少年や青年たちだった。「自分はいま自分がいるべき場所に来ています。やるべきことにそなえて、準備をしています。あとは、あとは——」と、彼らはTVニュースの記者に語っていた。彼ら若い兵士たちに対して、砂漠の強烈な陽ざしのなかで、中年の指揮官が叱咤(しった)していた。「あとは実戦あるのみだ。人がばたばた死ぬぞ。めちゃくちゃになるぞ。すさまじいリアリティだぞ。映画じゃないぞ」

若いとは、非常に多くの場合、無知ということだ。無知が言い過ぎなら、世界を知らない、と言い換えておこう。世界のなかで自分の国であるアメリカがなにをしようとしているのか、表向きの大義名分のいちばん外側しか知らないでいる、ということだ。

「日本はアメリカとともにあります」と首相は言った

八月三十一日の夜、国連事務総長デクエヤルと、イラクの外相テリーク・アジズとのあいだに、二回めの会談が二時間にわたっておこなわれた。国連安全保障理事会の決議にもとづいた、イラク軍のクエートからの即時撤退と人質の解放とを、デクエヤルはアジズに要求した。「問題の解決はアラブのなかでなされるべきだ」と、アジズは回答した。言葉と言いかたを選んでいくと、こうとしか言いようがなかったのだろう。そして、そうとしか言いようのないイラクを見越して、国連つまりアメリカは、そのような要求をした。

国連の決議を取りつけたアメリカは、この戦争は西側の先進文明国およびその側につく国々と、孤立する悪のイラクとの対決である、という図式を作り出すことに成功した。世界を守るアメリカの正義という大義名分を押しとおすために、アメリカは国連を介して西側諸国を巻き込み、表面上の体裁を整えた、という見かたは正しいと思う。その向こうに、自信がなかったアメリカ、あるいは自分の弱点をよく知っていたアメリカというものが見える、と僕は思う。

ソ連を相手にした二極対立の冷戦という構図が崩れた直後に、世界で最強の軍事大国としての実力を、アメリカは石油の供給元という現場で、実際に試してみなくてはいけないことになった。経済力におけるアメリカの大きな弱点は、誰でも知っている。途方もない額になるはずの戦費をまかなうためには、西側の連合がどうしても必要だった。インフレーションの年間上昇率が現在は十六・六パーセントである、とアメリカのTVニュースの記者があげる数字を、残暑の夜に僕はメモした。前年の同時期にくらべて、ガソリンの価格は十六・九パーセント上昇し、ホーム・ヒーティング・オイルは三十八・八パーセントの上昇を見たという。オイルとガソリンの価格が上がると、アメリカではかならずリセッション（景気後退）となるから、今度もきっとそうなるだろう、と経済記者は伝えていた。

石油会社がガソリンの価格を上げることに関して、ブッシュ大統領がTVをとおして語った言葉が、僕のメモのなかにある。彼の言葉は次のとおりだった。

I'm asking the oil companies to do their fair share. They should show restraint, and not abuse today's uncertainties.

（石油各社にも正当な負担的協力を要請してあります。価格に関しては抑制力を発揮してもらわなければいけませんし、現在の不安材料を価格の上昇に結びつけるようなことがあってはいけないのですから）

彼のこのような言いかたは、たいへんにソフトだ。意図的にソフトにしてある、と言ってもいい。イラクとサダムに対して彼が使っていた言葉、あるいはアメリカが自由世界の民主と平和を守るのだ、というようなことについて彼が使っていた言葉と比較すると、石油会社に向けたこういう言いかたの柔らかさは、際立ってくる。石油の価格に関して、大統領はエア・フォース・ワン（大統領専用機）のなかで、記者たちに次のようにも言った。

There's nothing we can do on an Opec decision.

この時期のアメリカの市場での原油の価格は、TVニュースの記者が間違っていなければ、一バレルにつき三十一ドルだった。「オペックの価格決定に関して、自分たちアメリカはまったく無力である」という大統領の言葉は、皮肉でもなんでもなく、含蓄に富んでいる。

九月の十日前後だったと思うが、アメリカのTVニュースによる湾岸戦争の報道のなかに、日本が登場するのを、僕としては初めて見た。ケンタッキー選出の民主党下院議員、キャロル・ハバッドが議会でおこなった発言のなかに、次のような一節があった。

The ongoing contemptible tokenism of the Japanese government merits the world's contempt and American hostility. US awaits Japan's commitment to equitably share the international responsibilities of the world power.

（この戦争に関していま日本政府がおこなっている、唾棄すべきほんのおしるし主義は、世界じゅうから軽蔑の対象とされ、アメリカからは敵意の標的とされてしかるべきであります。世界の大国としての、国際的な責任を正しく公正に分担していくことへの彼らのコミットメントを、アメリカは待つものであります）

いわゆる日本叩きの、例によって例のごとき発言としてこれをとらえるなら、では叩かれた日本はどう反応すればいいのかという問題が、日本のものとして出てくる。叩かれなければならない理由は、日本にはない。しかし、このさい中立などはあり得ず、だとすればアメリカにつくほかないと判断し、相応のアクションに出た国々に比較すると、日本の反応は国内文脈としての反応であり過ぎた。

湾岸戦争が国外から日本国内に入って来ると、アメリカから要求されている戦費の負担額を国家予算のどこから持って来るかという、大蔵省（現・財務省）内部の事務処理へと変質した。中東での戦争は、日本に入ると、家計のやりくりへと変わった。自動車を外国に輸出するときに使う輸送船を、アメリカの軍事車輛（しゃりょう）を中東へ運ぶ作業にまわしてほしいと頼まれた日本は、船の予定はびっしりとつまっているし、戦地へ出向いてなにかあった場合、誰がどのように保障してくれるのか、と言って日本は断った。アメリカがおこなおうとしている戦争への参加を、日本の会社が業務のつごうで断ったという、記念すべき出来事だった。イラクとクエートを相手にアメリカがなにをしようとしているのか、そのためにアメリカがどのような準備を重ねてきたかについて、日本はどの程度まで知り、どこまで見通していたのだろうか。イラクによるクエートの侵攻が報じられたその日、あるいはその次の日、「日本には、まあ、たいした影響はないだろう」と、日本の首相が言ったという記事を、僕はあとで新聞で読んだ。

アメリカよ、あなたは画策しただろう、その画策に我々は同調しかねる、とはとても言えないなら、とにかくまっさきに、アメリカにとって日本は敵か味方なのかを、はっきりさせるべきだった。最初だから言葉ありきだけでいいわけで、言葉ではっきりと、連合国側であることを、日本は明言すれば良かった。そしてその言葉に、ほかの国には言えない日本独特のものがあったなら、なお良かった。日本のアメリカ軍基地、特に沖縄のそれへの五十年におよぶ深い関与は、日本にとってたいへん有利な事実だったのに。敵か味方なのかはっきりしない状態を、味方であることの言明を避けつつ日本は引き延ばしている、とアメリカは解釈した。戦費が出るのも遅かったようだ。しぶしぶ戦費を少しずつ出した、と一方的に言われた日本は、アメリカにとっては敵とおなじなのだと、アメリカに判断された。戦争が終わってから、日本は敗戦国として扱われた。そのなかには、必死になって調停役を務めようとしてアメリカに嫌われた、ヨルダンもあった。

アメリカが西側の同盟国を国連でまとめ、イラクに軍事的に対抗する連合国軍をたやすく作ることが出来たのは、西側の各国の国益が中東に密度高く集まっていたからだ。西側の国益の、中東における集積を、イラクへの対抗力としてアメリカがリードした。このようなアメリカに、現実問題として日本は相当に一方的に、加担しなければならない位置ないしは状態にある。しかし、アメリカに対する単純で一方的な加担を宣言してしまうと、その宣言は、アメリカにとっての当面の敵への、宣戦布告となる。どちらか一方への完全な加担は、もう一方を無視したり敵にしたりすることへ直接つながっていく。そのような間違いを世界に向けて公表することを避けながら、世界ぜんたいの利益に対して日本は貢献するのだということを、最初にはっきりと具体的に、日本は世界に向けて言えば良かった。

ではその貢献はどのようなものかと言うと、どこからも文句の出てこないものとしては、戦後の復興に役立つあらゆる平和的な技術を提供することしかない。日本はかつての連合国との戦争を、二発もの原爆という人類史上でまだ一度しかない、すさまじい終わりかたで体験している。

そしてその終わりかたのなかから復興していき、現在にまでなった。復興にかかわる技術だけではなく、敗戦と復興をとおして学んだことのすべてを、世界に通用する理念として掲げている国なのだということを、湾岸戦争に関する自分の態度として、日本は世界に発信すれば良かった。言いかたにもよるが、これは説得力として最大のものになり得たはずだ。こんなふうに考えていくと、湾岸戦争と日本の憲法の第九条は、ほとんどなんの関係もない。

湾岸戦争が終わったあと、ニューポート・ビーチでのブッシュ大統領との会談で、日本の当時の首相は大統領をジョージと呼び、ジョージ当人と関係者たちを不愉快な気持ちに、あるいは場違いな奇妙な気持ちにさせてなお、「日本はアメリカとともにあります」と、明言した。彼は日本語で言ったから、この言葉の真意をあとで厳しく問いただされたなら、言い訳はなんとでも出来ただろう。しかし英語に翻訳されると、日本はアメリカとともに戦う国であります、という意味に最終的にはまっすぐにつながる。

サウディ・アラビアに到着したアメリカ兵たちの様子は、TVニュースの画面で何度も見ることが出来た。戦争が始まったなら戦闘要員として中心的な役割を果たすはずの彼らの、なんという年齢的な若さであることか。戦闘要員は、訓練がゆき届いていて、なおかつ若く健康でなければ、なんの役にも立たない。したがって彼らは若い。前線へ送られて来た若い兵士たちに、統合参謀本部議長のコリン・パウエルが、砂漠の陽ざしのなかで次のように言っていた。「アメリカとソ連は協力する時代になったんだよ。国連も動き始めたよ。でも世のなかには、まだ悪い奴がいるんだ。ミスタ・サダム・フセインはその悪い奴なんだよ」

ＴＶの映像のなかに見るコリン・パウエルには、最初から最後まで、少しだけだが確実に、不思議な印象があった。映像という微妙な外側だけを見ていた僕の判断としての印象だが、大動員による戦争に対して、不本意ないしは賛成出来かねる気持ちを持っている人、と僕は感じた。こういう雰囲気が彼の持ち味なのかな、とも僕は思った。戦争には彼は正面から反対で、経済制裁そしてあくまでも示威的な軍事動員にのみ賛成していたことを、僕はあとになって知った。

アメリカ軍の最新のハイテク武器、そしてやや旧式あるいは期限切れの武器や弾薬など、ありとあらゆる物資が、すさまじい勢いでサウディ・アラビアに向けて集結されていく様子は、武器というものが人によって見られたとたんに持つ、威圧的な効果というものをあらためて認識させてくれた。その時代の技術のすべてが注ぎ込まれている軍事兵器という現代の最先端が、聖書に描かれている背景といまもなんら変わるところのない砂漠に、大量に持ち込まれた。砂漠に出会ったハイテク、という光景には興味深いものがあった。

海兵隊が使っているハリアーというジャンプ・ジェットは、離着陸のときに使う重要な部分に、故障が続発することがわかった。製作したノースロップ社は、テスト結果に虚偽の報告をしていた事実が判明した。マクドネル・ダグラス社が製作したアパッチという攻撃ヘリコプターは、コンバット・レディの状態に達し得るのが、五十パーセントでしかないことが明らかになった。構造が複雑すぎてメインテナンスに難点が多くあり、故障や作動不良も多発し、根本的なデザインのやり直しが必要だとわかった。経費がかかりすぎるという理由で、設計や製作の段階で手を抜いたことが大きく影響している、ということだった。

砂漠の砂嵐のなかを飛ぶヘリコプターは、視界ゼロの霧のなかに入ったのとおなじような状態となる。空と地表との境界が見えなくなる。敵のレーダーを避けて地上五十フィートほどのところを飛ぶから、砂丘が前方に見えたときにはすでに遅い。回転するローターが強力に巻き上げる砂は、機体と擦れ合って静電気を発生させる。その放電によって、機体ぜんたいは、すっぽりと包み込まれてしまう。放電のさいに発生する明かりで、夜間には乗員は外が見えなくなる。アメリカ軍のヘリコプターは、ハロウィーンまでに七機が墜落した。

ちょうどおなじ頃、アメリカのシカゴでは、八十年以上にわたって存続してきたコミスキー・パークという球場で、そこでの最後のプロ野球の試合がおこなわれた。この球場を本拠地としているシカゴ・ホワイトソックスは、シアトル・マリナーズとの試合を二対一で勝った。球場はすぐに取り壊され、駐車場となった。道路をへだてた向かい側に、ニュー・コミスキー・パークが出来ている。その新しい球場での試合で最初にホームランを打ったのは、阪神タイガースにいたセシル・フィールダーだった。

さらにおなじ頃、カーティス・ルメイが他界した。ベルリンを空襲するにあたって、戦略爆撃という無差別大量殺戮（さつりく）を考え出したアメリカの軍人だ。その考えはベルリンだけではなく、日本にも応用された。きわめて破壊力の強い高性能な爆弾を大量にかかえた巨大な爆撃機が、何度となく敵国の上空に出撃し、あらかじめ狙いをつけた効果のありそうな場所に、爆弾を投下していく。第二次大戦での死者の半分は一般市民だったという事実は、この戦略爆撃が作り出した。「北ヴェトナムには核爆弾を落とし、石器時代へ叩き返してしまえ」という彼の言葉は、記憶しておくといい。
「神の目から見れば」

ブッシュ大統領は、最初からイラクに宣戦布告するつもりだった。しかし、戦争をすると明言する代わりに、史上初のとまで言われたほどの、大動員を続けた。十一月の第一週の終わりには、動員数は四十万に増やされた。海兵隊の三分の二、そして海軍の半分が、そのときすでにサウディ・アラビアにいた。「食わせるだけでもたいへんだよ」と、コリン・パウエルは言っていた。必要とあらば武器を使うということ、つまり示威だけではなく実戦という軍事行動の選択は大前提ではあったが、クエートから出ていかないと戦争だぞ、というメッセージをイラクに伝えるだけにしては、この動員は大き過ぎた。示威というディフェンシヴな動きをはるかに越えて、それは明らかにオフェンシヴな動きだった。

イラクとの戦争は、初めは単なるひとつのプロスペクト、つまり前方に予測し得るもののひとつだった。続いていく大増員のなかで、プロスペクトは事実上の確定へと、急速に変化していった。現場ではクリスマスから三か月ほどの期間が、気候的に見て戦争にもっとも適しているという事実が大動員に重なると、アメリカが軍事攻撃しようとしているのはバグダッドなのではないのか、という推測が語られ始めた。戦争をするつもりなら、ブッシュ大統領ははっきりそう言うべきだ、という意見が出始めたのもこの頃だ。

そしてその頃、ブッシュ大統領は、一例として次のように言っていた。

We are the United States of America. We are standing for principle and that principle must prevail.
（我々はアメリカ合衆国であります。我々は理念とともにあり、その理念を守り抜かなくてはならないのです）

あるいは次のようにも言っていた。

Saddam is still playing fun and games with the U.S.A. and not taking the U.S. seriously.
（サダムはアメリカを相手にふざけた態度を取り続けています。アメリカの言うことを真剣に受けとめようとはしていないのです）

来るべき選挙にそなえて、共和党のキャンペーンに出た先での、演説の一部分だ。中東の話と愛国心という、誰もが賛成する話題だけを、大統領は取り上げていた。そうすることによって、あらゆる問題を自分がきちんとリードしている印象を、彼は人々にあたえようとした。少しだけ長い射程で見るなら、その行為は彼にとってマイナスとなって返って来ることは、予測出来たはずだが。

十一月三十日の記者会見での大統領の発言も、その一部分が僕のメモのなかにある。次のとおりだ。

Let me assure you should military action be required this will not be another Vietnam. And I pledge to you there will not be murky ending. And I will do my best to bring those kids home without one single shot fired in anger. I want to guarantee each person that their kid whose life is in harms way will have maximum support and will have the best chance to come home alive and will be backed up to their hilt.

（アメリカの軍事行動が必要となった場合には、ヴェトナムの繰り返しにはならないことを私が確約します。曖昧な終結にはならないことも、私はみなさんに誓います。ヴェトナムのときのように、アメリカの若い兵士たちが途方に暮れて射ちまくるというようなことはいっさいなしに、彼らを戦地から帰還させるために、私は最善をつくす所存です。戦地へご子息を送られるかたたちのひとりひとりに、私はお約束申し上げます。ご子息たちは最大限の支援のもとに戦地へおもむきます。無事に生還する率は最大に高め、徹底した支援をほどこします）

大統領による、This is not going to go on forever. というワン・センテンスも、僕はメモしておいた。字面の上では、「この状態が永久に続くわけではない」と、彼は言っただけだ。この状態とは、いっこうにアメリカの忠告を聞こうとしないイラクのことだ。アメリカの警告を無視してイラクは挑戦的な態度を取り続けている、というイメージを作り出すための、小さいけれどもそれなりに有効な念押しのひとつだ。アメリカの忍耐にも限界がある、という方向への世論の誘導として、そのような念押しは機能する。その誘導に対しては、忍耐の限界を開戦の理由にしてはいけないという言論が、市民の側からのアクションとして、出てきていた。

大統領の盟友であり、腹心の部下であったジェームズ・ベーカー国務長官の言葉が三とおり、僕のメモのなかにあった。十一月五日の彼の言葉のなかの、exercise any option that might be available という部分。「手に入るであろうオプションのどれをも自由に選んで行使する」と彼は言う。手に入るであろうオプションつまり選択肢とは、政治的あるいは外交的な解決という平和なオプションか経済制裁、さらには軍事行動というオプションであり、結局のところ我々の手に入ることとなった唯一のオプションは軍事行動であった、という結論をあらかじめ彼の言葉は見越していた。

十一月三十日には、アメリカによるイラクに対する軍事行動は、「平和を継続させるためのもっとも優れた方法」The best way to give peace a chance. であると彼は言った。そして十二月七日には、サダムに関して、「彼が正しい選択をするよう願っている」I hope he makes the right choice. と彼は言った。願う、という言葉を使っておけば、現実の事態はどちらとなっても、正当性は自分のほうにある、というしかけだ。彼は正しい選択をし損なった、したがって残念ではあるが我々は軍事行動に訴えるほかない、というわけだ。

一九九一年の一月九日、ジュネーヴで、国務長官はアジズ外相と会談した。そのとき国務長官は、大統領からのサダム宛の親書を、外相に手渡した。アジズは親書を注意深く読んだ。そしてそれの受け取りを拒否した。そのときの彼の言葉は次のとおりだ。

I told him I'm sorry I can't receive this letter. The reason is that the language in this letter is not compatible with the language that should be used in correspondence between heads of state.

「この親書のなかの言葉づかいは、ふたつの国の元首のあいだに交わされるものとして、ふさわしいものではない」と、アジズは言っている。よほど強い調子の、つまり威嚇し罵倒(ばとう)する言葉が、親書のなかには意図的につらねてあったのだ。我がほうには核があることを忘れるな、というような言葉もあったという。平和的な解決を模索する大統領からの最後の手段であった親書を、イラクは受け取ることすら拒否した、という状況を作り出すために、親書は意図的にそのような言葉を用いて書かれた。

国防長官が、「サダムが尻尾(しっぽ)を巻いてバグダッドに戻るまで」アメリカは手をゆるめない、と発言するのを僕は聞いた。サダムが人質をすべて解放すると、ブッシュ大統領はクエートの惨状についで語ることをとおして、サダムをさらに攻撃した。

公聴会でのロバート・マクナマラの発言の一部分が、僕のメモのなかにある。ここに採録しておこう。当時のマクナマラは、ヴェトナムで犯した失敗について、すでに充分に自覚していた。その自覚のなかからだろう、彼は次のように言った。

Who can doubt that a year of blockade will be cheaper than a wake of war. The point is it's going to be bloody. There's going to be thousands and thousands and thousands of casualties, particularly for the U.S. but also for Iraq. And there's going to be destabilization politically, economically and militarily in that area. We are going to live in caos.

(軍事行動よりも一年間の経済封鎖のほうがはるかに安くあがることは、誰の目にも明らかです。軍事行動をおこせば血まみれになるというのが、最大の問題点です。何千、何万という数の死傷者が出ます。特にアメリカにとってそうですが、イラクにとってもおなじです。そして中東には、そのような軍事行動の結果としての、政治的な経済的な、そして軍事的な不安定状況がもたらされるのです。我々は深い混迷のなかを生きることとなります)

ヴェトナム戦争が続いていたあいだ、当時の国防長官だったロバート・マクナマラは、アメリカが勝つということにかけてもっとも自信に満ちた主戦派の中心だった。アメリカは負けるかもしれない、この戦争は失敗だったかもしれない、といった懐疑の念に対して、マクナマラは徹底して挑戦的であり続けた。あらゆる反対をしりぞけ、彼は戦争を最大限に遂行した。しかし、じつはそのあいだずっと、彼はヴェトナム戦争に関してきわめて悲観的な考えを、内面に持っていた。その内面を、二十年以上にわたって、彼は隠し続けた。

アーサー・シュレジンジャーは、「中東についてアメリカはなにひとつ知らない。制裁をゆっくりおこなうのが、もっとも正しい」と、発言した。世界が初めて見るほどの大動員が続いていくなかで、かならず戦争になるという考えかたが主流となっていき、それにともなって慎重論が登場してきた。慎重論のなかでもっとも大衆感情に近かったのは、マクナマラが言ったように、アメリカ兵の戦死者数がどのくらいになるかという推測だった。

戦死者の推定は、casualty estimate と言う。戦死者にはいろんな言いかたがあるが、生々しい感じを出来るかぎり削ぎ落とした言いかたとしては、たとえば personnel loses という言いかたがある。予想される戦死者が多過ぎるためこの戦争は引き合わない、というようなことを言いあらわすには、too costly in terms of manpower というふうに言葉をつなげる。もっとも単純には high casualty と言えば充分だが、それだと心理的な衝撃が大き過ぎる。だから言葉数を多くして言い換える。

戦死者数の予測について討議がなされた議会で、「わずか数百名の戦死者」only a few hundred American casualties という言いかたをめぐって、議員たちは議論していた。only とはいったいなになのか、という議論だ。戦死した兵士の家族にとって、only という言葉はいっさい肯定的な意味は持たないという、根源的な意見には興味深いものがあった。

死傷者は軽微、という意味の英語の言いかたは、light casualty だ。軽微とは言いがたいときには、heavy あるいは high casualty という反対語がある。しかし heavy へいくまでにもうひとつ、heavier という便利な言いかたがある。軽微であることを越えた範囲での、より多い死傷者の可能性を、この比較級の単語は意味している。

light であるか heavy であるかは後の問題として、casualty とはいったいなになのかという根源的な問題も、アメリカでは討議された。戦地で戦死したまま、生きては二度と戻って来ることのない、十九歳から二十四歳くらいまでの青年たち、それがカジュアルティだ。カジュアルティという言葉の具体的意味が、命を失った人という、それ以上にはもはやどうすることも不可能な、問答無用な確固たる現実であるとき、light だの heavy だのという形容語を使うことにいったいどれほどの意味があるというのか、と人々は議論した。若い兵士が大量に死んでいく地上戦をともなった従来どおりの戦争を、アメリカはもはや出来なくなった、という意味だ。

豊かな先進文明国の、豊かな先進性は、厚みのある広い範囲での経済活動によって、作り出され支えられている。国のなかでも外でも、長期間にわたって平和が維持されないと、そのような経済活動の維持と拡大は不可能だ。貧しい後進国では、内外に深刻な紛争がほとんど常にある。宗教が近代化の足を引っぱり、紛争のもととなり、民衆はあっけなく兵士として動員され、死んでいく。軍備に国の資金は消えていく。生産のためには人も物もまわらず、生活の水準は落ちていくいっぽうとなる。豊かな国がその豊かさを維持していくために、ときとして戦死者というコストを払おうとする。豊かな国は、では貧しい国を救うために、どのようなコストを払う用意があるのか、クリスマスが近くなるにつれて、アメリカではこのような議論も、TVをとおして人々に伝えられた。

アメリカが発表した数字によるなら、クエートへの侵略とその全土の制圧のためにイラクが動員した兵士は、五十三万名ということだった。すさまじい攻撃力を暗示するには、充分すぎるほどの数だ。クエートを制圧したまま、撤退に関するアメリカの警告を聞こうとせず、自由世界ぜんたいを相手に、弁解の余地のまったくない軍事暴力を行使し続けようとするイラク、というイメージは急速に出来上がっていった。あまりにもそのイメージが出来上がりすぎると、フセインという男はちょっと馬鹿なのではないか、と人々は思い始めた。

けっして馬鹿ではないサダムについて、ブッシュ大統領は、「この男はなにを考えているのか、よくわからないよ」I can't figure this man out. と言った。ジュネーヴで国務長官がアジズ外相と会っていることに関しては、One last attempt to go the last mile. と、大統領は表現した。平和的解決のための外交的な努力の最後のものであるこの話し合いが決裂したなら、それが最後通牒(つうちょう)となる、というような意味の発言だと思っていい。

報道官がなにを言ってもたいしたことはないが、マーリン・フィッツウオーター報道官は、イラクに対するアメリカの態度を、no negotiations, no compromise, no attempt at face-saving and no awards for aggression. と、表現した。「早くに戦争となるだろう。すべてをやりつくしたあとの、それは最後の手段だ」と、ジョージ・ミッチェルは発言した。「戦争という最終的な手段を採択する前に、経済制裁を徹底的にやりつくすべきだ」という発言は、リチャード・ゲプハート上院議員のものだ。「すでに我々はルビコンの河を渡った。戦争になるかどうかではなく、その戦争に勝つかどうかが、最重要な問題だ」と、ヴァーモント州選出のパトリック・リーヒィ議員は発言した。「イラクがクエートから撤退しなければ、イラクは壊滅的な結果を迎えることとなる」と、国務長官は言った。一月の初め頃には、アメリカ議会はまだ戦争に関して懐疑的だった。

国連の事務総長は Only God knows if there will be war or peace. と言い、国務長官は、国連がきめた一月十五日という撤退期限について、serious deadline, very, very real deadline と、十三日に言っていた。リアルとシリアスとの対比が興味深い。リアルとシリアスとは、同義語だと言うよりも、シリアスをさらにふくらませた上での同義語が、リアルなのだ。There is a fatal moment when one must act, and this moment, alas, has arrived. と、フランスの首相は、撤退期限の日に所感を述べた。

Just to save face, he has to do something. So something is coming. とノーマン・シュワルツコフは言い、一月十五日の『イーヴニング・ニュース』の最後で、サンフランシスコのアメリカ軍基地に暮れていく冬の陽の映像にかぶせて、No one knows what next sunrise may bring. と、記者は言った。

一月十七日、イラク軍に対する連合軍の戦闘が開始された。その戦争は「砂漠の嵐」と命名された。三十一日、カフジという場所での攻防戦で、アメリカ軍に初の戦死者が出た。二月十三日にはバグダッドが爆撃された。十八日にはゴルバチョフが新たな和平の提案をした。邪魔くさい、とはっきり言ったも同然に、二月二十二日、ブッシュ大統領は、クエートからのイラク軍の撤退期限を二十三日ときめた。このような期限はいわゆる物理的に不可能というものであり、二十四日、地上戦が始まった。二十六日にサダムはクエートからの撤退を自分の軍隊に命じた。その日にクエートは解放され、二十八日にブッシュ大統領は勝利と停戦を宣言した。

一月三十日にブッシュ大統領がおこなった国家教書のスピーチのなかに、「リーダーが背負うもの」burden of leadership という言葉があった。リーダーとはアメリカであり、背負うものとは、おなじスピーチのなかでの彼の言葉によれば、the moral standing and the means to back it up ということだった。

フランクリン・デラノ・ロウザヴェルトの孫にあたる、アン・ロウザヴェルトという女性が、大統領が言ってきたこと、そしてその頃まだ言っていたことすべてに対する、反対意見のスピーチをおこなった。淡々と言葉を積み重ねていく様子は、たとえば二月十日にサダムが言った、「神の目から見ればすでにイラクは勝利している」という言葉と、対等であるように僕には見えた。まったく対等ではなかったのは、つまりかなり下位に位置せざるを得ないと僕が感じたのは、二月十一日にブッシュ大統領が言った次のような言葉だ。

I've always felt confident we are on the right path. I feel even more so now.
（自分たちのめざしている方向は正しいのだと、私はいつも自信を持っていました。その自信はいまいっそう強くなっています）

十二月七日に日本で放映されたＣＢＳ『イーヴニング・ニュース』のなかに、大量に召集されたナショナル・ガードが、彼らのコミュニティである小さな町から出動していく様子をとらえた部分があった。これは本当に良く出来ていた。秀逸だった。まるで映画のようだった。この取材テープのここからはこの部分、そのテープからはここ、というふうに的確に選び出したものを、ものすごく自然な流れのなかで、きわめて巧みにつないだものに、全篇にわたって記者の語りが重なっていた。要所要所では、息子が召集された老いた父親、小学校の歴史の先生、ヴェトナム戦争のヴェテランたち、夫が召集された妻などの声が、拾ってあった。

日本の映画用語で言うところのカット割りを、内容とともに細かく正確にメモしておけば良かった、といま僕は軽く後悔している。全体は映像による短篇小説のようだった。上質の情緒がぜんたいを明確につらぬいていく様子は、感動的ですらあった。見事な出来ばえだった。こういうものを作らせると、アメリカの人たちはうまい。なんということもない平凡な状況と材料なのだが、そこから感動的な映像短篇を彼らは作り出す。いざとなれば誰もが強固に共有することの出来る精神的な支柱、つまり世界のどこに対してもおなじように主張することの出来る、明確な歴史観がそのようなものを彼らに作らせる。

その町から出動していくナショナル・ガードたちは、何台かのトラックに分乗していた。トラックは列を作っていた。コンヴォイだ。かなりの数の人たちが召集されたのだろう。映像によるレポートは、このコンヴォイが出発する日の朝の情景を、中心にしていた。見送りの人たちが、旗を持って外に出ている。幼い子供を抱き上げて別れを惜しんでいる、いまはもう軍服姿のお父さん。複雑な感情の高まりを抑制しようと努めている、初老となっているヴェトナム・ヴェテランたち。道からはずれて少しだけ高くなったところにトラクターを停め、その単座のシートにすわって息子を見送る七十二歳の父親。トラックの列は出発する。見送りの人たちと合わせて、ぜんたいの光景はなにかのパレードのようだ。妻の車がコンヴォイを追いかけて来る。トラックの列を停め、トラックを降り、軍服姿の夫は彼女ともう一度だけ抱き合う。

ヒューマンなタッチ、などと日本語では表現される世界だ。しかしそのヒューマンなタッチは、世界で最強の攻撃力を持った軍隊が、戦後から数えても五十年間にわたって、ひたすら拡大されるなかで維持され続けてきたという、おそろしく硬質な事実が支えている。国のなかの小さな町、つまりコミュニティ。そのコミュニティを構成するいくつもの家族。ファミリーと国と愛国心。それらがひとつに溶け合って、思いっきり高まる機会、それがアメリカの人たちにとっては、戦争というものだ。

ジョージア州のハインツヴィルという町のレポートも、僕は見た。この町は、陸軍の基地があることによって成立している町だ。アメリカにはこのような町がたくさんある。湾岸戦争に召集されて、町から男たちつまり兵士たちが、ごっそりといなくなってしまった。残された女性たちが毎日の生活を支え、維持していかなくてはならない。陸軍の基地の町だけに、いったん戦争となったらいつ終わるかわからない、という思いは深い。高校では中東の歴史や地理を教える科目が新設された。出動した兵士たち、つまり学校で学ぶ生徒たちの親が、大量に戦死するという最悪の事態にそなえて、親を失った生徒たちの悲しみのカウンセリングの準備を学校は開始した。

第二次世界大戦以来のものだというスケールの動員を、TVニュースの画面のなかに見ているだけでも、アメリカ国内からだけではなく世界じゅうのアメリカ軍基地から、およそありとあらゆる兵器がサウディ・アラビアに集結していったことは、よくわかった。有事緊急展開の日本の基地から、戦艦や弾薬が現地へ出ていった。日本にある基地は、最終的には攻撃力に結びつく。そしてその攻撃力は、日本の人たちが普通に思い描いているよりも、はるかに強く高い。日本という外国のなかにある、アメリカ軍による軍事攻撃の、最前線だと思ったほうがいい。

イラク軍の戦闘能力がどの程度であるのか、アメリカ軍は正確に知っていたはずだ。まったくたいしたことはない、と判断するのが世界の常識だとするなら、アメリカ軍がおこなった動員は、常識をはずれていたと言っていい。イラクとの戦争は、戦争であると同時に、おなじスケールで、そしてひょっとしたらそれを越えて、実弾演習や実弾実験でもあったのではないか。アメリカの全軍がそこに参加した。やや旧式の兵器や期限切れの迫った弾薬類は、いっきょにそこで始末出来た。新しい兵器にとっては、実戦で使ってみるという、最高の機会となった。たとえばM－1戦車は、それまで実戦では使ったことがなかった。巡航ミサイルのトマホークもそうだ。横須賀からはトマホーク装備艦であるバンカーヒルやファイフが出動した。LAVという軽装甲車輛は、時速六十マイルから七十マイルという機動性が能力の中心となった、偵察用の車輛だ。戦車部隊と戦う役ではなく、アメリカの海兵隊にとってはまだ実戦で試されたことのない、新しいコンセプトだった。

イオージーマ（硫黄島）という名のアメリカの軍艦は、メインテナンスを重ねて三十年を生きてきた、このタイプとしては最古のヘリコプター・キャリアーだ。ボイラー・ルームで高圧の蒸気のとおる部分が破裂し、十名の兵士が命を落とした。昼間の砂漠では、トラックで移動していた海兵隊員が、友軍に射たれて死亡した。ハロウィーンまでに墜落した八機のアメリカ軍のヘリコプターのうち、七機は夜に落ちた。いくら夜間暗視装置があっても、なにもない砂漠のなかでは周辺視界はゼロとおなじだ。海と空の区別がつかず、海に突っ込むというようなことが起こった。戦争の準備は、明らかに戦争の一部分だ。動員はすでに実戦だった。

ナッソーという航空母艦では、クエートへの上陸にそなえて、オマーンで上陸演習がおこなわれた。砲撃とエア・カヴァーの下を、戦車を積んだホーヴァー・クラフトが、海の波の上を陸へ向かって走った。このような光景を、ハードウエアの機能する典型的な光景だとすると、ウィスコンシンという軍艦から四十五日めに踏む陸として、兵士の一部がサウディに上陸する光景は、ソフトウエアの最底辺の光景だ。限定された区域を兵士たちは笑いながら陽気に歩き、二杯までという制限つきのビールを楽しんだ。

夜の砂漠へ訓練に出た戦車は、しばしば迷子になった。砂漠には目標となるものがない。砂の広がりがあるだけだ。つらなる起伏は見当をすぐに狂わせる。夜ともなるとなおさらだ。海兵隊は迷子にならないと言われているが、GNS（グローバル・ナヴィゲーション・システム）のレシーヴァーが支給されるまでは、動きがとれなかった。レシーヴァーがあれば、砂漠の上空の衛星から発信される地理的なインフォメーションによって、正確な行動が可能になる。レシーヴァーを寄付してください、と民間の企業宛てに手紙を書いている海兵隊員が、ニュースの画面に登場した。軍からの正式な支給の予定は、ずっとあとだったという。

ヨーロッパからサウディの砂漠へ移動した戦車隊の兵士たち全員が、遺書を書いている場面も僕はニュースで見た。動員とひと口に言うが、じつは極大から極小まで、俯瞰（ふかん）すると気が遠くなるような、複雑で多岐におよぶ大事業だ。ヨーロッパから砂漠へ移動したなら、現地の気候に体を順応させるクライマタイゼーションの訓練が必要だ。アメリカにとって第二次大戦以来の動員であるとは、人類にとって少なくとも現代や近代においては、史上最大の動員であることを意味する。十二月いっぱいまでに四十数名のアメリカ兵が、事故で死亡した。動員には事故はつきものだ。第八十二空挺（くうてい）師団という精鋭の兵士たちに向かって、ポール・トロッティという中佐が、ニュース報道の画面のなかで、次のように言っていた。

It's a dangerous business. If you can't do it in peace time, then you are going to shoot your own men in war time.
(危険な世界だよ。普段ちゃんと出来ない奴は、戦場では間違えて友軍を射ったりするんだ)

中東へすでに到着しているアメリカ兵たちは、実戦が始まってからのいざというときにそなえて、訓練のときには節約のために実弾を使用せず、子供の戦争ごっこさながらに、バング、バング、バングと口で射撃音を真似ながら訓練しているという、ちょっと信じがたい不思議な報道も僕は見た。「こういうことをやってると、勘は鈍りますよ」と、兵士のひとりは言っていた。飛行機から地上を機銃掃射するときにも、パイロットが口真似する射撃音をマイクで拾い、スピーカーで地上に向けて放っている、とその報道は伝えていた。第二次大戦ではロンメル将軍と対峙（たいじ）した、イギリスのあの有名な砂漠の鼠と呼ばれた部隊の名をそのままいまも引き継いでいる部隊が中東に来ていて、彼等は訓練時にも実弾を豊富に使っている、とそのニュースは伝えた。冗談である可能性もなくはないが、おそらく本当なのだろう。だとしたらその状況はブラック・ユーモアに到達している、と僕は思う。

湾岸戦争という戦争のなかのブラック・ユーモアでもっとも面白（おもしろ）いのは、ジャン・ボードリヤールが『湾岸戦争は起こらなかった』（邦訳は紀伊國屋（きのくにや）書店）のなかで書いていた、次のような状況だ。前線でイギリスの砲兵隊が二十四時間ぶっとおしで砲撃を続けている。砲撃目標地点には、破壊すべき攻撃目標など、なにひとつない。前線に向けて接近中の機甲部隊の音を消すために、砲撃を続けているのだ。前線、つまり敵兵に向けて、機甲部隊は接近していきつつあるのだが、その敵兵はとっくに逃亡してしまって、前線にはもはや誰ひとりいない。

インディアナ州のマディスンというところにある、アメリカ軍の弾薬テスト場についての報道を、僕はいまも記憶している。広大な土地の全域が、長い期間にわたって、あらゆる弾丸や弾薬のテスト場として機能してきた。しかし経費節約のため、このテスト場はまもなく閉鎖されるという。閉鎖するのはいいとして、広い敷地ぜんたいに不発弾がいくつあるか誰にもわからない、という状況があとに残る。テストで射ち込み、不発だった弾丸はそのままに放置してある。敷地ぜんたいを安全な土地にするためのテクノロジーは、いまのところ皆無だ。こうしたテスト場を閉鎖すると、正式に軍に支給される弾薬のなかに、基準を満たさない不良品が増えるのではないか、と担当者は語っていた。

中東のアメリカ兵に向けて、本国のたとえば家族たちから、大量の郵便物が届く。仕分けして配達するのがたいへんであり、作業は大幅に遅れている、というようなレポートもあった。おりからクリスマスのシーズンだった。We love you, Dad. などと大きく書いたパッケージの山が、砂漠の陽光のなかで文字どおり山を作っていた。アメリカ本土からサウディへの、AT&Tの電話代は一分につき一ドル六十セントだった。通話は一回十五分の制限つきだ。料金の半分はサウディに対して支払う、とAT&Tは言っていた。衛星を使って直接に送っても、代金の半分はサウディに払うということだった。サウディへ出動した夫と何度か電話で連絡を取り合った奥さんが、その電話代がいまの私には払えない、とニュース画面のなかで言っていた。AT&Tにとって、湾岸戦争にかかわる収支は、いわゆるとんとんだったそうだ。

フランスからは外人部隊もサウディに来ていた。この部隊には日本人も多い、とアメリカのTVニュースはレポートしていた。イギリスからは、さきほども書いた砂漠の鼠が来ていた。人はもちろん違うが、第二次大戦のときの砂漠の鼠とおなじ部隊だ。チャレンジャー戦車の彼らは、

M－1のアメリカ兵にくらべると、ずいぶんと雰囲気が異なっていた。イギリスの彼らは、フランスからの部隊とおなじく、静かであり、抑制が効いていた。沈着そうな様子のなかに、アメリカ的に浮いたものがなかった。違うというなら、アメリカ兵たちも、たとえば第二次大戦や朝鮮戦争の頃にくらべると、ずいぶん違っていた。体つき、動きかた、ヘルメット、軍服、装備の持ちかたなどで、昔のアメリカ兵たちは、遠くからでもひと目でアメリカ兵だとわかった。いまは、たとえば体型がじつにさまざまだ。昔は白人という枠のなかでのさまざまな体型だったが、現在は白人以外のいくつもの人種が混在するなかでの、文字どおりさまざまな体型だ。

アラブの人たちは一日に五回、祈る。兵士たちでもそのことに変わりはない。彼らにとってはイスラムが唯一の宗教だ。他はすべて異教徒だ。異教徒とは、あってはならない存在のことだ。征服し、殺してようやく、異教徒は他者となる。征服することも殺すことも出来ない場合は、異教徒は一時的に招き入れられた客人だ。兵士であることを抜きにして考えると、サウディに出動したアメリカ兵たちは、一時的に滞在して仕事をしている労働者たちだ。

十字架やスター・オヴ・デイヴィッドは目につかないようにしておくこと、という通達がアメリカの兵士たちに出された。女性兵士が立ち混じるなど、アラブの人たちにとってはとんでもないことだった。テントのなかでおこなわれる礼拝や説教は、アメリカ軍の基地の内部に限定された。軍隊つきの牧師は、たとえばチャプレンやミニスターという伝統的な言いかたから、モラール・オフィサーなどと、呼びかたが一時的に変更された。

それでも、とにかく、どちらの側の兵士たちも、それぞれの神に祈った。戦闘機のパイロットたちは、砂漠のテントのなかで、バイブル・スタディのクラスを欠かさなかった。最終的には誰もが祈るほかなかった。兵士たちも、そして母国に残された家族や親族、友人や知人、そして顔も名前も知らない人たちも、兵士たちの無事を祈った。祈るという行為の背後にある宗教感情は、神という唯一絶対の人を介して、おたがいが少なくともそのときは、結ばれてあるということだ。

母国を遠く離れた異教徒の国での、制約の多いクリスマスを、アメリカの兵士たちは過ごした。母国の軍事基地のゲートには、アメリカの兵士たちに祈りを、という意味の言葉を書いた看板が掲げられた。そのクリスマスに、メリー・クリスマスの言葉や感情とともに、サウディのアメリカ兵に届けられたのは、たとえば母国にいる父親からの、Go get them! という、少なくともアメリカ的な文脈では普遍性のある言葉だった。戦闘機のパイロットであるダニーという息子の姿を、自宅の居間のTVのスクリーンに見ながら、彼の父親がスクリーンに向かってそう言っていた。そのような言葉を受ける兵士たちのほうでも、To go and get the job done. That's what we are here for. という言葉でおたがいを確認し合っていた。

クリスマスは過ぎ去り、砂漠のなかでは中年の将校が若い兵士たちに向かって、一例として次のように叱咤(しった)した。「実戦になってとことん最後のどたん場に身を置いたら、敵と戦うのは愛国心のためじゃないんだよ。お母さんのためでも、アップル・パイのためでもないんだ。サラ・リーなんてどうでもいい、すぐかたわらにいる戦友たちのために、誰もが戦うんだ」

そのような若い兵士たちに、再び取材に来たCBSのダン・ラザーが、いまの気持ち、というやつを聞いてまわった。世界経済が独裁者の手に落ちるとか、自分の国のためには戦うほかないとか、平凡な感想を述べる彼らのなかに、「私個人としては、ほんとのことを言って、納得はいってないです」I myself don't see the point. Tell you the truth. と答える若いＧＩがいたりもした。

大統領の得点

二月二十六日、サダムが自分の軍隊にクエートからの撤退を命じた日、そして連合軍がクエートを解放した日、ブッシュ大統領が語ったことのなかに、次のような部分があった。

The liberation of Kuwait is on course and on schedule, and we have the initiative. We intend to keep it. We must guard against euphoria. There are battles yet to come, and casualties to be borne.

（クエートの解放は作戦どおりそして予定どおりに進行していて、我がほうが主導権を握っています。主導権を敵に渡すことはあり得ません。戦いはまだ続くでしょう。受けとめなければならない死傷者も出るはずです）

さらには次のような部分もあった。

Our success in the Gulf will bring with it not just a new opportunity for peace and stability in a critical part of the world, but a chance to build a new world order based upon the principles of collective security and the rule of law.
（湾岸における我らが勝利は、世界ぜんたいにとって致命的な地域に平和と安定をもたらすだけではなく、集団の安全保障と法による支配という土台の上に、新たなる世界秩序を作っていく機会をも、もたらすのです）

このときブッシュ大統領がアメリカ国内で獲得していた支持率は、八十七パーセントという高い率だった。第二次大戦がヨーロッパで終結した直後の、トルーマン大統領に対する支持率とおなじだ。ブッシュ大統領の支持率はこのあとさらに高まり、九十パーセントを越えた。

いま僕が引用した後半の部分に、ニュー・ワールド・オーダーつまり世界の新しい秩序という言葉がある。冷戦という巨大な構図が消えたあと、世界には局地紛争が多発していく。さまざまに複雑な背景を持ったいくつもの局地紛争のうち、アメリカにとって死活的な意味を持つものに関しては、アメリカは紛争を力ずくでも抑えていく。そしてそのような意味を持たない局地紛争については、興味を示さずしたがって行動もおこさない、というのがアメリカにとっての新しい世界秩序であることを読み取った人たちが、九十パーセントを越えた大統領の支持率のなかに、どれくらい存在しただろうか。

二月二十八日、ブッシュ大統領が湾岸戦争の停戦と勝利を宣言した日、クエートから中継されたアメリカ国内向けのTVニュースの、冒頭のひと言は、They have been given a job, and they have done it. というワン・センテンスだった。CBSのダン・ラザーはクエートにいた。「クエートの人たちから私は礼を言われたが、それはきまり悪く、居心地のけっして良くはない気持ちだった」と、彼はカメラに向かって言っていた。そして彼は次のように言葉を続けた。

The press did not win the war, but since we had to accept the thanks, we'll just pass it on to those who really earned it――he men and women of U.S. armed forces, their lives and their commanders. Thank you.

（報道機関が戦いを勝ち取ったのではありません。私たちがクエートの人たちから受けとめた感謝の気持ちは、真にそれを受けるに値する人たちへ、手渡したいと思います。その人たちとは、アメリカ軍の兵士たちであり、彼らの命、そして指揮官たちであります。ありがとう、と私たちは彼らに言います）

まだ停戦前だったと思うが、戦況について伝える記者会見でノーマン・シュワルツコフはいつもの調子で次のように語り、記者たちを笑わせていた。

「サダムは戦術家ではないですよ。戦略家でもないですね。将軍でもありません。さらに言うなら、彼は一介の兵士ですらないんです。彼は、なんでもないんです。そしてそれ以外の点においては、彼は偉大なる軍人と言っていいですね」

ニュース番組のなかで、アメリカの女性記者が次のようなことを語るのを、僕は聞いた。「イラクがサウディに向けて射ったミサイルが、アメリカ軍のパトリオットで射ち落とされたときには、フットボールの試合でタッチダウンがおこなわれたときとおなじ歓声が上がりました」スポーツへのアナロジーは、この湾岸戦争をめぐるアメリカの人たちの言葉のなかに、たくさんあった。国防長官のリチャード・チェイニーは、停戦前のいつだったか、次のように言った。

A military operation of this intensity and complexity cannot be scored every evening like a college track meet or a baseball game.

(これほどに密度の高いしかも複雑な軍事行動ですから、その成果をまるで陸上競技や野球の試合の結果のように、点数で毎日あらわすことなんて不可能なのです)

野球の試合ではあるまいし、スコアをつけては一日ごとにかたづけていくというわけにはいかないですよ、というわけだ。

湾岸戦争をスポーツになぞらえるとしたら、それはフットボールしかないだろう。フットボールは勝たなければなんの意味もないスポーツだ。勝つためにするスポーツ、それがフットボールだ。湾岸戦争も、勝つためにする戦争だった。徹底した職能制にもとづく精鋭たちが、おなじく徹底した分業のなかで、攻守のための動きを分担する。動きは同時多発的であり、その動きのすべてを律しているのは、作戦とフォーメーションだ。ランニング・バックが敵陣へ深く入っていくタイミングに完璧に同調させて、クオーターバックは正確無比なロング・パスをきめる。敵陣に入りきっているランニング・バックはそれをレシーヴし、強力に走り抜いてタッチダウンする。砂漠のイラク軍だけではなく、かつての太平洋の日本軍も、アメリカ軍のおなじような作戦とフォーメーションに取り込まれ、完敗を重ねていったではないか。

砂漠での戦争に向けてアメリカ軍の動員が巨大に高まっていきつつあった頃、『ニューズウィーク』のアメリカ版を読んでいたら、ブッシュ大統領を田舎の高校のフットボール・コーチに、そしてサダムを昔のハリウッドの中東ものの時代劇に出てくる邪悪な異教の暴君に、それぞれなぞらえている一ページの文章があった。湾岸戦争に関してアメリカが使っている言葉からアナロジーの対象をさぐり出してイメージすると、ブッシュはこうなりサダムはこのようである、という趣旨の文章だったと僕は記憶している。

アメリカ兵の母国への帰還が始まった頃、まもなく帰っていくセヴンス・アーミーの兵士たちを前にしてシュワルツコフがおこなったスピーチのなかに、次のような一節があった。

It's hard for me to put into words how proud I am of you. How proud I've been to be the commander of their force. I'm proud of you. Your country is proud of you. The world is proud of you. God bless you, and God speed your trip back home. God bless America.

（私がきみたちをどれほど誇りに思っているか、言葉で言いあらわすのは難しい。指揮官である私がいかにきみたちを誇りに思うか。きみたちは私の誇りだ。きみたちは国の誇りだ。世界じゅうがきみたちを誇りに思っている。帰還の旅に神の加護がありますように。神がアメリカを祝福されんことを)

帰って来た兵士たちを迎える基地の式典に参加して、ブッシュ大統領もスピーチをおこなった。感情の高まりと、高まったところでの一致を目的としたこのような式典を、大統領は早くも政治集会として理解し、巧みに利用しようとしていたのではなかったか。政治集会とは、次の大統領選挙のための、選挙運動の一端ということだ。フォート・サムターという基地での彼のスピーチのなかから、一節を僕はメモしておいた。

You not only helped liberate Kuwait, you helped this country liberate itself from old ghosts and doubts. No one in the whole world doubts us any more.
(あなたがたはクエートを解放しただけではない。いまだに立ちあらわれる古い亡霊や懐疑の念から、あなたがたは我々を解き放ってくれた。我々の戦いの正当性を疑う者は、もはや世界にひとりもいない)

大統領は拍手大喝采(かっさい)を受けていた。この一節の後段は、ヴェトナムについてだ。古い亡霊と懐疑の念という言葉、そしてそれに続く、私たちに疑念をはさむ人は世界のどこにもういないのです、というような言葉は、いわゆるヴェトナム・シンドロームを受けたものだ。湾岸戦争の勝利によって、ヴェトナムの後遺症も一掃に近いかたちで払拭されるという期待感を、兵士の帰還の場に重ねて、大統領は人々に提供した。それに対する人々からの拍手は、少なくともそのときは、大統領にとっての得点だった。

帰って来る死体の映像

湾岸戦争の主としてTVによる報道の基本方針について、No pictures of returning bodies this time. という言いかたがなされるのを、僕は八月のうちに、少なくともまだ季節的に暑いうちに、アメリカのTVニュースで聞いたと記憶している。「今回」とは、ヴェトナム戦争を前回に位置させた上での、今回だ。そして「帰って来る死体の映像」とは、戦死した兵士たちの遺体が金属製の容器に収められ、輸送機で太平洋を越えてカリフォルニアの基地に戻って来る様子、あるいは現地で輸送機に積み込まれたりする光景をとらえた映像を意味している。

ヴェトナム戦争のときには、報道関係者による現場の取材は、ほとんど自由だった。危険を承知なら、取材をする人は、どこへでもいくことが出来た。撮影も自由だった。その結果として、戦場という現場から、戦争によって生まれるありとあらゆる破壊の映像が、検閲なしで、雑誌に掲載される写真として、あるいはTVで放映される実写フィルム映像として、社会に向けて大量に放たれることとなった。

あの戦争の戦場で、どこが最前線なのか特定することは、常に不可能に近かった。いたるところに、そして思いもかけない場所に、それがごく当然のことのように、最前線は存在していた。出かけていけば至近距離でかならず猛烈な戦闘になることがわかりきっている場所にでも、取材者はカメラ・クルーとともに出向いていくことが自由に出来た。軍の車輛やヘリコプターにヒッチ・ハイクの感覚で乗り込み、現場に到着したら上官のひとりにも挨拶すれば、そこから先の行動は自由だった。

ジャングルのなかで作戦行動している兵士たちとともに進んでいき、たとえば休憩時に、兵士たちの様子や会話をフィルムで撮影する。遅くとも二日遅れほどで、そのフィルムはアメリカ国内のTVニュースの材料となる。居間で夜のニュースを見ている人たちは、ジャングルのアメリカ兵のなかに、知った顔を見つける。「あそこの家の、あの息子さん」と指さして驚くことはしばしばあったし、「あ、うちの息子！」という劇的な場合もあった。

休憩は終わり、兵士たちの行動は再開される。丈の高い熱帯の草のなかを、どこへとも知れずに歩いていくと、突然、前方のジャングルから、彼らは銃撃を受ける。現実の、本物の、戦闘が始まる。アメリカ兵が被弾する。血まみれになって彼は草のなかに倒れる。カメラマンも倒れる。倒れた位置から撮影を続ける。被弾した兵士の顔を左端にとらえている画面の右側で、さらにひとり、アメリカ兵が射たれて倒れる。このような映像がニュース番組のなかで放映されると、射たれて血まみれの、命があるのかどうかすらさだかではない兵士たちは、あそこの家のあの息子さんであり、うちの息子なのだった。

救援のヘリコプターが来る。ローターの風で草をなぎ倒しつつ、ヘリコプターは着地する。射たれた戦友をかついで、兵士たちは身をかがめつつ、ヘリコプターに向けて走る。その兵士たちが被弾して草のなかに倒れる。カメラマンが無事にその場を脱出出来たなら、彼の撮影したフィルムはサイゴンで現像され、アメリカへ空輸される。東京へ運んでそこから衛星でアメリカへ送る、という手段もあったようだ。

制限のほとんどない取材による戦争の映像は、アメリカが敵としていた相手の強靭(きょうじん)さによって、いわゆる地獄絵図的な様相を、極限に近いところまで高められていた。これをTVで毎日のように見ていると、やがて確実に効いてくる。「視覚をとおして心の内部に蓄積されていくボディ・ブロー」という言いかたを、僕はどこかで耳にし、いまも記憶している。ボディを越えて、ブローはマインドに効いた。いったいこれはなになのか、なにのためにアメリカはこんな戦争をしているのか、という根源的な疑問を、人々に意識させずにはおかない効きかただ。

ヴェトナム戦争に反対する気持ちは、人々のあいだに充分に高まった。しかしその反戦意識は、いわゆる戦争反対ではなく、自分の国とはなになのか、アメリカとはなにか、政府とはなにか、そして自分とはなになのかという、深刻をきわめた根源的な懐疑の念の、相当に徹底した掘り起こしとしての反戦だった。シンドロームとして尾を引いて当然の出来事だ。

ごく簡略に言って以上のようなことを、今回の湾岸戦争の報道では、可能なかぎり避けたい、という軍および政府の基本方針を、この文章の冒頭に書いた No pictures of returning bodies this time. というひと言が、象徴している。湾岸戦争の取材に関して、軍当局が禁止事項としてあげたものは、無数に近くたくさんあった。ほとんどのことが、禁止かあるいは申し出ても許可されないかの、どちらかだった。報道関係者のあいだに不満は大きく、当局の方針に反対する人たちは数多くいた。しかしぜんたいの結果として、当局の取材コントロールは、成功した。報道する側の完敗であった、という自覚の向こうから、戦争の報道とはいったいなになのか、という根源的な問いが出てきた。

湾岸戦争は本当の戦争だったのだろうか、と僕は思う。生きた敵兵とその国を相手におこなった実弾演習のような、きわめて変則的な戦争ではなかったのか、という思いが消えない。アメリカ軍の動員は巨大だった。必要がないものまで、つまり全軍が、いろいろと試してみる絶好の機会として、動員されたのではないか。しかし、戦場らしい戦場は少なかった。戦場らしい戦場がいたるところに生まれるような戦争、つまり死傷兵が続々と出るような戦争は徹底的に避けた結果だとも言えるが、爆撃や砲撃の多さにくらべると、戦場はどこにもなかったと言っていいほどに少なかった。報道のコントロールがうまくいった陰には、このことも大きく関係しているのではないか。

可能なかぎりコントロールされた状況のなかから出てくる、主としてTV放映用のヴィデオ映像というものに関して、湾岸戦争はさまざまに考えるきっかけをあたえてくれた。弾頭のレーダーが目標物をとらえ、その目標物に向かって正確に飛んでいき、見事に命中して自ら破裂する場面の、いわゆるピンポイント爆撃の映像は、平凡な人々を相当に驚かせたようだ。軍事目標だけをこのように正確に狙って爆撃するから、今回のこの戦争はクリーンな戦争である、という説明がその映像のあとを追った。命中したところだけの映像、しかも本物であるかどうか誰にもわからないような映像だけが公開されるというコントロールに、言葉によるさらなるコントロールが加えられていく。

バグダッドへの爆撃では、一般市民のための施設が爆撃を受けた。大きな被害が出たはずだし、死傷者も少なくはなかったはずだ。無差別に爆撃したのか、それともピンポイントの狙いがはずれた結果なのか。一般市民の施設への爆撃は、サダムが作りだしたフィクションなのか。確かなことはなにひとつわからないなかで、アメリカ軍当局からの次のような説明が、もっとも広く受け入れられていく可能性は充分にあり得る。イラク軍の本来の軍事施設が爆撃で破壊されたため、軍は一般の施設に移ってきた。軍の車輌が出入りし、軍の電波が出ている事実を確認したのち、軍事施設として、アメリカ軍は正当な爆撃をおこなった、という説明だ。これを正確に具体的に反証するのは、たいへんに難しい。

ＴＶ用のヴィデオ映像は、付随しているはずの説明どおり、その現実をそのまま撮影したものではあっても、限定された狭い範囲内の現実を写したのであることには、間違いない。撮影カメラがそのときそこにいたということは、そのときのそこだけしか撮影出来ないことであり、画面に映るのはレンズの画角内にあるものだけだ。いくらパンしてもズームしても、カメラがそのときはそこだけにいたという事実に、なんら変わりはない。

このことから、ヴィデオ映像に対する基本的な不信感、ないしは仮想されたあるいは捏造(ねつぞう)された現実感が、確実に生まれてくる。別な説明に変えると、おなじ映像がまったく別のものになってしまう。たまたま撮ったもの、意図的に撮ったもの、ずっと以前に撮ったもの、別の場所で撮ったまったく関係ないもの、でっち上げられたものなどが、現実のなかに自由に複雑に入り込み、現実は本当の現実とは違ったものにされていく。現実は意図に沿って誘導される。一方の側による取捨選択がさらにここに重なるのだから、TVで人々が見る映像の、その発生地点を彼ら自身がつきとめることは、事実上は不可能だ。彼らは、ただとにかく見るほかないという、受け身の位置にまわらざるを得ない。そこから脱出するには、見かたというものを習得しなければならない。

　戦争そのものの映像が極端に少なかったのに反して、銃後の愛国心的な場面や事柄についての映像は、じつに豊富にあった、と僕は感じた。愛国心と言えば国旗であり、その色は赤、白、青だ。それに今回は黄色が加わった。兵士たちの無事を祈る、黄色いリボンだ。黄色いリボンの需要は大きく、大量の注文に応(こた)えて全力で生産してなお品不足である、という報道を僕は見た。平和や兵士たちの無事を祈る言葉が印刷してある黄色いリボンもあった。そのようなリボンで町ぜんたいを囲んだ大学生たちのことを、話題のひとつとしてニュース番組は取り上げていた。アイダホ州のマウンテンホームという町には、戦闘機のパイロットのトレーニング基地がある。その基地から湾岸戦争に出動した父親をいつも身近に感じていたいと思い、父親のパジャマを着て学校へいく子供のことも、ニュース番組に登場した。二月なかば、湾岸戦争で命を落としたアメリカ兵の、最初の葬送の儀式がアーリントンでおこなわれた様子を報道したなかで、三角に折りたたんだ国旗を、この戦争に関して僕は初めて見た。棺(ひつぎ)を覆っていた国旗を、縦に二度たたんだあと、端から三角形にたたんでいく。そしてそれは遺族に手渡される。

銃後の愛国的なシーンが報道のなかで占めた多さは、そのままこの戦争に関する一般大衆の気持ちの反映だったはずだ、と僕は思う。ヴェトナム戦争のときのように、意味もなく大量にアメリカ兵が死ぬことだけはなしにしたい、とにかく生きて帰って来てほしい、という気持ちだ。アメリカの愛国心は陰影を深めた。そしてその深まりは、外国の戦争にアメリカの兵士たちが出ていくのはもう嫌だ、やめにしたいという感情に、はっきりした輪郭をあたえたようだ。

市民の思考や行動の自由度において、少なくともいまのところ、世界でもっともその度合いが高いのは、アメリカだ。このアメリカで、政府や軍当局が市民ぜんたいを意のままにコントロールすることなど、とうてい不可能なことだ。湾岸戦争の報道に関して、政府や軍は、彼らに出来ることとして残されている最後の部分を、限度いっぱいに使った。情報の出口を徹底的にコントロールすることをとおして、その出口からもっとも遠いところにいる普通の市民たちの考え方や反応のしかた、感情の動きなどを、最終的に大きく一本の流れにまとめていくという操作を、彼らは試みた。その試みは成功した、と僕は思う。

湾岸戦争に出動したアメリカ兵の平均年齢は、二十七歳だということだ。なんという若さだろうと思うが、中年の予備兵が多く召集されたことによって、兵士の平均年齢はこれでもずいぶん上がっているという。肉体的にもっとも負担の大きい歩兵の平均年齢は、ちょうど二十歳だった。「夜の砂漠で今夜も彼らは眠る」と、取材に来たダン・ラザーは言っていた。「彼らはなにを思うのか。彼らの明日は、どうなるのか。今夜、もしあなたがなにごとかについて考えたい気持ちになったなら、砂漠にいる歩兵たちのことを思ってほしい」と、彼はある日のレポートをしめくくった。

兵士たちは、たとえばTVニュースの取材カメラに向かってなにかを語らなくてはならないとき、ホームとジョッブという言葉を多用した。ホームとは、自分の国であるアメリカ、そして出動前に住んでいた町、そのなかにある自分の家などを広く意味している。ジョッブとは、兵士として戦場へ来ている自分の仕事、つまり敵と戦ってそこから生きて抜け出てくることだ。

「イラクに向けて北へ攻めていけばいくほど、自分はホームに近くなる」と、地上戦が始まったとき、若いアメリカ兵のひとりは言っていた。「人を殺すのは良くないことだけど、とにかく戦ってジョッブを終わりにして、早くホームに帰りたい」と、兵士たちは言った。家族からの便りも、兵士たちにとってはホームだ。家族だけではなく、アメリカの人たち全員の関心や祈りも、彼らにとってはホームだった。ホームとは愛国心であり、いつものライフ・スタイルでもあった。ライフ・スタイルを守り抜くのが愛国心であり、その両者を結びつけるものは、必要なら軍事行動を採択するというリアリズムだ。

輸送船で帰って来た兵士たちを、港の埠頭（ふとう）で家族が出迎える。軍服姿に個人装備を持ったまま、兵士たちは妻と抱き合い、腰を落として幼い子供を抱き寄せる。そのとき彼は片手にまだライフルを持ったままだ。ライフ・スタイルという日常と、それを守るための戦争とは、愛国心によってどこまでもひとつにつながったリアリティだ。

「私の恋人を戦場にいかせたくない」という気持ちは、原理的にはたいへん正しくて美しい。しかし、妻も母親も、誰かの恋人である独身の女性も戦場へいったというリアリズムのなかでは、そのような気持ちは、きわめて主観的で自己中心的な、脆弱さをきわめた幻想でしかない。そのような幻想は、ほとんどすべての現実を、じつは引き受けることが出来ないし、引き受けることをあらかじめ拒否してもいる。

ヘリコプターは上昇し飛び去った

クエートの若い人たちは、戦争のあいだ、カイロに逃げていた。そこでいつもとおなじような生活をしていた。夜になればディスコという毎日だ。イラクの軍隊によって、クエートは確かに破壊された。廃墟のようになった町には、電気もなく水もなかった。燃えるいくつもの油田からの煙が、クエートの空を覆った。晴天の日の朝、まだ十時なのに、空はそのぜんたいが濃い灰色であり、奇妙にうす暗い空間がその空と地表とのあいだに横たわっていた。外を歩くにはかなり性能の高いマスクが必要だった。マスクがないと咳がとまらず、目は痛くて開けていられなかった。

ただ燃え続け、空に向けて黒い煙を広げ続ける、砂漠のなかのいくつもの油田の光景を表現するとき、ＴＶニュースの記者のひとりは、サイエンス・フィクション・ストレンジネスと言っていた。サイエンス・フィクションのなかに描かれているような奇怪な光景、というような意味だ。見る人の気持ちを強くとらえるその光景に、アメリカの街角のガス・ステーションの光景や自動車でいっぱいのハイウエイの光景がつながると、TVの映像をただ見るだけという立場そのものが、サイエンス・フィクションのなかの奇怪な光景となった。

破壊され瓦礫の山のようになっているクエートの町を、サングラスをかけた若い女性が、いっさいなにごともなかったかのように、歩いていく。アメリカのTVニュースの記者が彼女に取材する。「これからたいへんですね」と、記者は言う。「なぜ?」と、彼女は聞き返す。瓦礫の山を示した記者は、「こういうものをすべてかたづけて、以前のとおり建設して復興しなくてはいけないでしょう」と言う。彼女は声を上げて笑う。そして、「私、そんなこと、したくない」と答える。クエートはたいそう裕福だから、下積みの仕事は外国から雇った人たちにまかせきりだ。フィリピンやパキスタンから、労働者が数多く入っている。

瓦礫の山といえば、戦死兵はどうするのだろうか。イラクの兵士たちは二十万、三十万と戦死したのではないのか。戦場となった砂漠のいたるところに、たとえばアメリカが停戦と勝利を宣言したとき、戦死兵の遺体は急速に腐敗しつつ、転がったままであったはずだ。瓦礫の山も戦死兵も、かたづけなければならない。瓦礫の山はいいとして、戦死兵をかたづけるには、どのような作業が必要なのか。

停戦後ではあっても、敵兵の死骸を仮にアメリカ軍が処理するとなったら、正式な命令や作戦が必要だ。死骸はひとつひとつ集めてまわるのだろうか。ひとりひとり氏名や所属部隊などが確認されるのだろうか。イラクまで運んでそこで墓地に入れられるのか。トラックで拾ってまわり、ある程度の数になったら、砂漠のなかにブルドーザーで大きな穴を掘り、そこにひとまとめに落として埋めるのか。埋葬した場所は、なんの目印もない砂漠のなかでも、衛星を使って正確にその位置を記録することは出来る。記録されるなら、そしてその記録が正確なら、砂漠のどこにどのくらいの戦死兵が埋まっているのかくらいは、あとからでもわかる。

撃破された戦車の狭いコックピットの壁に、半分は溶けてなくなり、残った半分が浮き彫りのようになって貼りついている死骸の映像を、僕は見た。砲塔の装甲を難なく溶解しつつ突き破り、内部で炸裂して数千度の灼熱空間を作り出す対戦車砲弾の、ごく当然の成果のひとつだ。この死骸に必要最低限の威厳を保たせるためには、処理をするアメリカ兵は彼を壁からはがさなくてはいけない。

砂漠に転がって強い陽光の直射を受け、腐敗で生じたガスで腹から胸にかけて丸々とふくれ上がった死骸をアメリカ兵が処理している場面の映像も、僕は見た。熱い砂の上にブランケットを広げ、その上へ死骸を転がして乗せる。ブランケットのなかにそれをくるみ込み、両端をしぼってふたりで持ち上げる。映像はそこまでだ。そこからあとを、僕は想像する。もっとも楽な方法でトラックに積み、共同墓地つまり大きな穴のあるところまで、運搬していく。おそらくダンプ・トラックだろう。ブランケットにくるまれた数多くの死骸は、あるときいっせいに、斜めになった荷台から穴のなかへ滑り落ちていく。

連合軍の捕虜になったイラク兵が十五万人からいたという。イラクに引き渡されたとして、彼らをまともな市民生活に復帰させる余裕など、そのときのイラクにはなかったはずだ。引き取ったその場で動員を解除し、あとは各自の幸運にまかせる、ということになったのではないか。砂漠は不発弾という悪夢もかかえ込むことになった。連合軍が引き上げたあとには、その悪夢はそのまま砂漠に残ったのか。地雷の撤去作業はニュース画面に登場していた。引き上げるありとあらゆる軍用車輛や戦車を、水で洗い流すという途方もない作業も、ニュースのなかに数十秒、拾い上げられた。砂漠の微生物を車輛や戦車につけたまま帰還すると、その微生物はやがて本国の農作物に悪い影響をあたえていくという。

イラクの南部、全国土の十五パーセントにあたる地域を、アメリカ軍が占領した。やがて彼らは引き上げることになった。ひとまず国境沿いのバッファー・ゾーンへ、そしてそこからアメリカへ。すぐにサダムの軍隊がやって来て私たちは殺される、と捕虜や脱走兵たちが言っていた。アメリカ軍がいるあいだなら、そして彼らが望むなら、彼らはサウディに引き渡されることになっていた。アメリカ軍が帰ったあと、どうなったのか。引き上げていくアメリカ兵たちは、レッツ・ゴー・ホームと例によって屈託がなく、戦闘服にブーツ、ヘルメット、そして銃を持ち、トラックに乗って笑顔で走り去っていく。あらゆるものを失い、裸足（はだし）で見送るイラクの男性の、民族衣装の裾が風にはためく。「ほかの国で人々が普通に生きているのとおなじように、私たちも生きたいだけだ」と、彼は去っていくアメリカ兵にさきほど必死に語った。その彼を僕は映像で見る。彼がひとまず無力なら、違った意味で僕もまったく無力だ。

トルコとイラクとの国境にある山岳地帯に、クルド人の難民が十万単位で避難し、移動していった。避難した先は、樹木の乏しい山岳地帯で、あるものと言えば細い川が一本だけだ。世界は彼らに対してなにもすることが出来ない。隣りの国であるトルコすら、なにも出来ない。難民として彼らを受け入れたら、もともと余裕のないトルコ自体がたいへんなことになる。だからトルコは彼らを難民として認めない。認めたなら、国際協定で受け入れが義務となる。難民を絵に描いたような難民を、不法移民となる可能性のある人たち、としてしかトルコは扱わない。

この難民のいる場所へ、アメリカの国務長官がヘリコプターで来た。「この現状はヒューマニティに対する冒瀆（ぼうとく）だ」という言葉を残した彼は、そこに六分間だけ滞在したのち、十数万の難民にヘリコプターの腹を見せつつ、飛び去った。現場のただなかでは、世界最強国の国務長官もまた、無力なのだ。

見渡すかぎりなにもない山岳地帯にびっしりと貼りついて、少しずつ移動している難民の大群をヘリコプターの上から見て、「ホウリー・マッカレル」と叫んで、アメリカ兵が驚いていた。難民のキャンプでは、一日に千人ほどが命を落としていた。主に子供たちだ。一本の細い水の流れだけが、難民にとっては唯一の頼りだ。難民も十五万、二十万という数になると、統率などいっさいなしだ。川のすぐそばでたくさんの人が用を足す。その汚物が川に入る。その水を飲んで、子供たちが次々に倒れていく。「アメリカへ帰ったら、トイレットで水洗を流すたびに、僕はうれしくて声を上げて笑ってしまうだろうね。あの音を、ほんとに長いあいだ、僕は聞いてないから」と、若いアメリカの兵士が言う。

TVニュースの映像も、見かたによっては、受けとめかたによっては、見るだけという立場の人をも、その立場を充分にぐらつかせ、脅かすことが可能だ。四月なかば、きれいに晴れた美しく静かな日の正午、いつもの自分の場所でいつもの昼食という、ものすごく平和な状況のなかで、僕はFENのニュースを聞いている。クルド人の難民キャンプの様子について、ナショナル・パブリック・レイディオの記者が伝えている。

それを聞きながら、そして昼食を食べながら、僕はTVニュースで見た映像を思い出す。救援の物資や食料を積んで、アメリカ軍のヘリコプターが難民キャンプへ飛んで来る。あらかじめ定められた空き地のような場所の上空にホウヴァリングするヘリコプターは、少しずつ高度を下げる。地面まであとほんの数メートルのところまで降りて来てそこにとどまり、積んできた物資を落とす。それをめがけて、難民が駆け寄ろうとする。地上の兵士たちが彼らを阻止する。ローターの巻き上げる強風が、あたり一面にいる難民の服を激しくはためかせる。すべての物資を落としきると、ヘリコプターは上昇して飛び去る。兵士たちはもはや難民を制止しきれない。地面に転がって積み重なる物資や食料の包みに向けて、難民たちは突進していく。

メモリアル・デイにまた泣く

サダムに対してブッシュ大統領は最初からたいへんに強硬だった。その強硬さは、少なくともアメリカの勝利と停戦までは、まったく変わることなく維持された。ひとつの国の元首に対して、別の国の元首がこのような言葉づかいや態度を取り続けることが、自由や民主という正義を守ることにつながるのだろうか、と僕は疑問に思った。サダムの側における裁量や判断はいっさい許さず、自分たちの側の決断だけを、ブッシュ大統領は強行した。交渉やフェイス・セイヴィングの余地をサダムにあたえず、無条件撤退だけをきつく要求した。アラブ的な反応のしかた、アラブ的なものの考えかたや進めかたをよく知った上で、アメリカはサダムを追いつめた。そして自らの開戦用意が整う直後を、アメリカはイラクの撤退期限に定めた。

冷戦の構造は消滅した。そのあとに残った世界ぜんたいの特徴は、多極化だという。これはおそらくそのとおりだろう。それぞれの国がそれぞれに、ということだ。多極化よりも、相対化と言ったほうがいいようだ、と僕は思う。世界がほんとうに多極化した世界と、世界最強国としてひとつ残ったアメリカ。この構図は正しくない。世界がほんとうに多極化したなら、アメリカもまたその多極のなかのひとつであるはずだ。そのことの認識のなかにのみ、今後のアメリカの進む道がある。

湾岸戦争の起こしかたとそれの利用のしかたを見ていくと、次の時代への理性的な適応のしかたの発見に、アメリカは興味を持っていないように僕は思う。複雑な相互依存を土台にした、これまでどこにもなかったような協調主義を世界ぜんたいが作っていかなくてはいけないのだが、アメリカの世界意識はまだ旧式なもののなかにとどまっている。自分たちの政治や経済、文化などのシステムだけを、良くて正しい唯一のありかただとする、従来となんら変わるところのない意識のなかに、アメリカは湾岸戦争をへて、さらにいちだんと深く入り込んだのではないか。

アメリカを世界のなかのひとつだとするなら、残るすべては、途方もない多様さの集まりだ。多様なものがそれぞれに協調し、対抗する。そのなかのひとつという、新しい時代のなかでの立場は、アメリカにとってやっかい過ぎるのかもしれない。自分というひとつ、そしてそれ以外をすべてひとまとめにして、もうひとつ。世界をそのような二者にして、自分は他を支配するほうでありたい、とアメリカは思う。

ソ連という悪が消えたあと、イラクという悪を作ってそれと戦争をし、自由世界の民主と平和をアメリカは守る、という構造を作りなおす。その構造は、旧来のものとなんら変わってはいない、まったくおなじだ。自分たちだけは正義であり、他の多様なありかたは完全に無視するという立場は、アメリカにとってこの上なく快適なのだろう。

中東からアメリカの病院船が帰って来る。病院船は船体がまっ白だ。四月の終わり近い、晴れた日のサンフランシスコ湾に、その船は入って来る。ゴールデン・ゲート橋に向かって、ゆっくりと進んでいく。何隻いるのかわからないほどにたくさんのタグ・ボートが、白い病院船を出迎える。どのタグ・ボートも盛大に放水し、霧笛を鳴らす。ゴッド・ブレス・アメリカ的な光景だ。

このときのタグ・ボートのうちの一隻、ハーキュリーズは、蒸気エンジンの船だった。昔の船だ。七十代の男たちが、かつて乗り組んだ蒸気エンジンのタグ・ボートを、六年かけてリストアした。リストアは完成した。そして処女航海は病院船を出迎えるこの日となった。エンジンを手がけた男は、積み重なるあまりのストレスに耐えかね、胃潰瘍を悪化させて入院してしまった。処女航海は彼に捧げられた。

五月になって、ノーマン・シュワルツコフは議会で演説した。その一部分は次のとおりだ。

I also want to thank the families. It's you who endured the hardships and the separations simply because you chose to love a soldier, a sailor, an airman, a Marine or a coastguardsman. But it's your love that truly gave us strength in our darkest hours. We knew you'd never let us down. By golly, you didn't. Thank you, the great people of the United States of America.

（家族のかたがたにもお礼を申し述べたい。愛する人たちを戦場へ送り出し、別れ別れになるという苦難に耐えてくださったのは、家族のみなさんです。兵士を愛すればこそ出来たことです。水兵、航空兵、海兵、沿岸警備隊員など、すべての兵士をみなさんは愛してくれています。最悪の暗い時間のなかで私たちに力をあたえてくれたのは、みなさんの愛でした。支えてくださるみなさんの力を、私たちは最後まで信じていました。ものの見事に、みなさんは支えてくださいました。アメリカの偉大なる人々であるみなさまがたに、私はお礼を申し上げます）

砂漠の戦争に動員され、戦争をくぐり抜けて母国へ帰還した兵士たちは、もとの日常に適応しなければならなかった。日常への再エントリーに際して体験するさまざまなストレスは、ホームカミング・ストレスと呼ばれることとなった。兵士としての砂漠での日々こそたいへんなストレスで、そこから日常へ戻ればストレスは大きく軽減されるか消えるのではないか、というのが部外者の考えかただが、実際はそうではないらしい。

兵士でいるあいだは、自分というものが明確だ。役割も位置も、はっきりしている。作戦に沿って、上官の命令どおり、的確に迅速に行動し、ひとつずつ目的を達成していけばそれでいい。

戦死したり重傷を負う可能性は常につきまとうが、平凡で退屈でありながらやっかいな複雑さに満ち、なにひとつ思うように達成されないままに時間だけ経過していくことがしばしばである日常にくらべると、ストレスは軽くて単純だ。

湾岸戦争に動員されたアメリカ兵士のうち半数は、結婚していた。夫がいないあいだ、奥さんが判断のすべてを引き受け、ひとりで生活のぜんたいを取り仕切った。そこへ夫が帰って来る。感動的な再会の直後から、ふたりはかつての日常のなかの人となる。判断や取り仕切りのかなり大きな部分を、妻は夫に引き渡さなくてはいけない。これは彼女にとってストレスだ。夫の判断との食い違いや意見の調整なども、ストレスとして重なっていく。幼い子供は思いのほか成長している。突然に帰って来た父親、つまり乱入者としての父親に、子供たちはなじまない。もっと年齢のいっている子供たちは、父親が戦場へいったこと、そして突然に帰って来てすでに出来ている秩序を乱すことに、複雑な感情をはさんで接する。

一家を支える人が砂漠の戦争にいっていたことの損失は、思いもかけない方面に、意外にたくさん、しかも大きく、存在している。動員された予備兵の家庭のために、地元の放送局が支援運動をした町があった。予備兵の家庭では収入が半減以下になるから、ローンも家賃も払えない。食費にもこと欠き、光熱費さえ払えない。帰って来た夫がもとの仕事に戻ろうとすると、その仕事はもうなかったりする。

親がサウディにいっているあいだも、子供は成長する。久しぶりに帰ってみると、彼らは別人のようだ。兵士として動員された父あるいは母を、彼らはなかば忘れてしまっている。家庭に残されたほうとの関係がすでに出来上がっているところへ、出ていったほうが帰って来る。なんの問題もなしにその人がもとの場所に収まることが出来ると思うのは、早計らしい。帰って来たほうは、自分のまったく知らない関係のなかに、遠慮がちに割り込むという矛盾した態度で、入っていかなくてはならない。

母あるいは父ひとりが、家庭のことすべてを引き受けていた状態にちょうどなじんだところへ、父あるいは母が、戦争から帰って来る。家庭のことを引き受ける人が、子供にとっては突然にふたりとなる。どちらにとっても、それはストレスの発生点となる。さまざまなカウンセリングがおこなわれる。人々はそれに参加する。自分が置かれている状況、そのなかでの自分の気持ちや体験を、集まった人たちに語る。そして泣く。最近のアメリカ人はよく泣いている。泣くことに対する抑制力が弱くなったのだろうか。泣くほかない、あるいは泣かざるを得ないほどに、状況はつらいのだろうか。

五月二十五日のニュースでは、一八六六年にメモリアル・デイが始まった町であるという、ニューヨーク州のウォータルーという町が紹介されていた。メモリアル・デイは、ただ遊んで過ごすなら、海岸へいったり庭でバーベキューをして盛り上がる三日続きの週末でしかない。アメリカの夏はここから始まる。本来は、戦争で命を落とした人たちのことを思う日だ。二度と戦争などないようにと、過去の悲しみを胸のなかに確認しつつ、人々は祈る。

五月二十六日のニュースでは、メモリアル・デイは最終項目だった。インディアナ州のキャメルトンという町に住む、湾岸戦争でマークという名の息子をなくしたミラーという夫妻が、紹介された。若くして国に命を捧げた彼の、新しい墓に五月の陽がさしている様子を伝える画面のあと、自宅で彼の母はカメラに向かって次のように気持ちを述べた。

God kept him in the palm of his hand and took him home just a little sooner than we would have wanted to happen, and I know Mark is at rest now.

(息子は神の手のなかにありました。私たちが望んでいたのよりも少しだけ早めに、息子は神のもとに戻ったのです。息子のマークはいまそこで安らかです)

息子の墓の前に膝(ひざ)をついて泣いている父親は、泣きながら次のように語った。

As the time goes on it gets harder. I find myself going to the cemetery, sitting there talking. I just miss him a whole lot.

(時間がたつにつれて、つらさが増していきます。墓地へ出かけていっては、息子の墓の前にしゃがんで、語りかけてますよ。息子がもういないというのは、たいへん辛(つら)いです)

墓地の光景に父親のすすり泣く声をかぶせて、画面はそのまましばらく続いた。メモリアル・デイまで見届けるなら、戦争とはこういうことだ。

メモリアル・デイになぜ人々は戦死者のことを思うのか。きみがこの世にいなくて悲しいよとか、うちの息子も生きていれば今年で三十歳だ、というような個人的な感慨を越えたところに、戦死者は眠っているからだ。戦死者は公共の財産だ。私のように戦死する人をあなたたちは作り出してはいけない、と彼らは安らかであるはずの長い眠りのなかで、現世に向けて言い続けている。私がおちいった道とは別の、もっと賢明な道を選びなさい、と彼らは言い続けている。

メモリアル・デイのあと、ワシントン特別区では、ナショナル・ヴィクトリー・セレブレーションという祝勝会がおこなわれた。地上では第二次大戦以来というスケールのパレードがおこなわれた。上空では、湾岸戦争に参加したすべての飛行機が、編隊を組んで飛んだ。このためにワシントンの空港は閉鎖された。

六月十日のニューヨークでは、これも史上空前のものとなったはずの、ティッカー・テープ・パレードがおこなわれた。ティッカー・テープとは、株式やニュースをオフィスで受信する機械に使用されていた紙テープだ。昔はほとんどのオフィスにこの機械があり、いらなくなったテープをちぎり、高い建物の窓から下をとおっていくパレードに向けて投げると、落ちていくときの様子は、単なる紙切れにくらべて見栄えがした。パレードに向けて投げるためのテープ、という意味もある。ビルの谷間、としばしば形容されるマンハッタンの目抜き通りを進んでいくパレードに向けて、道路の両側に立ちならぶ建物のありとあらゆる窓から、ティッカー・テープが降り注ぐ。真にアメリカ的と言っていい光景だ。

宇宙飛行士ジョン・グレンのときのパレードには、三千四百七十四トンのテープや紙切れが、ビルの谷間に降ったという記録がある。湾岸戦争のパレードでは、このように降る紙の量はおよそ倍になるだろう、という予測がされていた。あとかたづけは、すべてニューヨーク市のサニテーション・デパートメントの仕事だ。わずか二、三時間のなかで、とてつもない仕事が空から降ってくる。このパレードよりも二日前、ニューヨーク港では、湾岸戦争で命を失った三百四十一名のアメリカ軍人を追悼して、三百四十一本の薔薇が、四軍の代表者によって、軍艦の舳先から海に投げられた。

第九条

僕が小学校の一年生だったとき、「天皇は日本の国のシンボルです」と、先生が教えてくれた。シンボルという言葉を、片仮名で書いて日本語として使うことに、すでに人々のあいだに違和感はまったくなかったようだ。しかし当時の僕にとっては、シンボルという英語は記号という意味だった。地図のなかのお寺の記号、というような場合の、記号だ。象徴という意味があることは、もちろん知っていた。シンボルよりも象徴という日本語のほうがはるかにいい、と幼い僕は思った。少なくとも見た目にも心理的にも、象徴という漢字のほうが、すわりはずっといい。

何年か前の夏、終戦記念日にちなんで制作されたいくつかのＴＶ番組のなかに、日本国憲法が作られていく過程をテーマにしたものがあった。これを僕は幸運な偶然によって、見ることが出来た。この番組のなかに、シンボルの話が出てきた。タイプライターで打たれた英文の憲法草稿のコピーのようなものが、画面いっぱいにアップになった。天皇の位置や役割を規定した冒頭の部分だった。日本の天皇の位置は at the head of the state であると、草稿には書かれていた。この言いかただと、天皇は国家元首ということになる。国の最高権力は天皇のものとなる。これでは明治憲法とおなじではないかと判断したひとりのアメリカ人が、at the head の部分を一本の線で無造作に消し、その上に is the symbol と書きなおした。年配だが少なくともその頃はまだ健在だったそのアメリカ人は、日本で憲法の作成にたずさわったひとりだった。ケイディスという人だったと思うが、「そうです、これは私が書きなおしたものです。これは私の字ですよ」と、日本のTVのインタヴューアーに語っていた。

なぜシンボルなのかという、僕にとっての謎は、こうしてあっけなく解けてしまった。彼が線を引いて消した瞬間は、戦後の日本で天皇制が存続することに決定した瞬間のひとつに、数えていいのではないか。このTV番組の放映は、終戦記念日であることを忘れるなら、そして身辺になにごともないならば、夏の頂点を向こう側へ越えてまもない日の、まことに日本の夏らしい、しかしなんとも言いようのないほどに平凡な夜の小さな出来事だった。

僕はじつはある私立大学の法学部を卒業している。日本国憲法は一年のときの必修科目だった。そのときの僕が知り得たかぎりをいま書くなら、憲法そのものよりも、それが成立していくプロセス、そしてそれ以後の日々のほうが、より興味深い物語だ。一九四五年の十月に、憲法を改正することをGHQは日本政府に示唆した。政府はすぐに作業に着手し、十一月には草案を天皇に報告した。日本史年表を見ていくと、それ以後はおよそ次のような展開をたどったということがわかる。

十二月には、憲法研究会という団体の草案要綱が出来た。四六年一月には自由党の草案が出来た。そして二月には、日本政府は改正試案をGHQに提出した。年表に記載してあることだけを見ているとよくはわからないが、日本政府の改正試案が出来るよりも前に、マッカーサーはGHQの民政部に、新しい日本国憲法の草案を作ることを命じていた。一夜づけの勉強のようなことをしながら、何人かのアメリカ人たちが、大急ぎで草案を作成した。草案は九日間で出来たということだ。GHQは日本政府が提出した改正案を拒否した。

進歩党、そして社会党の草案も出来た。極東委員会の第一回がワシントンで開催された。三月には改正草案要綱が政府から発表された。主権在民、天皇の象徴制、戦争放棄などが、いまの言葉で言うところの目玉だった。日本の憲法を改正するにあたっては日本の世論を尊重せよ、と極東委員会は決定したと年表に出ている。

四月には草案の正文が政府から発表された。平仮名の入った口語体の文章だった。天皇は戦争責任において訴追されない、とキーナン検事は六月に発表した。おなじ月に共産党の草案が出来た。七月には極東委員会が改正案に盛り込まれた基本原則を採択した。十月には衆議院と貴族院が改正案に同意し、改正は成立した。そして十一月に公布され、次の年、一九四七年の五月三日、施行された。

憲法の改正は占領軍によるものだった。かつては交戦国であり、いまは敗戦国である日本を占領している占領国であるアメリカが、日本の改正憲法を作った。基本的にはこれはルール違反だ。かたちとしては、天皇の発案による明治憲法の改正、ということだった。明治憲法のもとでは、ある部分は憲法のとおりに日本は営まれ、ある部分は憲法とは完全に関係のないところで運営され、後者が天皇制を支えた。天皇を戦犯から除外すること、そして天皇制を存続させることと引き換えに改正憲法は生まれた、というのが定説であるようだ。

新しい憲法が公布されたとき、日本の進む方向はすでにきまっていた。アメリカとの関係を外の世界ぜんたいに対するバリアーのように使い、そのバリアーのなかで経済至上主義で国を復興させていく、という方向だ。振り返る歴史というものは、本当に良く出来た物語だ。新憲法の公布は朝鮮戦争と重なっている。この戦争による特需は、敗戦後の欠乏と混乱から日本を引き上げるための、巨大な力として作用した。すぐに高度成長期が来た。改憲も含めて、憲法に関する根源的な論議は、国の方向に反するという暗黙の了解のようなものを、多くの人が了解事項として引き受けた。

「政府の行為によって再び戦争の惨禍が起こることのないようにすることを決意した」という文章が、日本国憲法の前文にある。この決意の主体は日本国民だ。そしてその決意が「念願」するのは、「恒久の平和」というものだ。日本国民は、おなじ前文のなかでもうひとつ、決意している。「平和を愛する諸国民の公正と信義に信頼して、われらの安全と生存を保持しよう」という決意だ。諸国民とは、国民の皆さんではなく、世界の国々という意味だ。平和に関して自分たちが自分の側でおこなうのは決意であり、自分たち以外の他者に対しておこなうのは、信頼だ。

恒久の平和のためのこの決意および信頼という行為には、前文のなかで国際的な広がりがあたえてある。「国際社会において、名誉ある地位を占めたいと思う」日本国民は、「いずれの国家も、自国のことのみに専念して他国を無視してはならない」と信じている、と新しい出発をするにあたって、「われら」はあらかじめ自らを誡めている。

国際的な広がりのなかでの、恒久の平和のための決意と信頼を、日本がなし得るもっとも大切で具体的なこととしてとにかく最初に規定したのが、「戦争」と「武力による威嚇」と「武力の行使」の永久の放棄をうたった第九条だ。この永久の放棄を支えるさらに具体的な行為として、日本国民は「戦力は、これを保持しない」し、「国の交戦権は、これを認めない」と、明言した。

無条件降伏した日本が受諾したポツダム宣言は、日本に武装の完全な解除を求め、家庭に戻って平和な生産をしなさい、と説いていた。これを日本は実行した。そして平和な生産行為は現在の日本を作り出した。いったん完全に解除された武装は、しかし、再びおこなわれることとなった。日本国憲法を国際的な広がりのなかに置いて考えると、自衛権と自衛のための戦争は否定されないと僕は思う。そのこととは別に、日本を占領していた連合国によって、憲法では認められていないはずの戦力を、日本は持つこととなった。新しい憲法を連合国側が作ったという現実の内部に、日本がふたたび軍事力を持つという新たな現実が、連合国側によって作られた。

一九四六年の四月に、憲法改正草案の口語体による正文が、日本政府によって発表された。その二か月後、六月に、吉田首相は、自衛のための戦争も交戦権も日本は放棄した、と衆議院で言明した。この言明は、四年間、有効だった。四年後、一九五〇年の一月一日、日本の新憲法は自衛権を否定していない、とマッカーサーは言った。その二年前、アメリカ陸軍の長官は、日本は共産主義に対する防壁である、と演説した。日本の敗戦からずっと、沖縄のアメリカ軍基地は、本格的なものに向けて整備され続けてきた。日本の自衛権に関するマッカーサーの発言に続いて、アメリカの国防長官や統合参謀本部議長が日本を訪れ、沖縄だけではなく日本のアメリカ軍の基地を、ぜんたいとして強化していく方針を明らかにした。

沖縄の基地が恒久的なものになることが、一九五〇年の二月にはGHQによって発表された。六月には統合参謀本部議長が今度は国防長官とともに来日した。それからひと月もたたないうちに、警察予備隊という組織の創設と、海上保安庁の増員を、マッカーサーは指令した。七万五千人という規模の警察予備隊は、朝鮮戦争に出動したアメリカ軍の空白を補塡するもの、ということだった。少なくとも名称の上では、それは軍隊ではなく、警察の、予備の、隊だった。憲法という最高であるはずのルールに対して、自分たちがルール違反を犯していることを、連合国最高司令官はもちろん知っていたはずだ。

日本の憲法とは別に、もうひとつ、連合国側のルールが厳しく存在している、という現実がここではっきりした。法規の二本立てだ。連合国側のルールは、連合国の都合だけで運営される。だからそれには、日本国内の法規との調節は必要ない。調節しなければならないのは日本の法規だ。なにか問題があると、そのつど新たな解釈を編み出してはそれによって運営していく、という政治的な方法を政府は採択せざるを得なかった。裁判所がその政治手法を追認し、国民はその全体を、日本で生きていくにあたっての了解事項のひとつとして、きわめて柔軟に了解してきた。

一九五二年、GHQは廃止され、日本に対する平和条約と、日米安保条約とが発効した。日米安保条約のほうは、国民にはなにも知らされないままに作られたものだった。日本には戦力はないから、占領アメリカ軍がそのまま今度は駐留軍として残ることを日本は希望し、アメリカがそれに応えるというかたちで、日本にこのときで二十六万のアメリカ軍が残ることになった。警察予備隊という戦力の存在と、これは論理の上では矛盾していた。しかし現実の問題としては、保安庁法が出来て保安庁が発足し、続いてそれまでの警察予備隊は保安隊に組み込まれた。地上、そして海と空とを合わせると、このとき保安隊は十二万の軍だった。新国軍の土台となってほしい、と吉田首相は演説した。

一九五三年の十月には、日本の防衛力を少しずつ大きくしていくことに関して、日本とアメリカの共同声明が発表された。五四年の一月には、沖縄のアメリカ軍基地をアメリカが無期限に保有することを、アイゼンハワー大統領が発表した。三月には日米相互防衛援助協定が調印され、五月には日米艦艇貸与協定というものも調印を見た。そして七月には防衛庁と自衛隊が発足した。アメリカの同盟軍の戦力である自衛隊は、アメリカ軍との密接な関係のなかで拡大を続け、現在にいたっている。

安全保障条約は一九六〇年に新しい条約に改定された。社会主義国からの威嚇に対抗するためのものだったこの条約に、経済協力のための規定が新しく設けられた。社会主義国の威嚇からおたがいを守るという旧来の守備範囲から、ともに資本主義を守っていくというより広い範囲へと、この条約の守備は広げられた。そして現在も条約はそのまま続いている。ということは、日本におけるアメリカ軍とその基地は、日本を守るための別の国の軍隊であるから日本の憲法とは関係はないとする解釈や、自衛隊はフル・スケールの現代戦争を遂行するに足る戦力ではないという解釈も、そのまま続いていることになる。なにか問題があれば第九条をそのつど新たに解釈して運営していくという政治的な手法を裁判所が追認しているということは、そのような政治的な手法が国益の選択として正しいと裁判所が認めていることだと思っていい。そしてどのようなかたちであれ国益にもっともかなう手法が採択されることを、国民はあらかじめすべて了解している、と僕は解釈する。

第九条をめぐって湾岸戦争とともになされた論議は、僕なりに整理すると、次の三点にまとまる。ひとつは、第九条が実行に移されたなら、それはすさまじく前衛的な思想であり、世界を震撼させるに足るおそるべき理想主義である、という論だ。第九条はたいへんにいいものだから、日本人はこれを世界に広めるべきだ、という言いかたに直すとわかりやすい。

第二の点は、いまあげた理想主義という論点と関係しつつ、別な方向へのびていく。軍事力というものを持たない国家というものが、想定出来るものかどうか、そしてそのような国家は、現実にあり得るのかどうか、という論だ。軍事力に当然のこととして付随する力も、軍事力とともに放棄されるのか。あるいは、他の力にともなって発生してくる軍事力というものは、考えないのか。たとえば外交力も、軍事力とともに放棄するのか。

第三の点は、新憲法は占領下のごく一時的なものであったはずだ、という論だ。やがて占領は解かれ、日本は独立する。そのときは自分の問題として日本自身が、憲法を点検しなおせば良かった、とこの論は展開する。

日本との戦争が続いているあいだずっと、アメリカの軍事力の攻撃性は、日本の軍事力の攻撃性と、正面から衝突していた。日本を敗戦に追い込んだあとのアメリカは、戦争のあいだ受けとめ続けた日本の軍事力とは対極にあるものを、戦争終結直後の時期の問題として日本に求めた。それは、軍事力を日本が完全に解除して消し去り、軍事力が自分たちの内部から二度と立ち上がってこないことを、日本が誓うことだった。アメリカが日本に求めたそのようなものは、当時のアメリカにとっての国益だった。その国益に沿った憲法を、アメリカは日本のために作った。

戦後の日本は、三つの論点のどれをも、迂回したようだ。日本は原爆を二発も投下された。世界史上初めての、そしていまのところ唯一の、途方もなく高いコストを日本は戦争で支払った。このコストの高さに懲りているという意味では、日本は心から平和を願っている。

百年もたてば原爆のことは忘れられるかもしれない。しかしいまは忘れられていない。戦争の放棄は、言葉にとどまるかぎりでは、そういう道もあり得るかもしれないという程度のものだが、実行され続けるなら、つまり日本が世界に向けて掲げた理念として、たとえば軍事のつきまとうあらゆる世界の現実と戦い続けるという実行がなされるなら、戦争の放棄はたいへんに素晴らしい。そのような戦いのなかには、自衛権は含まれるだろう。

第九条の存在を理由にして思考も実践もすべて停止させてはいないか、つまり平和という理念のための戦いという、やっかいでつらいことはしたくないと思ってそのとおりにしてはいないか、という指摘は第九条があるかぎり有効だ。理念なき平和というものは、しかし、現実にあり得る。理念のための努力はいっさいすることなしに、ある日のこと手に入った平和、思考という範疇に入る活動はいっさい放棄して維持されてきた平和というものは、日本国内では実現した。国内文脈では、そのような平和があり得た。そしていまもその平和のなかにある。このような平和は、日本にとって、戦後最大の既得権益となったのではないか。あまりにもその権益に慣れきったため、日本人は世界のどこでも、その権益が自分たちには通じると思っているのではないか、という指摘も第九条と等価で存在し続ける。通じないですよ、とたとえば外国から言われると、既得権益を侵されているかのように受けとめる習性のようなものを、自分たちは持っていないだろうか。

既得権益を侵されて喜ぶ人はいない。しかし、既得権益は侵されやすい。侵されないように自分たちの既得権益を守るのは、国家の役目のひとつだ。それでは既得権益を守るとはどういうことなのか、という問題が立ち上がってくる。敗戦後の日本に現在まで続いた平和は、他からあたえられた平和、あるいは他から保障された平和だった。そのような平和を手に入れることと引き換えに、日本は国家観や歴史観を放棄した。それらはもはやほとんど役に立たないから、という理由による放棄だったのだろう、と僕は思う。平和のただなかに自分たちはありながら、平和とはなんのことだかなにもわからない、という状態を手に入れたと言い換えてもいい。

フリーダムを実行する

個人主義にもとづく自由と民主の視点

1

アメリカについて自分にはどのようなことが書けるのか。体験を私有物のようにして少しずつ披露するのではなく、紀行文でも旅の思い出でもなく、仕事で赴任した場所での見聞録でもなしに。興味を抱いたアメリカというものの核心とはなになのか、そしてそれについてわかっていると思うなら、ではどの程度にそれについて自分は書き得るのか。

アメリカについて僕がこれまで書いてきたことすべては、個人主義にもとづく自由と民主の視点からのもの、という範疇に入るはずだと、書いた当人である僕は思う。枝葉末節について多くを書いたとするなら、それらのことはすべて、自由と民主を土台にした大衆消費社会という、人類史上の異常事態と言っていいほどの豊かさの内部での出来事だったはずだ。自由と民主は建前だが、アメリカではこの建前は社会のなかで機能している。建前と本音があり、建前はあくまでもただの建前でなんの機能もせず、機能するのは本音だけであるという日本のルールの内部から見ると、建前が巨大に機能するアメリカの様子は、わかりにくいかもしれない。

この本の最初の章である「湾岸戦争を観察した」は、いわゆる湾岸戦争を遂行していったアメリカについての記述だ。記述されていることの内部にもぐり込み、すべての発生源までいくと、アメリカが世界に向けて言うところの、という限定ないしは形容つきでの自由と民主がやはりそこにもある。何年か前に僕が書いた文章の全文を、まずひとつ採録したい。『エスクワイア』という雑誌の日本版の、アメリカの西部について特集した増刊号に依頼されて書いた文章だ。西部についてどのようなアプローチを試みる特集であるのかは聞かないままに、僕は次のような文章を書いた。

2

アメリカのあの広い大陸を西から東へ陸路で横断したとき、アルバカーキのモーテルのコーヒー・ショップでなにげなく言葉を交わした中年の白人男性の雰囲気や言葉を、いまでも僕は記憶している。僕が東京から来てアメリカを旅していることを知った彼は、「太平洋の東側からここまでを、きみはどんなふうに好いてるかね」と僕にきいた。素晴らしいです、と僕は答えた。北アメリカ大陸の地形と気候は、本当に圧倒的に素晴らしかった。僕がなにに感動しているのかきちんと伝えたつもりだったが、その男性は顔をしかめて首を振り、「ここにはなんにもないよ」と言った。ここことは、西部から南西部一帯にかけての、広大な土地を意味していた。「なんにもありはしないよ。なんにもおこってはいないよ。これはつまらんよ。岩と砂しかない。これではなんにも出来ないね」と言った彼の言葉と口調を、僕はそっくりに真似ることが出来る。僕は真似るだけだが、彼は本気でそう言っていた。彼が連れていた妻と三人の子供たちの様子が目に浮かぶ。

このときの僕は、来訪者あるいはゲストでしかなかった。ひと言で西部や南西部全域を否定した彼は、自分たちの文化の文脈に完全に呑み込まれた当事者だった。あの可哀そうな当事者は、その後どうしただろうか。自分の生活を作りつつ、日々を送っていったはずだ。どのような生活を彼は作ろうとしていたのか。いまの言いかたをするなら、たとえば石油を浪費してやまないような生活だろう。そして自分たちを上まわる浪費の世代を、子供たちとして世に送り出したはずだ。

人をその内部にしっかりととらえて離さない固有の文脈を離れたところから観察すると、アメリカ大陸の西部や南西部、そして中央部も東部も、自然の環境としてはたいへんにスリリングで感動的だ。アメリカではなくとも、どこのどのような地形や気候でも、みな等しく人を圧倒する魅力を持っているものだが、ほかの大陸を知らない僕にとっては、アメリカ大陸の自然はいつもの自分をまったく異なった場所へ引き戻し、連れ戻し、内省や懐疑、あるいは自戒などの領域へ導いてくれる強力なカウンターとして作用する。「こんなとこにはなんにもないよ」とアルバカーキのモーテルで言った男は、自分たちの文化の文脈の外へ出ることが出来なかっただけだ。

その彼にとっての、自分たちの文化の文脈とは、なにだろうか。重ねていく日々の生活こそ文脈そのものだが、ではその生活とはいったいなになのか。極限的な状況に目を向けると、わかりやすくなるかもしれない。たとえば湾岸戦争のときアメリカの兵士たちは、「このために自分たちは訓練されてきたのだし、これがいまの自分たちにとっての仕事だから」と言って、膨大な量の武器や戦争物資とともに、アラビア半島へ向かっていった。若い男性たちだけではなく、中年の男性も、若い女性も、そして母親たちも、おなじ場所へ兵士として出ていった。

そしてアラビアの砂漠では、「早く終わって家へ帰りたい」と、TVニュースの記者たちに彼らは言っていた。戦争が始まると、「こうして北へ向けて攻めていけばいくほど、自分たちにとっては家が近くなるんだよ」と、アメリカの兵士たちは言った。仕事はジョッブ、そして家はホームだ。重ねていく日々の生活は、ウエイ・オヴ・ライフだろう。ウエイ・オヴ・ライフとは、なんのことはない、ジョッブとホームなのだ。兵士になった人たち全員に配付される、もっとも基本的な訓練用教科書の冒頭に、アメリカ兵としての心がまえがコード・オヴ・コンダクトとして説いてある。兵士とはウエイ・オヴ・ライフを命を懸けて守る人だ、とそこには明記してある。

湾岸戦争を始めようとするとき、ペンタゴンでおこなったジョージ・H・W・ブッシュ大統領の演説のなかにも、ジョッブやウエイ・オヴ・ライフという言葉が、きわめてわかりやすいかたちで登場していた。「サダム・フセインに石油をコントロールされたなら、私たちのジョッブやウエイ・オヴ・ライフ、自由、そして私たちと考えをともにするほかの国々の自由が、被害を受ける」と彼は語った。

ウエイ・オヴ・ライフとはジョッブとホームであり、そのウエイ・オヴ・ライフは自由の上に立っている。だからそのような自由をおびやかす存在を相手にまわして、ウエイ・オヴ・ライフを守り抜くため、アメリカは必要とあれば戦争をする。そしてその戦争は、アメリカという文脈のなかでは、正義のための良い戦争だ。

サウディ・アラビアから帰って来る兵士たちを家族が出迎える。兵士たちは妻や恋人と抱き合い、子供たちを腕にかかえ上げる。そのときの兵士たちの片手には銃がある。銃やそれを使っておこなう戦争という、おそろしくハードなリアリティが、アメリカでは日常生活のリアリティと最短距離で直結されている。

ウエイ・オヴ・ライフはすでに日本語としても通用している。しばしば言われるところの平和ぼけにふさわしく、あくなき消費的欲望の追求を当然の権利と混同する人たちの意識のありかたという意味のほかには、ほとんどなんのリアリティも持たない片仮名言葉だ。日常生活がなんの無理もなく戦争と直接につながり得るリアリティというものに、いまの日本の人たちの心理は耐えられないだろう。そしてそのようなかたちで成立している正義や自由を、おそらく拒否し嫌うだろう。

建国してから現在にいたるまで、アメリカはたいへんにわかりやすく一貫している。守り抜かずにはおかないウエイ・オヴ・ライフであるジョッブとホームの土台は、フリーダムだ。ではそのフリーダム、自由とはなにだろうか。建国の瞬間に、自由のひとつの典型がある。自分たちで掲げた理想に沿って、これから自分たちだけでひとつの国を作ってみますという、文字どおりの自由のスタートがそこにある。

自由とは、ひとりの人の人生にあてはめて考えるなら、出来るだけ広い範囲のなかで自主的に取捨選択することの可能な人生だ。自主的な取捨選択の人生とは、個別におこなわれるアクションによる人生だ。依存の関係を極端に嫌うかわりに、個別に全責任を引き受ける。そして個別なアクションと責任の引き受けは、楽天的におこなわれる。多少の人生経験がある人なら誰でも知っているとおり、自由というものは楽天的である人により有効に作用してくれるからだ。

　建国以来、アメリカではあらゆることが実験だ。民主主義をいかに機能させるかにかかわる、国をあげての壮大な実験だ。アメリカの真骨頂と言われているビジネスも、民主主義の機能のさせかたにかかわる実験だと言っていい。こういうことも、ひとりの人の人生に重ねると、わかりやすくなる。自分ひとりで世のなかに打って出て、頭の上がらない相手を持つことなく、自分の才覚と腕ひとつで金持ちになっていくこと、これがアメリカン・ドリームの最小単位だ。単なるかね儲けとは基本的に違っている。かねは儲かるに越したことはないが、問題はかねだけではない。かねを越えるもの、つまり自分の人生にどれだけの自由があるか、身をもって確認してみる作業をするかしないかが、理想論としては儲けるかねよりも上に来る。

　西部の開拓は、若いアメリカの成長過程のなかに巨大な位置および意味を持って存在する、すさまじいスケールの実験だ。あの大陸の西半分を舞台に、資源とエネルギーと人材とを思う存分に投入して、その実験はおこなわれた。そしてその実験は成功した。西部は意のままに征服された。障害となって立ちふさがったものは、先住民族を別にすると、なにもなかった。そして先住民族は、現在の彼らが置かれている位置から言うなら、西部の開拓実験の成功とともに消滅させられたと言っていい。彼らから取り上げた土地のほかは、メキシコやスペインと戦争をして勝ち取った。

　あの時代にあれだけのスケールでおこなわれた実験に、若い成長段階で成功したのだから、その成功によって正当と見なされたありとあらゆることが、少しだけ冗談めかして言うなら、アメリカの人たちの遺伝子のなかに組み込まれている。推進した側から見た西部開拓の大成功は、最終的にはアメリカにとってのフリーダムの象徴にさえなった。

自分の側の正義を押しとおすことによって生まれてくる文化のなかで生活する人たちは、そこで生活を送っているかぎり、そのような文化の正当化を続けるだろう。ひとつしかない自分たちのありかたに対して、世界のなかには途方もない多様性でさまざまなありかたが存在するのだが、そういったものは目に入らなくなる。たまたまなにかの拍子に目に入れば、それらはなにほどか目ざわりなものであり、と同時に、なにほども興味を示す必要のないものでもある。そして、それらのうちどれかひとつでも、自分たちの価値観に対して立ちふさがるようなことがあれば、それはただちに自分たちの敵つまり倒すべき相手となる。

このことも湾岸戦争のなかにはっきりと出ていた。クエートからのイラク軍の無条件撤退を、ブッシュ大統領は強硬にかたくなに主張した。難なく勝てるはずの戦争に持ちこむための作戦としての強硬さ、という側面を認めるにしても、一方のウエイ・オヴ・ライフを守ろうとすればするほど、そしてそれを確立しようとすればするほど、他方のウエイ・オヴ・ライフの可能性が抹殺され排除されていく力学を、湾岸戦争のアメリカはわかりやすく具体的に、はからずも全世界に示した。

ウエイ・オヴ・ライフは最初から戦争的だ。他のさまざまなウエイ・オヴ・ライフとの、深刻な衝突の可能性を内蔵している。巨大な力、つまり戦争で、一方のウエイ・オヴ・ライフを守ろうとすると、もう一方のウエイ・オヴ・ライフは文字どおり殺されてしまう。無条件撤退以外、絶対に譲れないことを表現した大統領の言葉の一例は、オン・アワ・タームズというたいへんに平凡なものだった。湾岸戦争は、アメリカにかかわる基本的なキー・ワードのほとんどが、陳腐で奥行きを欠いたかたちでいたるところに露出する、というきわ立った特徴を持っていた。

ひとつの国にとってたいへんに重要なことがらを表現するはずの言葉が、いまなぜこれほどに陳腐であり平凡であるのかについて、僕は考えてみた。そのような言葉が体現するもののありかたすべてが、進展していく時代のなかですでにその効用を失っているからだ、という結論を僕は得た。間違っているなら訂正しなければならないが、いまのところそれが結論だ。

自分たちが信じている文化のシステムだけのなかにひたっていると、それとは対抗するさまざまに多様な文化のありかたとの、正面きっての共存からわきへ逃げていく道を選んでしまう。文化にはそのような強制力がそなわっている。もっともたやすい、そしてもっとも大義名分を立てやすい逃げ道は、自分たちを正義とし相手を悪とする方法だ。ソ連との冷戦がそうだったし、湾岸戦争もその実例のひとつだった。自分たちだけの正義を突出させ、他の数多くのありかたを完全に否定するという構図は、なんら修正をほどこされないままさらに強化だけがなされた。

軍事的にしろ経済的にしろ、一国だけの突出は、もはや世界のどこにとっても有効ではない。なにが有効かひと言で言うなら、それはインタディペンデンスだ。世界が舞台になる場合には、トランスナショナルという言葉を頭につけ加えてもいい。協調、協力、相互依存と、言いかたはさまざまにあるが、要するに自分たちの国の外へ持ち出し可能な、しかもたいていのところで広く役に立つものだけをおたがいに出し合っていくという、複雑で微妙な相互依存的な関係の継続だ。

いままでどおりでいくのか、あるいは新しい考えかたが示す方向へ向かうのか、いまアメリカは大きな分岐点にさしかかっている。アメリカだけではなく、日本も含めて先進文明国はすべてそうだ。新しい方向の第一段階は、自分たちの政治、経済、文化などにかかわる徹底した自省につきる。そして自省は、とうてい承服しがたいような大転換として具体化していかないかぎり、あまり意味はない。なぜ承服しがたいかと言うと、相互依存的な協力関係は、相手にとっても自分にとっても、自由の制限を意味するからだ。国外でも国内でも、いま起こりつつある大問題はすべて、自省による大転換の必要を切実に示している。

いまのアメリカでたとえば失職がある程度以上の勢いで進行しつつある。人々にとって最大の恐怖の発生源はこの失職だ。あらゆる年齢、あらゆる職種、あらゆる地域で、ちょっと信じられないほどのスケールの失職が続き、さらに進んでいきそうな気配だ。仕事を失えば、中産階級はあっというまに貧困層に転落する。大量生産にもとづく大量消費という文化のシステムが高度に進んだ結果、ブルーカラーはもちろんホワイトカラーも、ほとんどの人が要素別に区分けされたベルト・コンヴェアーに貼りつき、流れ作業をこなしているだけとなった。そして物を作り得ない状況が生まれてきたとき、コンヴェアーは停止し人は失職する。大量生産と大量消費のシステムをほかのものに転換させるには、ほとんどすべてを白紙に戻して出なおすほどの革命を必要とするだろう。

アメリカふうなフリーダムの日常的な具現であった自動車は、労働のありかたの転換を図りそこなった結果、少しだけ違った労働に支えられた日本製の自動車に取って代わられそうになった時期があった。ハーンダ（ホンダ）とニッサーアン（ニッサン）そしてタヨーラ（トヨタ）がいまやアメリカのビッグ・スリーだと、TVニュースの記者が完全にあきらめきって言っていた時期もあった。

西部だけにとどまらず、アメリカンネスぜんたいの象徴であったカウボーイは、日本の企業に雇われ始めている。肉牛を育てるための牧場を、かつて日本の資本がさかんに買収した。アメリカの基準では取るに足らないような規模の牧場でも、日本の基準で見ると広大な牧場である場合が多い。そのような小さな牧場が次々に日本の資本下に入りつつある。牧場ごと買い取り、そこで日本向けに肉牛を育て、日本へ運んで売ろうというのだ。アメリカのカウボーイが日本の会社に雇われて働く。アメリカン・カウボーイズ・オン・ジャパニーズ・ペイロールという信じがたい光景を、アメリカ国内のニュース番組で僕が見たのは数年まえのことだった。

「日本の人たちはハリウッドの西部劇をとおして、アメリカの西部にはよく親しんできたのです」とそのニュース番組で記者は語った。いまの日本の都会にある住宅密集地を上空からとらえた光景が、画面に登場した。記者は続けて次のように語った。「その日本は、肉牛の巨大なマーケットです。アメリカの西部は、西部開拓後も西へ西へと移動を重ね、ついには太平洋を越えて日本へたどり着いたのです」。東寺の五重の塔が夕陽にシルエットになった京都の一角のショットで、そのニュースは終わった。日本へのからかいも反発も抗議もそこにはなく、ただ完璧な自嘲だけがあった。

アメリカを土台から支えていたはずのファミリー・ファームが、深刻な経営難により次々に姿を消していきつつある。ファミリー・ファームに住んでいる人たちの数は、全人口の二パーセントだ。その二パーセントのうちの七十パーセント以上の人たちが、引退の年齢にさしかかっている。息子や娘たちは都会へ出ていく。ファーム・タウンはゴースト・タウンになる。土地は大企業が買い上げる。農業を続けて営む人たちは、その企業から給料を受け取る。

一九二五年から代々続いてきたファミリー・ファームの当主と奥さんが、ファミリー・ファームとしての生活を少しずつたたんでいく様子を、アメリカ国内のTVニュースで僕は見た。切々と胸にせまる崩壊ないしは消失のストーリーがそこにあった。しかし、個人ではどうにも抗することの不可能な、時代というものがもたらす状況変化、といったものをその映像に読むのは間違いだ。国のありかたぜんたいが乗っているシステムに対する、自省力に満ちた総点検の必要性こそを、読まなくてはいけない。

銃もアメリカでは個人の自由の象徴だ。銃を手にする自由、そしてその銃で自らを守る権利は、憲法で保証されている。自由というこの巨大なシステムの一端は、たいへんな悲劇の発生源でもある。悲劇を子供たちだけに限っても、状況は発狂的にすさまじい。任意に抽出した小学生二十人に、あなたの身近で殺された人はいますか、と質問する。八十パーセントがイエスと答える。その人たちが殺されたときの様子を絵に描いてくださいと頼むと、血みどろの殺人現場ばかりが出来上がってくる。銃によって射殺された場合が圧倒的に多い。

ティーンエージャーの死因として、いまアメリカで自然死をはるかに抜いて第一位にあるのは、銃による射殺と誤射だ。年間に六万人ものティーンエージャーが銃で射たれて死んでいる。黒人は白人の十一倍だという。このような悲劇に対して、システムはなんの対策も講じていない。

レーガン大統領の暗殺を試みた青年は、ある日のことガン・ショップへふらりと入っていき、「これください」と指さして買った安物の拳銃（けんじゅう）で大統領を射った。このときの銃弾を身に受けたため、終生を車椅子で送ることとなったブレイディという報道官は、奥さんが中心になってブレイディ法と呼ばれている法案の立法をめざして活動を続けた。

銃を買いに来た人にその場では現物を渡さず、七日間の待機時間を置くことを義務づけるという内容の法案だ。セヴン・デイ・クーリング・ピリオドあるいはウェイティング・ピリオドなどと言われているその七日間に、銃を買おうとする人の背景を調査し、場合によっては売らない。そして七日間待たせることにより、感情の高揚にまかせて銃を手に入れることを、少しでも防ごうというのだ。

この法案が議会に提出されるのは今度で二度めだ。過去二回は、ナショナル・ライフル・アソシエーションという大きな団体の強力なロビー活動で、廃案になった。暗殺者に射たれても私は銃の規制には賛成しないと言っていたレーガンは、ブレイディ法に賛成しそれを支持することをおおやけに表明した。

軍隊の装備とおなじと言っていいような自動小銃や機関銃が、ほとんどなんの規制もなしに自由に誰の手にでも入る事実、そしてそのような銃を使った犯罪が激増していることを話題にした記者会見の席で、ブッシュ大統領は記者たちのまえを歩きまわりながら、「だからといって、ハンティングに使うような半自動のライフルまでをも禁止する法律を私が作るなんてことは、絶対にあり得ないですよ」と、掌(てのひら)を拳(こぶし)で叩(たた)きつつ力説していた。

大陸の自然環境そのものも、一方的に消費された結果として惨状を呈している。西ではグランド・キャニオン、東ではシェナンドアといった象徴的な名所が、いまではほとんどいつもスモッグにかすんでいて、ろくに見えない日が恒常的に続いている。国立公園の内部と言ってもいいような近い場所に工場がいくつもあり、排煙はいまのところ野放しだ。排煙は霧と重なって視界ゼロの濃密な霧の海を作り出す。その海にハイウエイが呑(の)み込まれ大事故が連続している。

西部開拓のなかで人々が遭遇したすべての河が、それぞれに伝説の河や象徴の河になっている。たとえばリオ・グランデは、いまでは汚染されきった汚水の河だ。支流に向けてメキシコから下水や工場排水その他、いっさいなんの対策もなしに流れこんでくる。人が泳ぐのは危険という状態にすでに達しているから、生態系のデリケートなバランスなどひとたまりもない。あのあたり一帯に広がる荒野や砂漠にとっての、貴重でわずかな水は、いまでは誰にとっても明白な危険物として流れている。

カリフォルニアでは五年ごしの旱魃(かんばつ)が続いている。山の灌木(かんぼく)は徹底的に立ち枯れ、火をつけると爆発のように燃え上がる。水の無駄使いを監視して罰金を課すパトロールが町をめぐっている。ワシントン州からタンカーでカリフォルニアまで水を運んでこよう、という計画が真剣に検討されている。大陸の西の縁に沿って海底にパイプラインを敷き、おなじくワシントン州の水をカリフォルニアへ運んできて、ウエイ・オヴ・ライフというものをつらぬいていこうという計画もある。自省力のなさの見本は、破壊され汚染された環境のなかに、無限に近く存在している。

数年前の夏の終わりに、カリフォルニア州でスタニスラフという名の河が蘇った。ダムによって出来た湖の底になった河だ。湖になる以前は、ホワイト・ウオーターとして知られたいい河だった。九月のはじめには、その河にかかっていた橋が、当時のままに見えてきた。その橋に立って見渡す両側の景色は、かつての緑豊かな美しいものではなく、荒涼さをきわめたものだった。人間が奪った自然を、旱魃というもうひとつの自然が、あるときふと、もとに戻して見せた。昔の河を知る人たちが、河を見るためにたくさん集まってきた。

惨状を呈している自然環境のなかにまだ少しは残っている手つかずの部分を、保存しよう、守っていこう、と試みている活動は数多い。真剣なものはたくさんあるし、成果を上げてもいる。学ぶべき点は多くある。しかし、生活のありかたそのものを変質させないかぎり、すべては対症療法に終わりつつ、少しずつ惨状は確実に広がる。

アメリカのフリーダムの象徴となった西部は、そのフリーダムの総点検と内容的な方向転換のために、もう一度、力を発揮することが出来るだろうか。人々は西部をさらなる自己正当化のためにだけ使うのだろうか。しかし、そのための西部は、すでに崩壊したと言っていい。では西部は、単なる輝かしい過去でしかないのか。いまふりかえると、輝きは確実にくすんでいる。

フリーダムの点検や方向の転換は、苦痛に満ちた不愉快きわまりないことだろう。僕の直感では、自然の偉大さも先住民族の知恵も、すべてはすぐれた書き手による本のなかでのみかろうじて存在を続け、きわめて少数の人たちがそれを愛でる、ということになるのではないか。これからのアメリカが国の外へ持ち出して広く役に立て得るものは、フリーダムを総点検しなおした結果に生まれてくる、これまでとは質的に大きく異なったものだけだろう。

自分が見つけ出し受けとめた素晴らしいものを、気前よく他の人たちにも手渡していくことに関して、アメリカはきわめて純度の高い名手だ。何年か前のハロウィーンにコロラド州の田舎で実際にあった小さな出来事について、僕はぜひ書いておきたい。ニック・ヴェネトゥーチという ひとりの老いた男性が作るカボチャ畑に、ハロウィーンの二週間ほどまえから、車をつらねて人々が子供たちを連れてやって来る。自分のカボチャ畑に実ったカボチャを、ハロウィーンのためにニックは人々に無料で進呈しているからだ。過去四十年にわたって彼はそのことを続けてきた。四十台のスクール・バスが子供たちを乗せていっときに到着したりもする。合計で三万五千から四万の人たちが来て、彼のカボチャ畑からカボチャを持って帰った。地元には彼を記念してヴェネトゥーチ小学校と命名した小学校がある。「やがてこの国を支えることになる人たちに、喜びというものを私は体験させておいてあげたい。神はこれまで私に良くしてくれた。だから私はそれを他の人たちに手渡していくのだ」。取材に来たTVニュースの撮影カメラに向かって、ニック・ヴェネトゥーチはそんなふうに語っていた。

3

かつて自分が書いた文章を、時間をへて第三者的に読みなおすと、不思議な気持ちになる。あたえられたスペースのなかにいろんなことを詰め込み、それらをとおしてひとつの主題について語ろうとしているかつての自分をいま僕は見る。おそらく一般論にはしないでおくためだろう、詰め込むさまざまなことの取り合わせに、この文章を書いたときの僕はやや苦労しているようにも思える。しかし、言わんとしていることは、よくわかる。これまでのアメリカが言ってきた自由と民主はすでに古典的なものであり、これからはどちらにも大幅な修正がほどこされなければならないのではないか、という趣旨だ。人権にはこれからは厳しい制限が必要だ、という考えかたにもとづいている。

アメリカの自由と民主は、建国から開拓の時代のなかでふくらんでいき、第二次大戦で頂点に達してアメリカの繁栄を作り出した。そして現在では、資本主義、デモクラシー、人権などの複雑にからみ合う領域、つまり致命的な部分に、解決は不可能にも見える矛盾が、誰の目にもはっきりと生じている。そしてそのすべてを支えている理念は、いまも変わることのない自由と民主だ。ほぼおなじ時期に書いたもうひとつの文章も、ここに全文を採録してみたい。『芸術新潮』という雑誌の、アメリカの絵画についての特集号に書いたものだ。アメリカのリアリティとはなにか、というテーマだった。

この文章のなかでも、いきついたところは初めに採録した文章とおなじだ。アメリカのリアリティは自由や民主という観念のなかにある、と僕は冒頭で書いている。個人に許された自由の大きさは多様性を生み、自由競争をとおしてアメリカはそれを国の力にしていった。その結果としてアメリカの繁栄があった。その自由と民主は、これからの世界のなかで、共通したひとつの理念として、世界的な公共性を持つことが出来るのかどうか。そのようなことを、僕は次の文章のなかで書いている。一般論として書くことが、書き手である僕に対して、制約のように作用している。そのためにわかりにくい書きかたをしている部分がいくつかある。原稿を受け取った編集者は、少しだけ困ったのではないか。

4

アメリカのリアリティの本質をごく簡単に表現するなら、それはここにはない、というひと言につきる。アメリカのリアリティは観念のなかに存在している。観念は理想と言い換えてもいい。これからはここで誰にも邪魔されることなく自分たちだけで理想的な国を作っていきます、とアメリカを建国したとき、そこに参加した全員が共有する価値として合意した、たとえば十三州の契約つまり独立宣言の文章がめざした彼方(かなた)のどこか遠くに、アメリカのリアリティは常にある。そしてそれはそこにしかない。

だからアメリカは、ちょっと信じられないほどに抽象的な、観念の国家だ。この抽象度の高さは、ナショナリズムなど軽く越えているはずだ。抽象度の高さとは、理想の巨大さでもある。たいへんに大きな理想を、アメリカは建国の瞬間から、自分たちのめざすべき目標として、持ってしまった。これを越えるほどに大きな理想は、ほかにないだろう。

十三州の契約は、まだ国などなんにもなかったときに、作成された。契約はルールであり、ルールとは理念だ。その理念はどのようなものかというと、前進主義、改革主義、未来主義など、アメリカを特徴づけるすべての理念だ。リアリティは、今日ここにはない。しかし、明日以後のどこかには、あるかもしれない。比較の誘惑を断ち切れないままに乱暴な比較をするなら、日本のリアリティは誰もの身のまわりと気の持ちようのなかにいつもある。

アメリカのこのようなリアリティのありかたは、とにかくあらゆる場所にかたっぱしから問題を掘り起こさずにはおかない。現在のアメリカは数多くの難問を国内問題としてかかえていると言われている。そのようなアメリカは、じつはたいへんにアメリカらしいアメリカだ。昨日のアメリカよりも今日のアメリカのほうが、もっとアメリカらしい。ありとあらゆる問題を掘り起こさざるを得ない基本的な性格は、自分たちの視野を社会のぜんたいへと、広げずにはおかない性質の世界観や価値観の原点でもある。

抽象的で観念的なアメリカではあるけれど、ものごとのおこないかたや進めかたには、白紙に戻してやりなおす好みを土台とする、きわめて理にかなったプラグマティズムが横たわっている。きわめて理にかなったとはいっても、アメリカ的という枠の内部でのことだが、このプラグマティズムは僕の私見では哲学にまで達していると言っていい。たとえばアメリカが独立したとき、その独立のしかたも観念的で理想論的であったかというと、そんなことはない。当時のヨーロッパを支配していた力の関係を慎重に秤（はかり）にかけ、その隙間をじつに現実的に巧妙に突いて、アメリカは独立した。

アメリカではさほどつきつめるまでもなく、国家よりも個人のほうが上にある。アメリカの原動力は個人のマン・パワーのなかに存在する。そしてその個人は、よりいっそうアメリカ的なアメリカ人になるための努力を一生続けていく、というリアリティを引き受ける。建国の理想の個人版だ。自分にとってのそれまでの場所を捨て、新しい場所であるアメリカへ来た人たちによって、アメリカは作られていった。新しくアメリカへ来る人たちは、アメリカにとってのマン・パワーの源泉だった。

そして新しくアメリカへ来た人たちは、それ以後長く保持し続けるそれぞれの出身国の文化を背景とした自分とは別に、もうひとり、完全に白紙に戻った自分を持たなくてはならなかった。いったん白紙に返り、そこからアメリカ人になっていく。白紙に戻ることは、遠い彼方にあるはずの理想の共有にとって、欠かせない儀式だった。アメリカン・インディアンとかつては呼ばれた先住民を事実上の絶滅に追い込んだ史実に、いったん白紙に戻るというこの儀式は、重要な役を果たしたと僕は思う。殺す必要などどこにもなかった友好的な先住民を、自分たちとはまったく異なった物語を持って、しかも自分たちよりずっと早くからそこにいた人として、アメリカ人は認めるわけにはいかなかったのだろう。

国の出来かたやありかたとして、これほどまでに観念的に興味深い例を、僕はほかに知らない。このような観念的な出来かたやありかたに対して、それは無理だよ、そんなこと言ったって駄目だよ、といったん言ったなら、無理と呼べるものは際限なく広がってしまう。だからアメリカでは、そのような無理を相手に、どこまでも本気で渡り合わなくてはいけない。そうしないでいることは、自らの内部にあるべきアメリカらしさを、放棄することにつながる。

アメリカでは国家よりも上に個人がある。個人とは、人の単なるひとりひとりではなく、個性のことだ。人は誰もみなだいたい似たようなもの、という前提に立たない文化のなかでは、個性は言うまでもなくさまざまな多様性の土台だ。人の多様さは、アメリカ的な前進的変化の文化にとって、これ以上に重要なものはないと言っていいほどに重要な、推進力の出発点だ。

個性の多様さとは、もののとらえかたや考えかた、つまり発想の多様さだ。そして発想は、ほとんどの場合、なんらかのアクションに結びつく。そしてそのアクションは、行動のための行動や、自己完結するためだけの行動も含めて、それまでは存在しなかった状況への移行や変化、より良い状態への変化、よりいっそう前進していくための変化などに、つながってくる。いったん行動を起こしたなら、その行動の主体も、そして周囲にいる人たちや周囲にある状況なども、ともに変化していくという責任を引き受けざるを得ない。アメリカ的な変化、つまり発展の発生源は個人にある。

建国の理想は契約というルールにかたちを変えた。そのルールは個人に適用されていく。個人とは個性であり、個性とは多様性と同義だ。個性の多様性は発想の多様さであり、発想は行動に結びつく。さまざまな行動が、変化、改革、前進への力として、遠近法のずっと奥にある遠い彼方で、一点に結び合う。理想、契約、ルール、個人、個性の多様性、行動、より新しい、より良い方向への変化。アメリカのリアリティはここにはない、と僕は冒頭に書いたが、リアリティとは要するに理想だ。それは遠くに掲げられ続けられるものであるという意味において、ここにはない。

自由主義社会のなかで、数多くの個人が多様性を原動力にして行動を起こすとき、そこにもたらされる行動のかたちは、個人の力を可能なかぎり大きな結果として実証していく競争という形態になる。アメリカは競争社会だと、多くの人が言ってきた。その競争は熾烈さをきわめる、とも言われてきた。競争の熾烈さとは、自分たちの社会が広く共通して信じている価値体系の内部へ、人々を強制していく力のすさまじい強さでもあることも、理解しておくべきだ。

数多くの人たちが競争をしていくとき、これがなければお話にならないという絶対に近い唯一のものは、自由だ。だからアメリカでは、個人に許された自由の範囲の広さというものが、たいへんに重要なものとなっていく。個人に許された自由の範囲の広さとは、いま自分は可能なかぎりの自由のなかにいるのだと、その人が全存在をかけて実感出来る状況のことだ。そして競争とは、契約のなかで自分の責任をどのように果たしていくかだ。契約つまり自分の責任を果たすと、そこには報酬がある。

民主主義、資本主義、そして代議制にもとづく政党政治などは、契約による個人の競争活動、つまり商業活動全般の安定的で継続的な維持の、社会的な基盤を保証する役を果たす。国家の長期的な計画運営によって国民の全員が等しく平等である、というような国の運営のしかたよりも、個人の自由な競争のほうが無理は少ない。だから自由と民主は、少なくともいまのところ、アメリカにおいてもっとも普及し成熟した。そしてそれに代わり得るものを、世界はまだ持っていない。

民主主義の向かう方向はひとつだ。多くの多様な個人、多くの異質なものを、多様さや異質さを生かしつつ、民主主義はひとつの方向へ向かわせる。異質なものに対して自らを閉ざした文化は、その当然の結果として質を低下させていくほかないということが法則のように言えるなら、少なくともこれまでのアメリカは、まさにその反対を実行してきた。

それぞれに異質で多様な数多くの個人というものの典型的な見本は、アメリカにこれまで移民してアメリカ人となった人たちの全員だ。アメリカという国の富にしろ力にしろ、それは移民を生かしきることによって高められてきた。そのことはアメリカの力の土台であり、もっとも大きい魅力でもあった。その魅力に引きつけられて、さらに多くの移民がアメリカに渡った。

異質な要素を常に大量に自らの内部へ輸入し続けることをとおして、ほとんどどこに対しても自分のゲートを開いておくという体質あるいは伝統のようなものを、アメリカは自分で自分のなかに作った。異質なものを輸入し続け、自分の内部に混沌とした状況をいつも作ってきたから、混沌に対する対応のシステムや能力もまた、アメリカの国力的な伝統となった。異質さも混沌も変化も、アメリカでは、積極的に肯定されてしかるべき新しい次の状況への、またとないチャンスとしてとらえられる。理想的に見るなら、このようなシステムは停滞を知らない。システムはより良いものへと、常にその内部で再編成されていく。

一九四〇年代から始まってつい昨日まで、旧ソ連を相手にアメリカは冷戦という巨大なシステムを維持してきた。ソ連はアメリカによって最終的には囲いこまれてしまい、その内部での社会主義の腐敗的な運営により自己崩壊を遂げた。冷戦を維持していくためには、ソ連もアメリカも絶えることない軍拡を必要とした。ソ連の軍事国家ぶりは、固定観念的なイメージであるにせよ、多くの人が承知している。そのソ連をはるかに上まわる、およそ信じがたい巨大で強力な軍事国家が、アメリカだ。軍事においても、自由や民主はもっとも有効的に作用したらしい。アメリカが維持し続けたすさまじい軍事国家ぶりは、一九四〇年代から七〇年代あたりまでにかけての、地球をひとりで食いつぶしてしまうと言っても過言ではないような、ものすごい生産力によって可能となった。

一九四〇年代から現在までのあいだに、アメリカは激変した。その激変のなかでももっとも大きく変化したもの、つまりもっとも大きく広がったものは、個人の権利だと僕は思う。ソ連を囲い込んで出口なしにした軍事力、すなわち生産力は、この五十年ほどをかけて、じつは人権の拡大に関してもっとも大きく寄与してきた事実を知ると、アメリカにとってのリアリティがどのようなものであるのか、ぼやけていた像があるときいきなり焦点を結ぶように、はっきりと見えてくるはずだ。

社会主義に対して民主主義が勝利した、という言いかたがしばしばなされているが、この言いかたはまったく正しくない。社会主義が理想的に運営されたことは、おそらく一度もないはずだ。最初から無理をきわめたシステムが腐敗的に運営されながら、それにふさわしい時間の経過のなかで自己崩壊を遂げただけだ。そしてちょうどその頃、アメリカの軍事力は頂点に達した。その軍事力を支えたのは民主主義だが、その民主主義といえども、ほかにいい方法がなさそうだからとりあえずこれでいってみよう、という程度のものだ。

何度も繰り返すが、しかしそれにしてもすさまじい生産力ではないだろうか。第二次大戦中から戦後、そして一九六〇年代をへてごく最近にいたるまで、その生産力は維持された。大量生産と大量消費というシステムは、民主主義と結びついて限度いっぱいに、豊かなアメリカを作り出したことは確かなようだ。

およそ考え得るありとあらゆる方法で、人々はその豊かさを享受した。しかし、それだけにとどまらなかったところに、アメリカが持つ真の興味深さがあると僕は思う。この四、五十年のあいだのアメリカで、人権の拡大が法制化されたもののなかで拾い上げていくと、その範囲と深さに、アメリカのリアリティを確実に見ることが出来る。アメリカではそうならざるを得ないから、そうなったのだ。

ここにはないはずの、したがってめざす理想として常に追いかけるほかないリアリティは、自由や民主そして人権などによって支えられている。多彩に異質な個人たちの自由競争を支えるこれらの理念は、ごくわかりやすいひとつの言葉に言い換えるなら、なんのことはない、公共性なのだ。個人の私的な世界をあっさり飛び越える、絶対的なものとしての公共性がどのようなものであるかを知るには、たとえばエイズのような問題がもっともいい。エイズに関する意識や対応のしかたの、アメリカにおける大衆次元での変化の過程は、まるで絵に描いたかのように素晴らしくアメリカ的だ。

初めのうちエイズは、ホモセクシュアルや麻薬常習者たちなど、限られた一部の人たちのものだとほとんどの人は思っていた。自分とは関係のない世界の出来事だ、と誰もがエイズをとらえていた。エイズはマイノリティの問題だった。しかし、時をへずして、エイズは普通の人たちの身近に次々に発生していった。

人々の気持ちはパニックを起こした。学童にエイズ感染者のいることがわかったりすると、排斥や攻撃などの動きがあった。エイズは彼らの身辺でさらに増加していった。普通の人が普通の世界で感染すること、血液製剤や輸血でも感染すること、そして胎内で母から子供にも伝えられることなどがわかってくる頃になると、正確で冷静な情報が正しいかたちで末端までいきわたるようになった。

人々はエイズを自分たち全員の問題として、真剣に受けとめ始めた。そしていま、エイズ感染者たちに対して差しのべられるさまざまな救済の手の、どれをも共通してつらぬくひとつの信念をごく日常的な言いかたで表現するなら、それはたとえば We can't let them go alone. というような言いかたとなる。go という一見したところ単純そうな動詞の、このように使われるときの語感が理解出来ないことにはどうにもならないが、このように表明される信念は、純度のきわめて高い公共性そのものだと言っていい。そしてその公共性には、宗教というものが強く持っている公共性が重なっている。個人をたやすく超越する絶対的なもの、つまり宗教的な確信としての信念は、アメリカが持つアメリカらしさの根源に位置するもののひとつだ。そのような信念を、アメリカ英語の開かれた性格は、きわめて日常的なひと言のなかにも、表明せずにはおかない。

思考のありかたを出来るだけ普遍的なものに接近させようと試みることは、アメリカのリアリティのひとつだ。そしてそのようなリアリティは、アメリカ英語のアメリカ的な使いかたのなかにある。マイノリティだったＨＩＶポジティヴ者そして発症者たちは、このような信念が持つ公共性によって、ステレオタイプとしての扱いから救い出されることとなった。アメリカのリアリティは、たとえばこのように機能する。

自分たちに共通する価値判断の基準は、ほぼ自動的にそのまま世界のどこでも通用しなければおかしい、とこれまでのアメリカは思ってきた。自分たちの考えかたや物事の進めかたは、世界のなかでただひとつ正しいものだ、とアメリカは信じてきた。アメリカと対立するものがあるならそれは要するに悪でしかなく、その悪は退治されて当然のものだった。内部に異質なものを取り込んで国力に変換していく伝統があるかたわら、アメリカはこのようなかたちで順応を強制する力もあわせ持っていた。

　アメリカにとって、価値判断の基準でもっとも大切なものをひと言で取り出すなら、それは汎用性の高い公共性に裏打ちされた、あるいは最終的にはそのような公共性に帰結する、自由というものだと僕は思う。その自由は国内では自由競争を支え、国外に持ち出されたときには、世界じゅうをアメリカとおなじような民主主義の場にしようとする行動となった。そして現在のアメリカは、世界のなかでの競争を維持させていく力を自分たちは失いつつある、という自覚を持つにいたっている。アメリカにとっての根本的な不安や自信喪失に、直接につながる種類の自覚だ。建国から二百年にわたって信じてきた、そしてたいへんに有効であったアメリカのフリーダムが、そのままではこれからの世界のなかで充分に機能してはいかないものになりつつあるのではないかということに、アメリカはどこまで気づいているだろう。

　気づいていなければ、社会構造における本質的な変化の進行にも、気づかないままとなるだろう。本質的な構造変化とは、たとえば大量生産による大量消費というようなシステムの終わりのことだ。これまでどおりのフリーダムをとおしておこなわれる世界や人々のとらえかたに、限界が来ている事実に気づいたとき、アメリカはどうするだろうか。

これほどの変化に対応するには、システムを作りなおすほかない。システムの作りなおしは、同時に、そのシステムを支えてきた理念の、根本からの修正をかならずともなう。アメリカはそのフリーダムを修正しなければいけないところまで、すでに来ている。そんなことをするのは嫌だとか、そのような必要はない、あるいは出来ないと言うなら、アメリカの歴史はいったんそこで終わる。昨日の段階で、それまでのアメリカは終わる。そして次の日からは、普遍的な理念も哲学も、もはや必要ではない。世界のさまざまな現場で起こってくる利害の衝突を、自分のつごうに合わせてねじ曲げたりへし折ったりする戦略的技術にたけた国に、なっていかざるを得ない。

アメリカにとってもっとも重要なフリーダムは、誰もがどんなことをも好き勝手に遂行していくことの許された自由などではないことは、言うまでもない。フリーダムには、じつはきわめて厳しい倫理的な、観念的な枠が、はめられている。その枠を手がかりにして、フリーダムという言葉をほかの言葉に置き換えるなら、その言葉は公共性以外ではあり得ない。

アメリカはこれから自分のシステムを修正しなくてはいけない、と僕はいま書いた。システムの修正とは、公共性というものをその土台から考えなおしていくための、途方もない作業の全体だ。アメリカとはなにか、アメリカ人とはなにか、自由とはなにか、人権とはなにか、という基本まで戻り、そこからの根本的な検討を始めなければならない。

アメリカとは、そしてアメリカ人とは、多くの異質な人々の協力関係だった。初等から中等にかけての歴史教育の現場に、この原点を問いなおしかねない動きが、いま強く存在している。これまでのアメリカ史は、ヨーロッパから来た白人を主役にすえた上での歴史だった。この、ただひとつの視点からの歴史というものが、理屈で言うなら移民の出身国の数に対応して、それと等しい数のヴァージョンへと書き改められなければならないと主張する力が、たとえば自治体内部で社会的な問題となっている。

全国の学校で生徒たちに先生がなにをどう教えるべきか、中央の政府が全国統一の指令を発するというようなことは、少なくとも現在のアメリカでは、教育に関してなされ得るもっとも馬鹿げた、あるいは最悪の、アイディアでしかない。この考えかたにもとづいて、立場によるアメリカ史のヴァージョンの違いを推し進めるなら、アメリカは内部でいくつにも分断され、それぞれが内向して自己完結しつつ、おたがいに自らを主張してゆずらないままという、崩壊のきざしをかかえ込むことにもなる。

これからの国際社会は、相互依存的な協力関係の、複雑な網の目のなかにおいてのみ構成される、と多くの人が言っている。そのとおりだろう。アメリカが大事にする公共性が、今後の世界のこのようなありかたと、どんなふうに重なり合う可能性を持つかあるいは持たないか。建国からの歴史をへて、アメリカはもっとも興味深い局面へすでに入っている。

5

自由と民主の視点からアメリカについて書いていくと、戦争を避けてとおることは出来ない。アメリカ史のなかを、戦争を避けて歩くことは出来ない。戦争そのもの、ないしはそれと緊密に結びついた項目が、建国から現在まで、アメリカ史の年表のなかには連続している。この本を書いている時期に、別な本のために、冷戦について僕は次のような文章を書いた。それも引用してみたい。次のとおりだ。

6

一九五〇年代のアメリカ、ミドル・クラス家庭の居間の、そのための位置として有利な場所に、TVの受像機が置いてある。ゆったりした大きさのあるキャビネットに、それは収まっている。キャビネットのサイズに比較して、ブラウン管の画面が小さい。画面の四隅は丸く角が落ちていて、それに呼応したかのように、四辺のまんなかが、それぞれ楕円の一部分のように、外に向けてふくらんでいる。いまそのTVはオンになっている。白黒の画面には世界地図が映し出されている。

共産主義の威嚇について、男性の声が煽るように語っている。現在ならたとえば大統領選挙中のTVにおけるネガティヴ・キャンペーンで、対立候補に関してあることないことおかまいなしに否定的なことを並べたてる、あのアメリカ的にすごんだような調子で、共産主義がいかに世界制覇を試み続けているかを、その声は語っていく。共産主義に転じた国、共産主義によって乗っ取られた国などが、次々に黒い色に変わっていく。西側の自由主義陣営は白のままであり、白と黒の対立の図面がTVの画面に出来上がる。

当時のアメリカの人たちにとっての日常的な感覚として、冷戦という言いかたは我慢ならないほどにインテレクチュアルなものの言いかたに属した。冷戦という言いかたに、どっちつかずの印象を持った彼らは、冷戦というような言葉を使う人を、ひょっとしたら向こう側の味方なのかもしれない、などと判断していた。

冷戦の相手は日常的にはレッズ（赤）の奴らであり、彼らとの戦いは、奴らに世界は渡せない、断固として我々は自由世界を守るのだ、という戦いだった。戦いの決意の固さは、共産主義つまり自分たちの理念とは相容れることのない理念に対して、当時の人たちが感じていた恐怖の大きさだ。冷戦はおそろしくアメリカ的な出来事だった、と僕は思う。アメリカの敵、西側の敵、自由と民主の敵としてとらえた共産主義の中心地である旧ソ連に対する、軍事的な包囲網を世界スケールで作り上げ、五十年近くにわたって二十四時間の迎撃臨戦態勢を、相手を上まわるスケールでアメリカは維持し続けた。

そのためにアメリカが注ぎ込んだ国力たるや、どう表現していいのかまったくわからないほどに、とにかく半端ではなかった。自らが掲げた理念に敵対するものを捜し出し、それに対して戦いを挑むことで自らの理念をさらに強固なものとしていくという、アメリカらしさに満ちた冷戦という営為は、第二次大戦が終結する前からすでに始まっていた。

冷戦を支え継続させていくにあたっての、わかりやすい武器として最大だったものは、東西のどちら側にとっても核兵器だった。相手の核攻撃能力に対する、自分たちの核による迎撃能力の、拡大とバランスの維持が、核による核の抑制力として、おたがいに作用し合った。その結果、核によるとりあえずの平和の傘が、西側ではアメリカを中心にして広がっていた。

直接にあるいは間接に冷戦と関係した出来事を、原爆から水爆まで歴史年表のなかに追ってみよう。ごく簡略なアメリカ史年表ではあっても、そこから拾い出す項目がある程度まで重なると、それらの出来事のつらなりは冷戦がやはり戦争以外のなにものでもなかった事実を語ってくれる。

日本軍による真珠湾攻撃の次の年、一九四二年の一月一日には、連合国宣言がワシントンで調印された。戦時生産局や緊急物価統制法などを、一月のうちにアメリカは作った。四月には、この戦争による最初の空襲を、東京は体験した。戦時人的資源委員会、というものもアメリカは作った。六月にはミッドウエー海戦がおこなわれ、アメリカ軍は初めて日本軍に大勝した。戦争情報局が出来、八月には原爆を製造するためのマンハッタン計画が開始された。十二月にはガソリンや食糧品が割り当て制となった。

歴史年表のなかの一九四三年からは、連合国食糧農業会議の開催、戦時動員局の設立、戦時労働争議法の成立、といった項目が拾える。戦後の国際平和を維持するための機構の設立を求める決議を、上院は採択した。四四年には国際通貨基金の設立が決定された。アメリカ軍はサイパン島を占領した。八月にはパリが解放され、ソ連の勢力圏を設定するための、第二次モスクワ会議が開催された。

四五年の一月、アメリカ軍はルソン島に上陸した。二月にはヤルタ会談がおこなわれた。おなじ月に硫黄島（いおうじま）をアメリカ軍は侵攻し、五月にはベルリンが陥落し、六月には沖縄の日本軍が全滅した。七月にはポツダム会談、そして八月には広島への原爆の投下があった。アメリカによる日本の占領が開始されたのは、八月二十七日だった。

一九四六年の三月、イギリスの首相チャーチルはミズリー州の大学で演説をおこない、そのなかで鉄のカーテンという言葉を使った。七月にはビキニ環礁でアメリカは原爆の実験をおこなった。アメリカとソ連は協力し合うべきだと説いたウォレス商務長官を、トルーマン大統領は辞任させた。十一月にはCIO（産業別組織会議）が共産主義者の排除を決議し、十二月三十一日、大統領は戦争状態の終結を宣言した。四七年の三月、連邦政府職員の忠誠審査に関する行政命令を、大統領は発表した。忠誠とは、共産主義に賛成するかしないか、ということだ。八月には審査が開始され、審査の結果による解雇の法的正当性を、最高裁は認めた。国家安全保障法が出来、陸海空の三軍を統合した国防総省が設置された。

一九四八年についての年表の記載のなかからは、三月のソ連への武器輸出の停止声明、六月の選抜徴兵法の成立、非米活動調査委員会がふたりの人物をスパイであると証言した、というような項目を拾うことが出来る。トルーマン大統領は再選され、議会でも民主党が勝った。一九四九年には北大西洋条約がワシントンで調印された。大統領は赤狩りを非難したが、共産主義者取り締まり法が、上院の司法委員会によって承認された。九月になって、ソ連は水爆を保有している、と大統領は発表した。

一九五〇年の一月、国務長官のアチスンは、極東の防衛に関する演説のなかで、太平洋防衛線というものを披露した。大統領は原子力委員会に水爆の製造を命令した。マッカーシー上院議員による、マッカーシー旋風と呼ばれた共産主義者狩りが始まった。対ソ連総力外交六原則を、国務長官が発表した。六月に朝鮮戦争が始まり、七月一日、アメリカの地上軍の第一陣が半島に上陸した。予備役六万二千名が召集された。九月には国連軍が仁川に上陸し、十月、三十八度線を越えた。十一月には中国の義勇軍に押されて南へ撤退し、翌年一月に大統領は国家非常事態を宣言した。

一九五一年一月、中国と北朝鮮の軍によって京城が占領された。三月には国連軍は京城を奪回し、総司令官のマッカーサーは中国本土の爆撃を要求した。国連のソ連代表が朝鮮戦争の休戦を提案し、七月には第一回の休戦会議が開かれた。太平洋安全保障条約、対日講和条約、日米安全保障条約などが調印された。対外経済、軍事、技術援助を統合した、相互安全保障法が成立した。

一九五二年、日米行政協定が東京で調印された。インドシナへの軍事援助をアメリカは発表した。

そして十一月、大統領は水爆実験の成功を発表した。

マンハッタン計画から十年後には、アメリカは水爆を完成させた。冷戦のためのアメリカの軍備の技術革新、そして拡大や増強の動きを支えた中心軸は、原爆とそれに続いた水爆だ。原爆から水爆への十年のなかに、朝鮮戦争という共産主義を敵とした実戦を、アメリカはおこなった。国連でのソ連の提案による休戦という終わりかたは、その後の冷戦の展開を暗示して興味深い。

冷戦という戦争の戦いかたは、自分の国から遠く離れた場所に軍事的な前線を徹底的に敷き、それによってソ連を包囲し続けるというものだった。包囲し続けるとは、東側の全体を、その外にある世界の全体から、完全に断ち切ることだ。外からは包囲されつくされ断ち切られ、内側においては運営の不手際によって、東側は自己崩壊した。崩壊するにあたっては、軍事的にだけではなく経済的にもなされた外の世界との断絶が、大きな力を発揮した。東側は崩壊したが、社会主義に対して民主主義が勝利したわけでは、けっしてない。冷戦という世界スケールの暴力行為で、アメリカの力が勝っただけに過ぎない。自らのアメリカらしさを、冷戦においてアメリカは堪能した。

冷戦は、アメリカという価値の体系が、その外にある世界とどのように接するものであるかを、端的な一例としてあらわしたものだった。東側を徹底的に包囲するための、軍事的あるいは経済的な前線は、西側にとっては、西側としての結束力という強制として作用した。その結束力のすべてを支えたのは、アメリカが理念として掲げていた自由と民主だ。少なくとも西側には、そして少なくとも冷戦の期間中には、アメリカの自由と民主は、自国の価値体系の外にあるどの世界へも、持ち出しが可能だった。

レッズに対する恐怖は、まず間違いなく大きかったようだ。その大きさに正しく比例して、自分たちをレッズから守ろうとする力が大きくなっていった。軍拡の競争を自分たちがリードしているという安心感のなかで、一九五〇年代のアメリカの自由と民主はふくらんでいった。

そのふくらみの内部での支配的な価値観は、世界とは自分たちのことであるという、自己充足だった。その自己充足に生じるあらゆる隙間を即座に埋める彩りとして作用すると同時に、全体を増幅する役を担っていたのが、豊かさというものだ。世界とは自分たちだという自己充足を、世界史始まって以来の異常事態のような豊かさのなかで引き受けていると、多くの人は世界に対する好奇心を失って退屈する。自由と民主にもとづく個人主義は、基本的には反順応だが、世界とは自分たちだという自己充足の内部では、その充足への順応を強いる力として、強大なものとなった。レッズに対する恐怖と敵対の感情は、順応しないものへの強い攻撃力へとかたちを変えた。

豊かさは、一九五〇年代の前半においてすでに、明らかに過剰な商業主義の産物だった。それに支えられて、過剰な生産と過剰な消費とが、社会をつらぬく基本的な価値観念にまで高まっていた。当時のアメリカは、国をあげて過剰に物を作っていた。五〇年代のアメリカは、物を作る人たちの国だった。もっとはっきり言うなら、工場での自分の持ち分をほぼ自動的にこなすことで給料を取っていた、工場労働者たちの国だった。

過剰な生産と消費は、早くも途方もない次元に到達しつつあった。そこに生まれた大衆消費社会は、自由と民主を建前としていた。そしてその建前は、実態との距離がきわめて小さかったから、過剰な生産と消費は、市民の権利の際限のない拡張へと、機能した。

消費者という大衆は、商業主義によって作り出された新たな欲望へと、常に動いていく人たちだ。このような基本的にまったくあてにならない人たちが、生産や消費という大きな局面での主役だった。そこになにかと言えば自由や民主が重なるから、主役の欲望はそのまま、世論となっていった。大衆のために生産と消費の仲介をすると同時に、彼らの欲望の表現を代行したのが、マス・メディア、特にTVだ。デモクラシーとは、そのようにして形成される世論を受けとめ、出来るだけそれに逆らわずにことを進めるか、あるいは誤魔化(ごまか)し続けるかという、操作作業となった。

冷戦という世界スケールの暴力行為が一方で遂行されていき、もう一方においては、ろくな意見も判断力も持ってはいない大衆という圧倒的多数の人たちが、自分たちの望むとおりに世のなかが推移していくらしいことに満足を覚えるという、工場労働者たちの退屈な休日があった。

そこではすべてのことが当然の権利だった。すべてが当然の権利である毎日のなかで、大衆は、常になにか不満を訴えていた。不満を言うことをとおして権利の拡大を常に図っていないと、自分たちの権利は削られ失われていくに違いないという不安が、その根底にあった。冷戦も、質的にはおなじ不安の上に立っていた。大衆という市民にろくな判断が出来ず、したがって彼らがろくな意見を持っていない最大の理由の発生源は、常になんらかの仕事をしていなければならない彼らの、その仕事のしかたにある。

ほとんどと言っていいほど圧倒的に多くの人たちは、仕事をして報酬を得るために、職能という小さな世界のなかに入る。そこは小さいと同時に、他の多くから、そしておたがいから、分断された世界だ。すべてを無理なく自分の領域として持ち、トータルでひとつに統合された世界のなかで仕事をしていくことは、ほとんどの人にとって、とうてい望めることではない。夢のような理想論のなかにしか、そのような世界は存在しない。誰もがごく小さな職能のなかで仕事を続け、そのことの蓄積のなかでしか、判断力も意見も持つことは出来ない。考えたことも体験したこともないようなさまざまな重要な問題に関して、彼らはその程度の判断力や意見で、接していこうとする。

アメリカという国は、最初から、仕事をする人たちの国だった。ヨーロッパからの移住、建国、そして開拓から発展へという歴史は、すべてを自らの労働のなかで作り出していかなくてはならない日々なのだから、仕事そのものだ。独立独歩の強靭（きょうじん）な自助精神、独創力、周到な科学性、攻撃的な戦略、駄目とわかったらあっさり白紙に戻ってやりなおす自己改革能力など、すべては歴史を進行させていくにあたって、なくてはならないものだった。だからそれらはアメリカで特別に顕著に生まれ、発展し、アメリカにとっての伝統的な価値となった。その裏には個人主義にもとづく自由と民主があり、さらにその裏には、戦争という仕事が強固な支柱として、ほとんど常にあった。

存在の全体性、そしてそのなかに身を置くことによってなんの無理もなく得られる、自然と一体となった生の喜びといったものは、かたっぱしからめちゃくちゃに破壊されていくのが、アメリカの歴史の基本的な主流だった。人工的ななにごとかを、強引に無理やりに作っていくこと、それがアメリカの歴史だった。先住民との関係の歴史が、そのことをよく証明している。

昔はインディアンと呼ばれた北アメリカ大陸の先住民たちは、ヨーロッパから移住してきた人たちとは、悲劇的なまでに正反対の生の哲学を、そのまま生きていた。大陸の雄大な自然のなかで、彼らの存在は自然と分かちがたく一体で、全体としてのひとつの生のみが、彼らにとってのこの世での生だった。仕事というものは基本的には存在せず、すべてはなんらかのかたちで儀式から遊びまでの広がりのなかのどこかに、無理なく位置していた。自然とともに毎日を遊戯して生きるのが、彼らにとっては最高の生の喜びだった。

しかしそのような先住民は、ヨーロッパから移住してきた人たちにとっては、単なる野蛮人でしかなかった。先住民たちはきわめて友好的であり、彼らを殺さなければならない理由はなにひとつなかったが、ヨーロッパから来た人たちは先住民を殺戮し、事実上の絶滅にまで追い込んだ。移住してきた人たちが先住民を殺さなければならなかった理由は、価値観が違うという一点だけだった。

すべてを取り込んだ上で、トータルにひとつであるという生のありかたのための場所は、自然環境のただなかにしかあり得ない。細かく小さく分裂した職能のなかで誰もが仕事をし、その結果のトータルが文明となっていくという生のありかたのための場所は、人工的な文明環境のなか以外ではあり得ない。後者を維持し拡大させ、絶えず発展させ前進させていくにあたっての、すべての営為を支える宗教的と言っていい理念ないしは信条のようなもの、それがアメリカのフリーダムだ。建国とそのあとに続いた開拓のなかで、そのフリーダムが先住民と衝突し、そのことが気にくわず、それだけを理由に先住民を絶滅させた事実は、記憶しておいたほうがいい。

おなじフリーダムが冷戦を始め、それを支えた。冷戦の相手は崩壊した。西側をひとつにつないでいたアメリカのフリーダムは、東側が崩壊して混迷をきわめていくことと重なるようにして、消えたと言っていいほどに力を失った。西側もかつての東側も、そして南も、冷戦が続いていたあいだずっと、複雑な問題をさまざまにかかえていた。冷戦という巨大な蓋がかぶさっているあいだは、それらの問題はあたかも存在していないかのように、見えないままだった。冷戦が終結して、その巨大な蓋は取れた。世界があらわになった。それぞれの国益をめぐって、複雑にさまざまに衝突していくほかはない世界という、現実そのものがあらわになった。

東西や南北の方位など、意味はなくなった。しかし、今後の北は南の発展によって支えられるはずだ、とは誰もが思っているようだ。南の発展とは、一次資源を北に売ることだ。その意味で重要なかぎりにおいて、南は北の支配下となる。その他の南は、切り捨てられるのではないか。

冷戦で世界を支えてきたアメリカは、冷戦に勝つことによって、世界に対する自らの影響力の、いきなり桁はずれな低下を体験しなければならなくなった。ペルシャ湾岸での危機は、なんとか抑えることが出来た。あとは手の出しようもないのが、それ以後の、そして現在も続いている状態だ。リーダーシップも取れない。取ろうとすると、余計なお世話だ、と言われたりもしている。もはやリーダーシップの取りようがなく、取ろうとしてはいけない事態が出現しているのかもしれない。世界というものの蓋をすべて開けてみると、アメリカのフリーダムとはこの程度のものだったのかと思わざるを得ないが、いまの世界をかろうじて支えているのは、アメリカが世界へ持ち出したフリーダムであるという事実は、そのまま事実として残っている。

アメリカのフリーダムとはその程度のものだったのか、という言いかたは、明らかにそれをおとしめた言いかただ。しかしそれをおとしめることは、どのようなかたちにせよ、まったく正当ではない。冷戦の終結によって蓋をはずされた世界の、その複雑さを目のあたりにしたときの、ふとした感情的なものの言いかたとして、アメリカのフリーダムとはその程度のものだったのか、という言いかたをしたくなるにせよ、アメリカのフリーダムは、冷戦という巨大な蓋を世界にかぶせ得るほどに、途方もないものだった。と同時に、冷戦が終わると、蓋のはずれた世界というものを前にして、アメリカのフリーダムは立ちどまらざるを得ない。

それぞれに複雑な事情を内部にかかえたいくつもの国が、この地球の上にある。世界とはそういう状態の便宜的な総称であり、世界というひとつにまとまったものはどこにも存在しない。冷戦で世界を背負っていたアメリカは、冷戦が終わったとたん、その世界の複雑さに驚いている。

地域紛争は、その根の深さを理解することすら、第三者にはたいへん困難だ。小さな国とはいっても、いったんそれを救うとなると、とにかく無から国を作っていくことを全面的に手伝わなければならない。汚れた水を飲んでその国の子供たちがばたばた死んでいくという馬鹿げた現状といったものを、なぜアメリカだけが背負わなくてはいけないのかという、当然と言えば当然の考えかたが、アメリカの大衆のなかにすでに底流として存在している。

世界を背負おうとする試みのなかで、たとえひとりでもアメリカの若い兵士が命を落とすなら、大統領といえども任期が明ければ確実にその仕事をくびになるという状況は、冷戦後の世界にたいへんふさわしい。世界をひとまとめにして自分がかかえていようと試みた冷戦という実験は、なんとアメリカ的でしかも果敢な試みであったことか。

アメリカのフリーダムは内外から挑戦を受けている。フリーダムや民主、そして人権の定義のしなおしにまで、やがては到達するはずだと僕は思う。フリーダムは冷戦だった。冷戦が終わりその相手が崩壊してみれば、冷戦はとてつもない無駄だった。なぜアメリカだけが世界を背負わなくてはいけないのかという基本的な疑問は、冷戦という軍事活動がじつは無駄であったということの発見と、直接につながっている。

その無駄こそ、アメリカだった。無駄という余裕のなかで可能になったことのすべて、それがアメリカ文化だった。その無駄が、いまあらゆる方向から挑戦を受けている。無駄を続けていく余裕は、とっくになくなっているからだ。強いアメリカ、アメリカの再建、アメリカが世界で一番、というような願望は、アメリカが経済大国になることによってのみ、実現される。経済とは、日本を例にして考えると、やはり効率なのだろうか。日本が達成した効率の高さは、そのために捨てたものの大きさだ。あるいは、捨てるものがあらかじめなかったという、一種の幸運の大きさだ。

なにを捨ててなにを取るかというたいへんに厳しい選択には、いわゆる痛みや出血がともなう。それは長期にわたって続き、しかも先を正確に見通すことは誰にも出来ない。次のものをなににするか、そしてそれをどこに見つけるかに関する意見の一致点は、一九九二年の大統領選挙で明らかにされたとおり、我々は変革を求めている、ということだった。そして変革という合言葉には、経済という言葉が、裏としてあるいは表として、貼りついていた。

大衆が求めた変革とは、なにだったのだろうか。アメリカ国内という文脈のなかでの、さらに地方自治体という小さな枠の内部における、生活の向上への確かな見通しや手ごたえ、という程度のものだったのだろうか。あるいは、自分たちの国というシステムを支える理念の、根本的な見直しだったのか。アメリカの強さを六つの漢字で言うなら、それは自己改革能力だ。より良い方向に向けて自分で自分を変えていく能力だ。国の深い内部の草の根に、強く供給され続ける適材適所の人材というかたちを取って、その力はこれまで常に存在し続けた。

草の根の適材適所について思うとき、移民をはずすことは絶対に出来ない。移民というと日本語にはマイナスのイメージがある。アメリカに入って来る移民にも、やっかいなお荷物でしかない部分は確実にあるとしても、適材適所として国の力となる部分もまた、確実にそして巨大に存在した。内部に入ってそこでつちかわれ、多様で個性的な高い才能として、国の内部からシステムを改革したり理念に磨きをかけたりする力として、それはアメリカにとって作用し続けた。その力が国内でフリーダムを機能させ、冷戦で世界を背負う試みをとおして、フリーダムを世界へ持ち出し可能にした。

国内に第三世界が強力にいくつもあり、それらがひとつにまとまって肯定的に機能することなどもはやとうてい望めないようにも見える現状を目のあたりにするとき、移民に関する以上のような理想論は過去のものになったのか、と僕も思うときがある。それぞれに異質な立場があまりにも多くあり、そのどれもが異質な多くの他者のなかでおたがいに力を増幅させ合っている状況を見ると、移民社会も限度を越えたかと、悲観的な気持ちになる。そのような悲観的な気持ちの底から、異質な要素がどれほど多くなっても健全に運営していくことの可能な、現在のそれをはるかに越えたさらなる民主主義を、アメリカの人たちは生むかもしれない、とも僕は思う。

真実はまだ明かされない

1

ケネディ大統領が暗殺されてから四十年近くになる。ケネディについて語るとき、この暗殺の当日にあなたはどこにいてなにをしていたか、という言いかたがアメリカではいまでも枕言葉のように使われている。そのとき誰がどこにいてなにをしていたかなど、暗殺の本質にはなんの関係もない。暗殺はおこなわれた。しかもライフルで、正確に狙われて。これが本質だ。

アメリカの大統領が、至近距離ではないところからライフルで射たれて暗殺されたのは、ケネディが最初だ。それまでの大統領暗殺は、未遂も含めて、すぐ目の前と言っていいところからの、拳銃（けんじゅう）による試みだった。試みたのは狂信者であり、暗殺という目的のために、彼らはあらかじめ自分の命を投げ出していた。

ライフルの場合、意味は完全に違ってくる。狙って引き金を引く人は、請け負い仕事をしている。人の頭を遠くからライフルで射ち、西瓜（すいか）や南瓜（かぼちゃ）のように吹き飛ばすことをなんとも思っていない射手たちが、射つところは見られたくない、射ったあとは逃げたい、つかまりたくない、という願望のもとにすべてを計画し実行したことを、ライフルというものは雄弁に物語っている。

オズワルドの単独犯行という説が、仕立て上げられた作り話であることは確実なようだ。オズワルドひとりの犯行ではないことを示す、いくつもの有力な証拠や証言がある。そのうちのひとつは、皮肉にもライフルに関するものだ。教科書倉庫という建物の六階の窓から、昔のイタリー製のマンリカー・カルカノというボルト・アクションのライフルで、オズワルドは三発の弾丸を射ち、大統領に命中させて殺した、ということになっている。当日は現場にいて8ミリ撮影機でモーターケードを撮影した、エイブラハム・ザプルーダーという一般民間人のフィルムを分析していくと、オズワルド単独犯行説はあっけなくひっくり返る。

この8ミリ・フィルムの全齣を拡大プリントし、ライト・テーブルの上にならべてルーペで観察しながら、ケネディとおなじ車に乗っていたコナリー知事夫妻が検証していくという記事が、『ライフ』の一九六六年十一月二十八日号に掲載された。専門家の分析によってすでに導き出されていた結論を、おなじ車に乗っていたコナリー夫妻が裏付けするという趣向の記事だ。『ライフ』のこの号が、いまも僕の手もとにある。さきほど僕はその記事を読みなおし、写真を観察しなおした。ケネディと自分が被弾した順番とタイミングを、フィルムの齣をひとつずつ追いながら、コナリーは確定していく。最初の被弾からケネディの後頭部が吹き飛ぶ致命傷の瞬間まで、フィルムの齣数によって経過時間を正確に算出することが出来る。

フィルムには現場の道路や標識など多くのものが映っているから、被弾ごとに、その瞬間の場所も、正確に確定することが可能だ。こうした分析の結果、背後から来た弾丸だけでも、とうていひとりで射てるものではなく、ましてや後頭部を破壊した前方からの弾丸は、単独犯行説では完全に説明不可能だということが、ザプルーダーのフィルムによってわかる。こう断定する説が、少なくとも説としては、充分に成立する。

おなじ型のライフルと練達の射手を使って、FBIは狙撃を再現してみた。マンリカー・カルカノを射つためには、機関部の右側に突き出ているボルトの梃子を右手で持ち上げ、手前へいっぱいに引いたのち、今度は前方へ押し戻す。そして梃子を下げる。この一連の動作によって、クリップのなかの初弾は薬室に送り込まれ、射撃メカニズムの用意が整う。右手をストックのグリップに戻し、標的を狙って引き金を絞る。続けて射つためには、以上の動作を繰り返さなくてはいけない。梃子を持ち上げ、手前に引いて空になった薬莢を排出させ、梃子つまりボルトを押し戻して次弾を送り込み、梃子を下げて右手をストックと引き金に戻す。そして狙いなおして引き金を絞る。

射手にとって狙いの角度を刻々と変化させつつ遠のいていく標的を、狙いなおす余裕などまったくなしに、とにかく射つだけでも、ひとりでは絶対に無理だという結論が出た。ケネディとコナリーのふたりに着弾した三発の、初弾の着弾から三発めの着弾までの経過時間内では、少なくともマンリカー・カルカノでは、命中させることは論外として、おおまかに標的の方向にむけて射つことすら、不可能であることがわかった。オズワルドの単独犯行説にとっては、このことはたいへんにつごうが悪い。

射手がひとりでは時間が足らない。足らない時間は引きのばせばいいではないかという理論にもとづいて、FBIはモーターケードそのものを再現し、ザプルーダーのフィルムとおなじ位置から8ミリで撮影した。ただし、三発それぞれが着弾した地点、つまり一発ごとの発射時間を特定する鍵となる道路標識の位置を、ＦＢＩは前もって変更しておいた。こうして再現されたフィルムによると、ひとりでも狙撃は充分に可能だったということになった。

狙撃者がひとりではなかったことに関する、何人もの目撃者による重要な証言は、結果としてきわめてぞんざいに扱われるか、あるいは無視された。現場にいた一般の人たちの多くは、銃声は三発から七発くらいまで聞いた、と証言した。モーターケードが進んでいくエルム・ストリートの道路や歩道に、標的をはずれた何発かの弾丸が当たるのを見た、という証言もたくさんある。弾丸が当たってえぐり取られた跡のある歩道のコンクリート部分、という証拠も存在していた。えぐり取られた跡から直線を後方に向けてのばしていくと、教科書倉庫の六階のあの窓にはたどり着かず、右隣りの一階建ての建物へとたどり着いたという。

エルム・ストリート、メイン・ストリート、そしてコマース・ストリートの三本の道路は、前方で立体交差の下をくぐる。このくぐる部分の分離支柱の前に立っていた男性の顔に、標的をはずれた弾丸は、間接的に傷を負わせた。標的に当たらなかった弾丸は道路に当たり、コンクリートの破片をはね飛ばし、それが彼に当たった。

モーターケードから見て右側前方の、芝生の生えた小高い丘の頂上にあった板塀の向こうから狙撃がおこなわれた、といういくつもの証言が抹殺された。丘の上からの狙撃に関する証言者を含めて、単独犯行説にとって都合の悪い証言をした十八名もの人が、その後のごく短い期間のなかで、とりあえず三名を除いて相当に不自然な死にかたで他界した。

ケネディの暗殺は、オズワルドという人ひとりによる犯行であると結論づけたウオーレン報告書は、強引でなおかつ杜撰のひと言につきるようだ。オズワルドの単独犯行という説を成立させるための、その意図に沿ったつじつま合わせ、言葉づかい、表現の工夫、もの言いかたの調子などによって、かろうじてその膨大な全体は支えられている。

まともに考えるなら誰にでもわかるとおり、特定の現場という範囲のなかでの時間の経過と、その時間のなかで主要人物たちがとった行動のシンクロナイゼーションの創作、つまりでっち上げは、たいへんに難しい。しかもことは大統領の暗殺であり、目撃者、調査担当者、調査を指令する人たちなど、関係者の数は絶望的に多い。

暗殺がおこなわれる直前から映画館で逮捕されるまでのオズワルドの動きに関して採用された証言者や目撃者たちの証言の、ウオーレン報告書という作り替えられた結果のなかにおける破綻は、時間と行動のつじつま合わせの困難さの象徴としての様相を呈している。真実、つまりオズワルドが実際にとった行動は、ひとつしかない。その真実のかわりに、別なストーリーを作って同一時間帯のなかにはめこむことがいかに困難であるかを、ウオーレン委員会の報告書は自ら証明している。

オズワルドの単独犯行説を採択することにあらかじめきまっていたウオーレン委員会のために、地元の警察を中心にして政府機構が協力した結果として出来上がったのが、膨大な量のウオーレン報告書だった。そして、政府機構の内部にいる人たちが深く関与して遂行された暗殺のカヴァー・アップが、これほどまでに強引で粗雑で幼稚であるという事実は、暗殺による傷を決定的に深める役だけを果たした。

ケネディを暗殺しなければならなかった理由は、自分たちの存在のしかたやそれを支える理念などすべてを、戦争という巨大なメカニズムの上に置いていた人たちの側にある。当時は冷戦のまっただなかにあった。冷戦とは、じつは、途方もないスケールの戦争だった。戦争は、そのスケールに比例して、たいへん広い範囲にわたって、巨額の利益を生み出す。

ケネディは、この戦争という機構を、なしにしようとした。ヴェトナムからは撤兵し、キューバには手を出さず、ソ連とは話し合いをとおして、たとえば核実験停止の協定を結ぼうとした。戦争に自分たちのすべてが乗っている人たちにとって、ケネディは倒すべき敵だった。アメリカがヴェトナムから手を引けばアジアぜんたいが共産主義となる、ソ連とも手を結ぶケネディは容共のファシストだ、という次元の薄気味悪い愛国の感情に、そのような人たちは支えられていた。

アメリカがそれまで世界に向けて広げてきた、そしてさらに続けて広げようとしていた自由と民主主義は、ケネディの暗殺によってその信頼性の裏書きを大きく失った。自由と民主主義は高く掲げた理想であり、とりあえずアメリカにおいてそれはもっとも成熟してはいるけれど、その裏には戦争つまり自分の都合と利益を暴力で確保するための機構が裏地として貼りついている事実を、世界に対してもっともわかりやすいかたちで、アメリカは自ら明らかにしてしまった。

一連のカヴァー・アップは、そのわかりやすさをさらにわかりやすくした。自由と民主主義を社会システムとしてもっとも成熟させ、それを世界に対してお手本として広めてきたアメリカにおいてすら、システムはこのような欠陥を常に持ち得るのだということを、人々に教えた世界史的な教訓となった。

*

以上のような文章を、ひとつの試みとして、僕は一時間ほどかけて書いてみた。昔ふうの言いかたをするなら、四百字詰めの原稿用紙で十二枚ほどのエッセイだ。いちおう良くまとまっている。大統領の暗殺は陰謀であったとする説に立って、マンリカー・カルカノ、ザプルーダー・フィルム、ＦＢＩによる狙撃の再現など、陰謀説から派生してくる興味を、字数の許すかぎり取り込んでいる。そして陰謀説とそのカヴァー・アップを、冷戦さなかのアメリカの、戦争や軍事産業の側の暴力的な世界観と結びつけて結論とし、たいへんもっともらしい。

こういう文章の虚しさというものについて、いま僕は思っている。そこに書いてあることは、無数と言っていいほどに多くの人たちが、すでに知っていることだ。それらをいかに簡潔に一篇のエッセイにまとめようとも、なにひとつくつがえらないし、新たに明らかになることもなにひとつありはしない。

陰謀説に関して可能なかぎり詳しく書いた膨大な本を作っても、その結果はいま僕が試しに書いたエッセイと、なんら変わらないはずだ。オズワルド単独犯行説でも、そのことはまったくおなじだ。どちらを試しても、真実は明らかにならない、という虚しさに突き当たるだけだ。虚しさ、と言ってはいけないのだと、僕は思いなおす。少なくとも現在の段階では、真実は明らかになっていないという現実の、巨大で強固な様子は確認することが出来る、というふうに考えるといい。なにひとつまともには明らかになっていないという現実のなかに、大統領暗殺に関するすべてがある。

2

『JFK』と『ダラスの熱い日』という二本の映画のヴィデオを買って来て、僕は見た。大統領の暗殺をめぐって陰謀があり、カヴァー・アップがおこなわれ、真相は葬り去られたも同然であるという主張においては、このふたつの作品は基本をおなじくしている。『ダラスの熱い日』には、暗殺に関してすべてをとりしきる四人の男性たちが、最初から登場する。ほとんどなんの予備知識もなしに見ると、この四人がどういう立場のどんな人なのか、わかりにくいだろう。映画のなかでも説明はされていないから、言葉づかい、つまり彼ら四人の台詞(せりふ)の端々と風貌(ふうぼう)から、推測するほかない。バート・ランカスターが演じているファーリントンという男は、もとCIAだ。ロバート・ライアンが扮(ふん)しているのは、もとFBIだろう。そして、ほとんどいつも白いスーツを着ていて、「ご老体」と呼ばれたりしている男は、石油産業の大物という設定だ。もうひとり、もと軍人の男がいる。

庶民とはかけ離れたところで、常になにごとか良からぬ計画を考えては実行に移すのを仕事にしている男たち、という印象をこの四人はあたえる。ケネディに対しては強く反感を持っていて、やっちまえ、といういちばん最初の決意から暗殺の計画と実行まで、トップからボトムにいたるまでのすべてを、少なくともこの映画のなかでは、彼ら四人、特にファーリントンが、とりしきる。この四人を中心にして、つまり主人公にして、暗殺への段取りを、一種の娯楽映画の枠の中で、『ダラスの熱い日』は描いていく。それで持ち時間はいっぱいとなる。分類するならいわゆるB級犯罪物という種類の映画であり、そのような映画としてこの作品は明らかに小作りだ。

トップからボトムまで、とさきほど僕は書いたが、ファーリントンによる暗殺計画の手配のうち、トップに関する描写がほとんどない。このような映画では、トップが描かれないことには、真の恐怖感は観客に伝わらない。軍隊式にトップから命令が下り、命令系統をひとつずつ下っていくプロセスのなかで、絶対服従で命令はすべて遂行されていく様子が、暗殺を主題とした映画では基本となるべき怖さを生むのだが。

ボトムに近いところでは、狙撃者として雇われた男とのコンタクトが、一度だけ描かれている。庶民に扮装したファーリントンが、街道沿いのメキシコ料理の食堂で狙撃者と落ち合う。当座の報酬である封筒に入った現金を、ファーリントンは狙撃者に渡す。そして、仕事が終わったあとの狙撃者たちの逃亡手段や逃亡先、報酬などについて、ファーリントンは話をする。段取りの複雑さや報酬の多さなどから、暗殺の対象は大統領だということが、このとき狙撃者にわかるというしかけだ。

トップは誰だかわからないとして、ファーリントンのような人たちを含めて、CIA、FBI、地元の警察、マフィアのような犯罪組織、そしてそのような団体や組織の請け負い人、手先、反カストロやキューバ侵攻などを中心に影や闇の活動をしている得体の知れない、しかし決定的に下級な人たち、そして傭兵(ようへい)など、トップからボトムまで、現実には多彩で複雑な人物模様が交錯したはずだが、『ダラスの熱い日』という映画は、大統領という標的をライフルで射つまでの準備過程にかなりの力点を置いている。

標的を乗せた台車をロープでジープにつなぎ、荒野のなかを引いて走る。その標的を三角形のなかにとらえるかたちで、三点に位置した狙撃者がそれぞれに射つ。標的の動いていく速度が一定の限度を越えると、狙撃の精度が落ちるという当然のことがわかる。大統領のモーターケードの速度を落とす工夫が必要だ、という結論が出る。その結論を、「なんとかする」と、ファーリントンが引き受ける。

引き受けたファーリントンは、暗殺当日のダラスでのモーターケードのルートを変更させる。メイン・ストリートを進んで来たモーターケードは、ヒューストン・ストリートとの交差点で右へ直角に、ヒューストン・ストリートへ曲がり込む。ヒューストン・ストリートをほんの少しだけ走ったあと、今度は左へ直角以上に曲がり、問題のエルム・ストリートへと入っていく。直角以上に曲がったあとだけに、モーターケードの速度は充分に落ちている。

このようなルートの変更が、誰による発案でどのような手続きをへて可能になったのか。暗殺に向けて命令系統が冷厳に作動していく過程こそ、画面を見ている人たちにとっては怖さの源泉なのだが、この映画ではそれは描かれていない。当時のダラスの市長が、誰かの命令を受ければ、ルートはたやすく変更出来たかもしれない。当時の市長はアール・キャンベルといい、カストロ政権を倒すＣＩＡのキューバ侵攻作戦の責任者としてケネディに退官させられた、チャールズ・キャンベルの弟だ。キューバ侵攻にアメリカの正規軍を投入するよう、侵攻が開始されてからチャールズ・キャンベルはケネディに承認を求め、あっさり断られている。

モンタナ州のビリングという町へケネディがおもむいたときには、それを利用して狙撃の予行演習がおこなわれたと、日付を特定してその様子を映画は描いていく。望遠レンズを装着したカメラを、あたかもライフルを構えるかのように持つことが出来るホルダーに組みつけ、シャッターは引き金を引くと落ちるように工夫してある装置を持った三人の狙撃者が、町なかをパレードしていく大統領を三角形のなかに置き、望遠レンズのクロス・ヘヤのなかにとらえ、狙撃とほとんどおなじ動作で撮影していく。撮影した写真をのちほど検討し合い、よし、これでいける、という決断が下される。

オズワルドの所持品であり、オズワルドが大統領を射ったライフルだとされているマンリカー・カルカノとおなじライフルが、狙撃者のひとりに渡る描写もこの映画のなかにある。ふたりでひと組、合計三チームの狙撃者のうちのひとりは、マンリカー・カルカノで狙撃したということだろうか。映画のなかでの暗殺現場の描写によると、三人のうちふたりの狙撃者は、テイクダウンしたライフルをケースに入れて持ち、現場へ来る。もうひとりは、長いままのライフルをレインコートの下に隠して、現場に現れる。彼は芝生の生えた丘の上へいく。ここから射った人がカルカノを使用した、という意味が持たせてあるのだろうと僕は思う。

大統領に向けて発射される弾丸は、ひとチーム一発ずつ、計三発だ。着弾の様子がわかりやすく再現されている。一発めはケネディの首に当たる。二発めは前の席にいるコナリーに当たり、三発めは大統領の後頭部を吹き飛ばす。ケネディに少しだけ似た人が、射たれるケネディを演じている。狙撃が終わり、狙撃者たちが逃亡していく様子も、この映画では描かれている。ひと組は飛行機でヨーロッパへ、もうひと組は汽車でどこかへ、そしてさらにもうひと組は船で、どこかへ逃げる。逃亡した先では、彼らの誰もが、CIAの用意した新しいアイデンティティーのもとに、別人になって暮らす手はずだ。

暗殺は成功する。大統領の葬儀がおこなわれる。やってしまったことの大きさを、ファーリントンたち四人は、それぞれに受けとめる。心臓病で薬を手放すことが出来ないという伏線が、ファーリントンに関して何度か劇中に出てくる。そのファーリントンは心臓発作を起こし、パークランド・メモリアル病院に運ばれて死亡したと、間接的に語られる。

ホワイト・ハウスを去るにあたってTV番組のインタヴューに応じたジョンソン大統領は、そのなかでケネディの暗殺をめぐって陰謀があったようだという懸念を、はっきりと表明した。この部分は、しかし、オン・エアされた部分からは削除されたという事実を、この映画は字幕で述べる。そしてもうひとつ、暗殺現場での狙撃者複数説を裏づけるいくつもの確かな目撃と証言をした人たちのうち十八名までもが、ごく短い期間のなかでたいへんに不自然な死にかたをした事実も、字幕で述べている。彼ら十八名が短い期間のなかに集中して不審な死を迎えた事実を確率になおすと、何万兆分の一などという途方もない数字になることを字幕で語って、この映画は終わっている。

一九四〇年代から一九五〇年代いっぱいにかけて、しばしばB級と呼ばれている犯罪やサスペンスを主題とした映画が、アメリカで数多く製作された。そのような映画の再来として、僕は『ダラスの熱い日』をとらえた。僕がかつて見た範囲内での、思い起こすことの出来るそれらB級映画の基本的な感触が、『ダラスの熱い日』には共通して存在していると僕は思う。

『ダラスの熱い日』の監督や撮影監督たちは、ハードボイルドな描写をクールに積み重ね、暗殺なら暗殺のプロセスを冷たく的確に画面に展開させたつもりだと、僕は推測する。しかし実際に僕なら僕が画面に見るものは、全体は存分に主観で支えられ、描写はいまひとつ垢抜けせず、展開はもたっとしている。もっと複雑な過程が必要なはずだと僕ですら思う部分が、安直さに落ちる寸前のようなかたちで処理されている。そして、たいした重みは持たないはずの箇所に、妙に手間がかけてある。

これとよく似た感触を、かつて僕はなにかの映画で体験したはずだ、と僕は『ダラスの熱い日』を見終わって思った。それはなんという映画だったか、過去に見た映画の数々を思い浮かべているうちに、回答は出た。『拳銃魔』という映画だ。原題を『ガン・クレイジー』という、一九五三年に公開されたこの映画は、『俺たちに明日はない』の原形だなどと言われて、いまではカルト・ムーヴィーの地位を獲得している。面白い映画ではあるのだが、切れ味が鋭いのか鈍いのか判断しかねるところがあり、そこが『ダラスの熱い日』とそっくりだ。『ガン・クレイジー』の脚本を担当したのはダルトン・トランボであり、『ダラスの熱い日』も脚本はトランボが書いた。だからと言うわけではないが、時代をかなりへだてながらも、この二本の映画はよく似ている。『ダラスの熱い日』は、ケネディの暗殺に材を取った、愛すべきB級ムーヴィーだ。

実写フィルム、そしてその実写フィルムの主として前後を補う再現フィルム、それからドラマとしてのフィルムの三種類を、手ぎわ良くつないで物語を進めつつ緊迫感も高めていくという映像表現の手法を、『JFK』は『ダラスの熱い日』から直接に受けついでいる。『JFK』にも主人公がいる。ケヴィン・コスナーの演じる、ジム・ギャリスンだ。彼の活動に沿って、ケネディの暗殺がかなり幅広く、したがって細部はわかりにくく、『ＪＦＫ』では描かれていく。

ギャリスンの行動とは、ケネディ暗殺を独自に調査し、たとえばウオーレン委員会の報告書に対して異議を唱えることだ。その最初のとっかかりとして、彼はクレイ・ショーという人物を法廷へ引き出す。陪審員たちを前にしてギャリスンがおこなう、真の正義と愛国についての一種の演説が、『ＪＦＫ』という映画がドラマとして高く盛り上がる頂点だ。陪審員たちはじつにあっけなく、クレイ・ショーに無罪を言い渡す。作戦の間違いの上にいくつかの不利な条件が重なった結果、ギャリスンは法の手続きでは負けたことになる。しかし内容としては彼は勝っているのであり、真実は彼の側にある、というのがこの映画に託されたメッセージだ。

『ＪＦＫ』は半分まで成功し、残りの半分は失敗している、と僕は思う。カストロを倒すためにキューバに侵攻しようとする計画を中心にして、ＣＩＡやＦＢＩあるいはマフィア、地元の警察、まともとは言いがたい実業家などの、請け負い人となって動いた得体の知れない人物や街のごろつきのような人たちに関するさまざまな部分の不充分に描かれたつらなりが、陰謀説というものの背後にあるべき怖さを大きく削いでいる。暗殺現場での主要人物たちの動きを画面で見るときの怖さが、政府機構内部の高いところから暗殺への段取りが命令として下っていく怖さと直接につながったなら、いくつもの事実をひとつのつながりに再構成して画面で見せるという映像効果は、その機能をもっと大きく発揮したはずだと僕は思う。

そのような意味で、ドナルド・サザランドが扮する人物にギャリスンがワシントンで会って話を聞く場面が、この映画のなかではもっとも怖さを感じさせる。暗殺に関する陰謀が、政府機構のトップからいかに発せられて下っていったかが、フレッチャー・プラウティという実在の人物に該当するサザランドの語りと、断片的な再現フィルムによって描かれていく。サザランドの演技力も加わって、ここに僕はもっとも強く怖さというものを感じた。そのかわりに、ほかはすべて少しも怖くない。

主人公という妙なものを設定せず、サザランドが語ったことを前半のドラマにし、後半の暗殺現場の再構成につなげたなら、『JFK』ははるかに問題の核心に迫ることが出来たのではないか。問題の核心とは、暗殺命令とその遂行の怖さなのだから。実写フィルムと再現フィルムのつなぎかた、つまり見せかたは、『JFK』では『ダラスの熱い日』よりも手がこんでいる。手のこみかたは、しかし、わかりにくさをともなっている。細部にわたってかなりの知識を持っている人たち以外にとっては、なんのことだかわからない部分が連続したりするのではないだろうか。

実写フィルムと再現フィルムのつなぎかたの失敗は、オズワルドに関する部分でもっともはっきりしている。オズワルドは犯人に仕立て上げられた人であることが、画面を見た結果としてはっきりとわからなければ、実写も再現も、そしてそれをどのようにつないでも、意味はない。オズワルドをめぐって、なにがどうなったのか、暗殺の現場とその周辺だけに限定しても、『JFK』ではぜんぜんわからない。

先に僕が書いた、一定の場所で経過した一定の時間内での、ひとりの人間の実際の行動と創作された行動との、いくつもの要所ごとの同調の困難さが、映画を作るという作業のなかにも影響をおよぼしている。オズワルドが誰にも見られていないなら、彼の行動をつごう良く創作することはたやすい。しかし、オズワルドは、多くの人にいろんな場所で、目撃されている。それぞれの場所とタイミングを、創作に同調させなければならない。時間だけではなく内容的にも、無理のない同調が必要だ。なぜオズワルドはその時間にそこにいたか、という問題だ。とても同調させきれない部分においては、政府機構は目撃者の証言を改変したり無視したりしたのであり、そのことも併せながら、一本の流れとして、すべてを映像で画面に提示しなければならない。出来ない作業ではないと僕は思うが、『JFK』はここで失敗している。こういった失敗を観客にとって埋め合わせるものとして、エイブラハム・ザプルーダーの撮影した8ミリ・フィルムが法廷で映写されるのを、観客は見ることが出来る。このフィルムは、いまはタイム・ライフ社の所有物だ。

3

暗殺の現場での狙撃に関してもっとも重要な問題は、射ったのはオズワルドであるのかないのかとか、射った弾丸は何発かというようなことではない。もっとも重要なのは、正面から来た弾丸、つまり大統領の頭の前から入ってうしろへ貫通し、後頭部の頭蓋骨(ずがいこつ)を脳とともに吹き飛ばした弾丸だ。

この弾丸は、「芝生の生えた丘」とほとんどの人が呼んでいる場所から来た、と定説は言う。モーターケードの進んでいく右側前方の、小高くなって木が何本か立ち、板塀のあるスロープの頂上だ。この板塀の向こうから、狙撃者は致命弾を射った。『ダラスの熱い日』では、ここからの狙撃がはっきりと描かれている。『JFK』でも、狙撃者が位置につく描写があったように思う。少なくとも発射は描写されたし、多くの人が見たと証言した、発射後の白い煙も描写された。

ふたりでひと組の狙撃者たちは、当日はシークレット・サーヴィスの良く出来た贋物(にせもの)のバッジを持ち、シークレット・サーヴィスを装っていた。狙撃者ふたりのほかにも、おなじくシークレット・サーヴィスを装った男たちがいて、狙撃者の周囲にいた人あるいは近くへ来ようとした人たちを、彼らが追い払った。

致命弾を射った狙撃者たちはそこで仲間にライフルを渡し、丘の裏側のスロープを駆け降り、駐車場の向こうにある何本もの鉄道引き込み線を越え、発車寸前の貨物列車に乗った。貨物列車で移動する浮浪者のような人を装い、あらかじめ定めてある場所へ計画どおりひとまず逃げようとした。この様子のほとんどすべてを、貨物列車の動きを指令する鉄道員が、高い指令塔から見ていたと証言した。暗殺直後の、丘の上そしてその向こうでの騒ぎに、その鉄道員は気づいていた。さらに、狙撃者たちが位置につく以前、駐車場で不審な動きをしていた乗用車も、彼は気になっていた。だから彼は、ふたりの男たちが乗った貨物列車を、発車させずにおいた。

暗殺現場一帯を、多数の警官その他、オフィシャルな立場の人たちが捜査にあたった。貨物列車に乗った男たちはシェリフのオフィスへ連行された。そしてそこですぐに、FBIによって釈放された。連行されていく彼らを新聞社の写真担当者が写真に撮った。この写真の現物ではなく、良く似せた再現写真が、『JFK』のなかに何度か出てくる。その写真について説明されてしかるべき内容の三分の一ほどが、映画のなかでは説明される。知らない人にとっては、その写真がどういうことを意味するのか、『JFK』を見るだけではなにもわからない。

写真から判断するかぎりにおいて、連行のしかたが非常に不思議あるいは不自然だ、という指摘がいまも力を失っていない。逮捕ではなくただの連行だからこんな連行のしかたでもいいのだという意見もあるが、大統領が暗殺された直後なのだから、もう少しきちんとした連行のしかたがなされるべきではないか、という意見と対立している。ほとんどなんの取り調べもないまま、FBIによって釈放されそれっきりというたいへんな奇妙さに加え、写真に映っている二人の男たちは一見したところ浮浪者に見えなくもないが、少し注意深く見ていくとまったく浮浪者ではないことがわかる。

三人映っている浮浪者のうちふたりは、「芝生の生えた丘」の上の狙撃者だ。『芝生の生えた丘の上の男』という本の著者たちによれば、背の高いほうの男はチャールズ・ハラースンといい、ケネディ暗殺のあとは、それまでのような小さな犯罪歴を重ねる人生からプロの暗殺業に転じ、南部のどこだったか僕は忘れたが、知事ないしは市長のような人をライフルで請け負い暗殺し、逮捕された。彼はいまイリノイ州のマリオン連邦刑務所で服役している。「ケネディを射ったのは自分だ」と、彼は発言しているという。背の低いほうの男は、チャールズ・ロジャーズという。彼はケネディの暗殺後、ダラスで同居していた両親を殺害したあと、現在にいたるまで行方不明だ。

指令塔の鉄道員は、暗殺後の短い期間内に不自然な死を遂げた、十八名の証言者たちのうちのひとりとなった。不自然としか言いようのない自動車事故で、彼は死亡した。陰謀説を構成する部分品は無数にあると言っていい。それらのなかの、出来るだけ中心に位置するもの、あるいは陰謀を有力に支えるものを的確に選び、一本の娯楽映画の展開として観客に見せ、陰謀説とはなにであるかを理解させることは、不可能ではない。しかし、その作業はたいへんに難しい。

その難しさに取り組むにあたって、まず最初に越えなければならないハードルは、陰謀説と正面から向き合うことだ。しかし『ＪＦＫ』ではジム・ギャリスンを主人公にし、その必然的な結果としてクレイ・ショーという末端の、しかも歪んだ人物をとおして、陰謀説を語ることとなった。この意味で判断するなら、『ＪＦＫ』はほとんどトータルに失敗している。

『ダラスの熱い日』と『ＪＦＫ』の二本の映画に共通する最大の弱点は、オズワルドだ。どちらも陰謀説を語りながら、オズワルドにおいて失敗するという落とし穴に落ちている。陰謀説は二本の柱の上に立っている。ひとつは、いわゆるケネディ神話だ。ケネディ神話を支持する大衆は、アメリカの白人社会のいちばん外側の縁にかろうじて引っかかっていたオズワルドのような半端な男に、自分たちの大統領をあっさりと射殺されたということを、それが事実であってもなくても認めるのを拒否している。ケネディがオズワルドひとりに狙撃されて死んだのなら、その死はあまりにもくだらなさ過ぎる。そのようなくだらなさは、たちまち自分たちに跳ね返ってくる。ケネディの死をそのようなくだらない死にだけはしたくないという大衆の願望が、暗殺陰謀説を支える。国家の陰謀による死なら、神話と釣り合う。そしてその陰謀は、出来るだけ複雑怪奇でスケールは大きいほうが好ましい。

陰謀説を支えるもうひとつの柱は、ウォーレン委員会が作成した報告書に対する、信頼性のゼロに近い希薄さだ。オズワルドの単独犯行だと結論したその報告書の信頼性のなさは、もっとも単純に推論するなら、陰謀説をカヴァー・アップしようとする努力の、とても隠蔽しきれないことから来る無数のほころびだ。これが陰謀説を外側から支えてきた。

『ダラスの熱い日』と『JFK』のどちらにも、オズワルドは登場する。どちらのオズワルドも、画面に出てはくるけれど、ほとんど役は果たさない。オズワルドにどこまで似た俳優を探して来て、その人をさらにどこまでオズワルドに似せることが出来るか、ということの競い合いだ。その勝負は互角だと僕は思う。オズワルドはどこにでもいそうな男だ。よくあるタイプだ。しかし、似せるのは難しい。体格ぜんたい、そして顔や頭の、あの独特な細さは、似せようとして似るものではない。

どちらの映画のオズワルドも、たまたま暗殺計画の周辺にいて、便利に犯人役を引き受けさせられ、そのあとすぐに射殺された間抜けで半端な男、という域を出ていない。オズワルドとは、いったいなになのか。ケネディの暗殺をめぐる問題のなかで、もっとも知られていない領域、そして大衆によってもっとも関心を示されなかった領域は、オズワルドとはなになのか、という問題だ。

ドン・デ・リーロがオズワルドを主題として、『リブラ』（邦訳は『リブラ　時の秤』文藝春秋）というすぐれた小説を書いている。僕の知っているかぎりでは、きちんと描かれたオズワルドはこれだけだ。単独犯行説のためのオズワルドなら、たとえばジェラルド・ポスナーの『ケース・

『クローズド』のなかに、暗殺への必然に満ちた過程としての彼の半生が、丹念に描いてある。最後には自分たちの大統領を射殺するにいたるほどに自分を失い判断力を狂わせ、唯一よりかかることの出来た銃による暴力行為のなかに自分のすべてを注ぎ込んだ、思えば哀れな男としてのオズワルドだ。

4

一九六三年十一月二十二日、ケネディ大統領はテキサス州のフォート・ワースにいた。次の日、ダラスまでの短い距離を、彼は飛行機で飛んだ。ダラス市内のモーターケードのルートは、事前に公表されていた。数多くの人がそのルートに出ていた。メイン・ストリートをいく大統領とその夫人ジャクリーヌを、多くの人が見物した。

モーターケードのルートには変更があった。ヒューストン・ストリートとの交差点を越えたあと、そのままメイン・ストリートを直進するはずだったのだが、ヒューストン・ストリートとの交差点を右折し、次の交差点までの短い距離を直進したのち、その交差点へ西から斜めにつながっているエルム・ストリートに向けて、モーターケードは百二十度の左折をするという変更だ。

そして、ゆるやかな登り坂であるエルム・ストリートをそのまま進み、トリプル・アンダパスをくぐってステモンズ・フリーウエイに入る。トリプル・アンダパスとは、まっすぐにのびていくメイン・ストリートに、エルム・ストリートとコマース・ストリートがそれぞれ左右から寄っていき、三本並んでアンダパスをくぐっていく、というような意味だ。変更はもうひとつあった。

大統領のリムジーンには、防弾の性能はないが透明なプラスティックのバブルがかぶさることになっていた。ハードトップのようなかたちをしたバブルだ。このバブルは使用されず、大統領のリムジーンは完全にオープンとなることに変更された。

ヒューストン・ストリートからエルム・ストリートに向けて、モーターケードが百二十度の左折をしたのは十二時三十分だった。晴れた日だった。太陽が強くまぶしく、ディーリー・プラザに照り降ろしていた。北から南へ、かなり強い風が吹いていた。ヒューストン・ストリートとエルム・ストリート、そしてコマース・ストリートの三本の道路が作る三角形を中心にしたそのあたり一帯が、ディーリー・プラザだ。

エルム・ストリートに入って来たモーターケードを、エイブラハム・ザプルーダーという人が、8ミリのホーム・ムーヴィーで撮影していた。進んで来るモーターケードをその右側から見る位置に、ザプルーダーは立っていた。歩道から小高く丘のようなスロープとなっていく地形を歩道から少しだけ上がったところにあった、コンクリートで作った小さな塀のようなものの上だ。モーターケードを、浅いけれども見物人としては有利な角度で、彼は見下ろすことが出来た。

第一弾の銃声から最後の銃声まで、暗殺現場での出来事の重要な部分を陰謀説から拾い、つなげてみよう。銃声、銃弾の数、発射された方向、大統領の反応、ごく近くにいた人たちの反応や目撃など、すべて連結している。そしてその連結のされかたは、当然のことながら、陰謀説と単独犯行説とでは、多くの場合まったく正反対に違ってくる。

第一弾は狙撃者が狙った標的には当たらなかった。第二弾は前方から来て、大統領の喉(のど)に命中した。第三弾が大統領の背中に命中した。肩の線から六インチ下がった、背骨の右側だ。大統領の前の席には、すぐ前にテキサス州知事のコナリー、そしてその左には彼の妻がすわっていた。背後の気配にコナリーはうしろを見ようとして右を向いた。そしてすぐに左へ顔を向けなおした。第四弾が彼の右脇の下に当たった。この銃弾は彼の胸を貫通し、右の乳首の近くから外へ出た。コナリーは危うく命を落とすところだった。

このときのモーターケードの速度は、停止したも同然だった。大統領のリムジーンの運転をしていた五十五歳のビル・グリアは、振り返って大統領を見ていた。大統領の頭に致命的な被弾があるまで、彼はブレーキ・ペダルを踏んだまま振り返って見ていた。大統領の次の車に乗っていたエージェントの何人かが背後を振り返ったほかは、先行する一台の車、そして後続の何台かの車とエスコートの警官たちのモーターサイクルは、このときまだなにもアクションを起こしていなかった。大統領の車の次の車のなかで、シークレット・サーヴィスのエージェントのうしろにいたジョンソン副大統領は、すでに体を伏せていた。

銃声はさらに重なった。現場にいた人たちの証言によるなら、乱射と言っていい状態で、いくつかの方向から、何発もの銃撃があったということだ。そのいちばん最初の弾、つまり陰謀説にとっての第五弾は、大統領の車の、ウインドシールドの内側の金属枠に当たった。そして第六弾は車のすぐそばの歩道に当たった。第七弾と第八弾が、同時と言っていいほどのごく短い間隔で、大統領の頭に命中した。第七弾は後方から来た。その衝撃で前へ出た彼の頭を、第八弾が前から来てとらえ、大統領の体をうしろのシートに向けて、強く突き飛ばしたように動かした。

前方から来た弾丸は、大統領の右目の近くから頭のなかに入った。入った瞬間の衝撃で、頭の右側側面の骨がほぼ丸く、まるで蓋を開いたかのように、ぱっくりと開いて垂れ下がった。その銃弾は頭を貫通し、後頭部の右に寄った位置から外へ出た。出るにあたっては後頭部の骨を砕き、大きな射出口を作った。なかば液状になった脳、血液、そして骨のいくつものかけらが、射出口からリムジーンの左後方に向けて噴き飛んだ。この第八弾が命中したときのリムジーンの位置から計測して二十五フィート左後方の位置で、ビリー・ハーパーという男性が骨の破片を拾った。人間の後頭部の骨であることが確認された。

ほとんど停止していたそのリムジーンの左後方には、ボビー・ハーギスという警官が、モーターサイクルにまたがって位置していた。大統領からの血しぶきを顔に浴びた彼は、大統領の頭をとらえた銃弾の発射された方向を正しく判断し、モーターサイクルをその場に停め、芝生の生えた丘を塀に向けて駆け上がった。

大統領に第八弾が命中した〇・六秒後に、第九弾がコナリーの手首に当たってその骨を砕き、彼の右太腿の皮下にめり込んだ。さらにもう一発、第十弾が背後から発射された。モーターケードの前方の歩道にその銃弾は当たり、コンクリートの破片はトリプル・アンダパスの下にいたジェームズ・ティーグという見物人の顔に当たり、軽い怪我をさせた。

後部トランクの上に飛んでいった夫の頭の骨と脳を拾おうとして、ジャクリーヌはシートからトランクに身を乗り出した。トランクの上にあった骨の破片を彼女は手に取った。すぐうしろにいた一九五六年型のキャデラックのコンヴァーティブルから、クリント・ヒルというシークレット・サーヴィスのエージェントが飛び降り、大統領の車に駆け寄った。そして彼はその車の後部バンパーに乗り、ジャクリーヌをシートに戻そうとした。大統領の車、そしてモーターケードの全体が、このときもまだ停止したも同然の状態だった。

モーターケードは動き始めた。大統領の車も速度を上げていった。クリント・ヒルは上着を脱いでジャクリーヌに渡した。それでジャクリーヌは夫の頭から肩にかけての部分を完全にくるみ込んだ。夫が頭部に受けた大きな損傷を人に見られたくない、とジャクリーヌは思ったからだ。

テキサス教科書倉庫の建物の六階のあの窓から、モーターケードの大統領を狙って、ボルト・アクションの強力なライフルによって三発の弾丸が発射されたことは、どう動かすことも操作することも不可能な確かな事実と見ていいようだ。オズワルド単独犯行説そして陰謀説のどちらも、この三発は重要な中心として認めている。

六階のあの窓の直下、五階の窓から、教科書倉庫で働いていたふたりの男性が、モーターケードを見物していた。六階のフロアを張り替える作業がおこなわれていた途中であり、すぐ上の階での物音は、下の五階でたいへん良く聞き取ることが出来た、とふたりは証言した。たて続けの三発の銃声、ボルト操作が二度おこなわれる音、そして排莢(はいきょう)された空の薬莢がフロアに落ちて転がる音を、ふたりははっきり聞いたという。初弾は前もってチェインバーに送り込んであるから、ボルト操作の音は二度だけだ。

三発の銃声のあとすぐに、ふたりは窓から身を乗り出させ、真上の六階の窓を見上げた。そのときのふたりを目撃した人が何人かいる。六階の窓のなかに狙撃者を見た人もいる。二十代のやや細い体つきの白人男性で、冷静で冷たい印象があり、射ったあとの満足そうな達成感を、目撃者はその男性から感じたそうだ。狙撃者は、けっしてあわててはいなかった、とも目撃者は証言している。

六階の窓の内側には、段ボールの箱がいくつも積んであった。初めに見たときには箱は見えなかったが、あとでまた見たら窓ごしに箱が見えた、という証言がある。教科書を入れる段ボールの箱で窓の内側を取り囲み、銃を構える狙撃者の腕や体を支えるための、スナイパーズ・ネストとして機能させたことは間違いない。

このスナイパーズ・ネストに、空の薬莢が三個、暗殺のすぐあとに発見された。この三個の薬莢は、単独犯行説では、発射された銃弾が三発であることを裏づける重要な証拠となっている。しかし狙撃の現場に残してあった空の薬莢は、証拠としてはほとんど役に立たない。オズワルドが射ったとされているマンリカー・カルカノというイタリー製のライフルに使う銃弾の薬莢ではあったが、三個のうちひとつには、何度も繰り返して排莢した痕跡（こんせき）がはっきりあったという。

多くの目撃者たちの証言は、大統領のリムジーンがエルム・ストリートへ曲がり込んだ直後に第一弾は発射された、という点で一致している。第一弾が発射された時間を正確にピンポイントするのは、しかしたいへんに難しい。オズワルドの単独犯行説によると、彼が射った三発の銃弾の経過はおよそ次のようだ。

第一弾は標的には当たらなかった。狙撃者と大統領のほぼ中間、エルム・ストリートの北側の歩道に、かなりの大きさのオークの樹が立っていた。枝を何本も広げ、葉がたくさんついていた。

長方形を横置きにしたかたちの道路案内標識も、狙撃者と大統領とのあいだで、支柱に支えられて位置していた。もうひとつ、街灯の柱が、狙撃者と大統領とのあいだにあった。狙撃者が第一弾を射ったのは、リムジーンの大統領がオークの葉の陰にかくれようとする寸前だった。

的をはずれた第一弾はオークの樹の枝に当たり、メタル・ジャケットは裂けて飛び散った。内部にある本体の鉛の先端の部分が、モーターケードのずっと前方に向けて飛んでいった。それはトリプル・アンダパスの近くでメイン・ストリートの歩道に当たり、そこに短い溝を掘ったようにコンクリートを欠き砕き、跳ね返ってさらに飛んでいった。そのときのコンクリートの砕片で、アンダパスの下にいたジェームズ・ティーグという見物人が、顔に軽く怪我をした。歩道に刻まれたこの短い溝からは、鉛とアンティモニーが検出された。

第二弾が発射された。秒速二千フィートで銃口を出たその弾丸は、秒速千七百フィートから千八百フィートの速度で、大統領の肩のすぐ下に命中した。首の骨をすれすれにかすめた弾丸は、かすかに弾道を変化させつつ、大統領の首の前側面から外へ出た。弾丸は尻を持ち上げ始め、つまり頭を下げていき、飛びながら縦に回転を始めた。大統領のリムジーンのすぐうしろを走っていた、一九五六年型のキャデラックのコンヴァーティブルにいたシークレット・サーヴィスのエージェント、グレン・ベネットは、この第二弾が大統領の背中に当たるのを見ていた。

大統領の首のなかで縦方向の回転を始めたその弾丸は、首を出て完全に半回転したのち、弾頭を下にして直立した全長一インチ四分の一の物体として、大統領のすぐ前の席にいたコナリー・テキサス州知事の右脇の下に命中した。縦に立ってなおも回転しながら、弾丸は彼の胸を抜けていった。五番めの肋骨を砕き、方向を少し変え、右の乳首の下から外へ出た。直径二インチの射出口が出来た。

弾丸はまだ縦方向に回転していた。速度は秒速九百フィートまで落ちていた。弾丸は尻から知事の右手首に入ってその骨を砕き、貫通し、左の太腿にめり込んだ。このときの速度は時速四百フィートだった。太腿の皮下になんとかめり込むだけの力を、弾丸は残していた。パークランド病院に到着した彼が、担架に乗せられて救急室に運び込まれるあいだに、この弾丸は太腿から抜け落ちた。そしてすぐあとにその担架から回収された。

致命傷の第三弾は、大統領の後頭部のやや右に寄ったところから頭のなかに入り、右側頭部に大きな外傷を作りつつ、右目の近くから外へ出た。オズワルド説を採択するなら、狙撃者は彼ひとりだから、前方から来たという銃弾はすべて完全に否定しなければいけない。芝生の生えた丘の上にある塀の近辺から銃声を聞いたと証言する多くの人の存在は、机上ではたやすく否定することが可能だ。教科書倉庫の方向からすべての銃声を聞いたという人を故意に多く取り、前方からも聞いたと言う人を少なく取ってその比率を出すなら、前方からも銃声を聞いたと言う人はじつはきわめて少数である、とすることが出来る。銃声の数についても、同様の操作は可能だ。

第一弾がオークの樹の枝に当たり、メタル・ジャケットは裂けて飛び散り、内部の鉛の部分だけが前方へ飛んだということは、充分に、というよりも、ごく普通に、あり得る。大きなオークの樹ともなると、樹はたいへんに強靭だ。非常に多くの場合、銃弾のほうが負ける。第二弾は、陰謀説によれば、シングル・ブレット（銃弾）説あるいはマジック・ブレット（魔法の銃弾）説と呼ばれ、絶好の攻撃対象となっている。ケネディとコナリーの位置をほんの少しだけ変えると、ふたりを貫いた一発の銃弾は、途中で直角に方向を変えたり、いきなり下へ向かったりしなければならないからだ。

六階の窓、大統領の受けた傷、そしてコナリーが受けた傷を、無理なく直線で結ぶことが出来るのかどうか。ふたりを真上から見たかぎりでは、オズワルド単独説が説く弾道に、無理はまったくないように思える。ふたりの上下の位置関係にも、ふたりの姿勢や体の向いていた方向などを含めて、つじつまの合った説明はなされている。

担架の上から回収された弾丸は、ほとんど変形していないように伝えられているが、実際は相当にひしゃげている。真横から見るとなんの変形もないように見えつつ、断面においては万力にはさんで力をかけ、平たく押しつぶしたような変形を受けている。銃弾がふたりの体を貫通しつつも、この程度の変形でおさまることは、しかし、ごく普通にあり得る。

コナリーの体のなかからは、鉛のごく小さな破片がいくつか回収されている。縦に回転しつつコナリーの体に入った銃弾は、メタル・ジャケットの尻の、鉛の露出した部分から、いくつもの破片を飛び散らせた。大統領の頭をうしろから貫通した第三弾は、彼の頭のなかでジャケットが裂け、鉛の破片はウインドシールドの金属枠に当たり、ガラスにひび割れを作った。リムジーンのなかから、かなりの量の鉛の小破片が回収された。

5

モーターケードの平凡な見物人であったエイブラハム・ザプルーダーは、暗殺の初弾から最終弾までを、大統領を中心にして、一本につながった8ミリのカラー・フィルムのなかに写し取った。彼が使用した撮影機は、ゼンマイを巻いて駆動させる方式の、小さな四角い箱のような形をした普及品だった。ゼンマイを完全に巻き上げてから三十秒間は、平均で秒速十八・三齣の速度でフィルムを送った。当時のアメリカ人たちの多くは、このような簡便な8ミリ撮影機をなにかと言えば持ち歩き、いろんな情景を撮影していた。

オズワルドの単独犯行説と陰謀説の両方にとって、ザプルーダー・フィルムは動かすことの出来ない重要な、そしてある意味ではどちらにとっても便利な、証拠物件だ。単独説が主張する三発も、陰謀説が主張する九発も、ともにこのフィルムのタイム・フレームのなかに存在している。フィルムの小さな画面のなかだけではなく、その外のパーフォレーション（貫通）の部分にまで、レンズの画角がとらえた世界がカラーで映っている。さまざまなことが、その画面のなかから、事実として読み取れる。と同時に、フィルムに映っているものは、さまざまに、時としては正反対に、解釈することが可能だ。

陰謀説にも単独説にも加担することなく、フィルムに写し取られていることだけを冷静に検討すると、第一弾が発射された瞬間は、ザプルーダー・フィルムの155齣から156齣にかけてになるという。撃発の瞬間よりもほんの少しだけ遅れて、銃声は轟き渡る。人々がその銃声を聞きとめ、それに対して反応を開始している齣から逆算していくと、発射の瞬間は155齣と156齣になる。

当日は赤いスカートをはいていた、そして当時は十歳だったローズマリー・ウィリアムズという女性が、大統領のリムジーンに合わせて走っている。160齣で、彼女は後方を振り返り始めている。後方とはテキサス教科書倉庫の建物だ。「銃声を聞いたから振り返ったのです」と、彼女は証言した。一・五秒後の187齣では、彼女は完全に立ちどまって後方を見ている。

大統領の反応は157齣からスタートしている。それまで人々に向けて手を振っていた大統領は、162齣で手を振るのをやめている。けげんそうにジャクリーヌに顔を向けている。銃声を聞いたことに対する、彼の反応だ。158齣から160齣にかけて、画面はぶれている。ザプルーダーの手が銃声に反応して動いたからだ。以後、銃声のたびに、画面はおなじようにぶれている。

第二弾が大統領に命中したのは、189齣から191齣にかけてだ。陰謀説によると、この弾丸は前方から来て大統領の首に当たったことになっている。被弾に対して反射的に反応し、大統領は首のあたりへ手を持っていった、と陰謀説の人たちは画面を解釈する。彼の左にいたジャクリーヌは、主として左側の人たちに手を振っていた。夫の反応に気づいた彼女は、彼に顔を向けた。そして彼の手首に手を添えた。

単独説では、この第二弾は後方から来て大統領の肩のすぐ下から体内に入り、首を貫通して前から出た。貫通した弾丸は首の骨を損傷することはなかったが、強力なエネルギーですれすれにかすめていったことにより、首の骨のなかを走る神経にトラウマをあたえた。大統領が見せた反応は、このトラウマに対する、人間という生体にとってのきわめて特徴的な反応だった、という医学的な解釈がある。

　その特徴的な反応は、およそ次のようだ。両手を強く拳に握る。その両手は、左右対称に、反射的に、顎の下、首のすぐ前へと動く。ただし首には触れない。曲げた両肘が、おなじく左右対称に、肩と並行に跳ね上がる。そしてそのままの姿勢で、関係するすべての筋肉が強く硬直する。フィルムのなかで大統領が見せている反応は、間違いなくこの反応だ。かたわらの夫がいきなり奇妙なポーズを取ったから、ジャクリーヌは彼に顔を向けた。彼の手首に彼女が手を添えたのは、上げたままの彼の腕を降ろそうとするためだ。硬直は固く、彼の腕は降りなかった。

　第一弾が発射された瞬間から第二弾が発射された瞬間までを、ザプルーダー・フィルムのなかで仮に１５６齣から１８９齣までと取るなら、齣数を時間に換算すると二秒ないことがわかる。ボルトを操作して排莢と次弾の装塡をおこない、スコープごしに狙いなおして命中させるという作業を、二秒以下でおこなうことは不可能ではないかと僕は思う。

　第三弾の命中は、３１２齣と３１３齣だ。１６０齣から３１３齣までの時間は、八秒から八・四秒だ。この時間のなかで三発を射ち、そのうちの二発を肩と頭に命中させることなら、平凡な射手にもたやすく出来る。この第三弾も後方から来たとする単独説は、銃弾が貫通するとともに脳の混じった血しぶきが射出口から前方へ飛び、リムジーンの右後方にいたモーターサイクルがそのしぶきのなかへ入っていくのがわかる、とフィルムの映像を読む。すでに書いたとおり、陰謀説によると、大統領からの血しぶきをリムジーンの左後方で浴びたボビー・ハーギスというモーターサイクル警官は、血しぶきから弾道を読んでモーターサイクルを降り、芝生の生えた丘を頂上の塀に向けて駆け上がったのだが。

大統領の右側頭部に出来た大きな損傷を、ザプルーダー・フィルムでは大統領の右側から正面に見ることが出来る。右側頭部の骨が内側から丸く割れて弾(はじ)け、お椀(わん)の蓋(ふた)のように頬に垂れ下がっている。骨をそのように割り取られた側頭部自体も、開かれた蓋のような骨とほぼ相似形をなして、丸く内部が露出している。そしてそのどちらもが、当日のダラスの強い陽ざしを受けとめて、白みを帯びた淡いピンクに光っている。

オズワルド説によるなら、この右側頭部の大きな外傷は、射出口だということになる。射出口として、あり得ない傷ではない。陰謀説によるなら、これは前方から来た弾丸が頭に入った瞬間のすさまじい衝撃で、弱い頭部側面の骨が蓋を開くように割れたのだ、と説明されている。これも、あり得る。陰謀説では射出口をフィルムのなかに読んでいる。後頭部のやや右に寄ったところに、たいへんに大きな穴が出来た。その射出口が出来たことによって大きく変形した後頭部を、ザプルーダー・フィルムの３３５齣から３３７齣にかけて、真横から見ることが出来るようだ、と僕も思っている。

エルム・ストリートをへだてて、ザプルーダーとは反対側にいたフィリップ・ウィリアムズという男性が、ザプルーダー・フィルムの２０８齣から２１１齣にかけて、とらえられている。彼はリムジーンの大統領をカメラで写真に撮っている。「銃弾が大統領に命中したのを目撃した自分は、それに対する反応として写真を撮った」と彼は証言した。彼とおなじ側で、おなじ瞬間の大統領を目撃した人たちは、大統領の左のこめかみにひどい穴が出来るのを見た、と証言した。

たいへんに重要なザプルーダー・フィルムは、すぐにタイム・ライフ社に買い取られ、現在もその社のものとなっている。タイム・ライフ社にはマネジメント・レヴェルでCIAのエージェントが何人かいるから、ザプルーダー・フィルムに関しては発表する齣の操作や解釈そして分析など、つごうに合わせて好きなように出来るという説がある。陰謀説によると、このことの実例を、ほとんど際限なく列挙することが可能だという。

ザプルーダー以外の人が暗殺現場を撮影したホーム・ムーヴィーというものは、あるのだろうかないのだろうか。ディーリー・プラザでモーターケードの大統領を撮影したのは、ザプルーダーひとりだけだったということはまずあり得ない。彼以外の何人かが撮ったはずのフィルムについての多少とも詳しい記述を、しかし僕は読んだことがない。ザプルーダー・フィルム以外のフィルムはどこかへ消えてしまい、したがってそれらのフィルムに関してはなにも書かれないままである、ということなのだろうか。どこかへ消えたとするなら、それらのフィルムが雄弁になにかを語っているからだ、と推測してもいいのか。

モーターケードがディーリー・プラザに入って来たときから暗殺の終わりまで、あるいは途中まででもいい、ザプルーダー以外の人がホーム・ムーヴィーを撮影し、そのフィルムは後日FBIの求めに応じて提供したがいつまでたっても返却してもらえず、現在ではそのフィルムはとっくに行方不明であるだけではなく、そのようなフィルムをそもそも受け取っていないという正式な回答がFBIから届いている、というような話をなぜか聞かない。僕が知らないだけで、調べれば類似の話は現実にたくさんあるのだろうか。

大統領が夫人をともなってダラスへ来て、市内をモーターケードするという出来事は、かなり大きな出来事なのではないか。かなり大きな出来事なら、それはニュースだと言っていい。ニュースなら取材され報道されるはずだ。記事を書くのが専門の記者たちのほかに、写真を撮るのが仕事であるスティルのフォトグラファーが、ダラスでの大統領夫妻とそのモーターケードを、かなり大量の写真に撮ったはずだ。大統領の車がディーリー・プラザに入ってからも、そして暗殺が開始されてからも、彼らの撮影行動は続いたはずだ。それらの写真を可能なかぎり集め、厳密に中立的な立場から子細に科学的に観察する作業は、おこなわれても良かったのではないか。写真機が思いがけないものを偶然にとらえる可能性は大きい。

当時のTVのニュース番組では、動く映像は16ミリのムーヴィーで撮影されていた。社に帰って現像し、編集してつなぎ合わせ、ニュースとして放映するのだ。スティルのフォトグラファーとおなじく、かなりの数のムーヴィー・カメラマンが、空港からディーリー・プラザまでの大統領をフィルムに収めた。モーターケードがディーリー・プラザに入ったとたん、彼らムーヴィー・カメラマンの全員が、いっせいに撮影を中止したことは考えにくいし、現実にもそのようなことはまずあり得ない。ムーヴィー・カメラによる撮影は、たとえば最初の銃声がプラザに轟(とどろ)いたのちも続いた、と考えていい。

彼らが撮影したフィルムは、ひとつに集めると膨大な量になるのではないか。スティル写真とおなじように、それらのフィルムは詳細に検討していく価値を充分すぎるほどに持っている。フィルムは四散したのだろうか。個々のTV局の映像資料保管室に眠っているのだろうか。発表される機会が多く、したがってしばしば目にすることになるあのモーターケードの写真とは別に、モーターケードを取材している人たちをとらえた写真をたまに見ると、何台ものムーヴィー・カメラがモーターケードを撮影していたことがわかる。

円盤状のフィルム・マガジンが前後につき、レンズが前方へ突き出ている撮影機は、いまの業務用のヴィデオ・カメラよりもはるかに小さくすっきりとまとまった造形の機械だ。これを肩に乗せ、ファインダーに目をつけて撮影している数多くの中年の男性たちを、そのような写真のなかに見ることが出来る。モーターケードを中心に、彼らはさまざまな場面や人そして状況を撮影したはずだ。彼らが使用した撮影機のレンズの画角が、スティル写真の場合とおなじく、思いがけないものをとらえた可能性について僕は思い続けている。

一九九六年の夏の初め、16ミリのムーヴィー・フィルムがひと缶、アメリカのある民間人の提供によって、ナショナル・アーカイヴという公的機関に渡った。缶とは、ムーヴィー・フィルムを入れておく、あの円形の平たい金属製の缶だ。ダラスでの暗殺の日から三十数年、民家の地下室でそれはがらくたに埋もれて眠っていた。幸運にもフィルムの保存状態はたいへんに良かった。

暗殺のあった当時、TV局でニュース・カメラマンつまりムーヴィー・カメラで動く映像の撮影を仕事にしていたあるひとりの男性が、ほかの多くのカメラマンとおなじように、空港からディーリー・プラザまで、ムーヴィーで撮影した。現像された彼のフィルムはニュース番組用に編集され、大統領の暗殺という大事件を報道するために使用された。編集室のフロアには、編集の作業で切って捨てられ、したがって放映に使われる可能性のほとんどないフィルムの断片が、大量に散っていた。

普段ならそのようなフィルムはなんのためらいもなしに捨てられてしまう。しかし、暗殺の現場を最後としている、空港からその現場までのモーターケードを撮影したフィルムだ。このフィルムだけは普段のNGフィルムとはまったく意味が異なるのだと認識したその男性は、フロアに散っているフィルムを集め、仮につなぎ合わせてスプールに巻き、缶に収めた。そしてそれを、これは貴重品だからと言って、友人に預けた。友人は缶を地下室に置いた。カメラマンはすでに死亡し、フィルムを預かった友人は、地下室にそのフィルムがあることを完全に忘れたまま、三十数年が経過した。

このフィルムのごく一部分が、アメリカ国内のTVニュースで放映された。オズワルドを射殺したジャック・ルビーが、さまざまな場所でフィルムにとらえられている事実を、放映された部分的なフィルムは伝えていた。この事実がなにを意味するのか、そしてほかにどのような人や状況が、なにも知らずに撮影したニュース・カメラマンのフィルムにはからずもとらえられているのか、これからなされるはずの分析を待たなくてはいけない。

6

遺体というものは、きわめて雄弁な証拠だ。豊富な経験を積んだ、冷静で正しい判断力を持った何人かの専門家が、大統領の頭とその内部を子細に観察したなら、致命傷をあたえた銃弾が何発だったのか、そしてそれがどの方向から来たかなど、比較的簡単に、しかも確実に、判明するはずだ。

大統領の遺体に関して、どのような記録が残っているのだろうか。最初に運び込まれたパークランド病院から、検死のおこなわれたメリーランド州のベセスダ海軍病院にいたるまで、遺体に関する記録は、陰謀説と単独説とでは、完全にふたつに分かれる。両者はおたがいに完全に対立する。どちらが本当なのか、もはや誰にもわからない、両者対等の謎の関係がそこにあるだけという、恐るべき状況だけが残っている、と僕は理解せざるを得ない。

パークランド病院で医師たちが大統領に対しておこなったのは、オズワルド単独説の側の説明によるなら、死にかけている大統領をなんとか救い生かすための、応急ではあるけれどしかし普通の処置だった。傷の点検やその手当てではなく、なんとか生かし続けておきたいという一点にすべてを集中させた作業が、そこではおこなわれたという。

大統領の体はずっとあお向けに保たれたままだった。彼の頭の頂上側には、応急の処置をおこなった医師たちの中心的なひとりの医師が、ずっと立っていた。だから大統領の頭は、特に頭頂側からは、誰も詳しく見ることが出来なかった。大統領の頭は血まみれであり、濃い髪は血と脳でべっとりと貼りつき、あるいは逆立ち、なにがどうなっているのか、ちょっと見ただけではとうていわかりかねる状態だったという。

大統領の頭の傷を、医師たちは見なかった。あるいは、気づかなかった。見なければならないという必要、そして見ようという意志がなかったから、大統領の頭は誰も見なかった。大統領の死亡が確定されてからは、遺体とともに過ごす時間は夫人のものであり、遺体を観察し続けることはルールとして避けるべきだから、医師たちはそうした。だから彼らはその部屋を出た。そして遺体は、ありあわせのビニールのシートやシーツなどでくるまれ、棺に収められたという。単独犯行説の側からなされた、パークランド病院での状況の説明は、要点だけを書くと以上のようだ。

陰謀説では、致命傷をあたえた銃弾は前方から来たことになっている。貫通したその銃弾は、大統領の後頭部に大きな穴を開けたはずだ。単独説との最大の争点は、後頭部にそのような穴があったかなかったかに、絞ることが出来る。大統領の後頭部に巨大な穴があるのを、何人もの医師や看護婦たちがはっきり見た、と陰謀説は言う。クレランドという医師が描いたその穴の図面は、すさまじいものだ。穴はほぼ四角であり、四辺の骨と頭皮は外に向けてめくれ上がり、ぽっかりとした虚空がその穴のなかにある。単独説の側から言うなら、このような穴についての証言は、当然のことながらまったくのでたらめだということになる。

大統領の遺体の検死は、ベセスダ海軍病院に移されてから、おこなわれた。この検死に関する評価も、単独説と陰謀説とでは、まっぷたつに分かれて正面から対立する。陰謀説によるなら、検死は話にならないでたらめなものだった。人選もプロセスも、意図的に杜撰でいい加減なものであり、軍隊組織のなかでの上からの命令により、正しい証言はすべて隠蔽されたか嘘の証言にすり換えられた。記録は嘘で固めた作り換えでしかなく、写真もエックス線写真も贋物であり、大統領の脳はナショナル・アーカイヴから紛失したままであるという。

単独説によれば、検死は過不足のどこにもない、絵に描いたようなまともな検死だったという。

まさに適任の検死官たちは、なにひとつ見逃すことなく、見るべきところはすべて見て、正しい記録を残している。記録も証言も彼らが残したそのままであり、写真やエックス線写真も本物以外ではあり得ないという。最大の争点は、ここでも、大統領の後頭部に巨大な射出口があったかなかったか、ということだ。あったと言う側と、それはなかったと主張する側とは、まったく対等に均衡している。

教科書倉庫の六階の窓から射たれた三発の銃弾とその銃声は、ザプルーダー・フィルムから逆に読み取ることが出来る。だからその三発は、否定出来ない。単独説にとってその三発は中心的な土台であり、陰謀説にとってもその三発はたいそう重要だ。後方からの三発だけなら、オズワルドひとりに充分に射てる、と単独説は主張する。狙撃者がオズワルドひとりなら、六階の窓以外の場所からは絶対に射てないのであり、この三発のほかに銃声と銃弾を認めたなら、単独説はあっさりくつがえり、暗殺は陰謀であったことになる。

大統領を狙って発射されたのは、本当に三発だけだったのか。陰謀説を採らなくとも、自分が聞いた銃声は六発から七発あるいはそれ以上だったと証言した人は、かなりの数になった。ディーリー・プラザの道路や周辺の建物に反響し合ったとはいえ、たて続けと言っていい短い間隔のなかでの三発を、その倍の六発そしてそれ以上として受けとめる人が、どのくらいいるだろう。

三発だったにしろ六発あるいはそれ以上だったにしろ、その音はすでにとっくに消えてしまった。正確に記憶している人は、いまとなってはもうひとりもいないと言っていい。全部の銃声が、当日の誰かが持っていたテープ・レコーダーに録音されていた、というような可能性はないのだろうか。録音されたものがひとつだけ残っている。ダラス警察のいわゆる本署とモーターサイクルの警官たちとを結ぶ、交信用のシステムによる録音だ。モトローラが製作したこの通信システムには、一チャンネルと二チャンネルの、ふたつのチャンネルがあった。

暗殺が始まる少し前から、一チャンネルのマイクがオープンになったままだった。「誰か一チャンネルをオープンにしたままの奴がいる。閉じるように言ってくれ」という本署のディスパッチャー（配車係）の声が、録音されて残っている。一チャンネルのマイクはオープンになったまま、暗殺が経過していった。射たれた大統領を乗せたモーターケードが発進して速度を上げていき、ステモンズ・フリーウエイに上がる前でいったん停止するまで、そのマイクはオープンになったままだった。

そのマイクが拾った音は、本署にあったディクタベルトという録音システムに、すべて録音された。聞こえたはずのすべての銃声は、その録音のなかに記録されている。ベルトとはつまり長いテープであり、消しながら何度も繰り返して使用するのだが、少なくとも一日分くらいは、常に録音されたものが残っているという状態だった。録音するにあたっては、レコード・プレーヤーにあるような針が使用されていたようだ。

オープンになっていたマイクの拾った音が録音されたディクタベルトの、コピーが残っている。なぜそれがコピーだとわかるかというと、おなじ周期のハム音がふたつ、録音されているからだ。オリジナルにあったハム音が、おなじハム音を発生させてコピーしつつあるテープに、コピーされた。オリジナルは暗殺の直後にＦＢＩが持ち去ったということだ。オープンになっていたマイクは、H・B・マクレインという警官が乗っていたモーターサイクルの、車体の左側にあったマイクだ。「そのマイクをしばしばオープンにしておく癖が自分にはあった」と、彼はのちに証言した。

ディクタベルトに録音されたものは、録音した機械にとっても、あるいは録音されたものを再生したりさまざまに分析したりする機械にとっても、電気的な信号に過ぎない。人の耳はたとえばモーターサイクルのバックファイアを銃声と間違えることがあり得るが、録音された電気的な信号としての銃声はきわめて特徴的であり、他のどの音からも、それははっきりと区別することが可能だ。ディクタベルトのなかから銃声を拾い出すと、これは銃声だと完全に言いきることの出来るものが、四発あった。そして、断定は出来ないものの、限りなく銃声に近いものがさらに二発、録音されていることがわかった。

それぞれの銃声がどの方向からマイクに届いたかも、正確に判明した。そしてディーリー・プラザにマイクをいくつも配置し、教科書倉庫のあの窓も含めて、何か所かからライフルを発射して録音し、その音響特性とディクタベルトの内容を綿密につき合わせていくと、ある特定の時間に警官マクレインのオートバイがどこにいたか、その位置を正確に確定することが出来た。分析の結果では、マクレインのオートバイの位置は、大統領のリムジーンの後方百五十四フィートという数字が出た。マクレイン自身の証言では百五十フィートだった。モーターケードをとらえた何点もの写真に、マクレインは映っていた。それらの写真からも、分析によって割り出したマクレインの位置は、正しいことがわかった。

ディクタベルトの分析によると、確実に銃声である四発のうち、初めの二発はモーターケードの後方から来た。そして三発めは前方から来て、それにほとんど重なるようにして、後方から四発めが来たという。第三弾の音の瞬間を、ザプルーダー・フィルムのなかで大統領が第三弾を被弾した瞬間の齣と重ねると、他のすべてが全体にわたってきれいに一致するそうだ。六発のなかには、ひとりではとても射つことの不可能なたて続けの部分があり、銃声の方向も二か所以上であるというようなディクタベルトの分析結果を、単独説を採る『ケース・クローズド』では二ページほどの反論でごく簡単にしりぞけている。

7

国のすべてが冷戦で支えられているという異常きわまりない状態が、アメリカにとっては第二次大戦が終わるとすでに始まっていた。冷戦のスケールとその意味は、一九六〇年代の初めにはひとつの頂点に達していた。ひとつの頂点に達していた、といま僕が書く理由は、キューバ危機の恐怖をいまもまだ記憶しているからだ。当時のアメリカの、軍も含めた報道機関からの報道が身近だった僕は、これはほぼかならず第三次世界大戦になる、とキューバ危機のとき思った。キューバの向こうにはソ連があった。アメリカにとって、冷戦を互角に戦っていた相手だ。どちらが先に相手を核で攻撃するにせよ、アメリカが核攻撃を受けたなら、自動的にモスクワが核で壊滅する。と同時にアメリカの主要都市も、それまでとは天地が逆にひっくり返り、被爆都市となる。悪夢が最初に現実となるのはいつだろうか、そしてその場所はどこだろうかと、刻一刻その時を待つというのが、僕の感じていた恐怖の中心だ。

外交としての冷戦や平和としての冷戦などではなく、途方もなくビルド・アップされた武力のみを頼りに、本気で遂行する冷戦が、アメリカにとってのもっとも具体的な冷戦だった。それは、国家が持っているあらゆる機関を総動員して徹底的におこなう、究極の暴力行為だ。アメリカのトップからボトムまでを、そのようなシステムが強力に支配していた。

暗殺がオズワルドひとりの行為なら、たまたまダラスでボトムにいた男の、それまでの人生が最終的には暗殺に注ぎ込まれたという、アメリカン・ドリームの絵に描いたようなすぐ外の景色のなかでの、どうしようもなく不幸で暴力的な出来事だ。暗殺が陰謀だったなら、トップからボトムまで全体が、冷戦を大義名分にして暴力行為を遂行した一例だ。あくまでも一例にしか過ぎず、したがってそれは希有でもなんでもない。

当時のダラスには、いまここでこうして書くことがすさまじく馬鹿げたことのように思えるほどの、冷戦のボトムにおける暴力的で戦闘的な集団や組織が複雑怪奇に重層し、得体の知れない世界を作っていた。暗殺の実行、暗殺者のでっちあげ、その後の隠蔽工作など、すべてに関して、ダラスには条件がそろっていた。ケネディはそこへ引き出された、と僕は思っている。冷戦の遂行は国家の利益のためになされるのだが、ひとつ回路を間違えると、国家にとっての巨大な損失となることも、おなじように遂行される。

ケネディはこの世から消すべきだと本気で思う力の重なり合いのなかで、彼の暗殺は可能になった。亡命キューバ人を中心とするキューバ侵攻作戦は、前の大統領のときからＣＩＡが独自に進展させていた。ケネディはそれを引き継ぐかたちとなった。侵攻が始まってからアメリカの正規軍の投入を要請したCIAを、ケネディは断った。侵攻は失敗に終わり、多くの関係者たちにとってケネディは許しがたい裏切り者となった。

マフィア、つまり非合法の犯罪組織とケネディ家のつながりは、驚くほど直接的で太い。マフィアに頼み込んで難題を解決してもらっては、そのつど報酬の約束を反故にするというパターンを、父のジョセフ・ケネディは繰り返し、そのパターンは息子のジョンの大統領選挙のときに最大に達した。ジョンが大統領になると、父ジョセフのマフィアに対する態度は、おまえらとはもうなんの関係もない、というものに変わった。そして大統領の弟は司法長官としてマフィア狩りを始めた。マフィアが報復を考えるなら、その標的が誰になるかは明らかだ。

ヴェトナムからの撤兵やソ連との政治的な話し合いの路線は、当時のアメリカの有力な一部は、ただそれだけで許しがたい容共だったし、軍事力や戦争といったものに存在のかかっていた人たちにとっては、最大の威嚇だった。公民権に関するケネディの前進的な考えかたや態度も、おなじ程度の憎悪や恐れの対象となった。ケネディをなきものにしたいと願う力のこのような重なり合いのなかから、暗殺を立案して実行したメカニズムを正確に摘出するのは至難の業だ。しかし、暗殺するだけなら、文字どおり手を染めるというかたちの参加者をごく少数に抑えたまま、思いのほかたやすく可能だったはずだ。

ケネディが希望の星であった事実は、現実がすでに手のほどこしようがない事態におちいっていたことの、反対像だ。彼の就任演説は、まさに理想だった。そしてそれと対立する現実のほんの一例は、彼の頭を吹き飛ばした銃弾だ。あとに残ったケネディ神話は、なんの役にも立たない。神話をはるかに越える大きさと意味において、暴力行為のほうを、コンスタントなリマインダーとして、残しておかなくてはいけない。そこにこそ、アメリカがあるのだから。

一九六九年の夏の初め、僕はダラスで一九六三年のあのプレジデンシャル・モーターケードとおなじルートを、自動車で走ってみた。せっかくだから車はオープンにしたいと思い、オールズモビールのコンヴァーティブルを調達した。現場から四ブロックほど南の、新聞社の建物の前でふたりの友人を拾い、それは悪い趣味だと言われながら、僕はうしろの席の右側に入った。ぐるっとまわってメイン・ストリートに出た僕たちの車は、ヒューストン・ストリートへ向かった。ヒューストン・ストリートに出てそれを右折し、ワン・ブロックだけ北のエルム・ストリートで、大きく百二十度、コンヴァーティブルは左折した。

エルム・ストリートに接近していくときから、テキサス教科書倉庫の建物が左前方に見えていた。左折のさなか、その建物は正面にあった。左折を終えるにしたがって、建物は背後へとまわっていった。すぐうしろに見上げた六階の窓は、アメリカの地方都市にいまもたくさんある、なんの変哲もない、重そうな四角の、やや暗い印象のある、ただの建物の窓だった。この建物はいまでは歴史的建造物のようなものに指定されている。コナリー元知事夫人がデディケートする様子を、僕はTVニュースで見た。

うしろのシートのなかで、僕は前に向きなおった。ディーリー・プラザは思っていたよりもはるかに狭い。その狭さは、後方にあるあの建物の六階の窓の、たいそう怖い近さでもある。芝生の生えた丘が右前方にあった。トリプル・アンダパスが正面に見えた。ザプルーダーが8ミリを撮影した場所を、コンヴァーティブルはゆっくりと通過していった。アンダパスをくぐるまでのあいだ、僕は自分の後頭部を狙撃者のスコープをとおして、想像のなかに見ていた。

狙撃者が使用したとされている、しかし確かなことはなにひとつわからない、マンリカー・カルカノというイタリー製のライフルには、日本製の四倍のスコープがついていた。四倍とは、標的までの距離が四分の一になることだ。距離が四分の一に縮まると、六階の窓から、そしてそれ以外のどの場所からも、僕の頭まで驚くほどに近い。狙撃者の視界はスコープが丸く切り取る視界だ。クロス・ヘアが直角に交差する点を標的の後頭部に重ね、引き金を絞る。スコープの取り付けかたにもよるが、命中させることはけっして難しくはない。

アンダパスをくぐってから、

「引き返そうか」

と、運転していた友人が言った。

「なぜ?」

と、僕は聞いた。

「きみの頭の骨のかけらを拾うために」

彼の冗談に僕たちは笑った。

遠近法のなかへ

『クレイジー』というテーマ曲

一九九〇年の上院と下院の議員改選にあたって、どの現職議員も候補者たちも市民からはNOTAと呼ばれた。NOTAとは、None of the above. の略だ。略語として広く使用されているわけではないが、ナノヴジアバヴと言い合えば、人々のあいだで気持ちは通じた。政党やプロの政治家としての議員たち、そして彼らによる政治あるいは政府の運営のされかた、そしてそれらの最終的な結論である自分たちの暮らし向きとその前途に関して、いまのアメリカの人たちのあいだには、攻撃的な批判や不信の念がきわめて強く存在している。

その強さは、政治の最終的な結論である、自分たちの暮らし向きとその前途に対する、もはや恐怖だと言っていいほどの不安感の反映だ。あいも変わらぬ政治のプロたちに自分たちの窮状を立てなおすことはとうてい期待出来そうにないし、さらなる現状維持をはかられては、いまの自分たちが置かれている現状のひどさはよりいっそう大きく深くなっていくだけだ、と人々は思っている。

一九九二年の大統領選挙でも、出そろった候補者たちに対する一般の反応はNOTAだった。彼らに対してNOTAと言った人たちの、もっとも中核を構成していたはずの、どちらの政党をも支持しかねる中間からやや下にかけての層にとって、ロス・ペローは仮に一時的ではあったとしても、充分に情熱的になり得る対象だった。ロス・ペローは健闘したと言っていい。ブッシュとクリントンの両方を好きなように攻撃出来る立場、あの気質、そして人々を確実に笑わせるワン・ライナーはすべて自分の手のなかにあるというエンタテインメント・ヴァリユーは、選挙戦の最終盤をかなり面白くしてくれた。

ロス・ペローという人物は、実業のなかに見つけて広げた彼独特の世界で、自分だけのやりかたを徹底してつらぬくことによって、成功をおさめた人だ。しかし、成功したアメリカン・ビジネスマンの好ましい見本かというと、けっしてそんなことはない。良く言って変わり者のジャンルに彼は属する。アメリカの大統領の器ではない。

戦後のアメリカの大統領たちは、知的な教養のなかでの屈折を誰もがそれなりに体験し、自分のものとして持っていた。それゆえに、無償の許容力のようなものを、誰もが大統領の基本的な資質ないしは度量のひとつとして、持っていた。相手に対してかならず残しておく余地のようなもの、あるいは、これ以上には踏み込まないはっきりとした限度のようなものを、彼らは持っていた。ペローにはそれがなかった。たとえば報道、ジャーナリズム、マス・コミュニケーションといったものに対する基本的な価値の共有が彼にはないことが、TVニュースにあらわれる断片だけを見ていても、断片がある程度まで蓄積されるとはっきりとわかったりした。

当時すでに四兆ドルを軽く越えていたアメリカの赤字を解消するための、これがもっとも有効的だと彼が信じる案というものを、彼は自分のためのPR活動のなかで発表していた。その案とは、政府による無駄な支出を極度まで削減する、低所得者層にも高所得者層にも共通しておこなわれている福祉を高所得者層には放棄してもらう、冷戦期間中の平和代金とも言うべきものを日本とドイツに請求し取り立てる、というものだ。この三点を金額に直して合計すると、ぴったり四兆ドルになっていた。

ペローはクレイジーだ、とジョージ・H・W・ブッシュに言われたことのお返しに、本拠地での集会にギターの演奏者を二、三人用意しておき、聴衆に向かって彼は、「私にはじつはテーマ・ソングがあるんですよ、ぜひここでそれを聴いてやってください」と言い、『クレイジー』という曲を演奏させた。ウィリー・ネルスンが作った、カントリー・アンド・ウエスタンの佳曲だ。

半分は冗談、そして残りの半分は本気で彼がおこなうこのようなことは、集まっていた支持者たちから大喝采を受けていた。感きわまって泣いている人もいた。ペロー自身は、その歌に合わせて、愛娘と踊ってみせた。ペローのリズム感はなかなかだったが、端正な顔立ちをした聡明そうな愛娘の、地味なスーツに包まれたお尻のリズム感は、久しぶりに見る佳きアメリカだった。ブッシュはとうてい許せないが、かといってクリントンにも一票を投じる気持ちになれずにいた人たちが、ロス・ペローに投票した。第三党というものの可能性の一端を草の根に見せたことの、草の根による評価が、ペローの得票だったと僕は思う。

選挙活動のなかで彼が一貫して見せていた最大の関心事は、アメリカ国家とその財政赤字だった。「アメリカは動脈から大出血を続けている。なによりも先にそれを止めなければいけない」と、彼は言い続けた。ブッシュ、クリントン、そして彼の三人でおこなった討論会の第三回めでだったと思うが、「あなたがたはふたりとも、ビジネスというものがまったくわかってない」とふたりに言ったのは、面白い場面だった。国家の運営も、政府と市民の関係も、彼にとってはビジネスのひと言で割り切ることが出来る世界だ。そのビジネスがわかっていないとは、政府が市民にこれだけのサーヴィスをしたいのなら、それに見合った税金を奴らから取り立てろ、ということだ。納税市民の納税額に対する受益率のアメリカ的な低さ、という視点からは絶対に見ないのが彼の言うビジネスだ。

エルヴィス・プレスリー・エコノミックス

選挙運動中のブッシュとクリントンのスピーチを、TVニュースの断片でもいいから聞きくらべていくと、断片の蓄積はやがて両者のあいだにある差異を、はっきりと僕なら僕に見せてくれるようになった。ブッシュのスピーチは、選挙戦が終盤に近くなるにつれて、ひどさの度合いを急速に深めていった。本質があからさまに露呈されていくことが、自分および自分の陣営にとってどのくらい不利に働くのか本人も側近も気づかないのだろうか、と不思議に思わなければならないほどに、彼はスピーチのなかで自らの本質を明らかにした。

ブッシュ大統領のスピーチは、もともと魅力のあるものではない。本人が誠実な人であることは間違いないと思うが、その誠実さに基礎を置いたある種の明快さや単純さを軸にして、平板で風格のない言葉がつらなる。当人の資質とスピーチ・ライターの責任とが、そのようなところに合致点を見つけていたのだろう。陳腐なジェスチュアをまじえつつ、一本調子な怒りをあらわにしたような力説のしかたで、「アメリカは負けないのです。やるんです。達成するんです」などと、彼はしきりに言っていた。

負けずに達成して一番になるためには、私に対抗したり反対したりするすべての力を抑えていくほかない、と大統領は言外に明白に言っていた。言葉づかいに陰影や微妙さなどないから、言外の意味は誰にでもよくわかった。なぜあなたがたはこの私を再選しようとしないのか、という意味だ。抑えるぞ、コントロールするぞ、反撃に出るぞ、断固たる態度に出るぞ、と彼はスピーチのなかで反復した。これは要するにパワーの論理であり、パワーの論理はなりふり構わない態度へと、彼の選挙戦ではつながっていった。

「クリントンの言っている経済政策なんて、エルヴィス・プレスリー・エコノミックスですよ。ああいう話を真に受けていると、たちまちハートブレイク・ホテルの宿泊人となる羽目におちいりますよ。あんな政策は、いますぐに、リターン・トゥ・センダーですよ」と、夏も終わりに近い頃、ブッシュはスピーチのなかで言っていた。『ハートブレイク・ホテル』も『リターン・トゥ・センダー』も、エルヴィスの歌として有名なものだ。

キャンプ・デイヴィッドやケネバンクポートの奥深く、外部へは絶対に漏れていかないところで言うならともかく、市民の面前で、しかも選挙戦での対抗候補をただこきおろすだけのために、現職の大統領がこんなことを言うようになったら、その大統領が再選される見込みはもはやどこにもないと僕は思った。

ブッシュがあらわにした地とは、少なくともいまの時代にあっては、複雑な現実に正しく適応して機能出来る範囲がきわめて狭い人物である、ということだ。「再選されるためになら私はなんでもする」と彼は言ったと伝えられている。おそらく本当だろう。そして彼は、夏以降、自分の再選にしか関心がないことを、急速に明らかにしていった。

自分に対する支持率が低下を続ける理由に気づかないままに苛立ちをつのらせ、これはひど過ぎると国民の半数が思うほどのネガティヴ・キャンペーンを、彼はＴＶでおこない続けた。根拠のなにもない数字や言葉でクリントンを攻撃しつつ、自分への支持の低さに対して枯渇した一本調子の怒りを見せながら、私はこの選挙に勝つのだ、と彼は叫んでばかりいた。

前面に打ち出したファミリー・ヴァリューの問題提起は、完全に裏目に出た。彼の提唱しようとしたファミリー・ヴァリューが、じつはクリントンの幼少年期の家庭事情に対する、相当にあからさまな嫌がらせであることが、一般の人たちによってたやすく見抜かれてしまった。そしてそれよりも先に、アメリカの現実というものに関する、現役の大統領の認識や理解の浅さと狭さを、ファミリー・ヴァリューの問題は明らかにしてしまった。

彼が思い描いて唱えたような従来型のファミリーは、いまのアメリカではもはやマイノリティでしかない。シングル・パレントのファミリーは一千万を軽く越えている。子供の数で言うなら十人のうち六人までが、子供であるあいだにシングル・パレント・ファミリーを体験するまでにいたっている。五人にひとりは貧困層であり、十八歳になるまでにじつに総数の三分の一の子供たちが、社会福祉の受益者となる。党大会の壇上に孫を何人出しても、そしてそのなかに黒い髪の子供がいても、なにをいまさらと人々は思っただろう。彼が提示した自らのファミリーの光景は、現実との対比で考察すると、認識の浅さや狭さの問題を越えて、アンフェアネスにすら到達していた、と僕は思う。

「ちっぽけな州の落第知事」と、ブッシュはクリントンを呼び続けた。クレイジーと呼び、嘘つきと言い、イナカモンとまで呼んだ。そのような言葉の裏に、この私がなぜ再選されないんだ、という彼の地がはっきりと見えていた。「タートル・ネックを着た変わり者」と呼ばれていたジェリー・ブラウンを相手に、TVに出演して議論をしていた頃のクリントンには、どうなることやらという印象を持たざるを得なかったが、選挙戦が進行していくにつれて、クリントンの言っていることがもっともまともである事実が、少しずつはっきりしていった。

単なるコンセプトでしかない状態ではあったにせよ、少なくとももっとも正しい内容のことを、彼は繰り返し語った。

「アメリカという国が再生していくためには、アメリカ人のひとりひとりがなにをどれだけ学んで身につけることが出来るか、その能力の開発にすべてがかかっている」と彼は言った。製造業の再生も雇用の創出も、そしてアメリカ経済の強い復興も、この基本的な土台を無視しては成立しないという彼の主張はたいへんまともであり、言わんとしていることは当然過ぎるほどに当然のことだから、ごくあたりまえのこととして受け流されがちだった。

「アメリカという国の力を最終的に決定していくのは、国民のひとりひとりがなにをどれだけ学ぶことが出来るかにかかっている」という彼の主張は、一見したところ基本的ではあるけれど平凡でもある。だから彼のこのような主張を真の広がりにおいて理解した人は、少なくとも選挙戦のさなかにはまだ少なかったのではないか。

国民のひとりひとりがおこなわなくてはいけないことが、たとえば徹底した学びなおし、つまり根源的な変革でしかない可能性は、充分にある。というよりも、それしかない、と僕は思う。クリントンが言おうとしていたのは、ここではなかったのか。これまでのアメリカとは明確に一線を画する方向に機能する、根源的な変革への意志と実践を、クリントンは選挙民に訴えていたのではなかったか。

いくつかの女性問題、徴兵回避の問題、ブッシュが言ったとおり小さな州での経験しかないことなど、そしてその経験内ではクリントンがスリック・ウィリー（駆け引き上手の抜け目ない、油断のならないウィリー）というあだ名を獲得している事実などが、彼の主張のラディカルさにフィルターをかけて曇らせる役を果たしたように僕は思う。反対陣営からなされるクリントンへのさまざまな攻撃は、クリントンの考えていることのラディカルさを、充分に覆い隠したようだ。「さらに四年、私にやらせてください」と、現職の大統領は言った。「変化を！」と、クリントンは主張した。彼の言うその「変化」の、根源的な真の深さを理解した人は少なかったままに、多くの人は現状維持よりは変化のほうに票を投じた。ちなみに、アメリカの人口は一九九〇年で二億五千万近くあった。国家のかかえ込んだ赤字を減らすための、たとえ年間百ドルの増税でも絶対に反対だという人が、選挙中の調査で国民の半数を占めていた。カーター大統領のときから始まった税制の矛盾は、レーガンとブッシュの十二年間で極限に近いところまで拡大された。その結果の、普通の人たちにとっての高い税金という圧迫感は、たとえばガソリンにかかる当時で一ガロンにつき四・三セントの間接物品税を二年間で十セント上げることにも、普通の人たちに強く反対させた。一九九一年十月なかばで、ガソリンは一ガロンが一ドル十三セントだった。マンハッタンのダウンタウンの、小さな変わりばえのしない建物の二階だか三階だかに相当する高さのところに、アワ・ナショナル・デット・クロックと称する横に長い電光表示板が、かつてあった。大統領選挙中には、この表示板に朝から夜まで、数字が電光で出ていた。アメリカ国家の赤字額の数字だ。選挙中にはその総額はまだ四兆ドルには達していなかったはずだ。十月の第二週のある日、三一八二六三七三八九六四八・〇五ドルの赤字、という数字を僕はメモした。メモしてどうなるものでもないが、小数点のすぐ左から桁を数えていくと、確かにその額は三兆ドルを越えていることがわかった。セントの桁も含めて、下のほうの七桁ほどにおいては、数字がかなりの高速で次々に更新されていた。アメリカ国民ひとり当たり毎分十三ドルというペースで国家の赤字は増えつつあった、という数字が僕のメモのなかにある。国民の頭数で単純に割って、ひとりにつき一万六千ドルを供出するなら、国家の赤字は一瞬にして消えると言われていた。

赤字を解消するために、国家に対して現金を供出することを広く市民に訴える運動、というものを果敢にも試みている女性のことがTVニュースで報道されたのを、僕は記憶している。国家に対する現金の提供を促すダイレクト・メールを、年間におよそ一万通、自ら宛名を手書きした封筒で、彼女は発送し続けているということだった。直訳すると公共借金局というような局が財務省のなかにあり、現金の送り先はその局宛てだった。

現状は好転していかない

第四十二代アメリカ合衆国大統領を選ぶ選挙の、ポピュラー・ヴォートの投票率は何十年ぶりという高率だった。多くの人たちが投票所へ出向いた。多くの人たちが現状に反対だったからだ。現状のままでいいなら、自宅でTVでも見ていればそれで充分だ。

現状に反対であるとは、変化を求めているということだ。変化は、今回の選挙に対する、選挙民の側からの期待の、中心的なテーマだった。変化と言うと聞こえはいいが、本当の気持ちとしては、現状のひどさから少しでも抜け出したい、ということだ。長期的にはアメリカの作りなおしであり、短期的には日々の暮らし向きの安定や向上、そして子供や孫の代における前途の、もう少しましな見通しだ。

変化を、と大衆は声高く求めた。いま彼らが言うその変化とは、これまでのものがほとんど機能しなくなっている事実に全面的に対応すること、つまり国の作りなおしであるはずだが、大衆はまだそこまでは気づいていなかったようだ。そのかわりに、大衆は、いっこうに好転していかない現状、たとえば企業の成績の上昇はかならずしも雇用増には結びつかないといった状態の末端を、現実として身にしみて知っている。

現状が好転していかない原因を彼らが政府に見るとき、それは大統領も含めた既存の政府に対する、反感や離反の気持ちの高まりとなった。大衆のなかに強く芽生えたそのような感情を、野党は見逃さない。与党である民主党を攻撃するにあたっての土台として、野党はそのような大衆感情をさまざまに利用する。そしてそれが効果を上げるなら、大衆の支持や共感は民主党を離れて共和党へ大きく振れていく。ただそれだけのことだが、そのときの野党は問題の単純な解決だけを旗印にする。

誰もが問題の解決を合い言葉のように使う。この十年ほどの期間のなかで、アメリカは問題への対処のしかたを、解決志向へと強めてきた。山積みされていく難問は大衆の足を引っぱる。民意は分裂する。その分裂を利用して自分たちの陣営へ大衆を牽引(けんいん)しようとするとき、民意を納得させることの出来る範囲内での、かたをつける、結果を出す、という解決策をリーダーたちは約束する。とうてい解決は不可能な難問の解決を、どちらの陣営も交互に約束する。

大統領候補として選挙運動をしていたときにおこなった、守ることなどとうてい不可能な約束を、大統領になってから誰もが修正したり削除したりしなければならない。一九八〇年の大統領選挙のとき、政府に対して大衆が持っていた反感に税金の圧迫感が重なっているのを、候補者のレーガンはそのまま自分の政策およびその約束にしてしまった。減税を約束して大統領になった彼は、カーター大統領の頃からのインフレーションを引き継いだ。金融は引き締められ、八一年と八二年は不況となり、八二年はマイナス成長だった。しかし八一年には大幅な減税の法案が成立し、その効果は八三年そして八四年とあらわれていき、そのおかげでレーガン大統領は再選を果たした。八四年はじつに六・二パーセントの成長だった。

再びインフレーションぎみとなり、金融は引き締められた。八五年そして八六年は成長が鈍くなった。しかし八六年には、きわめて大胆な、したがって草の根にはわかりやすい減税法案を、大統領は成立させた。この減税は財政赤字の拡大と短期的な景気の向上という、ふたつの効果をあげた。短期的な景気の向上で八八年の成長は三・九パーセントとなり、レーガンをそのまま引き継ぐかたちで、共和党からのブッシュ候補が大統領になった。

意図的にこんなふうに書いていくと、アメリカの大統領選挙の内容のなさが、いきなり目立ってきて興味深い。ブッシュは九二年にクリントンの挑戦を受けて破れた。財政赤字の累積がいかに巨大であるかは、すでに誰の目にも明らかだった。増税は避けてとおることの出来る問題ではなく、Read my lips. No new taxes.（私の言ってることを読唇してください。新しい税金はなしです）と約束したブッシュは増税せざるを得なくなり、そのとおりにした。Read my lips. I lied. と、彼はからかわれることになった。やがて増税しますとはとうてい言えないから、その代わりに「変化を！」と訴えたクリントンが大統領となった。

「彼らはとにかく頑固だよ」

東京サミットのために日本へ来たクリントン大統領は、日本のあと韓国を訪問した。アメリカの大統領としては初めて、北側との軍事境界線にある警備区域を視察した。軍用の服を着た大統領は、境界線にかかる橋を、北側に向けて少しだけ歩いてみた。国連軍の監視塔に上がった大統領は、双眼鏡で北側を眺めた。レンズに蓋（ふた）をしたままの双眼鏡を目に当て、蓋をはずさなくてはいけないことに気づいて蓋をはずし、彼は双眼鏡を目に当てなおした。

「いかがでしたか」と取材者に質問された大統領は、「私は向こうを見たけれど、向こうも私を見ていたよ」と、笑いながら答えた。Did you wave?（向こうの人たちに向けて大統領は手を振ったりしましたか）という質問には、「こっちへおいでよ、という意味では手を振りたいですよ」と、彼は答えた。

「北朝鮮が核を使用するようなことがあれば、それは北朝鮮の終わりをも意味する」と、北朝鮮の核問題に関して大統領は発言した。孤立した小さな一部分にとどまり続けようとする北朝鮮というものが持つ、それを除いた全体にとっての不都合さ、威嚇、好ましくなさなどを北朝鮮自らに排除させ、全体のなかに加わるように促すという考えかたを、もっともわかりやすいかたちで、以上のようにクリントン大統領は表現した。

大統領の日本訪問と関連させて、日本の市場の閉鎖性について、アメリカのあるTVニュースはリンゴとスロット・マシーンを取り上げ、短いスケッチのようなレポートをした。日本の市場の閉鎖性とは、全体というものに関する日本の側からの関心の薄さのことだ、と理解すればいい。

アメリカの北西部でリンゴ園を経営している初老の男性は、リンゴ園のなかで取材を受け次のように語っていた。「アメリカのリンゴなんかいらない、と日本はきめてるんだね。いったんこうときめたら、日本の人たちはすさまじく頑固でね。絶対に考えを変えないよ。会えば慇懃（いんぎん）で丁寧かもしれないけど、とにかく頑固だよ。要するに、アメリカのリンゴは、いらないということなんだね」

ネヴァダ州のリーノでスロット・マシーンを製作している会社が紹介された。リーノの賭博場における日本製のスロット・マシーンのシェアは間もなく五十パーセントにも届こうというのに、その会社のマシーンはなかなか日本の市場に入ることが出来なかった。難くせとしか言いようのない細かな規制や注文に徹底的に対応し、何年もかけ、ようやく七千台を日本に入れることが出来たという。日本は国土が狭い。その狭いところで効率を上げるには、マシーンをびっしりと無駄なくならべなくてはいけない。そのために、マシーンの右側についている、ガチャンと引き倒してスロットを回転させるためのアームを取り払ってくれ、という注文はもっとも日本的だったという。

客からおかねをまき上げることを目的としているスロット・マシーンは、右側だけにあるアームによって、ワン・アームド・バンディット（強盗）と呼ばれてきた。しかし日本へ入るにあたっては、そのワン・アームをも落とさなくてはならなかった。文化論的には面白い話だが、機械の改造としては造作もないことだった。そのスロット・マシーンの会社の社長は、次のように語っていた。「これほど入りにくいとね、こっちだってはっきりと意図的に、向こうに対して厳しい措置を取るほかないね。こっちが向こうに入れないなら、いまこっちに入ってる向こうのものを、ここには居られなくしてしまうほかないんだよ」

全体というものに対する日本の関心の薄さ、つまり展望や長期的な戦略のなさは、閉鎖市場のさまざまな実体として、こうしてそのイメージをふくらませていく。そしてそのようなイメージの上に立って、日本に向けてかくも一方的に傾いた巨額の貿易黒字はもはや悪である、とアメリカの大統領は言う。製品だけが行き交い、その他の領域ではいっさいなんの交流もないなら話は別だが、赤字国であるアメリカの赤字を補塡する資本輸出国としての日本の貿易黒字は、悪などというスリリングなものではなく、面白くもなんともない単なる必然でしかない。

大統領を補佐するそれぞれの専門家たちが、このことを知らないはずはないし、知っているなら大統領に語って聞かせるはずだ。しかし、自分の国の巨額な赤字を前にして、これは必然ですよとも言っていられない。だから安全保障と経済とを密接に結びつける考えかたを、大統領は明らかにしている。安全保障とは経済であり、経済は安全保障なのだと、きわめてわかりやすく大統領は言っている。

安全保障も経済も、誰もが参加する全体のことだ。安全保障の主軸としてのアメリカの力を、自分たち全員にとっての安全という背景を作り出すためにアジアが巧みに使うなら、そのことと一体になった関係の重要な一部分として、アジアの経済発展をアメリカは自分のためにも使うことが可能になる、ということだ。キー・ワードは全体ということ、そしてそこへの巧みな参加だ。

韓国からハワイへ戻ったクリントン大統領は、ヒッカム空軍基地では米軍兵士の楽士たちとともにジャズを演奏した。大統領はテナー・サックスを吹いた。僕の意見では、テナー・サックスを演奏しているとき、この大統領はもっとも彼自身らしく見える。

選挙運動中にTVで人気のある深夜番組に彼は出演し、サングラスをかけてテナー・サックスで『ハートブレイク・ホテル』を演奏した。TVニュースのなかでほんの数小節を聴いただけだから、テナー・マンとしての彼の腕前の判定はまだ僕には出来ない。けっして下手ではない、とだけ言っておこう。アンプレジデンシャル（大統領らしくない）という批判もあったが、大統領らしくないことと交換に彼らしさを見ることが出来るなら、僕は迷うことなく後者を取る。後にヨーロッパを訪問したとき、彼はバツラフ・ハヴェルからサクソフォーンを贈られた。そしてヨーロッパのジャズメンと『マイ・ファニー・ヴァレンタイン』など、ジャズ曲をいくつか演奏したという。これを僕は聴いてみたいと願うのだが、かなうだろうか。

彼らしさに関してもうひとつ加えておくなら、それは選挙戦中にいわゆる喉（のど）をつぶした状態となり、声が出なくなったことだ。声帯とその周辺の筋肉が、声を出すときに不必要に緊張する癖がついているのだろうか、本来の強さをともなっては出てこない自分の声を補うために、少しだけ大きな声で普通に喋（しゃべ）ればいいときでも、彼は半ば叫んでしまう。過酷なスケジュールで選挙演説を繰り返すなかで、ついに彼の声は半日ほど失われた。

ウィリアム・ジェファスン・クリントンというこの人を、けっしてあなどってはいけないと僕は思う。わかりにくさを特徴のひとつとして持っている彼は、そのわかりにくさゆえに、軽く見られたりあなどられたりすることが、よくあるようだ。田舎町に生まれたときには父親はすでに他界していて、義父はアルコール中毒であったという出発をした彼は、人文系としては最高と言っていい教育を受けるまでになった。これだけの幅とその後の経歴および体験のなかに、彼のすべてはある。

変化を、という選挙民からの強い要求に、クリントンは自分が旧世代とは根本的に違っていることを訴えた。なにが違うのかというと、それは考えかただ。考えかたとは、問題の解決のしかただ。現在の難問を解決していくにあたっては、コンセプト自体を変革しなくてはいけない、とクリントンは主張した。これまでのような、単なる分配のしかたにかかわる政治ではなく、誰もが恩恵を受けることの可能なシステムを作り出すこと、つまり全体のシステムの変革を、彼はコンセプトとしては最大の目標に掲げた。

アメリカもここまで来ると、解決はとうてい不可能である問題を数多くかかえざるを得なくなっている。大統領や政府が変わっても出来ないことは出来ないのだが、選挙民はすべての不可能を実現させるように要求し、大統領候補は絶対に守ることの出来ない約束をかたっぱしから結ばなくてはならなかった。各派のとりまとめがうまくいき、ビル・クリントンは大統領になった。アメリカの大統領になるという、彼にとっておそらくは最大の目標を彼は達成した。

クリントン大統領が生い立ちや経歴のなかで高度な知力を獲得したとするなら、その知力は、なにについてどんなふうに、どこまで考え抜くことが出来るか、その次元の高さであるはずだ。たとえばアメリカの再建に関して彼が考えていることは、単なるアイディアやコンセプトの段階を抜け出ているようだ。大統領になってから彼がしてきたこと、あるいはしようとしてきたことは相当にラディカルであり、論理の筋道はきちんととおっている。自分が信条として持っているものの考えかたに対する、忠誠度の高い共鳴者を慎重に選んだ組閣や重要ポストの人事は、大統領の資質を反映しているという点において興味深いものがあった。

女性およびマイノリティの比率は高率であり、司法長官に、そして最高裁判事の空席に、まっとうな論理の強靭(きょうじん)さで知られた女性を彼は選んだ。大統領になってからの最初の重要アジェンダのひとつは、軍隊におけるゲイおよびレズビアンの無差別扱いという、果敢なものだった。大統領の思っているとおりにはとうてい進むことのない問題だ。彼という人のものの考えかたから必然的に出てくる優先順位というものだろうか。選挙中のいわゆる弱者票への約束というような次元では、これは説明出来ない。

現実の政治の運営では、信条や利害を中心にして結びついているいくつかの派を巧みにとりまとめつつ、そのどれをも満足させていかなくてはならない。ここにはこれ、あそこにはそれというふうに、政策が小出しになることは最初からわかっているし、状況に応じた修正や取り消し、前言訂正、事実上の棚上げなどが、プロセスを縫い合わせるものとしてかならず加わってくる。そのようなプロセスのなかで、大統領の力は少しずつ確実に失われていくのではないか、という見かたは表層的だと僕は思う。プロにとっての武器である妥協を、大統領は巧みに使っている。しかし大衆は妥協を好まない。だから妥協は常に反対派にとっては絶好の攻撃目標となる。大統領に対する攻撃や批判の多さを、彼の力の減少と取り違えてはいけない。

ラディカルさの筋道

一九四一年十二月のあの日曜日、ジョージ・ブッシュは教会での礼拝へいく途中、あるいは帰り道、大学のキャンパス内を歩いていた。日本軍による真珠湾攻撃を、そのとき彼は知った。一年後、十八歳になると同時に、彼は空軍に入隊した。パイロットになった彼は、通称をアヴェンジャーという複座の魚雷爆撃機に乗り組んだ。太平洋の戦場に出て実戦のなかにいたとき、彼は小笠原(おがさわら)の近くで撃墜されて太平洋を漂い、潜水艦に救助された。

愛国的な兵士として、彼は戦場で体を張った。それはそれでいいとして、大統領選挙でクリントンを攻撃するきっかけやとどめとして、戦争に参加した事実を何度も持ち出すと、従軍経験というものの持つべき意味が、少しずつ変化していく。旧世界の陳腐な価値観のなかへ、それは少しずつ確実に落ちていき、最後は彼自身に対してマイナスとして作用するまでになった。

ヴェトナム戦争時に徴兵適齢の青年だったビル・クリントンが、なんらかの徴兵回避の工作をおこなったことは、確かだと言っていいようだ。そのことに関する彼による説明の内容が、そのたびに少しずつ違ったりしているのは、彼らしさの出た興味深い部分だ。隠しとおさなければならないものを避けながら、どの視点で説明するかによって、内容はそのつど微妙に異なったものとなるということだろう、と僕は理解している。状況に応じて修正していく傾向は、彼らしさというものを構成する要素のひとつだ。

そのような彼をドラフト・ドッジャー（徴兵逃れをした男）として絶対に許さない人たちが多く存在すると同時に、五十年前に愛国的な兵士として戦ったかどうかは、大統領としてこれからのアメリカをリードしていく能力とは本質的になんの関係もないとする考えかたも、原則論ではあるけれど草の根に存在している。

奴はドラフト・ドッジャーだと言ってしまうと、すべてはそこで停止し、デッド・エンドとなる。いっさいの思考がそこで停止し、終わりとなる。兵役の有無は関係ないとする論のほうでは、思考は停止せず前方に向けて開かれている。思考は継続されていく。人々の知力が国の力だとするなら、どんな問題にせよそれをどこまでどんなふうに考え抜くことが出来るかが、もっとも重要な財産としての資質になるはずだ。

クリントンが大統領としておこなってきたこと、あるいはしようとしたことは、すべて相当にラディカルであり、彼自身のラディカルさの筋道にきちんと沿ったものだった、と僕は思っている。そのようなラディカルさがある限度を越えて発揮されると、それに対する反対の勢力を強く掘り起こすことになるのではないか。一九九五年の一月だったと思うが、大統領夫妻がアメリカ国内のどこかの小学校を訪問したとき、幼い女性の生徒から大統領は次のような質問を受けた。「大統領に激しく反対している人たちと対処していくにあたって、あなたがもっとも留意していることはなにですか」。この質問に対して、大統領は彼女と完璧(かんぺき)に対等な立場にきわめて無理なく自分を置き、真正面から次のように答えた。「ほとんどの攻撃の陰には、私を個人的に攻撃してなんらかのダメージをあたえようとする試みがあります。個人的にダメージを受けるということを、絶対に自分に許してはならないのです」

クリントン大統領は、全体というもののなかにいる対等な当事者のひとつとして日本を見ることの出来る、最初のアメリカ大統領ではないだろうか。ごく単純に図式化するなら、五十代なかば以上の年齢のアメリカの人たち、特に政府や財界で要職についている人たちが日本を理解するとき、その理解のしかたのなかには、アメリカの属国としての日本というものがかならずある。アメリカとの無謀きわまりない戦いに当然の負けを体験した日本は、戦後の復興にかかわるほとんどすべてをアメリカに負ったのであり、その後もアメリカによる安全保障のなかに居続けて経済力を持つにいたったのだから、アメリカにしたがうかたちで、アメリカの利益を損なわない範囲内で、その機能を発揮すべきだ、というような日本のとらえかたを彼らはしている。世代的にだけではなく価値観的にも、クリントン大統領はこのような日本のとらえかたから遠く隔たっている、という期待は持っていい。

戦後からつい昨日まで継続されてきたアメリカと日本との関係は、日本にとっては日本の大好きな上下関係だった。上がアメリカで下が日本だ。上にあるものは下にあるものをさまざまに擁護し便宜をはかり、下はその傘のなかで自己の利益の追求を最大限におこなう、という旧来の関係から脱出する絶好の機会を、クリントン大統領という外因のなかに、じつは日本は持っているのではないのか。

ヒラリー・ロダム

ビル・クリントンが大統領になってからずっと、アメリカ国内で放映されるTVニュースの画面に彼の妻、ヒラリー・ロダム・クリントンが現れるたびに、僕は彼女の姿を不安と期待の重なり合った気持ちで受けとめてきた。ヒラリーの髪が、僕は気になっていた。

髪の作りは、服や靴その他、身につけるものすべてと密接な関連を持っている。だから彼女の髪が気になるとは、彼女のいわゆるファッションの全体が気になる、ということだ。気になるとは、不安や心配、そして期待が、半々に重なるという意味だ。自分のヘア・スタイルを彼女はもう見つけただろうか、という期待。それをまだ見つけてはいず、したがって今度も前回とはまったく違うヘア・スタイルなのだろうか、という不安と心配。

知力や才能、理解力や行動力、組織力などを別にして考えても、彼女は素材としてけっして悪くないと僕は思う。就任式のときのボールガウン姿は、たいへんに素晴らしかった。ヒラリーにはイーヴニング・ドレスが似合う。これはたいへんなことだ。それから、スーツもいい。まだ選挙運動中の一九九二年十一月、バーバラ・ブッシュとともにどこだったかに現れたときのヒラリーは、バーバラがブルーの服で来ることをおそらく前もって知っていたのだろう、じつに良く似合う小気味のいいブルーのスーツで登場した。

バーバラのブルーは、いかにも地位と生活を保証された、家庭を守る年配の婦人そのもののようなブルーであり、アクセサリーは首もとの三連の真珠だった。ヒラリーのブルーは、顔の肌の色と髪によく調和した、若くて行動的で、なおかつ充分過ぎるほどに知的なブルーだった。スカーフもアクセサリーも完璧と言ってよく、このときは髪も良く出来ていた。

似合う服と髪が、ヒラリーには確かにある。ファッションにおけるパーソナル・スタイルを、充分に発揮することの出来る素材だ。そのことに間違いはない。しかし、この一年、ヒラリーの髪と服は次々に変化した。かなりうまくいったときと、まったくうまくいかないときとが、交互して繰り返された。なんとかして自分のスタイルを発見しようとしている苦労が、服と髪の変化の連続から伝わってきて、僕はその変化を楽しみつつも、次の変化を心配し期待したというわけだ。

若い頃から、あるいは子供の頃から、そして現在までずっと、ヒラリーはファッション・パワー（見かけやイメージ）の人ではなく、ブレイン・パワー（頭脳力）の人であったことは確かだ。服や髪などに興味はなかったのだ。一般的には人気投票以外のなにものでもない大統領選挙中でも、ヒラリーが自ら表現した自分の価値は、「ひとつの値段でふたつ手に入る」ということだった。うちのビルを大統領に選ぶなら私の頭脳もついてくる、というわけだ。ヒラリーの頭脳に期待をかけてのビル、という意味で、ビルとヒラリーを造語的にかけ合わせ、ビラリーという呼び名すら出来たほどだ。

そのヒラリーは、自分がファースト・レディと呼ばれるのを嫌っているという。ファースト・レディではなくプレジデンシャル・パートナーと呼んでほしい、と彼女はおおやけに発言しているという。これまでの大統領夫人たちのような、単なるセレモニアルなあるいはデコレーショナルな役割を越えた次元に私はいます、という意志と知力の表明だ。

医療保険制度の改革という大難問を、ヒラリーは引き受けた。こういう難問を大統領はその正面に掲げるべきではない、というような意見があるが、それは純粋にポリティカルな意見というものだろう。ヒラリーは本気だ。改革案に関して議会を前に公聴を受けたときのヒラリーは、素晴らしい出来ばえだった。彼女はこういうことの得意な女性であるらしい。

ヒラリーのような女性は、ある程度以上の階層になると、いたるところにいるのがアメリカだ。現在の、そして今後のアメリカ女性にとってのロール・モデルとして、あるいはプレジデンシャル・パートナーとして、この公聴会でのヒラリーは、早くもひとつの高みに到達した感があった。あまりの出来ばえに感激した議長のダン・ロステンカウスキーは、「いまの大統領は将来の歴史のなかでは、あなたのご主人として記憶されることになるでしょう」とまで言った。

さて、そのヒラリーの、髪だ。一九九三年から九四年にかけての一年間、彼女の髪はいったい何度、変わっただろう。プレジデンシャル・パートナーを越えて、プレジデンシャル・マテリアルとしてのヒラリーのような女性は、いまの日本からはやはり存分に遠いのだろう、彼女の髪は日本での話題ではないが、アメリカではたいへんな関心を広く集めた問題だ。女性の髪や服は、日本では単なるファッションのセンス、お洒落(しゃれ)、身だしなみ、個性の表現、生活信条の表明などにとどまるが、アメリカでは自分の意見をどこまで真剣に聞いてもらえるかに核心的にかかわる、生きるか死ぬかの大問題だ。

「なかなかいいじゃないか、これでいけばいいんだよ」と言えるヘア・スタイルから、「うわっ、駄目、やめろ、似合わない」と言わざるを得ないスタイルまで、ヒラリーの髪は僕を楽しませてくれた。髪をひとつのスタイルにまとめることを総称してヘア・ドゥーと言うが、ヒラリーの場合はヘア・ドント（してはいけないヘア・スタイル、というほどの意味の造語）であることのほうが、圧倒的に多かったようだ。

だらんと垂れる長いボブはまったく良くない。ヘア・バンドもアウト。いかにも仕事に生きるふうの、よくあるいまふうの髪も駄目。昔の映画に出てくる仕事をしている女ふうの、いまではパワー・パームと呼ばれているようなパーマをかけた髪も、古くて好ましくない。服は、昔からあるいわゆる女性服のような服は、着ないほうがいい。現代の、すっきりとシャープなスーツが、彼女にはもっとも似合う。

一年がかりでヒラリーは正しい髪になんとかたどり着いたようだ。どちらかと言えば短めの、夜も昼も兼用出来る、無理をまったく感じさせない、すっきりとした、これが頂点で完成、と宣言していいスタイルだ。女性のブレイン・パワーは髪をとおして相手に届く。髪が不出来だと、ブレイン・パワーは自動的に割り引きされてしまう。ヒラリーの髪は、しかし、これからも変化を続けるかもしれない。将来に関するそのような予測を過去に対してあてはめてみると、彼女のブレイン・パワーを別の視点から見ることが出来るような気がする。ヘア・スタイルが何度も変わったのは、これというひとつのスタイルをみつけることの難しさであると同時に、ヒラリーのブレイン・パワーの、たとえばホワイト・ハウスにおける、いまのアメリカといえどもけっしてないわけではない、すわりの悪さやおさまりの悪さなどのあらわれであるかもしれない、と僕は思う。ヒラリーを大統領にふさわしい人材だととらえている人は、僕の勘ではアメリカに三分の一はすでにいると思う。と同時に、大統領のかたわらにいるもうひとりの大統領として、ヒラリーを良く思っていない人たちもまた多い。

切り抜けていく道はただひとつ、これこそアメリカと言えるような種類の、プラグマティズムだ。ヒラリーのブレイン・パワーは、要するにアメリカの高等教育で鍛え抜かれたことをとおして生まれたものだ。ご主人のビルも、高等教育では奥さんにひけをとらないどころか、もっとも高等な高みを体験した人だ。高等教育とは、どんな問題にせよ、ありとあらゆる視点から、およそ考え得るすべての選択肢について、考えられる限度いっぱいに考え抜く能力のことだ。ヒラリーにおけるヘア・スタイルの模索は、この能力がまだ全面的には受け入れられていないことを、物語っているのではないか。

一九九六年十月現在では、ヒラリーの髪はひとつの完成域に達している。あるいは、自分にはこの髪だ、と心から思えるようなスタイルを、彼女は見つけている。ヒラリーの髪に、少なくともいまは、僕は心配も不安も持っていない。

ヴァージニア・ケリーの死

その日の僕がたまたま見たCBSの『イーヴニング・ニュース』の冒頭で、クリントン大統領のお母さんが亡くなったことが報じられていた。大統領の母、ヴァージニア・ケリーが、ガンにより七十歳で死亡した事実を、アンカーのコニー・チャンが簡単に伝えたあと、ホワイト・ハウスからのレポートを受け持っているリータ・ブレイヴァーが引きついだ。

特別なことはなにもない、ごく普通の、要領良くまとめたこの短いレポートについて、これから僕は書こうとしている。アメリカ国内での日常生活文脈内の、大統領の母だからといって構えたところなどいっさいないこのようなレポートのなかに、あまりにも暗黙の大前提であるがゆえに普段はおもてに出てこないアメリカの神髄が、固い構えや余計な飾りをいっさい排した姿で、なにげなくふっと、しかしきわめて明確に、立ち現れる。僕がいま書こうとしているのは、そのようなことについてだ。

僕がメモしたかぎりでは、この短いレポートは、十九から二十のカットで成立していた。日本語としてのカットとは、この場合は、つないである映像テープの断片数、という意味だ。コニー・チャンの最初のリードを1とすると、2以下はおよそ次のような内容と展開だった。

2　ホワイト・ハウスの庭に待機するヘリコプターに向けて、夫人に送られて大統領が歩いていく。ヘリコプターのかたわらでふたりは抱き合う。あとからいくことになっている夫人が、大統領の背中を軽く叩いて慰める。「大統領がアーカンソーへ帰る、もっとも悲しい場合です」とリータ・ブレイヴァーが語る。このレポートでは、彼女は最後まで画面には登場せず、声だけだった。守るべきマナーを守った、ということだろう。

3　一九九二年七月、大統領選挙中のビル・クリントンの演説からの引用。「私が持っているファイティング・スピリットはすべて母から受けついだものです。お母さん、ありがとう。アイ・ラヴ・ユー」と、ビル・クリントンが語り、聴衆のひとりであるヴァージニア・ケリーがそれを聴いている。

4　ヴァージニア・ケリーの半生が多難であったことが、手短に語られる。四人めの夫、ウィリアム・ジェファスン・ブライスの墓が画面に出る。彼は一九四六年、ビル・クリントンがまだ母のお腹にいたとき、他界した。

5　ビル・クリントンの幼い頃の写真が画面に出る。幼いビルは祖父母に預けられたことが語られていく。

6　もう一枚、昔の写真が画面に出る。ビルの母親は、当時は看護婦で生計を立てるべく、そのための訓練や教育を受けることに時間を使っていたことが、ブレイヴァーの語りでわかる。

7　大統領選挙中のＣＭが引用される。ビル・クリントンが、母親の思い出について、いい表情で語っている。

8　昔の写真が画面に出る。幼いビルが、ふたりめの父親とともに映っている。この父親はアルコール中毒者だった。

9　ヴァージニア・ケリーのもうひとりの息子、ロジャーについての説明がある。薬物中毒の問題をかかえていた彼の姿が、画面に出る。

10　なにかのパーティ会場へ現れたヴァージニア・ケリーの姿が画面に出る。

11　バーブラ・ストライザンドのコンサートに来たヴァージニア・ケリーの様子が映る。彼女はエルヴィス・プレスリーの大ファンでもあり、その他に好きなものは、競馬とホンキートンクであると紹介される。

12　大統領選挙中にＴＶの深夜番組に登場したビル・クリントンが、サングラスをかけてテナー・サックスを吹いている様子が引用される。彼が吹いているのは、『ハートブレイク・ホテル』だ。

13　ヴァージニア・ケリーがＴＶの取材記者に語ったときの、彼女の顔のショット。「子供をホンキートンクに連れていくなんて、私もちょっとした母親ねえ」などと彼女は言う。ビルがテナー・サックスを吹くのは、母親とともに何度もいったホンキートンクで、リズム・アンド・ブルースを聴いたことがきっかけとなっている。
14　大統領就任式での、母親と息子の姿。その映像に、大統領一家の友人であるベッツィー・ライトの語りが重なっていく。
15「息子が大統領であろうが、アーカンソー州ホットスプリングスの清掃局で一生を終わろうが、どちらでも大満足の出来る母親、それがヴァージニアですよ」と、ライトは語る。
16　ヴァージニア・ケリーにとっての、唯一の孫娘、チェルシーの映像が出る。「煙草をやめてほしいとチェルシーに言われ、孫娘へのプレゼントとしてヴァージニアは煙草を絶ったのよ」と、ライトは涙声で語る。
17　大統領一家が昨年のクリスマスの数日後、アーカンソーを訪れたときの映像が出る。母親のガンがもはや治療の域を越えている事実をこのとき大統領は知っていた、と語られる。
18　クリスマスに大統領がアーカンソーを去るとき、彼が母親と交わす接吻（せっぷん）のこれが最後のものとなった、という語りとともに、そのときの映像がフリーズになる。ヴァージニア・ケリーの顔の、やつれようがはっきりとわかる。
初めに僕が書いたとおり、この報道は特別なことなどなにもない、ごく普通の、しかし盛り込むべきことは的確に要領良く盛り込んだ、きわめてなにげない、そしてそれゆえに、完全にアメリカ的な内容の報道だ。

アメリカの人たちにとって、母親はたいへんに重要だ。アップル・パイと母親ほどアメリカ的なものはほかにない、とアメリカ人たち自らが昔から言っている。アメリカの人たちは、ことのほか母親が好きなのだろうか。他の国の人たちにくらべて、アメリカの人たちは、はるかに母親孝行なのだろうか。

母親とは、自分がこの世で果たすべき義務と責任を自ら明確にし、それを自らはっきりと選び取り、その義務と責任に対して忠実であることを自分の一生をつらぬく中心軸にするという、アメリカ的な営為の象徴ないしは権化だ。それでなければ母親はただの女親だ。

アメリカにとって大事な母親は、自由というものと深く関係してくる。アメリカ的な自由、と言ったほうが正確だろう。そのアメリカ的な自由とは、自分が進む道を、誰の妨害も強制も受けることなく、神との一対一の契約にもとづいて、自分のものとして選び取り、その道を自分の思うとおりに進んでいくことだ。

自由はただちに責任と義務であり、責任と義務は、それに忠実であることによってのみ、果たされる。義務と責任に忠実であり続けることをとおして、自分の自由も、自らの手によって、守られていくことになる。自分たちの社会を支える最重要な理念を、もっともわかりやすく、もっとも日常的に、ほとんど誰にも身に覚えのあるかたちで、もっともたやすく理解させることの出来る存在、それがアメリカン・マザーだ。ヴァージニア・ケリーは、自分の義務と責任に忠実であることを自分の一生とした母親の、たいそう好ましい見本だった。

自分の義務と責任とは、なにだろうか。おなじ日の『イーヴニング・ニュース』の終わりに近い部分で、ヴァージニア・ケリーについての項目がふたたび登場した。コニーの番組である『アイ・トゥ・アイ』で、かつてコニーが大統領の母親をインタヴューしたときの映像からの、引用だった。

ヴァージニア・ケリー自身の言葉によるなら、彼女の一生の義務と責任とは、正しいことと正しくないことの違いを、息子たちに徹底して教えこむことだった。「ビルは大統領になる素材だと思いましたか」という質問に、母親は「ノー」と当然のように答えていた。彼女には息子がふたりいる。どちらかひとりを特別視することは、母親の義務と責任に反することだから。

グレン・ミラー楽団とともに

アメリカがいちばん良くわかるのはメモリアル・デイだと、僕は子供の頃から思っている。メモリアル・デイは、要するにアメリカの戦争の歴史であり、アメリカの歴史は戦争なのだから。そしてメモリアル・デイのすぐあとに、Dデイが来る。メモリアル・デイとDデイとは、事実上はひとつに重なっている。

一九九四年のDデイ、六月六日は、ノーマンディの海岸に連合軍が上陸した一九四四年から数えて、五十年めにあたる記念日でもあった。記念の式典が現地でおこなわれ、アメリカ国内のTVニュースは多くの時間をDデイに関連した報道に当てた。CBSの『イーヴニング・ニュース』では、アンカーのダン・ラザーはトレンチ・コートを着てノーマンディに立ち、ほとんどがDデイ関係だったその日のニュースをさばいていた。

戦争のなかからは感動的な物語がいつも数多く生まれる。そのうちのいくつかを、僕は『イーヴニング・ニュース』で見ることとなった。西へ向かうヒトラーの戦車隊のひとつが、途中で通りかかったフランスの小さな村を、なんの理由もなしに壊滅させた。人口が三百人くらいだったその村は破壊され、住人は虐殺された。からくも生きのびた人が数人だけいて、そのうちのひとりが取材に応じて体験を語っていた。この村は、いまも破壊されたときのままの姿で、遺跡のように残っているという。

Dデイに参加した若いアメリカ兵が、身ごもっている新婚の妻に宛てて書いた何通もの手紙、そしていまは故人であるその妻が産み、父親である兵士にはついにひと目見ることもかなわなかった娘の物語が、紹介された。母親の死後何年か経過したのち、遺品を整理していた娘は、自分にとっては何枚かのスナップ写真のなかの人でしかない父親が、ノーマンディに向かう船のなかから、そしてノーマンディから、妻に宛てて書き送った何通もの手紙を発見する。なにげなく日付順に読んでいったいまはもう中年の娘は、五十年前に母親が夫からの手紙をとおして体験した、愛する人を戦争で失うという恐怖を、追体験することとなった。その娘には娘がいる。戦死した父親にとっては孫娘だ。娘は娘をともなって父親の墓へ出向き、あなたが一度も会うことのなかった娘が私で、そして私のかたわらには私の娘がいます、と語りかけた。

五十周年記念式典にクリントン大統領は出席した。ヴェトナム・メモリアルの前へコマンダー・イン・チーフとしての彼が初めて立ったときにも、さまざまな意見が報道された。今回もそうだったに違いない。僕の見た『イーヴニング・ニュース』は、じつにバランス良く中立だった、と僕は感じた。

クリントン大統領はDデイ以後に生まれている。兵役というものをいっさい体験していない。軍隊に関する、自分の体をとおした理解が、彼には皆無だ。ヴェトナム戦争の頃の彼は徴兵適齢だった。徴兵を回避するための工作を彼がおこなったことは、まず間違いない。オックスフォード大学で学んでいた期間には、ヴェトナム戦争に対する反対運動を彼はおこなっていた。

その彼がいま大統領であるのは、誰の画策でもなく、単に時代のめぐり合わせでしかないはずだ。しかし大統領はアメリカ全軍の最高司令官でもあるから、軍内部には彼をめぐって複雑な気持ちが重層し、一般には彼の兵役体験のなさやそれの回避工作は、彼について言われ続けるキャラクター・プロブレムの発生源とされている。

兵役体験のなさなどまったく問題ではない、重要なのは将来に向けての大統領としての能力だという意見から、奴は逃げたから許さんという意見まで、つまりありとあらゆる意見の人たちが、ヴェトナム・メモリアルの前に立った彼を見た。そして今度は、ノーマンディの海岸をひとりで歩く彼を見た。ノーマンディへ来たとはいっても、敵陣へパラシュートで降下したわけではないし、砲撃の雨のまっただなかの海岸へ、ヒギンズ・ボートで上陸したわけでもない。予定どおり進行していく式次第のなかに身を置き、多少とも緊張した表情を保っていればそれでいい。

大統領は緊張している、とTVニュースの語り手たちは言っていた。彼は居心地悪そうに見える、とも彼らは語った。ノーマンディで大統領がなにを思ったか知るすべもないが、アメリカの歴史観の明快な一貫性は、強大な軍事力とその行使である戦争から生まれ出たものであることについて、大統領も思いを新たにしたはずだ。

ＣＢＳ『イーヴニング・ニュース』のＤデイ特集が終わり、クレディットの背景に流れる映像を僕は見た。いまは年配者となったアメリカの退役軍人たちが、記念式典のなかをパレードしていく。そのなかのひとりが、行進しながら大統領のほうに顔を向け、きわめて攻撃的で批判的な、したがって憎悪にまで達していると言っていい表情でコマンダー・イン・チーフをにらみつけ、勢いを込めてなにか盛んに言葉を発していた。

背景の映像だから音は聞こえない。しかし、いまは老いの日々のなかにあるその退役軍人の表情は、充分すぎるほどに雄弁だった。その人に可能なかぎりの言葉を駆使し、ありったけのエネルギーを注いで、その人は大統領をこきおろし、ののしっていることを明確に伝えていた。その部分の映像を、編集の段階で何人もの人たちが何度も、見たに違いない。あの部分を使わなくとも、ふさわしい映像はほかにたくさんあっただろう。しかしあえてその部分を使った彼らの判断の向こう側に、一瞬の閃光（せんこう）のように見えたものが僕にはあった。

アメリカが自国に関してきわめて一貫した歴史観を持った国であることは、多くの人が知っている。その歴史観は、どの時代でも世界一だった強大な軍事力に裏打ちされている。強大な軍事力の歴史とは、アメリカの場合、ヴェトナム戦争まではどの戦争にも勝ってきた、という歴史だ。

このことは、単純明快で強い一本の直線のような歴史観を形成せずにはおかない。そしてその直線は、ヴェトナム戦争で、はっきりと大きくひとつ、折れ曲がった。力強い単純な直線は、その歴史のなかで初めて、複雑な屈折を体験することとなった。ヴェトナム戦争を、自らの歴史観の大きな変更はともなわなくともすむかたちで、なんとか乗り越えようとする思いが、アメリカのなかには底流のひとつとしていまも強く存在している。

建国以来のアメリカを支えてきた真のアメリカらしさが、自らをへし折ったという巨大な出来事がヴェトナム戦争だと理解するなら、ヴェトナム戦争までの歴史観をそのまま維持しようとする願望は、ヴェトナム戦争と同質の単なる蛮行だ。ビル・クリントンがオックスフォードで学んでいた頃、オックスフォードから見たヴェトナム戦争は、核以外の最新兵器の殺傷力を限度いっぱいに駆使した、おそるべき一方的な虐殺だった。

その戦争への徴兵を工作で回避し、オックスフォードでは反戦運動をした青年が、いまは大統領として五十周年記念式典のノーマンディの海岸を歩いた。五十年前に実戦でそうしたのとまったくおなじに、パラシュートで降下してみせた高齢の落下傘兵たち。式典を見物するため、Dデイ的な歴史観にまさにふさわしいボブ・ホープとグレン・ミラー楽団とともに、クイーン・エリザベス二世号でノーマンディの沖へニューヨークから向かった年配の乗客たち。どの人のなかにも等量に、強大な軍事力がもはや歴史とは一体になどなり得ない時代が、とっくに流れ始めている。

しかしそのような時代にあっても、アメリカの底流は、選挙権のある人たちの数にして半数以上において、時間はDデイ直後で止まっている。第二次世界大戦の戦勝国として、世界で唯一の、世界史上の異常事態と言っていい、軍事、政治、経済そして文化など、あらゆる面で超大国だったときのアメリカのなかで、その時間は止まっている。

Dデイのパレードに参加して行進しつつも、大統領を力いっぱいののしるひとりの退役老兵の姿に託して、これからもこれまでどおりのアメリカでいいのだとする勢力を、夕方の三十分のニュース番組は、そのしめくくりの映像のなかで象徴的に見せた。クリントンの到達しているラディカルな次元と、それの敵と言っていい従来どおりのアメリカが正面から対立する様子を、僕はその映像のなかに見た。

もっとも良く送られた人生

アメリカというシステムは、世界じゅうから才能のある人材を集めるシステムだと理解すると、それはもっとも正解に近い。それぞれに独特で優秀な人材を、適材適所でフルに使い抜くことがものすごく巧みであるシステムだ。システムの全体がおそろしいまでに開かれているから、こういうことが可能になる。優秀な人材が世界から集まり続けるところには、当然のこととして資本も集まる。人材と資本に困ることがなく、それらを巧みに使っていくシステム。それがアメリカだ。

資本の市場での、資金の配分に関する効率は、世界でアメリカがずば抜けて高い。そうしようとしたからそうなっているのであり、金融システムはただ単にいろいろあってすべて自由というだけではなく、その裏にはなにごとにも揺らぐことのない強靭(きょうじん)な革新性が常に心棒としてとおっている。ヴェンチャー・キャピタルの現実など、日本を判断の基準にして観察すると、信じられない別世界のようだ。

これでは駄目だとわかってからの、やりなおしや立ちなおりの素早さと周到な革新性は、システムの根本的な作り換えに関して、最大限の機能を発揮する。大企業による長期にわたる研究と開発の結果として生み出されてくるものも、革新性を基本的な共通点として持っている。これからは一般的には見えにくいところで、そのような革新性が具体的に実を結んでいくはずだ。裾野の広い基礎研究と開発は、アメリカにとっての知的な資本蓄積の土台だ。社会的な資本とは、単に資金やインフラストラクチャー（経済基盤）だけではない。革新していく知的な発想力、という資本が土台にないかぎり、どんなことも健全には機能していかない。

アメリカというこのようなシステムは、人生を経営的にとらえる人にとっては、理想郷だと言っていい。考えられるかぎりのすぐれたアイディアを、どのようにして最善のかたちで実現させるかが、もっとも良く送られた人生であるという考えかたにとって、アメリカは理想の地だ。企業にとっても、そのことは変わらない。

アメリカは債務国として世界じゅうに赤字をばらまき、ドルはいまや一触大暴落の危機をはらんでいるというような通説は、世界スケールでひとつに集めたアメリカの力の内側から見直すと、なんの説にもならないことが多い。世界じゅうのアメリカ国籍の企業をまとめると、アメリカは赤字ではなく黒字だし、その競争力は世界のなかでいまも最強だ。ドルは安定している。価値の下がりようは、この二十年で十パーセントほどだ。国際通貨としてのドルの地位は変わらない。円から見たドルは世界のすべてだが、ドルから見ると円はいくつもある通貨のうちのひとつであり、たとえば円高ドル安はそこでのことにしか過ぎない。

他の国がどれもなんらかの意味においてアメリカにおよばないから、アメリカのシステムの良さや強さはそれだけ増幅される。世界でいまのところもっともすぐれたシステムであるアメリカにくらべると、たとえば日本は、駄目の見本としてユニークな極にあると言っていい。世界でもっともすぐれた、もっとも強いシステムとは、それが生まれてくるにいたる根源的な地点までさかのぼるなら、自由ですぐれた独創、というものだ。自由ですぐれた独創は、まず最初に、あるひとりの個人の頭のなかに閃く。自由ですぐれた個人的な独創は、異質な者どうしが交わす無限に近い対話のなかから生まれてくる。

こういうシステムだからこそ、アメリカは二極へ分化していく。二極分化への決定的な傾向を、その基本的な性質のひとつとして、アメリカは最初から持っている。はっきりとふたつに分かれていくアメリカから世界を見ると、世界もまたはっきりとふたつに別れつつあるのではないか。落ちていく側はとめどなく落ちる。凡庸な中加減ではこれからの世界を上位で渡っていくことは出来ないことを、落ちない側の高度な人たちは知り抜いている。

アメリカの経済とは、大衆による大量生産と大量消費だった。世界最強の軍事および政治の力が支える経済として、それは隆盛をきわめた。作り出され消費され続ける商品は、同時にイメージでもあり、そのイメージとは、アメリカが唱え普及させたデモクラシーだった。アメリカの力は、経済システムや商品を世界に広げ、そのことと同時に、デモクラシーも世界に広げようとした。そしてそれは、事実かなりのところまで広がった。

アメリカというシステムにとって、もっとも大事なのはおそらくここだろう。到達し完成することなどありっこないデモクラシーという理念を、世界に向けて掲げ続けたこと。それがアメリカにとってもっとも大事なことであり、そのこと自体がアメリカだった。デモクラシーは幻であり、その幻にとってもっとも大切なものは、個人の頭にすぐれた独創が閃くチャンスを最大に広げることだった。そしてその独創を実現させるための、ありとあらゆる支援という社会的システム、さらにはそれが失敗したときの再挑戦への、開かれた道だ。

大統領が引き受けたこと

一九九五年二月の教書演説でクリントン大統領は、中間層を広げ貧困層を小さくしていくことを、国内における最大の課題として力説した。すでに成功している中間層を守っていくには、分厚く広い底辺を構成している貧困層を狭めることによって、中間層をあらたに広げていくほかない、と大統領は言った。貧困層とは、夫と妻がともにいる家庭がその層にあると仮定して、彼らに子供がふたりいて年収が一万四千ドル以下の層を、正式な用語として貧困層と呼んだものだ。数にすると三千万人であり、総人口に対する比率は十四パーセントほどになる。

なるほど、アメリカはふたつに引き裂かれつつあるのか、とその演説を聞いてたいていの人は思うだろう。アメリカが二極分化を始めて久しいということは、日本でも多くの人が知っている。救済策のないままに取り残されて貧困層へと落下していく人たちの層が、底辺およびそれに近いところから不気味に上昇を続け、いまでは中間層のまさに中間に、二極に大きく分化していく裂け目がある。一九七〇年代に始まったアメリカのいわゆる国力の低下の、もっとも目につきやすい部分だ。

しばしば言われているとおり、二極分化のその二極とは、ひとつは高度な頭脳労働をする人たちであり、もうひとつはマニュアルどおりにこなせばそれでいい単純なサーヴィス労働に従事する人たちを意味する。このふたとおりの人たちの中間に位置していた人々が、大量に抜け落ちていきつつある。中間に位置していた人たちとは、僕の言いかたでは、これまで長くやってきたことをこれまでどおりにやっていた人たちだ。かつてのアメリカがそのままいつまでも続いていくと思って、かつてとおなじようにしてきた人たちだ。

かつてのアメリカとは、たとえば一九五〇年代のアメリカだ。資本主義がアメリカふうの個人主義および自由と民主で営まれることによって可能となった、大衆における大量生産と大量消費というデモクラシーの一種のなかで、その頃のアメリカは盛大に物を作った。工場労働者の国は、世界のGNPの半分を自分のところで持つという、もっとも豊かな国となった。最強の軍事力と政治力は最強の経済力を生み出し、それはそのままアメリカが言うところのデモクラシーになり得た。そしてそのデモクラシーの全体は、素朴な時代のなかでは能率良く機能した。

夫は工場でマニュアルどおりの仕事をし、けっして高くはないけれども安定した給料を取る。広い庭のある広い家に彼の家族は住み、自動車は二台、そして湖の近くには小さいけれどもサマー・ハウス。妻は主婦で、子供たちは大学までいく。こういう生活がそのままいつまでも続くのだと、豊かだった国の人たちは信じた。

続かないことはすでにはっきりしている。この十年以上にわたって、自分たちの生活程度が目に見えて低下していくのを体験しつつ、中間的な層の人たちはさらにその下の層に向けて、大量に落下していった。落下はいまも続いている。これまでのアメリカは、もうない。しかし、これからのアメリカがないわけでは、けっしてない。

自由競争というシステムは、その結果をくっきりと見せてくれる。成功と失敗の差は、アメリカでは劇的だ。圧倒的に市場を埋めている普通の普及品とは別の世界には、いったい誰がどこで買うのだろうかと不思議に思うほどに、美しく手のかかった素晴らしい高級品が存在する。いわゆる金持ちたちの豪邸がならぶ地域とインナー・シティとの対比は、まさに二極分化の現物による図解だ。インナー・シティの荒廃ぶりは、怖さや不気味さをすでにとおり越し、その次の次元に到達している。アメリカの基本的な性格のひとつである二極分化は、次の時代に向けての構造変化という局面のなかで、中間層が打撃を受けることによってその際立ちかたが増幅されている。

資本主義は、起こってくる状況をすべて呑み込みながら、突進していく性格を持っている。アメリカでは、その突進は、これまでを完全に過去として、次の段階に入ろうとしている。これまでのアメリカふうな資本主義の限界の上に立って、アメリカふうな次の展開である、根本的と言っていい変質の過程のなかにアメリカはある。

建国から百年間、アメリカは成長を続けた。六〇年代にはヨーロッパや日本の成長率がアメリカを越えるほどになり、それと比較するとアメリカの力は縮小したと言っていい状況が生まれた。七〇年代に入ると、七一年にアメリカの貿易収支は戦後初の赤字を出したし、七四年と七五年には、おなじく初のマイナス成長を記録した。アメリカの力の低下のスタートだ。

七〇年代の終わりには、所得配分の不平等が盛んに言われるようになった。実質賃金は低下した。労働生産性も落ちた。労働生産性とは、労働時間のなかでどれだけの価値を生むことが出来るかだが、これのもっともわかりやすい理解のしかたは、労働生産性が一パーセント落ちると少なくとも自分の代では給料はもう上がらない、という理解のしかただろう。労働人口の増加によって補われたにせよ、労働生産性は全体として低下した。

普通の人の身の上で、あるいはその周辺で、多くのことの水準が低下する現象の中心にあってもっともわかりやすく目立ったのは、製造業の減少していく速度だった。これは速かった。減少すれば当然のこととして雇用が減る。大量の解雇やレイオフが次々に衝撃的なニュースとなった。

製造業の減少にはいくつかの局面があった。どうでもいいようなごく普通の消費財はもはや永久に製造しない、という意味での製造業の消滅があった。そのような製造業は安い労働力を求めて海外へ出ていってしまう、という意味での消滅もあった。高度で独特な技術による、付加価値の高い物を作る製造業への移行、そしてそこでの生産性の向上は、従来型の普通の雇用を減少させた。どの局面を見ても、失われた職はもう二度と戻っては来ない性質のものであった、と言うことが出来そうだ。

国外で生産される比率が二十パーセントを越えると、つまりそれまでは国内にあった製造業のうち二十パーセントが海外へ消えると、アメリカの国内ではジャンク・ジョッブの比率が飛躍的に増えたという。ジャンク・ジョッブとは、向上や上昇の展望のいっさいない、安い時給のつまらない仕事の総称だ。

長年勤めてきた工場があるとき突然消えたアメリカの小さな町というものを、八〇年代からいくつ見ただろう。食肉の加工工場が閉鎖される。大衆的な普及品として名のとおっていたブーツのメーカーが、アジアへ工場を移転する。それらの町に住む多くの人たちが、ずっとその工場で働いてきた。町はその工場によって支えられてきた。父母はその工場で勤め上げて定年となり、いまは自分がそこで働き、子供たちもそこに職を得る予定でいた。そういった生活のすべてを支える中心的な柱である工場が、突然消えてしまう。

途方に暮れ、神に見捨てられたという深刻な心理状態におちいりつつ、ほかに仕事を捜してみる。時給七ドルのジャンク・ジョッブしかない。その時給が次に紹介所へいったときには、六ドルにそして五ドルに、落ちている。時給五ドルの仕事で暮らすには、いっさいのプライドを捨てなくてはいけない。部屋も家も借りることは出来ない。なんとか走ることは走るという中古の自動車に寝泊まりし、もし白人ならばホワイト・トラッシュというカテゴリーに属して、地を這う日々を送るほかない。

とある町に住むある夫婦の夫が、青年の頃から勤めてきた工場がアジアへ移ることになった。すっかり年配の人となったその主人は、ディスエイブルド（身体障害者）でもある。仕事は失われたまま、次の仕事は見つからない。というよりも、そんなものは身辺のどこにもない、という状況だ。奥さんがパートに出る。時給は四ドル五十セントだ。家はあるけれど、その収入では生活の全体を支えていくことは不可能だ。だから彼女は地元のフード・バンクへいき、食品メーカーその他から寄贈された食糧品をもらって来る。

居間のソファにその夫婦がならんですわり、ＴＶニュースの取材を受ける。「一生ずっと真面目に暮らして一生懸命に働いてきて、これまで他人の世話になったことは一度もなかったのに、この年齢になって自分が夕食に食べるものをほどこし物としてもらって来なくてはいけないなんて」と語って奥さんは泣き出す。かたわらの主人が彼女の肩に腕をまわし、「泣くなよ」と言う。

従来型の製造業を中心に、ブルー・カラーそしてその単なる延長でしかなかったホワイト・カラーの仕事が、数千、数万の単位で、次々に大量に失われていった。「この三か月で二十万の人が職を失い、失職者の累計は八百万に達しました。夏までにさらに百万の人が失業する見通しです」などとＴＶニュースのアンカーが語る。大量のレイオフや解雇のニュースのなかに、有名な大企業の名がいくつもあがっていく。これはすさまじい、と誰もが思う。恐怖が背中を走る。

アメリカの労働者は怠け者だから品質は悪く、したがって競争力もない、というような次元の出来事ではない。もちろんそのようなことも含めて、出来事はまったく違う次元の出来事だ。レイオフ。ストリームライニング。リストラクチャリング。リエンジニアリング。といった言葉の流れの内容をよく考えるなら、売れない、だから作らない、したがって余った人を解雇する、という単純な段階ではなく、産業全体そして社会全体を根本から別のものに作りなおしていく流れが、もはや動かしがたい底流として存在している事実が見えてくるはずだ。

大量のレイオフや解雇という現実の問題を、たとえばＴＶニュースの画面で見せようとするとき、もっとも取材しやすかったのは、そして居間のＴＶで見る人たちにとってもっともわかりやすかったのは、自動車工場のそれだったはずだ。Don't drive jobs away, drive GM. などと標語を掲げた出入り口から、明日からは仕事がないという労働者たちが出てくる。その様子を見ているだけで、いまの社会のなかでなにがどうなっているのか、基本的な概略はわかった。

労働者自身たちは、流れ作業のなかで領域別に単純な仕事を繰り返す人だ。生産性は低い。作っているもの自体が、もはやすぐれているとは言いがたい。したがって競争相手から受ける打撃が深刻だ。より安い労働力へと、彼らはあっさり交換されてしまう。そしてそのあと、売るべき製品としての能力を、彼らは持っていない。

一九五〇年代、そして一九六〇年代は、あまりにも豊かだった。その豊かさのなかで、アメリカの自動車は、消費者の好みを常にリードしつつ、ひとまずアメリカ的な頂点をきわめた。そしてそこで進化を停止した。大量生産システムのなかで、いま作っているこれはいったいなになのか、という根本的な問いなおしがまず最初に放棄された。ボトムからトップまで、巨大なピラミッド型の組織は深く官僚化していき、労使の関係は悪化し続けた。

品質の低化は競争力を海外から招き寄せた。品質の低下とは、設計や開発における二流以下の技術とか、現場の生産性の低さ、労働者の扱いの悪さ、企業組織の肥大した官僚化など良くないことすべてが、自動車という工業製品のなかに実った結果だ。アメリカの自動車はこれでいい、ここから先はこのままでいい、と勝手にきめてそのまま進化を停止してしばらくたつと、たとえば海を越えて日本から、強力な競争相手としての日本製の自動車が、ある日、彼らの目の前に現れた。日本車はけしからん、という意味のない批判や攻撃の時代は、遠い過去のものだ。日本製の自動車をハンマーで叩いてみせるというような議員の演出など、気恥ずかしさをともなった懐かしい思い出だ。

アメリカの製造業の減少や力の低下、そしてそこからの作りなおしという根本的な改革を、アメリカ文化の強力な象徴のひとつであった自動車において、アメリカ自身が、そして世界が、見ることになった。そこに出てくるもっとも基本的な問題は、人の能力とはなにか、ということだ。

能力という製品をフルに開発して機能させるにはどうすればいいかを考えていくと、たとえば組織の平坦化は最初に出てくる課題だ。平坦化された組織のなかでは、これまでにくらべると格段に高い能力が要求される。これでいいと思って開発を停止してきた大量の人たちの、再教育による能力の開発や育成は至難事だ。しかし、これまでどおりのやりかた、というものはすべて失敗したかあるいは消えていくしかないことがはっきりしたのだから、根本的な作りなおしは避けてとおることが出来ない。

大企業による大量の解雇は、これまでどおり、というものがいっさい崩れ去っていくプロセスが生んだものだ。IBMが発表した一万人の人員削減、アップルが宣告した創業以来のレイオフなど、すべての勤労者にとってたいへんなショックであったはずだ。IBMに職を得て一生を保障されたつもりでいながらその職を失った人たちどうしが、持ちまわりで仲間の家に集まり、それぞれに問題や気持ちを語り合い、そのことをとおして自己カウンセリングをおたがいにほどこす。そして最後には全員で手をつないで頭を垂れ、失った職が戻って来ることを神に祈る。

世界の超優良企業と言われていたIBMが発表しなくてはいけなかった最初の苦境は、世界のとらえかたの失敗と直接につながっていた。世界はメインフレームでとらえられる、とそのときまでのIBMは思っていた。しかし世界におけるコンピューターの使われかたは、劇的に変化していった。ユーザーは自分の目的に合わせて自在に装置を組み合わせるというオープン・システムをプラットフォームにして、その上でソフトウエアを駆使していくこととなった。メインフレームとは反対のいきかたであるダウンサイジングは必然であり、組み合わせるいくつもの装置は、誰が作ってもいい普通の電気製品の位置へと移っていた。メインフレームの解体は、それを使っておこなわれる、中央における集中管理の社会システムの崩壊だった。

シェアスン・レーマンで副社長をしていた人が、その職を失った。次の職を求めて、彼は失職このかた五百通のレジュメを書き、ひょっとしてここならば、と思うところへかたっぱしから送った。職はまだ見つからないまま、彼はパートタイムでファクス・マシーンのセールスをしている。奥さんは学校の先生だ。なんとか食いつなぐ不安で空疎な日々のなかで、「私のどこが間違っているのだろうか」と、彼はTVニュースの取材記者に問いかける。彼に間違いを見つけるなら、それはレジュメを書き送り続けたことだ。つまり、既存の会社組織のなかに、それまでの経験や能力で、仕事を得ようとしたことだ。

解雇やレイオフは単純なものではない。それによって失われた仕事は、二度と戻っては来ない。リエンジニアリングがおこなわれたなら、そこで必要とされる能力は、それまでとは一線を画した別物でなければならない。そうでなければ、リエンジニアリングは失職の絶好機だ。仕事を失ったその人の問題としてではなく、いまはまだ仕事を持っている人たち全体の問題、つまり社会全体の問題として、安定した仕事あるいはそのままずっと続く仕事などは、もはやあり得ない。

仕事において人が発揮する能力は、情報やサーヴィスも含めて、なんらかの製品となって人の手に渡る。そしてこんどはその人がその物から、どれだけの価値を引き出すことが出来るかが、その物を作った人の真の能力であるという時代のなかに、全員がすでに入っている。引き出し得る価値の幅と奥行きとが、これまでとは比較にならないほどに広く深い製品を作る能力が、仕事をする人の標準的な能力となっている時代だ。ひとつあるかないかの能力で三十年にわたって給料をもらうという時代は、全員にとっての終わりではないが、どうやら終わったようだ。これからは、自分の能力という製品を、二年、五年という単位で、改変していかなければならない時代だ。

アメリカの大企業がかつて盛んにおこない、現在も継続させている大量の解雇は、次の時代の要求に応えられない質の労働しか出来ない、しかし給料だけは世界一の社員という高コスト・システム、つまり旧時代そのものを、なしにしてしまおうという試みだと理解すればいい。生産性の質において時代に適合しない労働者たちは、解雇すれば彼らの人件費はいっきょに消える。必要ないもの、そこにあってはいけないものは、掃いて捨てるほかないではないか。掃いて捨てる大量解雇は、じつは時代の作りなおしなのだ。

失職した従来型の労働者の再教育は、部分的には可能だろう。ふたたび職を手にすることの出来る人も、いるだろう。何年かごとに、計画的に自分を教育しなおしていく職業生活というものも、部分的には成立するはずだ。しかし、どのような内容を持った労働者であれ、彼らが安定して雇用されるかされないかは、雇用主の判断による。雇用主の判断とは、利益追求原理の私企業が、どのような労働者を必要とするか、あるいは、必要としないか、ということだ。私企業は自己のつごうでのみ雇用をおこなう。労働者たちが自らをどんなに再教育しても、私企業に彼らの必要がなければ雇用されない。

私企業にとっての都合と、社会ぜんたいにとってなくてはならない仕事というものとのあいだには、巨大な乖離(かいり)がすでに存在している。そのような乖離の存在は、社会ぜんたいにとって、マイナスとして作用し続けているはずだ。私企業による雇用の都合とは、私企業が雇用する労働者の潜在的な能力のほとんどが、私企業の利益とつごうだけに消費されているということにほかならない。こういうことが、その社会ぜんたいにとって、絶対と言っていいほどの中心軸となっている状態は、どんな視点から見てももはや異様としか言えないのではないか。

社会ぜんたいの、複雑で多岐にわたる、そしてかならずしも直接的にはなんら利益にはつながらない要求は、これまではいわゆる進歩や発展、開発、拡大、繁栄、物量的な豊かさなどの内部へ吸収されたかたちで、なんとか応えられてきた。余剰としてまかなわれた福祉が、そのことの中心だった。企業の都合は社会ぜんたいの要求にはまったくと言っていいほど応えられないということが、先進文明国の先進性がある限度を越えると、その社会にとっての失点のようにして、あらわになってきた。

私企業のつごうが社会ぜんたいを圧倒的にリードしているという状態が、その社会自体に対して持たずにはおかない機能的な限界に気づくことは、先進文明国にとっては一種の特権のようなものだろう。私企業的な意味での利益は約束しないが、社会ぜんたいにとってはなくてはならない仕事、というものが無限に近く存在する。労働者という人的資源を、そのような仕事に配分しなおす作業を、私企業が引き受けるだろうか。もし引き受けないとしたら、それは政府の仕事だろうか。

先進国に出現しつつある大量の失職者は、私企業が社会のなかで大きな位置を占めすぎてきたことの、裏返しのあらわれだ。私企業でもなければ政府でもない。その中間にある膨大な日常という世界を支えるシステムの不備が、日ごとに大きく露呈されていく。そしてそのただなかを、起こってくる状況のすべてを呑み込みながら、資本主義は突進を続けている。

自分の能力によって作り出されるもっとも広い意味での製品を、短い期間を単位にして人は恒常的に改変し程度を高め、他に対してより素早く的確に適応出来るよう、作り換え続けていかなくてはいけない。付加価値の高い高度な頭脳労働とは、ひと言で言うなら、すぐれた独創のことだ。すぐれた独創によって、これまでどおりの世界というものは、次のものへとひっくり返る。このこと全体は、コンピューターの構成と機能によく似ている。そしてこれまでどおりの世界は、自動車に似ている。

いまでも使われているかどうか不明だが、NIKESという言葉がかつて少しだけ流行した。ナイクスあるいはナイキーズと言う。ノー・インカム・キッズ・ウィズ・エデュケーション（大学は出たけれど）のことだ。子供のいない共働きの都会の夫婦を、ダブル・インカム・ノー・キッズと規定して頭文字を取り、ディンクスと呼んだのとおなじ発想の造語だ。

「この大学の今年の新卒は、五十パーセントが実家へ帰ります。仕事がないからです」というコメントを、二、三年前に僕はアメリカのTVニュースで聞いた記憶がある。僕の聞き違いであってほしいとも思うが、こんな単純なことは聞き違えるのも難しい。帰る先である実家のひとつが、続いて紹介された。「人がひとり増えるのですから、生活の予算を考えなおさなくてはねえ」と、そこに住む父親がまったく弱気で語っていた。母親は裏庭に畑を作っていた。裏庭といっても、固い地面のただの空き地だが、老境に入っている母親はその地面を何本か細く掘り返し、「ここには豆を植えたのよ。ここは馬鈴薯。好物だから出来るのが待ち遠しくて」と言っていた。趣味の園芸ではない。野菜を自分で作り、少しでも家計の足しにしようという、果敢な試みだ。

　ニューヨーク大学の九一年度卒業生には仕事がない、というニュースも僕は見た。毎日『ヴィレッジ・ヴォイス』を買い、求人欄を広げてかたっぱしから電話をかけて一日が暮れていくという日々を一年送って、まだ仕事が見つからない、とひとりの新卒は語っていた。生活のレヴェルをある程度のところに維持するためには、いったんは引退した年配の人たちも、仕事につく必要にせまられることとなった。職業紹介所には年配者の長い列が出来る。彼らが受ける仕事は時給が四ドルや五ドルといった仕事だ。質屋が盛業中であるという話はよく聞いた。Somebody else's loss is your gain. とウインドーに金色で書いた店で品物を見たら、普通に買うよりもそこで買うほうがはるかに得であるような印象を僕は持った。グリーティング・カードには失業をテーマにしたものが増えていき、ローンが払えなくて家を手放す人とそれの競売が盛んだとも聞いた。

貧困層は確かに厚くなりつつある。そのことをさまざまに証拠立てる数字が、捜せばたくさんありそうだ。フード・バンクやスープ・キチンは、どこでもすっかり社会に定着した感がある。しかし、寄贈は明らかに減っているという。低い仕切りのある四角い盆のような皿に盛る食事の量が、明らかに少なくなっている。そのような施設にかつてはおかねを寄付していた人たちが、いまでは一家で食べに来る。食べたりもらったりしている彼らの姿は、これは自分にとって当然のことだと言っているようであり、その人が身を置いている層の前途を、たいへん暗いものに感じさせる。あっと思ったら人は貧困層のなかにいて、そこから脱出する見通しはまったく立たない。

アメリカの内部にあるこのような経済的な苦境の話は、際限なく続く。これまでの社会が、質的に構造的に、おそらく根本から変化して次の時代になろうとしている過渡期に、いまはある。これまでどおりのものがそこで大量に脱落し、これからのものはまだはっきりとは見えていない、という状況だ。

ニューヨークの財政は徹底的に破綻をきたしている。セントラル・パークの動物園は閉鎖されるかもしれない、という話があった。「経済的にいかに苦しいかを理解してもらうには、閉鎖するのがもっとも効果的です」というようなコメントを責任者が述べていた。かつてのアイ・ラヴ・ニューヨークのTシャツに代わって、いまのスタンダードはアイ・ヘイト・ニューヨークなのだと、ニューヨークに住む人が言っていた。そのTシャツを売っている店には、わざわざ店へ入って来てTシャツに強い共感を表明する人がたくさんいるにもかかわらず、Tシャツそのものを買っていく人は少ないという。それだけの余裕がないからだ。そのようなニューヨークでも、公共の乗り物としての路線バスは、高齢者やハンディキャップのある人たちが乗りやすいよう、歩道に向けてあの大きな車体が傾く。ニーリング・バスと呼ばれている、ひざまずくバスだ。

カリフォルニアはかつては豊かなアメリカを象徴するような場所だった。そのカリフォルニアでももっとも豊かだったオレンジ・カウンティが、デリヴァティヴの運用の失敗で破産してしまった。これはそれほど珍しい話ではない。たとえばあるひとつの企業の内部で、企業年金がなくなってしまうということがしばしば起こっている。ある企業が買収される。買収したほうは企業内年金基金に手をつけ、たとえばジャンク・ボンドで失敗して基金が底をついてしまう。あるいは、基金を運用している会社がジャンク・ボンドに手を出し、失敗して巨額の損失を出す。その企業の年金をもらっていた定年引退者たちに、年金の小切手は届かなくなる。救済の手段はない。

アメリカの勤労者の半数近くは、定年引退後の年金計画など持ってはいない。ソーシャル・セキュリティだけだ。自分のことは自分でしてください、と国家から宣告されているのとおなじだ。そのソーシャル・セキュリティは、四十年ほどあとには破綻すると予測されている。アメリカが豊かだった頃には、ひとりのソーシャル・セキュリティ受給者の背後に、百五十人ほどの現役の勤労者がいた。それがどんどん減少していき、二〇一〇年には四人になる。いやもっと少なくて二人だ、というような試算もある。二〇三〇年あたりで、受給と歳入は釣り合ってしまうことになっている。

失職のショック、あるいは今日にも明日にも自分は職を失うのではないかという不安や恐怖、憂鬱感、強い苛立ちなどに対して、カウンセリング・サーヴィスがおこなわれている。どんなことに関してもたちどころにカウンセリング・サーヴィスがおこなわれるのがアメリカだが、解雇されることとの不安や恐怖を、自分だけではとうていコントロール出来ない人たちが数多く存在していることは確かだ。殺人がもっとも多いのは職場である、という統計結果を僕は聞いたことがある。その殺人のなかでパーセンテージを拡大しつつあるのは、解雇されたことへの反射的な反応として、あるいは解雇されるかもしれないという恐怖感から、直属の上司や同僚を殺すという種類の殺人だ。

コミュニティの経済、つまりその地域での大きな雇用主としての産業が消えることが、長期にわたってあたえるマイナスの影響への恐怖も、すでに覆い隠しがたいものとなっている。雇い主がなくなると、人々の収入がなくなる、あるいは減る。彼らは物を買わなくなる。売り上げが減る。売り上げ税が減る。その税で学校をまかなっている地域では、カリキュラムの削減、クラスの閉鎖、先生のレイオフなどが起こる。

そしてもっと進展した段階になると、学校の学期が資金不足により途中で終わってしまう。「なんか変」「寂しい」「学校以外のことをするチャンスだから、それはそれでいいかも」などと言いながら、生徒たちは卒業のパーティを三月の初めにおこなったりする。北西部のその季節はまだ冬だ。肩や背中を大きく出したドレスに、空気は存分に冷たい。もっとひどい場合には、学校そのものが閉鎖される。早くて十年後くらいには社会を担う世代にとっての、能力の開発準備という重要な段階に、こうして大きな風穴があいていく。

アメリカの州、そしてそのなかの自治体は、予算を均衡させることを法律できめられている。自治体の収入が減ってくると、増税と支出の削減が検討されていく。教育の現場では、レーガンとブッシュの時代に、大幅な予算の削減を体験した。すでに相当につらい状況の上にさらなる削減が重なると、たとえば小学校に鉛筆がない、という事態になる。子供たちは親に買ってもらえないから、鉛筆を持たずに学校へ来る。先生がポケットマネーで人数分の鉛筆を買い、一本ずつ貸しあたえる。クラスが終わるとそれを先生は回収する。敗戦直後の日本の小学校に僕はかよったことがある。そのときですら、鉛筆の貸与と回収ということは、なかった。

固定資産税が払えなくなった親は、ほかへ引っ越していく。学童の数はそれだけ減る。減少がある程度までつのると、学校は閉鎖されたり合併されたりする。先生は失職する。次の仕事はもうない。このような状況は単なる経済的な苦境や貧困ではない。社会的な大混乱だ。現在の混乱は、次の世代のなかでさらに深く根をおろし、さらに大きく拡大されていく。ドント・ノー・イナフ、キャント・ドゥー・イナフ（知らない、出来ない）の子供たちがそのまま大人になっていく。

ゴールズ二〇〇〇という計画のために、「二〇〇〇年にはアメリカにおける数学と科学の教育とその成果を世界で一番にしたい」と、かつてブッシュ大統領は語った。学校教育での数学や科学の程度が低いのは昔からのこととして、いまでは言葉の能力もオールタイム・ロウ（史上初の最低）であるという調査発表を、ほんの二、三年前に僕は聞いた。言葉の能力のそれだけの低下は、社会全体の質の低下であることに間違いはない。

アメリカの初等、中等教育は、かつてのアメリカの自動車がたどったのと似た道を歩いている。豊かさの頂点に達したとき、これでいいんだ、あとはこのままいけばいいときめて、それ以後の進化を停止させてしまった。世界の質的な激変に気づかないまま、現在まで来た。これからの人が知っていなくてはならないこと、心の準備など、これから必要なことといま学校で教えられていることとのあいだに、落差があり過ぎる。資金の不平等がそこに重なる。高低の差は三倍から五倍はある。ブッシュ大統領が提案したゴールズ二〇〇〇は、教育の程度をある程度以上のレヴェルで全国的に統一出来ないものだろうか、ということへの提案でもあった。

メリーランド州のプリンス・ジョージズ・カウンティのパブリック・スクール・システムだったと思うが、高校の卒業生に卒業証書とは別に、雇用適格者証明とも言うべきものを添える、という試みをかつておこなっていたが、その後どうなっただろう。必須教科を履修習得し、高卒者としての基本能力、そしてエントリー・レヴェルの仕事につくにあたっての基本的な能力を身につけていることを、その証明書で証明しようというのだ。雇用者からその卒業生が不適格だと言われたなら、呼び戻して再教育をするという。もっとも基本的なレヴェルでとにかくまず役に立つ人材を社会に送り出そうとする、二度手間のような試みだ。

パブリック・スクールの荒廃がアメリカでは全土にわたってあまりにもひどく、いまではホーム・スクールが法律で許可されている。家庭で子供たちが親から教育を受けるのがホーム・スクールだ。かつては主として宗教上の理由からおこなわれていたことだが、現在では公的な教育システムの欠陥を埋める機能を、部分的に果たしている。初等、中等教育の根本的な改善は、アメリカにとって切迫した大問題だ。しかし、改革はやりやすいのではないか、と僕は思う。教育は地方自治体の自由だ。少しだけ極端に言うなら、教育は学校ごとに自由だ。文部省も文部官僚も、そこには存在しない。高等教育の水準は現在でも世界一だから、質的にあるいはシステム的に、そことつなげればいい。世界はひとつではなく、混沌として雑多で複雑だ。しかも状況は急速に変化を続けていく。予想もしなかった事態というものが、数限りなく連続する。可能なかぎり考え抜く人というものは、これまでの需要をはるかに越えて必要だ。

惨憺たる境遇のさなかにいるアメリカの子供たちに関して、さまざまな視点からの数字が、捜すならいくらでもある。妊娠中の母親がアルコールやドラッグスを常用したことによって、重い障害をもって生まれてくる子供たちが年間で三十七万五千人に達する、という数字がある。介護と治療という、膨大な負担がこの数字を中心にして広がる。日常的に世話をすべき人がドラッグスやアルコールでそれどころではなく、したがって放置されたも同然の子供たちが、少なく見積って七十万人いる。孤児院のような施設に入っている子供の数は三十五万人。これは一九八六年に比較すると三十パーセントの上昇だという。

ナショナル・コミッション・オン・チルドレンという組織が二年六か月にわたって観察した結果をひと言で言うと、子供たちの置かれている状況は国家的な危機だという。四人にひとりは片親の家庭にいる。これは数になおすと千六百万人だ。五人にひとりが貧困層のなかにあり、黒人だとこれは二人にひとりという割合にまで高まる。未婚の十代の母親に生まれてくる子供の数は年間に五十万人だ。その母親たちの多くはアルコールやドラッグスの依存者だ。十八歳までの未婚女性の妊娠に対して、全員の健康保険を作ろうというような提案はあり続けるが、いまのアメリカにとってそのようなシステムはラディカル過ぎるし財源はどこにもない。

現在の議会で多数党である共和党は、未婚の母親への援助の全体を削減しようと提案している。このようなきわめてわかりやすく、したがって支持も取りつけやすい政策に、子供を作るならちゃんと結婚して家庭を作ってからにしろ、という宗教的と言っていい信条を共和党はからめていく。子供たちの窮状に関して、なんらかの手を打とうと試みる統一された全国的な政策は、現在のところひとつもない。

不健康である、字が読めない、書けない、仕事に雇おうにも使いものにならない、ちゃんとやっていこうという意欲もない、というような状況はすべて貧困から発生する。そしてそのまま貧困のなかで再生産されていく。当人のかかえ込んだストレスはすさまじいものがあり、そのストレスは怒りとなり失われた希望となり、暴力やアルコール、ドラッグスへと、かたちを変えていく。これらのことすべてを社会的なコストになおすと、それこそ天文学的な数字になるはずだ。ロスト・ジェネレーション（失われた世代）というものがかつて文芸的に存在したが、これ以上に現実ではあり得ないほどの現実のなかに、文字どおりの失われた世代が、年齢別に見たアメリカの人口構成のなかに、いくつも大きく横たわっている。

このような状況は、ただ単に経済的に困っている人が底辺としてたくさんいる、という問題ではない。根は深い。根が深いとは、問題は基本とつながっているということだ。基本とは、いまのアメリカのシステムだ、としか言いようがない。子供たちを「救う」という発想にとどめるとしても、そのためのシステムはいまのアメリカのシステムと、おそらく正面から衝突する。ただ単に「あたえる」だけではなく、「支援」し「援助」していくというかたちの救済をするなら、苦境にある子供たちをなんらかのかたちで保護しなくてはならない。親とともに住む住居、学校、病院などが集まった施設が全国にいくつも必要だ。そこで親も教育や訓練を受け、仕事につき、保護されてきたことのコストを、少しずつでも支払っていく。ある程度以上の給料を安定して取ることの出来る仕事というものも、彼らに支給されなくてはいけないだろう。施設はしたがって特別区のようになっていく。

刑務所が営利の民間事業へと移行するように、このような施設も民間で運営出来るのだろうか。インナー・シティの現状が、姿を変えただけのものに過ぎないのではないか。インナー・シティとは、都市の中心部に多い、もっとも荒廃した暴力と貧困の地帯を、現在は意味している。都市の中心部は、これまでは中産より上の階層の人たちの場所だった。財政赤字と増税、そしてそれでも追いつかない荒廃を捨てて、その階層の人たちは逃げていき、あとには貧困や暴力だけが残った。逃げた人たちは高度な頭脳労働の出来る人たちであり、彼らが集まって住む地帯は、インナーに対比してエッジ・シティと呼ばれている。

インナー・シティに残っている人たちには、売るべき能力がなにもない。給料は低いけれども、それを足場にして社会の階段というやつを登っていくための、エントリー・レヴェルの仕事というものが、消えてしまっている。小さくあることを人々が理想としている政府に出来るのは、法律に抵触する部分に最小限の手当てをしながら、あとは個々人の自助努力にまかせることだけではないだろうか。

小さく三角形に折りたたんだ星条旗

ハンティントン・ビーチから海に向けて突き出ている桟橋の途中にある食堂で、僕は彼とふたりで遅い昼食を食べていた。彼は僕より年上の白人の男性で、広い意味でジャーナリストとして活動していた。カウンターの海側の席にいた僕の前にまっすぐに腕をのばした彼は、桟橋の突端の向こうに広がる海を示した。

「僕たちが食べ終わるまでのあいだに、あそこでさらに何人ものアメリカの兵士たちが、虐殺行為の加担者として無意味に死んでいくんだ」と彼は言った。あそことは、ヴェトナムのことだ。そしてそこでそのときはまだおこなわれていたヴェトナム戦争は、彼によれば、アメリカのパラノイア的な思い込みによる一方的な虐殺行為以外のなにものでもなく、ヴェトナムとアメリカの双方が受ける打撃をそのとき以上にはしないために、ジャーナリストとしてありとあらゆる活動を必死でしていた。

彼にとってのいわゆる専門分野は電子工学だった。その広い領域のなかでもっとも専門にしていたのは、コンピューターだ。アメリカによる北爆は、メインフレームが作り出した作戦にもとづく爆撃だった。コンピューターのそのような使われかたに対する、生理的な嫌悪感とも言うべき反対の論理を、僕は彼からしばしば聞いた。反対の論理、ないしは論理的な反対だ。当時のアメリカの、主として若い世代による体制批判の活動全般が、カウンター・カルチャーと呼ばれていた。カウンターとは、彼のような発想による対抗を意味している。

メインフレームを駆使して、国家のなかの軍部という巨大組織が、爆撃なら爆撃のための情報を集中的に管理し、そこから爆撃の作戦を導き出したりすることへの、論理的で生理的な嫌悪と対抗の意志は、カウンター・カルチャーのなかのもっとも前衛的な部分だった。

ヴェトナム戦争に関しては、僕は小さくない興味を抱いていた。アメリカに関心があるなら、アメリカがおこなう戦争にも関心があって当然だった。建国以来、アメリカは戦争ばかりしてきた。日本を相手の太平洋での戦争のときには、僕は乳児だった。朝鮮戦争のときにはまだ子供だったが、米軍というものの背後にある途方もない物量と攻撃力は、目のあたりに見た。

十八歳のときに徴兵登録をしてあった僕は、ヴェトナム戦争が盛んだった頃、すでに二十代後半という年齢だった。ほかにどんな理由があったのか僕は知らないが、僕のところに出頭命令は来なかった。その僕にとって、ヴェトナム戦争への関心を作った最初のきっかけは、ヴェトナムのメコン・デルタに広がるあのジャングルと、その上空を低く飛ぶ米軍の攻撃用のヘリコプターという、悪夢的な構図の無数と言っていい数の報道写真だった。

ジャングルは、まったくアメリカ的ではないもの、アメリカが意のままにすることはまず不可能な世界の象徴として、僕の目に映じた。攻撃ヘリコプターは、そもそも建国のときから戦争であり、それ以後戦争ばかりしてきたアメリカそのものの、象徴だ。そのふたつの取り合わせを何度も写真のなかに見た僕は、これはやばいのではないか、と最終的には思うようになった。やばいとは、少なくともこの戦争にはアメリカは勝てない、ということだ。ほどなくアメリカはヴェトナムから自国の軍隊を引き揚げた。

僕はアメリカで軍隊の攻撃用ヘリコプターについて取材してみた。当時のアメリカでは、ヴェトナム戦争に関しての取材には、まったく制限がなかった。地獄絵図、という古い言いかたがあるが、取材に制限がないおかげで、まさに地獄絵図としか言いようのない写真やフィルムが、ヴェトナム戦争をめぐって大量に一般に出まわっていた。僕のように取材の真似ごとをする人ですら、ほんとに自由に、なんでも取材することが出来た。

ＴＶで毎日のニュースとして放映される戦況は、すさまじいものだった。ヴェトナムの現地ではどこが最前線なのか判然としないのだが、たとえば数人の戦闘グループがジャングルのなかで敵と遭遇して射ち合う様子のすべてが、夕方のＴＶニュースで家庭の居間に届いた。当時はまだ撮影はフィルムだった。文字どおり決死で撮影されたムーヴィー・フィルムはサイゴンで現像され、アメリカへ空輸されていた。衛星を経由して日本からも送られていた、という話を僕は聞いたことがある。

ジャングルのなかを数人の米軍兵士が歩いていく。突然、銃撃の音がする。兵士たちは地面に伏せる。先頭を歩いていた兵士は頭に被弾し、頭が吹き飛び、首から上のない死体となって、どっさりと草のなかへ倒れ込む。すぐうしろにいたカメラマンは、全身に血しぶきを浴びる。肩にかついでいる撮影機のレンズに血がかかる。画面は妙な赤い色に曇る。カメラマンの指先が、レンズの上でその血を拭う。拭いながら彼も地面に伏せる。横倒しになった撮影機は、先ほどの首なしの兵士の、まさに首のない様子を、偶然にもとらえ続ける。このようなフィルムが検閲なしで、夕方のニュースの項目のひとつとして、毎日かならず放映されていた。居間のTVでこれを見ていると、その居間もやがて悪夢のまっただなかとなった。

とはいえ、そこはヴェトナムのジャングルなどではない、太平洋をへだてたカリフォルニアならカリフォルニアの、平和な民家の居間だ。明かりを消して部屋をほの暗くし、カラーTVのスクリーンのニュースを見ては、好き勝手なことを市民たちはおたがいに言い合った。彼らは、戦争報道をTVで見ているだけの、ごく平凡な一般市民なのだと僕は思っていた。

しかし、やがて僕は、彼らはただ単なる傍観者ではない、と思いなおすようになった。彼らは彼らの方法で、この戦争に参加している、と僕は思い始めた。TVを見てああだこうだと言っているだけなら、その行動にも発言の内容にも、責任はいっさいともなわない。だが、彼らの好き勝手な発言は、次第にひとつの方向に向けて、大きく傾いていくようになった。ヴェトナムでアメリカが遂行している戦争に対する、否定や嫌悪の感情に向けて傾き始めた。

それらの感情を、居間のなかだけではなく、社会的な文脈で、彼らは表明していった。ヴェトナムでおこなわれている戦争に対する、じつにニュアンスの豊富な嫌悪や否定、そして批判の論理や感情は、ヴェトナム戦争に対抗する力として大きくひとつにくると、ヴェトナム戦争反対、ということになった。

この意味で、居間のTVの視聴者たちは、強く批判的に、激しく複雑な感情に支えられて、ヴェトナム戦争に参加したと言っていい。悲惨な戦争には反対だという、古典的な図式を越えたところでの、戦争への対抗だった。ヴェトナム戦争のこちら側には、その戦争の遂行者であるアメリカがあった。その文脈でのアメリカはアメリカ政府であり、政府とは自分たちの直接の延長であるはずだ、とアメリカ市民は思った。自分たちの延長ではないアメリカ政府というものをそこに見た市民たちは、それに対するニュアンス豊かな嫌悪や反対、批判、攻撃、対抗などの論理と感情を、大きくふくらませた。そのことは、以後のヴェトナム・シンドロームへとつながった。ヴェトナム・シンドロームは、それ以後の政府への、強い不信や不支持の感情への、橋渡し役として機能した。

今週のヴェトナムで戦死したアメリカの兵士たち、という特集を雑誌の『ライフ』が掲載した。一週間のうちに戦死した兵士たち全員を、顔写真つきで誌面いっぱいに何ページにもわたってならべ、記事を添えたものだ。反戦への高まりを決定的にしたもののひとつであり、『ライフ』のこの号をいまも僕は持っている。太平洋を越えて帰って来る戦死した兵士たちを取材することを僕が思いついたのは、この特集を見たときだ。

戦死兵たちの遺体は、アルミ合金のケースに収納され、スター・リフターという素晴らしくロマンティックな愛称を持った輸送機の胴体いっぱいにかかえ込まれ、戻って来る。ケースは棺（ひつぎ）という最終的なものではなく、あくまでも運搬するための収納ケースだ。長さがずいぶんあるので、なにも知らずにそれを見ると、戦死兵を収めるものとは思えないかもしれない。

モーティシャンのもとできれいに整えられた遺体は、さまざまなかたちの葬儀を経由し、しかるべき墓地に埋葬される。最終的に棺を覆っていた星条旗は、小さく三角形に折りたたまれ、たとえば故郷の町にいる母親のもとに、届けられる。軍服を着た若い真面目そうな彼は、もはやけっして動くことはない一枚の写真として、額縁に収まって実家の居間の飾り棚の上だ。

　こういうことの取材のひとつとして、大きな町の墓地のなかを歩いてみると、ヴェトナムで死んだ兵士の墓はすぐにわかる。墓石に刻まれた生年と死亡した年とのあいだを埋める期間が、十八年、十九年、二十年と、どれもみなたいそう短いから、そのような光景に、僕の頭のなかでは、ジミ・ヘンドリクスの『星条旗よ永遠なれ』が、じつによく調和していた。

　米軍がヴェトナムで使用していた武器についても、僕は多くのことを知った。たとえば飛行機で上空から落とす爆弾には何種類もあり、そのどれもが悪夢の一部分としか言いようがなく、どのひとつも悪夢にふさわしく強烈に個性的だった。そのひとつに次のようなのがあった。

　ソフト・ボールほどの大きさのその爆弾を、あらかじめ探索して見当をつけておいた区域に、低空からばらまく。ジャングルのなかではなく、人が歩く可能性の高い平地であることが多い。平地とはいっても、熱帯の草が膝を楽に越えて強靭に生い茂っている。作戦行動中の敵の兵士たちが、そこをとおりかかる。まいてある爆弾は草に隠されて見えない。歩いていく兵士の足が、その爆弾を踏む。あ、なにか危険なものを踏んだ、と思って反射的に足をはずすと、その爆弾は彼の腹の高さあたりまで、突然に跳ね上がる。

　跳ね上がった頂点で、それは爆発する。ほどよい大きさの鋭い破片となって爆弾のすべてが強力に周囲ぜんたいへ飛び散るよう、それは巧みに設計されている。歩いていた兵士たちに破片は当たり、ときとして命を奪い、非常に多くの場合、何人もの兵士たちに相当な傷を負わせる。

殺すことが第一の目的ではなく、重傷を負わせることを目的とした爆弾だ。数人で作戦行動をとっているとき、そのなかの何人かが重傷を負うと、行動力も戦闘力も極端に落ちる。踏まれると起動装置が働き、踏んでいる足がはずれると、それは飛び上がる。爆発威力のさまたげとなる熱帯の強靭な草を避けると同時に、立っているときの人体のまんなかあたりで爆発させるためだ。破片が体のどこかに当たる率は格段に高くなる。こういう爆弾を、たとえばカリフォルニア大学が開発したりしていた。

ヴェトナム戦争はアメリカが犯した大失敗だった。失敗は愚行と言い換えてもいい。そのさい、愚行にも大の字がつく。なおかつ、アメリカ国家は、自分たちはこの戦争に勝っているのだし、充分に勝てるのだ、と市民を欺いた。そしてアメリカ兵を大量に戦死させた。ヴェトナムの側から見るなら、アメリカ国家は大殺戮（さつりく）をおこなった。

こうなったときの国家とはいったいなにか、という根源的な疑問をアメリカ市民たちは持った。国家とは、端的に言って、あいつらだ。あいつらとは、たとえばもっとも目につきやすかったひとりを挙げるなら、国防長官のロバート・マクナマラだ。マクナマラはもっとも自信に満ちた主戦派の筆頭だった。あいつらをひとり特定すると、そこから自分につながる経路を、誰もが頭のなかに描くことが出来た。あいつらとはつまり自分たちだ、という発見を市民たちはおこなった。

自分たちとは、いったいなになのか。アメリカとはなにか。疑問は本質に向けて深まり続けるのに反して、その疑問に対する回答はどこにもなかった。回答はひとまずないという点において、いっさいがそこでいったん引っくり返った。根源的な疑問の底に落ちた市民たちは、どこから手をつけて立ちなおればいいのか、見当もつかなかった。対外戦争で初めて体験する負けをとおしてアメリカは大国としての自信を喪失した、などという言いかたにはなんの意味もない。心理の深層のもっともデリケートな部分で、アメリカは治療や回復が不可能であるかもしれない傷を負った。

そのような敗北は、市民の誰にとっても、許しがたいことだった。絶対に認めたくない、たいへんに嫌なことだった。アメリカはきわめて硬質な理念の国だ。その理念が揺らぐことはないとしても、許しがたく認めがたい敗北を引き受けるにあたって、市民たちは精神のバランスをなんとかぎりぎりのところで保つためのひとつの便法として、ヴェトナムで戦った自国の兵士たちに、きわめて攻撃的に冷酷な態度で接するという方法を選んだりもした。

アメリカがヴェトナムに対しておこなっていること、つまり壊滅的な殺戮という悪夢、そしてアメリカがアメリカ市民に対して、つまり自らに対しておこなったことという悪夢が重なってひとつになり、これがやがてTVニュースのヴェトナム報道を支える主たる底流となった。ヴェトナムに対してアメリカ国家がおこなっていることを、自分たちに対して国家がおこなっていることとして、アメリカの市民たちは受け取ることが出来るようになっていった。そしてそこから、反戦のための力が立ち上がってきた。ヴェトナムに対するアメリカの暴力が、屈折した経路をへて、国家がおこなう戦争に反対するアメリカ市民たちの力となった。ふたつの力はイークオルで結ばれていた。

TVを初めとして、メディアは長いあいだ戦争を支持する側にいた。単なる戦争批判や反対ではなく、アメリカ国家が犯した巨大な失敗に対する批判として、市民のなかから反戦への力が隆起してくると、そのことについてもメディアは報道するようになった。これだけの批判が国のなかにあるよ、という報道が市民たちの批判力に重なった。最初から市民とメディアが反戦を訴え、ひとつにまとまりつつ力を拡大していったのではなかった。構造はもっと複雑だった。

ヴェトナムに対してアメリカがしたことは、すべて失敗だった。世界史上空前のスケールによる殺戮が、じつは失敗や愚行だったのだから、その内容的な失敗や愚行のスケールはすさまじい。しかも長い期間にわたって自国の戦死者を大量に出しつつ、国家は市民を欺いた。事の起こりからひとまずの終結点まで、事態の経過や推移を簡単に追っていくのは、アメリカの試みたことがいかに馬鹿げていたかを知るための、いまも有効な方法のひとつだ。

一九四五年にヴェトナム民主共和国が独立を宣言した。ヴェトナムを植民地として支配していたいと思ったフランスは、この独立に干渉した。それに抵抗するインドシナでの戦いが始まり、一九五四年まで続くことになった。共産主義国を最大の敵国としていたアメリカは、中国での共産党の勝利からドミノ理論というものを引き出した。ソ連と中国という巨大な中心からその周辺に向けて、次々に共産化が進んでいくというこの理論を、アメリカは本気で信じた。

インドシナでの戦争の戦費の半分を引き受ける、という援助をアメリカはフランスに対しておこない始めた。フランスはヴェトナムから手を引き、戦争はアメリカのものとなった。一九五五年にアメリカはゴ・ディン・ディエムを傀儡(かいらい)にして、ヴェトナム共和国を成立させた。目的はヴェトナムの統一を阻止し、北と南とに分けておくことだった。日本は南のこのヴェトナム共和国とだけ戦後賠償の交渉をし、一九五九年に協定を結んだ。北に対してたいへんなマイナスをあたえる、というかたちで日本は機能することとなった。そのことをとおして、アメリカによるヴェトナムの分断政策に日本は加担した。

一九六〇年、南ヴェトナム解放民族戦線が組織された。これはヴェトコンと呼ばれた。一九六一年にケネディがアメリカの大統領になった。アメリカはヴェトナムへの介入を深めていった。この年の末には、三千二百名の米軍がヴェトナムにいた。次の年には援助軍司令部が作られた。この頃のアメリカは宿敵のソ連に押されぎみだった。そのことへの批判に対抗する策のひとつとして、ケネディはヴェトナムに軍事力をさらに投入した。一九六二年にはヴェトナムの米軍の数は一万三千名となった。

一九六三年にゴ・ディン・ディエム政権が倒れた。ケネディが暗殺された。六四年にはトンキン湾事件があった。米軍は敗北を続けていた。六五年には米軍による北爆がルーティーンとなった。ローリング・サンダー作戦だ。ダナンへ米軍は上陸し、アメリカは地上での戦闘部隊をヴェトナムに本格的に投入し始めた。戦争はもはや完全にアメリカのものとなっていた。そしてそれまでとは比較にならない拡大を、アメリカは試みた。北でも南でも爆撃は常におこなわれた。陸軍だけで八万七千名の米軍がこの頃のヴェトナムにいた。他もすべて合計すると、米軍の数は十五万近くになった。

一九六八年には、米軍の数は四十万人近くにのぼった。戦死者の数も急激に増えていった。単なる殺戮としか言いようのない作戦が、米軍によって恒常的に展開された。ちょうどこの頃、上空を飛んだ飛行機から、僕はこの戦場を見た。肥沃な水田とジャングルは、本来なら強靭な緑を猛烈な密度で持っているはずなのに、窓から見下ろす地表はそのほとんどの部分が淡い褐色のむき出しの土地で、しかもその土地には丸い穴が無数に重なり合っていた。米軍による爆撃で投下された、爆弾の穴だ。かなり長いあいだ、見下ろす地表にはこのような光景だけが続いた。ヴェトナム戦争をとおして、上空からは八百万トンの爆弾が投下され、地上からもおなじく八百万トンの砲撃がなされた、という数字がある。

一九六九年にニクソンが大統領になった。この年の四月、ヴェトナムでの米軍の戦死者は三万三千六百四十一名に達したという発表があった。六月に米軍は最初の撤退をおこなった。七月には、この戦争の展開に関する、アメリカにとっての悲観的な見通しを、グアム島で大統領は宣言した。米軍の配置と展開の縮小が始まっていった。七一年、七二年と撤退が続くなか、戦場はラオスやカンボディアに広がり、ホー・チ・ミン・ルートが爆撃の対象となった。七一年、ヴェトナム戦争に関してアメリカ市民が国家によっていかに騙されてきたかを明らかにする文書を、『ニューヨーク・タイムズ』が掲載した。北爆はなおも続き、七二年にニクソンは再選され、北爆は頂点に達した。米軍が最後の兵をヴェトナムから引き揚げたのは、七三年の三月だった。

アメリカのなかのヴェトナム戦争を、僕がこのようにして感じていた期間はごく短い。長くなればなるほど、僕自身、ある種のシンドロームの深みに落ちていく予感が確実にあった。この期間は、アメリカの新しいロック音楽が、急速にその力やスケールを大きくしていった時期でもあった。アート・ロックやサイケデリック・ロックなどと呼ばれていた。

ザ・ドアーズ。ビッグ・ブラザーとホールディング・カンパニー。そこで歌っていたジャニス・ジョプリン。クイックシルヴァー・メッセンジャー・サーヴィス。ジェファスン・エアプレーン。ザ・グレイトフル・デッド。いろんなグループや歌手を僕は見た。だからといってなにがどうということもないが、当時の僕の感じかたでは、こうした新しいロック音楽の発生は、ブリティッシュ・インヴェージョン（イギリスからの侵攻）に対抗してアメリカの草の根が底力を見せた、その動きだ。

西海岸、特にサンフランシスコだけが拠点のように思われているとしたら、それは間違いだ。内陸にいくつもの強力な拠点があった。ザ・ビートルズにアメリカで初めて対抗し得たグループとしていまも語られているザ・チャーラタンズは、内陸で生まれた。アメリカの草の根が持っている創造力と実行力とは、イギリスからの侵攻をすぐに呑み込んだ巨大な力となった。

ウッドストックは、そのことのごくわかりやすい目印だ。『ザ・ヴィレッジ・ヴォイス』のような新聞の片隅に、ギターと鳩をデザインした広告が小さく出ていた。はじめに開催地とした場所は自治体の反対で使えなくなり、ウッドストックという別な場所を見つけ、ポスターも作りなおされたというようなことを、いま僕は久しぶりに思い出している。このウッドストックを重要な契機のひとつにして、ロック音楽はその内部にハイエラルキーを構築し、外部からの資本参加も始まった。ロックはビジネスとして成功していくこととなった。

そのことも含めて、さまざまなロック音楽のそれぞれが、声であったことは確かだ。声とは、音声による言葉、つまり言葉としてもっとも正しい姿による言語活動、というような意味だ。歌や音楽は、アメリカの歴史のなかでは、情報や考えかたを多くの人々に伝え広めるという、社会的な役割を持ってきた。英語は音声言語であり、ロック音楽の言語活動としての機能を見落としてはいけない。

音声による言語活動という、英語にとっての正しいありかたは、余計な迂回路なしに、いっきに高度に抽象化されて本質に迫ることを、たやすく可能にする。かたちは音楽活動であっても、たとえばそのときそこでの歌手や演奏者たち、そしてステージと観客席というような、具体的な関係をあっさり離れ、じつは抽象の次元での言語活動がおこなわれていた。

過去を振り返り、あの頃のロック、としてとらえられるロック音楽は、ひとまとめにされやすい。さらには、観客や購買者を厳しく想定した上での音楽活動、という具体的な姿で理解されることがほとんどだ。しかしロックは言語活動だった。そしてウッドストックをへてそのスケールが拡大されたときには、早くもその言語だけでは不足となった。時代の進展は、社会がかかえる問題のやっかいな複雑さを、加速度的に深めていくいっぽうだったから。

煙草をお喫いになりますか

十六世紀に船で初めて南アメリカ大陸へ渡ったスペイン人によって、煙草はヨーロッパにもたらされた。そこから世界へと広がっていく煙草の歴史のなかで圧倒的に大きな役割を果たしたのは、二十世紀のアメリカという大衆消費社会だ。その証拠に、あるいはその名残りとしてと言うべきか、アメリカの煙草の生産量は世界で群を抜いて一位だ。中国、インド、そして旧ソ連が、アメリカのあとにその順番で続いている。

アメリカの先住民たちも煙草を喫っていた。ごく軽い幻覚作用を、日常から非日常へと出ていくための儀式の一部分として、彼らは用いていた。十九世紀に入って紙巻きの煙草が考案され、生産され始めた。煙草を喫うのはごく日常的な行為になり、二十世紀のアメリカに生まれた大衆消費社会のなかでその拡大と重なって、煙草は大衆にとっての消費商品となっていった。煙草を喫うことは、自分がいまという時代の最先端にいることの、なによりの証明であり得た時代がかつてあった。来るべき新しい時代の輝かしい先取りとして、煙草を喫う行為やしぐさは美しいきらめきのある、楽しく華やいだ行為として、大衆のなかへ強力に浸透した。

そしていま煙草は、アメリカでは大衆のなかに広まりきった直後の、もっとも高い峠を向こう側へ越えたばかりのときなのだと、僕は思う。大衆のなかに広まりきったところから、その大衆によって、煙草というものが否定されていく歴史がすでに始まっている。

アメリカの医務総監による大衆への警告メッセージが、煙草のパッケージの側面に印刷されることになった一九六九年、大衆による煙草の否定の歴史は確実にスタートした。煙草を喫うことはあなたの健康に甚大な被害をもたらすと公衆衛生局長は断定しました、というような意味の警告が印刷された煙草のパッケージを初めて見たとき、僕は強い印象をそれから受けた。いったんは喜んで受けとめた煙草というものを、大衆が否定し始める歴史の明確なスタート地点を、僕はそこに見たからだ。

煙草のパッケージの側面に印刷される警告文は、現在のアメリカでは相当に具体的でしかも多様だ。警告文はひとつだけではなく何種類もある。日本ではかつては「健康のため喫いすぎに注意しましょう」という名文が印刷されていただけだ。煙草を売る側が責任を認めたくないので、喫う側に対してなんら具体的な警告をなし得ないという、日本という社会のシステムを見事に映しているから、この短いワン・センテンスを僕は名文と呼ぶ。現在の警告文は別のものになっている。言葉数を多くして具体性を装ってはいるけれど、じつはなにも言っていないという態度は以前のものとおなじだ。

煙草が大衆に広まりきると、その大衆のなかから、煙草の害が主張され始めた。喫う人の数が多くなれば、発生する害も多くしかも多様になる。発生した害を煙草と結びつけ、まともなかたちで煙草を批判する人たちが、大衆のなかから出てくる。当然のことだ。

煙草を生産し販売しているのは大企業だ。大企業はもともと悪だという思想が、アメリカの草の根にはある。その大企業は、煙草を売って巨大な利益を上げながら、煙草の人体にあたえるさまざまな害については、なにひとつ認めようとしない。煙草の害について煙草会社はよく知っていながら、知らないふりをしたり嘘をついたりして大衆を騙し続けているという認識が、売れる煙草のひと箱ごとに、過去のあるときから、大衆のあいだに広まり始めた。

訴訟という大衆行為によって、煙草という大衆商品が、大衆自らの手によって否定されていく歴史という興味深いものを、アメリカはすでに持っている。日本も大衆社会だが、その大衆は、ひとつのまとまった力にはなり得ないシステムのなかでの大衆だから、「健康のため喫いすぎに注意しましょう」という名文ひとつで抑えておくことがたやすく可能だ。煙草はアメリカでは敗北に向かっている、と僕は思う。大衆の力、つまり大衆がひとつにまとまった力となっていくための経路が、システムとして社会のなかに確実に存在している事実の証明例として、煙草は敗北に向かっている。

アメリカは世界で最大の煙草生産国でありつつ、TVでは煙草の宣伝が出来ないし、雑誌にも広告の掲載が出来なくなる日は遠くない。公共の場での喫煙に関する状況は厳しくなるばかりだ。州や市だけではなく連邦政府も、ついに喫煙規制案を提出した。この案がとおると、たとえばレストランでは、喫煙はトイレットの控えの間のような、小さく閉じこめられた部屋でしかおこなえなくなる。

この人が肺ガンで死亡したのは煙草のせいだとして、大衆が煙草会社を訴える行為は、あらゆる観点から見て興味つきることなく深い。乗客が喫う煙草の煙を、職業環境のなかで不本意ながら吸っているうちに肺ガンになったとして煙草会社を訴えたフライト・アテンダントは、つきることなく興味深い問題をさらにより いっそう興味深くしてくれた。隣りの席で煙草を喫っている人から自分の顔の前に漂ってくる煙を、セカンドハンド・スモークやパッシヴ・スモーキングと定義し、国をあげての法律問題にし得る国、それがアメリカだ。

セカンドハンド・スモークが直接の原因となって、アメリカ国内で年間三千人が死亡している、と環境保護局が一九九三年に発表した。これに関して煙草会社は政府を提訴することしか出来ないが、大衆はもっと深いことが可能だ。煙草とはなになのかという、根源的な問題について、大衆はついに真剣に考え始めた。

煙草がなぜ煙草として商品であり得るかというと、煙草はうまい、好きである、心理的に欠かせない、というような根拠しか見つからない。うまい、好き、欠かせない、と人々に言わしめている、煙草にとってのもっとも核心的な化学成分はなになのか、ということがいまアメリカでは問題の中心になっている。煙草を好んで、あるいは中毒的に、継続して人に喫わせるための、もっとも中心的な役割を果たす化学的な成分は、いったいなになのか。もしかしたら、それはニコチンなのか。では、ニコチンとはなになのか。問題は核心に向けて急速に進展している。

煙草を広告することが禁止されている領域が、アメリカでは少しずつ広がっていった。ある日のこと一律に禁止されたのではなく、さまざまな視点からの論理の蓄積の上に、ひとつずつ領域はつぶされていった。たとえばプロのテニスの試合のような、スポーツ・イヴェントのスポンサーシップだ。プロがおこなうテニスの試合の平均的な所要時間のなかで、煙草が原因となって死亡していく人が百人いるという数字がある。

激しく体を使うスポーツに煙草の広告を重ねると、喫煙と高度な健康状態は両立するという、まったく根拠のない、あるいは誤った理解ないしは印象が、確実に生まれる。人々を正しくない方向へ導こうとする広告スポンサーからの資金が、そのスポンサーにとって重要な広告の場の維持に使われるという矛盾が明らかになると、たとえばTV中継のときに煙草の銘柄がその場の光景の一部として頻繁に画面に現れるというような作為が、禁止されることとなる。

企業の責任に関する論理のなかでも、煙草はいまやたいへんに不利だ。正しい情報を人々に公開するという企業責任のひとつに、煙草の製造と販売そして広告は明らかに違反している。健康を損ねるとわかっているものを製造し販売しているのだし、それを広告する行為は健康に対する人々の態度を誤らせるものだ。

いまもっとも多く煙草を喫っているのは、社会的に見て低い位置にある、したがって多数の人をかかえた層であるようだ。アメリカではははっきりとそうなっている。若い奴ら、貧乏人、女、そして馬鹿が煙草を喫う、と煙草会社の内部資料が言っている。だから煙草の広告も、煙草を喫っている自分はそれだけでなにごとかを行動的に達成しつつあり、その意味でいまこの瞬間の自分の人生はうまくいっている、と錯覚させるようなものとなっている。最大の喫煙者層は、そのような錯覚に対して抵抗力が弱い。

アップタウンという名の煙草が、何年か前にアメリカで発売されたことがあった。名前からしてあからさまに黒人向けであり、反対する声は最初から高く、おおやけの機関でも問題となり、煙草会社はすぐに販売を停止した。いまもあるかどうか僕は知らないが、ダコータという名の煙草も、おなじようにあからさまだった。これは白人の低教育、低所得者層向けだ。中心的なターゲットはVF（ヴィリル・フィーメール）だった。男まさりで問題解決への行動力に満ち、肝のすわった逞(たくま)しくて強い女性、というイメージだが、現実には高卒以下の教育しかないブルーカラーの女性で、精神的にはTVのメロドラマ、そして肉体的にはジャンク・フードによって支えられているという、見通しの暗い人たちだ。その暗さのなかで、煙草がある種の心理的な役割を果たすことは、確かだ。

視野を世界ぜんたいに広げると、アジアはすぐれたマーケットに該当するのではないか。収益の半分以上をアメリカ国外であげている煙草会社もある。アメリカの煙草会社がもっともあてにしているアジアの顧客は、若い人と女性だ。若い人のなかには子供も含まれている。日本では男性のふたりにひとりが、本格的な喫煙者であるということだ。男性の喫煙者が少しずつではあるが減っているのに反して、女性の喫煙者は増えている。女性が自立すると煙草を喫うという説があるが、日本の場合は社会的な位置の低さを思い知らされるというかたちで自覚することに、女性の喫煙はより大きく結びついていると僕は思う。

「アメリカが売らなくても、煙草を買って喫う人はかならずいる」と、アメリカの煙草会社のスポークスマンは言う。「アジアで煙草を売るのは貿易の問題であり、健康の問題ではない」という理屈も僕はアメリカのTVで聞いたことがある。「確実にマーケットが存在するとき、そのマーケットに向けて私企業が商品を作り出して売る。なにが悪い」という発言も聞いた。

日本の煙草会社が、煙草の製造と販売は殺人および殺人未遂であるとして、市民から告発状を提出されるという出来事が、一九九五年の五月にあった。そのことを報じた新聞から引用すると、「法律に基づいて誠実に業務を遂行している。なぜ殺人罪にあたるのか理解できない」というのが煙草会社の反応だった。日本の会社男による典型的な反応例だ。誠実であるかどうかは他者が判断することだとして、法律は現実のあとを追う。それまでは考えられもしなかった新しい事態は、非常にしばしば、法律の外で起こってくる。そんな基本的なことすらわかっていない。

ニコチンはドラッグなのか。煙草には中毒性があるのか。もしあるなら、それはニコチンによるものなのか。ニコチンがドラッグなら、それはしかるべき法的な規制のもとに置かれるべきではないか、と煙草に反対する側の人たちは主張している。誰でも買うことのできる店頭やマシーンでの販売という、現在の入手方法は劇的に制限されることになるだろう。さらに進んで、煙草の全面的な禁止だってあり得ないことではない。

煙草の成分は企業秘密であると称して、これまで煙草会社は煙草の成分を公開しなかった。煙草の製造と販売が企業による犯罪行為であるかもしれない、という観点から公的な調査が開始されて、煙草会社は成分を公表した。数百種類の成分が列挙してあるだけのリストだ。どの成分がどのように人体に有害であるのか、因果関係の立証は不可能に近いと判断しての公表だろう。

確かに、ひとつひとつの成分が人体と結び得るマイナスの因果関係の証明は、困難をきわめるかもしれない。しかしその困難は科学的に医学的に、克服されつつある。喫煙と肺ガンは関係ない、という説のほうがいまでは立証がはるかに困難だ。煙草会社にくらべると大衆のほうが、アメリカではるかに戦略的だ。煙草会社は製造の段階でニコチンの量を意図的に増やしているという説が、新聞やTVなどをとおして、ある日を境にして急激に広まる。この説に仮になんの根拠がなくとも、煙草会社は対応しなくてはいけない。当然、ニコチンの加減はいっさいおこなっていない、という発表を煙草会社はおこなう。

ブラウン・アンド・ウィリアムスンという煙草会社は、ニコチンの含有量が従来のものの二倍に達する葉を、遺伝子工学によって作り出した。ブラジルで特許を取り、一九九三年にはアメリカ国内でヴァイスロイその他の製品に、その葉を使用した。これはいったいなにごとなのか、ニコチンの意図的な増量ではないのかと、下院の公聴会でブラウン・アンド・ウィリアムスンのCEOは問いただされた。タールの量を低く抑えた煙草を作ろうとするとニコチンの量も減る。そのことを逆に利用して、ニコチンの多い葉はタールを減らすためだ、とCEOは証言した。

肺ガンで死んだのは喫煙が原因だとして、個人が煙草会社に製造物責任で損害賠償の提訴をするのは、もはや珍しくもなんともない。裁判の結果は、いまのところ煙草会社の勝訴だったり敗訴だったりしている。喫煙は個人の判断によるもの、と考える陪審は煙草という製品と肺ガンで死亡した個人とのあいだの距離を、長すぎるものとして判断し因果関係を認めない。しかし、煙草の中毒性を煙草会社が充分に知っていた事実を示す内部資料が証拠として提出されると、その証拠は煙草会社に責任を認めさせる方向へと、陪審を強く動かしていく。

自治体も盛んに煙草会社を提訴している。一九九六年の十月現在で、十四の州が煙草会社を訴えている。喫煙と深く関係している疾病の治療に州として必要とした経費を年間で合計し、煙草会社に返還を求めて提訴するのだ。州だけではなく市も煙草会社を訴える。人口が七百八十万というニューヨーク市は、喫煙が原因となっている疾病の治療費が年間で三百三十億円になっているとして、その額の返還を煙草会社各社に求めた。

そしてクリントン大統領は、煙草を中毒性のある薬物に指定した。アルファベット順に言うなら、ニコチンはモルヒネと阿片(あへん)のあいだに位置する、れっきとした薬物となった。煙草はFDA(食品医薬品局)の管理下に置かれ、未成年者への販売を中心にして、厳しい数多くの規制が段階的におこなわれていくことにきまった。最終的には煙草の販売は禁止されるだろう。

煙草は体に害をおよぼすからアメリカでは大統領が乗り出して規制するとか、害のあるものを売っている煙草会社はけしからん、といった次元の話ではない。自由と民主主義についてのところで書いたとおり、これからのアメリカの自由や民主主義にはさまざまなかたちで制限が加えられるようになり、制限事項は増える一方となる。煙草に対してなされている制限は、そのことのわかりやすい一例であり、クリントン大統領の考え抜く能力という資質が時代の要請のなかから摘出したものだ。時代の要請とは、問題の解決に向けて自分の頭で考え自分で行動する膨大な数の市民と、彼らを支えるきわめて効率のいいネットワークの存在のことだ。

午後を過ごす最高の場所

1

こともあろうに真夏にストライキだ。そしてそのストライキは妥結しないだろう、と僕は思う。したがって、アメリカのメジャー・リーグ・ベースボールの一九九四年のシーズンは、ここで終わってしまう。これまでの時代を終えて次の時代に向けて、アメリカというシステムを構成するさまざまな要素のひとつひとつが、大きく変質しようとしている。一九〇五年から続いてきたワールド・シリーズがおこなわれずにシーズンが終わるという、ちょっと信じられないような変形の体験もそのひとつだ。総量制限という考えかたは、今後の世界にとっては全地球的に作用する共通の方針だ。そしてその総量は、低く抑えておくに越したことはない。ベースボール・プレーヤーたちの年俸も例外ではないのだが。

メジャー・リーグの試合をいくつか見にいく予定でいた僕は、計画を変えようとしている。残されたシーズンにおける七回のストレッチのテーマ・ソングは、『テイク・ミー・アウト・トゥ・ザ・マイナー・リーグ・ボールゲーム』だ、というタイトルの署名記事が八月なかばの『ヘラルド・トリビューン』に掲載されていた。まさにそのとおりだ。喜んでマイナー・リーグの試合を見にいこう。僕はじつはメジャーよりもマイナーのほうが好きだ。アメリカのなかに住み、そこで生活を送っているわけではない僕にとって、年ごとのベースボールの出来事と自分の個人史が分かちがたく重なり合う、ということはあり得ない。もし公式試合を見るなら、文脈の外からあるとき突然に文脈のなかに一時的に入り込むことになる。それにはメジャーよりもマイナーのほうがはるかに適している、と僕は昔から感じている。

マイナー・リーグの入場料は五ドルでお釣りが来て、飲み物を買うことが出来る。広い駐車場は無料だ。地元の企業がひと試合を買い上げるフリー・ナイトには、入場料はただになる。いつもは二百人ほどの観客が、フリー・ナイトにはその十倍ほどになる。

アメリカという国の農業国的な田舎の部分と、シティ的な部分との、歴史的に伝統のある接点のなかの非常に大きなひとつが、ボールパーク（球場）だ。昔からあるボールパークも、そして新しく出来たボールパークも、そのような接点としての機能を、現在も発揮し続けている。その接点の機能をもっとも原初的な場やかたちで体験することが出来るのは、マイナー・リーグのボールパークだ。

技量の発揮のしかたにむらがあるがゆえに、いまはまだマイナーでプレーするほかないプレーヤーたちの動きを、好みの位置の最前列という、プレーの内部と言ってもいい至近距離から観察していると、ベースボールとはいったいどういうゲームなのか、つまりどう楽しめばいいものなのか、ベースボールというゲームの内側からわかってくる。

僕の好みのゲームは、Aチームがひとつのイニングのなかで獲得した得点が、対するBチームが九イニングをとおして獲得した得点の合計を越えている、というゲームだ。打たないと、しかも矢つぎ早に打たないと、このようなゲームは生まれない。打つとは、ストライクというものの理解のしかただ。どの打者にとっても、打ちごろの球がある。その打ちごろの球のなかでも、まさに打ちごろの球、それがストライクだ。ストライクとは、投手がストライク・ゾーンのなかのいいところに投げたいい球ではない。ストライクとは打者が打たなくてはいけない球だ。打者は待ってはいけない。投手も、ここはボール球で遊んでみる、などということをしてはいけない。

かんかん照りの午後、芝生にすわってマイナー・リーグの試合を見ながら、五十四個のアウトがすべて三振というようなゲームを夢想すると、ベースボールというアメリカの世界の内部へ完全に入り込める。五十四個のアウトがすべて三振だと、ゲームのあいだ動いているのは投手と捕手、そして打者だけだ。どの打者も素振りでアウトを作るだけであり、投手と捕手はキャッチボールをしただけに終わる。すべてはまっ平らだ。ボールは投手と捕手とのあいだを、きわめて線形に往復しただけとなる。これとは逆の世界のすべてが、ベースボールだ。

投手が投げたボールを打者が打ち返す。そのとたんに、すべてのものが魅力的な立体として立ち上がる。その立体のなかで、ボールはそれ自体の命を獲得する。野球ではなにが起こるかわからない、と日本語でも言うが、その真の意味は、ボールが獲得するそれ自体の命と動きのことだ。打者がボールを打ったとたんに生まれるベースボールという立体世界の、もっともわかりやすい頂点は、度胆を抜くようなホームランだろう。中間的なところで立体を支えるのは、目の覚めるようなヒットだろうか。そしてもっとも基本的なところでこの立体にとっての土台となっているのは、的確で敏速な処理によるアウト、あるいはその反対の、よもやのエラーだ。打たれたボールはすべて生き物になるが、もっともベースボール的に生きているのは、エラーを引き出したときのボールではないか。

ベースボールの楽しみかたを、僕はマイナー・リーグの試合と数多くのすぐれた参考書で知った。メジャー・リーグの試合は、そのようにして僕が知ったことの、何度繰り返してもそのたびに胸のときめく、確認だ。ベースボールというゲームの立体感に関して、いま僕は残暑の東京の片隅で復習をしようと思う。二年ほど前、おなじ東京の別な片隅で買った、『ベースボール　この完璧(かんぺき)なるもの』という一冊の素晴らしい本が、復習のリードをしてくれる。

この本は本当に美しい本だ。ダニエール・ワイルという女性の写真家が撮影した数多くの写真がデュオ・トーンで再現してあり、デイヴィッド・ハルバスタムが文章を寄せ、ゲームそのもの、ボールパーク、試合前のウオーム・アップ、スプリング・トレーニングなどについて、ピーター・リッチモンドが書いている。ふたりの男性たちの文章は、言いたいことをあますところなく言っている。そしてダニエールの写真は、それをさらに越えている。

ベースボールの立体世界を、これ以上ではあり得ないほどに正確な遠近法で、的確に冷静に、そして美しく端正に、彼女の写真は抽象化している。ゲーム以外の光景、たとえば用具を撮った写真もスタジアムを撮ったものも、ものの見事にそれぞれの核心を彼女はカメラでとらえている。ゲームを撮影するとき、なぜ彼女はこれほどまでに正確で絶妙なタイミングで、シャッター・ボタンを押すことが出来るのか。

投手が投げたボールを打者が打ったとたんに生まれる立体世界の、ものすごく美しくわかりやすい一例を、ダニエールは一点の写真で見せてくれる。八十二ページの縦位置の写真だ。一九九〇年七月、ヤンキー・スタジアムでおこなわれたシカゴ・ホワイトソックス対ニューヨーク・ヤンキースの試合のなかで、当時のヤンキースで53の背番号をつけていたプレーヤーが、内野の上空に日本語で言うところのポップ・フライを打ち上げたその瞬間の様子を、ダニエールは一点の写真にとらえている。

ネット裏と言われている席の、まさに正解としか言いようのない高さから、画面の下半分のまんなかに、彼女はホームベースをとらえている。かなり左に寄った位置だ。ホームベースとバッター・ボックスを中心にした円形の土の部分のなかに、アンパイア、捕手、そして凡フライを打ち上げた打者がいる。投手と一塁手が、上がった打球を仰ぎ見ている。一塁には走者がいた。彼は二塁に向けて走ろうとしている。二塁手が打球の落下地点へ向かおうとしている。打球はひょっとしたら内野を越えていくのかもしれない。右翼手がおなじく落下地点へ向けて、全力で走り出している。

一塁に走者、そしてごく平凡なポップ・アップ。メジャー・リーグのゲームのなかで、何回繰り返されたかわからない、平凡と言うなら確かに平凡な、立体化の瞬間だ。しかしその平凡さを被写体にして、ダニエールは立体化の瞬間の神髄を、確実にフィルムの上に固定している。画面のなかにいる八人の人たちのどの動きも、たいへん美しい。画面の上方にはフェンスと外野席が映っているが、席のなかのどの観客の姿勢も、おそらく正解なのだろう。

打たれたボールが高く上がるという、立体化の瞬間の平凡な一例は、正確無比な遠近法のなかで撮影されたダニエールの写真によって、あっさりと時間を越えてしまった。少なくともベースボールの歴史のなかでは、この一点の写真は不滅の位置を獲得している。ベースボールというゲームの基本理念が、見て鳥肌の立つほどの正確さで、ひと思いに抽象化されたからだ。

ベースボールというゲームが立体性を獲得する瞬間の、見事な抽象化であるこの写真を見ていると、過去におこなわれたすべてのゲームが、時間をかいくぐって現在に到達している様子を僕は全身で感じる。過去とは要するに膨大な時間の蓄積であり、その膨大な時間の塊は、もっとも近いこちら側では、現在という突端を持っている。過去のすべてのなかをまっしぐらに駆け抜けて現在に到達する性質、あるいは逆に、現在のこの一瞬が、一瞬のうちに、過去のすべてのなかを走り抜けてみせる性質、そのような性質をベースボールの時間は基本理念として持っている。

シティとファームが出会う、コミュニティにとっての祭典場であるボールパークでは、ゲームが立体を獲得する瞬間ごとに、現在は過去のすべてと重なり、過去はそのすべてが現在となって目の前に蘇る。ベースボールの基本理念と根源的な情動はここにある。

ダニエール・ワイルが撮影したゲームの写真のなかで、どの人もどのプレーヤーも、なぜこれほどまでに優美なのか。写真のなかに固定されたその優美さは、永遠に静止したかたちでしかないが、飽きることなく観察している僕の頭のなかでは、静止した写真は動きを持つ。あのときのあのゲームのなかでのあの瞬間、という具体的な個別性を離れて、さきほど僕が書いたような、時間を超越した基本理念や根源的な情動などの具現としての優美さを、僕はその動きのなかに見る。プレーヤーたちの動きの優美さは、ホーム・ベースから一塁までの距離が持つ優雅さと、立体的に密接に関係していると僕は思う。あの距離の優雅さについて僕に最初に教えてくれたのは、僕の記憶に間違いがなければ、ロジャー・エンジェルだった。

『ベースボール　この完璧なるもの』にイントロダクションの短文を寄せたデイヴィッド・ハルバスタムも、ダニエールの写真が持つ時間を超越した質について言及している。「私の知っている他のどのスポーツにも増して、ベースボールは過去を想起させる」と、ハルバスタムは書く。ボールパークでシティとファームが接する、と僕は書いたが、過去と現在が衝突するところ、とハルバスタムは表現する。「ベースボールにおいては、他のなににも増して、現在は単なる現在ではなく、それは同時に過去でもある」と彼は言う。

現在とはすべての過去であり、あらゆる過去が現在を作っているという状態は、明確な歴史観と言い換えることが出来る。望むらくはいつまでも揺らぐことのない、確固たるひとつの視点から時間の遠近法のなかを明瞭に見渡した、明確な歴史観だ。アメリカほど明確な歴史観を持ち得ている国はいまのところほかになく、そのアメリカにとって、現在が常にすべての過去と生きて接するベースボールというゲームほど、アメリカ的なものはほかにない。ここを見落とすと、ベースボールは真には楽しめない。

ジャーナリストであり歴史家であるハルバスタムは、メジャー・リーグの年代記を自分の個人史と重ねている。根っからのアメリカン・リーグの信奉者であり、ヤンキースの二代にわたるファンである彼は、幼い頃から現在にいたるまで、個人史のすべての節目をベースボールの出来事と重ねて記憶していると言う。明確な歴史観というものの、個人における典型的な例だ。彼の父親が夢中で追った一九四一年のヤンキースのゲームは、五十年後の自分が追うヤンキースのゲームと、ぴったり重なっている。父親像というものは、アメリカではたいへんに大切なもののひとつだ。ベースボールに関する記憶をその中心で支えているのは、ほとんどの人にとって、アメリカでは父親ではないだろうか。

ダニエールが撮影したボールパークの写真十八点を観察して、僕は僕の現在を過去に重ねる。外野のフェンスが無表情で均一な弧を描かず、少しずつ角度を変えていることがどれだけのスリルを生み出すかなどと考えていると、過去は際限がない。リグレー・フィールドの写真が一点ある。外野席の右翼側のいちばん手前、団体席に向けてクランクになって引っ込むところという、おそろしいほどの正解である場所を、ダニエールは撮影している。この席で僕はカブスの試合を見たことがあるよ、ミシガン湖から風が気持ち良く吹いてきて、初夏の晴れた日のアメリカの午後を過ごす場所としてここは最高だよ、と僕は写真のなかの一点を指先で押さえる。外野のフェンスは名物の蔦(つた)で深く覆われている。

なにしろベースボールはアメリカそのものなのだから、ボールパークがきわめてアメリカ的な時空間であることには、なんの不思議もない。由緒ある昔の球場でも、新しく出来たばかりの球場でも、そのことには変わりはない。リグレー・フィールドは、その典型例のひとつだ。

試合のある日は、試合の前一時間、そして試合のあと九十分だったと思うが、高架の電車がアディスンという駅に停車する。ここで降りてシェフィールド・アヴェニューを越えると、目の前にリグレー・フィールドがある。ゲートFから入ってアッパー・デッキまで上がり、さらにその上にあるアッパー・デッキ・リザーヴドの中央に、プレス席がある。

ここから真正面にホーム・ベースを見下ろし、二塁を越えてセンターへ、そしてブリーチャーズの向こう、ミシガン湖の西側の一角を東北に向けて遠望するのは、文芸的な言いかたでも極端な言いかたでもなく、アメリカを見ることそのものだと僕は思う。父親を中心軸とした、明快に見通すことのいつだって可能なすべてのアメリカの過去が、あらゆるボールパークのなかにある。

2

一九九四年のアメリカの大リーグ野球は、プレーヤーたちのストライキによって夏から中断したままだった。話し合いはまとまらず、ついにそのままゲームなしのシーズンになることにきまった。夏の男たちは、夏のさなかに、ボールパークではないところで、野球以外のことをしている。ワールド・シリーズもおこなわれない。

ワールド・シリーズがないのは、九十年ぶりの出来事だという。十年おまけして、百年に一度という種類の出来事を、いまアメリカは体験している。百年に一度の出来事というものは、時代の大きな曲がり角において生まれると仮定するなら、アメリカはいま大きな曲がり角のなかにいる。野球にとっての曲がり角ではなく、アメリカのアメリカらしさそのものにとっての、曲がり角だ。

大リーグ野球のプレーヤーたちは報酬の無限上昇を要求し、それをアメリカン・ドリームなどと呼んでいる。報酬には上限を設けたいとする球団オーナーたちとの話し合いは決裂し、ストライキとなり、どこのボールパークも空白のまま、今年のシーズンは終わろうとしている。プロ野球の報酬の無限上昇が、アメリカという国でかなう夢であるとは、なんとも幼稚で時代錯誤な認識と言わなくてはならない。なにごとにも地球規模で上限が厳しくつく時代に、世界はとっくに入っているというのに。

メジャーのボールパークはただの空白でも、マイナー・リーグは大人気でどこも盛況だ。いつかかならず、ひと夏をアメリカの3A野球めぐりで送ろうと念願している僕にとって、七回のストレッチのテーマ・ソングは、現場に身を置く前から、『テイク・ミー・アウト・トゥ・ザ・マイナー・リーグ・ボールゲーム』となった。そしてそれはそれでたいへんに喜ばしいことだ。

野球はアメリカのものだ、野球はアメリカそのものだ、としばしば言われている。これはどういう意味だろうか。子供の頃、まずたいていの男のこは野球をする。プロのプレーヤーに憧(あこが)れ、自分もなりたいと思い、好きなチームを応援する。大人になっても野球は好きであり、ひいきのあるいは地元のチームが勝てば喜ぶ。しかし、野球はアメリカそのものだと言うからには、野球と人々の関係は、とてもこの程度の浅さにとどまるものではないはずだ。

　アメリカに生きる人たちにとって、その日々は、よりアメリカ人になっていく日々だ。野球との関係は、自分がいかによりアメリカ人となったかを計る、自分史の年表だ。たとえば日本との戦争前に物心ついた人にとって、父親というものは昔の時代の父親らしい父親であり、その父親はいつもラジオで野球の中継を聞いていた。実況アナウンサーの声を頼りに、彼は真剣さそのものでゲームの展開に加担していた。少年としての息子が、そこから強い影響を受けないはずがない。少年は父親からキャッチボールを教わり、野球に関してさまざまな知識を受け取り、ため込んでいく。父親という人、そしてその息子である自分という人の歴史のなかの、記憶すべき出来事のひとつひとつが、あの年のあのゲームのあの場面と、分かちがたく結びついていく。

　大人になってもそれは継続される。振り返るに足る過去が、彼の背後に少しずつ蓄積されていく。そしてその過去のなかにある重要な出来事つまり節目は、すべてベースボールというおそらくは唯一と言っていい普遍の中心軸に、ぴったりと沿っている。ベースボールという偉大な普遍のあるおかげで、誰の過去も都合よく整理された浅い主観の物語の羅列になることから、きっぱりと訣別出来ている。過去は振り返りやすい。そして振り返るとそこに見える過去は、ベースボールという基準器に沿っている。過去はきちんと過去になる。ごまかしようはない。

　振り返るたびに、アメリカという自分の国における父親の日々、父親と自分の日々、そして自分の日々を、社会という全体のなかへベースボールによって、正しく位置させることが出来る。

歪められず、ごまかされず、主観に染められることもなく、過去はひとつひとつきちんと過去になる。歴史観は一貫していくと同時に明確なものとなる。歴史と一体になり、歴史も自分も正しいパースペクティヴのなかに置くための、ベースボール。まさにそれはアメリカではないか。

歴史の遠近法のための唯一の正しい基準が、一九九四年は夏で中断してしまった。そう言えばあれからろくなことがないねとか、あれからいろんなことがおかしくなり始めたんだよ、と人々は将来というやがて来る時間のなかで、語り合うことになるのだろうか。ろくなことがない徴候、おかしくなり始める徴候は、ずっと以前からあった。それがベースボールという基準器のなかに現れ出てきたのが、記念すべき九四年の夏ということだ。

現在を基準にして考えると、ベースボールに沿った歴史が三代も続くと、それはたいそう好ましい見本のようになると僕は思う。一九四〇年に生まれた息子など、背景はたいへんな時代だし、区切りやすい年号だからとてもいいのではないか。父親は一九一〇年前後の生まれだろう。そして彼の息子つまり三代目は、二十代前半の青年として、どこかの3Aにいたりするかもしれない。ベースボールは基本的には父親のものだ。父親は仕事をする人であり、アメリカは仕事をする人の国だ。ベースボールは父親のもの、そして父親と息子のものだ。その間、母親と娘は、どこでどうしているのだろうか。彼女たちには、なにがあるのだろうか。

フットボールもアメリカそのものだと言われることがありますが、フットボールとベースボールとではいったいどう違うのですかと質問されたなら、フットボールは単なる男たちのものだと、まず僕は答える。ベースボールは父親という社会的な役割を持った人たちのものであり、それゆえにそれは、社会全体のなかに自分を正しい遠近法で置いていくための、普遍的な基準器として機能する。

しかしフットボールは、父親という役割とは関係ないという意味で、単なる男たちのものでしかない。その男たちは、それぞれに特種な技能別の職能集団に身を置く人であり、作戦に沿って的確に行動するから、たとえるなら軍隊だろう。単なる男たちのマーチョな部分が、職能と作戦によって限度いっぱいに拡大されるという、自己破壊的な性質をフットボールは基本的に持っている。

ベースボールは単なる勝った負けたではない。誰がホームランを打ったかでもない。ひいきのチームの順位の浮き沈みでもなければ、監督の交代劇などでもない。どのような状況のなかで、誰がなにを考え、それをどうアクションに移したか。それがベースボールの出来事だ。出来事は非常に多くの場合、結果として記録される。しかし、ベースボールの出来事は、結果だけではない。現在を確認し、未来を計る確実な指標として、その機能を永続させていく。単なる記録、つまり単なる過去には、それはけっしてならない。あらゆる期待と興奮が、そしてすべての喜びと落胆が、すべて正しい遠近法のなかにしっくりと落ち着く。ベースボールというゲームが持つ不思議な優雅さは、このあたりから生まれてくる。

練達の投手が投げ込んでくるあの小さなボールを、あの細いと言うなら確実に細いバットで叩(たた)き返し、ヒットやホームランにするのは相当に難しい。そして打者が打たないことには、ベースボールではいっさいなにごとも始まらない。打たれたその瞬間から、そのボールは、たとえどんなに平凡なキャッチャー・フライであっても、それ独自の命を持って動き出す。ベースボールという繊細なゲームの核心はそこにある。

キノコ雲の切手

第二次大戦シリーズという組み切手を、アメリカの郵便公社は一九九一年から発行してきた。やがてなにかあるかな、と僕は思わないでもなかったが、原爆のキノコ雲が登場したことには、少なからず驚いた。なんという二流以下の判断だろう、という意味での驚きだ。妙なキノコ雲だな、とも僕は思った。少なくとも三種類の写真の合成によるものだということだ。

この図柄で切手になったなら、郵便物に貼られてアメリカから全世界に向けて発信され、飛び交うことになる。そのときその切手が持つ現実的な意味は、原爆の使用は正しかった、必要ならまた核を使う、ということであるはずだ。必要ならまた使うというのは、冷戦が続いていたときのアメリカの思考だ。

冷戦が続いていた頃には、原爆記念日になると、アメリカ国内の少なくとも三大ネットワークのTVは、第二次大戦と原爆を中心に特集を組んでいた。コメンテーターが出てきて、必要ならまた使うとも言えないから、戦争の早期終結に導いたというきまり文句を軸に、ああでもないこうでもないと、つまり必要ならまた使うと、核について語っていたのを僕は記憶している。

戦争を早く終わらせたという肯定的な注釈つきのキノコ雲の図案を撤回したことの、アメリカにとっての意味は小さくない。それはまず第一に、大量無差別殺戮兵器としての原爆を、そのとおりにアメリカは二度使った、という事実の確定だ。そして第二には、原爆によって我々は悲惨な戦争を早くに終わらせ、さらなる犠牲を未然に防いだ、というこれまでの正当化の足場が決定的に近く崩れ落ちたことを意味する。

切手の図案に対する日本の反応は、国民感情の逆撫では不快であり、原爆を使用したことの正当化につながり誠に遺憾である、というものだった。遺憾の念はたいへんに正しい。もっと正しくするなら、アメリカによる原爆の使用を日本は絶対に許していない、と言うべきだった。正しさと同時に、原爆を使用された側の、圧倒的に被害者としての信条の絶対化という、おそらくは終わることのない戦後というものを、あの切手の図案に見た日本の人たちは多かったのではないか、と僕は推測する。

原爆によって戦争を早くに終わらせ、さらに犠牲者が増えるのをくいとめたという論は、五十年たつと使えなくなっていることをアメリカは知った。そして日本では、その戦争を回避出来なかった能力という、起点についての整理がまだ出来ていない事実が、浮かび上がった。ともに五十年めの進化だ。しかしアメリカにとって独立戦争と南北戦争は完全に聖域であり、第二次大戦もそうなりつつあることは確かだ。

一八五三年、太陽暦で七月八日、四隻の黒船が江戸湾の入口に現れた。大西洋そして南太平洋で鯨を捕りつくしたアメリカは、鯨が豊富にいた日本近海やオホーツク、ベーリングなどの海を漁場にし始めた。日本を捕鯨船の補給基地にしたいと思ったアメリカは、鎖国をしていた日本に、一方的にそして相当に威嚇的に、開国を迫った。
開国した日本がそこに発見したのは、ヨーロッパの列強がくりひろげる最後の帝国主義戦争の時代だった。当時の日本は江戸を中心に独自の文明を高めきっていた。アジアの一角の小さな日本は、アジアの他の部分とくらべると信じがたいほどに、アジアの他の部分とは別な国になっていた。それほどまでに江戸の文明は高度なものだった。

だからヨーロッパからのものを、キリスト教は別として、日本は難なく受け入れて自分のものにし、それを強国作りに役立てることが出来た。鎖国の江戸ですでにアジアとは言えないほどに文明を高めていた日本は、開国してアジアから脱出し、ヨーロッパ列強の帝国主義戦争に入っていった。そのコストの、あまりの高さの象徴が、キノコ雲だ。

アジアからは日本だけが帝国主義の戦いに参加したこと、そしてアジアの他の部分は、帝国主義国家による領土をめぐる戦いの犠牲者であり続けたこと。このふたつのなかに、日本とアジアとの関係の難しさの出発点がある。難しさはいまも続いている。これからも続くかどうかは、日本にかかっている。脱アジアによって他のアジアを犠牲者にした。この二重の反アジアのなかに、日本の戦後は続いている。

戦後という言葉は、いま僕が使っているような文脈では、途方もないコストを支払って敗戦国となった直後の日本の、貧困と混乱をまず意味している。と同時に、その次の意味は、そのような状態から脱出するための前進力の時期、つまり戦争なんてもうまっぴら御免、これからは平和だ、民主主義だ、経済復興だ、国の作りなおしだ、となった時期の日本、という意味を持つ。

そしてそのような戦後に対して、一九五六年に、もはや戦後ではない、と日本の経済白書は宣言した。一九六〇年には所得倍増計画が発表され、その後の十年間でその計画はほぼ現実となった。七二年には沖縄が返還され、二度の石油危機を日本は乗り越えた。安保は国際的に承認を得た。七六年には戦後生まれの人が五十パーセントを越えていた日本は、経済大国となった。

戦後は終わったかに見えた。戦後の風化、ということがしきりに言われた。学校の教科書からキノコ雲が消えたことが、問題になったような記憶が僕にはある。終わった戦後は確かにある。上野の地下道に浮浪児はもういない。闇市もない。終わっていない戦後は、すでに書いたとおり、アジアの全域で終わっていない。

徹底した非軍事。自分の国は自分で守るための再軍備。まずなによりも経済復興。この三つの選択肢のなかから、戦後の日本は経済復興という路線を選んだ。その路線を進むにあたって、アメリカはなくてはならない強力な手助けだった。すでに始まっていた冷戦のなかで、アメリカの意図に沿うべく、日本は小さな軍備を持つことにした。安保はいまも継続されている。安保を軸にして軍備についての考えかたがいくつかに分かれるという構造も、変わることなく続いている。いわゆる政界再編成に、それは影響力を持っている。戦後はここでも続いている。

アメリカは日本にとって巨大なマーケットでもあった。いまの日本が経済大国なら、その力はアメリカの赤字のなかに根を持っている。日本にとっての輸出先として、現在ではアジアの果たす役割がアメリカのそれを越えている。いかに安く作って大量に売るか。アメリカに対しておこなってきたことを、日本はアジアに対しても繰り返すのだろうか。もしそうだとしたら、いつか来た道とはそのことだ。

アジアは自分にとって巨大なマーケットである、と日本が考えているのだということは、アジアにおける日本の経済活動を見ればよくわかる。マーケットであること以外のアジアに関して、日本がどのような構想を持っているのか、アジアでどんなことを実現させようとしているのか、まったくわからない。そのようなことについて、日本からなにも聞こえてこないし、日本はなにも言っていない。不安や争いが起こるのは国や地域間の経済格差が原因だとするなら、それを埋めるための日本の役割の全体像くらい、とっくに明らかになっていていいはずだが、それはどこにもない。

戦後五十年、という言いかたがある。戦争が終わってから五十年、という単純な意味とともに、五十年たってもまだ続いている戦後、という複雑な意味も、その言いかたは持っている。そしてもうひとつ、その五十年間はほぼ冷戦の期間だったのだから、昨日までの敵が巨大な庇護(ひご)者へと変化しただけで、じつは日本は戦後など本当はなにひとつ体験していないのだ、という意味だって考えることは充分に可能だ。

ジープが来た日

猛暑、と新聞もTVも呼んだ日の夕方、ふと入った書店の棚に、『ジープ　太平洋の旅』（ホビージャパン）という本を僕は見つけた。その本を買った僕は、次の日、まったくおなじ猛暑のなかで、その本に収録してある貴重な写真のすべてを飽きることなく観察し、的確な説明文をすべて読み、感銘の深い一日を過ごした。書名にある太平洋とは、日本がおこなった十五年戦争の最後の部分、いわゆる太平洋戦争の戦場としての太平洋のことだ。そしてジープとは、その戦場で大活躍をした、アメリカ軍の軽量多使途の車輌のことだ。

　太平洋戦争に関して、僕はごくわずかな体験しか持っていない。小学校就学以前の子供として、敗戦直前の事柄や雰囲気をひとつふたつ、ごく淡く知っているだけだ。アメリカとの関係は幼い頃からけっして小さくはなかったけれど、たとえば戦後、アメリカ側に向けて大きく気持ちが傾くというようなことは、体験していない。そのことはいまも変わらず、したがって『ジープ　太平洋の旅』のなかの写真を、僕は中立的な位置から見ることが出来たと思う。

　ほとんど出来上がった状態のジープが木箱に収められ、大量にアメリカからオーストラリアに届く。そこで組み立てられたジープは、まずニューギニアという熱帯の戦場へ渡る。そこからサイパン、硫黄島と、文字どおり太平洋へ、ジープの戦場は日本へ向けて拡大されていく。と同時に、大量のジープはフィリピンへも渡る。そこからさらにビルマ、中国へ、そして沖縄へと、ジープつまりアメリカ軍は、攻め返していく。第一章から第四章まで、その順番で数多くの写真が、非常に多くのことをきわめて雄弁に物語っていく。そして第五章は日本への進駐であり、第六章はジープにとってのエピローグとしての、朝鮮戦争だ。

　第二次大戦のアメリカ軍がどのような存在であったか、ごく簡単に言うなら次のようにも言えるだろうか。周到をきわめた科学性と、それを創出させ維持し拡大していく豊富な人材、そして当時としては無限と言っていい物資とその生産態勢。これらのぜんたいを、アメリカふうの自由と民主が、誰の目にも明確に、つらぬいていた。

戦争をするためには、軍隊というものは移動をしなければならない。ニューギニアのような熱帯の地形や気候を始めとして、とにかくあらゆるものがただひたすら地獄であるような場所で、軍隊が効果的に移動する作業には想像を絶した苦労がともなう。その移動のために使用される車輛のなかで、もっとも多くの使途のために、もっとも多く動いたのが、ジープだった。

熱帯の島のジャングルという戦場で、戦闘にかかわるすべてのものが移動するとき、もっとも効果の高い最小単位としての車輛は、やはりこれしかないだろうなと思いつつ、木箱を解かれた新品のジープの写真を僕はつくづくと見た。さまざまな感慨が、いろんな方向に向けて、僕の頭のなかで広がっていった。

アメリカ軍によるジープのような車輛の模索は、第一次大戦が終わった頃にはすでに始まっていた。ジープの開発物語は、それだけでひとつの感動的なアメリカン・ストーリーだが、僕は詳しくは知らない。資料も少ないと聞いている。『ジープ　太平洋の旅』の著者、大塚康生氏はジープ研究の第一人者であり、編訳書の一冊に『軍用ジープ』という本がある。この文章を書くにあたって、僕はかならず持っているはずのその本を汗だくで捜したのだが、残念ながらあるべきところにそれはなかった。ジープの開発経過について、その本には可能なかぎり詳しい記述があるはずだ。

軍の言いかたではクオーター（4分の1）トンの4輪駆動トラックであるジープは、ＢＲＣ（バンタム・レコニサンス・カー）、ウィリス・オーヴァーランドのMA（ミリタリーA）、そしてフォードのGP（ジェネラル・パーパス）という三種類のプロトタイプの、千五百台ずつの試作とそのテストをへて、バンタムの作った基本にウィリスを加え、フォードのGPおよびウィリスのMB（MAの次期改良型）となった。ジープという通称は、フォードがごく気楽につけたGP（ジェネラル・パーパス）という名を、おなじく気楽にジープと呼んだのが定着したものだ、ということになっている。

第二次大戦のジープ生産は、『ジープ　太平洋の旅』によると、日本軍のフランス領インドシナへの軍事展開とともに始まり、日本敗戦の玉音放送の日には生産ラインは停止していたという。生産期間はわずかに五年ほどしかなかった。しかし南太平洋の熱帯の島々からヨーロッパそしてアフリカまで、アメリカおよびアメリカ軍の力のおよんだすべての地域を、ジープは走った。世界大戦を終結に導いたアメリカの象徴として、単なる軍用車輛のひとつであることをはるかに越えて、ジープは世界じゅうの人々の記憶にとどまることとなった。

第二次大戦のジープは日本の敗戦とともに終わったが、朝鮮戦争では使用可能なものをかき集めて使用された。ジープの物語は、どの部分を取り出しても、興味のつきることない、大きな感動をともなった物語だ。敗戦後の日本にも大量のジープが持ち込まれた。戦争から解放された日本の数多くの優秀な技術者たちによって、それらのジープは修復され主としてアジアへ出ていった。

敗戦後の占領下の日本で、アメリカ兵とそのジープに大きな衝撃を覚えた日本人の数は多い。

しかし日本ではジープは民間には払い下げられず、視覚的なあるいは心理上の衝撃は人々に大きくあたえたものの、現物のジープの機能的な実体には、日本の人たちは触れないままだったようだと、いま僕は思う。

ＭＢにいくつもの改良を加えつつ、軍用のジープは一九八三年まで続いた。日本もライセンス生産のジープを持つにいたったが、そのときのそのジープは、すでにいくつもある国産車のなかのひとつ、という位置にとどまることとなった。心理的な衝撃はたいへんに大きかったにもかかわらず、機能の実体にはほとんど触れずに終わった、アメリカの不思議な軍用車輛、それが日本におけるジープの基本ではないかと、僕はかねてより思っている。南の島の戦場で、何台かのジープを日本軍は捕獲した。そしてそれを使ったりもした。そのジープに対して日本の軍人がどのような感想を持ったか、少しでもいいから記憶があれば、ジープ物語にまたひとつ、興味深い側面が加わるのだが。

戦後の日本で少しずつ復興していった日本の自動車産業は、ジープをどのようにとらえていたのだろうか。戦後の日本の悪路に対応するため、板バネを強くする加工方法を、日本の自動車はジープから学んだ。小型で軽量、用途は多く改造はたやすく、修理と保守も簡単であるジープは、経済を復興させることをとおして国を作りなおしていく時期の日本にとって、自動車というものの最適のお手本だったのではないかと僕は思うが、そのような思いはおそらく単純過ぎるのだろう。戦後から現在にいたるまで、ライトヴァンその他、すべての小型商用車の原点はじつはジープなのかもしれない。

歴史の必然はさまざまな要素が複雑にからみ合って作り出される。いろんな理由で、ジープは日本には適合しなかったのだ。軍用としていくら優秀でも、民間では特殊に過ぎたのかもしれない。自分で真面目に自動車を作るなら、ほとんど個性のない小さくて非力なセダンという、基本のひとつから始める必要があったのか、とも僕は思う。手のなかに持った一冊の本のなかでの、ジープによる僕の暑い一日の旅は、国産初期の小さなセダンのかたわらで、ひとまず終わった。

ちょっと外出してピストルを買って来る

アメリカ国内のTVニュース番組をふと見ると、画面にはたいへんにアメリカ的な光景が映っている。とある町の、銃砲店の内部だ。充分に広い店内のガラス・ケースのなかに、あるいは棚に、多数のハンドガンやライフル、そしてショットガンなどが、整然と陳列してある。見るからにアメリカ的な店主が、おなじく見るからにアメリカ的にカジュアルな客たちに、応対している。「売上の五十パーセント増しは、いまのところ確実ですよ。もっといくかもしれません。六十、七十パーセント増しまでね」と、店主は取材の記者に語る。

店主の言葉のなかにある「いま」とは、攻撃目的の殺傷力を高めた、自動ないしはなかば自動のライフルそして小さな機関銃やマシーン・ピストルなどの一般販売の規制が、おこなわれる以前を意味している。その「いま」、特に売れ行きがいいのは、一般への販売がやがて法的に規制されるはずの、アソールト・ウェポン類だ。銃口を向けた相手を可能なかぎり高効率で殺傷することをもっとも重要な主題とした、自動ライフルやマシーン・ピストルだ。

「法による規制は気にくわないね」「奴ら（政府）が取り締まる気なら、その前に俺は買っておくよ」「規制後は値打ちが出ます」というような態度を基本にして、ごく普通の市民たちが、すさまじい殺傷力を持った銃を買う。段ボール箱に入れてもらい、きわめて気楽にかかえて持ち、店を出ていく。彼らのうしろ姿に、アメリカそのものを僕は感じる。ここで言うアメリカそのものとは、自由というもののありかたの一例だ。

アソールト・ウェポンは、破壊力のある大きな弾丸を、高速で何発も、強力に連射することが出来る。だからこそそれらは、アソールト・ウェポンと呼ばれる。弾丸を二列に装塡(そうてん)して合計で三十発も入るマガジンというものがある。これを二本、上下たがいちがいにしてガム・テープで貼り合わせておくと、一本を射ちつくしてそれを引き抜き、反対側にひっくり返して銃に差し込めば、ただちに三十発、さらに連射することが可能だ。

小型で扱いやすいマシーン・ピストルによる、六十発の機関銃的な連射に魅力と必要を感じる人は、いまのアメリカにたいへん多い。複数の相手をとにかくなぎ倒したいと願う人たちにとって、アソールト・ウェポンはうってつけだ。ごく平凡なM‐16でも、一発ずつ射つモードと三発ずつの高速連射、そして全弾をあっというまに射ちつくす機関銃的な連射の、三つのモードを持っている。

ハンドガンによる死傷事件は、アメリカぜんたいを計測の対象とするなら、三十秒や四十秒に一件という途方もない次元にすでに到達している。子供たちによる、「なんとなく射った」「気にくわないから射った」「喧嘩をしたから射った」というような事件が大量に発生しているから、こんな恐るべき数字が出てくる。

小中学校あるいは高校に警官や警備員が出張し、登校してくる生徒のひとりひとりに金属探知機を当てる、というような光景はもはや珍しくもなんともない、ごく日常的な光景だ。「怖いから」「身を守るために」「みんな持っているから」というような理由で、生徒たちは学校にハンドガンを持って来る。小学校では防火訓練とおなじように、発砲からいかに身を守るかという訓練がおこなわれている。

ニューヨークのブルックリンのある高校では、この四年間に七十人が射たれたり刺されたりし、そのうちの三十人が命を落とした。身近で人が殺された体験をした人はいますか、と小学校の先生に聞くと、八十パーセントがイエスと答える。もっとも多いのは射殺だ。学校でのほんのちょっとしたいさかいが理由で放課後に呼び出され、ぽんと射たれて殺される。アメリカのティーン・エージャーの死因は、自然死を上まわって銃による死のほうがずっと多い。一年間に六万人もの十代の人たちが銃で射たれて死ぬ。黒人だと白人のなんと十一倍にも達する。こういったことに関して、いわゆる国の対策というようなものは、いっさいない。

衣服や鞄などのなかに隠し持てるハンドガンには、特有の匂いがある。この匂いを覚え込ませ、登校して来る生徒たちのあいだを嗅ぎまわり、ハンドガンを持っている生徒を見つける犬のいる学校がテキサス州にある。こんな話題も珍らしくない。学校へ持って来たハンドガンを隠しておく場所をなくせば、ハンドガンによる犯罪や事故を多少とも減らすことにつながるのではないかと、生徒たちのロッカーを全廃した学校もある。鞄を持つことを禁止している学校もある。信頼出来る筋が発表した統計によると、アメリカぜんたいで一日のうちに八万五千の学校へ、十三万五千丁のハンドガンが、生徒たちによって持ち込まれているという。

ほんの数秒ごとに一丁という速さで、あるいは多さで、いまもアメリカ国内ではハンドガンやライフルが製造されている。そして外国から輸入されるものも、ほとんど差のない数秒ごとに一丁という、信じがたいが正確な数字もある。いま弾丸を込めて引き金を引くなら、銃としてただちに機能する状態の小火器は、アメリカぜんたいで少なく見積もって二億二千万丁に達している、という統計数字もある。

どこからどう見ても、状況はひど過ぎる。なんとかしようではないかという気持ちや動きは、ごく普通の市民のあいだに広がりつつある。しかし、問題はあまりにも巨大だ。銃を買う人に現物が渡るまでの七日間の待機期間、そしてその期間内におこなわれる購入者の背景調査を義務づけたブレイディ法は、事実上はなんの役にも立たないという意見は正しいようだ。

「ナショナル・ライフル・アソシエーションにとって、ひとつの敗北と言っていい出来事がありました」と、TVニュースのアンカーが言う。どんなことがあったのかと画面を見ていてわかるのは、北東部の小さな州で、一般市民がひと月に買うことのできるハンドガンを、一丁に制限する法律が提案されたとかされないとか、そんな程度のことだ。

アメリカで銃を好きなだけ買いたいと思うなら、ディーラーになるといい。わずかな申請費用でほとんど誰でも自動的に、ディーラーの許可を連邦政府からもらうことができる。ディーラーになると、州を越えて、好きな銃を好きなだけ、卸値で購入することが可能だ。

ひとりでふらっと出向いて、ほとんどどのような銃でも気楽に買えるのは、いわゆるガン・ショーだ。物流の仮倉庫のような建物のなかで、数多くのディーラーがテーブルをならべ、それぞれに店を開き、客を待っている。いっさいなんの制約もなしに、すさまじい武器を買って持ち帰ることが、じつにたやすく可能だ。中国製の相当に優秀な出来ばえのさまざまな銃が、アメリカ製の同クラスのものの半値で、アメリカという市場に大量に流れ込む寸前だ。

どのような銃弾でもアメリカでは自由に手に入る。販売のシステムは、ひと言で言って野放しの状態だ。南カリフォルニアのパサディーナでは、銃弾の購入に規制をかけることになった。ロサンジェルスでもおなじような条例案が議会で可決された。市長が署名すれば発効する。購入時に身分証明書を提示し、書類に必要事項を記入し、店はそれを二年間にわたって保管しなければならないという条例だ。効果は上がるのだろうか。効果がほとんどない部分から、少しずつ手をつけているような気がしないでもない。というよりも、もはやどこから手をつけても効果は期待出来ないまでの状態になっている、と考えたほうが正しい。

アソールト・ウェポン十七種類の販売規制案に関しての報道で、当時の財務長官ロイド・ベンツェンがM－16を射っている様子を僕はTVで見た。自宅の敷地内に飛行場があるという、テキサスの名門の出身で富豪の彼は、狩猟に関して経験は豊富なはずだ。射っている彼の様子は、そのことを物語っていた。何年か前、ジョージ・H・W・ブッシュが大統領だった頃にも、各種のアソールト・ウェポンの野放し的な販売が問題となった。椅子にすわっている記者たちの前を歩きまわり、片方の手を拳にして強い意志を込め、それでもう一方の掌を何度も叩いて強調しながら、「スポーツの領域にまたがる銃までも規制の対象にするつもりは、この大統領には絶対にありませんからね」と、彼は力説していた。

このときのジョージ・ブッシュも、いつものとおりたいそうアメリカ的であっただけだ。それ以上でもそれ以下でもないのだが、ハンドガンやライフルに対する自由なアクセスに関して、大統領自らがこういうことを言わなくてはならない国というアメリカは、世界ぜんたいのなかに置きなおして観察すると、たいそう奇異に映ることは否めない。

あのときはアブトマト・カラシニコフ47という銃が問題になっていたのだ、といま僕は思い出す。カラシニコフという人の設計にもとづいて旧ソ連が作り出し、自国の軍の正式銃となり、ソ連だけではなく多くの共産圏国でライセンス生産され、そろそろ一億丁にもなろうかという、共産圏を代表するアソールト・ライフルだ。

バナナ・クリップと呼ばれる、前方に向けて湾曲して突き出た、威圧的に大きな弾倉のうしろに引き金があり、さらにそのうしろにはピストル・グリップがある。このピストル・グリップが見た目の印象としていかにも攻撃的だから、印象を和らげる策として木製のストックの面積を前面に広げ、そこに親指を入れる穴を開けてグリップの代わりとするなら、そのカラシニコフはアソールト・ウェポンではなくスポーティング・ライフルになるという馬鹿げた話が、アメリカでは真面目に通用する。

アソールト・ウェポン十七種類の販売はいま法律で規制されている。この規制をなんとか緩和の方向へ持っていこうとする動きが、議会を中心にして強力に存在している。外出するとき護身用として銃を隠し持つことを大幅に許可する法律が、一九九五年じゅうにアメリカのおよそ半分の州で成立するだろう、という見通しもある。危険が増してきた世のなかで自己防衛をするにはそのような法律が必要だという、わかりやすい論理にもとづくものだ。

アメリカと銃との関係は建国にまでさかのぼる。そして建国の理念である自由や民主と、その後の歴史のなかで、銃は複雑に一体化している。税金だけは厳しく徴収しておきながら権利は認めないイギリスに対して、それでは自分たちだけで好きなようにやらせてくれ、と立ち上がったのがアメリカの建国だ。立ち上がったら戦争になった。アメリカふうの自由と民主は銃によって誕生し、銃によって維持されてきた。

アメリカがこれから銃とどのような関係を結んでいくかは、自由と民主を将来においてアメリカがどう定義しなおすかという問題と、根源的につながってひとつだ。銃というアメリカらしさによって、自由と民主というアメリカらしさのおそらくは質的な変化を、アメリカはその内部から迫られつつある。

キャロル・ホルトグリーン

キャロル・ホルトグリーンはF－14という戦闘機のパイロットだった。アメリカの女性の軍人だ。航空母艦への着艦訓練をしていたとき、彼女の機体はエンジン不調におちいった。母艦のすぐそばで機体ごと海に墜落し、キャロルは命を失った。うしろの席にいた同僚は、墜落寸前にベイル・アウトして無事だった。

このときの様子はヴィデオに撮影されていた。その映像を僕はCBSの『イーヴニング・ニュース』で見た。航空母艦の着艦デッキが、こちら側から向こうへ、画面の下に縦位置にとらえられていた。そのデッキに向けて、海の上の超低空を、キャロルのF－14が進入して来た。機体は左に傾いていた。左のエンジンは明らかに停止していた。着艦を誘導する担当者は、「ベイル・アウト！　ベイル・アウト！」と、無線をとおしてキャロルに叫んでいた。機体はさらに左へ傾きつつ、大きく左へそれて海へ墜落した。

左エンジンの作動不良におちいった機体をなんとか救おうと、自分に出来るあらゆることを彼女は試みていたのであり、彼女の操縦ミスという可能性はゼロであるという正式な発表が、その事故からかなりあとになっておこなわれた。彼女の事故の直後から、彼女を中傷する文書が出まわった。キャロル・ホルトグリーンは女性であるという理由だけで特別扱いを受け、求められている水準に技量が達しないままにF－14のパイロットになったのであり、今回の事故はそのことの当然の結果だ、という内容の文書だ。

この文書が男たちの側から発せられたものであることは、まず確実だ。内容の一部がおなじニュース番組で読み上げられるのを僕は聞いたが、なんとも言いようのないみじめなものだった。キャロルは戦闘機のパイロットとして充分に一人前であったという発表は、事故原因の発表であると同時に、この怪文書による中傷を正式に否定するためのものでもあった。女性の兵士たちについて考えるとき、彼女たちは女だから、という発想が思考の発端となる人がいまも多数いるに違いない。

ごく最近までは、軍隊は男だけの世界だった。そこへ女性が入って来た。いまでは軍隊のどの部署にも女性がいると言っていいほどに、女性兵士の数は増えた。そのこと自体に対する男性の側からの反感は、いまも根強い。男だけの世界を伝統として守ってきたミリタリー・アカデミーに女性が入学を試みると、アカデミーの内外からさまざまな反対意見が出て賛成意見と衝突しつつ、地域社会ぜんたいの問題となったりする。伝統を伝統として守ることには意味があるし、とにかくどこへでもいいから女性も進出すればいいというものでもない。しかし、軍のなかでの女性の数は増えるいっぽうだし、位置も向上を続けている。

アーリントンの儀礼兵に女性が加わるべく、連日の厳しい訓練を何人かの女性たちが受けている報道を、僕はごく最近に見た。女性のドリル・サージャントが、新兵をすさまじい勢いでいじめ抜いて基礎訓練をほどこしている様子も、ニュース番組のなかに見た。ブート・キャンプへ取材にいけば現実を目のあたりにすることが可能なはずだ。戦闘機の女性パイロットは珍しい存在ではない。

アメリカ海軍の航空母艦にドワイト・D・アイゼンハワーというのがある。乗組員の総数は五千人だ。五千人といえばちょっとした町の人口だ。この五千人のうち四百五十人が女性だ。六か月のトゥアー・オヴ・デューティを終えて母港に帰還したこの航空母艦を、『イーヴニング・ニュース』が取材していた。「航空母艦の乗組員であれなんであれ、女性が軍務に適していないという考えかたは完全に間違っている」と、艦長は語っていた。クルーの一割近くが女性であるこの航空母艦は、男女のじつに見事な共存組織だということだ。

着艦トレーニングのやりなおしのために離船を命じられた戦闘機のパイロットには、女性もいたし男性もいた。厳密に計測されるのは兵士としての能力であり、性別などではない。航海中に妊娠した女性が何人かいた。このためU・S・S・D・D・アイゼンハワーは、ラヴ・ボートという愛称を一時的にもらった。妊娠した、というのは正確ではない言いかただ。航海中に妊娠が進行した、と言うべきだろう。寄港先で配偶者が待っていれば、そこで妊娠があってもなんら不思議ではない。

「水の消費が激しいんですよ」と、艦長は語った。「女性の乗組員が頻繁にシャワーを使うせいかと思って調査したところ、まったく逆なんです。女性がいなければ二日に一回しかシャワーを浴びない男たちが、みんな一日に二回もシャワーを使うということが判明しましてね」

女性の戦闘機パイロットが敵との戦闘フライト・ミッションに加わることを、国防長官が許可するとかしないとかの話が出ていたのは、ほんの三、四年前のことだ。リチャード・チェイニーは賛成し、軍の上層部は反対し、公聴会が開かれるというようなことが、確かあったはずだ。狭い艦内に寝台が何層にも密集する航空母艦や潜水艦には、女性の乗組員は認められないという意見がこのとき出ていた。現実はそんな意見をとっくに置き去りにして、はるか先を進んでいる。

航空母艦の女性乗組員が総員の一割に達しようとしているとき、女性兵士というものに対して明らかに消極的だった陸軍と海兵隊が、合計で八万人分のポストを女性に開放することになった。

これがそのまま実現されると、アメリカの全軍の八割以上が、男女の性別を問わない場所になるという。地上で敵兵と射ち合って戦争する任務の部隊と、そのような任務に直接に関係する部署にだけは、少なくともいまのところは女性は許可されていない。

女性の数が急激に増えていきつつあるアメリカの軍隊を取材する機会として、湾岸戦争は絶好だったはずだ。取材すればよかった、といまになって僕は思う。いまからでも遅くない。湾岸の映像は大量に残っているはずだし、現状というものは、それがあるところへいけばそのままそこにある。女性兵士が増えていく軍隊というものをとおして、アメリカという国家を描くことは充分に可能だし興味深い。

湾岸戦争のさなか、サウディ・アラビアの上空で、空中給油機から戦闘機に給油しているアメリカの女性兵士という存在について、ほんの一例として僕は思う。航空燃料を大量にかかえた巨大な給油機が、サウディの上空を飛んでいる。窓の外には、一見したところ強烈に晴れた空しかないが、じつは給油機を中心にして、燃料をほぼ使いきって補給を受けに来た戦闘機で大渋滞している。それらを一機ずつ無線でさばきながら、二十代の女性兵士が、ごくあたりまえのことのように、任務をこなしていく。

ひとつ前の世代の空中給油機では、給油をする管であるブームのオペレーターは、腹ばいになってブームを操った。いまの給油機ではオペレーターは座席にすわってブームを操作する。座席のすぐ前に四角い大きな穴がある。給油機の胴体後方の、真下だ。給油を受けに来たレシーヴァーである戦闘機を、この穴から直接に、オペレーターは見ることが出来る。穴の外の上方から、給油ブームが斜め下に向けて伸びていく。ブームには動翼があるから、オペレーターはそれを操舵することが可能だ。

給油ブームの長さは伸びきって十二メートルほどだ。つまり給油機の胴体のすぐ下、十二メートルほどのところに、レシーヴァーの戦闘機が位置することになる。高度は三千フィートほどだ。まわりは要するに空であり、下には雲や地表が見える。自分に向けて伸びているブームに向けて、戦闘機のパイロットは機体を接近させていく。

給油機のブーム・オペレーターは、ブームの鮮やかに彩色された先端で、レシーヴァーの受油口を狙う。F－14なら左の主翼のつけ根の前方に衝突防止灯がある。このランプのすぐ左に受油口がある。ブームの先端が受油口に入ると、それは自動的に固定される。そして毎分千五百ガロンの航空燃料が、給油機からレシーヴァーに向けて流れ始める。ブーム・オペレーターの技量は、給油時間の増減に決定的に関係する。

給油機と戦闘機という、ふたつののっぴきならない現場の接点で、冷静に沈着に的確に、そして戦闘機のパイロットの冗談に言い返すことすらしながら、任務をまっとうしていく彼女のなんというアメリカらしさであることか。そのアメリカらしさの背後に、アメリカという国の力を僕は確実に見る。

日本についても、僕は思わざるを得ない。自立した女性とか、仕事を持って生きる女性というようなイメージを、現実というしがらみとどのように折り合いをつけていくか、というごく初歩的な段階の日本から見ると、アメリカの女性兵士たちは、比喩で言うなら何光年も引き離した前方にいると言っていい。初歩的なだけではなく、大きく欠落したものが、日本の遅れ具合のなかにあるようだ。欠落しているものとは、たとえば国家観あるいは歴史観だ。国家観とともに、軍隊や戦争、そしてその他の、国家とのさまざまな関係などについての思考や実践も、抜け落ちている。そういったことについて、考えようと試みることすらもはや出来ない状況が、いまの日本の人たちにはあるようだ。

新しい可能性としての、軍隊という組織。アメリカは、自分たちの軍隊に関して、このような可能性を見ている。男女の性差とともに、あるいはそれよりも先に人種差に関して、たとえばアファーマティヴ・アクション（積極的差別是正措置）とはなんの関係もないまま、他に例のない白と黒との見事な共存をアメリカの軍隊は持ってきた。ずっと以前からそうなのではなく、以前には人種差は厳しく存在し機能してもいたが、ヴェトナム戦争よりこちら側という短い歴史で言うなら、アメリカの軍隊のなかでは白も黒も褐色も、差を設ける根拠としてはほとんど機能していない。

軍隊は完全な能力社会だ。部署のひとつひとつにファミリーとしての強いつながりがある。差はひとりひとりの兵士の能力や訓練度、そして階級だけだ。黒が白を怒鳴りつけ、しごき上げ、こき使う光景は、少なくとも軍隊のなかでは、ごく普通にあるものだ。軍隊のなかでは人はチームを組んで活動する。チームを構成する全員が、目的とその達成のための技術でつながっている。日常というしがらみから明確に切れた世界で、全員が等しく機能しなければならない。肌の色など、そのことになんの関係もない。出来る奴は昇進していく。あまり出来ないのは、おなじ位置にとどまる。ただそれだけのことだ。

しかし、将軍の位置になると、有色の人は極端に少なくなる。これは別の次元の問題を解決するには、もっと長い時間が必要なのだと考えなくてはいけない。志願兵の三十パーセントが黒人だ、という数字がある。黒人がこれだけの数になってくると、上層部にも変化が出来始めて当然だ。変化がもしなければ、そこでアメリカの軍隊は二流以下に転落する。

仮想敵国からの攻撃に対して、全軍のあらゆる部署が、一日二十四時間いつでも、一年三百六十五日いつでも、即座に迎撃と攻撃に移ることの出来る態勢というすさまじい機構を、世界最大のスケールで、この五十年間、アメリカは維持し続けてきた。技術開発力や生産能力のずば抜けた高さ、資源の途方もない豊かさなど、すべてのハードウエアの向こうに、明確きわまりない国家観と歴史観、そしてそれらのおなじく明確きわまりない市民的共有というソフトウエアが、アメリカの力として横たわっている。そしてそれが、たとえば旧ソ連を囲い込んで外とのつながりを断って密室として孤立させ、西側から完全に切り離して崩壊させることをとおして、西側へ引き込むことに成功した。まだ副大統領だった頃にニクソンが言ったとおりの展開となった。

昔、たとえば開拓時代には、男女の性差はあって当然だった。それがなければ社会は機能しなかったはずだ。開拓時代は終わって久しく、全土は基本的にはすべて都市化されたと言っていい。都市のなかで生きていくとは、頭脳労働の切り売りをいかに巧みにおこなうか、ということだ。頭脳労働をするにあたっては、そしてその質に関しては、男女のあいだに性による差などありはしない。そのような視点から、社会のなかにいまでも無数に残っている性差をあらためて観察すると、性差というものの異様さが浮かび上がる。その異様さを、ひとつひとつ消して普通にしていこうとする試みを、アメリカ社会は続けてきた。この意味で、アメリカは完全に都市化をとげただけではなく、少なくとも意識の上では、充分に成熟していると言っていい。

女は割りを食うという思いと、その思いを支える現実は、しかし、まだ社会のなかに強固に残っている。テキサス女子大学という大学が共学に変えたところ、女性の学生たちは反対した。反対の意思表示に込めた彼女たちの力は、たいへんに強いものだった。男性が入って来ると女性はかならず二次的な存在となり、すべての点において女性は割りを食うこととなり、大学ぜんたいが男性原理となってしまうから、というのが共学反対の理由だ。女子大としての伝統を守るというようなことではなく、女性が女性主導で教育をまっとう出来る場を確保しておきたい、ということだ。

上下両院の議員選挙に関する、男女比の数字は興味深い。選挙活動で使う資金は、男性の一ドルに対して女性は六十七セントだという。資金総額をくらべると男性と女性の比は二対一だ。資金になぜこのような差が出るかというと、女性の候補者には女性から寄付が多く集まるからだ。数としては比重は大きいのだが、寄付された金額の総計となると、さほど多くはならない。女性にも開かれている就労チャンスは男性にくらべて少なく、給与所得は男性より低い。その結果として、議員候補者に女性たちが選挙資金として寄付する金額は、男性からのものにくらべると低くなる。

両院のオフィス・ホールダー、つまり両院でなにかの部署の長になっている女性は、男性にくらべるとたいへん少ない。資金というものはオフィス・ホールダーに流れる。だから女性には資金は流れにくくなる。選出されて長の位置につくオフィスを、女性議員は男性にくらべて五分の一しか獲得していない。一九九三年の数字だったと思うが、女性のオフィス・ホールダーは下院で二十九名、上院では二名、そして知事は三名だった。

普通の日常生活にもっと近い領域の数字をあげるなら、一年間にアメリカ国内で殺される四千五百人の女性のうち、三人にひとりは夫ないしはボーイ・フレンドによって殺されるという、驚嘆すべき数字がある。女性は結婚すると殺される率が急上昇する、という言いかたがアメリカにはある。殺されるとは、夫によって、という意味だ。結婚すると、という言いかたを、男性とかなり親しくつきあうと、というふうに換えなければならない、と最近では言われている。アメリカの女性が殺されたり強姦(ごうかん)されたりするのは、よく知っている男性や親しい男性、そして夫によってであるというのは、残念ながら正しい。

彼女は女だから割りを食わせても構わないという根強い考えかたは、キリスト教を背景にして成長してきた近代の自我のなかにある。その自我は、進歩や発展をしなければ、最終的には評価されない。発展したり進歩を遂げたりしていくことが期待される領域のなかに、女性は含まれていなかった。女性のほかには、老いること、あるいは老いた人たち、病気、病気の人たち、そして死そのものなどがあった。老いには敬意が表されるべきとされ、病には進歩した治療があり、死に関しては尊厳が語られている。かなりのところまで女性もすくい上げられた。自分たちの近い過去である近代というものを、徹底的に懐疑的な視点から検証しなおすトータルな作業が、じつはフェミニズムだった。

第2部　日本語

世界とは母国語の外のこと

薄い皮だけがかろうじて英語

日本の人たちが英語を喋るのを聞く機会が、僕にはほとんどない。機会の少なさについて思いめぐらせていると、かなり昔に観た『グランプリ』というアメリカ映画を、僕は思い出したりする。この映画はモナコでの自動車レースを背景にしていた。ジェームズ・ガーナーという俳優が主演し、アメリカのレーシング・ドライヴァーを演じた。その自動車レースに参加する日本の自動車メーカーの社長を演じるために、三船敏郎も準主役で出演した。

三船敏郎がこの映画のなかで喋った英語は、興味深いものだった。少なくとも当時は、ひと言も英語を喋ることが出来ないのだろうと僕が感じた三船が、つきっきりで指導してくれたコーチから口移しで覚え込んだ英語の台詞の音のつらなりを、単なる音声として自分の口から出しなおしただけ、という英語を彼は台詞として喋った。自由に操れるとか深く理解がおよんでいるといった実体はほとんどないままに、いちばん外側の薄い皮だけが、音声の英語として成立していた。

このような種類の英語の音声に、日本人としてすでに身につききっている抑揚、日本人俳優としてもはや習性のようになっている表情、身のこなし、雰囲気が重なると、結果として三船敏郎の英語は相当に奇妙なものにならざるを得ず、その奇妙さが逆に説得力のある演技となってもいた。

しかし、その奇妙な英語は、すべて映画のなかの出来事だった。監督は三船のそのような英語の台詞に対して最終的にはＯＫを出したのであり、日本人社長の雰囲気は充分にあったから、三船はその役をかなりの次元でこなしたと言っていい。彼が英語を喋れようが喋れまいが、ことの本質とはまったく関係ない。しかし、音声だけを真似して虚構のなかで成立させる英語というものの、いまとなってはたいへんにクラシックな見本のひとつであることは確かなのではないか、と僕は思う。

日本がまだバブルの頃、アメリカのＴＶコメディによく登場した日本人役が喋る英語へと、僕の連想は移っていく。たとえば、なにを見ても、「私、それ、買う」と、かん高い声で叫ぶように言う、丸い眼鏡をかけて地味な背広を体に貼りつけたように着ている、反っ歯ぎみで黒い髪の小柄な東洋人だ。彼らが劇中で喋る英語もなかなか奇妙だ。しかしそれは、アメリカ人が自分たちのアメリカ文化の文脈のなかで、おなじアメリカ人どうしの娯楽のために作った、フィクションとしての英語だ。日本人とその英語がいかに巧みに戯画化してあっても、それは完全にアメリカの文脈内での、たいへんに英語らしい英語の変形に過ぎない。

本当の日本人が現実の現場で喋る英語を聞く機会が、頻繁ではないが確実にひとつだけ、いまの僕にはある。アメリカのＴＶニュースやニュース解説番組に日本人が出演し、ゲスト・コメンテーターとして見解を語るときだ。一九九二年一月のある週、ＡＢＣ‐ＴＶの『ジス・ウィーク　デイヴィッド・ブリンクリーとともに』というニュース解説番組は、通商において日本はアメリカを相手になにをしたいのか、というテーマで一回の番組ぜんたいを構成した。登場した何人かのスピーカーのなかに、通商交渉の現場で日本とアメリカが話し合いをするとき、そこへまず現れなければならない公的立場の日本人男性がいた。

　東京から衛星を経由して、彼はその番組に参加した。ワシントンのスタジオでは、ブリンクリーとジョージ・ウィル、そしてサム・ドナルドスンの三人が、壁の大きな画面に映し出される東京のその人物の顔を見ていた。東京の彼には三人の顔は見えず、胸にマイクをつけイアピースから聞こえてくる声を頼りに、ワシントンの三人を相手にしてTVカメラに向けて喋らなければならなかった。

　彼がスタジオの三人とやりとりをした時間は十分以上あっただろう。これだけの時間があれば英語だと相当な量を喋ることが可能だ。持ち時間のなかを喋りとおした彼の英語について書こうとするとき、どこから手をつけていいのか僕は迷う。彼の英語にけちをつけたり、嫌がらせのようなことを書くのが、ここでの僕の目的ではないことは言うまでもないだろう。彼の英語の向こうに確実に見えたと僕が思う、ひょっとして日本の人たちの多くに共通しているかもしれないはずの、言葉というものに対する自覚や認識あるいは理解のありかたの偏りについて、僕なりに指摘してみたいだけだ。

　彼が喋った英語の、いちばん外側から手をつけてみよう。彼の日本的な発音のなかには、薄いけれどもはっきりと、アメリカ風味が重なっていた。このアメリカ風味がじつはたいへんに邪魔でありマイナスでもあるのだが、これについてはあとで触れることにしよう。いちおう喋ることは喋る彼の英語は、ふたつの国の政府が通商に関して真剣にさまざまに討議する現場では、役に立たないものだった。同様に、ABC-TVのその番組でも、それは役に立たなかった。それにはいくつかのはっきりした理由がある。もっとも致命的なのは、彼は英語の正用法をきちんと学んで自分のものにしていない、という事実だ。正用法が自分のものになっていない彼の英語は、英語としての普遍的なルールの上に乗っていない。だから役に立たない。

正用法とは、たとえば、主語のとりかただ。主語を立てて語り始めたなら、そこには論理への責任がともなう。主語はその文章ぜんたいにとっての論理の出発点であり、責任の帰属点でもある。主語は動詞を特定する。動詞はアクションだ。アクションとは責任のことだ。動詞は前へ前へとアクションを運んでいき、最終的には主語を責任と引き合わせる。いったん主語を選んだなら、それにふさわしい動詞の働きによって、論理的な結末へたどり着かなくてはいけない。そうなって初めてセンテンスはセンテンスとして独立し、次のセンテンスを引き出す。いくつもの英語のセンテンスはそのようにしてつながり、重なり、論理を形成していく。

このことが彼にはわかっていないから、主語のとりかたがでたらめであり、ひとつひとつの文章が重なり合い、論理となって相手の説得に向かう力は、とうてい生まれてこない。そのような英語にせいぜい出来ることと言えば、その間の事情というものの無表情な説明だろう。主語が論理を必然としていないから、彼の言葉には責任がまったく感じられなかった。しかも文法的な呼応関係すら文章の途中で見失ってしまい、その結果として文章がきちんと終わらない。そしてそのことを淡くには自覚していることの証明のように、見失った文脈の建てなおしをはかるため、日本語のときにまったく無自覚にしかし効果的に使っている、「いずれにせよ」「それはともかく」「それはそれとして」「ですから、まあ」という言いかたとおなじ気持ちで、彼はエニイウエイを連発した。

このような文脈で使用されるエニイウエイは、それまで自分が語ってきたこと、そしてそのなかにある論理のすべてを放棄することを意味するし、これから語ることのなかにあるべき論理にも、責任を持たないことを意味する。「それはともかく」や「いずれにせよ」という日本語の言いかたには、整いすぎた論理に対する本能的な反発の意味すら加わっていることも、彼は自覚していなかった。

彼ひとりに限定することなく、彼のような人が英語で語っていくのを聞いていて、いたたまれなくなるほどのきまり悪さを覚える理由は、さらにいくつもある。そのなかで最大のものは、センテンスのなかばあたりで主語を忘れてしまっている気配がある、という恐るべき事実だ。英語の主語は文法のルールの厳しさを一身に引き受ける存在なのだが、自分がなにを主題としたのか、センテンスなかばですでに彼らは自覚を失っている。これはもはや英語ではない。英語ではない英語というものを英語だと思って喋っている様子は、見ても聞いてもきまり悪いものではないか。

主語を忘れているからには、動詞も彼らは忘れている。センテンスが終わるまで、主語を拘束し続けるのが動詞であるはずなのに、彼らはこれも忘れてしまう。というよりも、そんなことに最初からまったく頓着(とんちゃく)していない、という印象を僕は受けた。主語と動詞を忘れてしまったなら、センテンスが最後まできちんとしているということは、とうていあり得ない。

動詞とは英語そのものだ。目的語をともなって、思考の推進力の発生源となるのが、動詞だ。自分はいまなににについてどう考え、その考えをどう展開させ、その結果としてどんなことを創造的に提案したいのか、という自分の立場と考えかたのぜんたいの表現を、動詞が主役として引き受けていく。話者は自分のすべてを動詞に託する。自分はどういう状況のなかでどんな立場にあるのか、問題をどのように見ているのか、そしてその問題をどうすればいいと思っているのか、どんな意見があるのか、どこをどうしたいのかなど、その問題にかかわるその人の機能の総体を、動詞が表現し明らかにしていく。

　英語という言語の持つこのような機能は、英語の上に立っている社会の社会制度そのものだ。社会制度そのものとはどういう意味なのか、一例として次のようにも説明は出来る。この世をすべて個人の好きにまかせておいたら、あらゆる不条理が積み重なって渦を巻く地獄のような場所となるはずだ。だからそうはせずに、なんとか条理の支配する世界にすることは出来ないものか。混沌（こんとん）に対して秩序をあたえることは出来ないか。条理や秩序とは、要するに客観的な普遍性のことだ。これなしでは成立しない社会を成立させようとして機能していくもの、それが言語だ。だから言葉は社会制度だ。

　英語ではない英語を喋る人たちに共通しているひとつの大きな特徴は、以上のようなことにまったく気づいていず、したがってそのようなことに関して認識も関心も興味もない、という状態のなかに彼らがあることだ。そんな状態でなにについて語っても、その問題に関して私はいっさいなんにもしたくありません、と明言しているのとおなじことになる。言語の相違はなんら障壁ではないが、認識の深刻な欠落と、そのことの完全な無自覚のもたらす大きなマイナスは、障壁と呼ぶにふさわしい。

理想の実現に向けて、理想的とはとても言いがたい現在の現実のなかで、言葉というものは使用されていく。民主主義と英語は、ともに大きな緊張を、参加者に強く要求し続ける。参加者は、とにかく自分をはっきりさせなくてはいけない。自分をはっきりさせるためには、自分の外にある世界について、出来るだけ広い範囲にわたる正確な情報を持たなくてはいけない。明確になったことだけを、強い主張力とともに、他者に向けて言葉として発しなくてはいけない。

このような緊張を必要とする言語の世界に身を置いていると、自分はとことん巻き込まれていき、もみくちゃとなり、最後にはずたずたに切り裂かれて消滅してしまうのではないかという恐れを、英語ではない英語を操る人たちは、無意識に近いあたりで強固に抱いているのではないか。もしそうであるなら、そのような恐れは無用だ。

英語は問題をしがらみの場から切り離す性能を持っている。しがらみから切り離した問題を、抽象物のように扱っていく性能が英語にはある。そのような性能の内部には、因果関係をはっきりさせずにはおかない性能が内蔵されている。そのおかげで、人は問題を可能なかぎり多くの視点から検討していくことが出来る。出来るだけ正しい論理、というものがそこから導き出される。正しい論理であればあるほど、それが適用される範囲は広くなる。そのような論理を手に入れるための議論をとおして、社会ぜんたいは理想に半歩くらいは近くなる。議論は百出し、あらゆる蛇行が延々と続く。そのなかから、社会が進むべき道を見つけていく。いまの人間に考え得る、もっとも健康な社会運営の方法ではないだろうか。

彼が喋る英語らしき言葉の、かろうじて英語として成立していたいちばん外側の、ごく薄い一枚の皮の内側にある空間のぜんたいを埋めていたのは、彼が母国語としてその精緻な性能の隅々までを身につけきっている、日本語による発想と発言のしかただった。思考の経路とその発表のしかたすべてが、日本語以外のなにものでもなかった。

したがって彼の喋りかたは、「ただいまのご質問にお答えする意味からも、まずその前の段階からご説明申し上げますが——」というような言いかたに終始した。そこで語られた内容は、状況ぜんたいの客観的な俯瞰のつもりでありながらじつは、事実とおぼしきもの、あるいは事実だと信じているあやふやな事象やデータを、ただ羅列したものであった。ぜんたいはごく浅い主観の上に立っているから、ご説明のあとに残るのは、感情論のスタート地点でしかなかった。ぜんたいは均一にのっぺりと平坦で、とっかかりはどこにもなかった。そのような場で彼が提示すべき最大のとっかかりは、彼自身の責任や信念を明確にした上での論理の筋道であるべきなのに、そのようなものはどこにも見当たらなかった。

会話や議論は言葉による関係の構築だ。そして世界とは、主として言葉で作られる無数の関係の集積体にほかならない。東京からその番組に参加した彼は、言葉による関係をいっさい成立させ得なかったし、成立させようもなかった。そしてそのことに、彼自身は気づいていなかった。それどころか、言うだけは言った、というような達成感を得たのではないだろうか。発想が、そしてものの言いかたが日本語で固められたままの、しかしいちばん外側の薄皮一枚はかろうじて英語という種類の英語は、逆に言うなら以上のような機能を発揮する。

アメリカのTVのニュース解説番組に、日本が項目として登場することは相当に少ない。日本の問題、あるいは日本とアメリカの問題に関して、日本人がアメリカのTV番組で英語で語る場面を僕が見る機会も、したがってごく少ない。しかし、大統領が通商問題をかかえて日本を訪問するようなときには日本に関する特集が組まれ、日本人がニュース番組の一角に登場して英語で見解を述べる場合もかつてはあった。一九九二年の一月、ジョージ・H・W・ブッシュ大統領が日本を訪問した前後には、いくつかのニュース解説番組で日本人が英語で語るのを、僕は連続して見ることが出来た。

ニュース番組にコメンテーターとして出演した彼らが喋った言葉は、これは何語ですかときかれたなら、それはとりあえず英語のようなものです、と答えることは出来る種類の英語だった。彼らが語っていることが、まったく通じないわけではなかった。文法を大幅に無視しているわけでもなく、発音も聞き取りにくさを補うための字幕が画面の下に出ることもなかった。ちなみに、ペルーのフジモリ大統領が英語を喋ると、字幕が出る。通じる音としての許容の範囲は、他の言語同様、英語においてもかなり広いのだが、フジモリ大統領の英語はその範囲をはみ出しているということだろう。日本人コメンテーターたちの発音は許容範囲をはみ出してはいなかった。いちおうは及第の英語で、彼らはいろいろと言葉を重ねていた。しかし、最終的には問題点すらなにひとつ見えてはこない種類の喋りかたつまり発想の内部に、彼らはとどまったままに終わった。いくつもあるはずの問題点に対する、彼らひとりひとりの信念は、見えないままだった。なにを言いたいのか、なにをどうしたいのか、なにがどのように問題なのか、そしてそれらをどうすればいいと思っているのか、いっさい不明のままに彼らの英語は終わった。問題とされている事柄に関して、彼らが本当に興味や関心を抱いているのかどうか、それすらも怪しく思えるほどに、彼らの英語は本来の英語としては機能していなかった。彼らが英語で喋るとき、その喋られた内容の印象を言葉で書いてみると、一例として次のようにもなるだろうか。

「その問題にはそういう場合とこういう場合とがあり、こういう場合はこれがこうですが、そういう場合はそれがそうで、それがこうなってそうなるとしたら、これはそうなってこうなる可能性もありますから、確実なことは申し上げられませんがこれとそれはこういうふうにそうだとも言えますし、それはこういうふうにそうだとも言えます」

英語の場合、問題がどこにあるのか、賛成なのか反対なのか、イエスかノーか、まず最初にはっきりする。それが常にいいことだとは僕は思わないし、このようにはしないでおく喋りかたももちろんあるけれど、問題点の解明に関して自分の信じるところを述べるような文脈内では、かならずそうなる。問題はここにあり、それに関してはまずこれ、次にこれ、そしてそれからこれだ、というふうに意見を述べていくと、その意見の妥当性は別にして、その意見を述べる人が信じている進むべき道筋は、ほぼ自動的に明らかになっていく。意見を述べるとは、自分が専門とする分野での経験や知識の蓄積を土台とした、確固たる信念とそこに生じる責任の表明だ。英語で喋る日本のコメンテーターたちには、それが一様になかった。彼らが英語でなんとかなし得たのは、まるで他人(ひと)ごとのような、そして結局はなんのことだかわからないまま、曖昧(あいまい)な説明だけだった。

日本語は単文が並列されていく構造を持っている。単文が横につらなるだけで、立体的に層を作っていかない。問題のぜんたいを出来るだけ広くとらえ、そのなかに存在する事柄について可能なかぎり正確に語ろうとすると、日本語では単文を多くつなげなくてはいけない。つなげればつなげるほど、その日本語はしまりがなくなってくる。問題のぜんたいも、そして問題の核心も、一見したところますます見えにくくなっていく。このような日本語の性能のなかで無自覚になされる発想を、表皮だけ英語にくるんでおこなった彼らの英語による発言は、英語力の限界も手伝って、まったく役に立っていなかった。彼らの英語は、英語のように聞こえていながら、じつは発想も構造も機能も、日本語そのものだった。

懐かしいネガティヴ・ステレオタイプ

一九九二年のブッシュ大統領による日本訪問に合わせて、アメリカのパブリックTVの『マクニール／レーラー・ニューズ・アワー』という番組では、一回が四十五分ほどの番組のなかの一部分を『文化の衝突』と題した小さな特集にあて、四回にわたって放映した。日本とアメリカとの関係ぜんたいへの、ごく一般的で文化論的なアプローチによる特集だった。日本とアメリカの問題に文化論的にアプローチすると、その結果は完全にすれちがうかあるいは正面衝突するかのどちらかだという意見を、僕は持っている。ほとんどすべてはすれちがいと衝突のはざまに落ちていくだけであり、文化論的なアプローチによって得られる成果はじつはたいへんに少ない。この特集もそのことの例証のひとつのようになっていたが、日本という異文化を自分たちの自己定義に対する外部からの根源的な挑戦として、アメリカの人たちが受けとめている事実は充分に伝わっていた。

日本人に関するネガティヴ・ステレオタイプが、アメリカ人のなかにふたたび強く立ちあらわれているという問題や、アメリカにある日本の会社で日本人上司のもとで働くアメリカ人社員の悩みといった内容の特集を、ボストンの局で経済記者をつとめているポール・サルマンが、取材者および語り手となって進行させた。

取材活動の一部分として、サルマンは、アメリカにある日本の会社で働く日々のなかで、アメリカ社会と日本との接触面の最前線に立つひとりの日本人の中年男性社員と、何日か行動をともにした。仕事のことを中心に、ふたりはおそらくさまざまなことを語り合ったに違いない、と僕は思う。少なくともサルマンは、多くのアメリカ人がそうであるように、その日本人男性社員に、いろんな聞きかたで多くのことを質問したはずだ。

いつも社内用の制服を着た、丸顔で元気そうなその中年男性の話す英語は、日本語で発想したものをひとつひとつそのまま頭のなかで英語に置き換える、というタイプの英語だった。使える単語も構文もごく限られているから、相手にもかなりの努力をしてもらってどうやら、彼の英語は通じていく。それはそれで、いっこうに構わない。しかし、微妙なニュアンスを隅々まで自分の思うとおりに伝えることは無理であると同時に、きわめて重要なことをおそろしく単純化して表現せざるを得ない場合がたまにあるということを、僕はつけ加えておきたい。

取材で毎日のように彼と顔を合わせ、いろんな話を重ねても、あるところまでいくとそこから先は、サルマンにとってまったく不可解なままにとどまったのだろう。そしてそのことが直接の動機になったからだと僕は推測するが、その不可解さをなんとか突破しようとして、少しだけ極端に言うなら思いあまって、サルマンはその日本人男性に次のような質問をした。

「私をこれまで以上に好くために、これまで以上の努力をあなたは将来においてしてくれますか」

サルマンの言葉を僕はそのまま引用すべきだが、僕はメモを取り忘れた。日本語に直訳するとまわりくどいが、to try harder to like me more. というような、典型的なアメリカ語法であったことは確かだ。こう質問されたその日本人男性は、質問の意味がとっさには理解出来なかった。少し困ったような笑顔で視線を虚空に向け、サルマンをしばし制するかのように片手を上げ、持てるかぎりの誠意をこめて彼は必死に考えた。そしてサルマンの質問に対する答えを、頭のなかにまず日本語で作り、それを英語に置き換えて次のように答えた。

「これは私個人の答えではなく、日本人一般のノーマルな答えとして言うのですが、私はあなたを失望させたくないので、私が私のままでいられるなら、そのかぎりにおいて、私はあなたに対してポライトな対応をするでしょう」

会社の仕事で否応(いやおう)なしにごく仮にアメリカに身を置いている日本人男性の気持ちとして、こういう答えが出てくるのは僕にもわからなくはない。しかし、不思議というならじつに不思議な回答だ。彼とサルマンという、おたがいに個人どうしの話のなかに、なぜいきなり日本人一般が出てこなければならないのか。日本人一般とは、なになのか。それに、ノーマルとは、どういうことか。ごく普通の、あるいはごく一般的な、という意味の日本語に彼はノーマルという英単語をあてはめたのか。サルマンという男とさらに仲良しになると、彼は自分が自分ではなくなるのだろうか。嫌なら嫌と言って失望させてもいいではないか。

彼の回答は、将来においてあなたをより好くための努力をするのは私は嫌です、という意味だ。サルマンもそう言っていた。「会社の仕事の一部分としてあなたとのつき合いがあるのなら、私は出来るかぎり親切に丁寧にあなたとつき合いますけれど、あなたとのつき合いによって自分の価値観や世界観が深刻な影響を受けるのは、ごめんです」という意味に、僕も彼の回答を解釈する。サルマンにとってその日本人男性は、会社の仕事とどこまでも一体化した人に見えたのではないか。そして会社の仕事を離れると、彼はただちに自分の私的な世界に入ってそこにたてこもる。会社の仕事からも、そして私的な世界からも、いっこうに出てはこないしほかの人が入ることも不可能な、見えないそして入れない厚い壁を、サルマンはひしひしと感じたのではないか。

だからこそサルマンは、会社あるいは私的な世界から出てパブリックになる用意や覚悟があるのかどうかという、根源的な質問をした。私をもっと好くための将来における努力とは、会社すなわち日本という枠の外に出て、私とともに共通の場に立つのか立たないのか、という意味だ。

この日本人男性社員の回答のなかに、「私が私のままでいられるなら、そのかぎりにおいて」というフレーズがある。「私を将来においてもっと好くためのもっと強い努力」というサルマンの言葉を、日本人であることを捨ててアメリカ的になる、という意味に彼は誤解したのかもしれない、と僕は推測してみる。そのような誤解があり得ない文脈ではない。しかし、日本人の彼が日本人であり続けることにはなんの問題もなく、サルマンもまたなんの問題もなしにアメリカ人であり続けていい。

日本とアメリカが彼らのそれぞれにとっての私的な世界だととらえるなら、そこからともに出た場所がふたりにとっての公共の場であり、私をもっと好くための努力とは、その公共の場へ出るのか出ないのかということだ。日本人が日本人だけに通用するルールによって運営し、日本人だけが利益を得ていくシステムというものの存在を取材の過程で強く感じたサルマンは、そのようなシステムとは反対側にあるもの、つまり公共性という開かれた世界への志向の、基本的な有無をその日本人男性に問うてみたのではないか。公共性という観念を具体的な場で実践すること、それが人と人との関係というものなのだから。

頭のなかが日本語のままの英語

クリントン大統領と会談するため、一九九三年四月、アメリカを訪れた日本の首相は、ABC-TVの『ジス・ウィーク　デイヴィッド・ブリンクリーとともに』というニュース解説番組にゲスト出演した。老練で枯淡の境地に達していながら鋭さとユーモアを保ち続けている、ひと筋縄ではいかないブリンクリーのわきに、ジョージ・ウィルとサム・ドナルドスンがいて、後半ではさらにクキー・ロバーツが加わり、時局のさまざまな問題に関して何人かの専門家に意見を述べてもらいながら議論していくという、どちらかと言えば程度は高いほうの番組だ。首相が出演したときのその番組を僕は見た。

外国の首相がこのような番組にいきなり出演するのは、かならずしも賢明なことではないと僕は思う。こちらの考えを忌憚（きたん）なく述べる機会を作っていただけるということならばそれはもう喜んで受けさせていただきます、というような判断にもとづいた出演だったのだろうか。画面に登場し、紹介されて最初の質問を受け、語り始めて三十秒以内に、たいへんに強く肯定的で前向きな印象をあたえることの出来る人、あるいはそのような用意の出来ている人なら、出演してもいいと僕は思う。

クリントン大統領によって司法長官に任命されてすぐに、ジャネット・リーノがこの番組にワシントンのスタジオで出演した。リーノを前にして開口一番、「なんてお呼びすればいいですかね。肩書はアトゥーニー・ジェネラルというわけですから、ジェネラルとでもお呼びしますか」と、ブリンクリーはリーノに冗談を言った。この冗談はかなりきつい。「ジャネットでもミズ・リーノでも、あるいは、ヘイ・ユーでもいいですよ」と、リーノは笑顔で答えていた。こういう気の強いユーモアのある、修羅場を充分に踏んだ結果の当意即妙の人なら、アメリカでTV番組に出演してもいい。

大統領でさえ、出演しないほうがいいときというものが、確実にある。たとえば一九九二年、ブッシュ大統領とブリンクリーとの談論が、おなじ番組のなかで放映された。やがて選挙があるとはいえ、大統領はなぜ出演するのだろうかと、僕は思った。これといって真剣に議論しなければならない問題はなにもなく、したがってただの談論に終始した。
アメリカがかつて日本に原爆を投下したことに関してアメリカは日本に謝る必要はない、という意味の発言を大統領がおこなったのは、この談論のなかでだった。日本に原爆を投下したことに関して、アメリカは日本に謝るべきだとする意見がありますが大統領はどう思いますか、ときわめてさりげなく、内輪の世間話の一部のように、ブリンクリーはきいた。引っかかってくれるなら儲(もう)けもの、というつもりでブリンクリーはそう言ったのだが、すんなりとそれに引っかかった大統領は、日本に落とした原爆に関するアメリカのきまり文句を、ブッシュ調で真剣に述べていた。

日本の首相は、この番組の常連四人と、ワシントンのいつものスタジオで、さしむかいとなった。出演しないほうが賢明である番組で、首相は最初から四対一だった。ブリンクリーはほとんど発言しなかったが、ほかの三人は待ちかまえていた。日本との貿易でアメリカは巨額の赤字となっている。日本はアメリカでは自由に製品を売ることが出来るのに、アメリカの製品を国内に入れようとはしない。日本の市場はアメリカ製品に対して閉ざされたままだ。これはいったいなぜですか、と首相は問い詰められた。あまりにも単純化されたこのような質問に、どんな反論が可能だろうか。それに、受けて立つ反論というものは、そもそもどこまで有効だろうか。

いきなりこう問い詰められるまえに、あなたはクリントン大統領に関してアンコンフォタブルな思いをしていますか、と日本の首相は質問されてしまった。アンドリュース空軍基地に到着した首相に対して、アメリカ側のいわゆる政府高官はひとりも出迎えなかったこと。大統領との会談はふたりだけで二時間という約束が、のっけからあっさり破られたこと。「これまでの日米関係は終わった。アメリカは変革しようとしている。日本もそうすべきだ」という大統領の発言。そして円高を容認する発言。こういったことを踏まえて、あなたは大統領に関してアンコンフォタブルな思いをしていますか、と首相はきかれた。大統領に関してアンコンフォタブルとは、アメリカに対してアンコンフォタブルという意味だ。いいえ、そんなことはありません、と首相は答えた。大統領との友情関係、そしてアメリカとの友好関係は、両国にとってもっとも重要なものであり、その関係に私は信を置いています、と日本の首相は答えた。

友情関係はもっとも重要と彼は言ったが、その彼にはすでに失点がいくつかある。大統領選挙中に感想を求められた彼は、ブッシュさんに頑張っていただきたい、と日本国内で発言した。クリントン候補にはすぐに伝わったはずだ。ミュンヘンに向かう途中だったと思うが、首相は次のようにも言った。アメリカはなにかとお困りの様子で日本も心配していますから、お助け出来るための努力ならなんでもいたします。これに対するクリントン候補の反応は記録に残っている。余計なお世話だという意味で、アメリカは自分の欲するものは自分で勝ち取る、とクリントン候補は言った。フレンドシップやグッド・リレーションシップがそれほどに最重要なら、そのための絶好のチャンスである大統領就任式に、なぜ首相は欠席したのだろうか。

問い詰められるたびに、首相は反論した。反論というよりも、受けにまわって質問に答えることだけをした、と言ったほうが正確だ。そしてその言葉はまったく不充分で、したがって説得力はなかった。ひとつひとつ受けては答えていく首相の、意図や態度はそれなりに誠実なものだったと言っていい。しかしその誠実さは、もっとも重要で最終的な作用点である彼の言葉のなかに有効に現れて機能した種類のものではなく、余裕を見せてにこにこと柔和に、相手の気持ちや質問を先まわりして汲み取りながら、誠意と根気をもってことにあたり、申し上げることは申し上げてご理解をいただくという、日本国内仕様の接客態度でしかなかったから、良くて退屈のひと言、悪ければこれは得体が知れないと判断され、アメリカではそれでおしまいだろう。達成出来たイメージはゼロ以下だ。

首相は英語など喋るべきではなかった、という意見が日本にはある。あの程度の英語なら日本語でとおし、通訳をつけたほうがはるかに有利になる、という意見も日本の出版物で僕は何度か目にした。アメリカ政府というやっかいな相手と、どこまでも互角に渡り合うことの出来る英語ではないとしても、聞いていてそれほどきまり悪くなるようなものではなかったし、相手の言うことはよく聞けていると僕は感じた。しかし、問題はあった。

慣用的で定型的な言いまわしをかなりうまくつらね、そのいちばん外側のごく薄い表層の上を、つるり、すらりと滑っていくような不思議な英語は、学習していくさいに受けたアメリカからの影響が、はっきりとわかる喋りかただった。問題はこのような外側にではなく、言葉というものに関する自覚の質という、核心の部分にあった。

彼の日本語が、日本の一般市民に対してどのように機能していくかに関しては、すでに一種の定評がある。おおげさな言いかたを出来るだけ避けつつ、言葉を慎重に選び、断じ切ることをけっしてせず、しかし自分は大所高所にとどまって人を諭すようなあの言葉づかいに、言葉というものに関する彼なりのある種の考えがこもっていることは、確かだろう。ひと言で言うなら、言葉を選んで慎重にということだが、そうすることがアメリカにおいてもなんらかの効果や機能となって発揮されるという思い込みは、当人ひとりだけに通用するごく浅い主観的な思い込みの域を出ないのではないか。国内ですらもはや通用しない、言葉づかいに関するこのような自覚を、首相はそのまま英語に持ち込んだ。しかもアメリカのTVで。

彼の英語による説明を聞いていて、僕の頭のなかにもっとも強く残った印象は、いまの自分に考え得るありとあらゆることを考え抜き、万全に用意を整えてワシントンのそのスタジオに来た、という態度ないしは内容がほとんど感じられなかったことだ。考え抜くという作業は最終的には相互的であり、そこにおいてこそ知性は機能するはずだ。考え抜いてはいないということは、説明は一方的であるということでしかなく、当然のこととしてそこに存在する差は、彼の発するひと言ごとに露呈されていった。

大統領とのフレンドシップが「モースト・インポータント」とは、どういうことだろうか。彼が言う友情とは、従来の日米関係となんら変わるところのない、あの相当に特殊な上下関係を意味しているのではないのか。日米関係の重要さを総論的に唱えるのは、日本の首相その他によってこれまでなされてきたことの反復だし、その関係のなかで日本はそれ相応の役目を果たし負担をしていきますと説くのも、従来からの方法をなぞったものだ。

分野を経済だけに限定せず、もっと広く、つまり曖昧(あいまい)に、総論的に、首相はクリントン大統領と語り合い、あくまでもご挨拶(あいさつ)的に一致点を得て、関係の確認をはかりたかったのではないのか。

しかし、大統領は、つまりアメリカは、アメリカ製品の日本におけるシェアを、輸入目標数字を分野別に設定してそれを達成することをとおして確保する、というアプローチの話し合いだけを用意していた。

それは管理貿易ですからとうてい賛成いたしかねます、と首相は答えていた。管理貿易に彼は「マネジド・トレード」という言葉をあてていた。たとえば半導体や自動車部品では、目標を設定してそれをほぼ達成してうまくいったではないかと反論されると、あの数字は努力目標であり、最初から具体的な確保枠を設定するのとは根本的に違います、そしてそれにはさきほど申し上げましたとおり反対です、と首相は繰り返していた。

二百三十億ドルという新総合経済対策を、おみやげとして首相はたずさえた。これが日本のハイテクや建設産業のさらなる強化にまわるなら、日本の市場に閉鎖性を間違いなくあたえているいわゆる非関税障壁の、さらなる強化につながるだけではないか、とアメリカは読んでいなかったか。相手からの問いに対して、自分の側の論理だけによる弁明的な説明は確かにあったが、自分のほうからの積極的な提案はなにもなかった。日本はこれとこれならこんなふうにも出来ます、だからここはこうしてみませんか、という提案のなさもまた、これまでとなんら変わっていなかった。ご理解をいただくという言いかたは、もっとも日本語らしい文脈のなかでは、相手の論理は無視するということだから、この点においても従来どおりの首相のありかただった。

「モースト・インポータント」とは？

「大統領とのフレンドシップはモースト・インポータント」なものです、と日本の首相がアメリカのTV番組で言うとき、そのフレンドシップとは、じつは日本人の大好きな上下関係のひとつを意味しているのではないかと、僕は思う。そしてその上下関係とは、自分にも利益がまわってくることの保障を取りつけるシステムのことだ。日本にとってのアメリカとのフレンドシップ関係は、アメリカによって自分の利益が保障され続けるシステムの、存続を確認する方法だ。その意味において日米関係は「モースト・インポータント」であり、戦後から現在まで日本がアメリカに対して取り続けてきた態度は今後もなんら変わらないという意味においても、その関係は「モースト・インポータント」なのだろう。

戦後のアメリカは、ソ連の威嚇というものを、自分たちにとっての最大の敵として想定した。この敵に徹底的に対抗するというアメリカの国益行為にとって、日本はまずなによりも先に地理的に見て、アメリカにとって重要だった。ソ連に対抗するための、太平洋の東側における最前線基地だ。日本はアメリカが広げた巨大な翼の下に入った。戦後の日本のシステムは曲がりなりにも自由と民主であり、アメリカの保障の下には平和があった。平和と安定したシステムとがなければ、技術と経済による立国などあり得ない。平和には広大な輸出市場としてのアメリカが付随していた。アメリカによって日本は計り知れない得をした。

国内経済の建てなおしを最重要課題としているクリントン大統領は、日本の輸入枠の設定とその達成を日本に迫るのが、日本に対する経済面での基本的な方針だ。設定される目標枠には、発動されることはめったにないとしても、制裁の規定がともなう。目標枠の設定に応じることは、日本にとっても世界にとっても、いいことではない。それに、いまはもう機能している状況とは言えないにせよ、ガットのルールにも違反する。半導体や自動車部品に関しては政治的な一時しのぎでそうしたまでで、結果として達成された数字はたまたま目標の近くまでいったに過ぎません、と本当のことを言うわけにもいかない。目標の設定には反対ですという首相の判断は正しい。しかし、詰め寄るように質問され、そのひとつひとつに対する日本の首相の答えがノーであるのは、そのノーがいかに正しくても、結果としては拒否以外のなにものでもない。部分的には正しい意見を述べていながら、結果としてはもっとも不利な位置に自ら身を置くことになる。

冷戦が終わったあとの現実というものは、クリントン大統領にとってはもっともわかりやすい領域のひとつなのではないか、と僕は感じる。冷戦が終わったあとの世界各国の、多重に錯綜する複雑な関係のなかで、問題ごとにその国との個別の交渉で国益を確保していく、という領域だ。日本とアメリカとの関係は、そのようなやっかいな視野のなかで、ほとんどまったく新たに、作り換えられなければならない。これまであった関係を、そのまま将来に向けて続けていこうとする考えかたは、完全に間違いだ。これまでとは異なったルールが、世界ぜんたいという極大範囲のなかで、創出されなければならない。そしていまのアメリカには、自らが世界に向けて推進してきた自由を、全域にわたって厳守するだけの余裕がない。現実の最急務として、アメリカは最応急の手当てをしようとしている。

日本とアメリカの関係を、アジアそして世界ぜんたいのなかで、どのように位置づけどのように機能させていくかに関して、日本は世界にヴィジョンを提供し、賛同を得なければならない。そのヴィジョンのなかに、周辺各国の安定と安全を織り込みつつ、共存のルールをはめ込んでいかなくてはならない。限定された個々の分野での二国間協議に、ぜんたいつまり世界を重ねる工夫を、日本は常にしなければならない。世界に対して共同して責任の取れるような共通のルールのなかに入ろうとする対等の試みが、日米交渉であるべきだ。

このようなことに関して日本の首相は、アメリカのTVでアメリカ市民に向けて広く語りかける試みをすべきだった。しかしそれは望み過ぎかもしれない。なぜなら、そのような語りかけによってアメリカ市民を説得して強い賛同を得るためには、その語りかけを裏づけるいくつもの具体的な政策を、日本はすでに強力に推進していなくてはならないからだ。自国の市場を世界に向けて開放する政策と、自国の新たな産業を育てて強くしていく政策とを、同時に成立させるような政策だ。そのような政策はなされてはこなかった。したがって語りかけは不可能だ。

一九九五年の六月なかばで場面をひとつ切り取ると、自動車の部品をもっと買え、とアメリカは日本に要求している。民間企業の問題を政府間が協議する間違いの上に、その政府による数値目標を設定してそれを守らせる、というもうひとつ間違った試みが重なっている。アメリカの要求に日本が応じなければ、日本に対して一方的に制裁措置が発動されるという。このような一連の成り行きを、アメリカの要求に応(こた)えないという決定とともに、日本はWTOに提訴した。日本は自由貿易を守りたいから、というのが提訴の理由だ。ここまでなら理は日本にあるし、そのかぎりではヨーロッパもその理を認めている。

しかし、日本のシステムぜんたいというものを、世界に対する閉鎖的な挑戦の典型として、アメリカがWTOに提訴したらどうなるだろうか。日本は引っ込みがつかなくなるだろう。日本は自由貿易を守る、と日本は言った。ところがその日本というシステムは、世界に対する閉鎖の典型だとアメリカに言われたなら、より大きなかたちで理はそちらにあることになる。ヨーロッパはその理を支持するはずだ。

アメリカ製の部品をのんびりと買い付けている隙間などもはやなにひとつないほどに、日本の自動車産業の現場の全域が、過酷をきわめた緻密さで構成されきっている。自動車産業のほぼ全域がじつは人権問題であるとも言えるほどに、日本の自動車産業というシステムは、おそろしく洗練されて完成している。その事実のぜんたいが、買い得の高品質という日本車だ。

アメリカの自動車業界それ自体は、日本という市場で自分たちが犯した失敗をよく承知している。大統領を背後から動かしているのは自動車労組だ。この労組が力を持っていて、それゆえに自動車州と呼ばれている州が六つある。この自動車州を地盤にしている労組を、民主党の大統領はNAFTAで敵にまわした。そして中間選挙で民主党は大敗した。大統領が再選を狙うなら、カリフォルニアを加えて、この自動車州を絶対に取らなくてはいけない。

取りたければ取れ、と労組は言っている。つまり、閉鎖市場である日本をこじ開けろ、と言っている。開ければその実績は選挙での獲得票になる、というわけだ。開けたことのとりあえずの実績は、日本に約束させる数値だろう。その数値を、再選活動のブレーンの中心となるはずのミッキー・カンターが、日本に提示する。日本としてはどこまで見通せばいいのか。

円高が続くと、たとえば自動車の部品は、安いところから買わざるを得なくなる。現在の外国製部品の調達率はたいへん低いが、外国から買うか国内で調達するのか、そして外国で生産するのか国内で生産するのか、決断しなければならないときはとっくに来ている。そしてその決断には、製造から販売までの全域にわたる大きな変革をともなう。

決断にまつわる見通しを、いま言える範囲内で言ってみたのが、日本の自動車業界がまとめたグローバル・ヴィジョンという自主的な計画だ。業界の指導にかかわる通産省（現・経済産業省）の力が引き出したものだが、現実はこの程度の計画をはるかに越えた先で進展している。アメリカのビッグ・スリーが作る自動車は、彼らの心情にとっては、いまだにメイド・イン・アメリカ・ウィズ・プライドかもしれないが、内容的にはもはやどこ製でもないと言っていい。アメリカという国をひとつにまとめ上げた神経細胞経路、とまで言われた自動車がいまではそうなっている。作業車やバス、軍用車などは別にして、ごく一般的な乗用車にあっては、アメリカらしさは淡くなるいっぽうだ。

日本もおなじことを体験する。自動車の製造や販売をめぐって日本が築き上げた日本らしさは、少しずつ確実に消えていく。グローバル・エコノミーとはそういうことだ。製造のしかたにおける日本らしさは完全に完成されている。全域にわたってあらゆる細部が、じつは人権問題でもあるような過酷で緻密なシステムは、状況が変化するとにっちもさっちもいかなくなる。調整で切り抜けようとすると、その調整はあっというまに雇用にまでおよぶ。

売りかた、つまり儲けかたの日本らしさは、日本がかかえ込んでいる矛盾や無理、そして不合理などの総体だ。これを市場の閉鎖性だと指摘されたら、日本はまともには反論は出来ない。ほとんどおなじ仕様の同一車種のあいだに、日本とアメリカとでは四十万円から八十万円の価格差がある。日本車の日本国内価格に割高感があるのは否めない、などと業界の人は言うが、これだけの価格差に割高感という言葉を使うこと自体、妥当だろうか。

販売員に課せられた販売に関する以外の煩雑な労務は、消費者が背負う日本というシステムの矛盾や無理、そして不合理そのものだ。販売店で修理を頼むと部品代と作業代を請求される。部品代とは純正部品の代金だ。純正部品とは、開発の段階からシステムのなかに入っていた部品のことだ。それ以外の部品は、品質がどんなに良くて安くても、最後まで流通には乗れない。車検に関してもすでに多くの正しい指摘が出つくしている。日本というシステムが業界にとっていかに有利に、そして精緻に巧みに出来上がっているかを知りたければ、車検を受けてみることだ。

このような日本のシステムが、業界別に、そして国ごと、世界に対する閉鎖の典型として、アメリカによって世界機関に提訴されたなら、かかわりの浅くない先進諸国は、自動車問題に関するアメリカの理不尽さを越えて、日本は閉鎖市場だとするアメリカの主張を支持する。

アメリカは自由と民主とを世界に広げてきた。自分たちのルールがぜんたいのルールになるといい、というわけだ。ルールを共有しない相手に負けると、これはフェアではない、とアメリカは言う。俺がお前なんかに負けるはずがないのにこうして負けているのは、なにかからくりがあるからだというのが、フェアではない、という言いかたの意味だ。自動車とともに日本というシステムのぜんたいが、世界の目をあざむくからくりにされてしまう。

日本には日本のやりかたがあるとするなら、そのやりかたはもちろん、日本には日本のやりかたがあると世界に向けて主張することも含めて、それが日本文化というものだ。文化でおおげさなら、それが日本らしさだ。日本にとってもっとも大切なのは、日本らしさではないだろうか。日本が能力いっぱいに発揮してきた日本らしさが、たとえば現在の日本の自動車を作った。そのためのシステムをここまで支えてきたのは、戦後の自由世界つまり現場での資本主義だった。日本もその現場のなかで過ごしてきた。そこで自分のやりかたを獲得したし、それを主張出来るまでに、少なくとも経済的には成長した。日本は日本を支えてきた自由を主張し、アメリカはアメリカの自由を主張している。おたがいに相当に激しく異なるふたとおりの自由が、いま衝突している。

両者ともにあとへは引かないだろう。衝突している二種類の自由の背後には、それぞれ国の文化の総体が横たわっているからだ。これはじつは深刻な種類の衝突ではないだろうか。大統領とのフレンドシップどころではない。これだけの衝突のなかのどこに、どうやって、フレンドシップを成立させていくのか。

しかし現実の問題としては、深刻な心配は無用だろう。現場における資本主義の基本的な性格は、突進なのだ。どこかに差を見つけ、その差を自分にとっての原動力にして、自分の内部で際限なく増幅しつつ、前方に向けて突進していく。これからの突進先はアジアだ。日本からの視点で言うところの東南アジア、インド、パキスタン、そして最終的には中国だ。

その最終的な中国に、たとえば三十年前の日本とおなじ程度のモータリゼーションが実現している様子を、想像してみるといい。自動車だけが走っていてその他はいまのまま、というわけにはいかない。アジアのほぼ全域の経済が三十年前の日本くらいまで持ち上がっているとき、自動車はまだアメリカ車、日本車、ヨーロッパ車などと分かれたまま、シェア競争をしているだろうか。自動車メーカーは溶け合ってひとつになり、世界車のようなものが現れているはずだ。アジアという次の現場における資本主義の突進にとっては、そうならないことには効率が悪すぎるからだ。

早くも何年か前の出来事になってしまい、したがって現在およびこれからとはほとんどなんの関係もないことでしかないが、僕はひとつの光景を思い浮かべる。東京で開催された、世界の自動車部品メーカーの、展示取引会のような会場に、日本の自動車メーカーも応対のために机を出していた。メーカーごとに何人かの男たちが机のまわりにいた。そこへアメリカの自動車部品メーカーの男が現れ、自分の会社で作っている部品を取り出し、日本の自動車会社の男たちに見せた。

自動車会社に勤めているとはいえ、机のまわりにいた男たちには、それがなんという部品でどのような機能を果たすものなのか、さっぱりわからなかった。「なんだかわかるかい、わからないだろう。自動車のわかるやつと代わってくれよ。アメリカのどのメーカーも使ってくれてる部品なんだ。日本にも買ってもらいたいんだよ」などと、アメリカのおじさんは真剣に掛け合っていた。

自動車産業は部品産業という膨大な裾野なしには成立しない。現場で突進していく資本主義は、そのような裾野も根源的に改変してしまうだろう。俺のとこの部品を買え、と迫ったアメリカのおじさんと、迫られた日本の男たちが作った光景は、突進によってとっくに過去のなかに置き去りにされた、懐かしい光景でしかない。

母国語の呪縛の外へ

アメリカの文脈のなかで日本人が英語を少しだけ喋るのをTVごしに見たいくつかの例について書いてきた僕は、彼らの英語が満足に機能しない事実のなかにある、ひとつの共通した特徴に気づかざるを得ない。その特徴は、彼らの英語はいちばん外の薄皮一枚だけであり、その内部に芯までぎっちりと詰まっているのは、母国語による思考や発想の経路とその表現のしかたでしかなく、それらをいまここで仮に母国語による呪縛と呼ぶなら、彼らの誰もがその呪縛の外に出ることが出来ていないという特徴だ。母国語による発想のしかたと表現のしかたを、薄皮の英語にくるんでたとえばアメリカで喋ると、望ましい方向に向けてはいっこうに機能しない。英語をとおしてアメリカという外国とコミュニケートしようとしていながら、彼らは母国語によって裏切られていく。

自分の国に生まれ、そこで大人になっていくというかなり長いプロセスのなかで、母国語の構造と性能を、その精緻で微妙な隅々にいたるまで、人はほとんどなんの苦労もなしに身につけていく。そしてその母国語を使うときには、自分を守りつつその自分に出来るだけ多くの利益をもたらすことを目的に、きわめて主観的に利己的に自由自在に、母国語の性能を駆使する。そのような駆使が出来れば出来るほど、人は母国語の性能の内部に閉じ込められていく。その構造や性能の特徴的な傾きの内部深くに、もっとも強くその人を囲い込み呪縛するもの、それが母国語だ。人は母国語からだけは逃れることが出来ない。

外国語を知らない人は母国語も知らない、という有名な言葉がある。誰だったか忘れたが、昔のヨーロッパの文豪のような人が残した言葉だ。母国語しか知らない人は世界というものを知り得ない、という意味に解釈出来る。世界を知るとは、いくつもある外国となにごとかをめざして関係を作り、その関係を発展的に持続させていくことだ。そのためには人は母国語の外へ出なければならない、と昔の文豪は言っている。

外国の人を相手に外国語を使うとは、母国語によって自分の頭のなかに精緻に構築された世界、つまり発想や思考そして表現のしかたすべての、外に出ることだ。きわめて当然の、しかも基礎中の基礎のようなことだが、僕がＴＶで見た英語を喋る日本の人たちには、この基礎的な認識や理解がごっそりと欠け落ちていたようだ。

英語は国際語だと言われている。しかし、アメリカやイギリスの国内で使用されている、それぞれに固有の文化的そして歴史的な背景を持った言語を、そのまま国際語などにすべきではないと僕は思う。それに、国際語という言語はどこにもない。いま世界中でもっとも多くの情報を乗せ、もっとも広く、そしてもっとも数多くの人たちのあいだを飛びかっているひとつの言語という意味では、英語、特にアメリカ寄りのそれは、確かに国際的に通用する言葉だ。国際、という視野のなかでとらえた日本は、否応なしに英語の上に立っている。日本人が学習によってある程度まで身につけた外国語としての英語の性能や機能のしかたという、一本の細い柱によって、国際という世界のなかの日本は、かろうじて支えられている。これはじつは戦慄すべき事態だが、英語に代わる言語はいまのところほかになく、これからもないだろう。

　世界に対してアメリカがこれまで維持してきた影響力、アメリカが保ってきた人材の質や量、アメリカという国の基本的な性格、たとえば異質なものを多く受けとめては自国の力に変えつつ、自由や民主あるいは市場経済などを世界へ広げていったことなどが、複雑に重層的に作用した結果として、アメリカの英語は世界中に広く強く普及した。特にアメリカの英語が国際語のようになり得たもっとも本質的な理由は、その英語が基本的な性格として持っている、開かれた抽象性だと僕は思う。開かれたとは、英語という言語の正用法の全域をきちんと学んで身につけ、それ以後の努力と現場での習練を積むなら、どこから来た誰であろうとも、自由に出入りして活用することの出来る言語世界がそこにある、という意味だ。そして抽象性とは、アメリカ国内のネイティヴ文脈の外で、そのような文脈とは無関係でありながら、おなじ言語によるおなじ論理を誰もが駆使することが可能な世界、というものを意味している。

　ネイティヴな母国語としてではなく、学習して身につけた外国語、つまり汎用性や共通性がきわめて高い言語のひとつとして、世界のどこにおいても機能させることの出来る特性が、英語にはある。日本も含めて、世界のぜんたいをいま支えているのは、このような英語だ。日本の人たちがこれからも英語の学習を続けていくのなら、学ぶ英語はこのような開かれた抽象性のある英語であることが、もっとも望ましい。ネイティヴの閉じられた文脈のなかへわざわざ囲い込まれるために、出来るだけネイティヴに近い英語を学ぼうとする作業は、ちょっと変わった個人的な趣味の位置へ降ろすといい。

固有の文化的なそして歴史的な背景を強固に持つ言語、つまり母国語は、その文脈のなかで生きる人たちの言葉として持たざるを得ない基本的な性格のひとつとして、母国語の文脈の外にある異質なものすべてに対して、閉じられた防御的な機能を発揮する。自分たちの文脈の外にある数多くの異質な存在に対して、自らの正当性を可能なかぎり強く主張するための言葉、それが母国語だ。

母国語によって長い年月をかけてつちかわれた思考や発想の外に出ることは、ごく控えめに言っても、至難の業だろう。その難しさや面倒さにくらべれば、思考や発想は母国語のまま、それを薄皮一枚の英語にくるんで喋ったり書いたりするほうが、はるかにたやすい。外国語を学び始めたときの、わずかな単語とごく限られた構文しか自由にならないもどかしい苦しさの次の段階には、多少は使えるようになった英語で母国語の思考と発想をくるみ込むという、落とし穴が待っている。この落とし穴は魅力的かもしれない。なぜなら、自分の側の論理をいくらでも主観的に利己的に自在に表現し抜く母国語の、かりそめの代用品にはなり得るから。

母国語の呪縛の外に出るためには、母国語の教育を初等から高等にいたるまで、徹底的に作り換えなければならない。この途方もない作業のあと、今度は英語なら英語の抽象性、つまり論理の筋道の作りかたおよびその提示のしかたや受けとめかたを学ぶ作業へ、入っていかなければならない。国際、と呼び得る領域のなかで英語に自分を託するとは、きわめておおざっぱに言って、以上のようなことだ。このたいへんな作業を引き受けて身につけないことには、外国という異質なものとともに公共の場に立つという、最初の第一歩が踏み出せない。

そのような英語はいったいどんな英語なのかと質問されたなら、僕の見聞の範囲内ではたとえばダライ・ラマの英語はなかなかいい、と僕は答える。日本の首相、そして政界や財界の高い位置にいる人たちが、ダライ・ラマのような英語を駆使したなら、そうでない場合にくらべて、日本の運命は大きく違ってくるにちがいない。ネルスン・マンデーラの英語もいい。どちらも、英語の開かれた抽象性をきっちりと学んで自分のものとした、誰とでも共通の場に立てるという意味においてたいそうインテリジェントな、したがってどこまでも機能して止むことのないグローバルな言葉だ。

IとYOUの世界

自分というもののとらえかたから始まって、日常の極小的なものの考えかたから世界観という極大にいたるまで、人が頭のなかでおこなうことすべては、そして日本人の大好きないわゆる心というものも含めて、言葉を媒介にしておこなわれている。日本の人たちにとっては日本語が母国語だ。そのかぎりにおいて、言葉とは母国語のことだ。なにかについて少しでも考えるとき、その考えは母国語の構造や性能のなかでしかおこなわれない。人の頭や心は、母国語という枠の内部にしか、基本的にはあり得ない。肉体のありかたもおそらく母国語によって規定される。すべての、と言いきっていいほどに圧倒的に多くの人たちは、母国語の内部に閉じ込められている。しかもそのことを普段はまったく自覚していない。母国語は、それを母国語とする人たちを、決定的に呪縛する。このようなことについて僕なりに書いてみようとするとき、英語のIという言葉から僕は始めなければいけないようだ。

英語のIに相当する言葉は、日本語にはない。これは、なんとも表現しようのない、たいへんなことだ。どうしていいかわからないほどに、たいへんだ。このたいへんさだけを手がかりにして、日本語の性能の特徴的な傾きについて、そのほぼ全域を書き得るのではないか、と僕はふと思う。

英語にはIがあり、日本語にはIに相当する言葉がない。英語と日本語とは、真正面から対立するほかないまったく異質な言葉であるという仮説を、Iのあるなしだけを土台にして立てることは充分に可能だ。日本は、Iという言葉を持たずに成立している社会だ。Iのある社会から見るとき、その社会はなんと異質に見えることだろう。

こうして書いていくとき、僕自身の視点の取りかたに関して、僕は常に注意深くあらねばならない。英語の側からの視点へ傾き過ぎないように、そして同時に、日本語からの視点へも傾き過ぎてはいけない。その微妙な中間の、どこでもないような中立的なところに、僕は自分の視点を作らなくてはいけない。

Ｉがないということは、その対立項であるＹＯＵもまったく存在していないことを、自動的に意味する。ＨＥもＳＨＥもそこにはない。人称代名詞を日本語は持たない。自分のことをＩという言葉でとらえたそのＩの背後には、Ｉを重要な出発点とする英語という母国語という言語の体系が、巨大に横たわっている。Ｉというひとりの個人は、その言語の体系つまり歴史や文化の総体を、ひとりの個人という最小単位として、体現している。

Ｉは最初からＩであり、最初からまったくひとりの個人だ。これ以上にはどうすることも不可能な、絶対の自分ひとりという最小単位、それが個人でありＩだ。そしてそのＩは、その人以外の人たちの存在とは、無関係に成立している。まわりに誰がいてもあるいはいなくても、ＩはＩだ。そのＩが、誰かに対して言葉を用いるとき、その相手は自動的にＹＯＵとなる。ＹＯＵはＩの言葉を受ける。

言葉はいったいなにのためにあるのか。Ｉは言葉を使ってなにをしたいのか。なにを達成したくて、ＩはＩとして発話者になり、あるいは逆に、他の多くのＩたちにとっての、ＹＯＵという受話者になったりするのか。受話者つまり相手であるＹＯＵを説得し、自分とおなじ意見にした上で、自分の味方として自分の側に取り込むために、Ｉという人は言葉を用いる。

Ｉは、この世に生を受けたその瞬間から、戦いの場に身を置く。そこでは、食うか食われるかが、最初からの最重要なテーマだ。社会とは、多くの個人が戦う場だ。戦いの場であることによって、社会は、すべての個人に向けて開かれた公共性を、最初から持っている。不条理な戦いの場で、多くの個人は、通常は言葉によって戦う。言葉、つまり自分の説の論理や理性における優位性において、Iというひとりの人は、他の多くの人たちに勝とうと試みる。

用いる言葉が明晰でなかったなら、この戦いの場ではなにがどうなるものでもない。というよりも、たちまち食われてしまって、それでおしまいだ。戦うとは、論理や理性において他の多くの人よりも少しでも優位に自分を置くことをとおして、その自分にとっての味方を出来るだけたくさん増やすことだ。個人は、ひとりのままでは、たいそう弱いから。

戦いのなかを生きのびていくには、自分の説が広くゆきわたり、ついにはそれが普遍になってしまうのが、もっとも好ましい。しかし、そのような好ましい事態は、まず実現しない。いずれも手のつけようのないほどに野蛮なエゴが、言葉によってなにほどか理念へと昇華されていくプロセスのなかに身を置き、そのプロセスに参加し続けることだけが、現実には可能だ。社会とは、継続され続けるこのようなプロセスの、全体のことだ。

戦いに勝つということは、多くの人たちに自分の言うことが広く支持されることだ。多くの人たちに支持される言葉とは、原則的には、理にかなった言葉以外ではあり得ない。多くの人が徹底して言葉をつくし論議し合うプロセスのなかから、論理や理性の優位性の階段が、論議されればされるほど明確に、浮かび上がってくる。人々はその階段を一歩ずつ上がっていく。

生まれてきたならとにかく引き受けるほかなく、それ以外にどうすることも出来ない、最小単位としての個人。その個人すべてが投げこまれる、戦いの場としての社会。その社会が最初から持っている、万人に開かれた戦いの場としての公共性。その公共性のなかでつくされる論議。論議のなかで鍛えられ洗練されていく言葉。そしてそこから生まれてくる、理というもの。理は理念でもいい、理性でもいい、そして理想という言いかたも出来る。

　個人がIという発話者となって言葉を発するとき、そのIの言葉の遠い遠い彼方(かなた)には、理想の構築という目標がある。言葉とは論理だ。そして論理は理想に奉仕する。そしてその理想は、あくまでも現実の上に立ち、現実化を志向するものであり、単なる夢想やお題目ではない。いつかは現実とならなければならないもの、として設定された理想だ。そのような理想が片方に存在することにより、人々の関心は、現実だけにとどまることをからくもまぬがれていく。

　Iがその身を置く社会は、理性や法を秩序とする、徹底的に硬質で理念的な社会だ。このような社会は、見かたによれば、たいへんに不自由で窮屈な社会だ。この不自由さや窮屈さの裏には、すべての個人を野放しにしておいた場合の、ありとあらゆる暴力が支配軸となった、どうにもならない世界という種類の自由が、隠されている。このような自由は、自分のやりたい放題が無制限に許されるという意味において、個人のもっとも個人らしい状態なのだが、そのような自由は言葉をとおして得た理性によって、厳しく制限される。

　理性とは客観的な普遍性だ。これにおいて相手より少しでも優位に立つことをおたがいに繰り返していくこと、つまり野蛮な状態からより良く遠のき続けるプロセスをとおして、個人と社会とのあいだに生まれるさまざまな矛盾の解決法が、模索される。模索されやがてそこに生まれてくるのは、自由や民主あるいは基本的な人権などだ。これらの理念は文字どおり身を挺(てい)して守り抜かなくてはならないものだから、守る現場に時として血が流れるのは不変の大前提だ。

個人どうしが社会のなかでおこなう戦いとは、このようなことをめざしておこなわれる戦いだ。戦いは、理性によって人工的に整理された世界を、必死にめざしている。そうであるからには、たまたま生まれ落ちたこの世というものは、徹底して混沌とした途方もない不条理の支配する、絶対的に孤独な世界以外のなにものでもないものとして、最初から人々に認識されているはずだ。この世というものをそのように認識するところから、自分がIである世界はスタートしている。

最初から存在する深い対立を、論争という理性によってコントロールし、そのことをとおして広く普遍的に機能し得る秩序を導き出す。そのプロセスに生まれる理念上の達成感は、本来なら孤立している個人どうしを強く結びつけ合う。この世に生きていくことのなかに見つけ得る善の、それは最高のものだと言っていい。たとえば恋愛も、基本的にはこれとおなじだ。

明晰な言葉で説く論理という、理性の優位くらべの戦いから導き出されるひとまずの秩序は、自由、民主、契約、法といったものであり、これは凶暴な野獣としての個人が、そのような状態から可能なかぎり遠のいた状態だ。そしてそのような状態は、固い信念にもとづいて導き出した原理や原則に沿って行動し、その原理や原則を守りつつ、さらにより広くそれを普及させようと試みている状態だ。このような状態は、じつは神の意志を体現しつつある状態でもある。

いくら理性の優位を積み重ねても、現実を理想に変えることは出来ない。だから理想主義はおそらく永遠にプロセスであり続けるだろう。この意味で、理想主義というものは、展望としてもっとも長期的なものだ。世界を運営していく機構のまったく新たな次元を必要としている現在の人類を、この理想主義だけがかろうじて支えている。

自分をIであらわす世界では、その自分は最初から個人として独立している。否も応もなく、好むと好まざるとにかかわらず、まさにこれが個人主義だとしか言いようがないほどに、最初から、そしてどこまでも、その人はひとりの個であり、それ以外のなにものでもあり得ない。

そのような個人の集合体が社会だ。社会は巨大なひとつのものではなく、個がたくさん集まることにより、全体として大きくなっている状態のものだ。社会はひとつのものではなく、無数の個の集合だ。その個の力がたくさん、あるいは一定以上集まって、社会を動かしていく。そしてひとりの個は、そのような社会の内部へ、より強く、より良く、自分を参加させることをとおして、個である自分を守ろうとする。ひとりの個にとって、自分を守っていくことのもっとも基本的なかたちは、このような内容とスタイルでの、社会参加だ。

思いや目的をさまざまにする個が非常にたくさん存在しているとき、そのたくさんの個たちが一定の機能を果たすためには、彼らはひとつのまとまりを持たなくてはいけない。それぞれに性格やものの考えかたが異なる数多くの個が、社会を作りそれを動かしていくにあたっては、どの個も、自分の考えを外に向けて明確に表現しなくてはいけない。その表現が、数多くの個の集まりである社会に、まとまりと力とをあたえていく。

強い個性を持ち、自分の立場や意見を明確にし、そこから生まれてくる自分の考えかたを論理的に強く主張する数多くの個は、そうすることによってのみ、おたがいのあいだに一致点や共通点を見つけ出していくことが出来る。そのような一致点や共通点は、やがて社会全体のルールとなっていく。ほとんど全員がたやすく一致点に到達することは、しかし、まずあり得ない。全員の理想的な一致は、あくまでも理想にとどまって、行く手という彼方に存在し続けるだけだ。たやすくは一致しないという徹底した認識は、一致のためのプロセスを、おなじく徹底して持続させる。このプロセスというものは、自分たちの社会が掲げる理想や理念を体現するための手段であるから、社会にとってもっとも重要なものとなる。プロセスの無視は重大なルール違反だ。そしてこのプロセスの典型が民主主義だ。

Iという個人は、プロセスの最小起点単位だ。その個人は、現実の日常生活のなかに重なり合って続くしがらみの、ひとつひとつとかかわり合って日々を過ごしていく人であると同時に、そのような現実のしがらみからじつにあっさりと離れて独立し、ある程度以上の抽象の高みに必要とあらばいつでも立つことの出来る人たちでもある。

Iという人は、ほかに誰もいなくても、とにかく最初から最後まで、Iだ。言葉というものはもともと抽象的で人工的なものだが、そのような言葉すべての出発点であるIは、人工や抽象の頂点だと言っていい。生来的に多分に抽象的だから、いつもは現実のただなかに身を置いてはいても、必要とあらばIという人はただちに現実を離れ、抽象的な、そして他のIと対等な存在になることが可能だ。現実のしがらみを引きずることなく抽象的な存在になることが出来るとは、目先の私利に動かされることなく、自分の信念や考えかたを他に対して明確に強く主張し、その主張に見合っただけの責任を引き受けることを意味する。

ＹＯＵという言葉は、Ｉからの単なる呼びかけの言葉だ。その呼びかけに呼応して、ＩとＹＯＵとのあいだに対話が始まっていく。ＩとＹＯＵとのあいだには、なにものにも邪魔されることのない、完全に円滑な互換性がある。抽象的な存在となっているときのIとYOUは、それぞれの現実を離れ、そのとき問題となっている事柄だけについて、客観的に語り合うことが出来る。

IとYOUとは、強い主張や明確な考えかたを、それぞれに述べ合う。IとYOUとの対話は、自と他との対立だ。この対立は、出来るだけ理性的で論理的な言葉を、可能なかぎり客観的に使って積み重ねていくことをとおして、共同してなにかを作っていこうとする意志だ。なにかを共同して作っていくとは、どんなに少しずつでもいいから、理想や理念を現実化させていこうという試みにほかならない。

Iとは、いまここにいるこの私という、ただひとりの人を具体的に意味するだけでは、けっしてない。Iは、たまたまそこにいるそのひとりの人を意味するだけではない。Iは、その人が一員となっている社会が拠って立つ理念から至近距離にいるはずの、その理念の体現者としての最小単位のひとつだ。Iは、自分のものの考えかたや信念に相応して発生する社会的責任の、発生点および引き受け点だ。Iとは、理性のルールにしたがって、理想の実現のために、社会的な責任を果たす存在のことだ。理想の実現という崇高すぎる言いかたは、一般的な現実のなかでは、その人の自由意志による契約の範囲内での、責任や義務と同義だ。果たされたその責任と義務の報酬として、その人にはそれ相応の自由が保証される。

責任と義務を果たすことをとおして、個人は社会のなかに自分のための場所を見つけ、その範囲を広げ、質を高めようとする。強い個性と自己主張、理性的な考えかた、客観にもとづいた理論的な言葉などを、論理というひと言でくくるなら、論理は社会のなかに自分を位置づけていくために使い得る、最高に有効な武器だ。個人が負う責任と果たしていく義務は、社会を支える法という普遍的な理性に、つながっていく。この理性は、人間にとって正当なすべての権利の土台であり、この土台の上にのみ、国家というものは成立する。

言葉とは社会の成り立ちそのものだ。そしてＩとＹＯＵは、その成り立ちが持つ基本的な性格を、もっとも鋭く一点に向けて抽象化したものだ。ＩもＹＯＵも、あらかじめ充分に抽象性を持っている。そしてそのＩとＹＯＵとは、いったんその必要が起きたならいつでも、現実のしがらみからたやすく独立してさらなる抽象の高みに立ち、問題のみを客観的にとらえ、理性の言葉で論理的に語り合い、おたがいを説得し合う。

Ｉが自分の意見を述べるときには、その意見がいかなる事実の上に立っているかが、もっとも重要だ。Ｉの意見のぜんたいが、事実のひとつひとつと緊密に結びついていないことには、その意見の正しさは主張出来ない。なにが事実か。事実とはなにか。問題のどの部分をとらえて、それを事実と呼ぶのか。そのほかの部分は事実ではないのか。現実をどの範囲まで問題にするのか。事実というものはきわめてとらえにくい多面体だが、最重要なのはとにかくまず事実であり、誰の意見もその上にしか成り立たない。逆に言うなら、意見を述べることによって、Ｉの立場はすべて明らかとなる。

生まれながらにして客観をめざす言葉

一人称を示すIという言葉が英語にはあり、そのIに等質で相当する言葉は日本語にはない。この一点を手がかりにして、日本語と英語との差を、僕に出来る範囲で、しかし肝心な部分は逃がさないように心がけつつ、明らかにしてみたいと僕は思う。英語のIという一人称は、少なくとも英語という枠のなかでは、真の一人称だと言っていい。ひとりの人が自分のことをIと言うなら、その人は他の誰でもなく本当にその人自身だ。他の誰でもない本当にその人自身であるその人は、自分のことをIと言ったとたん、他のすべての人と対立することを大前提として引き受けている。自と他は対立して常にひと組だ。真の一人称によるIという人がおこなう発言は、他の多くのIたちの発言とは対立するものである、つまりさまざまに異なっていて当然である、という大前提に支えられている。

他のどれだけ多くの人とどれだけ大きく異なっていても、Iというその人は本当にその人自身であり他の誰でもない。個人が持ち得る自由のなかで最大のものは、他の誰でもなく自分であるという自由だ。個人が持ち得るすべての自由の基本がここにある。Iという発言者は基本的には主観を述べる。出来るだけ多くの人の支持を得るには、その主観を可能なかぎり確かなものにしていかなければならない。もっとも確かなものは客観だから、すべての主観は客観をめざすことになる。

自分の言葉が客観をめざすと、主観は深まって確かなものになり、他の多くの人たちの支持を得ることが出来るようになる。客観をめざし、そこへのある程度以上の到達を実現させると、ひとつの事実の提示というものが完成する。それによって、その事実の前方へ、人々は運ばれていく。そして次の事実に取り組み始める。このプロセスの繰り返しのなかで、誰もが等しく共通の立場に立てるようになっていく。人々は私的領域を出て公共的な存在となる。

英語の世界では、生きるとは客観をめざすことだ。客観とは、因果関係の冷静で正確な解明だと言ってもいい。これに対してこちら側からこのような力がこう作用すると、その当然の結果として、力を受けたほうのこれはこうなるという、もののとらえかたあるいは考えかたとしてきわめて実用的な、あるときは善とさえ言っていいほどの合理的な世界だ。Ｉによる発言そのものが、なにかに対して力を作用させることの開始、つまり因果関係の「因」となる。

原因と結果というひと組が無数に嚙み合う世界。それが英語による世界だ。そしてその世界は、手に取って目に見えるもの、つまり具体的な世界と、目には見えず存在もしないもの、つまり抽象的な観念の世界とによって成立している。因果関係という基本律は言葉の使いかたの全領域のなかに、さながらＤＮＡのように組み込まれている。そうなっていないと英語として発揮すべき機能が発揮出来ないからだ。英語の名詞や動詞の基本的な性格は因果関係の解明だ。原因が生んだ結果としての状態、そして、状態を引き起こすに足る原因となった力。その両方を英語の名詞や動詞は引き受けている。

これはこうしたからこうなった。これはこうするとこうなる。これをこうするとこうなるかもしれない。これをこうするためにはこれをこうすればいい。これをこうするためにこれをこうしてみよう。といった因果関係の説明や解明の機能を、名詞や動詞のような基本語が最初から内蔵された性能として持っている英語は、前進力を重要な基本性能としている。前進力とは、科学する頭と言ってもいい。英語によってとらえられた世界はたえず前進している。そしてその世界はたえず科学されている。

このような世界のなかを生きるIという個人は、どのような時間の感覚を持っているのだろうか。時間と自分との関係のありかたは、きわめて明確に一定しているのではないのか。時間というものに対して、Iという自分は常に一定の位置にとどまり、そこを動くことはない。自分は常に現在の中心に存在している。その自分の、前でもうしろでも比喩(ひゆ)的な方向はどちらでもいいが、たとえば前方には未来が、そして後方には過去があるとしよう。

未来はまだ現在とはなっていない時間として、現在にいる自分に向けて接近しつつある時間だ。未来は自分に向けて動いてくる。そして現在まで到達してそれは現在となり、そこにいる自分をとおり過ぎていき、自分の背後へとまわり、次第に遠のいて過去となっていく。未来も現在も過去も、それぞれくっきりと独立している。未来、現在、過去が、それぞれ所定の位置にはっきりとある。客観の土台としての厳密な時間の感覚だ。

そのような時間の感覚を言葉で表現するため、時制という文法上のルールがある。英文法の時制は、少なくとも僕の経験の範囲内では、完璧(かんぺき)だ。どのような時間をも、時制のルールを使って、正確に表現することが出来る。これは単に英文法のなかにとどまることではなく、個人の世界観から社会の成り立ち、そしてその運営のされかたにいたるまで、その社会ぜんたいに決定的な影響をあたえているはずだ、と僕は思う。

その構造から生まれる生来的な性能として、英語は客観をめざす言語だ。日本語では主観のおもむくままに使うための文法的な許容の幅が広く、人々が主観の色をありがたがる傾向が一般的に言ってたいへん強い。主観的に使いこなせば使いこなすほど、それは日本語らしい日本語となるようだ。英語ではそもそも主観的になりにくい。すべてを客観へと向かわせる力が、基本的な性能として構造ぜんたいのなかで強く作用しているから。

英語の文法の力は非常に強い。文法とは、正しい用いかたにかかわるルールぜんたいのことだ。英語の正用法に関する文法上の枠は、日本語にくらべるときわめて厳格だ。正用法のルールの厳しさは、言葉というものが持つ人工性や抽象性を、英語がその特徴的な性能としていることの証明だと僕は思う。

英語という言語の正しい用いかた全般に関して、厳しいひとつの枠がきっちりと存在している。正しい用いかたとは、非常に多くの場合、いまは一定していてそのままとりあえずは不変であると言っていい、使いかたの社会的プロトタイプだ。学習者たちの誰もが、そのかたちを徹底して叩(たた)き込まれることをとおして、正しい英語の基本を共通して学び、身につけることが出来る。日本語にくらべて正用法の文法が厳しく、使いかたの形がはっきりときまっているということは、じつは英語は客観的に教えやすく、客観的に学びやすい言語であることを、具体的には意味する。一定の正しいトレーニングをへていくなら、そしてある程度の能力さえあれば、英語の普遍的に機能する正しい使いかたというものを、誰もが学んで自分の能力の一部分とすることが出来る。英語の正しい使いかたが身につくとは、客観を志向する英語という言語の能力の基本が、そのまま自分のものになるということだ。言語能力と同時に、頭は客観的に考える頭となっていく。

文法にのっとってとにかく正しく書く能力が身につけば、英語はほとんど言文一致だから、正しく喋る能力も身についたとおなじだ。いったんそうなると、人が書いたものをきちんと読むことも出来るし、人の話も正しくつまり客観的に、聞くことが出来る。学習そして実践での次の段階の課題は、内容において形式を越えることだ。かたちが普遍的にはっきりときまっているだけに、しっかりした内容がともなわないことには、その言葉は誰をも動かすことは出来ない。したがって内容は不断に鍛えられていく。鍛えられるとは、よりすぐれて客観的になっていくことと同義だ。感情的にあるいは主観的に言葉を使ってもいいが、それとてもクラシカルなかたちがきちんとあるから、その形を越えるものが内容としてないかぎり相手にはされない。

人が使う言葉は、要するにいくつものセンテンスの積み重ねだ。最小単位としての英語のワン・センテンスは、そのときそのセンテンスのために選ばれた主語と述語の機能範囲内で、一定の意味を完結させる。センテンスはひとつずつこうして独立していく。ワン・センテンスの原動力はその主語だ。主語とはテーマだ。センテンスのたびに、それにふさわしい主語が立つ。主語は思考を前方に向けて推進していく役を果たす。主語を立てるとは、自分がテーマを持って発話者になることを意味する。そして思考を前に向けて進めていくためには、センテンスは合理的な順番というものを持つ。そのようなセンテンス群が積み重なってひとつの段落を作り上げると、そこにはパラグラフというものが生まれてくる。

センテンスがひとつずつ完結していくとともに、事実がひとつずつ確かな過去となり、所定の位置へ正しいかたちで積み重ねられていく。積み重ねられていくとは、提案や改革、探究、解明などへの試みがなされていくことだ。センテンスひとつひとつのなかに、じつはそのような意味での攻撃的な性格が宿命的に宿っている。英語のそのような構造と性能は、そのまま、英語を用いる人たちにとっての、ものの考えかたの基本方針となる。

センテンスがいくつか積み重なってひとつのパラグラフを構成する。そして、パラグラフが必要にして充分な数だけ集積されると、そのなかにはひとつのまとまった考えが表現されていく。パラグラフというワン・ブロックのなかで、前方への見通しがひと段階は出来ていく。英語という言語は、このようにして、問題解明への道筋を書き手や話者から独立したところに積み上げていく性能を持つ。この性能こそ、英語という言語だ。

センテンス1は、そのなかに意味の中心となる点を持っている。その中心点が、次に来るべきセンテンス2の、意味の中心と緊密に連関することをとおして、センテンス2は必然的に導き出される。センテンス2の意味の中心は、次のセンテンス3の意味の中心と呼応し、その呼応関係のなかでセンテンス3というものを導き出してくる。英語のセンテンスのつながりかたは、基本的にこのような構造になっている。その構造を常にある一定のかたちにまとめているものが、正しい用いかたつまり文法だ。

こうして出来ていくセンテンスとその積み重なり、そしてそこから生まれるパラグラフおよびパラグラフの積み重なりが、意味を次々と積み重ねていくしかけとなっている英語という言語は、これはこうしよう、そしてここはこうしたらいいのではないか、さらにこれはこうなるともっといいというふうに、きわめて積極的な提案の構造と性能を、最初から内蔵している。

英語という言語を正しく用いると、そこには積極的な提案や改革の意志が、ほぼ自動的に生まれる。英語によるもののとらえかたや考えかたの基本は、積極的な提案や改革の意志の中心軸および推進力としての、前進的な攻撃性だ。この基本に沿って、出来るだけ多くの人を望ましい方向へ動かしていく力をもっとも強く発揮するのは、客観性というものだ。

社会とは、自分とそれ以外のものとの関係のありかたの、総体だ。英語の構造と性能が指し示す唯一の正しい関係は、すべての物や事実を、自分の主観から出来るかぎり切り離してとらえた関係だ。自分の言葉に託して相手を説得することの可能な唯一の力は、ひとつひとつの物や事実がそれ自体として持っている正しさの上にのみ、自分の主張を組み立てていく能力だ。

物や事実、事柄など、自分の外にある世界をあくまでも外の世界としてとらえ、それを正しい位置に置いた上で、あくまでもそれだけにもとづいて作られた主張でないかぎり、その主張は他に対してなんの機能も発揮しない。英語という言語が、それの使用者に要求していることは、たいへん厳しい。英語は事実に則した、客観的で実証的な性能を持った言語だ。自分の外にある世界を、あくまでも外の世界としてのみ、それは表現していく。外の事実と内なる主観とをごちゃまぜに重ねることを、英語の性能が許さない。

現実のしがらみと「私」

英語は、客観的で実証的な性能を持った、事実に則した言語だ。自分の外にある世界を、あくまでも外の世界としてのみ、表現していく。外の事実と内なる主観とを無差別に重ねることを、英語という言葉の性能が許さない。

英語の性能は、事実を主観から切り離し続ける。自分は対象からどんどん切れていく。事実は主観から切り離される。可能なかぎりの客観、つまり、ありとあらゆる視点という価値を、この性能をとおして、人々は共同して積み重ねていくことが出来る。日本語の世界では、非常に多くの場合、表現は話し手というひとりの主観の観点からなされるものであり、そのことを誰もが了解事項として承知している。英語では、観点は主語という事実にある。

しかし、事実は多い。だからそれを観察するとき、さまざまな角度が成立する。そして事実は一定ではない。刻一刻と変化していく。事実そのものが、それをとらえるときの、とらえかたの多様性を生み出す。とらえかたの多様性は表現のしかたの多様性であり、それはそのまま、立場の多様性につながる。ひとつに固定した構えでは、事実というものに対応出来ない。だから英語の世界では、構えが固定しない。なにか問題があれば、それぞれの問題に関して、議論はかならず百出する。議論百出による試行錯誤の蛇行は、際限がないように見える。しかし、現実を徹底的に分析すること、つまり出来るだけ多くの角度から事実を観察する態度は、人にあっては意識の健康を保つし、システムにとっては、その正常な機能の最低限の保証になる。

ＩとＹＯＵは対等な関係のなかにある。現実に社会的な地位や身分にどれほどの差があろうとも、ＩとＹＯＵで向き合うとき、そのふたりは最初から完全に対等であり、どこまでいっても対等でしかない。どうしてですか、ともしきかれたなら、神がそう作った、としか僕には答えられない。あるいは、IとYOUとが対等でしかないからこそ、神が生まれたのだとも言える。実用上はどちらでもいいだろう。日本語の世界にはこのような対等な関係はない。したがって、日本語の世界の人たちにとって、IとYOUのような抽象的で対等な関係はきわめてとらえどころがなく、どう対処していいかいつまでもわからない、本能的に嫌がり避けたがる苦手な世界だ。

英語のIは日本語では「私」でいいのではないでしょうか、と言う人がいるかもしれない。Iは「私」などではない。いまの日本語における「私」の歴史は、ないと言っていいほどに浅い。「私」という言葉を母国語として駆使出来る場は、日本にはじつはないと言ってもいい。「私」は一見したところ代名詞のようだ。英語のIは、しばしば「私」と訳されている。しかし「私」は代名詞ですらない。

人がいわゆる社会人としてまといつけざるを得ない日常の現実味のようなものを、出来るだけそぎ落とした状態で自分を人に提示したいとき、人は自分のことを「私」と呼ぶ。自分がどんな人だか出来るだけわからなくするときの言葉が、「私」という呼びかただ。「私」は日本語として成立しきっていない。それは日本語ではないと言ってもいい。自分がどこのどういう人だかはっきりさせなくてもいいとき、あるいははっきりさせたくないとき、人は自分をきわめて便利に「私」と呼ぶ。英語のIにくらべると、「私」のありかたはおそろしく偏っているし、ごく小さな機能しか持っていない。

「私」に対して、ではYOUは「あなた」だろうか。「私」とおなじく「あなた」も、正体はまったく不明だ。「私」と「あなた」を日本語として成立させるためには、場というものが絶対に必要だ。場とは、両者の関係が明らかにされる状況だ。たとえば多くの女性は、たいていの場合、自分のことを「私」と呼ぶ。その彼女が、恋人と言っていいような男性とふたりで室内にいて、かなり親密にしているとき、「私」と「あなた」は日本語として成立する一例となる。「私」と「あなた」が成立する場は、ほかにもたくさんある。注意すべきは、どの関係もそのひとつひとつが、それぞれ場を必要としている事実だ。

　ＩとＹＯＵの抽象的な対等の関係がないかわりに、日本語の世界では、自分と他者との具体的にじつにさまざまな関係の場がある。そして場によって、あるいは場ごとに、自分および他者の呼びかたが、場の性質に呼応して変化する。「俺」と「お前」との関係は、ＩとＹＯＵのように抽象的には成立しない。具体的な場が必要だ。「俺」と「お前」と言っただけで、場の具体性がひとつずつ見えてくるではないか。

　ＩとＹＯＵがないかわりに、現実のしがらみにおける、ひとつひとつの場のなかでの、自分と他者の関係のありかたを示す言葉が、言いかたのニュアンスも含めて、日本語には無限に近く存在している。自分を言いあらわす言葉と相手を言いあらわす言葉は、その両者の関係が作る小さな個別の場ごとに、微細に変化してやまない。そしてどの言いあらわしかたも、対等な関係は絶対に示さない。なぜなら、現実のしがらみのなかでの、ひとつひとつの関係の場というものは、基本的にはどれもみな、なんらかの意味において上下関係なのだから。

　ＩとＹＯＵがないかわりに、現実のしがらみの内部での、ひとつひとつの上下関係における、自分と他者との位置や内容をきめてそれを言いあらわす言葉が、日本語には無限に近く豊富にある。現実というものは、さまざまな内容の無数の場が、刻一刻と作り出されてくるところなのだから、自分および他者を言いあらわすための言葉がたくさんあればあるほど、日本語という母国語は精緻さをきわめて駆使することが出来る。

場がなかったなら、自分は、そして他者は、どのようなことになるのか。場がなかったなら、自分の位置と内容は、日本語の世界では、いつまでもきまらない。自分は少なくとも他者ではないかもしれない、という程度の認識しか持つことの出来ない、不安定な存在にとどまり続けるほかない。日本語では、自分をきめるには相手が必要だ。ただ単なる他者としての相手ではなく、関係の場を作り出してくれる相手だ。日本語の世界に生きる自分という人は、相手と場がないことには、自分がいったいなになのか、いつまでもきまらない。しかもその場や相手が広すぎたり大きすぎたりしても、自分はきまらない。たとえば、不特定多数、というような相手の場合だ。

日本語の世界での自分という人は、相手という存在が作ってくれるひとつひとつの関係のなかでの、自分と相手とのあいだにある上下の位置関係を細かく計って確認し、そのような関係のなかでのみ話が交わされることをも確認した上で、その範囲内でのみ相手と話を交わしていく。

必要とあらばいつどこでも、上下関係のような現実のしがらみを離れ、IとYOUとでただちに対等な対話の成立する世界から見ると、日本語世界ではあくまでも現実的な個別の場が絶対に必要であり、それぞれの場の内部でしか対話があり得ない世界では、対等な対話は成立しないかあるいはきわめて成立しにくいように思える。

「同一言語機能によって統一された均質な脳のメカニズム」という言いかたを、僕はどこかで読んだことがある。英語の側にも、そして日本語の側にも、それぞれの言語の構造と性能とが必然的に生み出す思考経路の枠というものがあり、どちらの側にいようとも、人はその枠のなかですべての思考をおこなう。よほど自覚して努力しないかぎり、人はその枠の外に出ることは出来ない。対等な対話など考えられないし思いつきもしない、したがってあり得ないという枠の内部では、しばしば言われているとおり、討論を始めとする言語活動は、非常に成立しにくいだろう。そのような枠の内部で生きる自分というものは、いったいなになのだろうか。

相手との関係の場に入るそのたびに、その関係の内容をただちに正確に判断し、その判断にもとづいて自分は自分を変えていかなくてはいけない。相手にとって、自分はなになのか。自分といま結ばれているこの関係は、相手にとってはどういうものなのか。自分にとって相手はなになのか。相手とのこの関係は、自分にとってどのようなものなのか。こういったことを一瞬のうちに総合的に判断し、その判断に正確に即応して、自分は自分の位置や内容をきめ、自分そして相手の呼びかたをきめていく。

自分と相手というひと組の現実的な関係が、あくまでも現実的な場のなかで成立しないかぎり、日本語の世界では人称すらきまらない。自分や相手をなんと呼んでいいかわからないだけではなく、自分というものの位置や内容すらきめられないから、まともな対話はまず無理であるというような状態は、ＩとＹＯＵの世界から見ると想像を絶しているはずだ。

相手との関係によって、相手ごとに、そして相手との関係の場ごとに、相対的に自分というものが確定されていく。いまここではこんな自分。そして次の場のそこでは、こういう自分。そのつど、私になったり俺になったり、手前どもになったり。このように関係、そして関係の場ごとに決定されていく自分というものは、その自分のなかに相手を取り込んでいる。自分は相手のなかに入り込み、相手は自分のなかに組み込まれる。

このようにして作られていく自分というもの、そしてその自分が下す判断は、自分が関係を持つ人たち、つまり身のまわりの人たちが自分をどう思うか、自分をどう評価するか、自分をどう扱うかなどを総合的に敏感に察知した結果の、もっともあたりさわりの少ない、つまりもっとも凡庸な平均値となる。

相手によってきまってくる自分、相手に合わせる自分、あるいは相手に同化させて相手のなかに入り込む自分とはいっても、完全に相手とひとつになって消えてしまうわけではない。相手に合わせるという無理をするぶんだけ、自分は自分の側の一方的な主張を、相手に対しておこなう。そのことをとおして、自分というものの存在が、自分自身に実感出来る。

相手と自分との関係は、どのひとつも、基本的には上下関係だ。だから自分という人は、人を見れば自動的にどの人をも、自分の上か下かへかならず区分する。この作業は、自覚なしに、本能的に、自動的に、おこなわれる。どの人をも、基本的には上か下へ精密に区分けし、それぞれにふさわしい枠のなかへいったん収め、その枠組を常に機能させつつ、人との関係を持つ。人というものとのこのような関係の持ちかたが、日本語の外でどのくらい通用するだろうか、と僕はふと思う。

ひとり、という存在のしかたは、自分にはない。そのような存在のしかたは、日本語のなかでは成立していない。ひとりでは、なにもきまらない。自分すら、きまらない。人つまり関係の相手との、関係のひとつひとつの連続のなかにのみ、自分が存在していく。ひとりひとりの相手とのひとつひとつの関係の連続が、自分にとっての人生だ。自分にとっての人生とは、対人関係のひと言につきてしまう。言葉がなかったなら、人間はほとんどなにも出来ない。人間は言葉だ。人生は言葉だ。その人生が対人関係と同義なら、自分にとっての言葉の、もっとも大きくもっとも重要な機能は、自分が現実の場において関係を持つ人たちとの関係の、さまざまな言いあらわしかたの技術だ。

人との関係があって初めてきまってくる自分というものは、人が自分をどう思っているか、人が自分をどう評価してくれるかなどに関して、おそろしく敏感にならざるを得ない。自分を基準にして人を常に上か下かへ区分けしたのちに持たれる関係というものは、その関係のなかで自分がどれだけ得をするか、あるいはどれだけ損を少なくするかを主たる命題とする、利害調整の関係だ。人生は利害調整、つまり自分は出来るだけ得をしたい、ということだ。

自分の損を出来るだけ少なくし、得を可能なかぎり大きくしたいなら、どの関係をも、その方向に向けて少しずつ絶えず誘導していかなければならない。そのためには、関係というものは、安定した一定の振幅のなかにあると、もっとも都合がいい。関係が激変するようなこと、たとえば論理の明快にとおった客観的な対立意見の提示は、極力控えるに越したことはない。

一定の友好的な範囲内で関係を持続させるには、要するに相手を否定してはいけない。相手を否定しない、攻撃しない、脅かさない、不安におとしいれない、動揺させない、不快な思いにさせない、腹を立たさせない、強い発言をしない、はっきり断定しない、冷たくしないなど、人生は「しない」という禁止事項の連続とその厳守となっていく。

禁止事項を裏に返して思いつくまま列挙してみると、このことはいっそうよくわかる。そこに列挙されていくものは、日本語世界での人生において発揮されることが常に期待されている、美徳そのものであるから。すなわち、当たりを柔らかに。気持ちを汲(く)んで。相手の身になって。よく察してあげて。気配りおこたりなく。曖昧(あいまい)に。こまやかに。おもんぱかって。期待にこたえて。懐を深くして。悠々せまらず。思いやりを大切に。

利害の調整、という主観の世界

思いやるとは、相手の立場や気持ちになってみる、ということだろう。自分にどのような義務があり、どんな役割が期待されているか、周囲にいる他者の気持ちの内部をのぞき込んで、まず正確に確認する。確認されたその義務や役割を、自分は自分の身の上において、真面目に律儀にこなしていく。自分の義務や役割を確認するにあたり、他者の気持ちという内面が借りられる。確認された自分の役割や義務が、自分だけではなく他者にも共通して課されるルーティーンとなるとき、全員が思いやりで結ばれる。

参加者全員がおたがいにこの思いやりを交錯させると、そこにはぜんたいへの同調が、参加者全員の内面から生まれてくる。内面化されているだけに、同調しないでいることに関して罪悪感がともなう。同調は集団の秩序、そしてその集団が共同しておこなう作業能率を、高めるためにある。内面化された同調は、その集団に対する規制力として機能する。思いやりというスローガンは、したがって、集団の秩序管理と共同作業の高能率化のために、たいへんに強い力を発揮してきた。

自分の都合つまり損得の計算にかかわる精緻な表現を主体とする言語活動を送っているという意味では、日本の人たちは確かに運命共同体のなかに生きている。日本人は単一のしかも均質な民族だと、日本人自ら力説する場合が多いようだが、いま書いているような意味においては、彼らの運命は明らかにひとつであるようだ。

相手の気持ちになるという試みをとおして、誰もが相手を自分のなかに取り込む。と同時に、察してもらうという試みを提案することによって、自分を相手のなかに入れてしまうことも、誰にとってもたやすく可能だ。関係のなかで相手に向けて発話するとき、誰もが自分の都合や利害などの視点からの発話をするということが、日本語の世界では大前提として暗黙の了解になっていないだろうか。自分の利害の視点から誰もが発話し、しかもその誰もが相手を否定したりはしないとすれば、残された道は両者の利害を絶えまなく微調整し続けるという、きわめて現実的な道だ。

調整によって妥協点に到達するのが目的ではあるが、その妥協点をいきなり要求してはいけない。あくまでも話し合いの繰り返しのなかで、両者がともに到達しなければならない。話し合いとは、自分が出来るだけ得をしたいという意志表示の、さまざまなかたちだ。自分や人がどこでどのような損をするか得をするかということに関して、日本語は神経質に敏感に洗練されていく道をたどった。日本語が母国語として身についている人たちは、日本語の性能の特にこの部分を、自分を有利に導いていくことを目的として、微妙さをきわめた精緻な構造の隅々にいたるまで、自由自在に駆使することが出来る。

日常の現実のなかに連続する対人関係のしがらみのひとつひとつが、日本語による対話の場だ。そのときの、その場における、その人との関係は、ほかのどの人との関係とも、それぞれ微妙に異なっている。その場が自分にとってどのような場なのか、その場での相手が自分にとってどんな人なのか、そしてその関係がどのような関係なのか、場に身を置くそのつど自分という人はとっさに正確に判断し、その判断どおりの言葉づかいをしなければいけない。

場ごとに、相手ごとに、そして関係ごとに、自分が用いる言葉は違ってくる。母国語として日本語を使う人たち全員が、このことを了解事項として本能的に承知している。日本語は難しい、外国人には無理だ、外国人に日本は理解出来ない、などと日本の人たちが言うとき、難しくて理解出来ないのはこの了解事項だ。

日本人の対話は、対人関係の場という、現実的で具体的な世界に、常に則している。関係の性質や内容、関係の場のありかた、相手の位置というものが生み出す現実などから、誰の対話も自由になれない。対話は常に現実の利害に縛られている。このことも、母国語としての暗黙の了解事項だ。そしてもうひとつ、もっとも大きな了解事項は、対話における両者のどちらもが、自分の主観つまり自分の都合である利害、欲求などの視点から、それらのみについて語ることが許されている、という事実だ。自分の話も相手の話も、それぞれの視点からのみ、出てくる。いくら話し合っても、そこに客観は出てこない。すべての言葉は、話し手の感じかた、受けとめかた、価値観、人間観、世界観についての表現に、終始する。そしてそのことになんの不都合もないという大前提が、誰の頭のなかでも、暗黙に了解されている。

自分の主観を中心軸として選ばれ発話される言葉というものは、自己中心的な言葉だ。自分を有利にしていくための主張が、そのような言葉によって強く出てしまう。それを表面的に抑制するために、日本語独特のとしばしば言われている、控えめな表現、遠慮した言いかた、遠まわしな言いかた、曖昧な言葉づかいなどが、縦横無尽に機能することとなる。話し手の現実的事情に密着した自己中心的な言葉は、その人の目的や立場を、じつにあっけなく無防備に、明らかにしてしまう。客観的事実を語り合うのではなく、どちらもが自分の都合や視点を優先させて言葉を使うのだから、その言葉の裏にある目的はあからさまになって当然だし、現実的にはそのほうが事を運びやすいのだろう。

人間らしい。人間的な。人間味のある。人間として。人間を感じさせる。人間くさい。というような言いかたで表現されるものに、日本の人たちは肯定的な意味をほとんど無制限に認めている。話し手の誰もが前面に押し出す自己中心性は、見かたによればたいへんに人間らしい。というよりも、もっとも人間くさい。そのことを、日本語は自ら進んで強く肯定している。

出来るだけ客観的に言葉を使おうとすると、この人間味は薄れていく、と日本の人たちは思うようだ。客観的なものの言いかたは、だから、気持ちがこもっていない言いかたとして、日本語の世界では厳しい批判の対象にすえられる。自己中心性をなにほどか客観で抑制しようと試みると、そこに出てくる言葉はリアリティを欠いた、本当らしくない、共感の出来かねる言葉となる、というわけだ。日本語で言うリアリティとは、相手の気持ちや都合、事情などのなかへ自分の気持ちをいったん入れた上で、自分へと呼び戻した自分の気持ちのことだ。ほら、私はこれだけあなたの気持ちになっていますよ、と提示して文句のつけようのない、相手の気持ちになった自分の気持ち。こうして主観は二乗される。客観から遠いこのようなリアリティの出発点は、すべてを自分の主観のなかに取り込み、その主観を縦横にからませてなされる発話だ。問題となっている出来事や事柄が、現実のままに語られることはないという了解の上に、リアリティと呼ばれる少なくとも二乗はされた主観が生まれる。

主観というものは、いろんなふうに言い換えることが出来る。言い換えていくと、主観というものの正体が、少しずつはっきりしてくる。たとえば主観とは、自分にとってもっとも都合のいい事態や状態、あるいは事柄だ。そして主観は、気持ちというものでもある。気持ちとは、出来事や物事それ自体ではなく、出来事や物事をとらえたり体験したりしたときの、それに対する自分の反応のありかただ。出来事や物事それ自体よりも、日本語の世界ではこちらのほうが、はるかに実感というものなのだろう。

日本語の世界では、言葉はなによりもまず主観だ。あらゆるものを主観的に、自己中心的にとらえてのち、そのとらえかたを個人的に表現していくもの、それが言葉だ。言葉が主観のためにのみ奉仕するのなら、主観つまり気持ちやリアリティという実感が届く範囲内が、世界のすべてだということにならないだろうか。主観の届かないところ、つまり実感出来ない出来事や場所、物事などは、存在しないも同然となる。そして実感や気持ちという主観は、その主観を宿らせる主であるその人から外へ出たとたん、どこにも実体の裏づけを持たない、きわめて脆弱なただのイメージとなる。

客観というものの見本のひとつに、過去というものをあげ得る、と僕は思う。客観を土台にして理性と論理によってとらえなおした世界、それが過去であり、そのような過去は普遍的なものだ。しかし、すべてを主観のなかでそのときどきの自分の気持ちという実感に換えていく世界では、それはすでにそうなってしまった、と気持ちの上でなんら抵抗なく思える物事や事柄だけが、過去になる。そうなってしまったとはまだ思えないなら、それはいつまでも過去にはならない。

気持ちによって、つまり視点のありかたによって、過去はまちまちだ。誰にも共通して作用する普遍的な過去というものに、過去はなっていかない。そう思うならそう、そう思わないならそうではない。変形も変質も、気持ちのままに自由自在だ。過去だけではなく、時間というものぜんたいが、日本語では主観でとらえられている。過去はなにかといえば現在となって戻ってくる。現在をよりいっそう現在として増幅するために、過去はある。

日本語にある現在主義とも言うべき性能が、ここから浮かび上がってくる。日本語は現実の場に貼りついて機能する言葉だ。場のひとつひとつが、そのつど、もっとも大事だ。いま自分が身を置いている、この場だ。そしてそれは、まぎれもなく、現在だ。その現在が、日本語にとっては、最大の関心事だ。

時間は経過していく。いまのこの場は、次のその場へと、交代していく。さきほどの現在から、いまのこの現在へと、場は移る。そのような場というものに、そのつど言葉は奉仕する。そのときその場が、そのつどもっとも重要であるなら、英語にあるような完璧に近い厳密な時制など、邪魔以外のなにものでもないだろう。現在とそのなかでの、自分や相手の主観のみが、最大の関心事なのだから。

場とは対人関係の場であり、対人関係とは基本的には上下関係なのだと、すでに僕は書いた。人が上と下とに分かれておこなうのは、利害の調整や損得のやりとりだ。そのような関係の中で一方が他方に強い力を突然に加えると、関係は変形したり壊れたりする。これはなんとしても避けなければならない。関係は一定に安定させて長く持続させてこそ、そのなかでの利害調整が可能になっていく。相手との関係を安定させつつ、そのなかで自分を有利に導いていくための機能が、日本語の内部ぜんたいに、微妙な精密さをきわめて、張りめぐらされている。日本語とは、目先の利益にかまけるための言葉なのだろうか。

英語をごく簡単に概観したとき、英語にとっての最大関心事としてあっさり浮かんできたのは、理念への言葉の奉仕だった。日本語では、理念への関心は、ごく遠いところにしかない。理念についてきわめて語りにくいという機能を、日本語は生来的に持っているようだ。僕によるひとまずの結論を先に言うなら、日本語は少なくとも英語とおなじ程度には、理念について語り得る言葉だ。客観的にも論理的にも、英語とおなじ程度でよければ、充分に使用に耐える。問題は使いかただ。使いかたという大問題にとっての第一歩は、母国語によって強力に形成されている思考の経路とその限界を、どこまで切実に我が身において自覚するかだ。

現実の対人関係の場のひとつひとつに、日本語という言葉は貼りついている。選ぶ言葉とその使いかたが、場ごとに異なる。場ごとに、自分も違った自分になる。そしてそのことすべては、結果的に自分を有利に導くためにある。言葉は、自分によって、そして相手の誰によっても、きわめて自己中心的に駆使される。自己中心的に使用されるという性能の傾きが、日本語に最初から内蔵されていたのかどうか、僕にはわからない。

自己中心的に使うとき、その使用者当人にとってもっとも大きく効果を発揮してくれる性能の傾きが、日本語にあることはおそらく確かだろう。戦後五十年間、そのような性能の傾きを限度いっぱいに徹底的に利用して、自分の利益のために、人々は母国語を使ってきたのだと僕は思う。

そのときどきの関係のひとつひとつが、自分にとってどれだけ得になるかあるいは損になるかをもっとも重要な基準にして、その基準に沿ってもっとも適切な言葉をとっさに選びつつ、人は日本語を使っていく。このような利害調整の関係とそのための言葉づかいにとって、もっとも注意深く避けなければならないのは、なんらかのかたちで関係の相手と対立を作ってしまうことだ。対立すると自分が負けるおそれがある。対立になったら負けるか勝つかになりやすい。負けたならそれは自分にとって完全な損を意味する。したがって自分が負ける可能性は、前もって出来るかぎり排除しておくに越したことはない。

対立を回避するための言葉およびその性能が、日本語のなかには豊富に用意されている。その豊富さのぜんたいをひと言で言うと、表現の曖昧さだ。曖昧な表現、つまり問題の曖昧なとらえかたとは、因果関係を明確にしないでおくことだ。ひとつの状況や問題に対して、どの方向からどのような力が加わり、それによってどの方向へどのような影響がもたらされたかを、はっきりさせないでおく。曖昧な表現とは、このことだ。すべての曖昧な表現が生まれてくるひとつの源は、誰がどのような考えにもとづいてなにをどうしたからそのような状態が生まれたかを、明確にしないでおきたいという欲求だ。すべての事態は、いつのまにかそうなる。事態はいつのまにかそうなった。その結果として、いま事態はそうなっている。日本語の曖昧さの根元はここにある。

動詞とは個人の責任のことだ

日本が幕末という時代のなかにあった頃、西欧はその日本にくらべるとすさまじい次元にまですでに到達していた。西欧と日本とのあいだには圧倒的な落差があった。だからその落差を、日本は必死で埋めようとした。しかし、それだけの落差が、なぜ、どのようにして生まれたのかについては、日本は不問にした。とにかく西欧は、そのとき早くも、そうなっていた。

だから西欧の技術だけを、日本は取り入れた。それが当時の日本に可能な、限度いっぱいのことだったことは確かだ。と同時に、西欧の圧倒的な力の背後にある、なぜ、に関して日本は興味を示さなかったことも確かだ。日本語の性能の傾きを母国語として一身に引き受けていた結果、なぜ、という客観的な因果関係に思考がおよばなかった。

日本が取り入れたのは、製品や機械のようなもの、つまり技術とその成果、そして使用説明書あるいは組立説明書としてのみ受けとめた、文献だけだった。日本は西欧の成果をすべて名詞で取り入れた、という言いかたを僕はどこかで読んだ。名詞とは、物や事柄など、自分の都合に合わせてどんなふうにでも変形させることの可能なものすべて、という意味だ。名詞でしか取り入れなかったとは、動詞では入れなかったということだ。では動詞とは、なにか。

動詞とは、アクションだ。アクションとは、ただやみくもな行動ではなく、理念だ。理念の上に行動が成立する。その行動には責任がともなう。そして理念とは、対立とほぼ同義だ。より良い考えかた、より新しい考えかたなどは、それほど良くはない考えかた、もはや古いとしか言いようのない考えかたなどと、明白に対立する。そして、日本が幕末だった頃の西欧が、すでにすさまじい次元に「なっていた」のは、理念におけるこの対立という行動の蓄積による。

対立を可能なかぎり回避するための性能を精緻（せいち）に持っている日本語は、ごく当然のこととして、動詞を取り入れなかった。日本語は西欧の理念を取り入れなかった。日本は対立を取り入れなかった。英語の名詞は、形は名詞でも、機能としてはたいへんに動詞的だ。考えを起こした人、その考えにもとづいて起こされた行動などを、英語の名詞は特定する。

対立する人や意見がかならず存在し、その対立意見どうしが果てしなく議論を重ねていくことのなかにしか社会は存在しないという西欧の大前提を、日本語という言葉の性能は、まさにその性能によって、不用なもの、困ったもの、なんの関係もないものとして、見事にバイパスした。日本語という言葉が、そうなっているからそうなったのではない。日本語をそのように使う人たちが、そうした。

母国語のそのような使いかたを戦後から数えても五十年にわたって重ねてきた自分たちにとって、言葉とはなになのか、ひとつの手がかりとして英語と対比しながら考えていくと、外国からさまざまに批判され攻撃される日本、そして日本人自らこれはおかしいのではないかとついに思うにいたった日本の、ほとんどすべてが浮かび上がってくる。

日本語は、自分にとって得になること、自分が有利になる状況などを、相手との調整の果てに手に入れるための道具だった。人々が共同して共同のためになにかを作り出していくための道具ではなかった。自分にとっての得や有利な状況は、そのために母国語を駆使しても、ただちにそれらが手に入るわけではない。得や有利さは結局は得られないかもしれないという可能性は不安の種だから、とにかくいまここではこう言っておいたほうが得策のようだからそう言っておくという方便として、人々は言葉を駆使する。日本語で送る人生は方便だ。

利害の調整関係のなかで、自分にとっての利益がなんらかのかたちで確保されると、その関係はそこでひとまず完結する。それを越えて、さらにその先にあるはずの作業、つまり当事者全員に共通して作用する、より良き状態を模索するための提案的な議論の積み重ねという、はっきりした主体とそのアクション、つまり言葉とそれにともなう責任という次元になると、たとえば国際社会では日本からの言葉はどこにも見当たらない。日本の顔が見えないとか日本には理念がないとかの批判は、要するにこういうことだ。

自分が負ける可能性としての相手との対立関係は、日本語による対人関係のなかでは極力避けられていく。日本語の性能と、それを母国語として日常的に使っていく人たちの意図とが、完全に融合してひとつになった結果として、対立は回避されていく。日本語の性能と使用意図とが協力し合うことによって、対立は出来るかぎり避けなければならないという大前提が作られていく。自分の言ったことと相手の言ったこととの対立的な積み重ねの行く先よりも、おたがいに相手が言ったことをどのように受けとめればいいかについての判断のほうに、はるかに大きな力点が置かれる。結果として対立は回避され、調整が優先される。

そのことの目的は、身も蓋もなく明確だ。相手との関係のなかで、いかに無理なく自分の主張をとおすか、つまりいかに自分を有利に導いていくかを、それは目的としている。そして対話のあいだずっと、それればかりをふたりは考えている。結果として自分を有利に導くために、相手の言うことを自分がどのように受けとめておけばいいかに関して、対話者のどちらもが腐心する。相手の言うことに対する、自分の側の明確な主張や意志の表明は、その腐心の陰で巧みに抑制されて二の次三の次となっていく。

このような大前提のもとに使用される言語は、利害の対立のためには使用されても、意見の対立のためには使用されないことになる。自分の言葉の裏にある気持ちも意図もすべて先まわりして察してくれて、それにどう対応すればいいか考えてくれる相手の母国語能力とおなじものを持っている自分という、母国語能力の共有の認識の上に、ふたりの利害調整的な対話は成立していく。先まわりして相手の意図や気持ちを察するために便利な構造を、日本語はいたるところに細密に持っているはずだ、という指摘について僕は読んだ記憶がある。先まわりして察するために便利な構造とは、一例をあげるなら、重要な事柄は文章の頭の部分あるいは初めの部分で表現され、文末にいくにしたがって重要度は薄れていく、というようなことだ。この構造だと、相手の言うことのなかでなにがもっとも重要なのか、文末まで待たなくとも明白に理解できる。それに、日本語の場合、言いかたというものが大きな役を果たす。日本語とは言いかたの言語だと言ってもいいほどに、その役割は大きい。文頭に置かれたものとその言いかたとを、身についた母国語の本能的な能力で総合的に判断していくなら、相手がじつはなにを言いたいと思っているのか、相手が語り始めてすぐに、正確に察し取ることが可能だ。

言いかたとは、自分の意図するところをいかに言えば相手に間違いなく察してもらえるかにかかわる、利己的な目的のための定型的な言葉づかいの工夫の数々のことだ。そのような工夫は、自分の利益という利己的な目的の内部に常に密着していて、そのことのためにのみ機能する。察し合いの連続というかたちでの対話を確保するためのこのような工夫は、表現における客観度の洗練を高める方向には向かいにくい。

自分がいったいどのような表現をすれば、いま対話のなかで問題とされている事柄が、自分の主観を抜け出た客観として相手に伝わるのか、ということに関するおたがいの鍛練はなされにくい。出来得るかぎりの客観をめざして自分の表現を工夫していくという、不断の鍛練が言葉の洗練を生み出すのだが、そのようなことは期待出来ない。その反面、反応の察し合いという定型作業の能率を高めるための、母国語の性能への自己中心的な依存度は、高まり続ける。定型に依存する度合いが高くなればなるほど、言葉によって表現された自分というもの、つまりこのような言いかたをしてこそ自分は自分たり得るのだという、確たる自己の表現スタイルの模索への関心は、薄れていく。

多くの人と話をすればするほど、そして議論を重ねれば重ねるほど、人は異なった立場や考えかたと、直接に接することになる。自分とは異なっている立場や考えかたは、自分を刺激する。それまでは考えてもみなかった新しい領域へと、それは自分を導き出してくれる。独創や創造へのきっかけは人との議論のなかにある。ひとりでインスピレーションを待っていてもらちはあかない。定型への依存能力をおたがいに高め合い、そのことをとおして察し合いの能率を高めることに終始するという内容の対話は、人を新たな未知の領域へ導き出さないことをとおして、社会的に計り知れない大きさの損失を社会ぜんたいに対してもたらし続けている。

こうして日本語の性能について書いていくと、日本語とはなんと特殊な言語であることかという結論へ、僕は話のすべてを持っていこうとしていると思う人がたくさんいるかもしれない。日本という国や文化そして日本語は、特殊でありたいへんユニークだから外国人にはとうてい理解は出来ないという、ひと頃までは日本人が好んで主張していた説に、僕の論はつながるのではないかと懸念する人はいるだろう。僕にそのような意図はまったくない。

日本は特殊でもなんでもない。むしろごく普通なのではないか。日本も日本語も、平坦(へいたん)でわかりやすい。平坦すぎてやや物足りない、と言ってもいいほどだ。固有の歴史というものはどこの国においても固有の歴史だ。そして歴史という器のなかに文化がある。日本の歴史や文化も、充分に個性的でこそあれ特殊ではない。もしもそれらが本当にあまりにも特殊であったなら、現在のような日本はあり得なかったはずだ。

日本語も特殊ではない。母国語としての性能という広い領域のなかには、得意技があって当然だ。日本語の場合のそれはなにかというと、これまでに書いてきたようなことだ。しかしそれは、特殊といっていいほどに目立つ特徴ではない。日本語の理解や習得が、他の言語にくらべて格段に困難であるというようなことは、いっさいない。やや物足りないほどに平明であり、その物足りなさがつまらなさやもどかしさにつながるかもしれないほどに、ぜんたいは平板だ。そして日本語が持っている情報伝達能力の効率は、たいへんに高い。

日本のなかでは圧倒的に多数の人が、日本語を日常的に駆使して生きている。いまの日本の文化、つまり教育とマス・コミュニケーションは、特に戦後の五十年間、全国の全員に対して共通の同一価値を教えてきた。日本人の思考や生活の様式は全員に共通してひとつである、というような状態を達成したのだから、その成果の大きさから逆算すると、日本語の社会的な効率は、少なくとも国内文脈では、限度いっぱいに高くあり続けたと言っていい。日本語は、使うに足る言語だった。

問題なのは、人間関係の場のひとつひとつごとに自分が規定されていく、という部分だろう。他から絶対に区別された自分という存在は、原則的に日本語の世界にはない。そのような自分に立脚していると、見た目に明らかに外国人ではないかぎり、日本語での人生はうまくいかない。日本語には曖昧(あいまい)な部分があってそこが難しい、という説もずいぶんいきわたった。曖昧にぼかした表現、と日本人自らが気楽に言うけれど、文字どおり曖昧にぼかした表現など、日本語にはほとんどない。はっきりしすぎていてつまらないほどに、ほとんどの表現が身も蓋もなくはっきりしている。曖昧にぼかした部分とは、察することを相手に要求している部分であり、なにをどのように察するべきであるのかは、関係の場のひとつひとつのなかで厳密に定まっている。この部分を理解するのは、慣れないと難しいかもしれないが、慣れてしまえばなんということもない。

話しかたと聞きかたの洗練

察し合うとは、相手の気持ちのなかをのぞきこみ、そこにある主観的な感情を読み取り、それに沿うかたちで訴えるように自分も言葉を使うことだ。相手からも、おなじようなかたちでの言葉の使いかたを、人は暗黙の了解事項として期待している。このことの相互反復が、日本語という母国語の機能とその作用範囲だ。察し合いとは、母国語としていつのまにか身につけたいくつもの定型的なパターンの、定型的で正確な応用の繰り返しだ。すでに良くわかっていることを全員が撫で合い、あらかじめ予定されているところへ、すべては落ち着く。

母国語のなかでの対話というもののありかたに関して、日本の人たちは自ら盛んに批判的だ。日本には対話がない、風土的に対話がおこなわれにくい、日本人は対話がきわめて不得意だ。社会のなかに対話が正当な位置を獲得していない、対話のための教育もない、対話というものの重要性が認められていない、などという自らに対する批判を、いまの日本は無数に近く持っている。客観性やわかりやすさなどを犠牲にしないかたちで、問題や出来事あるいは事柄などについて的確に表現する、あるいは感情を主観に染めてねじ曲げたりせず、まっすぐ端的に他者に伝えるための母国語によるトレーニングを、日本の人たちはその成長過程のどこにおいても受けない。大人になってからも、母国語でのそのような修練の場はない。

人と話をするときの、もっともいいスタイルというものが、なかなか出来ていかない。話すときの言葉づかいや話しかたが、いっこうに洗練されていかない。話すことに関してスタイルがなければ、聞くことも本当には出来てはいないと言っていい。対話がない社会とは、話すことと聞くことに関して、社会が本質的にその重要度を認めていない社会、ということだ。人と話をするときの話しかたや聞きかたのスタイルの洗練とは、この問題に関してはこのような言葉を使ってこんなふうに表現してこそ自分は自分なのだという、個人の存在の根源にかかわる言語活動のことだ。しかし、日本語の世界では、話し言葉はそのときそこではたまたまそのような言葉になって口から出ただけのものでしかなく、したがってそれを聞くほうとしては、相手の言葉は仮にいま耳に入って来るだけのものであり、耳ざわりさえ良ければそれでいいもの、という位置に固定されたままとなる。

ひとり対多数のコミュニケーションのかたちも、日本語では確立されていないようだ。対話にくらべると、こちらのほうはさらに一段と、良きスタイルの存在は希薄だ。ひとり対多数のコミュニケーションは、日本では禁じられていた時代すらあった。ひとり対多数のコミュニケーションは、ひょっとしたらそもそも存在していなかったのかもしれない。

ひとり対多数のコミュニケーションは、日本の人たちにとっては、不得意というよりもなにかたいへんに違和感のともなう奇異なものとして、いまも認識されているのではないだろうか。ひとり対多数だと、ひとりのほうにとっても、そして多数のほうにとっても、相手との関係がいつまでもはっきりと定まらない。だから自分も一定のところに落ち着かず不安定なままだ。その不安定さを克服するために、日本語の世界では、ひとり対多数のコミュニケーションのために紋切り型というスタイルが特別に発達した。

いつもどのような言葉をどんなふうに使っているかによって、その人の思考能力つまり頭の程度の上下は大きく影響を受ける。言葉を使うときにはかならず上下関係の場があり、その場のなかで相手との関係を確認して初めて自分の位置や内容がきまり、あくまでもそれに沿ったかたちでのみ言葉を使用していくという言語活動を日常的に無限反復していると、自分自身というもののとらえかたの基本的な部分に、取り返しのつかないというような言いかたも成り立つほどの、決定的な影響を受けることにならないだろうか。自分などは結局のところまったく大したことはない存在なのだ、というふうに自分をとらえる習性のようなものが、母国語による呪縛(じゅばく)の最たるもののひとつとして、現実にその人のものとなっていくのではないか。

場や関係そして察し合いなどの日常的な反復のなかに、常に自分をなかば消し続ける言語生活は、自分など大したことはないのだという認識と、そこから発する自分を大切にしない態度を、生み出すのではないか。自分を中心にしてその周囲にある親しい生活の全域を大切にせず、その価値も本気では認識しないことを土台にした日本の生活スタイルというものが、いつのまにか身についたりはしないだろうか。

自分の現在がそこそこならそれ以外のことはどうでもいい。本当はすべてがひどい状態なのに、つまらない生活なのにさほど気にもならず、少しでも変えていこうという気にもならないという生活スタイルが、ひとりひとりの身についているなら、社会ぜんたいもその程度にとどまらざるを得ない。文化は言葉が作るのだから、そこには文化など生まれようもない。文化がないとは、人間というものに関するさまざまな理解が、いっこうに深まってはいかないことを意味する。人間というものに関するさまざまな理解とは、多くの異なった人たちの存在をすべて認めるところからスタートする。

次元の低い言語生活に出来るのは、せいぜいが現状維持だろう。生活のスタイルも内容も、幼稚なままにとどまる。そのときどきの、もっともわかりやすいものだけを相手に、目先の利益の追求と享楽の消費へと、日々は浪費されて消えていく。その日々は、世界のなかで一日また一日と、遅れをとっていく日々だ。母国語によって呪縛されて過ごす日々のつけは、最後に自分へとまわってくる。

今年の春先だったと思うが、サンフランシスコで興味深い問題がおこった。黒人コミュニティで黒人たちによって使用されている英語を、オークランドのスクール・ボードが、アメリカぜんたいにとっての深刻な問題として、取り上げたのだ。黒人コミュニティのなかで黒人たちによって使用されている英語は、黒人世界との接触の機会がない人がいきなり接したなら、いったいなにを言っているのかさっぱりわからないような英語だ。文法も発音も無視、語彙（ごい）は独特で標準からはとんでもなくはみ出した意味を持っていて、しかも状況に応じて自在に変化する。地域が異なると、おなじ黒人英語でも、まったく別のものに聞こえたりもする。

こういう英語を日常的に使ってそれでよしとしているかぎり、黒人社会はいつまでたっても下層にとどまらざるを得ず、黒人たちの前途に関してもいっこうにらちはあかないから、日常の言語を現在の標準的なアメリカン・イングリッシュに限りなく接近させるための、なんらかの統一的な方策を厳しく講じる必要がある、という問題提起をオークランドのスクール・ボードはおこなった。

当然のことだが、賛否両論が強力に飛び交うこととなった。自分の言葉をスタンダード・アメリカン・イングリッシュにしていくとは、思考の経路や価値観などすべてを、支配的な白人のそれと同化させることにほかならず、黒人文化やブラック・ヘリテージの見地からも、そのような言語統一の方策には賛成しかねる、という意見が一方には厚い壁のように立ち上がった。そしてその対極には、可能性をさまざまに限定された狭いブラック・コミュニティのなかで、うだうだとやっているぶんにはブラック・イングリッシュでもかまわないだろうけれど、その外にあるアメリカぜんたいに打って出てなにごとかをなそうと思うなら、ブラック・イングリッシュのような幼稚な言葉では難しいことは表現出来ないし、なにを言っているのかすらわからないから、まずとにかくまともに相手にすらしてもらえない、という意見が現実そのものとして厳然として存在している。

言葉の背後にはその言葉によって可能となった文化の総体が横たわっている。戦後の日本の日本語の背後には、戦後の日本の文化のすべてがある。それとまったくおなじように、スタンダード・アメリカン・イングリッシュの背後には、アメリカのこれぞ主流と言っていい思考経路のとりかたや価値観のありかたなど、文化のすべてがある。スタンダード・アメリカン・イングリッシュを自分の言葉にするとは、その背後にある文化をも引き受けることだ。少なくとも基本的にはそうだ。

そのような考えの上に立って、言葉も思考も白人アメリカに同化させるわけにはいかない、と主張する黒人たちがいる。主流的な価値観を少なくとも全面的には引き受けずにおくスタンダード・アメリカン・イングリッシュというものは、しかし、充分にあり得る。標準的な英語の共有を、対話にとってのもっとも基本的なルールだと考えれば、あくまでもルールとしてのスタンダード・アメリカン・イングリッシュは成立する。アメリカの主流を体現する言葉としてのスタンダード・アメリカン・イングリッシュがあるのなら、それに対してオルタナティヴとなる価値観を体現するスタンダード・アメリカン・イングリッシュは可能だ。

アメリカ国内文脈ではなく、世界文脈の英語を

アメリカの人たちがアメリカ国内で日常生活を送っていく文脈のなかで使う、彼らにとっての母国語つまり普通に言われているところの英語は、世界ぜんたいから見るとアメリカという国の方言のようなものだと僕は思っている。その方言のまま世界のどこへでも出ていき、自分は方言を使っているという自覚など少しもないままに、あらゆる問題の論議を方言のまま押しとおしてしまうアメリカの人たちの数は多い。そしてその力はたいへん強い。

だからこそ英語は国際語だから、その英語を我々も学ばなくてはいけない、という考えかたに僕は反対だ。アメリカ国内での日常生活文脈のための母国語である英語の習得をめざして、そこからはるか遠い日本の人たちが苦労するのは、もうやめたほうがいい。アメリカの方言を喋(しゃべ)れるようになりたいという努力は、妙な趣味あるいは変わった趣味の領域に、とどめるといい。

日本の人たちが学んで使うべきなのは、アメリカというひとつの国の文脈から完全に独立した英語だ。そのような英語はどこで学べますかと聞かれても僕は困るが、このような英語もほとんどの場合は大人になってから学習して自分のものにしていく第二言語であることに違いはない。そしてその学習には大きな苦労がともなうはずだ。

アメリカ国内文脈は、しかし、敬して遠ざけるわけにもいかないようだ。第二言語としての英語を習得して活躍している各国の一流の人たちの英語を参考にして、真の意味での国際語としての英語をある程度以上は身につけたのち、もし必要なら、アメリカ国内文脈の英語も習得していくのがもっとも実用的な方法かもしれない。ただし、方言をそのまま国際語の位置に置いてはいけない。

世界各国が相手にしなければならない難問は、日ごとにその数と複雑さとを増していく。そのような難問の数々を論じ合うとき、アメリカ国内文脈の英語はふさわしくないと僕は思う。英語を使うに際して、アメリカもまた自分の固有の文脈の外へ出なければならない。それに、方言で語り合うと、方言を母国語とする人たちが最初から有利なところに立つ。数と内容の複雑さとを日ごとに増していく世界の難問は、おなじルールのもとに対等な立場で論じ合わないかぎり、論じ合ったことにはならない。

他の各国と等しくアメリカもまた、「国際」という共通の場へ出ていかなければならない。アメリカそのものがそのまま「国際」であるわけがないからだ。そしてその「国際」という場でなぜ英語がすべての当事者にとってもっとも有利かというと、英語には、特にアメリカのそれには、誰をもどのようなものをも受け入れる受容能力が、きわめて高いからだ。その高さは、誰もが共通にそこへ参加出来ることをあらかじめ約束している。アメリカの英語といっても、アメリカ国内での生活文脈内部の、方言のような英語そのものを意味するわけではない。アメリカの英語の構造と使いかたのなかにある受容性の高さは、多くの異質のしかし対等な参加者たち全員にとって、論議のためのポジティヴな思考回路に、そして思考された結果の表現手段に、なり得ると僕は思う。

アメリカの英語のなかにある、受容性の高さゆえの豊かさの可能性を、「開かれた抽象性」と言いあらわした例が、僕の情報カードのなかにあった。「ある言語が豊かさを獲得するのは、出来るだけ多くの異なる背景を持った人たちによって、出来るだけ多くの異なる場面で、多様な目的に用いられることをとおしてである」という言いかたも、僕はカードのなかに見つけた。この言いかたは、そのまま、質のいい場合のアメリカ英語にあてはまる。

すでに書いたとおり、英語は前進的だ。どこまでも前進を続けていく性能が、英語のなかに最初から内蔵されている。思考は放棄されることがない。そしてこの前進力は、ひと言で言うとパワーそのものだ。前進とは異質な多くのものに向けて自己を開放する力であり、受容能力とはとにかく受け入れてしまういわゆる受動的な態度ではなく、積極的に取り込んで同化させてしまう力だ。このような力を、少しだけ脇へずれた位置から観察したり受けとめたりすると、自分たちの価値基準をただ一方的に押しつけてくる力に見えてしまう。その力に辟易とし続けてきたのが、じつは戦後五十年間の日本だったのではないか。

アメリカの英語が持つ性能について、「自国文脈を越えた広い思考構造の枠を持つ」という表現もカードのなかにあった。このような枠は、アメリカの英語だけではなく、使いかたによっては日本語においても、英語とおなじ程度でよければ、充分に可能なのだと僕は思っている。英語は因果関係の解明の言葉だから、それによってすべての問題が解明しつくされることはないにしても、論理の展開のしかたは常にくっきりと明快だ。この論理によって、世界のすべての問題を、客観的にとらえることが可能だ。論理や客観を経由して普遍へと手をのばそうとする言語である英語は、じつはたいへんに厳格で窮屈な言語でもある。しかしそれゆえに、時代の表面がいかに変化しようとも、言葉の性能の本質はなんら変化せず、言葉が生み出す論理は時代や国などを越えてその有効性を発揮し続ける。

因果関係の解明のための論理や客観、そしてそれらが生み出すさまざまな前進的な力、たとえば提案力、同化力、受容力などをよく理解して自分の思考経路にしているなら、発音が相当にひどくても、そして文法的な整合性がかなり不足していても、その英語はどこでも美しく通用する。反対に、このような思考の枠の外に居続けるかぎり、一見したところいかに流暢でも、その英語はいつまでも信用されず、したがって真剣には相手にしてもらえない。

母国語とはなにか、そして日本語とはなにであるのかについて考えるために、少なくとも僕にとっては当然の経路として、英語とはなになのかについてごく簡単に書いてみた。英語という言語は、問題をとらえるとき、つまり思考するとき、その思考の経路を作っていく論理のありかただということを、僕は確認した。おそらく日本語の場合も、日本語は思考していくときの論理のありかたであるに違いない。ただし論理の立てかたは、英語の場合とは大きく異なるのではないか、と僕は思う。言語が思考の経路を作っていくときの論理は、その言語による社会の成り立ちそのものでもある。英語の社会は英語という言語が作り得る論理によって成立している。だから英語の社会は英語による論理を信じている。そしてその論理でこれまでその社会は動いてきたし、これからもおなじ論理で動いていくはずだ。

十五世紀以来の西欧五百年の歴史は、資本主義が次々に新たな展開を見せた歴史だった。この歴史のなかに世界の各国が次々に巻き込まれていき、資本主義は世界ぜんたいへと広がっていった。そのプロセスをリードしたのは西欧の力だった。その当然の結果として、自分たちの論理は絶対に正しいと、西欧はいまも信じている。世界ぜんたいに対して、自分たちの論理は普遍的に作用し得るはずだと、彼らは確信している。

世界は西欧の普遍に呑み込まれていきつつある途中だと僕は思う。西欧の普遍は、しかし、かならずしも世界ぜんたいにとっての普遍ではない。この地球上には、西欧のほかにさまざまに多様な生活様式や文化そして宗教が、現在のものとして存在している。西欧もその多様な文化のひとつであるに過ぎない。歴史のなかで他をリードする力を得た西欧は、しかし、異質なものとはまだ本格的には出会っていないのではないか、と僕は感じている。多くの異質な文化の存在は承知しているし、それを認め、接してもいるけれど、異質なものと本格的に向き合ったことは、西欧にとってこれまで一度もない。その必要がなかったからだ。

アメリカ国内文脈の英語は、得意技として表現することの可能な領域の質と方向とが、世界の必要と大きくくずれ始めて久しい。アメリカをもっともよく体現するのはアメリカ英語だ。しかしアメリカが世界を体現することは出来ないし、そのようなことはあってはいけない。自分たちの国内文脈のための英語とは別に、世界のための英語を、アメリカも必要としている。国内文脈の英語は、国際的にはじつは限界を持っている。クリントン大統領の英語はアメリカのものだが、ダライ・ラマやネルスン・マンデーラの英語は、はるかに世界的な広がりを獲得している。そのような英語は、世界という複雑なものに対して、アメリカという国の方言よりもはるかに強く、普遍的な作用力を持っている。

最近のアメリカ国内の英語には、使いかたや使途における質の低下が目立つ。クリントン政権の英語、というような本を書くと興味深いと思うが、いい部分は昔ながらのアメリカが変わらずにそのままあるいい部分であり、よろしくない部分は、近年になって急に目立ち始めた傾向だ。ああ言えばこう言う、論理を無視した言い換え、鉄面皮な弁明、説明の変更、すり替え、前言の棚上げ、前言の撤回、論議の意図的な中断、威圧的な言動、一方的な押しつけなど、たとえば日本はすべて体験してきた。このような英語が世界を仕切ろうと試みるのは、世界にとって大きな悲劇だ。

母国語の性能が浪費される日々

人生のすべては母国語のなかにある

おなじことについて少しだけ表現を変えながら、重複を承知で僕はおさらいをしてみたい。英語とはどのような言語なのかについて考えようとしたとき、僕はIという言葉から出発した。そこから出発してひとまずの結論まで、まっすぐに到達することが出来た。日本語とはなになのかについて考えるときにも、Iと質的に同等な言葉がもし日本語にあるなら、その言葉から出発して結論にまで到達することはたやすく可能なはずだ、と僕は思う。

しかし日本語には、英語のIと質的に等しい言葉はない。YOUもない。HEもSHEもない。他から厳しく区別された自分以外の誰でもない、絶対にその人自身であるとしか言いようのない、確立され独立した主体としての個人がIであったが、日本語にそのような人を意味する言葉はない。少なくともいまの日本は、そのような人のいない文化や社会だ。

Iは「私」とおなじなのではないでしょうかという質問がもしあれば、そうではありません、と僕は答えるほかない。Iは「私」ではない。いまでは多くの人たちがなんの疑いもなく自分のことを「私」と呼んでいる。だからといって「私」はけっしてIではない。「俺」や「手前ども」ではいかにも都合の悪い場が多くなったから、多くの人が自分のことを仮に「私」と呼んでいるに過ぎない。「俺」や「手前ども」にくらべると、「私」は日本語としての認知の度合いの深度が、話にならないほどに浅いと僕は思う。そしてその浅さゆえに、「私」は厳密には日本語ではないと言ってもいい。

一見したところ「私」は代名詞のようだが、じつはそうではない。英語のＩはしばしば「私」と訳されているが、「私」はＩではない。自分がどんな人なのか出来るだけわからなくしておきたい場のなかで、人は自分のことを「私」と呼ぶ。自分のことを「私」と呼ぶ人は女性に多い。自分を「私」と呼ばなければならない場、あるいは、「私」とさえ言っておけばそれで充分であるような場を、女性のほうがより多く持ってきたからだ。どのような人である必要もなく、ただ女性であればいいとしかされていない世界のなかで、女性は非常にしばしば「私」だけで足りている。

日本語の外からなされる日本語についての指摘のひとつに、主語なし文の謎がある。主語なしで文書を書くことの出来る日本語という言語の謎だ。あるいは、主語なしで書いたほうが日本語らしくなり、とおりも良くなる日本語、というものの謎だ。

このような謎はすぐに解ける。喋(しゃべ)り手や書き手として「私」という自分が存在していることは、日本語世界では誰もが最初から了解している。了解しているからいちいち「私」を出さなくてもいいだけではなく、「私」ひとりにすべてを固定しないほうが日本語としては都合がいい。なぜなら、「私」がいるという了解の背後には、「私」はじつは状況によってはほかの存在でもあり得るし、最終的には「私」はみんなのことであり、みんなとは日本人全員のことであるという、もっとも大きな了解事項が横たわっているからだ。

では「私」に対してＹＯＵは「あなた」だろうか。「あなた」もじつは正体不明だ。だから

「あなた」は「私」とよく釣り合っている。「あなた」と「私」は似合いのひと組だと言っていい。ただし「あなた」と「私」の関係は、ある人が自分のことを「私」と呼び、相手を「あなた」と呼ぶのがもっとも望ましいと判断した場のなかでのみ、成立する。Ｉにもっとも正しく呼応する日本語は「こっち」ではないだろうか。他者を「あっち」と言うときの、それに対置する「こっち」だ。

必要とあらばいつでも、そしてただちに、現実を離れて抽象的に、問題とされている事柄だけをあいだにはさんで、対等な関係に立つことの出来るＩとＹＯＵの関係がないかわりに、日本語の世界では自分と他者とのじつにさまざまな関係の場がある。場とは、僕がかつて読んだ表現によれば「現実のしがらみ」であり、また別の本によるなら、「わずらわしい私的な現場」と表現されるような、要するに日常生活のなかをつらぬくもっとも平凡な時間軸に沿って連続している、さまざまな対人関係のひとつひとつのことだ。

そのような対人関係の場ごとに、その場の性質や状況に敏感に呼応して、自分および他者の呼びかたが、日本語ではさまざまに変化してやまない。日常の現実の、対人関係の現場ひとつひとつのなかでの、自分と他者との関係のありかたから必然的に出てくる、自分および他者を言いあらわす言葉が、言いかたのニュアンスも含めて、日本語にはたくさん存在している。

日本語における自分を言いあらわす言葉と相手を言いあらわす言葉とは、その両者の対人関係が作る小さな個別の場ごとに変化してやまない。どの言いあらわしかたによる関係も、絶対に対等な関係ではない。なぜなら、現実のしがらみをそのまま引きずったひとつひとつの対人関係の場というものは、基本的にはどれもなんらかの意味において上下関係であるのだから。

　ＩとＹＯＵとがないかわりに、現実のしがらみ的な対人関係のなかでの、ひとつひとつの上下関係における、自分と他者の位置や内容をきめて言いあらわす言葉が、日本語には豊富にある。現実というものは、確かにさまざまな内容の無数の対人関係の場を、刻一刻と作り出しては連続させる。豊富にある言葉のひとつひとつが、そのような場のひとつひとつに絶妙に対応していく。

　場がなかったなら、あるいは場というものをいっさい想定しなかったなら、自分そして他者はどのようなことになるのだろうか。場がなければ、つまり相手が存在しないことには、たとえば自分というものは、ここにいるこの自分です、と具体的に指さして示すことは出来ても、ではその自分とはいったいなになのか、自分ひとりではきめることが出来ないという、頼りなく曖昧（あいまい）で不安定な状態にとどまり続けるほかかない。

　自分をきめるには、日本語の世界では、相手が必要だ。それもただ単なる他者としての相手ではなく、自分の現実に密接した、なんらかの具体的なことを目的とする対人関係を作り出してくれる相手でなければならない。日本語の世界に生きる自分という人は、相手およびその相手との関係の場がないと、自分がなになのかいつまでもきまらない。その場や相手が広すぎたり大きすぎたりしても、自分はきまらない。たとえば不特定多数というような相手の場合だ。

　日本語の世界にいる自分という人は、相手という他者が作ってくれるひとつひとつの関係のなかでの、自分と相手の上下の位置をはっきりさせ、関係の目的や内容を確認し、関係の枠内で話が交わされることをも確認した上で、その範囲内でのみ、相手と話を交わしていく。

自分がなにであるかをきめるにあたっては、あくまでも現実的な、そして相手ごとに個別の対人関係の場が、絶対に必要だ。そしてそのような場の内部ごとにしか話はなされないから、対等な対話というものはそもそも存在せず、したがってそのような対等な対話の価値は社会的に認められていない。だから対等な対話はきわめて成立しにくい。母国語の性能が命じる傾向として、そのような状況が日本語の世界には最初からある。

対人関係の場に入るたびごとに、その関係の内容をただちに正確に判断し、その判断にもとづいて、人は自分を規定していかなくてはいけない。相手にとって自分はどのような位置にいるどんな人なのか。その自分との関係は、相手にとってどのような意味や目的を持っているのか。相手は自分から見てどのあたりの位置にいる人なのか。その相手との関係をとおして、自分はなにをしようとしているのか。

このようなことすべてを一瞬のうちに総合的に判断し、その判断に正しく即応して、人は自分の位置やありかたをきめる。そしてその最終結果として、自分および相手の呼びかたをきめていく。自分と相手との現実的な対人関係が、あくまでも現実的な場のなかで成立しないかぎり、日本語では人称すらきまらない。自分や相手をなんと呼んでいいかわからないだけではなく、自分というものの位置やありかたすら、自分だけでは決定することが出来ない。

このような人たちにとっては、なんらかの組織に所属することが、きわめて大切な財産のようになってくる。たとえば会社に所属しているかぎり、そこでの仕事を軸にして、さまざまな対人関係が次々に生まれていく。多くの関係が連続し、その関係のなかで自分が規定され続けていく。

自分というものが、そのようなかたちで、とりあえずいつもそこにある。人生は会社の仕事をとおして発生してくるさまざまな対人関係の連続であり、連続するそのような関係を利害調整的にこなしていくことだ。

対人関係の場ごとの相手との位置関係によって、自分というものはあくまでも相対的にきまっていく。この人とのこの関係ではこんな自分、そしてこの人とのこの関係では、このような自分、というふうに関係ごとに、相手を基準に使って規定していく自分というものは、その自分のなかにそのつど、相手を大きく取り込んでいる。相手を自分のなかに取り込むと同時に、自分も相手のなかに入り込ませてもらう。

このようにして作られていく自分というもの、そしてその自分が関係ごとに自分に関して下していく判断は、自分が関係を持つ人たちのひとりひとりが自分をどう思うか、自分をどう評価するか、自分をどのように扱うかなどに関して、総合的に敏感に判断した結果の、もっともあたりさわりの少ない、どの人からも文句の出ない、とにかく相手に合わせるという無理を最初から背負いこんだ上での、もっとも凡庸な平均値となる。

現実的な対人関係というものは、基本的にはすべてがなんらかの上下関係だ。だから人を見れば自動的に、どの人をも自分の上か下へ、かならず区分する。習性的に、反射的に、本能的になされる区分けだから、人を区分けしたという自覚はないままに、精密に区分けして所定の枠のなかに人を入れた上で、その枠を常に意識しつつ、その人との関係が保たれ継続されていく。

大人たちの多くが仕事をとおして遭遇していく現実的な対人関係は、なんらかの利害をともなった調整の関係だ。自分の損を出来るだけ少なくし、得を可能なかぎり大きくしたいなら、どの関係をもその方向に向けて少しずつ巧みに誘導しなければならない。そのためには、どの関係も安定した一定の振幅のなかに維持するのが、もっとも都合がいい。関係が激変するようなこと、たとえば論理の明快にとおった客観的な意見を述べ、相手と対立したり反感を買ったりするようなことは、極力控えておくのが最上の得策だ。

一定の友好的な範囲内で関係を持続させていくためには、要するに相手を否定しないことだ。相手を否定しない。脅かさない。不安におとしいれない。動揺させない。不快な思いをさせない。腹を立たせない。強い発言をしないでおく。はっきりと断定しない。冷たくあしらわない。というふうに、人生は「しない」という禁止事項の連続とその厳守となっていく。

このような禁止事項を裏に返して列挙しなおすと、人生はよりいっそうはっきりと見えてくる。列挙されていくものは、日本語世界での人生において発揮されることが期待されている美徳そのものであるから。当たりを柔らかく。人の気持ちを汲んで。相手の身になって。よく察してあげて。気配りを巧みにおこたりなく。曖昧に。細やかに。おもんぱかって。期待に応えて。懐を深くして。あせらず急がず。悠々せまらず。思いやりを大切に。

このような人生のなかでの言語生活は、自分を中心にした利害調整の、微細な損得計算にかまける言語生活だ。母国語というひとつの言語の機能は、その言葉によって生きる人すべてに関して、脳のメカニズムを均質に統一する。母国語は自動的に生きかたをきめてくれる。母国語によって人はひとつの運命共同体のなかに入っていく。相手の気持ちを汲むという試みをとおして、誰もが相手を自分のなかに取り込む。と同時に、相手からも自分の気持ちは汲んでもらえるという前提のおかげで、誰もが自分を相手のなかに入り込ませることが出来る。このことは次のように言い換えることが出来ると僕は思う。

利害調整の対人関係のなかでは、人は誰もが自分の都合や利害などの視点から話をする。これは母国語によって大前提として許されていることだ。おなじように相手も、自分の都合や利害の視点から話をする。そしておたがいに相手を否定し合うことは両者によって回避されるのだから、両者の利害は両者によって絶えまなく調整され続ける、という現実的な道が浮かび上がってくる。調整を続けることによって、いずれは妥協点に到達する。しかしその妥協点を、いきなり相手に要求してはいけない。あくまでも両者の話し合いのなかで、両者がともに無理なくそこに到達しなければならない。だから話し合いとは、いかにすれば自分がより得をするか、ということだ。

日本語世界での言語活動は、自分にとっての利害調整を中心にした対人関係という、現実的で具体的なものに常に則している。この現実性から、対話というものは自由になることが出来ない。言語生活は常に現実の利害に縛られている。自分の都合や事情などの視点のみから発する言葉は、物事や事柄を出来るだけあるがままに映した客観というものから、おそらくもっとも遠い言葉だ。すべての言葉は、話し手の主観、つまりその人のそのときどきの感じかた、受けとめかた、価値観、人間観、世界観などの枠内からの表現に終始する。そしてそのことになんの不都合もないとする大前提が、日本語の性能のなかに大きく存在している。そしてすべての人々がその前提について本能的に了解している。

自分の主観から出てくる言葉というものは自己中心的な言葉だ。そのような言葉のなかには、自分を有利にしていくための主張が、ともすれば強く出やすい。それを前もって抑制するために、控えめな表現、遠慮した言いかた、遠まわしな言いかた、曖昧な言葉づかい、ぼかした表現などが、縦横無尽に機能することとなる。ぼかしかたの工夫の裏には強い自己中心性がある。

話し手の側の事情や利益に密着した自己中心的なものの言いかたは、その人の立場や目的をじつにあっけなく無防備に明らかにしてしまう。客観をめざして言葉を使うのではなく、どの人も自分の都合や視点を優先させて言葉を使うのだから、そのような言葉の裏にある目的はただちにあからさまとなって当然だし、現実的にはそのほうがことを運びやすい。これはたいそう良いことであり人間的なことであるとして、日本語は認めている。

人間らしい。人間的な。人間味のある。人間として。人間を感じさせる。人間くさい。というような言いかたで表現されるものに対して、日本語世界では大きな肯定的な意義が認められている。話し手の誰もが前面に押し出す自己中心性は、見かたによれば確かにたいへんに人間らしい。というよりも、それはもっとも人間くさい。そして日本語は、そのことを人間味と呼んで自ら全面的に肯定している。

出来るだけ客観的に言葉を使おうとすると、この人間味というものが薄れていく、と日本語の世界では理解されている。客観的な言葉づかいや話の内容は、だから、気持ちがこもっていないものの言いかたとして、日本語世界ではしばしば強い批判の対象となる。自己中心性を客観で抑制しようとすると、そこに出てくる言葉はリアリティを欠いた、本当らしくない、共感の出来るかねる言葉となるのだ、と日本語世界では断定されてしまう。日本語の世界では言葉はなによりもまず主観だ。あらゆるものを主観的に、自己中心的にとらえて表現していくものが言葉だ。日本語を母国語とする人たちのあいだでは、このことも暗黙の大前提となっている。母国語を使う人たちは、こうしてひとつの共同体を生きる人として結ばれている。

言葉が主観にのみ奉仕するのなら、個人の主観つまりそのときどきの気持ちや実感の届く範囲内だけが、世界のすべてだということになる。主観の届かないところ、つまり自分にとって実感出来ない出来事や場所、物事などは、存在しないも同然となる。そして気持ちや実感という主観は、その主観を宿らせる主体であるその人の気持ちのなかではたいへんな実感の中心ではあり得ても、その人の外へ出たとたん、どこにも実体の裏づけを持たない、見事なまでのただの浅い主観でしかない場合がしばしばだ。

対人関係の場とその相手があってはじめて、はっきりときまってくる自分の位置とありかた。そして、相手を細かく精密に区分けした上で関係を維持させ、その関係のなかで自己中心的な視点から利害の調節をその自分は続けていく。そのようなプロセスぜんたいのために、誰もが母国語を駆使する。関係は一定に安定させて長く持続させてこそ、そのなかでの利害調整は可能になっていく。だから日本語には、関係を安定させつつそのなかで自分を有利に導いていくための機能が、性能の領域の内部ぜんたいにわたって、微細な精密さをきわめて張りめぐらされている。目先の利益にかまけ続けるという意味での現在主義とも言うべき大きな傾向が、日本語の性能のなかに重要な位置を占めている。

というふうに書いていくと、あまりに骨格だけを書いていくことになるのではないか、と僕は思う。骨格だけだから、前へ進みやすい。書きたいことだけが、僕の好みどおりに、書かれていくことになるのではないか。そしてそのようにして書かれたものは、まさに主観なのではないか、などとも僕は思ってみる。ここで僕が言う日本語とは、戦後五十年の後半で日本人が駆使した母国語、という程度の意味だ。昔の日本語、たとえば平安時代のそれは、使いかたも機能もまるで違ったものだったろう。

僕以外の人が参加したなら多少は客観になるだろうか。いま僕の手もとには、縦三インチに横五インチの、日本語で言うところの情報カードの束がある。日本語そして日本人について書かれたごく一般的な啓蒙書を何冊か読んだとき、気になった部分を書き取っておいたカードだ。僕自身の勉強のために書き取ったものだから、正確には書き写されていない。ところどころ僕の言葉づかいになったり、要約して書いたりしている。なんという本から書き取ったのか書名も著者名も書いてないから、いまとなってはなにもわからない。しかし、ごく一般的な啓蒙書だったからおそらく書店の棚での命は長く、いまでもその大半はたやすく手にはいるのではないだろうか。引用であることを示すための括弧を出来るだけ注意深くつけながら、カードの束をここで役立ててみよう。

日本語のはっきりした特徴のひとつである控えめな表現というものについて、さきに少しだけ僕は触れた。なぜ控えめにするのかは、母国語とそれによって作られた文化の命令するところであり、控えめな表現のための方法や言葉は無限に近く日本語のなかにある。控えめにものを言うことの効果は、控えめにしておけばそれだけ害や災いが自分の身におよぶ危険が少なくなる、ということだ。控えめにものを言うことを良しとする母国語の文化の背景には、ものを言うことを禁じられていて、なにか言えばすぐに人づてに伝わってたいへんな結果を招いた、という歴史が横たわっている。

曖昧にぼかした表現も日本語の大きな特徴だと言われている。それらはおもてむきには要するに言葉じりをにごらせた、断定のどこにもない表現のことだ。その効果は、「なにも断定してはいないのだから責任の生じる余地がなく、結果として発言しなかったのとおなじ無事を獲得することが出来るところにある」。もうひとつ、タイミングを間違えずにうまく立ちまわるなら、「自分の側の曖昧なぼかした表現によって、責任を相手に押しつけることが可能になる」という効果もある。曖昧にぼかした控えめな表現は、文字どおり控えめで曖昧であり、したがってほとんどなんの意味も目的もないように見えるが、じつはその裏には「きわめて明快で自己中心的な利害への関心」が隠されている。

日本語の自己中心性、つまり自己中心的に駆使してこそ日本語はその本領を発揮するという問題に関しては、敬語および挨拶（あいさつ）の領域でその核心に触れている内容の情報カードを僕は見つけた。まず敬語について、母国語の論理の構造を検討してみよう。言葉の仕組みが自己中心的である日本語では、話し手の身勝手さが、言葉のひとつひとつのなかにはっきりと出やすい傾向が多分にある。それをあらかじめ隠蔽（いんぺい）するため、「たてまつれば得になると判断した相手に対しては、一見したところ相手中心主義のような、相手をたてまつる態度を言葉のなかに盛り込む」。

相手をどのようにたてまつるか、その方法はすべて言葉のなかにある。たてまつりかたにかかわる微細な技術のすべてが、言葉だけで出来てしまう。日本語を喋るということは、喋る相手との対人関係に、常に細心の注意を払って言葉を使うことだ。「言葉そのものが、人との関係のすべて、つまり社交となっている。そのことの当然の結果として、いわゆる敬語以外の行為による社交というものの全域が、日本語世界の人たちの不得意科目となる」

挨拶に関して情報カードに書いてあったことを僕が書きなおすと、それは次のような内容だった。日本人の挨拶は、仲間内の仲間意識をさらに高めて確認し合うものなのだという。仲間ではない人たち、たとえば見ず知らずの人たちに対する態度と仲間に対する態度を比較してみると、この説は現実のとおりだろう。日本人の挨拶には、この前に会ったときのことについてのひと言が、ほぼかならずともなう。そのような挨拶を交わし合う当事者たちに対して、そのことはどのような効果を持つのか。仲間意識をさらに高め確認し合う効果、つまりおたがいにおなじ経験を共有していることに対する期待度の強さを確認し合う、という効果を持つ。

日本語の自己中心性については、日本語の名詞がその性能として持っている、物事のとらえかたの基本原理について書いたカードがあった。「日本語の名詞は、その名詞があらわす物の実在を問うている」と、そのカードには書いてある。注意深く考えないと意味はよくわからない。実在のしかたではなく、実在そのもの、つまり「個とぜんたいとの連続性や融合性」を、日本語の名詞は問題にしているという。それはいったいどういうことか。

たとえばここに一冊の本がある。それを言いあらわす日本語の名詞である「本」という言葉は、他の物体とは明らかに性質や形状を異にして、本としてくっきりと独立して存在しているこの一冊の本、あるいは、おたがいに対立関係のなかにありつつ同時に存在しているほかの何冊もの本のなかの一冊の本、という実在のしかたを表現するのではなく、最終的には自分に戻ってくるものとして、「本」という日本語の名詞は本をとらえている、ということだと僕は思う。つまり日本語の名詞としての本とは、本というもの、本というものぜんたい、本という実在物などではなく、自分にとっての本というもの、自分がかつて読んだ本、自分が思い描くことの出来る範囲内にある本、最近読んだ本、最近見かけたり手に取ったりした本などである、とそのカードのメモは言っているのだと僕は解釈する。

日本語が主観の言葉であることに関しては、もっとも多くのカードがあった。日本語について一冊の本を書くとなると、主観に奉仕する性能について、触れないわけにはいかないからだと僕は思う。本来ならたいへんに論理的な関係を示す言葉、たとえば「いずれにせよ」「しかし」「が」などの言葉が、日本語では論理のためには使われず、「相手に対する話し手の側の反論的な態度や感情」をあらわすために使われる。「いずれにせよ」というひと言で、それまでのすべてがあっさりとひっくり返る。論理のはぐらかし、論理への無関心、きれいにとおっている論理への無意識の反発などを、ごくなにげなく、しかも一瞬のうちに表現することの出来るこのひと言は、確かに強力だ。「しかしねえ、きみ、そうは言うけれど、いずれにせよこの問題はねえ」などと相手に言われたとき、対する自分には出直しつまり敗退しかないことを、日本語を母国語としている人たちは本能的に知っている。

日本語は客観をめざさない。だから日本語による論争は、相手を言い負かすことを、最大のそして最終の目的としている。主観どうしの一騎うちだ。だからそこではどちらかが完敗しなくてはいけない。「日本語は出来事や物事を、それ自体としてはとらえず、自分の気持ちでとらえる」と書いたカードもあった。「日本語では出来事や物事を主観でとらえると同時に、他の人の主観もおおいに借用する。たとえば、誰がそれをした、誰がそう言った、誰それがかかわっている、それについて誰がどう言っている、など」。さらに別のカードには次のように書いてある。「出来事、問題、事柄などは、ありのままには語られない。それらは、常に、自分にとってもっとも都合のいい主観となって、表現される。受け手もそのことはよく承知している。なぜなら、自分が話し手になったときには、自分の主観にもとづいて自分の都合を主張するから」

「いくら客観的に言っても相手には感情的にしか受けとめてもらえないなら、感情にのみ訴える言いかたを人は最大の便法として習得していくはずだ」と書いてあるカードもあった。日本の人たちがよく言うように、母国語を「いつのまにか自然に」身につけるとは、一例をあげるならこのような身につけかただろう。「いつのまにか自然に」という状況など、人間の社会にはあり得ない。周囲にいて日ごろ接していく人たちが、すでに身につけている母国語を移植するかのように、日常のなかでさまざまに教えてくれている。平凡な日常のなかでそれはおこなわれるから、いつのまにか自然に、とつい言ってしまうのだが、本来なら常に絶えまなくきわめて不自然に、と言わなくてはならない。

「日本語は主観的にどんなふうにでも使うことの出来る言葉だ。あなたはこう言ったではないか、と相手につめよられて困ったなら、いいえ、そういう意味で言ったのではない、私の真意はそこにはない、私はそんなことは言っていない、などと前言の取り消しがいともたやすく出来る。言葉はその場その場をしのいでいく方便でしかない」と書いてあるカードを、僕はいまつくづくと眺める。客観の最たるもののひとつは過去というものであるはずだ、と僕は思う。過去は誰にとっても絶対に過去だ。しかし、さらにもう一枚のカードを手に取って読んでみると、「日本語では過去はきちんと過去にしなくてもいい」と書いてある。「厳密に過去にすると言語活動にさしさわる。厳密な時制など邪魔である。過去にするかしないか、どのような過去にするかなどは、当人の都合や主観のままである。それはもう終わった、そうなってしまった、と主観のなかでつくづくと当人が実感出来るなら、そのときそれは過去である」

「彼らが喋ったり書いたりする言葉は、客観的な実体とはなんの関係もない、単なる自己満足あるいは方便である。したがって彼らの論理は、体面やめんつである」と書いてあるカードの内容に僕は完全に賛成だ。情報カードはさらに続く。「客観性、そしてそれにもとづいた、わかりやすさを犠牲にはしない的確な言葉づかいをし、率直に感情をあらわしていくことは充分に可能だが、日本語の世界ではそれは強く抑制されている。客観にもとづくわかりやすさや的確さの表現技術は、社会的に広く誰もが使うことの出来る有益な技術であるはずだが、子供の頃からの母国語トレーニングを日本人はそのようなかたちでは受けない。これはたいへんな社会的損失である」

日本語は主観的に使う言葉だ。言葉を主観的に使うこと、そしてものの考えかたが主観的であることは、たいへん良いこととして奨励されてもいる。主観を徹底して深めていけばいずれは客観に到達する。日本語は客観的にも論理的にも、少なくとも英語とおなじくらいには、充分に使うことが出来る。しかし、日本人は自分たちの言葉をそうは使わない。「すべてを浅い主観でとらえることにより、周囲とおなじになり、接触抵抗を可能なかぎり減らして滑走していく。そのほうが能率的だから」と、書きとめてあるカードがあった。そのカードに、次のように記入してあるカードを、僕はならべてみる。「日本の人たちは、言葉などは最終的にはどうでもいいと思っている。言葉よりも、現実的な結果だ」。そしてそれこそ、戦後の五十年間、日本ぜんたいが追求してきたことにほかならない。

自分の都合や利害の視点から自己中心的に駆使するとき、日本語という言葉はその使用者当人にとってもっとも大きな効果を発揮してくれる、という方向に向けて日本語の性能は大きく傾いているらしい。母国語によって強力に形成される思考の経路と枠ないしは限界について、切実には自覚しないまま、戦後五十年間、性能の傾きを限度いっぱいに徹底的に使って、人々は自分の利益のために母国語を駆使してきた。

利害調整の関係とそのための言葉づかいにとって、もっとも注意深く避けなければならないのは、すでに書いたとおり、なんらかのかたちで相手と対立を作ってしまうことだ。対立すると自分が負ける可能性がある。負けたならそれは自分にとって完全な損を意味する。損をあらかじめ出来るだけ少なく食い止める工夫、つまり対立を回避するための言葉づかいに、常に気を配っておく必要がある。そのための言葉づかいが、日本語のなかには豊富に用意されている。

その豊富さのぜんたいがどこに帰結するかというと、問題を主観的にとらえるということ、つまりそのときの自分にとってもっとも都合良くとらえる、ということだ。そして問題の曖昧なとらえかたとは、因果関係を明確には解明しないでおくことだ。ひとつの状況や問題に対して、どの方向からどのような力が加わり、その結果としてどの方向へどんな影響がもたらされたかをはっきりさせずにおくと、すべての事態や問題はいつのまにかそうなったこととして、誰の責任でもなく、あるとき全員の目の前に姿を現すことになる。

そうなった。あるいは、そうなっている。事態や問題のこのようなとらえかたは、日本語という母国語の文化の命じるところだ。たとえば日本がまだ幕末という時代のなかにいた頃、西欧はその日本にくらべるとすさまじい次元にまですでに到達していた。西欧と日本とのあいだには圧倒的な落差があった。だからその落差を日本は必死で埋めようとした。埋めないことには日本という国が列強の力の前に消滅してしまうという巨大な恐怖を、当時の指導者たちは抱いた。落差を埋めることには必死になったけれども、当時の西欧がなぜそこまで到達していたのかは、日本は不問にした。日本にとって西欧は、そのとき早くもそうなっていたととらえるだけで充分だった。

西欧にとってはその時点での結果であった技術だけを、日本は西欧から取り入れた。それが当時の日本に出来た限度いっぱいのことであったと同時に、西欧の圧倒的な力の背後にある、科学する心などと言われることもある因果関係の解明に向かう西欧の言語と文化に、日本は興味を示さなかった。母国語の性能の傾きを一身に引き受けていたために、因果関係の客観的な解明の文化に興味を持つ方向に思考がのびなかった結果だ。日本が取り入れたのは、製品や機械のようなもの、つまり技術とその成果、そしてあくまでも使用説明書あるいは組立説明書として利用した、文献だけだった。

先述したように「日本は西欧の成果を名詞で取り入れた」という言いかたを僕はどこかで読んだ。そのとおりにカードに書きとってある。ここでいう名詞とは、物や事柄など、自分の都合に合わせてどんなふうにでも変形させることの可能なものすべて、という意味だ。名詞でしか取り入れなかったということは、動詞では取り入れなかったということだ。では、動詞とはなにか。

動詞とは、アクションだ。アクションといってもただやみくもな行動ではなく、因果関係における因だ。因は理念と言ってもいい。理念にもとづく行動の上に、果という結果つまり責任が成立する。そして理念とは、現実の世界では、対立とほぼ同義だ。より良い考えかた、より新しい考えかたなどは、それほど良くはない考えかた、もはや古いとしか言いようのない考えかたなどと、明白に対立する。対立して論議が重ねられると、より良いほうが選ばれ、そのぶんだけ社会は成長していく。日本が幕末だった頃の西欧が、すでにすさまじい次元にまで「なっていた」のは、理念の対立という行動の結果があらゆる領域において蓄積されたことによっている。

対立する人や意見がかならず多く存在し、対立意見どうしが果てしなく議論を重ねていくことのなかにしか社会は存在し得ないという西欧の大前提を、日本語という言葉の性能は、まさにその性能によって、不用なもの、困ったもの、なんの関心もないものとして、遠い昔、見事にバイパスした。

AとBというふたりの人が対話を重ねていくとき、Aがまず語ってBがそれを聞き、次にBが語ってAが聞き、それを受けてAはさらに語り、Bがそれを受けとめてさらに語っていくというかたちで、ふたりの対話は進んでいく。英語でも日本語でも、このかたちに差はないが、内容は大きく異なるようだ。英語の場合でのふたりの対話の積み重ねは、基本的には異なった立場や意見の積み重ねとなる。それに反して日本語の場合は次のようになる。

Aの話を聞いているときのBは、Aの言っていることの字づらにおける意味と同時に、その裏に隠されている気持ちや意図を、Aの言葉を先まわりして汲み取る。そのような状況下にあるBは、B自身であると同時に、なかばAともなっている。そしてAが語ってBが聞くときにも、おなじことがおこなわれる。AはAでありつつなかばBともなる。

このような質の対話においては、自分の言ったことと相手の言ったこととの論理的な積み重ねがめざすところへの関心よりも、おたがいに相手の言ったことをどのように受けとめればいいのかに腐心することのほうが、はるかに優先される。相手との関係の維持のなかでいかに無理なく自分の主張をとおすか、つまりいかに自分を有利にしていくかが、対話の最終的な目的であるからだ。自分の言葉の裏にある気持ちや意図などすべてを先まわりして察してくれ、それにどう対応すればいいか常に考えてくれる相手の母国語能力とおなじものを、自分も持っている。そのような母国語能力を自分たちは共有しているという認識の上で、ふたりの利害調整の対話は成立していく。ふたりの母国語能力は、結果としてそれぞれの損得勘定のために機能する。

先まわりして察するのに便利な構造を、日本語はいたるところに細密に持っている。たとえば、重要な事柄は文章の頭の部分あるいは初めの部分において表現され、文末へいくにしたがって重要度が薄れていくことは、その一例だという。この構造だと、相手の言うことのなかでなにがもっとも重要なのか、文末まで待つ必要はない。それに日本語の場合、言いかたというものが大きな役を果たす。日本は言いかたの言語だと言っていいほどに、その役割は大きい。文頭に置かれたものとその言いかたとを、母国語の能力で総合的に判断していくなら、相手がじつはなにを言いたいのか、文頭で正確に察し取ることは常に可能だ。言いかたとは、いかに言えば自分の気持ちや意図するところを相手に間違いなく察してもらえるかにかかわる、利己的な目的のためになされる定型的な言葉づかいの工夫の数々のことだ。そしてそのような工夫は、自分の利益という利己的な目的の内部に常に貼りついていて、そのことのためにのみ機能する。定型に依存する度合いが高くなればなるほど、つまり母国語に巧みになればなるほど、言葉によって表現された自分そのものというものは、淡く薄れていく。

多くの人と話をすればするほど、そして議論を重ねれば重ねるほど、人は異なった立場や考えかたと直接に接することになる。自分のとは異なる立場や意見は自分を刺激する。それまでは考えてもみなかった新しい領域へと、自分は導き出されていく。独創や創造への最有効なきっかけは、他者との議論のなかにある。自分ひとりの主観のなかでインスピレーションを待っていても、らちはあかない。定型への依存能力をおたがいに高め合うことをとおして、察し合いの能率の向上をはかることに終始する対話は、人を新たな未知の領域へ導いてはいかない。

察し合うこと、つまり相手の気持ちのなかをのぞき込み、そこにある主観的な感情を読み取り、それに対して訴えかけるかたちで言葉を使い、相手からもおなじようなかたちでの言葉の使いかたを暗黙の了解として期待すること。このことの反復が母国語の機能とその作用範囲だ。察し合いとは、母国語として身につけたいくつもの定型の、おなじく定型的な応用の繰り返しだ。すでによくわかっていることを全員で撫で合い、あらかじめわかっているところへすべては落ち着く。

いつもどのような言葉をどんなふうに使っているかによって、思考能力つまり頭の程度の上下は大きく影響を受ける。言葉を使うときにはかならず現実的な対人関係の場があり、その関係のなかで相手との上下関係や利害関係を確認してはじめて自分の位置や内容がきまり、あくまでもそれに沿ったかたちでのみ利己的に主観的に言葉を使用していく、という言語活動を無限反復していると、自分自身というものの意味がどんどん小さく低くなっていくのではないか、と僕は推測する。

言葉を発するたびに、自分を少なくとも半分は消してしまわなければならない言語生活は、自分など結局のところたいしたことはないのだという認識のしかたを、そしてそこから必然的に発するはずの、自分の利害には敏感でありながら自分というものの根源的な意味は大事にしない態度を、生み出しはしないだろうか。自分を中心に、その周囲にある日常生活の全域を大切にせず、その価値も本気では認めないことを土台にした生活のスタイルが、いつのまにか身につくことになりはしないか。

自分の現在がそこそこなら、それ以外はどうでもいい。本当はひどい状態なのに、つらい生活なのに、目先の損得勘定に不満がないかぎりすべてさほど気にならず、少しでもいいからなにかを肯定的に変えていこうという気持ちも起こらないという生活スタイルが、母国語によってひとりひとりの身につききっているなら、社会ぜんたいもその程度にとどまらざるを得ないだろう。

文化は人が言葉で作っていく。言葉の程度が低いなら、程度の低い文化しか生まれない。人間というものに関するさまざまな理解が深まらない。多くの異なった人たちの存在を認めるという、スタートの部分すら出来てはいかない。可能なのは、せいぜいが現状維持ではないか。生活のスタイルも内容も、幼稚なままにとどまる。そのときどきのもっともわかりやすいものだけを相手に、目先の損得の追求と享楽へと、日々は消費されていく。

母国語は「いつのまにか自然に」身につくか

英語という言語についての、いまの僕に出来る範囲内でのごく簡単な概観は、あっけなく終わってしまった。もう少しやっかいかと思っていたのだが、書いている当人である僕にすらあっけなく思えるほどに、それは簡単に終わった。もっと詳しく説明するならその説明は長くなるはずだが、それでもそのぜんたいは、ほどよい分量の一冊の本のなかに楽に収まるのではないだろうか。

英語という言語の概観がなぜ簡単に出来るのか、その理由を僕なりに考えてみた。理由はすぐに見つかった。英語という言語の構造や機能が立体的だからだ。文法が厳格でないと構造は立体的に組み上がっていかない。ひとつの要素の上に次の要素がしっかりと組み合い、その上にさらに次の要素が重なっていく。そしてその立体構造が目的とするところ、あるいは結果として達成することも、万人共通のものとしてきわめてわかりやすいという性質を、英語は持っている。

ところが、日本語についての概観は、なかなか終わらない。ここまで書いてきてもまったく充分ではないばかりか、不足感はつのるばかりだ。なぜだろうか。日本語という言語の構造や機能が、平らで複雑なモザイクを構成しているからだ。多くの要素が、おたがいに少しずつ重なり合いながら、いろんな方向に向けて広がっている。したがって概観はなかなか終わらない。

英語についてのごく簡単な概観を、僕はIやYOUという言葉から始めた。英語という言葉が体現しようとする理念の、少なくとも骨格くらいは、浮かび上がらせることが出来たと思う。その骨格についてのおさらいを次の話題への橋渡しにしよう、と僕は思う。

英語は、因果関係の解明をめざして、客観を心がける言葉だ。そのためには、言葉の機能は動的にならざるを得ない。だから英語はたいへんに動的だ。英語は静止しない。英語は前進を続ける。英語はすべてを取り込み同化し、攻撃し、同時に提案もする。英語は開拓し改革していく。このような動的な性格を、英語では主として動詞が受け持っている。英語とは動詞のことだ。日本語とくらべると、英語は完全に反対側にある。たとえば現在というものを日本語でとらえると、現在とはそうなっている状態だ。そうなっているのだから事態はすでに完了し、静止し、願わくばこのまま変わらないものとして、目の前に、そして身のまわりに、止まっている。

英語では、現在は長く継続される変化の途中の一局面だ。現在は進行中のものとして変化のなかにあり、すべては動いている。変化に対する対応の連続も現在の一部だ。そしてその変化は、「いつのまにか自然に」起こってくるものではない。どこかにかならず原因や理由がある。誰かが、なにごとかが、変化の原因を作る。それが事態に対して力として作用し、刻々と変化つまり現在を作っていく。

日本語を概観するにあたって、Iと等質な言葉は日本語にはないというところから、僕は始めた。Iがないとはどういうことを意味するかについて考えるところから、順番を間違えずに論理的に考えを進めていったら、日本で生きるとは個人などどうでもいいことであり、最終的には「私」自身による「私」の否定のなかに人生がある、というような結論になってしまった。僕は意図的にそのように書いたわけではない。論理的に追っていくと、すんなりそうなっただけのことだ。

二、三行ずつ書きとめた情報カードが、まだ何枚も僕のデスクの上にある。さきほども書いたとおり、本を読んでいて気になった部分を書きとめたものだが、読んでいることに触発されて僕自身が考えたことも加えてあるらしい。ここでこんなふうに使うことになるとは思ってもみなかったから、書名と著者名を僕は記録していない。せっかくだから、カードのなかに書いてあることを、さらにいくつかならべてみたいと僕は思う。僕がかつて読んだそれぞれの本の著者たちが、それぞれの方法で日本語の外へ出ていき、そこから日本語を観察すると、日本語とはこれらのカードに書いてあるとおりの言語でもある、ということだろう。

「日本語による発想は名詞による発想である。日本語による表現は名詞をならべる表現である。その結果として、日本語の文章は、単文が同一平面上に並列されていく。文章は立体的に重なって層を作ったりはしない」

「事柄をとらえてそれについて書いていこうとすると、それはひとつの場面のように描かれる。平面的に、巻き絵のように描写され、羅列的になりやすい。そして描かれた場面は静的である。

なぜなら、動作の主体が書かれないからだ。英語のように、主体が動作すると力がかかり、それを受ける人が受けとめて、というふうに立体的、解明的になっていかない。事柄を努力して整理した上で書いていくと、日本語では周辺から漸進的に中心へと向かう傾向がある」

「日本語の文は形式が自由すぎる。文体上の工夫がほとんど無限に可能だ。誰にとっても共通して作用するお手本としての正しい書きかたというものが、いつまでも曖昧(あいまい)なままにとどまる。正しい文章というもの、つまり骨格のしっかりした、正確でわかりやすい文章というものが、日本語の世界では社会的にまだ成立していない。したがって誰もが、それぞれ自己流で勝手に、まことしやかな文章を書いていくだけとなる」

小学校の国語の授業で作文を書くとき、日本の先生たちは、感じたとおりを書きなさい、思ったとおりを書きなさい、と生徒たちに言う。ありのままに書きなさい、と言う先生はたいへん少ないのではないだろうか。「ありのまま」と「思ったまま」の違いは、天と地ほどに大きい。そして「ありのまま」という言いかたには、なにか悪いことをした人にそれを自白させるような語感が、日本語ではつきまとう。ありのままとは、いけないことなのだ。

おなじ質と量の情報を伝えようとすると、日本語は英語にくらべてスペースも時間も長くなる。僕の経験では、日本語のほうが、スペースも時間も、四倍から五倍は必要だ。おなじ量の時間のなかで、たとえば口で語って情報を伝えるとき、日本語だと英語による場合の四分の一から五分の一の情報しか、伝えられないことになる。日本とアメリカがなにごとかに関して交渉の場につくとき、たとえば一時間あればアメリカは言いたいことのすべてが言えてしまうような場合、日本側にとって一時間ではほとんどなにも言えず、一方的に押しきられた印象を強く持つにいたるのではないだろうか。日本語では、なぜ長くなるのか。

「日本語の動詞に注目するといい。日本語の基本動詞は、ぎりぎりまで抽象化されている。だからなにか具体的なことがさまざまに加わってこないかぎり、その動詞はほとんど意味を持ち得ない。日本語でも、いくらでも細かく正確に言うことは可能だが、長くなることは避けられない。動詞の抽象性を、具体的な説明要素で充分に補っていかなくてはならないから」

英語では長くならない理由は、基本動詞が具体的で個性的だからだ。さまざまな説明語句で補う必要がない。基本動詞の意味が日本語では抽象的であるということは、基本動詞がどんなことにでもあてはまってしまうという、日本語独特の実用性を持つということでもある。おなじひとつの言葉が、広くさまざまなことに、じつに楽にあてはまってしまう。広くいろんなことにあてはめると、それは非常に多くの場合、陳腐な言葉になる。紋切り型というものが、こうして生まれていく。

「漢字というものは、すでにはっきりと出来上がっている物事、固定されていることなどに関して、基本概念を示す能力がある。具体性も抽象性も同時にかねそなえ、ひと目でかなりの情報を伝えることが出来る。簡潔であり、組み合わせを自分で作ることも出来る。絵画性を残しつつ、無表情に冷たくもある。このたいへんに便利な漢字に日本語は大きく頼っているから、漢字を見ずにはすまされない。少なくとも音を聞いて正しい字を思い浮かべる芸当が出来ないと、日本文化のなかには入っていけない」

「漢字のようにはっきりとはきまっていないことを表現するためには、仮名というものがどうしても必要だった、だから日本人はそれを作った。片仮名は、さらにもっとファジーな領域のためのものだ。日本語のなかで片仮名表記される外国語は、原意を大きく離れたところで、主としてイメージ語として自在に操られている。時代とともに片仮名語は急激に増えている。日本語のなかには正しく該当する言葉がないから、片仮名で取り入れていく。時代が進むにつれて、日本にはないものが大量に外から入って来る。それを言いあらわすために、片仮名語は増えざるを得ない。現代およびこれからのことを言いあらわすための語彙に、日本語が決定的に不足している証拠だ」

「日本語は現象を観察して表出することを、能力的特徴としている。なにか具体的なものがないと、言葉になってこない。どこにも実体のない観念的なもの、たとえばノーバディというような言葉は、日本語では言葉として存在していない」

「日本語は抽象名詞を主語にとらない。圧倒的に多くの場合、人、あるいは擬人化されたものを、主語にとる。英語の動詞には、このような人間的な傾斜はない。たいていの名詞を主語に取り得る。そして名詞には動詞的な性格があり、それをさらに動詞が強力に引き継ぐ」

どの外国語もおなじことだと思うが、学んでいくのはやっかいなことだ。ある程度以上に習得し、かなりのところまで自在にそれを使いこなせるようになるまでには、たいへんな苦労を必要とする。文法のルールさえ学べば、それで外国語が身につくというわけではない。英語のすぐれた文法書はいくらでもあるが、文法のルールは例外に満ちていて学習者にとってはなかなかやっかいだ。「自分の体を押し当て、ひとつひとつ繰り返し写し取るようにして」自分のものにしていくほかない。

そのようにして身につけた日常言語を、いざという場合、つまりある程度以上の次元で自分の言葉をパブリックにしていくにあたっては、正しい用いかたという厳しいルールが待ちかまえている。この正用法の枠をきちんとくぐり抜けると、そこには正しい英語というものがある。正しい用いかたをした正しい英語は、どこでも誰にでも、そしてどのようなことにでも、普遍的に使うことが出来、普遍的に機能する。なにしろ論理と客観に奉仕する言葉なのだから、正しい用いかたに関するルールが厳格であるかわりに、機能的にはたいへんに開かれている。

日本語の場合はどうだろうか。正しい日本語、という言葉はあるけれど、その実体がどのようなものなのか、誰にも答えられない。人それぞれが、それぞれに持つさまざまな対人関係のなかで、その関係の質や内容を見きわめつつ使って支障をきたさない言葉、それが正しい日本語なのではないか。そしてそのような言葉を、誰もが日本のなかでいつのまにか自然に身につけていくのだ、と人々は確信している。いつのまにか自然に身につけ、それ以後はまるで空気のように、常に自分とともにあるのが、言葉というもののもっとも正しいありかただ、と人々は思っている。気持ちのこもった血のかよった言葉で、人間らしく自己中心的に腹を割って話をするのが、日本語の正しい用法だと社会は認めている。

成長の過程のなかで、「いつのまにか自然に身につけた」母国語の正しい用いかたとは、日常生活のなかで全員が毎日持つはずの対人関係ひとつひとつの場のなかにある。自分を有利に導くための、場のコントロール力だ。それを習得すればするほど、言葉の主観的な使いかたが、精緻(せいち)に洗練されていくことになる。母国語の性能の特徴的な傾き、つまり得意技にさらに磨きをかけ続けるかたちで、その傾きにぴったりと沿って、ほとんど無意識に、反射的に、自由自在に母国語の得意技を使いわけていく能力、これが「自然に」身につききった母国語というものだ。

言葉の正しい用いかたに関する英語の厳しいルールは、問題とされている事柄からいかに自分の主観を確実に切り離し遠ざけるかを、社会的な目的として存在している。だから言葉の正しい用いかたは、社会的な重要性を常に認められているプロトタイプとなり、基本的にはあらゆる人がその機能をとおして社会に参加していく。一対一から一対不特定多数のコミュニケーションまで、英語の正しい書きかた、喋(しゃべ)りかた、聞きかたの言語コミュニケーションのスタイルが、正用法をとおして確立される。「このことに関してはこのように表現してこそ自分なのだという、個人というものの根源にかかわる」言語活動のスタイルだ。日本語における言語活動のスタイルは、いつまでも自分勝手でばらばらのままだ。客観度の高さをめざす表現の洗練はなされない。そのときどきの自分の主観のなかに、誰もがいつまでもとどまることになる。

情報カードをさらに何枚か、僕はワード・プロセサーのかたわらに置いて眺めている。そのうちの一枚には次のようなことが書き込んである。「日本語は主体としての個を語り得る言葉なのか？」。抽象的というなら充分に抽象的かもしれない。なにげないこのワン・センテンスは、次のようにも言い換えることが出来ると僕は思う。すなわち、「日本人は語るに足る主体としての個を持っているのか」。

もう一枚のカードには、次のように書きとめてある。「日本人が本当に自分の生活を持っているなら、内需はいまよりはるかに拡大するはずである」。しかし本当の生活は持っていないから、政府主導の土木工事がいくら増えても、真の内需はもはや大きく上昇カーヴを描くことはないだろう、という文脈のなかのワン・センテンスだったと僕は記憶している。日本語とはどんな言葉なのかについて考えてきた僕は、最終的にこのふたつのセンテンスにたどりついた。どちらも深刻な大問題を提示しているのだが、いずれも書かれかたはきわめてさりげない。前者は日本語世界における個人というもののありかたに関して、そして後者は、これからの日本がたどる道に関して、語ってくれているのだが。

戦後から現在までの日本を作ってきた技術力の高さと労働者の高い適応力の背後で、日本語という言語の性能がそれらを強力に支えた。高い技術力はひとりで勝手に出来上がっていくものではない。出来ていくプロセスのあらゆる部分に、人が無数に近くかかわる。それに労働者はただロボットのように働くのではない。人間の営みの一部として働く。戦後五十年間で日本が達成したことを過小評価しないほうがいい。それを過小に評価すると、母国語というものが果たした巨大な役割に気づきにくくなる。

自分たちにとってたいへん大事なことだ、と日本人が思うことすべてにかかわる作業能率を極限近くまで高めていくために、日本語はその機能を最大限に発揮した。つまり日本人は、日本語の機能を限度いっぱいに活用して、戦後から現在にいたるまでの日本を作ってきた。そのプロセスぜんたいにとって、日本語の性能は最適だった。日本語は、日本の経済活動という集団作業の能率を高めるために、途方もない働きをした。

これからの日本にとって、言葉の使いかたが良くも悪くも大きな意味を持つ、と僕は思う。人々が少しでもましな言葉づかいを心がけるなら、少しはましな社会へと変化していく。まずとにかく、実務的に風とおしのいい言葉づかいの広がることが、もっとも望ましい。システムの改革と追いつ追われつしながら、実務上のルールを世界と共有出来るようになることの彼方にだけ、希望が持てる。なにごとにせよあるひとつの問題にかかわる客観的な態度というものの第一の段階は、もっとも実務的な接しかたおよび処理のしかたなのだから。

日本にはヴィジョンがない、と多くの人たちが言っている。ヴィジョンとは、あくまでも現実化を前提にした未来のありかたに関する理念や理想、あるいは思想や哲学のことだ。これが日本にはない、と日本人自らが言っている。日本にヴィジョンがないというのはすでに定説だ。そして日本の現実は、残念ながら、ヴィジョンのほぼ完全な欠落の見本のようだ。

未来に関するヴィジョンを日本が持っていないことの理由や原因について、自分たちはすでによく知っている、と当の日本人たちは思っているようだ。いまの日本にある高度な大衆社会のなかでは、解説や能書きが高速度で社会の隅々までいきわたる。そこでは誰もがいっぱしの解説者になれる。ヴィジョンのなさについて、次のような解説ならほとんどの人に出来るはずだ。

東西冷戦という特殊な状況のなかで、戦後の日本はアメリカの傘の下に守られてきた。戦後の国内復興の延長線上に絶対会社主義のもとで、国民は質の高く均一にそろった労働力としてまとまり、我が社の利益の追求に血道を上げてきた。そしてそれ以外にはなにも考えない平和ぼけが習性となったから、世界が現在のように激動し始めるとヴィジョンどころではなく、すべてが後手にまわった上での部分的な対応が精いっぱいである。

このような解説は、いちばん外側のごく表層的な説明としては正しい、と僕は思う。しかし、平和ぼけの五十年や、経済活動と技術革新に専念した五十年が、必然によってまっすぐに結びつくものとして、ヴィジョンのなさをただちに生み出したりするだろうか。ヴィジョンのなさの原因や理由は、もっと内側のもっと深い部分に、真の必然としてその姿を潜めているはずだと仮説するなら、それが潜んでいる核心の部分とはどこなのだろうか。

外国によって日本に対してなされてきた最近のさまざまな批判は、日本のやりかたに対してではなく、日本のなかで日本のシステムとして出来上がっている多くのシステムの不都合さ、つまり国外との適合性の欠如に対して、なされたものだ。それら多くの日本的システムは、外国から批判されると同時に、国内でも限度を越えた不都合さを自ら露呈した。世界情勢の大きな変化の前では、危険な脆(もろ)さも充分に見せた。

これらのシステムは、日本の伝統と呼んでもさしつかえないほどに、しっかりと日本に根づいた真に日本的なものなのだ、と日本の人たちは信じてきた。これこそ日本の土台なのだと多くの日本人が信じたものが、かたっぱしから外国によって批判され、国内でもその不都合さや脆弱(ぜいじゃく)さをあらわにした。いま世界はたいへんな速度で変化している。多くの日本的なシステムに対する外国からの批判の矢は、もっとも根源的な日本的システムに向けて、じつはとっくに放たれていたのではないのか。もっとも根源的に日本的なシステムとは、この五十年にわたって日本人がおこなってきた日本語の使いかただ。

母国語とはいったいなになのかということについて、その核心だけを出来るだけ簡潔に書きたいと願いながら、なにについてどこからどのように書けばいいのかを考えるたびに、僕の思いは狼少年へとのびていき、そこに落ち着く。だからまず狼少年について書くことにしよう。書くとはいっても、かつて僕がどこかで読んで記憶していることを、いまの僕が再話することになるのだが。

生まれ落ちてすぐに人間の世界から引き離され、たとえば狼のような動物によって人間が森のなか深くで育てられていくのは、きわめてまれなことだがないわけではない。少年期までそのようにして育った人間が、ある日のこと発見され、人間の世界へと連れ戻される。病院のような場所に収容され、彼はさまざまな分野の専門家たちによって、観察されることになる。

その少年は野性の自然児だ。人間のしがらみに束縛されることを一度も知らず、森のなかという自然のなかで動物とともに育った。その肉体はさぞや強靭で逞しいのではないか、と普通には想像するけれど、彼の現実は完全にその逆だ。体は明らかに発育不良ぎみで小さく、虚弱に見える。野性の鋭さなどみじんもなく、常に不安そうで表情は鈍く、しかもおびえている。

まっすぐにのびている長い廊下の向こう二十メートルほどのところに彼を立たせ、こちら側で胡桃をひとつ胡桃割りで割ると、その音に彼はきわめて鋭く反応する。音を聞きつけ、その音がなにであるか正確に判断し、廊下の向こうから走って来る。そして、胡桃を割った人が手のなかに持っている胡桃を、欲しそうにじっと見る。森のなかで胡桃のような樹の実を常に拾っては食べてきた彼は、胡桃の割れる音は自分の生命と直接にかかわる音だから、聞き逃さない。だから彼は廊下の向こうから走って来る。そして欲しそうに胡桃を見る。言葉がなくても、この程度までには、彼は到達することが出来た。しかし、ここから先が、彼にはない。

生まれ落ちてすぐに人間の世界を離れ、少年になるまで森のなかで動物と樹の実そして小川や雨の水を相手に生きてきたのだから、彼は言葉というものをいっさい知らない。教えてもなかなか覚えない。音声としての言葉というものを聞いたことがないから、したがって彼の耳に音は聞こえても言葉は聞き取れない。その当然の結果として、彼の口からは言葉としての音は出てこない。森のなかにしばしばある自然音を模した、奇妙な音をときたま発するだけだ。聴覚も声帯も構造は過不足なくそなわってはいるが、人間のそれとしては機能しない。

彼の頭のなかには、言葉がいっさいない。言葉によって自分やその周辺を認識することが、彼には完全に不可能だ。言葉が頭のなかにないと、たとえばガラスのコップに注いでもらった水すら、彼は飲むことが出来ない。収容されている病院の個室で、テーブルの上に人がコップをひとつ置き、それに水を満たす。その水を、彼は飲むことが出来ない。水という言葉を彼は知らない。だから、透明なガラスのコップのなかの透明な液体が、水だとは認識出来ない。ガラスのコップなど見たこともないし、ガラスとかコップという認識もまったく不可能だ。コップは容器であり、そのなかにいまは水が入っているということすら、彼にはわからない。そのコップを人が指さし、お飲みなさい、と優しい笑顔で言っても、彼は壁まであとずさっていき、おびえて不安がり、怖がる。そしてふと、攻撃的になったりする。

森のなかの小川のほとりで、腹ばいになって小川に顔をつけ、流れる水を飲むことは出来ても、コップを手に取ってなかの水を飲むというような文明的なことは、彼には出来ない。頭のなかに言葉がないからだ。いくら言葉を知らなくても水くらい飲めるだろう、と人は思うかもしれない。しかし本当に彼は飲めない。

喉（のど）が渇くという肉体の状況と、それに対する反射的な行動は、森のなかで彼も体験してきた。しかし人が水を注いでくれたガラスのコップをテーブルから自分の手に取り、唇へ運んでなかの水を飲むというような文明的なこと、つまり言葉による認識にもとづく行為など、とうてい無理だ。「水」も「飲む」も、彼にはない。「ガラスのコップ」など、わかりっこない。水の入ったひとつのコップに対する好奇心も、彼はほとんど示さない。無理にコップに手を触れさせてみる。コップは倒れる。なかの水がテーブルに流れ出る。彼は驚いてあとずさり、ただおびえるだけだ。

人間と言葉の関係の原形がここにある。人間は言葉だ。人間は言葉によって生きていく。あらゆるものを人間は言葉によって認識し、それを土台にして、ネアンデルタールやクロマニヨンの頃から現在にいたるまでの文明を、作り上げてきた。人間の営みのすべてが、言葉によっておこなわれている。あまりにも当然のことであり、文明のなかに生まれると言葉そのものがあまりにも普通のことなので、人間は言葉だなどと言われると、果たしてそこまで言葉がすべてを支配しているものかどうか、と人はいぶかる。

自分というもののとらえかたから始まって、あらゆる物や事柄の認識、そしてものの考えかたから世界観にいたるまで、人が頭のなかでおこなうことすべては、言葉を媒介にしておこなわれている。そして言葉とは、少なくとも日常的には、ほとんどの場合、母国語を意味する。日本の人たちにとって母国語は日本語だ。彼らがなにごとかについて少しでも考えたり思ったりするとき、その考えや思いは母国語である日本語の構造と性能のなかでしか、おこなわれない。人の頭や心は、母国語というひとつの強力な枠の内部にしか、基本的にはあり得ない。

自分自身も含めて世界のすべてを、自分はそのあるがままにとらえ認識しているはずだ、と多くの人たちは思い込んでいる。けっしてあるがままではなく、日本語という母国語の構造や性能というフィルターをとおして、人は物や事柄そして世界をとらえている。すべての、と言っていいほどに圧倒的に多くの人たちは、母国語の内部に閉じ込められている。しかもそのことについて、普通はいっさいなにも自覚していない。母国語は、それを母国語とする人たちを、何重にも決定的に、そして強力に、呪縛(じゅばく)する。

人がなにかを考えたり思ったりするとき、そこにはかならず言葉がある。いちいち言葉なんか必要ないよ、というのが日常的な実感かもしれないが、言葉なしには人間はほとんどなにも出来ない。そして自分が自由に使うことの出来る言葉、つまり母国語の構造と性能の内部で、そこから多大な影響を受けつつ、人は日々を生きていく。いつもどのような言葉をどんなふうに使っているかによって、思考の程度や範囲そして方向などが、母国語の性能の守備範囲内で決定的にきまっていく。母国語の構造や性能に一定の傾向が特徴的にもしあるなら、その傾向に日々さらなる磨きをかけるかたちで、人は自在に母国語を駆使して日常を送る。日常の母国語とはそのような言葉だ。

母国語は、それを母国語とする人たちを、思考や感情など人間の営みのすべての領域において、決定的に規定する。母国語を母国語らしく自在に駆使すればするほど、母国語の構造と性能の内部に人は取り込まれていく。そしてそこに、その母国語が日本語なら、日本人らしさというものが生まれてくる。日本人らしさの総体は日本らしさであり、日本らしさの総和の蓄積が日本文化だ。母国語と外国語とでは果たしてそんなにも異なるものなのか、所詮(しょせん)は人間の言葉なのだから結局はたいした違いはないだろうに、というような日常的な認識は、母国語の内部へその人がすっかり取り込まれていることの証明だ。母国語の外には、とんでもない世界がある。

母国語の性能と戦後の日本

人々は最初から自分のものとして言葉を持ち、自由に生きて対等な関係を営んできたのではない。言葉は自分のものではなく、まったく対等でも自由でもない長い歴史のなかで、人々は言葉つまり自由を、少しずつ獲得してきた。言葉は自由と不可分に結びついている。

資本主義がスペインでスタートした十五世紀まで戻ってみよう。言葉の解放ないしは自由化の歴史は資本主義の歴史と重なっている。この頃のヨーロッパのほとんどの国では、教会とそれに仕える聖職者たちが社会の最高の権威であり、彼らの権威は彼らが土地を所有することの理由づけとして機能していた、とごく普通の教科書にも書いてある。人民あるいは民衆、つまり普通の人たちは、教会の権威の下に抑えられた人たちでしかなかった。彼らには、たとえば自由に読める自分たちの言葉による本など、どこにもなかった。本といえば手で書いた聖書であり、それは教会のもの、つまり神の言葉であり、その言葉に接してそれを解釈したりするのは、聖職者たちのみに許された神聖な営みだった。

このようにごく少数の人たちに独占されていた言葉は、資本主義の歴史のなかで、教会の権威の崩壊と入れ違いに解放されていった。普通の人たちに向けての言葉の解放とは、彼らの言葉で書かれた本が、彼らのあいだに大量にいきわたることだった。グーテンベルクの活版印刷は、おなじ本を大量に普及させることをたやすく可能にした。普通の人たちが自分たちの言葉を持ち始めた。その言葉のなかには教会の権威の源泉であった聖書も含まれた。普通の人たちと教会とのあいだに闘争が始まっていった。権威と闘う人たちは早くも知識を持ち始めていた。権威から一方的に押しつけられたものではなく、自分の言葉によって自分の頭でとらえた世界観を、彼らは持っていた。言葉はさらに多くの人たちに向けて広がっていき、そのことをとおして、人々のあいだにパブリックな時空間が生まれていった。共有する自分たちの言葉をとおして生まれたパブリックな時空間によって、多くの人々がつながれていった。

十八世紀のパリやロンドンはパブリックな時空間の発生地点であり、それが確実に育っていった場所でもあった。そこは、自由になった人たちが私的な生活からパブリックな時空間へ抜け出た上で、見知らぬ多くの人たちとさまざまに語り合う場所だった。都会の劇場、レストラン、カフェなどは、公共の人という仮面をかぶってそれを演じる市民たちによる、公共のコミュニケーションの場を基本的な性格としていた。芸術的なことがらを中心にして交わされた社交的な会話や論議は時代と無縁であることは出来ず、政治や経済についても人々は盛んに論じ合った。そしてそのなかからひとつの理論が誕生してきた。社会がなんらかの権威によって運営されるなら、その権威を批判する権力を持つのは自分たちであるはずだ、という論理だ。

現実の身分を離れてすべての人が参加出来る対等な論議、というものが獲得するパブリックな性格。そしてそれをとおしておこなわれる、権威に対する理性的な批判とその制御。多くの人たちが論議のなかへ持ち込む、さまざまに異質な価値観や世界観。その論議をおこなうためのマナーやルールの洗練、つまり、教養によって私利や個人的なしがらみを離れ、すべての事柄から必要にして充分な距離をとった上で、可能なかぎり広く適用することの出来るルールを作っていくこと。このような世界が生まれ育っていく歴史のなかでのみ、資本主義の歴史は可能になった。

言葉とは空気や水のようなものだと思っている人は、そうは思わない人にくらべると圧倒的に多いのではないだろうか。言葉がなければたいへんに困るが、言葉がない状態は考えられず、したがって言葉はいつもそこにあって当然で、誰もがいつのまにか自然に身につけ、自由に駆使することの出来るもの、それが言葉なのだと、たとえばいまの日本では圧倒的に多くの人たちは思っている。

人がひとつの国のなかで生まれる。その国に生まれてそこで育ってきた両親に、つまりその国の人に、その子供も育てられていく。子供は言葉を覚えていく。幼い子供から大人に向けて成長していくプロセスのなかで、その国の言葉を喋(しゃべ)ることが出来、人が喋るのを聞いて理解することが出来、読んだり書いたりすることも可能になるほどに、その国の言葉つまり母国語を、その人は身につけ自分のものにしていく。

言葉、特に母国語という言葉は、このようにその国で生まれてそこで育っていくあいだに、いつのまにかごく自然に身についていくものと、多くの人たちは思っている。しかし、身につけかたも、そして身についたものも、じつは自然とは程遠いきわめて不自然なものだ。自然でもなんでもない。その正反対だ。自然な状態というものをあげるなら、たとえばすでに書いた狼少年がその典型的な例だ。自然のなかで自然にしていると、人は森のなかで胡桃(くるみ)を拾って食べては脱糞(だつぷん)し、あとはただぼんやりしているだけという、どうにもならない状態しか手に入らない。言葉なしには人は体すら満足には成長していかない。

言葉はものすごく不自然なものだ。そしてその不自然さにおいて、まさにそれは人間のものだ。どの母国語でも、それはおそろしく抽象的なルールの、複雑にからみ合った巨大な体系だ。生まれてくる人間の子供の頭のなかには、この複雑で抽象的な体系を、自分のものとして自由自在に駆使することの出来るものにしていく能力が、初めからそなわっている。生まれたばかりの赤子をどこかまったく違う国へ連れ出しそこで育てると、その子供はその国の言葉を母国語として身につける。これから育っていく幼い子供は、どこの国の言葉にも対応出来る。

そしてこのようにして身につけた複雑なルールを、その精緻(せいち)さのままに駆使出来るようになった言葉つまり母国語は、その人のすべてだ。その人という、そのようにしてそこにそうある存在、そしてその人がこうありたいと思う願望などすべては、その人が身につけた母国語のなかにある。目の前に、身のまわりに、いたるところに、世界がある。世界にはさまざまな物や出来事が満ちている。人が世界というものを認識しようとするとき、世界ぜんたいをそのままとらえることは、とうてい不可能だ。世界はあまりにも大きくあまりにも雑多であり、しかもあまりにも支離滅裂だ。ひとりの人の頭が世界をとらえるときには、とらえやすいように極端に整理したうえでとらえなければならない。そのとき、どうしても必要になるのが、言葉というものだ。

世界という複雑なもののどこに手がかりを見つけ、そこからなにを、どのように、どんな方向で認識していきたいのかを決定するのが、母国語だ。世界のどこか一部分に焦点を当て、そこからどの方向へ切り込み、どんなふうにそれを認識するのかを、言葉が決定していく。言葉はそのような認識のための道具であり、認識というメカニズムの全体でもある。途方もなくばらばらで、しかも途方もなく大きい世界というものは、言葉によってすさまじいまでに整理された上で、人の頭のなかで理解されていく。すさまじいまでに整理するとは、抽象化することだという言いかたも出来る。そのことのほんの一例をあげてみるなら、たとえば「本」という言葉の抽象度は、数多い言葉のなかでもおそらく最高度に到達しているはずだ。

「本」などという言葉は、目にしてももはやなんの感慨もないほどに日常的になってしまった、面白(おもしろ)くもなんともない言葉のようだ。しかし、これまでの人間の歴史のなかで人間たちが作ってきたすべての本は、「本」というひと文字で整理することが一瞬のうちに可能だ。これまでの歴史のなかで人間が作ってきた本のうち、いまも残っているものすべてを集めてひとつの場所に山のように積み上げたとき、その山を理解するには、「本」というひと文字があればそれでいい。いま世界じゅうにあるすべての本を目の前に積み上げられても、あわてることはない。どれだけの量になろうとも、それは「本」なのだから。「本」という言葉は、これほどまでに高い抽象度を持った基本語のひとつだ。このような基本語を五千語ほども頭のなかから消してしまうなら、その人はもはや狼少年と大差のない人とならざるを得ない。

世界のどこをどうとらえるかは、どの国の言葉を使うかによって大きく違ってくる。ひとつの国の言葉による、とらえたいと願う対象のこの部分にこんなふうに目をつけてとらえるという選択は、おなじ対象の別な部分に別の視点から目をつけるのではなく、そちらではなくこちらのここに、そんなふうではなくこんなふうに、自分たちとしては目をつけたいということだ。そこよりもここに、そしてそこをそう見るよりもここをこう見ることのほうに、自分たちはより大きな価値を置く、ということだ。日本語と英語の違いも、基本的にはその違いでしかない。日本語ではこうとらえられるものが、英語だとそうとらえられる、という差異だ。ただし、こうとそうとでは、世界は多くの場合まるで別物となる。日本語という言葉による世界認識と英語による世界認識とでは、やっかいなことに、世界は根本的に違ってくる。

言葉というものは、おそろしいまでに人間のものだ。日本語という言葉が日本人を作る。英語は英語国人を作る。どちらの言葉を使うにせよ、人がおこなおうとしているのは、認識の対象に言葉で関係を持ち、それをとらえて理解し、自分のものにしようとする試みだ。普通はごく平凡な日常のなかで、その営為はおこなわれる。そしてそこで口にし目にする言葉が言葉のすべてだと、多くの人は思っていく。自分の言葉で世界のなかのすべての用は足りる、と思ってしまう。しかし、その人が理解したり自分の言葉で言えたりするのは、その人に使うことの可能な母国語の機能範囲内でのことにしか過ぎない事実を、多くの人はまったく自覚していない。

日本にとってもっとも大切な共有財産は日本語だ。なぜなら日本語は日本人を作るのだから。日本人としての、深くまで到達した共通性を作り出すことが出来る唯一のもの、それが日本語だ。日本語は日本そのものだ。成長していくとともに引き受けていく、日本人としての行動や思考のスタイルのすべてを、日本語は細大もらさず作っていく。日本語は人を日本人として生きさせてくれると同時に、日本人としてその人を隅々まで厳しく限定していく。

日本人は日本語で日本人になる。日本語という言葉の特徴や性能が、すべてそのまま、日本人としての自分そのものだ。そしてその自分は、日本語という言葉で世界を認識し、理解していく。日本語が持つ認識性能と、その性能を自分がどの次元でどの程度に使うことが出来るかのなかに、自分のすべてがある。日本語による世界の認識という深くて巨大なものを、自分が使い得る言葉の範囲内でという限度つきで理解したり表現したりする小さな小さな存在、それが自分だ。

日本語とはなにか。日本人とはなになのか。日本文化とは、いったいなになのか。このような広い領域にまたがるいくつもの問いは、ひとつにまとめることが出来ると僕は思う。日本語を使って日本人は世界のどこをどのように認識し、その認識にもとづいてなにをどうしたいと願っているのか、というひとつの問いにだ。この問いは、さらに次のように言い換えると、いっそうわかりやすくなるはずだ。

どの国の言葉にも、物や事柄などさまざまな対象を、必要に応じて適切に表現するための単語や文型、そしてそれらの用いかたのルールが、きちんと存在している。しかしそれらのルールは、言語によって大きく偏っている。日本語がいとも簡単になし得る得意技は、英語の世界ではこの世には存在しないことであったりするほどに、その偏りは大きいと考えたほうがいい。では日本語は、どのような方向に向けて、どのように偏っているのか。日本語によって生きるとは、どう偏って生きることなのか。

日本語の特徴について書こうとするとき、おそらく誰もがまず最初に驚きつつ書くのは、英語におけるようなIとYOUの関係が日本語にはないという事実だ。IとYOUの関係は、きわめて日常的で具体的でありつつ、必要とあらばいつでも、非日常的で抽象的な、しかも対等の関係に移行することが可能だ。そのような関係を作る言葉が、日本語にはない。非日常的で抽象的な対等の関係とは、まさに言葉のためにある関係だ。なにごとかに関して、ひとりの人が理論を述べる。それに対して、別の人が別の理論を提示する。そこへさらに違った人が、別の理論を重ねていく。ある問題に関して、おたがいに現実のしがらみに拘束されることなく、考えをつくして論議し、言葉をつくしてそれを表現していくという関係が基本的には日本語の世界にはない。

日本語の世界では、相手との人間関係の場ごとに、誰もがそのつど自分を規定しなおす。相手によって自分が違ってくる。すでに書いたことの復習になるが、相手とは場であり、場とはいわゆる対人関係だ。その場ごとに、ひとつひとつの対人関係ごとに、相手と自分の位置関係を微妙に計りつつ、その計算結果に応じて、自分をそのつどきめていく。日本語が持っているこのような言語的性能のなかでは、世界というものはどのように認識されるのだろうか。そのような言語による、もっとも無理のないかたちでの世界認識とは、どのようなものとなるのか。

世界とは、細かに仕切られたいくつもの枠の、つらなりとなる。普通のホテルへいくと、フロント・デスクの背後に、部屋ごとに鍵（かぎ）やメッセージを入れておくための、細かくいくつにも仕切られた棚がある。日本語によるなら、世界とは、たとえるならあの棚ではないのか。棚全体は、細かくいくつもの枠に、はっきりと区切られている。たとえば人で言うならこの人はこちらのこの枠のなか、そしてその人はあちらのあの枠のなか、というふうにすべての人をどこかに区分けし、その区分けにもっとも適合した枠のなかに収める。その人はどういう人か、というもっとも重要な問題よりも、その人はどの枠に収まる人であるのかが、最重要な検討事項となる。

　その人は自分とどのような関係を結ぶのかということに関する判断に応じて、どの人をももっとも適切な枠のなかに収める。人というものすべてを、自分との関係で判断していく作業は、人というものは基本的には自分と利害が対立する存在であるという、根源的な認識によるものではないのか。対人関係とは、ここでは基本的には対立的人間関係なのだ。敵か味方か、損か得か、内か外か、というような。自分が収まるべき枠も、どこかにかならず存在している。自分はいくつもの枠に仕切られた棚全体の、外にいる人ではない。棚の内部の、どこかの枠に、かならず自分も収まる。そして自分とおなじ枠のなかにいる人たちは仲間や身内であり、彼らとの関係から自分が得る安心度に比例して、その枠の外にいる人たちに対しては彼らの誰もが排他的となる。

　どこのどの枠に入る人なのか、その枠によって人をとらえる。個人そのものには、さしたる関心はない。重要なのは、あくまでも、どの枠にその人が収まるかだ。そのような世界では、個人という存在が確かにあるという前提で論議される自我や個性などとは、人は最初から無縁だ。したがって彼らに自我や個がないことを責めるのは、日本語の性能を責めるのとおなじで意味のないことだ。

枠とは、立場や所属、背景など、要するに身分証明的なこといっさいを意味する。枠のなかにある、そして自分もどれかの枠のなかの一員である世界とは、その枠内にいる全員の平均値や妥協点のことだ。他とおなじようでありたいという気持ちや、みんなでおなじように進んでいきたいという願望は、その枠のなかにいる人たち全員を強力にひとつにまとめ、大きなエネルギーに転換されていく。ひとつの枠の内部では、内部の全員をひとまとめにする強力な拘束力が、大きな変化なしに維持されていく。そしてその枠のなかにいる全員が、ほぼおなじ質でおなじ方向へ進みたいと願っているとき、その枠のなかの人たちはまとまって大きな力を発揮する。

みんなおなじだという安心感、そしてその安心感がひとつにまとめられて生まれる強いエネルギーは、自信でもある。あくまでも枠内のことだが、人間とはこういうもの、人生とはこういうもの、世界とはこういうものというふうに、こういうものという固定観念が代々の継承をへて強固に練り上げられ、世界認識にとっての多大な、しかもたいそう固い自信となっていく。人間とはこういうもの、という固定観念からはずれるもの、そしてそれは基本的には日本語世界以外の人たちすべてだが、そういう人たちは良くてせいぜいが珍奇なものでしかなく、通常では無視や無関心の対象にしかなり得ず、したがって存在していないに等しい扱いを、そのような人たちは受けることになる。

自分も収まって安心していることの出来るひとつの枠のなかは、自前ではなんにも考えなくてもいい状態が保証されている世界だ、と言い換えることが可能だ。問題がなにひとつなければ、考える必要はないかもしれない。しかし、現実には難問や難しい状況などが、次々に山積みされていく。そのひとつひとつに関して、理性の糸を慎重に張りめぐらせつつ、可能なかぎりの論理的な思考を重ねていくことが大嫌いでもっとも不得意、というかたちでの思考の放棄が枠のなかでの支配原理となる。問題や状況が複雑でやっかいなものであればあるほど、それに対する自分の考えをおなじ枠のなかにいる他の人たちと同調させて、人々は自分の意見を作る。そのようにして作られる意見の真正面、そして最短距離のところに、満場一致というきわめてわかりやすく、同時におそろしく感情的な意志決定の方策がある。

　枠の内部での、みんないっしょに、みんなで仲良く、という支配原理は一種のかけ声だ。自分たちはひとつの枠のなかにいる、ということの確認や強制としての機能を、そのかけ声は果たしている。だから人と人とは、おなじ枠のなかにいるとはいえ、真の関係というものはけっして結んではいないのではないのか。みんなで仲良くやっている、誰もがみんなをわかり合っている、と思い込む主観は自由自在に可能だ。しかし人と人とが本当の関係を結んだときには、自分の側にも責任や義務が絶対に生じる。そしてそのような責任や義務などは、思考の放棄とは基本的にまったく相容れない。他と同調するために誰もが均等に負担する自己抑制としての枠内のルールを越える責任や義務を目の前にすると、そこまでしなければいけないのだったらという発想で枠を小さく限定しなおし、責任や義務などを主張する人を枠の外へ除外して一件は落着する。

　おたがいのために出来るだけ正確な言葉をつくし、出来るだけ正しい論理を可能なかぎり前進的に積み重ねていくという、言葉による真の関係作りに対して、世界を細かな枠に区分けして生きる人たちは、基本的に興味も関心も示さない。言葉によるそのような関係を作ろうともしない。すでに言いつくされたことだが、このような人間観を日本語の外つまり外国から見ると、日本人という人たちの信じがたい傲慢(ごうまん)さに見える場合が多い。

枠の内部にいる安心と自信は、その内部に生きる全員がおなじような体験の持ち主であり、それのみに立脚したおなじような考えをする人たちばかりであることの、さまざまなかたちによる絶えざる確認から生まれてくる。そのような安心と自信がなんらおびやかされることなく、全員のものとして存在している状態が、おなじひとつの枠のなかにいる人々にとってはもっとも望ましい状態だ。

安心や自信にとって異質なものは障害物でしかないから、当然のこととしてそれは排除される。変化は望まれない。変化することは基本的には嫌われる。絵巻物を巻いていくように現れる次の状況の登場には、なんとか対応出来る。しかし非常に多くの場合それで精いっぱいであり、これからの世界のように基本原理の大変化のような種類の変化には、少なくとも速度のある対応は出来ない。このような生きかたは自由闊達(かったつ)とはとても言いがたい。その反対の、きわめて固く固定された生きかただ。世界というものに対するこのような固い構えは、言葉の性能が必然的に作り出す生きかたの特徴の、もうひとつの際立った部分と緊密に結びつく。

ひとつひとつの具体的な人間関係のなかで、関係ごとに正しく対応した言葉を精緻に使い分けることを、日本語はそれを母国語とする人たちに厳しく要求する。日常というしがらみのなかでの、ひとつひとつの具体的な人間関係とは、簡単にいうなら上下関係だ。そして上下関係とは、自分を中心にして見渡した利害関係にほかならない。日本語は利害調整のための言語だ。なんとか自分は得することが出来るように、という支配原理にもとづいてその言語は使用される。

利害とは、あるいは自分にとっての得とは、端的に言って金銭だ。したがってあらゆる関係に金銭が不可分にからむ。あるいは、金銭を仲介することなしには、いかなる関係も成立しない。金銭を核心とする利害関係の維持だけがあればいいという言語活動は、現実のしがらみに縛り続けられるという意味において長期的であり、しがらみのひとつひとつがそのつど最優先されるという意味においてはきわめて短期的だ。利害とはかかわらないもの、あるいは利害の調整にとって邪魔となるようなもの、たとえば全員に作用する抽象的で普遍的な理念は、完全に関心の外だ。自分にとっての目先の利益さえ確保されるならそれ以外のことはどうでもいい。

人が言葉を発する。それが他者に届く。人と人とのあいだに言葉は関係を作る。言葉はそこでなにかをなしとげ、自分に戻って来る。言葉の作用の原理はこういうものだが、日本語の場合は、自分に戻って来るものが目に見える利益でないと、人々は承知しない。言葉の性能が作り出す生きかたというものの、最大の特徴がここであらわになる。普遍的な価値であるはずの原則というものに対する無視や無関心という、最大の特徴だ。原則と言ってわかりにくければ、唯一の正式な場、あるいは唯一の正式なルート、などと言ってもいい。

国を運営していくにあたっての唯一であるべき正式な場やルートが、戦後から現在までの全域にわたって、そしてこれからも、いかに皆無に近い状態であるか、特にこの数年、嫌というほどに日本語の人たちは見てきた。国家は税金によって運営されている。税金の使途の正式な場での決定、つまりそのときどきの唯一の正しい配分のしかたが、政治というものだ。しかし、税金の使途は、この国では、唯一の正式な場では決定されない。まったく正式ではない場やルートで、特定の人や企業、団体などの利益のために、それは使われていく。

言葉とは最終的になにをするものなのか。言葉の目的とはなになのか。論理や正義などにとっての唯一の正式な場やルールを作り出すもの、それが言葉でありそれが言葉の目的だ。正確な言葉が論議のなかで蓄積されていくと、人それぞれの違いというものが明らかになっていく。蓄積されればされるほど、人それぞれの違いは細部にわたって明確となる。それぞれに異なるあらゆる人というものが明らかになると、それぞれに異なるあらゆる人々が等しく共有する原則はなにであるのかが、見えてくる。原則そのものの無視や無関心、そしてそれの発見のプロセスの無視や無関心を性能上の大きな特徴としている言語は、それを使って生きる人たちにとって致命的に作用することすらあり得るという状況の到来に、当のその言語はどう対応するのか。

生活のしかたのなかにあるいくつもの際立った特徴のすべてが、言葉の性能によって説明出来る。西欧の文化のなかから、技術や物質、つまり目に見え手に取ることの出来る具体物だけを日本は取り入れたとは、これまで多くの人によって指摘され続けてきた、近代以後の日本のひとつの大きな特徴だ。その場その場での自分を中心にした利得主義とも言うべき強い傾向が、日本語の性能のなかに偏りとして存在する。実を取るという言いかたが端的に示すとおり、目に見えるもののほうを手に入れるという言葉の性能上の傾向は、事物の裏にかくれている目には見えないものの蓄積を知り得ない。したがって、そのようなものの存在を認めて正当に評価することが出来ない。西欧の文化のなかから、目に見えて得になるものだけを通過させるというフィルターの役を、日本の言語は当然のこととして、そして見事に、果たした。

目に見える物、手に取ることの出来る物、自分にとっての具体的な得、などのみに関心を示す生きかたは、現実主義の究極に近い生きかただ。人間関係の場ひとつひとつのなかで、自分にとっての利得というしがらみを最優先してそれに縛られている生きかたは、現実に貼りついた生きかただ。その生きかたのなかでは、自分の体験した限られた小さな範囲が世界のすべてであり、その外へは出られないし出たくもなく、出る必要もない。

したがってそのような世界は存在しないことになる。このような生きかたのなかでなにごとかを理解しようとするときには、人はそれを自分がすでによく知っていることにあてはめ、なぞらえて理解しようとする。その必然的な結果として、自分にとって未知であったり抽象的であり過ぎたりするものには、なぞらえる手がかりがないから熱心には興味を持てない。あてはめなぞらえて理解するとき、もっとも重要な手がかりは人だ。人というものはもっとも現実的な存在だからだ。

そして人というものがもっとも現実的になっているのは、誰かほかの人と対立の関係にあるとき、つまりある人とある人とが喧嘩(けんか)になっている状態だ。利害がどちらへ動くか、喧嘩はその分け目だから興味はつきない。いわゆる国際関係のなかで、どことどことがさあ戦争だ、対立激化だ、しかけてくるぞ、やられるぞ、というとらえかたを日本語は得意としている。実業の世界での成功や失敗を、戦国の武将たちになぞらえてとらえるのも、日本語は得意だ。武将というもののもっともわかりやすく具体的な側面は、戦によって命運を分けた事実だろう。足を引っぱる人、寝返る人、真の黒幕などという存在の重要性は、このような文脈で初めて理解出来る。足を引っぱる人は、対立関係というものに複雑な妙味をかならず加えてくれるではないか。

以上のような生きかたは、なんとも言いようのないほどに赤裸々に現実的な生きかただ。しかしそこには、ただいま目の前にあるこの瞬間という、臨場感に満ちた現在がある。そして、いま起きていることに対して執着や関心がもっとも強い生きかたは、過去に関してきわめて無頓着なはずだ。いま目の前にあるこの現在は、次に来るはずの現在によって、たちどころに更新されてしまう運命にある。いったん更新されたなら、ついさっきまでの現在は、すでに移り変わって用を失ったもの、つまりただ単にもう古いものでしかなく、したがってそれらはかたっぱしから忘れ去られ捨てられていく。

次々に更新されていく速度が一定以上に保たれるとき、そのなかでの生活は、現実の動きについていくという充実感に満ちた、受け身の生きかたとなる。自分もついていけてるなら、すべてはうまくいっている。ついていけてることのなによりの証明になってくれたのは、少なくとも戦後の五十年間では、自分もどこかの会社に勤め、さまざまな新発売製品を人より遅れることなく購入することだった。

江戸から円高まで――日本という試み

1

明治の日本は当時の西欧がすでに持っていた科学の成果である技術だけを取り入れ、その背後にある精神はいっさい学ぼうとはしなかった――という言いかたに、僕はこれまでに何度も接してきた。このようなことにかかわる一般的な啓蒙書を読むと、こういう言いかた、つまりとらえかたに、かならずと言っていいほどに人は接する。西欧の科学の背後にあるもの、つまり政治から経済、軍事など、文化のすべての根源となって機能している自由や民主というものを、明治の日本は理解しなかったし、それをきわめて巧みに回避したという。幕末以降の日本は、接したばかりの西欧から、大急ぎで技術を取り入れるのが精いっぱいであり、科学する心など学んでいる余裕はなかったから、という説明がされている。

鎖国をしてきたそれまでの日本にとって、西欧の技術が驚嘆に値するものであった事実は間違いない。その技術が到達していた高度な段階の背後に、西欧の列強という国家群のすさまじい力を明治の日本は見た。そしてその力が自分たちを呑み込んでいく可能性を、明治の日本は身に迫った極限的な危機として受けとめた。

自分の国が西欧によって植民地にされてしまう可能性は、ひとつの国にとって危機の最たるものだ。その力に自分たちは対抗しなければならない、と日本は決意した。その決意にしたがって、日本は西欧からいっせいに技術を取り入れた。日本を西欧なみに強くしなければならない、と日本は思った。明治の富国強兵が始まっていった。

西欧の技術の背後にある自由や民主というものを、当時の日本は本当に理解出来なかったのだろうか。理解出来ず、したがってなんの関心も持てなかったのか。いまは精神のほうまでは余裕がないからとりあえず技術だけを移入する、ということが可能だろうか。西欧の自由や民主が当時の日本によって回避されたのは、それに代わるものがすでにそのときの日本には充分にあり、したがって必要ないものとしてただ省かれただけなのではないのか。

官僚による中央集権は徳川時代にすでに完成していた。きわめて洗練されたかたちでの、さらなる強化策も万全に講じてあった。経済システムでは全国のマーケットというものが存在していたし、そのための流通機構も高度に機能していた。為替もあった。卸問屋のシステムもあった。和魂洋才という言葉があるが、西欧から必死になって取り入れた技術を洋才とするなら、和魂は日本人魂とか根性あるいは思いやりを大切にみんなで力を合わせてなどではなく、政治と経済を完全にカヴァーする高度な社会管理システムとして、当時の日本にはすでに存在していた。だからこそ、西欧の技術を、そしてそれだけを、いきなり、日本は取り入れることが出来たのではないのか。なんにもないところに技術だけを持って来ても、それは取り入れようがないではないか。当時の西欧が到達していた技術の次元にくらべて、さほど不足することのない国家社会システムの全体が日本にはあった。明治の日本への西欧の技術の接ぎ木とか、明治日本における借り物の近代化、などという言いかたがいまもされているが、本質的には借り物でも接ぎ木でもなかったと僕は思う。

技術というものは、技術だけを取り出すなら、それは仕様書や組み立て説明書などでしかなく、異なった文化のなかへ容易に移植され得る。そしていったん移入されたなら、その文化の必要に沿って際限なく応用的に用いていくことが、たやすく可能だ。西欧と出会ったとき、日本はすでに日本として出来ていた。ほとんどあらゆるシステムが、国家としても社会としても完成され機能していた。だから、それがどこのものであれ、技術はいくらでも呑み込むことが出来た。そしてその技術は国を強くすることに向けて注ぎ込まれた。国内で日本として出来上がっていたシステムのなかに技術が移植され、完全に自己流と言っていいほどの純粋さで富国強兵はおこなわれ始めた。

西欧の自由や民主を取り入れずにすんだことに起因する、純粋自己流とも言うべき日本のやりかたがここからスタートした。見逃してはいけないのはこの一点だと僕は思う。技術とともにおそらく資本主義も、日本に到達しそのなかに入った。自由や民主なしの、つまり制約がほとんどないという意味での、おそろしいまでに純粋なかたちで、資本主義は日本での前進局面を持つこととなった。

戦後の日本は自由や民主をアメリカから配給されるという、じつに興味深い事態から出発した。配給、とここで僕が書くのは、思ってもみなかったものを突然にもらったという事態と、自分にとって必要ないものを強制されるという事態との中間を、僕なりに言いあらわすためにだ。戦争に負けた国が、勝った相手から自由や民主を強制されなければならない理由は、どこにもない。しかしアメリカは日本を自由と民主にもとづく国にしようと決意した。だから自由と民主を配給した。

財閥は解体され、資本は資本家という個人から解き放たれた。資本は法人となり、経営者による資本主義が、きわめて純粋なかたちで、運営されることとなった。経済による日本の復興作業は、戦後の日本の会社主義にほかならない。そしてその会社主義は、総動員態勢というものが軍事国家をへて再来したかたちだった。

一夜にして自由と民主になった日本は、その根底から大改革を体験したのかというと、けっしてそうではなかった。基本はなにも変わらなかった。当然、という言葉をここで使うなら、基本はなにも変わらないほうが、はるかに当然ではなかったか、と僕は思う。

戦前の指導者層は戦後の日本でもリーダーの役を務め、彼らが保守与党を形成し一般大衆はそれを受けとめた。大衆は自分たちが持っていた情報や能力をフルに駆使して保守与党の支持を決断したとはとうてい思えないし、自分たちで論理を積み重ねて検討した結果として支持を決意したとも言いがたい。だから、受けとめた、としか僕には書けない。

戦前の憲法では全権が天皇と官僚とにあった。議会はほとんどなんの役も果たさない位置に置かれた。そして法律の提案権は政府にもあった。アメリカはこれを変えようとした。国民の選挙によって選ばれた代議員たちによる、代議制の国会を国権の最高の機関とし、立法の出来る機関は国会だけにしようと考えた。しかし日本は内閣を作るとき、総理大臣が提出出来るものとして、予算案その他の議案という言葉の頭に法律案というひと言をさりげなく加え、アメリカつまりGHQはそれを見落としたという。改正しなければならないのは第九条ではなく内閣法第五条だという意見を、かつて僕はどこかで読みいまも記憶している。

日本の現在の憲法は、英文で読むのと日本文で読むのとでは、僕個人の感覚では印象が大きく異なる。印象とは、どちらの場合も、そこに使ってある言葉が持つ意味の奥行きに、僕の理解力の奥行きがどの程度まで重なるか、ということにつきる。英文で読むと、これは本気なのだな、と僕は感じる。英文の日本国憲法はきわめて原則的であり、そのことに関して厳格だ。日本文で読むと、これは暫定的なものとして書いた、という印象を僕は受ける。

そしてどちらの場合も、突出した部分を持つ憲法だという感想は、持たざるを得ない。いろんな部分が重なり合って、突出感というひとつの印象を作る。その中心は軍隊に関する部分だろう。自らを守るために銃を持つことを基本的な権利として憲法で認めているアメリカが、日本に対してはそのすべてを厳しく認めなかった。自分の国の憲法が現実だとすると、日本に新しく作る憲法は、理想というもののひとつのかたちだったのだろうか。軍隊としての銃を厳しく禁じたのは、軍隊を出動させるような国家間の暴力を、今後の日本は引き起こしもしなければそれへ参加もしないということだろう。戦後の五十年間そのようなことは現実になかったが、国家間の暴力が当然のこととして存在する世界への認識の視線も、新憲法は日本に対して封じてしまった。国際関係という世界は、このようなかたちにおいても、日本の前から消えた。

戦後から五年間ほどの、困窮と低迷に混乱が重なっていた時期を日本史年表で眺めていると、中心的な動きは二大政党システムをめざすものだったのかな、と僕は思う。日本の経済は復興していく。朝鮮戦争による特需は、そのための巨大な踏み台として機能した。経済の復興とは、財界というものの確かな形成にほかならない。財界は政治の安定を要求した。保守がそれに応え、主流の政権を作った。その保守を本館にたとえるなら、革新は本館とつながっている別館のひとつだ。

政財官という三つどもえのシステムは、一九六〇年にはすでに出来上がっていた。そしてそれは一九九〇年代後半でもまだ続いている。全員がそれぞれに利益を追求していくという、会社主義の基本方針は確実に経済力を生み、その経済力がそのような方針をさらに強く固めていった。全員がそれぞれに利益を追求するという基本方針は、アメリカという輸出市場の存在によって可能になった。

戦後の日本はそれまでの自分を全否定した、という言いかたないしはとらえかたがある。戦後の日本がそれまでを全否定したというのは、本当だろうか。血道を上げる対象が転換されただけであり、血道の上げかたとその質には、戦争をはさんでその前後、なんら変化はなかったのではないのか。それまで、という言いかたが歴史観のことを意味するなら、戦争をはさんで一貫した歴史観は持ちにくくなったようだ。敗戦にいたった戦争と自分との関係をどうするのかという精神活動の内容を世界に問い、世界によってそれが認められるというかたちで、いま盛んに言われている国際化は戦後すぐに始まるべきだった。それさえ怠らなければ、どのような敗戦をしたにせよ、一貫した歴史観は持つことは出来た。

しかしそれはおこなわれなかった。一貫した歴史観という座標軸を持ちそこなった日本は、自分にとってもっとも有効であるはずのそのような軸からはずれたところに、自分を計る手がかりを別に設定しなければいけないことになった。その手がかりは、経済復興という、手ごたえの充分にある作業だった。経済復興とは、最終的には数字だ。上昇し続ける経済活動の数字。それが日本にとっての自分となった。

冷戦の構造はとっくに出来ていた。その構造のなかで、アメリカとの安全保障条約の下にさらに入り込むことの出来た日本は、それから現在にいたるまで、国際化のトレーニングをいっさいまぬがれることとなった。同盟国というものは用意周到に熟慮したあげくの戦略によって選び取るものであるはずだが、日本にとって同盟国は自動的にアメリカとなった。

選び取った同盟国との、複雑であるはずの関係の絶えざる維持や強化という、オン・ザ・ジョッブ・トレーニングとも、日本はとりあえず五十年間も無縁で過ごすこととなった。国際問題は日本の前から消えた。国家の安全保障に関するコストを安保によって最小限にすることを許された日本は、国際問題での協調関係作りやリード役などのコスト支出から逃れ、国内での会社の仕事に誰もが熱中することが出来るようになった。

日本に軍備をさせないことにしたアメリカは、冷戦のなかでの日本の重要性を認め、安保という傘の下に日本を取り込んだ。そしてそのことによって、国際関係という世界を見事に欠いた、生産と消費の現場だけという不思議な国を作るための、巨大な手助けをすることになった。

戦後の日本はその全体が現場となった。生産現場のなかに連続する日々を一日ずつしのいでいくという間に合わせの現場主義が、生きることにかかわる至上の命題にまでなった。現場主義という方針でつらぬかれた現場で、誰もが自分の現場に当たることに熱中し、仕事に工夫をこらし能率を高めた。その営為が経済復興になっていった過程を、ほとんどすべての要素がプラスに作用したと言っていい、偶然の幸運が支えた。

2

戦後の日本の復興は、経済の再建とその活動の拡大だった。現実問題のすべてを担ったのは会社だった。日本は日本株式会社であるとか、日本国と言うよりは日本社であるという言いかたが最初から陳腐であるほどに、日本では他のあらゆるものをはるかにしのいで、会社が強大な存在となった。日本株式会社や日本社といった表現は、日本のなかで企業がすべてを支配している事実の表現だ。

会社とは法人だ。法人は人でも物でもない。このことは、会社による利益の無限拡大とその追求にとって、すさまじいまでに好都合な背景となった。会社にとっての我が社の利益の無限拡大と追求は、消費者にとっては広がり続ける欲望の充足システムであり、このふたつを表裏の関係とした経済構造は、宗教の枠の外で追求される人間至上主義の社会システムだ。そのシステムのなかでは、人に欲望が発生してそれがすべて満たされるのは善でしかなく、利益の増減あるいは利益の追求にとっての不都合のほかには、自らのシステムをチェックし修正する機能はどこにもない。企業による利益の無限追求と、大衆による欲望の無限充足という、きわめて純粋なありかたでの、そしてその意味では世界にとって教訓ともなり得る自由主義経済が、戦後の日本で展開された。

日本の会社は我が社それぞれのシェアと利益の拡大とを至上の命題としている。シェアと利益の追求は他社との競争をとおしておこなわれる。他社との厳しい競争、そして社内全域での厳しい管理が、シェアと利益の出発点だ。他社との厳しい競争とは、大量の生産と販売、そしてそれと表裏の関係を続ける、大量な消費の競争だ。生産性を絶対的に優先した利益の拡大主義とシェア至上主義とは、人海戦術つまり総動員態勢によってなしとげられていった。

ひとすじに拡大される生産は、そのまま他社との不断のそしてあらゆる領域での競争を意味した。他社がやることはすべて我が社もやらなければならない。そのような会社行為とは質も方向も異にするという意味での優秀な人材は、どこにも居場所を見つけることが出来ない。つまりそのような人材は最初からまったく必要ではなく、したがって人材供給のシステムつまり教育システムのなかからは、生まれてはこないしかけになって久しい。

大量に生産され販売され、そして消費される物は、ろくでもない物ばかりとまでは言わないまでも、命を保っていることの出来る期間がきわめて短期であるという宿命のなかにある。これは長く大切に使っていきたいと多くの人が思うような物、あるいはそのままのかたちで価値を長く一定に保ち続けることの出来るような物は、作れないというよりも基本的には作ってはいけない物であり、したがってそのような物は生産されてはこない。

総動員態勢の人海戦術で遂行されていくシェアと利益の拡大と追求は、過当競争を生む。値引きがおこなわれ収益は低下し、それがある限界を越えると、その領域から撤退することとなる。その領域で使用されていた人員は突然に余剰となる。削減のための第一段階として人員は配置転換される。戦後の日本で会社に勤めて働いてきた人の誰もが、このようなシステムを身にしみて体験してきたはずだ。自分はいったいなにをしてきたのだろうとふと思うとき、手にすることの出来るもっとも正解に近い答えは、あらゆる生産現場の作業能率を極限にまで高める役だった、という答えだろう。

作業の能率は、それによって作り出されてくる物の、使われかたにおける質の高低を無視するとき、もっとも高く達成される。商品として大量に人の手に渡ったあと、これはいったいなにに使われるのか、どう使われるのか、そのことにどのような意味があるのか、それによってなにがどう達成されるのか、どのような新たな価値がそこに生まれるのか、というような本質的な問いかけを落ち着いた気持ちでおこなうという精神活動、つまり哲学を徹底して無視することが生産作業の高能率化とひとつにつながっている。

会社で働く人とはどのような存在なのか、経済のシステム自体がはっきりと規定している。彼らは、ある程度の質でそろった、安い労働力だ。経済システムの意向に沿ったこのような人材の、安定したしかも大量の供給は、教育システムによって日本では保証された。必要に応じて高度な技術を持つことの出来る素質がある、という意味で質が高いところでそろった労働者の予備軍を養成する訓練所が、日本における学校教育の総体であるという状態は、一九六〇年代なかばには高度に完成していた。

戦後の日本の教育システムがおこなってきたのは、かならず解答のある問題を限られた一定の時間のなかでどこまで能率高く解決するか、という技術への適応とその習得だった。これが日々のテーマになると、そのなかに身を置く人たちは、画一化を避けてとおることは出来なくなる。

現場においてもテーマは同一だから、画一は現場という特化の場においてさらに強化されていく。日本はその全体が会社の現場だ。だから日本における経営は、現場というものの管理のしかただった。ひと頃さまざまな意味を込めて論評された日本的経営とは、現場の管理システムのことだ。総動員態勢は現場の隅々にまでおよんでいるから、我こそはホワイト・カラーのなかのホワイト・カラーだと思っていた人たちも、じつはブルー・カラーでしかなかったという自己発見を、とっくにおこなっているはずだ。

現場での作業の内容と方法を、少しずつでいいから不断に改善していき、そのことをとおして能率は高まり生産性は向上し、シェアにつながり利益が生まれる。そしてそのことが新たな意欲を生み、現場のひとつひとつがさらなる改善を生み出していく。日本的な経営とはこのことの総体であり、それは現場つまりブルー・カラーのものだ。真のホワイト・カラーは、果たして存在したのだろうか。長期的な先見と戦略を担当するはずのホワイト・カラーという機能は、どこに存在したのだろう。

日本全体がなんらかの生産の現場だ。勤労するほとんどの人はその現場のなかに常に身を置いている。現場の経営がうまくいったという日本的経営の、うまくいった証拠は、たとえば突出した数字をひとつふたつ拾い出すことによって、ごく簡単に明らかとなる。現場の経営がうまくいったのは、たとえば、現場のなかに濃密な接触が不断にあり、そのような連日の接触のなかで、意志を集団的に決定していくことが出来たからだ。交際費と出張旅費の、日本における突出ぶりを見ると、そのことはよくわかる。一九九一年の数字が一枚のカードにメモしてある。交際費は六兆一千億円。GNP当たりで、という比較のしかたを採るなら、この数字はアメリカの六倍であるという。出張旅費は十四兆円。人口や経済規模が日本の二倍であるアメリカにおけるよりも、この数字は多いという。

うまくいった現場の経営は、少しずつの改善と集団による意志の決定、つまり現場の総意が支えた。即決と即断は必要のない世界であり、責任というものは、もし追及されたならその所在は不明となるのがもっとも望ましい。即断と責任を引き受けるのがホワイト・カラーの役目だとすると、この意味でも現場にホワイト・カラーはいなかったと言っていい。

日本という現場のなしとげたもっとも輝かしいことのひとつは、優秀な性能の半導体によって世界のなかに圧倒的なシェアを獲得したという事実だ。この事実を現場というものに重ねてみると、日本が到達した現場というものの性質の一端がよくわかる。半導体の生産現場ではありとあらゆることが機械化され、その機械のすべては電子的に精緻(せいち)をきわめて制御されている。機械が作業をおこなう。国内できわめて安くその作業は出来た。

この得意技である半導体の、世界における日本のシェアに低下のきざしが見えるという。日本の半導体の質が低下したからでも、営業努力が足らなかったりほかから妨害されているからでもない。一定の条件さえ安定して整うなら生産する場所も人も選ばないという、技術というものが持つ本質が日本以外の国でも発揮されるようになったからに過ぎない。

3

日本という現場のなかで、戦後の日本が総動員態勢で猛然とおこなってきた技術的生産の営為は、あくまでも国内の問題だ。生産されたものがどれだけ国外に輸出されようとも、生産という活動は国内のものであり、国内という文脈のなかにある。では戦後の日本は、国外でなにをしてきただろうか。技術的な生産の態勢を土台とする経済的な繁栄を国内的におこなってきたのと引き換えに、日本が国外的にまったくおこなってはこなかったことがある。それは、国外にある世界各国と、そしてその集合の総体である世界と、一度も主体的にはかかわらなかったということだ。しなかったことをとおして、してきたことがよりはっきりと見える。たとえばオイル・ショックと円高はそのことの典型例だ。

一九七一年いわゆるドル・ショックを日本は体験した。アメリカによって円は一ドル三六〇円の固定相場制からはずされた。円の切り上げの始まりだ。ドルとはアメリカの世界システムであり、国際政治そのものだった。だからアメリカがそうした。そして七三年の日本はオイル・ショックを体験した。原油の価格は四倍になった。円の大幅な切り上げだ。日本にとってこのふたつは、戦後初めて体験する大きな危機だった。これを日本は克服してしまった。

あおるまでもなく、危機感は現場に浸透した。戦後から続けてきた生産第一主義に、持てる力のすべてをさらに徹底して注ぎ込み、日本という現場は生産と輸出を高めた。輸出する製品の価格は上昇したが、国内で売る商品の価格はよりいっそう上昇し、それは消費のなかに呑み込ませることが出来た。そして労働力はまだ充分に安く、いくらでも手に入った。

一九八五年の秋からのさらなる円高も、日本という生産の現場は乗りきった。単に乗りきったいう円高を日本は克服した。安く買える燃料、低い金利、まだ安い労働力、合理化への徹底した努力、そして国内市場での値上げ。輸出製品は多少の値上げをしてもまだ競争力があった。しかしもっとも効果を上げたのは、国内市場の消費に値上げを吸収させたことだ。輸出の市場の二十倍の市場が国内にはあったという。値上げした結果の値段は、コストに利益を加えたものであり、コストとは日本の危機のことであるという、まったく正しくない説明を誰もが受けとめた。

戦後の日本の経済的な成長にとって、欠かすことの出来ないひとつの巨大な要素は、土地は値上がりし続けるというフィクションだった。土地制度と金融システムは土地神話を支える方向に機能させられ、政府は土地に関して正しい制御をなにもしないでいることによって、おなじく土地神話を支えた。企業が持っている土地は、大きくなり続ける資本力だった。資本力とは要するに株のことだ。

円高とオイル・ショックという途方もない事態を単に乗り越えただけではなく、さらなる成長への力にしてしまったという途方もない事態は、値上がりし続ける土地という矛盾したフィクションの上に立っていた。国内のありとあらゆる矛盾は、円高とオイル・ショックの克服によって、その複雑さとスケールとを何乗倍とも知れない途方もない事態へとふくらませた。途方もない事態というものが、このようにいくつも重なり合っているのが、いまの日本のすぐに目につく特徴だ。

日本のすべてが生産の現場であり、それ以外のすべては生産と消費のためにしか存在し得ないという、あらゆる力を会社が持ってしまった国がかかえ込んでいる矛盾は、ただごとではない。

一九七九年の国会で、日本は経済から文化の時代へ入った、と大平首相は宣言した。日本全体を生産の現場にした、より良い物を出来るだけ安く大量に作るというシステムを、次の段階へと日本は移行させていかなければならないというような論調を中心にして、日本では物の豊かさが心の豊かさを駆逐するまでになったなどと、盛んに論じられた。そのような傾向を読み、首相の宣言に支えられて、自分たちの会社を生活文化企業であるなどと称した会社もあった。

首相の宣言や評論家たちの論評によって、生産国家が一夜にして文化国家に変わることなどあり得ない。総動員態勢でただひたすら物を生産するという、国の基本システムが行き詰まろうとしていることの徴候、そしてそこから生まれる漠然とした不安やいらだちなどをいち早く察知した人々は、文化という言葉を用いることによって、国全体が生産現場でありそれ以外ではあり得ないという文化を、ごまかしにかかった。

特に高度成長からこちら側の日本において、文化という言葉が使用されるときは、なにごとかをごまかすためである場合が非常に多かった。首相による文化国家宣言は、ごく普通には文化などどこにもないことを認めた宣言に過ぎないと解釈していい。もっと正確には、文化をも企業が利益の対象として操ることが可能になった事実の、宣言として受けとめるといい。

日本全体が生産の現場になり、人々が総動員態勢で生産にあたる作業を、国家は手厚く保護し指導した。政府の介入のきわめて多いシステムというかたちをとって、市場競争の純粋さが日本では達成された。そしてその政府は保守つまり自民の一党独裁であり、外から見るとこれはじつに不思議なことだが国内的にはなんの不都合もないから、五十年にわたって人々に受け入れられてきた。現実への順応という大命題は、政府においてもそして大衆においても、見事に一致していた。

政府による過剰な介入と規制が、五十年におよぶ自民党の支配のなかで生み出したのは、介入と規制の権限が複雑な利権のシステムになるという、政官の癒着の事態だった。法案の九十パーセント近くまでが行政官僚によって作成されている。自分たちにとって都合のいい法律が立案され、そのまま法律になっていくという制度が完成された。そして政治はそのシステムに従属している。

癒着しているという事態の存在は、関係当事者にとってはたいへんに便利だ。癒着のなかでは汚職はたやすい。そしてそれを隠すこともたやすい。政財官の三者連合とか鉄の三角形などと呼ばれる癒着のシステムは、現実への順応という大命題が三者のどれにも共通して重要であるからこそ生まれた。産業界が政治家に対しておこなう献金は、見返りがかならずあるという意味において、先行投資としてもっとも安全な部類に入る。

見返りとは、政治家に図ってもらう便宜のことだ。便宜とは、真の自由競争という自分にとっては効率的ではないことを、あらかじめ極力排してしまうことだ。不正に作り出された秩序や安定のなかに生まれる高効率をとおして、自社の利益は優先的に確保されていく。このシステムを作るために政治家は官僚に依存し、依存された結果は既得権益へとかたちを変えていく。鉄の三角形はおそろしく強力に構築されている。これを改革するのはおそらく不可能だ。公共益の観点からのみなされるチェックや修正の機能などの、自浄化能力という邪魔くさく無駄で無利益なものを最初から放棄することによって、現実への順応という命題はスタートしているのだから。

真の民主主義など、そこにはあり得ない。議会政治は名目だけのものだ。その名目のためのリーダーの裏に、実質上のリーダーが存在しているというシステムを、日本は当然のこととして受け入れている。そのようなシステムは純粋に国内文脈のなかのものであり、国外ではおそらくどこに出しても通用しない。経済も自由主義ではない。人権もまともには存在していない。こういう状態はヨーロッパやアメリカの民主主義とはかならず衝突する性質のものだが、技術による日本の経済力の巨大さによって、それをいまはまだなんとか回避することが出来ている。日本は経済力という数字だけで外の世界とかろうじてつきあっている。

市民の意志が議会に反映することなど期待出来ないシステムが、とっくに、強固に、日本では完成している。そしてそのシステムに、その他のすべてが依存している。国のありかたや方針を決定していく中枢の頂点が、鉄の三角形という関係三者による利益の売買関係となっている。あらゆるものが利益の売買関係でしかないという、いまの日本の核心がそこにある。

4

日本では政治が経済に完全に従属していることは明白だ。経済とは我が社の利益の国家的な総体だ。では政治とは、なにだろうか。政治とは公共益という公共性への絶えざる志向のことだ。政治が経済に従属している日本の現実では、日本では公共性よりも我が社の利益のほうが絶対的に優先されている、と言い換えることが出来る。我が社の利益が絶対に最優先されるシステムの存在は、財界というものの利益を守るための、おそろしく堅固で閉鎖的なシステムが完成されていることを意味する。他のすべてのシステムは、頂点にあるこのシステムの、応用ないしは亜流だ。

利益の追求と利害の微調整に明け暮れる日々として、いまの日本のすべてが説明できる。視点を反対側に置くなら、公共性というもののおそろしいまでの希薄さ、そして公共性についてのほぼ完全な理解のなさ、そしてその結果の無関心さを、ただひたすらつのらせていく日々として、日本は説明出来る。

公共性とは、それよりもこちらのほうが先ではないかとか、それに手をつけるよりも先にこれに手をつけるべきだというような、物事つまり価値の大小や順位などの、唯一の正式な場やルートにおける、その時点でのもっともまともな順番の決定、そしてその決定にもとづいた確実な行動のことだ。日本ではまったく正式ではない場やルートで、関係当事者だけの利益が最優先されていることについてはすでに書いた。公共性を無視した、あるいはまったく考えに入れていない経済、政治、そして行政のシステムの完備のなかに、公共性とはなになのかそもそものこと自体がわからないという、巨大な価値の空白が完成されている。そしてその空白は、文化の場合とおなじく、私企業の企みに利用されていく。

七〇年代なかば、いまから二十年前に物が心をしのいだという日本に決定的にないのは、公共性という考えかた、そしてその結果である公共性や公共財だ。日本に本当にないものを日本が作っていくなら、それはまったく新たな日本の発展に結びつく。日本にとっての今後における発展の領域は公共財をおいてほかにない。なにしろそれは決定的に欠落したままなのだから、作られなければならないものは途方もなく多い。いまの日本がその内部にかかえ込んでいる矛盾が、公共財のなさに向けて集中している事実を考えるなら、公共財を整備していくことによる新たな発展の規模が見えてくるのではないか。

しかしその新たなる発展には、システムの根本的な改革を土台にしなければいけないという制約がともなう。システムの改革とは人々の生活の質の大変革のことであり、生活の質がどのようになるかはひとりひとりの責任だから、人ひとりひとりが確固たる主体に変わることが、そのような新たな発展の基本条件として厳しく要求されるはずだ。内需の拡大というものが真にあり得るかあり得ないかは、ひとりひとりの人がそれぞれに確固たる主体になれるかどうかに、瀬戸際的にかかっている。

公共性というものの目を覆うばかりの欠落。公共益のおなじく目を覆うばかりの巨大な欠落。そしてそのふたつを支えてあまりある、公共性というものへの目を覆うばかりの無理解と無関心とは、反対の視点から見るなら日本が到達した高度な生産性の頂点だ。公共財という高いコストを、日本はそっくり生産の場にまわすことが出来た。そしてその生産性の頂点を、たとえばその外から見ると、日本の閉鎖性となる。

日本の閉鎖性については、さまざまに、そしてしばしば、論議されてきた。閉鎖性というもの自体はどこにもないと僕は思う。日本がビジネスの場で持つ顕著な傾向を、あるひとつの視点からとらえ、それを仮にひとまとめに三つの漢字で表現したものに過ぎない。

日本全体が生産現場であることは、まず間違いない。現場とは、数えることももはや不可能なほどの、膨大な数の仕事場だ。その仕事場のそれぞれに人が何人もいて、細分化されつくしたような細かな領域での、きわめて特殊な専門職を彼らの誰もがこなしている。

細分化されつくした膨大な数の生産の現場で、特殊専門職になりきった人たちが、総動員態勢で五十年間にわたって、生産のしかたにかかわる漸次改良のための智恵と工夫を積み重ねてきた。その結果として達成された生産力とその質は、途方もなく細分化された現場の、無限と言っていいほどの数の、複雑さをきわめたからみ合いの、これこそ日本そのものだと言いきるに足る、巨大なシステムの塊だ。

しかもそれを完全に国内だけの問題として、日本人どうしだけで作り上げてきた。こと生産に関しては、自分たちはなんでも出来る、なんでも作れる、なんでも自分たちだけで間に合う、という自信に満ちた最高の地点に、日本のシステムは到達した。そしてそのすべてを支えたのは、生産の現場というものを持って企業活動しているすべての会社に共通する、利益の追求という動機だった。

この日本システムは、外のものを必要としていなかった。原材料、燃料、そして新しい技術のほかは、すべて国内で充分にまかなえた。五十年にわたって継続された生産努力の果てに、生産を請け負うサラリーマンたちの賃金は高くなった。彼らはもはや安い労働力ではないから、安い労働力が必要なときには、それがまだ潤沢にある国外へ出ていかなくてはならない。そのようなことはあるにせよ、到達した最高地点での日本システムには、外のものは市場以外はなにも必要ではない。

必要なものは都合に応じてそれだけを取り入れればいい。取り入れ、必要に合わせて応用し、改善し、順応させ、自分たちのものにしてしまう。外のものは必要ないし、外のものが入って来るための場も、そこには存在していない。日本システムのなかに外のものが入っていくルート、あるいは広がっていく経路は、基本的にそのようなものは必要ないから、したがって存在していない。入っていこうと試みる人にとって、このような日本システムの性格は、ごく簡単に言うなら閉鎖的だということになる。

外のものは必要ない、そして外から入って来る人のための場はないというシステムのありかたは、国内文脈ではきわめて純粋なありかただ。可能なかぎりの高能率を追求してやまないシステムのなかでは、異質なものは高効率化にとっての明らかな妨げ、つまり最初から目に見えているリスクでしかない。リスクは、それがどのようなかたちを取ろうとも、きわめて一律に排除される。市場最優先の方針をつきつめると、このような不純物ゼロのシステムが浮かび上がってくる。

日本システムにとって規模の拡大は至上命題のひとつだった。細かいひとつひとつの現場ごとに何人もの人がいて、彼らは誰もが給料を取ることになった。必要な限度をはるかに越えて細かさが高まると、あるときを境にしてそれは非効率でしかなく、その部分にかかる人件費は無駄でしかない。

拡大を続ける一方だった現場には、細かな仕事の場が何層にも重なることとなった。その階層はひたすら上に向けて積まれた。職能別の階層構造とも言うべきものが、複雑きわまりない分厚さで、上に向けてのみのびる層として形成された。その複雑さの網の目のなかで、網の目相互間の調整そのものが充分にひとつの仕事になるという非効率ないしは無駄が、職能階層が上にのびればのびるほど肥大していった。

一九九三年のことだったと記憶しているが、新幹線のなかの通路を歩いていた僕の視線は、通路側の席にすわった出張サラリーマンが広げている新聞を、なにげなくとらえた。広げられた新聞の片隅にあった記事のタイトルを、僕の視線は読んだ。根回しのコスト膨大、とそのタイトルにはあった。根回しはかつてはたいへんに重要なものだと思われていた。根回し要員として会社人生を送った人の数は、合計すると相当なものではないのか。その根回しが、じつにあっさりと、避けるべきコストでしかなくなるときが、一日を境にして出現する。会社のおじさんはこうして消えていく。おじさんが消えるなら、彼らと表裏一体であるOLも消える。社員というありかたそのものが、なくなるのではないか。

可能なかぎりストレートに実務的であらねばならない状況が来ると、無駄や非効率はひとつずつ発見されては排除されていく。そのことの全体を、人は仮に改革と呼ぶ。そしてこの改革は、日本にとっては不可能に近いほどの至難の業となるのではないのか。日本らしさの神髄を、大量の失業者と引き換えに、ひっくり返さなくてはいけないのだから。

企業という法人が、大小さまざまにびっしりと日本を覆っているという状態は、戦前の日本にはなかった。会社はいくつもあったが、会社とは個人の大資本家のことだった。大資本家が有力な株主として会社を所有し、経営していた。そのほかに強いものとしては軍部と地主があった。貧富の差は大きく激しく、それがさまざまな社会不安の発生源となっていた。

株主に対する配当性向は高く、株主総会における株主の権限は強く、彼らは企業の活動を自分たちの利益のために厳しく監視していた。企業間の敵対的な買収が盛んにおこなわれていた。会社の資金の調達は、主として株式や社債によっておこなわれていた。銀行の役割は短期の融資に限定されていて、長期の金融での役割はいまにくらべるとたいへん小さかった。企業を審査し監視する機能もまだ銀行にはなかった。

会社に勤めて働く人の一般的な状況は、きわめて不安定なものだった。彼らにとって会社に勤めて働くとは、個人の株主によって意のままに搾取されることとほぼ同義だった。一九一〇年代までは会社に勤めて働く人たちの転職率は高かったという。雇用の条件も状態もきわめて不安定だったからだ。一般の労働者たちは経営とは遮断された低い位置に置かれていた。

一九二〇年代になると状況は急激に変化していく。結論をひと言で先に書くなら、勤労者たちの地位は重要な位置へ向上していった。国のなかに道路がたくさん出来て整備され、通信網も広がった。国内の市場は拡大していき、重化学工業は飛躍的に発展した。さまざまな重要産業の基礎的な中心部分で、高い技能を持った労働者が大量に必要となった。しかし当時の日本社会には、そのような労働者を世に送り出すだけの教育システムはまだ存在していなかった。だから企業は自分のところでそのような労働者たちを育てていくこととなった。育っていくためには長期にわたって勤続していなければならない。勤続期間が十年以上である労働者の割合は、一九一八年には四パーセントでしかなかったのに、二四年には十六パーセントに上昇し、三三年には二十四パーセントにまで達したという。

一九三一年に満州事変が起こった。いくら戦争をしたいと思っても、なにもないところからいきなり戦争は出来ない。日本の経済が軍事に向けて大きく立ち上がっていったことの証明として、戦争が可能になった。そしてその戦争は経済を拡大させる原動力でもあった。財界が軍に働きかけると戦争が生まれた。一九三七年には日中戦争が始まった。物を生産するための工場や労働者などを、軍事とその関連産業に集中させていくという国家にとっての大事業、つまり戦争から日本の企業とそのサラリーマンは生まれていった。

サラリーマンが生まれていったとは、労働者の労働意欲を高めるためのシステムが急激に整備されては、ひとつずつ社会システムのようになっていったことも意味する。労働者たちは労働条件の不安定で低い単なる雇用者であることから脱し、企業の内部での重要な位置を第一段階として獲得した。終身雇用や年功序列賃金などが始まっていった。終身雇用や年功序列賃金は日本の伝統であり、情や和などとともに日本独特のものであるなどという説は、まったくフィクションだ。すべては企業にとっての都合から生まれたものだ。

日本が帝国主義的な戦争に深入りするにつれ、軍事を中心にした産業は好況を呈した。そのような産業では配当が良くなった。このようなとき個人の株主に向けて大きく資産が傾くのは、労働者との関係において不公平だという考えが出てきた。その考えにしたがって、株の配当率を増やすには政府の許可が必要とされるよう、システムは改められた。

生産の中心は軍事だった。資源も多くは優先的に軍事産業へまわっていった。他の分野ではコストが上昇した。それを抑えるために政府が価格統制をおこなうと、生産は低下した。これではいけないというので、国家はシステムそのものを大きく改変した。一九四〇年に敷かれた経済新体制がそれだ。なんとしてでも企業群に力をつけさせたい、そしてそのためには国家は制度をどんなふうにでも改めていく、ということだ。

企業に対する株主からの影響力が弱められた。それと関連して、長期の資金を提供する役割を銀行が担うことになった。「資本、経営、労務の有機的一体」などという言葉が政府から出ていた。これはまさに戦後のものではないかと僕は思うが、じつはそれは戦前にすでに確立されていた。戦争によって国家とその内部の企業群は、まったく新しい事態に入っていくこととなった。十五年戦争をへて、これはそのまま戦後の日本に引き継がれていった。

いわゆる戦後のいちばん最初の時期はGHQの時代だ。農地改革によって大地主がいなくなった。財閥がひとまず解体され、大株主としての個人資本家もいなくなった。ものごとの性質からいって、これは本来なら大革命だろう。革命に対して日本側はさまざまに抵抗したが、GHQのほうが最初のうちは強かった。労働組合は合法となった。銀行の役割が強化された。企業は立ちなおっていき、系列化も始まった。経済復興は日本国家にとって最重要な方針となった。

いかにそれが国家の方針であったかを知るための、もっともわかりやすい手がかりは独占禁止法だろう。GHQが作って守らせた独占禁止法では、企業による株式の保有は全面的に禁止されていた。日本の企業群が立ちなおっていくための、最初の本格的なきっかけとなった一九五〇年の朝鮮戦争をあいだにはさんで、一九四九年と一九五三年に、独占禁止法はまるで絵に描いたように緩和された。法人は株式を持てるようになり、それ以後は事実上の野放しとなった。

一九五〇年代の前半はまだ戦後の混乱期のなかにあった。後半からは高度成長が始まり、一九七三年の石油危機までそれは続いた。旧財閥系の企業は再び結合した。外国からの技術導入が本格化した。銀行からの借り入れが大きくなり、設備投資が巨大なスケールでおこなわれ、技術はめざましく革新されていった。一九六七年には資本の自由化がおこなわれた。外国資本による乗っ取りを防ぐためのものだった。企業による株式の相互持ち合いは、日本の企業群のための安定株主工作へと変わっていった。市場から株式を集めて安定株主にはめていき、大企業は系列企業の株式を持ち、株式の相互持ち合いは進んで強固な企業集団が出来ていった。

終身雇用、年功序列賃金、企業別組合などは、当然のシステムとして定着した。当然とは、すべて会社の利益追求を支えるものとして機能した、という意味だ。会社の利益が大きくなれば従業員に下ってくる利得も大きくなる、というシステムだ。そのようなシステムのなかで、たとえば品質管理の技術が、高度に洗練されていった。

一九七三年の石油危機とそれによる低成長、そして次の年のマイナス成長などについて、僕は体験としてはなにも知らない。すでにとっくに子供ではなかったから、ある程度まで知っていて当然なのだが、会社とはまったく関係のないところで多忙にしていたため、実感としてはなにも知らないままとなった。この時期の不況を日本だけが乗り越え、さらに次の段階の成長へつなげたという。一般的な啓蒙書を読むと、この危機を日本は減量経営によって克服したことがわかる。減量は特に人においておこなわれ、希望退職や出向、配置転換などに組合は全面的に協力した。危機を乗り越えるための減量が可能になるほどに、企業には人における無駄が潜在していたのだろうか。

石油危機の次に来たものとして、一九八五年のプラザ合意と円高が、見落とすことの出来ない道路標識のように常に語られている。この円高も日本は乗りきったことになっている。それと同時に進行していった事態は、日本という国と企業がかかえ込んだ矛盾が露出されていくプロセスとして、興味深い。法人による土地と株式の所有は投機につながった。法人の株式保有をとおして、株式の需給のコントロール、つまり株を高くすることが可能であることがわかった。安定株主工作で株価が上がった。株価を上げるために安定株主工作をする。常にそれをしていれば株は上がり続ける。

その株高を利用して、時価発行の増資や転換社債、ワラント債などで、企業は巨額の資金をまったく低いコストで調達することが出来た。その資金がさらに土地や株にまわり、含み資産経営が始まった。これをバブルと人は言うが、たとえるならそれはけっしてすぐに弾(はじ)けて消えてしまう泡などではない。資本主義に関する重大きわまりない原則違反を、政府が認めて提唱し、支えて保護したのだから、バブルとはじつは国のシステムそのものだった。日本の会社における重大な不合理や矛盾を日本は国ぐるみで引き受けた。日本には資本主義はないとか、日本にあるのは日本型資本主義だなどと言われるほどに、その不合理や矛盾は大きい。だから一九九四年から始まったと言われている構造不況は、システムがこれまでどおりであるかぎり終わることはない。

あらかじめ約束されていた結果

1

日本人は曖昧である、としばしば言われる。外国の人たちだけではなく、日本人自らそう言っている。なにごともはっきりと白黒をつけるのを日本人は嫌い、どちらともつかない不明確な状態に保っておくことを好む、と言われている。どちらとも言えないファジーな領域のなかに、日本人は生きているという。

そんなことは絶対にあり得ない、と僕は思う。日本人は常に確実に、こちらかあちらかのどちらかだ。ただし、自分にとってもっとも切実な現実に的確に呼応して、こちらあるいはあちらなのであり、どちらになるかは状況の判断によってどんなふうにでも変わり得る。世のなかや状況の変化に的確に合わせて自分は常に変わるという意味において、彼らは常に確実にどちらかだ。どちらでもないときは、どちらにするかの判断を下しかねているときだけだ。

状況に応じて常にどちらかであるという事実、そしてどちらかを選ぶにあたってなにが動機になるのかを理解しないでいると、多くの外国人がそうするように、日本人は曖昧であるなどと言うことになる。彼らは決して曖昧ではない。日本人は曖昧なのが好きだと日本人自らが言うときは、状況に応じてどんなふうにでも変わるという基本をあらわにしたくないからだ。日本人は常にどちらかだ。曖昧ではない。ほんとに彼らが曖昧だったなら、日本は現在のような技術経済国にはなっていない。彼らが本当に曖昧だったら、とてもそんなことは達成出来ないはずだ。外国文化は取り入れる、しかし絶対にそれにはしたがわないというふうに、日本人は常に態度をきめている。

日本に民主主義は根づかなかったし、日本の民主主義は欧米とおなじ民主主義ではなく、日本の人たちは民主主義についてごく基本的なことすらなにも知らない、というような指摘が多くの批評者や論者たちによっていまも繰り返されている。民主主義を名目上は取り入れるが、けっしてそれにしたがうことはないという現実上の方針が、日本の民主主義だ。

日本は縦社会だと言われているし、視点によってはそれは横社会でもある。横社会は建前という一種の抽象領域において徹底した平等主義だ。少なくとも戦後はそうだった。結果における平等主義に彼らはこだわる、と表現される場合が多いようだが、のちほどの結果においてはもちろん現状においても、建前としては平等主義は徹底している。しかし本音では細かな差異にかかわる絶えざる競争の世界であり、そのことを全員が前提のように承知した上で、全員がそれに参加している。曖昧さなどそこにはなにひとつない。

日本人は情緒的だ、ともしばしば言われている。筋道のきれいにとおった論理よりも、そのときその場の全体の雰囲気を主観的にとらえた情緒のほうを大切にする、と言われている。これも違う、と僕は思う。違うか、あるいは、好んでそのように言う人たちがそう思い込んでいるだけだ。日本人は独特としか言いようのない平衡感覚で生きていく。取り入れるけれどしたがうことはないとか、建前では現状も結果も厳しい平等主義であるとか、状況の変化つまりどこに自分の利益がもっとも大きく存在するかの的確な判断にもとづいて常に自分のありかたや位置を変えていくというようなことの蓄積は、最終的なひとつの智恵としてバランスの感覚を生まずにはおかない。けっして理ではないけれどかと言って情でもない冷たい平衡の感覚だ。

このバランスの感覚は、たとえば平等主義のなかでは、個人ひとりひとりが個別に評価され、その評価がその人の生きかたとしてその人にまかされる、というような状況を生みにくい。バランスの感覚で言うなら、評価は全員一律に分散されるのがもっとも好ましいからだ。個人の評価よりは全体の成果のほうがはるかに優先される。個人としてどうあるかなどということは、したがってまったく不必要なだけではなく邪魔ですらあるから、人々にとって重要な関心事とはならない。平衡感覚としてこれ以上に明確で純粋なものはない。

みんないっしょ、という厳しいルールが現実の隅々にまで機能の網の目を張っているなら、個人としてどうあるかなど、まったく考える必要はない。個人としてどうあるかなど必要ないということは、個人の自由がさまざまなかたちで常に相当に大きく制限されていることを意味する。個人の自由が全体に対して異を唱えることにつながるなら、個人の自由は全員参加のシステムとは衝突する。誰もが確かに一員ではあるけれど個人ではないというルールにしておくなら、衝突は事前にきわめて滑らかに回避出来る。そして全員は頑張る。頑張る、あるいは一生懸命とは、個人というものへの無関心、さらにはそれの否定のことだ。

このような平衡の感覚は明らかに現実主義だ。中心となる課題は現実のなかにおこってくる現実の問題の処理であり、確立され独立して存在する個などという、すべての出発点を抽象のなかに持つような問題ではない。問題はあくまでも現実の内部に発生し、現実のなかで対処されなければならない。対処するための相手は、だから、現実の問題という具体的なもので統一されていく。現実のなかの具体的な問題というもののなかでも抜きん出て現実的なものは、自分にとっての目に見えるかたちや距離における利益だ。

このような意味で現実とはすべて人間関係であり、そのなかで処理される具体的な問題とは、ひと言で言うなら利害や損得のやりとりだ。関係は一定のまま長期におよぶのが基本的にはもっとも好ましい。長期にわたって維持される関係のなかでは問題の処理はそれだけ楽になる。それに関係のなかで損得がやり取りされるのだから、関係はそのまま利益の場であり財産でもある。たとえば社員という関係は、社員という関係のなかに自分が身を置いていることそのものが財産となっているという、もっともわかりやすい典型例だ。

秩序とは関係のそのままの維持であり、そこに変化、特に急激な変化をもたらしかねない優れた独創に満ちた提案や改革は嫌われ避けられ、したがって取り入れられない。可能なかぎり多くの人にとって、収支の差が最終的には可能なかぎり少なくなること、それが結果における平等主義という平衡感覚のめざすところだ。

生きていくということのなかにもし真実というものがあるなら、このような平等主義は真実の究極的なかたちだと言ってもいい。完璧(かんぺき)に正しい個人などこの世にいるわけがない。だったら個人など最初から問題にしないほうが能率は高まる。参加者全員という全体を世界とし、その全体にとっての利益のまわってくる順番の調整力として、真実は機能する。順番の調整はなにしろ至上の命題なのだから。

そしてこの調整力は、ほとんどすべてのものが善し悪しの両面を持つのとおなじく、良くない面を強く持ちつつも、明日、明後日、明明後日と前方に向けてのびていく時間のなかに積み重ねられると、全体にとっての強力な前進力となる。調整力が機能しているということは、自分にとっての利益がどこかで約束されていることを意味する。だから全体は納得し、とにかく前方に向けて動いていく。

その動きかたはあくまでも真面目だ。きめられている小さな領域ごとのことを、きめられているとおりに積み重ねていく作業による、全体にとっての目標の達成や実現をめざした動きかただ。この力が全国的に蓄積された結果、最終的には高いところで安定した品質というものを作り出した。きめられた小さなことすべてをそのとおりにしていく作業は全員に強制されている。しかし強制を強制のまま生では受け取らず、全員に等しい内発に転換した上で受けとめていく。究極の平衡感覚はこのような力を発揮する。

国内という文脈のなかで最高度に稼働したこの力は、外交や国際関係という部門を欠いたまま五十年を過ごしてきた現状を覆い隠せるほどの、強い経済力にまでなった。その力の基本理念は、しかし、いま書いたとおり、あくまでも国内という文脈内部での出来事に終始したから、言葉で表現するなら、「まあね、これからもみんなでね、力を合わせてさ、もっと頑張っていくしかないんじゃないですか」という、街で拾った声のようにしか表現されてこなかった。この言葉のとおりに経過していく日本人の日々というものは、外からの視線できわめて意地悪く言いなおすと、現場でひたすらな生産のなかに自分および毎日をごまかしては流し去る日々である、というようなことになったりする。

このような日々のなかで個人の自由はどんなかたちで存在するのか。集団の一員として機能し続けることと引き換えのように発生してくる、おこぼれ的な範囲の狭い自由だ。個人に対して集団は圧倒的に優位にある。自由の制限と引き換えに個人の責任のシステムが作られないままとなる。自分の利益のために他の全員と強調し、そのことをとおして会社なら会社という組織の目標を達成していく。

戦後の日本で五十年間おこなわれてきたこのことが、さまざまなかたちで批判の対象となっている。外国が批判し、日本人自らも視点を変化させつつ批判している。批判するだけではなく、それは国の営為としては二流以下のろくでもないものである、というとらえかたや言いかたも盛んになされている。正しい批判もあるいは不当な評価も、それぞれにどんなふうにでも可能だが、批判され不当に評価されるこの営為は、冷静に観察しなおすとじつは途方もないことだったのだと僕は思う。

目標の達成に向けて、圧倒的に多数という意味での全員が、不断の努力を内発させつつおなじ方向を見ておなじことを考え、価値やルールを細かいところまで共有しながら前方への強い期待感を均質にそろったかたちで、五十年にもわたって抱き続けなければならない。そのような複雑で緻密(ちみつ)なシステムを確実に稼働させ、維持し続けることを可能にするだけの能力を普通のこととして持った人たちが、文字どおり総動員でことに当たった。それが戦後五十年間の日本だ。

五十年にわたるその営為の総体、あるいはそれが生んだ結果に対する批判は、さまざまに可能だ。批判とは要するに視点の取りかただから、どの視点にも正当性はある。しかし、総動員に加わった人たちが質的に見てたいしたことのない人たちであり、彼らがおこなってきたことはろくでもないことだったとする、自らをおとしめるような批判に、どのような正当な立場があるだろうか。おとしめることに通じる不当な過小評価よりも先に、これまで維持されてきた日本システムがこれからもおなじように維持され機能していくのかどうかを心配すべきではないか。

作り上げられ維持されてきた日本システムは、ちょっとやそっとのものではない。それがこれからは維持されなくてもよく、もはやそのようなものは必要ですらないというなら、その代わりに必要なシステムはいったいどのようなものなのか。日本システムはそのまま日本の国力だ。国力としてのシステムを維持していく人々も世代交代する。これからの維持に必要な人材が、ひき続き供給されていくのだろうか。

確立され独立して存在し、全体とは関係なしに個別に評価される個人を仮に真の個人と呼ぶなら、日本システムのなかに真の個人はいないとは言えないが、さほど必要ではなかったことは確かだ。だからそのシステムには、真の個人による真の競争は存在していない。真の競争は結果がどのように出るか予測がつかない。あるいはつけにくい。予測が不明確なことは、日本システムのなかではすべて嫌われ回避されてきた。

あらかじめ約束されている結果を誰もがめざす。そのような毎日を誰もが送る。なにを体験してもそれは全体のなかに身を置いている人としての体験だ。だから基本的にそれはみんなのものであり、なにを体験しても真に個人のものとはならない。しかも結果はある程度まで予測がついている。最重要な命題は、今日も明日もいつもおなじ、ということだ。根本的な変化なしにおなじ状態が継続されるということ、これがもっとも重要だ。かたちがきちんと守られるならそれでいい。どこからも文句が出ないほどにきちんと守られたかたちが、じつは心の通い合いなどと言われたりするのではないのか。

通い合った心はじつはなにも通じ合わせてはいないのではないのか。あらかじめ誰もがすべてを承知し合っている大前提が誰のためにも用意されている状態は、能率をひたすら高める作業にきわめて有利に作用する。人々はひたすら受動でいればいい。なにごとも受けとめるだけだ。すべては用意され、あたえられる。高度消費社会の大衆の、純粋に見本的なありかただ。彼らはなにを受けとめるのか。たとえば消費者としての彼らは、生産者による好き勝手な操作を、個々の商品というかたちで、代金を払って彼らは受けとめ続ける。

人間というものの理解のしかたは、すでにかたちがきまっている。人間とはこういうもの、というかたちがきまっているから、人間理解はそのかたちをなぞりなおすことでしかなく、こういうものときめてある枠からはずれるものは相手にされない。理解のためには言葉での関係が必須となるが、そのような関係もかたちをなぞるだけとなり、理解とはすでに存在するかたちのなかに落ち着くことでしかない。理解は深まらない。理解を少しずつ深めていく関係、というものはそこには生まれない。だからそのような関係を人々はいつまでも知らないままとなる。従来からあるかたち以外のものについて人々は関心を示さず、したがって無知で鈍感なままとなる。

日本は人に対するプレッシャーがたいへんに強い国ではないだろうか。全体というものに自分の自由を預け、全員参加でかたちをなぞり合うという浅い理解の人間関係のなかで、結果の平等を建前にして利害の調整に明け暮れる。プレッシャーはほとんどの人が一身に受けざるを得ない。プレッシャーとは、全体という秩序への隷属に人を導くための、ああしろ、こうしろ、こうあるべきだ、こうでなければならない、そうでないなら認めないというような、きわめて固くかたちのきまったルール集のことだ。このようなプレッシャーのなかで、その圧力がもっとも高いのは、そういうことを言うのはこういう人間だとか、そんなふうに考える奴はこんな人間だなどと、人格の根源に向けておそろしく一律にしかもひっきりなしになされる、裁定や断定だろう。しかも人はそれらすべてを引き受けなくてはならない。

従来どおりのかたちをなぞる人間理解を土台に、利害の順番調整という全体の秩序への全員参加というシステムのなかでは、根本的な改革や革新的な変革に思考の経路を向けることすら、人々にとってはたいそう不得意なこととなるのではないか。システムがうまく運営され、高い能率が維持されればされるほど、そこから出てくる力は改革や革新を回避したり阻んだりする力となるのではないか。文化とは、つきつめていくなら、自分のとらえかただ。自分とはなになのか、自分をどのように見るのか、それが文化の出発点であり、どこへ到達してもその出発点はついてまわる。

一律強制による高能率は発揮されるが、想像力はほとんど必要ではない。改革とは、これは都合が悪いからこうしよう、ということだけではない。そういうことは改革ではなく、日々の現場で出し合う細かい智恵だ。かたちどおりの人間理解にもとづく、利害の調整の場の智恵だ。そこではすべてが細かく単純になっていて、したがってどれもみな短期の解決が可能だ。真の改革は長期にわたる戦略ではないか。長期戦略を作るには、ありとあらゆる要素が複雑にからみ合う全体を、全体のままに正確にとらえなくてはいけない。そしてそのなかに自分たちにとっての長期にわたる有利な方向を見つけていく作業は、小さな現場の智恵だけでまかないきれるものではない。

2

一定の量の仕事を可能なかぎりの高い能率で処理しようとする志向は、現在ではもはや決定的となったと言っていい不便ぎらいという顕著な傾向を、日本の人たちのなかに生み出した。便利さとは、高能率による処理ということの、日常的な現場でのすべてのヴァリエーションのことだ。不便でもなんでもないのに、あるいは便利そうに見えてじつはそうでもないのに、これは便利だ、自分は便利にしている、という気持ちを実感するとき、便利とは損得で言うなら明らかに得なのだろう。自分はいま確実に得をしているという実感に、身辺の日常のなかで日本の人たちはことのほか執着するのだろうか。

戦後から現在にいたる日本人の生活を埋めた家庭電化製品の大群は、これは便利という気持ちをまさに絵に描いたような具現だった。便利とは、文化的な充足感の、疑似的な形態のひとつでもあった。自分もそれを買ったという行為による、最新の出来事つまり文化への参加だ。この疑似的な充足感は、たとえばインフラストラクチャーの決定的な不備を、心理的に覆い隠したりすり換えたりする機能も発揮した。

生活のなかでの便利さの追求によって、人々の生活は決定的に激変した。商品として次々に送り出されてくる物を受けとめ、それらを使いこなすことをとおして、人々は自分たちの生活のなかの大きな部分を、物に肩がわりさせた。生活を物に預け、大きく物によりかからせた。単に生活様式だけではなく、ものの考えかたから世界観にいたるまで、そこから影響を受けた。ごく簡単に言うと、物による便利さの追求と、その便利な生活への依存は、不自然さをきわめた生活様式を日常のものとして作り出した。

物や装置そして機械などによって可能になった生活の便利さとは、対象となったその部分が全体から切り離され、都合のいい断片にされた上で、さまざまな変形や加工などのなかへ無理やりに閉じこめられたことを意味する。このような事態が日常生活の隅々にまでおよんだなかで、それを早くも当然のこととして生きている日本の人たちは、信じがたいほどに人工的で不自然な生きかたをしている。そしてそのことに気づかず、人としてごく自然な状態のなかに自分たちはいると思っている。

便利さは生活を大きく変化させただけではない。その生活を生きる人たちの、ものの考えかたから発想のしかたにいたるまで、さらには異なった世界と接したときの、接しかたや反応のしかたにいたるまで、変化させてしまった。わずか三、四十年ほどのあいだに、外見はおなじだが中身はまるっきり違うと言っていいほどに、便利さは日本の人たちを変えてしまった。

日常生活のなかにすでにぎっしりと存在している便利さは、その大半がマイクロエレクトロニクス技術の応用によるものだ。便利さは大衆向けの一般商品として次々に市場へ出てくる。それらを大衆は受けとめる。なんの抵抗も示すことなく彼らはそれを受けとめ、自分たちの生活のなかに入れてしまう。そして使いこなしていく。そのことの連続が、平凡さそのものの日常生活を作る。あらゆる便利さが当然のことになっていく。

もとになっている技術そのものは、すさまじく高度なものだ。それが一般的な家庭向けの商品となり、家庭のなかに取り込まれ、便利なものとして使いこなされていく。日常のいたるところが、おそろしいまでに人工的な電子機械装置によって肩がわりされ、支えられている、不自然な、しかしその不自然さに比例して固く封印された日常生活が、そこに現出する。

そのような生活が当然となっている日本の人たちの目をとおして、町の光景を見渡しただけで真の絶望感に襲われるような開発途上の国を見たなら、ここはまだこんなに汚い、なんにもなくてこんなに不便、といった印象の蓄積の頂上に、こんなに遅れた、これほどに程度の低い、というとらえかたが居すわらないだろうか。ほとんどなにもない、あるいはさまざまなものが圧倒的に不足している状態のなかに生きる人との、共通の立脚点など自分たちにはなにもない事実に、そのとき日本の人たちは気づくだろうか。孤立というものは、自ら作り出すこのようなかたちでも確実にやって来る事実を、彼らは知るだろうか。

いまの日本には商品はたくさん出まわっている。いまはこれを買う、次にはそれ、そしてその次はあれ、というふうに商品を買っていく毎日のなかに、生活の充足感がさながら幻のように、ぼうっと立ち上がってくる。買うためには仕事をしなければならない。仕事に一日の大半をあてる。時間は慢性的に不足している。なにごとにせよきちんと正確に広く知った上で、自分自身の的確な判断にもとづいて、たとえば消費なら消費という行動を取ることが、ほとんど常に困難だ。

しかし、とにかく、買わなくてはいけない。買う、という行動にかかわるすべての質が、一日また一日と低下していく。買わない、という選択は出来なくなる。売っているものしか買えないのだが、そのことにすら気づかない。こういう生活は、根本的に見て、相当につらい生活なのではないかと僕は思う。

商品はたくさんある。買う対象は広がっている。多くの人が多くの好みを持ち、それぞれの好みに沿って消費する。したがって価値は多様化している、といまでも盛んに言われている。価値の多様化は嘘だと言っていい。あれも欲しい、これも欲しい、もっとよこせ、欲しいと思うのは正しいことだ、俺の邪魔をするな、と誰もが言っているに過ぎない。きちんと考えることはいっさいなにもせず、利己的に功利的に一方的に、そのつどばらばらに、そのときどきの消費欲望を人々は起こし、それを満たしている。

そのときどきの自分にとっての、そのときはそう思ったという程度の、なんの根拠もない思いつきやどうでもいいような衝動を、消費の回路のなかで代金と引き換えに満たしていくことが、人々にとっての最大関心事になっている。自分の欲望を消費によって満たしていく回路の外にあるものすべては、関心外のこととしてうち捨てられてそれっきりだ。たとえばまったく異なった生活を送っている他者という存在、その存在との関係、その関係のための公的なルール、つまり国際というものへの関心などはひたすら遠く、最初から思いつきもしない。

日本で発達した消費文化は、誰もが物を買うことだった。買うという行為は私的なものだ。自分も買った、という私的に内向した心の状態が、消費によって作られては蓄積されていく。新製品という物自体がじつはきわめて陳腐だ。そしてそれの売られかたは、それまで何度繰り返されたかわからないほどに陳腐な方法の、さらなる繰り返しだ。

買う行為は私的でばらばらだけれども、全体として見ると製品とその売られかたの陳腐さのレヴェルは統一されていて質は均一だ。均一にそろった全体のひとりひとりが、それぞれ自分勝手に消費を続けていくことが、ライフ・スタイルとして奨励されている。生活様式も消費の対象となった。生きかたも生きがいも、ものの考えかたも発想のしかたも、すべて商品だ。それらをただ私的に受けとめるだけの生活には、公的な領域とそれへの真剣な関心をますます遠いものにするだけという意味において、質的に限界がある。

世界でおこるどんな問題も、自分とは関係のない遠い出来事でしかないという内容の生きかたは、戦後の日本では会社によって可能になったものだ。会社とは生産のプロセスへの全員の参加のことだ。生産とはその全員の努力のことだ。努力したことへの報酬はその月の給料であり、努力し続けること、つまり働き続けることをとおして、自分は会社に勤めているという唯一の財産が、働く人たちにひとまず保証される。

会社というものがじつはマイナスの方向へ巨大な力を発揮しているいまも、人は会社へ毎日通う。そのことによってその人の生活は支えられ、かろうじて成立していく。人々の生活のすべてを会社が所有している。日本を完全にその支配下に置いていると言っていいほどに会社は強力であり、あまりにも強力だからついには会社側のものの考えかたをほとんどの人がほぼ全面的に引き受けるまでになっている。

働く人の毎日は、最終的にはなにかを作り出すこととつながっている。作り出されるものは、しかし、大衆にとって消費可能な範囲のものに厳しく限定されている。働く人としての大衆は、消費者としての大衆が消費出来るものしか作れない。消費者としての大衆は、働く人としての大衆が作れるものしか、消費の対象にすることが出来ない。大衆社会における消費と生産の純粋な円環がここに出来上がる。そのような生産と消費の毎日は、なにを体験するでもない、なにを考えるでもない、空疎な毎日だ。

その空疎さのさなかで、仕事という単純作業が繰り返される。作業は細分化されていき、細分された領域ひとつひとつについての専門家を作りだす。そのようにして専門家になればなるほど、それ以外のことについての正しい理解力や総合的な判断力は失われていく。自分自身によるきちんとした理解や判断のもとになるべき、正確で広い知識を自分のものにしていく時間が、彼らにはまずない。なにごとかに関して、自分なりに理解して判断を下さなくてはいけなくなったとき、無知を基本とする彼らにとって、唯一の拠り所は私的な感情だ。無知なまま、私的な感情によりかかって、彼らは判断を下す。

自分のありかたの不備を厳しく認識しなくとも充分にやっていけるという、ある種の幸せな毎日を会社が用意してくれる。その日々のなかでは、自分自身の考えにもとづいた価値観は、むしろはっきりと邪魔だ。だからそれは賢明にも持たないことにきめると、持たないままでも日々はなんら支障なく経過していくことがわかる。そのような毎日は自分で自分を騙していく日々だ、という言いかたも成立する。騙すことによって果たされないままとなる責任は、見えないところに蓄積されていくはずだが、それもまた会社が吸い上げてくれる。「会社の仕事が出来る」という状態が、「どう生きるのか」という基本を覆い隠してしまう。覆われきるとそれはある強さを持った状態でもあるから、そこに自信が生まれてくる。そしてその自信は、消費つまり私的な所有と私的な享楽との裏づけとして、機能していく。個人の生活の真の充実は、常に明確にされている自己責任と分かちがたくひとつであるとするなら、そのような私的生活に真の充実はない。

ごく早い時期、たとえば小学校の低学年で自己責任を関心の外に置く訓練を受け続けると、それ以後は個人としての生活の真の充実など、初めから思いもしない日々のなかを生きることになる。そしてそのような日々でも幸せで快適であったりする。なぜなら、あらゆるもののとらえかたや見かたがどこまでいっても私的だから、対象がなにであれ自分の都合だけで接していくことが可能だからだ。接したくなければ見なければいいのであり、見なければどんなものでもそれは存在しないも同然となる。

そのような日々の結果として、なにひとつまともには知らないという状態が、自分のものとして手に入る。真の個人とは、正確で広い知識にもとづき、自分の頭を使って自前で考え、それに対して責任を負う人のことだが、じつはこの状態がごっそりと抜け落ちたままの自分を、自分として維持しなければならない。

なにかあったときの彼らにとって頼りになるのは、まったく鍛えられていない、したがってごく浅い主観だけだ。浅い主観や心情を絶対化し、それをすべての判断の基準に使わざるを得ない。

自分というものにきわめてファナティックにこだわった状態がそこに生まれる。そのような状態は独善と言われていて、それは幼稚さと同義語だ。情緒は曖昧なものだ、と普通には言われている。それは間違いだ。情緒や主観ほど固いものはない。それは頑固さに徹底することであり、自己改革力を放棄することを意味する。

浅い主観をほしいままにしていると、最後のつけはすべて自分に返ってくる。客観というもの、つまり唯一の正式な場やそこでの厳しいルール、公共性、公共財などが決定的に欠けた社会を、個人の力という改革力がないままに、最終的には個人が一身に引き受けなければならなくなる。個人にまわってくる負担が並はずれて大きくなる。しかしそれを耐え忍び、なんとかごまかしつつかわしていくという、精神にとっても肉体にとっても不健康な日々のなかに、誰もが結果平等で囲い込まれる。

3

日本では企業の力がたいへん強い。日本のほとんどあらゆる領域を企業が支配している。ひとつの家庭が、主たる働き手の収入によって、経済的にも文化的にも支えられていくのとおなじく、日本は企業によって支えられている。日本は企業であり、日本は企業のものとなった。人々は企業のための雇用者としての人材だ。と同時に、彼らは消費者でもある。赤子のときから大学の新卒年齢にいたるまで、個人としての基本というものはいっさいなにも教えられず、したがって知りもしなければそのことに気づきもしないまま、会社に入るという目標めがけて彼らは生きてくる。そして会社に入る。

入ったなら、その社の内部で、彼らは純粋培養されていく。その社の社員としての適応や能力の開発が、その人にとっての規範のすべてとなる。社会全体に対して広く共通して作用する普遍的なルール、そしてそのルールで守るに値する理念や価値といったものは、会社のなかにはどこにもない。会社国家が力をつければつけるほど、そのなかの誰もが深く落ち込む悲劇がここにある。

社会全体に広く共通して作用する普遍的なルール、そしてそのルールで守るに値する理念や価値は、ひと言で言うなら公共性というものだ。それが日本にはない。公共すら日本では個々の会社のなかに呑み込まれている。公共は会社のなかだけにある。しかし個々の会社どまりの公共性は、とうてい公共性とは言えない。世界のすべては会社のなかにあり、その外にはない。この恐るべき事態について、どのように書けばいいのだろう。恐るべき事態のひとつひとつを、無限に列挙するほかないのだろうか。

公共性などに我が社の利益は見込めない。だからそのようなものは、我が社とはなんの関係もない。しばしば指摘されるとおり、日本の会社は地域との関連や活動を持たない。そのようなものが必要とは思っていないし、そんなことはまずとにかく頭に浮かんでこない。ただし、得になりそうだと判断すると、おかねだけは出す。すべては会社のなかにあるから、社員たちは社外での生活のための時間も場も関係も持ってはいない。社外でなにかをする場合は、おかねを払ってなにかを買うという、消費の活動が中心になる。

会社による経済至上主義だけを、戦後の日本は追求してきた。現在でもそうだ。会社による経済至上主義は、おそろしく一面的な価値でしかない。そしてその一面にのみ、日本はすべての力を注いできた。そしてその他の面はすべて無視されるか排斥されてきた。

幼児の頃から同一にそろえてある人々が、会社ごとにひとつのまとまりを作る。どの社でもその社の必要とする情報だけが、徹底的に整理された上で、社員たちに伝えられる。全員がそれにしたがって考え行動する。作業効率の高さの達成とその更新が、彼らのそのような行動によって繰り返されていく。

企業というものは、そのありかたの基本からして、すさまじく利己的なものでしかないということが、こんなふうに考えてくるとよくわかるのではないか。企業と言えどもそれは人間が作ったものであり、最終的には人間のためのものだという素朴な考えかたは、自らをほんのいっとき慰めるほかにはなんの役にも立たない。企業は人のことなど考えないし、資本主義は真や善あるいは美などとは、いっさいなんの関係もない。

企業はそれぞれにルールを持っているが、それはその社の事業目的遂行のためのものであり、社会全体にも共通して有益なものであるとはとうてい言えない。しかし、そのようないくつもの企業の利己的なルールの集積体が、事実上は日本を支配下に置いている。こういう社会は質的な次元が高いだろうかそれとも低いだろうか。事態は少しずつ良くなっていくものなのか。それとも、とめどなく低下していくものなのか。

企業はやりたい放題でここまで来た。国はその企業を守った。普通の人々、つまりただおかねを払うことしか出来ない消費者が、そのような国のなかでいかに不利な立場に立たされてきたかは、たとえば生産者と消費者との対立関係を法がどのように裁いてきたか、その判例を見るなら一目瞭然(りょうぜん)だ。生産者は常に決定的に有利であり、消費者はなすすべもなく決定的に不利なままだ。

会社の目的は、大量生産と大量販売に適した製品の、追求と生産と販売での競争だ。雇用されていてもいなくても、人々は会社というものが持つこのような目的に沿った行動をするよう強制されていく。強制されているとは普通は思わないのだが、人々の生きる場である大衆消費社会が、会社群によってさまざまな意味で固く厳しく統一されていることは確かだ。統一が効いているから、たとえば消費を訴え促すための意図的に整理され方向づけされた情報が、その市場のなかへ速やかにくまなくいきわたる。買え、という情報を不断に受け取る人々は、周囲の人たちの反応に呼応して自分もおなじように反応していく。会社員というありかたで統一された、そしてその意味では平等な人たちが全員参加して、経済至上主義だけを五十年にわたって追求してきた。

人々の同質性の高さは、毎日の職場での絶えざる接触という、社内でのみ可能なかたちのコミュニケーションのしかたを可能にする。各部門内での協調の良さへと、それは発展していく。部門別の協調力の高さが財産であるような産業が、その結果として日本では強くなっていく。日本人による日本人どうしのための日本システムは、こうしてひとまず完成の域に達した。そのシステムを外から見ると、視点の取りかたによっては、恐怖感につながるような閉鎖性が、目の前に立ちふさがる巨大で分厚い壁として見えたりもする。

日本システムのなかでは、情報コストはきわめて安い。社員への給料や取り引き先への支払い代金のなかに、情報コストのすべてが収まっていると言っていいほどに、情報のコストは安い。

業務上のあらゆる接触をとおして、情報はいくらでも入ってくるからだ。しかしそのようにして入ってきた情報はあくまでもその社のものでしかなく、取るだけは取っても外には出さないのが日本システムだ。

重要な基本情報には誰でも平等にアクセス出来るという、情報の共有システムのなさがもっとも顕著なのは、いまの日本では政治や行政の世界だろう。企業はさすがに日本を支配しているだけあって、仕事の進めかたにかかわる根源的な改革としてのリエンジニアリングの中心を、情報システムに置いて成果を上げている。

基本的には日本の企業は入る情報は取るが外には出さず、明示でも公開でもなく、ましてや共有などではない。しかし実務の最前線という世界は、仕事のしかたの根源的な改革を人々に強く要求している。その要求に自ら答えるなら、日本システムはそこから少しずつ改革されていくはずだ。全体を広く正確に見た上で、その情報から絶えず改革を引き出しては重ねていく作業が作る長期戦略の決定的な重要さに、いまもっとも気づいていないのは政治や行政の世界だ。その証拠に政治の世界は馴れ合いのネットワークであり、そのなかでなされるのは公正を犠牲にした上での、利権の確保のさらなる効率化だ。

人々がいまの日本に閉塞感を持っているなら、完成された日本システムに対して自分たちがおこなってきた過剰な適応を、マイナスとしてあるいは将来への不安材料として、いま自ら感じ取っているからにほかならない。過剰な適応は現状を維持しようとする力となる。しかし現状維持への力は改革を拒む力でもあり、現状維持の願いがかなうことは、システムの内部に閉塞し続けることをただちに意味する。そして閉ざされたものはさらに停滞し劣化していくほかない。労働と消費が一対になって久しい。働くことが当然のこととされ、誰にも働き口があるのも当然のことになって、すでにかなりの時間が経過している。その時間のなかで、消費が最前面にまわった。そしてその消費行動をとおして、じつは人々は不満足感を少しずつ高めてきた。人々の日々は消費の繰り返しだ。今日はこれ、明日はそれ、そしてその次にはそれと、おかねを払うたびに無力感が少しずつつのっていく。そしてその無力感の向こうに、あるときシステムの全体が見えてくる。

人々の不満は解決されるのだろうか。人自身は不満を解決出来るのだろうか。個人、自由、民主など、公共財の土台になるはずのいっさいのストックもフローもなしに、日本の資本主義は純粋に突進してきた。少なくとも表面的にはあらゆる価値が相対化のきわみに立ち、したがってすべての価値が失われたように見える地点にまで、日本は到達している。

価値というものは、人が頭で考えた結果、価値であると判断することによって生まれてくる。なににも侵されることなく独立して存在するひとつの価値、あるいはその体系というものがもしいまの日本にないのなら、価値というものが勝手に消えたからではなく、人が消したからだ。我々人々のものの考えかたが、特に一九七〇年以降、大きく変質した。人が違ってしまった。人は以前とおなじ日本人、おなじ自分だと思ってはいても、じつは質が変わってしまっている。人は環境のなかで環境に決定されて生きるから、環境が変化すればものの考えかたも変化して当然だろう。

個人主義も真の自由も一度も体験していず、したがってそれを知らない人たちが、自分にとっての人間関係、という現実のしがらみのなかに生きている。給料は世界一になったが、日本では生活のコストが高い。もらうときは世界一だった給料は、使うときには格段に弱く少なくなる。日本のシステムには矛盾や無駄があるからそうなる、ということはもはやたいていの人が知っている。その矛盾や無駄を仕事にして、そのおかげで食えている人のひとりは、ひょっとしたら自分かもしれないと多くの人は思う。そのような人が、いまの日本にはじつに一千万人もいるという数字がある。

戦後の歳月を費やして達成された効率の高さのかたわらに、巨大な矛盾と無駄がある。矛盾や無駄をなくしてしまい、効率の高さを本質的な部分に移し、真の生産性の向上をめざさないことには、これからの日本は苦戦するほかない、としばしば言われている。そんなことがいったいどうやったら出来るのだろう、というのが人々の不安や不満の出発点なのではないか。貧富の差は広がりつつあり、それは大きくなるいっぽうだ。不平等感を人々ははっきりと感じている。人々は明らかに層に分かれつつある。しかも自分が入った層は世襲されていく気配だ。

軍事がまったくないわけではないが、アメリカやソ連のようにはしなくてもいい状況のなかでの経済活動、そしてそのための技術力という目的とその達成に向けて、戦後の日本は全力をあげた。いくら全力をあげても、優秀なチームとしての労働力が欠けていたなら、ほとんどなにも達成はされなかったはずだ。達成されたことから逆に考察していくと、あるときは世界一と評されたほどに優秀な労働力が日本に満ちていた事実は、疑う余地がない。

あるひとつの国が豊かであると言うとき、豊かという言葉はじつにさまざまな意味を持つ。日本が日本的に豊かであることは間違いない。そしてその意味で、豊かになればなるほど、日本のシステムは日本的な度合いを深めてきた。深まりきった地点でその日本に要求されているのが国際化だ。国際化とは、世界とおなじルールを引き受けるための、自分たちのシステムの根本的な改革のことだ。

世界のどこへでも進出し、そこで企業活動をして利益を上げていく、という文脈においては日本はすでに充分に国際化している。出ていくだけではなく、思いもしなかったかたちで外国が日常の自分のすぐ隣りまで入ってくるという体験も、もっとも初歩的な部分で日本は経験しつつある。出ていったからといって、あるいは入って来たからといって、常に親しく接するのが国際化ではないし正しいルールでもない。接すると同時に、遠ざけたり遠ざかったりすることも必要だ。自分が出ていく、入って来る他者を受け入れる。親しく接する、冷酷に距離を置く。というような対置の関係を、どこの国の人からも文句をつけられないかたちで、自在にこなさなくてはいけない。そのためには場数を踏んで鍛えられなければならない。そのことをとおして少しずつ、マナーやルールの冷徹な洗練を達成していかなければならない。それにしても、こうして評論的な言葉で書くだけというのは、なんと簡単なことなのだろう。

戦後の日本が必死で追求してきた生産の増加は、国際化への可能性を大きくはらんでいる。原料を売ってもらう国、そして完成した製品を買ってもらう国への依存は、生産が増加すればするほど高まる。地球儀の上に描いてある日本以外の多くの国とのただならぬ関係のなかへ、日本はとっくに深すぎるほどに入り込んでいる。ただしその入りかたは、経済活動という数字の世界だけにおいてだった。

いい物を安く売ってなにが悪いかという、いい物を安く大量に作って売る側としての世界のとらえかたにも、国際化は貼りついている。国外で作るなら、そのことをめぐって、さまざまな問題が生じる。現地の人たちの仕事になるならそれで良かったじゃないかという一方的な主張に対しては、仕事とともに生み出された弊害への批判がかならず返ってくる。大量に売っていく製品も、故障しないとか品質の割には安いといった面だけで国際社会を渡っていくことは、もはや難しい。売るにあたってどれだけ文化がともなうのか。この場合の文化とは国際社会における政治力でもある。売る力に比例して、その政治力は強靭(きょうじん)に洗練されなければならない。買うほうに文句を言われ続けるのは、政治力が強靭でも洗練されてもいないからだ。

自分のところとはまったく文化の違う国々に対して、自分の利益のために自分の側の論理だけを主張し続けると、相手はそれを巨大な威嚇や恐怖としてとらえるという国際化も、日本は充分に体験している。世界のどの国も自分の利益に関しての主張は強くおこなう。それは当然のことであり、日本としてはそのような国際社会のなかでしか、生きる道はない。

人とはなにか、という問題が浮かび上がってくる。国内では、人は雇用される人、そして消費する人でしかなかった。国内ではそれでとおっても国外ではとおらない。人を経済の対象としてしか見ない国内文脈を脱するという基礎の基礎から、日本はトレーニングを開始しなければいけない。国内ではこれまでどおり人を人として扱わないままでいく、というわけにはいかない。国内での人の改革こそ、日本がなし得る最大の国際化だという考えかたが、もっとも実務的に妥当な方向として前方に見えてこないだろうか。

人は日本では会社のものだから、会社の根本的な改革をとおして、前方は少し見やすくなるのではないか。根本的な改革とは、これまできわめて一面的にそして一方的に追求してきた利益というものの質を、完全に問いなおすことだ。利益とはいったいなになのか、およそ考え得るあらゆることを考えた上で、きめていかなければならない。およそ考え得るあらゆることとは、多くの異質な要素のことだ。それらを正面からすべて受けとめ、もっとも正しいと多くの人が思うような方向に向けて、判断を進めていかなければならない。そのようなことが可能になるシステムを日本のなかに作らなくてはいけない。そしてそのようなシステムは、なんのことはない民主主義なのだ。

民主主義とはなになのか。基本的な勉強と実践を同時に始めなければいけない。民主主義とは、ひとつの問題をいろんな視点から見ることだ。いくつの視点から見ても、そのことは当面のあいだは一銭の利益にも結びつかない。議論は百出して果てしなく蛇行し迷路に入り込む。しかし、論がひとつ出るたびに、蛇行のひと折れごとに、可能なかぎり広い範囲に共通して作用するルールというものが、少しずつ浮かび上がってくる。完成された状態は理念上の理想にとどまる、いつ果てるとも知れない永遠のプロセスが、民主主義だ。異質な多くのものを、とりあえずもっとも妥当な方向に向けて、ほぼひとつにまとめて進ませていくシステム。それが民主主義だ。日本の会社主義をつらぬき支えてきたのは、その正反対のシステムではなかったか。

日本人は異質なものを排する、と日本人自ら言っている。変化も基本的には歓迎しない、とも言う。自分のところだけで閉鎖していたい気持ちが基調として常にあり、それゆえに閉鎖してしまいがちだと、彼らは自分について言う。もしほんとにそうなら、自分を開いて異質なものに対応していくシステムは、理解しやすく作りやすいのではないか。これまでとはまったく反対のことをすればいいのだから。

異質なものとは、あたりまえのことだが、自分とは違うものすべてだ。たとえば外国とのあいだにあるあまりの違いが目に入ると、反射的に圧倒されてなにも言えなくなっていたのがこれまでのありかただとするなら、これからは違いを出来るだけはっきりさせればいいだけだ。自分はこうなのだ、自分はこう考える、自分はこうしたいのだ、ということを相手に向けて可能なかぎり明確に言うと同時に、相手の言うことも受けとめて聞いていく。一方的な主張を、対等で等分な、双方向のやりとりまで、ずらせばいいだけのことだ。

相手と自分との違いをはっきりさせるためのコミュニケーションを積み重ねていくと、相手と自分とのあいだでなにがどのように問題になっているのかが明確になっていく。おたがいの要求、おたがいの目的などのあいだにある開きや差が、はっきりしていく。両者ともにおなじと言っていい部分。まだおなじとは言えないが接近の可能性が充分にある部分。そしてとうていおなじにはなれない部分。基本的にこの三つの相がはっきりすると、次に可能になってくるのは、それではここはこうしてみませんか、という積極的な立案と提案だ。提案を相互に重ねていくと、両者にとって均等に作用するルールのようなものが、やがて見えてくる。国内でもこの作業は必須(ひっす)だろう。異なる多くの者にとって均等に作用するルールとは、国内ではいま日本に決定的に欠けている公共性のことだから。

　ほとんどすべての問題に日本人は気づいてはいるが、しかしそれゆえに、問題への対処を先送りするための内向をしつつある、という見かたあるいは意見をしばしば目にする。日本人の批判を続けようとするなら、論はその方向になるだろう。しかし毎日の実務は避けてとおれない。そして実務の最先端は、国内システムの根本的な改革を厳しく要求している。その要求に応えずにすませたいと願うほどに、日本人は非実務的だろうか。僕はそうは思わない。

　異質な多様性は国内にすでにはっきりとあるのではないか。誰もが安心して頼ることの出来た、国内の均質性や同一性はいまもそのまま続いているだろうか。それはもう崩れかかっている、と僕は思う。学校を出て社会に送り出されてくる若い人にあたえられる呼称を、戦後から現在まできわめておおざっぱにたどるだけでも、人々の同一性や均質性はもはやないと思ったほうが正しいのだとわかる。

　アプレゲールというのが最初にあって、その次は現代っ子だった。若い世代が現代っ子であって当然の時代が長く続き、そのあと新人類が来た。彼らはマニュアル世代とか指示待ち世代などと分析された。分析自体が彼らに対するとまどいだった。一九九四年度の大学新卒に関して、たとえば電車のなかの雑誌の吊りポスターのなかに、「今年の大馬鹿新入社員」という言葉を僕は二度か三度見た。戦後の五十年はアプレゲールが大馬鹿にまで質を低下させていく歴史だった。

　教育システムから供給されてくるもっとも若い人材に対する価値の位相が、決定的に変わってしまった。新卒はもはやまともな人材とは認めてもらえないようだ。致命的に遅れたままの教育システムから供給される、遅れていることに気づいてもいない若い人材は、もはや大馬鹿としか呼んでもらえない。その大馬鹿のほうにも、システムに対する違和感は、不定型ではあっても大きくつのっているのではないか。国内の同一性や均質性は伝説となった。遅れたままの人と遅れに気づいた人との格差は、これから拡大されていくいっぽうだ。

経済を復興させていく戦後の日本になによりも必要だったのは、平均的なところでそろった能力を持っている大量の人が、それぞれの仕事の現場で可能なかぎり勤勉に智恵を絞り出す日々だった。教育システム、そしてそのなかを次々にくぐり抜けていった大量の人たちは、戦後日本のそのような必要に充分に応えた。その結果なしとげられたものは、じつはろくでもないことだったとする批判をいまでも目にするが、そのような批判は大切な中心をはずれていると僕は思う。質の判定基準のとりかたによっては、本当にろくでもないことだったという批判も成立するが、なしとげられた事態はちょっとやそっとのことではない。

しかし、なしとげられた事態の維持は、もはやおぼつかない。人材の能力は恐るべき不揃いさを呈している、という言いかたが褒め言葉になるほどに、人材の質はあてにならないのではないか。当然の大前提を理解していないどころか、それがいったいなんのことだかまずわからないというような状態が増えつつあることも、これからの日本は心配しなくてはならない。

国の内外において情勢は大変化を遂げつつある、というような陳腐な言いかたがそのまま事実であるとき、その大変化はただ単に大きな激しい変化であるだけではなく、多くの領域で根源的な改革をともなった変化だ。根源的な改革という変化は、これから長く続くだろう。というよりも、絶えざる根源的な変化が、常態となるだろう。

そのような世界に正しく対応出来る人材を、日本の教育システムは作り出しているだろうか。作り出してはいない、と言うほかない現状だ。そのような現状はそのまま将来に向けてのびている。従来どおりの教育が続けられることによって、日本がついにかかえることとなった巨大な矛盾は、さらなる矛盾の方向へ向かう。それをほんの少しでも修正する力は、日本におけるもっとも実務的な世界、つまりもっとも厳しいビジネスの最先端から出てくる要求のほかに、いまのところどこにもない。

いまこの瞬間に奇跡が起こり、小学校から大学まで理想的な教育がいっせいにスタートしたとして、それが社会的な効果を発揮し始めるのは、ワン・ジェネレーションつまり三十年後だ。理想的な教育の核心は、教育とはまずなによりも先に個人のものであるということだ。しかしその個人は、確固たるかたちとしては、日本にはない。

それをいいことに、という言いかたをしたくなるほどに、教育システムは個人というものを人に教えず、かたくなに無視し遠ざけることのみを画策し続ける。日本の教育システムは人に個人というものをあたえないし、それを許さない。個人という視点や立場が、システムにとってよほど都合が悪いのか、あるいは怖いのか。個人がない。そしてそれについて教えない。教えられないからいつまでも知らない。知らないから存在しない。という堂々めぐりは、しかし、戦後から現在にいたる日本の、技術と生産と販売という経済力への、全員参加によるとてつもないエネルギーになった。

日本の教育システムの目的は、最終的には誰もがおなじ考えかたをするようになることだ。おなじ考えかたをする多くの人は、最終的には無批判に体制を受け入れてその要求にしたがうようになる。そのような状態の持続のなかに、日本の将来はあり得るのだろうか。多くの人が多少とも肯定的に受けとめることの出来る日本の将来というものが、まだ現実になっていない未来という時間のなかで、出来上がったかたちで待ってくれるわけではない。時間が来ればそれが日本全体を覆ってくれるわけではない。日本の将来は日本の人が作るほかない。それをなし得る人材、そしてその人材を供給し支えるシステムは、日本にとって最重要な課題のはずだが、教育はいまだに会社主義のためにおこなわれている。

個人とは言いがたい人とは、自主的な判断力を決定的に欠いた人のことだ。そしてそのような人たちは、たいていのことに関して、ほぼおなじような考えかたを持つ。たとえば彼らは、取り残されることをいっせいに怖がる。個人として生きるならある程度までの孤立は大前提だが、個人ではない人たちは、いわゆるまわりを見て判断するほかない。そしてまわりは、すべて自分とおなじような考えかたをする人たちだ。彼らはいっせいに煽(あお)られやすい。ごく浅い安直な正義感や、どうでもいいような幼児的な衝動にもとづく要求などへ、彼らは特に煽られやすい。なぜならそのような彼らに、商売として迎合する人々が、彼らの数に見合うほど大量にいるから。

ペシミズムを越えようとしていいのか

資本主義への合流車線

1

高等学校に入ると教科のなかに世界史という科目があった。世界ぜんたいの歴史を一望のもとに見渡すための、ごく初歩的ではあっても基本的な視点は学べるのだと思って、僕はその科目に期待していた。しかしその期待ははずれた。世界史は、じつは、世界各国ばらばら史だった。そしてそれは最終的には大学の受験科目へと収斂（しゅうれん）した。受験参考書にはいくつにも畳みこんだ横長のページがあり、その横に長い紙の左端には、縦に国名がいくつもならんでいた。そしてその紙の横幅いっぱいに、同一の時間軸に沿って、各国別の歴史上の主要な出来事が、おたがいになんの関連もなしにただ列挙してあった。高校の世界史という科目は、この横長の紙に印刷してあるものを暗記することでしかなかった。

世界の歴史はひとつであるはずだ、という高校生の頃に抱いた直感は、いまでは確信に変わっている。文明を得てからの人間の歴史はたいへんに単純だ。世界の歴史は資本主義によってひとつにつながり広がっていくだけの歴史だ。十五世紀から次々と資本主義の軸となった国々。それらの国をたとえば原料や労働力の提供源として支えたいくつもの国。そしてそのどちらとも一見したところなんの関係も持ち得ないままでいたいくつもの国。一見したところなんの関係も持てなかったようではあっても、じつはそれらの国々といえども、資本主義による世界の一体化の歴史のなかで重大な影響を受けている。国際化、ボーダーレス、グローバルなどという言葉が盛んに使用され始めて久しいが、これらの言葉は文明以後の人間の歴史が資本主義の突進の歴史であることを、ごく日常的に言いあらわす言葉として機能している。

自分にとっての可能なかぎり大きな利益をどこまでも追求する、という態度を自らの推進力としている資本主義は、世界ぜんたいに広がり世界をひとつにしていく性質を、もともと強力に内蔵している。その性質を制御する機能はまったく持たないまま、突進していく力は生態系としての地球を駄目にしてしまうほどに強力だ。世界へ向けての資本主義の広がりは、けっして発展や進歩ではないと僕は思う。いまはこの局面、次は別の局面、そしてさらにその次の局面というふうに、資本主義の拡大の歴史は、局面ごとにその複雑さが幾何級数的にはね上がっていくことの連続の歴史だ。

資本主義は十五世紀のスペインから始まったとするなら、当時のポルトガルやスペインは新大陸から胡椒(こしょう)や黄金を持って来ただけであり、本国そのものは弱体だったからすぐにつぶれてしまった。そのあと、オランダ、イギリス、フランス、アメリカ、そしていまの日本、さらにアジア全域へと続く資本主義の世界史は、振り返って勉強してみようと試みる人たちにとっては、じつに良く出来たエンタテインメントだ。しかし質的にはごく単純なものだと僕は思う。

可能なかぎり大きな利益をどこまでも追求するという資本主義の態度とは、要するにたくさんの商品を作ってそれをみんな売るということだ。そのためには原料、原料の加工のための工業技術と労働力、そして市場の三つが不可欠だ。この三つのものをめぐって資本主義の歴史は突進していく。なぜ突進かと言うと、人類の長い歴史のなかのいちばん最近であるこちら側の、あるかないかわからないほどに短い期間のなかで、地球を駄目にしかねないほどのスケールでの進行が続いているからだ。

安い労働力が自由に供給されないことには、資本主義は進行していかない。だから資本主義の歴史のなかで最初におこったのは、封建的な専制のなかで土地に縛りつけられていた普通の人々が、解放されて移動の自由を持った労働者として個人になることだった。教会の権威によって言葉を奪われ、土地利用のシステムに縛りつけられていた農民は、労働力としては一か所に固定されてそこを動かない存在だった。これは資本主義のスタートにとって不都合だからまず農民の解放がおこった。人間の文明という不自然で人工的なものの核心である資本主義に参加したいという、おなじく不自然で人工的な欲求を人間はあるとき強烈に覚えたらしい。

歴史はまるで誰かがあらかじめぜんたいを考えてそう作ったかのように、必然の連鎖としてじつに良く出来ている。あまりに良く出来ているから、これはフィクションなのではないかと思う瞬間が、歴史の勉強のなかのいたるところにある。解放の見本はフランス革命だ。専制から解き放たれて市民が生まれた。国民国家が出来、どの国家も独立をめざし、自由主義の下で経済力を拡大していき、そのことがデモクラシーを引っぱり出した。フランス革命という出来事に呼応しているのは、イギリスでおこったという産業革命だ。イギリス、産業革命、蒸気機関、繊維工場、というような言葉を試験問題のなかで線でつないで、正解としてくぐり抜けた体験は、日本で中学や高校の教育を受けた人たち全員に共通しているはずだ。この正解のとおりのことが確かにイギリスでおこった。

たとえばアメリカから綿花を持って来て、蒸気で動く機械で繊維製品に変えていく。工場のあるところには人が労働力として集まり都市が出来ていく。初めの頃の労働者たちの生活は悲惨をきわめたが、彼らを悲惨なままにしておくよりも生活の安定と向上を約束し、そのかわりにさまざまな製品を次々に買う消費者として育てたほうが、資本主義にとっては有利だというまるで絵に描いたような展開となっていく。

その展開のためには、資本主義はヨーロッパ、特にイギリスから、アメリカという新しい地平に移らなければならなかった。それまでの資本主義を、さらに極端にしたかたちで展開させるためには、アメリカという新しくそしてはるかに極端な時空間が必要だった。アメリカでの資本主義がどのくらい極端になるはずであったかは、たとえばヨーロッパから移民としてアメリカに渡った人たちの動きである人口の大移動を見れば、たちどころに理解出来るはずだ。

資本主義は007のドクター・ノオのようにどこかに秘密基地を構え、世界制覇の陰謀を十五世紀から継続させているわけではない。ではいったいなにが資本主義をいまも進行させているのだろうか。資本主義を進行させているのは人間だ。人間の歴史は、自然にごく近い状態から急速に離脱した。以後、そのときどきの限度いっぱいに、さらなる離脱を求めては遂げていく歴史だった。より不自然に、より人工的に、そしてよりいっそう極端に。それが人間のテーマであり、同時に資本主義の基本命題でもある。さらに極端な次の局面というものが、これまでは進歩や発展としてとらえられ、祝福されてきた。

十六世紀のスペインは北アメリカの各地を自分の植民地にしていた。しかしそのスペインの無敵艦隊は戦いに負けてしまい、フランスやオランダそしてイギリスが、アメリカの植民に乗り出していった。フランスもオランダもやがてイギリスに負けた。イギリスの植民地だけがアメリカに残った。植民地を作るとはいっても、工業も農業もいっさいなにもない未知の場所へ、ほとんどなんの準備もなしに船で渡り、手つかずの荒野を切り開いて生活の場を作り出していくのだから、最初の頃の植民地の状況は悲惨だった。

だが植民地は農業で安定していった。この植民地が本国のイギリスから独立していく経過については、娯楽読み物的な誤解がゆきわたっているようだ。本国で宗教的に抑圧を受けたピルグリムたちが信仰の自由を求めて新天地へ渡り、理想の炎を高く彼方(かなた)に掲げ、その理想の実現を理念として独立のための戦いをおこなってそれに勝ち、堂々と独立したという誤解だ。

独立は我々の目的とするところではない、とジョージ・ワシントンは語っている。一七〇〇年代の後半、イギリスは植民地の支配政策をさまざまに強化した。つまり植民地からの搾取を大きくしようと図った。その一環としてアメリカの植民地にも、理不尽な要求がイギリスからさまざまに届き始めた。本国による植民地の支配強化策に対して植民地は抗議した。そんな理不尽な要求はとうてい受け入れがたいと抵抗しているうちに、抵抗はやがて戦争となった。本来はイギリスの内戦であったその戦争は、拡大されていくにしたがって、植民地という仮の国家とイギリス本国との戦いへと変質していった。そしてついには独立戦争にせざるを得なくなって、それは独立戦争となった。そして植民地はその戦争に勝った。

植民地十三州はイギリス相手の戦争では考えかたが一致したが、戦争が終わっても以前のままばらばらで、まとまりはなかった。まとまる気もなかった。だから統一されたひとつの政府が植民地にあったわけではなく、ひとつの新しい国家としての理念が出来ていたわけでもなかった。ばらばらのままではふたたび攻められたときに弱いからというきわめて実用的な理由をもとに、植民地は独立宣言をおこなって連邦としてひとつにまとまることになった。連邦という言葉から具体的なイメージはなかなか浮かばないかもしれないが、要するになにかあれば共同でことにあたるということだ。

共同でなにをするか、独立宣言のなかにかなり凡庸に書いてある。生命、自由、そして幸福を、共同で追求するのだという。生命と自由は、アメリカが理念としてきたフリーダムとデモクラシーだ。そして幸福は、フリーダムとデモクラシーが結果としてもたらすはずの、具体的な生活の状態だ。

幸福とは、漠然とした概念ないしはイメージ、あるいは気の持ちようなどではなく、あくまでも実用的な、実務に徹した、可能なかぎり合理的であるという社会システム、つまり簡単に言うなら法と政治だ。これを共和制のなかの代議制で運営することをとおして幸福という実用目的を達成するのだと、アメリカはその独立宣言で文字どおり世界に向けて宣言した。アメリカはたいへんに実用的な国だ。植民地自体、そもそもは本国にとって実用の現場だった。独立も実用目的に発端を持ち、独立宣言も実用をうたった。フリーダムやデモクラシーという理念も、アメリカ

において は最終的には実用、つまり幸福の追求に奉仕する。

実用や実務あるいは合理の哲学は、法や政治への共同参加による社会の運営プロセスのなかで具体化される。要するにそれは仕事だ。アメリカは徹底的に仕事をする大人たちの国だ。目標を立てたなら、その実現に向けて科学的に用意周到に、そして物量的に、徹底してことにあたる人たちの国だ。彼らが猛然と仕事をすることによって幸福は実現されていく。そしてその幸福は、かつてのヨーロッパにおいてそうであったように、王侯貴族たちなどの特権階級の幸福ではなく、大衆の具体的な幸福であることにおいて、イギリスの延長であるアメリカはヨーロッパという過去と明確に切れている。切れているとは、イギリスからアメリカへと資本主義が広がっていったとき、次の局面に向けて資本主義の質が大展開を遂げたということだ。

イギリスによるアメリカでの植民地の建設、そこへの移民の開始と独立のための戦争、独立そしてさらなる移民の継続は、信仰の自由を求めたピューリタンたちによる新たな地平の開拓ととらえるのではなく、資本主義がイギリスからアメリカへ移り、アメリカの時代を作っていくことの土台作りと理解したほうがいい。そのほうがはるかにエンタテイニングであり、少なくともこの文脈では、エンタテイニングであるということは本質にそれだけ近いということを意味している。

植民地および独立後のアメリカが、まず農業を中心にして安定していった事実は、アメリカが自営農民の世界であったことを物語っている。南部および西部へと移動していく人々の彼方に横たわる、あの広大な手つかずの土地が農地として自由に手に入るとき、圧倒的多数の人々は自営をめざす。労働力は完全に不足する。年季奉公や死刑のかわりに流刑となった人たち、そしてアフリカからの奴隷が、不足する労働力を懸命に埋めようとする。

アフリカからアメリカのプランテーションに渡った奴隷に関しても、通俗的な誤解はたくさんあるようだ。奴隷という言葉がそもそものような誤解を生むのだが、奴隷はまったくの未開の人たちではなかった。巨大なスケールと複雑さでアメリカの資本主義が始まろうとしていくとき、まったく未開の人たちはそれを最底辺で支える労働力にとうていなり得ない。アメリカで体験しなければならなかった人種差別などとは無縁の世界で、かなりの自由を持ちかなりの程度まで文化的だった農奴を、ポルトガル、オランダ、フランスそしてイギリスの商人がアフリカ各地の上層権力階級から購入し、その大部分をカリブ海の島々とブラジルへ送り込んだ。アメリカに入ったのはぜんたいから見るとごくわずかだ。

イギリスはフランスと戦争を継続させていた。戦争があるときは失業者が減少し景気は上を向いた。戦争がおこなわれていないときには、景気は下降し失業が増えた。イギリスの製造業自体がまだ発展途上にある時期には、余剰の労働人口はアメリカへ流出した。イギリスの国内に経済的な力がついてくると、人口は大切な労働力となった。だからこんどはイギリスからではなく、ヨーロッパの他の地域から、人種のるつぼやサラダと言われるようになったアメリカへ、人口は大量に流出していった。

歴史のプロセスは、それをふりかえって観察すると、ほとんどの部分がまるで絵に描いたようなわかりやすさだ。このわかりやすさの陰で、一八〇〇年代なかばから一九〇〇年代なかばにかけて、ヨーロッパの全人口の十パーセントが国外へ出た。そしてその大部分がアメリカに入ったという、とんでもないことが起こった。切り離されて自由になった個人の労働者が、全ヨーロッパからその十分の一も、アメリカへ流れ出た。来るべきアメリカの時代のスケールのすさまじさを、ここにはっきりと見ることが出来る。しかし当時としては、すべてがまだ始まったばかりの渦中にあった。

南部に広がるプランテーション。西部に向けて無限のように拡大されていく自営農民の世界。このふたつは膨大な量のあらゆる工業製品を消費する。その消費力に呼応してアメリカの北東部に工業が発展した。工業も農業も労働力を必要とした。開拓の地平が無限のように思えたのと正しく比例して、必要とされた労働力もまた無限であるように思えた。その無限の全領域をめがけて、ヨーロッパから人が動いた。手つかずの荒野を農業的に開拓するというと、そこで必要とされる労働力はごく単純な肉体労働力が中心だ、という幼稚な誤解を招くかもしれない。アメリカは最初からそのような段階を越えていた。実用的な領域のなかで高い技術を身につけた熟練技術労働者たちこそ、新天地でもっとも強く求められていた。

アメリカの内部で仕事をしてみるとすぐにわかることだが、アメリカでは仕事は厳密に職能化されていて、それぞれの領域の内部で高度に専門化されている。下の労働階層を監督するのを仕事とする上の階層というものの存在や、入って来た順による民族別の階層の存在など、アメリカが大量に労働力を吸引していた期間の性格が現在も残っている。民族と階層によってすべてのことが別々という基本原理だ。黒人の位置はその原理のもっともわかりやすい具体化だ。

自分のところだけですべてをまかない、外のことにはさほど深い関心を持たないという、独歩主義のような性格をアメリカは生来的なものとして持っている。この性格をアメリカが自ら大きく変質させたのは第一次大戦だった。資本主義はアメリカへ移り、資本主義にとって次はアメリカの時代になることはすでにきまっていた。だからアメリカは、資本主義の展開にとってあらゆる意味で必要であった大戦を、それに参加することで引き受けた。世界という広がりのなかでフリーダムやデモクラシーを守るためにアメリカはこの戦争に参加する、とアメリカは宣言した。覇権の転変をめぐる長篇娯楽小説の、最初の盛り上がりないしは見せ場のようだと僕は思う。

自分が拠って立つ、したがって他に対してもなんの疑いもなしに提唱し得る、フリーダムおよびデモクラシーというものは、世界のどこに住むどんな文化や歴史の人たちにも共通して適用させ得る基準である、とアメリカは宣言した。アメリカふうのフリーダムやデモクラシーを守るためならたいていの戦争はほぼ自動的に正当化出来るということだし、アメリカの繁栄と安全を守るためには世界ぜんたいがアメリカのフリーダムとデモクラシーとによって守られ安定しているのがもっとも望ましい、という考えかたの始まりでもあった。

世界ぜんたいを守り安定させるためには、アメリカが世界の覇権を握らなければならない、とアメリカは考えた。第一次大戦とその次の第二次大戦は、この覇権をめぐる戦争だった。覇権を支える理念としてのフリーダムとデモクラシーを世界に向けてわかりやすく宣言し、なおかつその理念を国内で国の底力として体現していたほうの国がその戦いに勝つ。そしてその戦いの相手、つまりフリーダムとデモクラシーにとっての天敵は、結局は共産主義でしかなかった。

覇権をめぐる長篇娯楽小説では、非常に多くの場合、敵というものの造形がまったくお粗末だ。ここでもおなじことが言える。これほどまでに単純に敵を想定した事実は、アメリカとその資本主義の展開にとって、深刻な病原をかかえ込んだことのみを意味すると言っていい。アメリカの資本主義、そしてその力によって支えられたアメリカの覇権は、じつはおそろしく単純な原理しか持っていなかったということだ。単純なものの最大の欠点は、質が急速に低下することだ。

世界という広がりのなかでアメリカが守ると宣言したフリーダムとデモクラシーは、当のアメリカ国内では、大衆消費社会とその経済活動が作る世界へと具体化されていった。大量の労働者が大量に物を作り、その労働者が消費者の側にまわって大量に物を消費する。大量生産と大量消費の社会だ。生産され消費されるさまざまな物によって、生活様式はおなじようなひとつの形態と内容へと自動的にきまっていく。そしてそのような生活様式のなかで生きる人たちの、頭の内容や程度もおなじようなものとなっていく。そのような生活を実現させるには、誰もが自分の志向するままにビジネスを遂行していくこと、つまり自分の利益や幸福を最大限に追求していくことがもっとも有効であり、結果としてそれはフリーダムやデモクラシーの具現にもなる、ということになった。

このような生活のただなかがいかにつまらないかについては、多くのことが知られないままとなっているようだ。つまらなさはたいへんなものであり、そのつまらなさに同調を強制してくる力もすさまじい。日本人は自分を周囲に合わせる、と日本人自ら批判的に言うけれど、大衆消費社会の最盛期のアメリカでの普通の生活現場を支配していた、人をおたがいに対して同調させずにはおかない力は圧倒的だった。その力が支配するなかでの労働と消費の生活はあまりにもつまらないから、それゆえに、社会システムが基本的に持つ開かれた性格と機能だけが、自分たちにとっての拠り所として輝かしく浮かび上がってくる。開かれた社会システムとその機能とは、最終的には法と政治だ。法と政治だけが希望であるという意味において、法と政治はきわめて重要だ。

大量生産される物、そしてそれの大量消費。そのシステムを理念として支える、あくまでもアメリカふうのフリーダムとデモクラシー。アメリカの資本主義はこんなかたちで展開していき、その力でアメリカは西側世界のリーダーとなった。その力でとは、力で強引にどの相手をもねじ伏せたということではなく、相手の平和的な同意や賛同あるいは共同作業へのコミットメントの意志をアメリカは取りつけたということだ。アメリカ文化はこうして世界に広まり、戦後の日本はそのアメリカに合流し、アメリカと並行しつつ、独自のかたちで資本主義の次の局面を作った。独自のかたちでとは、アメリカの提唱するフリーダムやデモクラシーに対して、基本的にはなんの賛同もコミットメントもしないままに、という意味だ。

2

アメリカでの資本主義に日本が合流したのは、黒船が浦賀(うらが)水道に現れたときだろうか。捕鯨船の補給基地として港を開放してほしい、とアメリカは日本に要求した。日本は無理やりにこじ開けられたとか太平の夢を破られた、あるいは強姦(ごうかん)されたとまで言われているが、アメリカで進展し拡大していく資本主義の先端に、日本が資本主義の担い手の有力候補として存在していただけのことだ。

合流のしかたは、張られるべきあらゆる伏線のきちんと張られた、じつに良く出来たドラマティックな合流のしかただ。三百年の太平の夢を日本は黒船によって破られたと言うが、日本の人々は太平のなかでただ夢を見ていたのではない。事実はまったく逆だった。幕府は注意深く巧妙な政策を張りめぐらせ、子供の教育から物資の流通まで、日本を高度に洗練された管理社会として完成させていた。

封建制のなかでいくつもの町が都市的に発達し、兵と農の分離、貨幣の流通、商業の発展、城下町の形成など、東洋の端っこの小さな島国と多くの人が言う国にしては、たいへんな域に到達していた。もっとも興味深いのは、封建制と根本的に対立するものとして市民が生まれたヨーロッパとはまるで異なり、市民社会の基礎も伝統も持たず、知らないままであったことだ。ルールの共有に関していまの日本は外国から強く批判されているが、批判される根はこのあたりにあるのではないか。

いま僕は一枚のカードを見ている。縦が三インチ、横が五インチの、あのきわめて標準的なサイズの情報カードだ。そのカードにかつて自分で書きとめたことをいま僕は読む。出典がメモしてないのはいつもの僕の癖だが、ごく一般的な啓蒙(けいもう)書ないしは雑誌の記事からの、なかば僕の言葉による書き写しだ。それによると、三百年の太平のなかで日本人が洗練されたかたちで作り上げた社会および生きかたは、次のように分析することが可能であるようだ。

日本人は、「心というものを作り出すことをとおして脳を徹底的に統一してきた」という。脳のなかに作った人工的な状態のなかで生きていくという生きかたの、これは見事な典型であるそうだ。いまの日本の人たちは、世界のなかでもっとも不自然で人工的な生きかたをしている、と僕はしばしば感じる。そうか、やはりそうだったか、と僕はカードに書き込まれたことを読みながら思う。「人間の持つ自然性を可能な限り排除した上で、そのなかで生きるという生きかたを、日本の人たちは江戸時代からおこなってきた」と、カードには書いてある。そのような生きかたのなかでは、人間の自然性の根幹であるはずの個人や個性は、消えていく。というよりも、必要ではないし、あると面倒だ。人は符号にしか過ぎない。個々の個別性はまったく問題にされることなく、人間とはこういうものだという固定観念で社会が出来ているから、いつまでたってもお題目だけが飛びかう。

こうした生きかたや社会に異論を唱える者は、人間とはこういうものだと固定され許容されている人間というものの範疇（はんちゅう）から、そのことだけで立派に逸脱する。その人は早くも人間ではないのだから、真剣な関心の対象外に置かれてしまう。現代におけるそのことの典型は日本の企業群だ。そこでは「人材を限りなく歯車に近づけることにより、ぜんたいとしての予測の可能性を極限まで高めている」と、カードには書いてある。僕は出典を書きとめておくべきだった。アメリカの資本主義に合流することが出来、受けついだ資本主義を現在の段階にまで進展させることが日本に出来たのは、以上のような生きかたが江戸時代から完全に身についていたからだ。

開国を要求された日本は、その要求の背後に、西欧の列強というものの存在を、初めて、いきなり見た。列強の圧倒的な力を日本は目のあたりにした。たとえば清朝が列強の前に倒れるのを見た。国がなくなる。国が外国の植民地になる。これこそ文字どおり天下の一大事だ。国民国家というものについて、突然、国の外と内から同時に、いっきに、強烈に、日本は態度をきめなければならないことになった。

追いつけ追いこせ。脱亜入欧。富国強兵。というような言葉が、その後の歴史を記述した本のなかに踊っている。いまの言葉を使うなら、鎖国による太平の夢の維持はコストにくらべて前途における効果があまりにも低いと判断したから、日本はコストの高いほうをあっさりと捨てた、とでも言えばいいのか。振り子は一方にのみ強烈に振れた。その強烈さのなかで、これまで多くの人たちが指摘したとおり、西欧の技術のみを日本は受け入れ、その裏にある科学する心は脱亜入欧のプロセスのなかから抜け落ちた。というよりも、まったく必要ではなかったから、ごく当然のこととしてそれを落とした。まったく必要ではないと判断したところに、日本の日本らしさがある。列強の一方的な世界支配という理不尽に対抗して、日本も支配力のある覇権国になろうとした。そして、武力による外国の支配がその試みだけでもいかに高くつくかについて、やがて学ぶこととなった。

タイム・マシーンがもしあるなら、それに乗って僕がぜひともいってみたいのは、一八五三年、太陽暦で七月八日の、江戸だ。この日の江戸へ、僕はいってみたいと切望している。この日は浦賀水道に黒船が出現した日だ。江戸は大騒ぎとなった。江戸から浦賀まで、その日のうちにどうやっていけばいいのかわからないが、浦賀へもいってみたい。その日の浦賀では、人々は何本もの松明（たいまつ）を灯（とも）して、警戒にあたっていた。突如として現れた黒船は、徳川三百年の太平の夢を破った、とよく言われている。その日はまさに非常緊急事態の日だった。

黒船は四隻の砲艦だったということだが、大砲を積んでいたのは旗艦だけであり、あとの三隻は測量船だった。一方的に開国を迫りに来た黒船は、測量して江戸の地図を作成するという任務も持っていた。鎖国をしている日本に攻撃をしかける必要が生じたなら、その地図は役に立つ。アメリカを動かしている人たちは用意周到で科学的だ。江戸を三点測量をするから三隻なのだろうか。

ごく一般的な理解では、黒船は太平洋の巨大な湾曲を越えて、その彼方（かなた）から突然に江戸湾沖に現れて人々を驚嘆させた、ということになっている。これは間違いだ。黒船はインド洋を越え、いまで言うところの東南アジアの沿岸づたいに、日本へ到達した。彼らが日本へ向かっている事実を、江戸幕府が知らなかったわけがない。彼らは知っていた。突然に現れたことにしておいたのは、緊急事態を演出するための幕府による情報のコントロールだったと思うと楽しい。

四隻の黒船を指揮していたのは、東インド艦隊の司令長官のマシュー・C・ペリーという人物だった。鎖国をしていた日本を開国させるために黒船はアメリカから来た。なぜ開国させようとしたのか、その理由はごく単純なことだ。鯨を捕る自国の捕鯨船の基地として、アメリカは日本を利用しようとした。水や食糧の補給基地、そして軍隊式に言うなら、乗組員たちのレスト・アンド・レクーペレーションのための場所だ。

その頃のアメリカは世界でもっとも盛んに鯨を捕っていた国だった。食べるためではなく油を取るためだ。時代はまだ石油以前であり、照明や機械のための油には鯨油が最適として、大量に使われていた。大西洋の鯨をアメリカは捕りつくした。北大西洋でも捕りつくし、喜望峰をまわって南太平洋へ出ていき、そこでも鯨を捕りつくした。アメリカ本土ではいわゆる西部開拓がおこなわれていた。国をあげて西へ進んでいくエネルギーは、カリフォルニアまで到達した。

カリフォルニアを中心とした西海岸から、アメリカの捕鯨船はいっせいに太平洋へ出ていくこととなった。太平洋の全域でアメリカは鯨を捕った。捕りつくして日本の近くまで来た。キュリル・アイランズ沖やオホーツクそしてベーリングの海は、大量の鯨をかかえた絶好の漁場だった。日本もそこで鯨を捕っていた。鯨を捕る高度な技術を日本は持っていた。日本を自分のとこの捕鯨船の基地に使うとたいへん都合がいい、とアメリカは思った。

日本史のどの啓蒙書にも書いてあるこのようなことをいまこうして僕も書いているのは、黒船とそれ以後の歴史が僕にとって興味のつきないものだからだ。鎖国という完成された管理のシステムを、ここで日本は放棄しなくてはいけないこととなった。アメリカまで進展してきていた資本主義に日本が合流したのはこのときだったと僕は思うし、やがては戦争をする相手どうしとしての日本とアメリカの関係も、ここから始まった。もうひとつ、日本がはっきりとアジアではなくなったのも、このときからだ。

アメリカはまったく一方的に日本に開国を迫った。アメリカはきわめてアメリカらしく威嚇的に開国を迫った。鎖国をしていた日本は長崎の出島（でじま）だけで外国と通商をおこなっていた。ですから長崎へいってください、と江戸を預かる人は黒船の人たちに言った。我々は大統領の国書をたずさえて来ている、それを受理して開国しないなら砲撃を加える、と黒船の人は答えた。

　浦賀奉行所の人が黒船の人に会いにいった。自分にはなんの権限もありませんと言い、その人はすぐに帰って来た。次の日、七月九日、大統領の国書は長崎で受け取りましょう、と日本は答えた。そんなことを言うなら武力ずくで上陸する、とアメリカは言った。威嚇と測量を兼ねて一隻の測量船が江戸湾に入った。徹夜の会議を続けた江戸幕府は、七月十三日、久里浜で国書を受け取った。受け取りはしますけれど、開国するかしないかの回答は一年あとです、と江戸はアメリカに伝えた。外交における難問の先送りの伝統の根はここにある、というような見かたも可能だが、僕はこの回答を当時の日本人が持っていた気骨だと解釈している。

　確かな気骨だったに違いない。なぜならペリーはその回答を承諾して帰っていった。次の年、蒸気船三隻と帆船四隻で彼らはまた来た。江戸はのらりくらりと応対し、アメリカはご苦労にも五十五発も大砲を撃ったという。これは記念すべきことだからとか、ここからは祝砲だなどとアメリカ人らしい言い訳を言いながら、彼らは船から江戸に向けて大砲を撃った。日米和親条約が結ばれた。補給基地として、そして乗組員たちの遊歩区域として、下田が開港されることになった。この条約の付録のような条約であった下田条約が、さらに結ばれた。イギリスからアメリカへと、質的な大転換を遂げつつ拡大進展していきつつあった資本主義に、日本はこのような出来事をとおして合流することとなった。

　その後の日本を観察すると、合流させられたと一方的な受け身で言うことはとうてい出来ないし正しくもないと僕は思うから、合流することとなった、という言いかたをする。そしてその合流とは、ひとまず追いつけ追い越せであり、富国強兵であり、領土拡大を目的とした帝国主義の戦争だった。日露戦争に勝つという決定的な曲がり角を曲がることを契機にして、日本はアメリカとの戦争へ導き込まれた。日本の外交がいくつも修羅場をへた結果の洗練に到達していたなら、その戦争は避けることが出来たと僕は思う。

黒船が来る以前の江戸へも、僕はぜひともいってみたい。すでにあまりにも出来上がっていたという意味において、江戸時代は充分にSF的だ。江戸時代というと、学校の勉強では、たとえば封建制度という四つの漢字と線で結ぶだけだが、江戸時代をそんなことですますわけにはとてもいかないし、もしそのようにすませてしまうなら、自らの歴史に関してどうにも手のつけようのない無知をその人は背負うことになる。

日本の封建制度は、国の統治支配するシステムとして、じつに見事なものだったようだ。国をどのように治めていくかという問題は、日本では早くから最重要なテーマとなり、そのテーマは現実の問題として江戸時代にはおそろしく高度に完成していた。おそろしく高度にと言うからには、比較の対象がなくてはいけない。江戸時代のアジアの全域というものを、僕に可能なかぎり思い描いてみると、そのどの部分にくらべても、これはなにかがおかしいのではないかと思わざるを得ないほどに、江戸はずば抜けて進歩していた。あまりにも進歩していたから、鎖国を解くと同時に、日本はヨーロッパを難なく受けとめることが出来た。こういう状態はアジアとは言えないのではないのか。地理的にはアジアのなかにありながら、内容はとうていアジアとは言いがたい次元に、日本は早くから到達していた。

江戸時代に出来上がっていたシステムのひとつひとつが、真の驚嘆に値する。読み書き算盤が寺小屋で義務教育だった事実に、現在の日本につながる日本の秘密のひとつがある、と僕は感じている。強制による無理な教育ではなく、習得した能力がごく一部の階層の特殊技能となるわけでもなかった。庶民が日常を向上的に生きていくにあたっての生活信条のようなかたちで、子供たちを巧みにおだてながら教育はおこなわれて効果を上げたという。

日本が受け入れなかったヨーロッパは、キリスト教とそれに支えられた世界だった。キリスト教とそれに支えられた世界とは、そのままヨーロッパのすべてではないかというのはひとつの見解だが、キリスト教とはなんの関係もなしに受け入れることの可能なヨーロッパはいくらでもある。キリスト教は、少なくとも当時の日本にとっては、来世的であり過ぎたのではないだろうか。来世をより大きな前提とした現世、という現世のとらえかたには決定的になじまないものを、日本はすでに自分のものとして獲得していた。それにキリスト教は、他を征服して改宗させ取り込んで同化し、自分の領域を拡大しつつ最終的には普遍をめざすという性質の拡大力でもあった。ほとんどすべてのことを自分たちの国のなかだけでおこなうという、やはりすでに確立されていた国内主義にも、キリスト教は合わなかった。

では日本の宗教はなにかというと、こうなったら神も仏もありゃあしないと言った上での、この世を現実的に処していく前進力のようなものだ。あの世とこの世とがあるなら、絶対にと言っていいほどにこの世の側のものである、現世の前方に向けてのおそろしく世俗的な推進力、それが日本の宗教だ。開国した日本は文明開化となったと言うが、文明はすでに充分に出来上がっていた。したがって開化とは、国を治めるシステムの延長としての強国への道であり、そこで日本はヨーロッパの技術と結びつき、自己のアジア性を決定的に否定した。強国は軍事的におこなわれただけではなく、制度の国としても強くなった。国家管理のシステムはよりいっそう強固となり、官僚制度による官治国家として、ちょっと信じがたいほどの力を持つようになった。国策としての官僚制度の日本におけるありかたには、すさまじいものがある。

明治維新で日本は脱亜入欧したというが、ヨーロッパに入り得たかどうかは疑問として、アジアのなかのひとつの国であることから日本が脱したことは確かだ。アジアを脱することは、少なくとも当時では日本にだけ可能なことだった。潜在能力的には、当時の日本はすでにたいへんな国際国家の域に達していたと言っていい。脱亜入欧は、しかし、征服や領土拡大を目的とした外に向けての拡張ではなかったはずだと僕は思う。かたちだけを追っていくと、戦争がらみで確かに帝国主義的な拡張に見えるが、じつはすべては日本というひとつの強固な枠組の内部でおこなわれたことなのではないか、と僕は仮説を立てている。ひとつの強固な枠の内部で、ということが日本の秘密だと僕は思う。あくまでも日本という枠の内部で、脱亜入欧はおこなわれた。つまり、それまでとはまったく別の日本、まるで別内容版の日本になった、ということだ。そしてそれは、資本主義の世界史のなかでの、ひとつの出来事だった。

遠く懐かしい文化論の時代

1

僕個人の実感にとっての日本とアメリカとの資本主義的な合流は、一九七三年のオイル・ショックからだ。その頃の僕は、程度は問わないことにするなら、いちおう大人になっていた。戦後すぐ、まだごく幼い頃から、日本とアメリカとのあいだにあるすさまじいまでの落差については、子供なりに知り得る環境があった。おたがいに違う国なのだから、両者のあいだに差はいくらあってもそれは当然なのであり、すべての差はたとえば日本語と英語との差のなかに、子供のとらえかたとしては収まっていた。

豊かさというものの実感、特に物質面でのそれには僕はほとんど動じなかったが、少しずつ成長するにしたがって知る両者のあいだにある社会システムの差には、それがより開かれているほうに対してより上質の感銘を受けるというかたちで、かなりの動揺を覚えた。アメリカのシステムはたいへんにわかりやすく、そのシステムのなかで自分の目的を好きなだけ追って実現させることが可能であると、理屈ではなく現実の実用問題として子供の僕は理解した。

アメリカにおける物質面での豊かさは、当時の世界ぜんたいの現実を考えるなら、人類の歴史始まって以来の最高の異常事態と言って言いすぎではない、世界ぜんたいとは途方もなく均衡を逸脱した、なんとも言いようのない豊かさだった。ここだけがなぜこれほどに豊かなのかという疑問のすぐ隣りには、この豊かさに自分は全面的にはかかわりたくないという思いが、あるときふと気づくと生まれていた。

なぜ全面的にはかかわりたくないのかというと、つまらないからだ。つまらないとは、いっこうにクリエイティヴではない、というほどの意味だ。遠く離れた日本に届くアメリカ製品、たとえばチューインガムやチョコレート、ナイロンのストッキングにジープや映画など、届いて来る製品はきらきらと美しくまばゆく、まさにそれらはアメリカであり、フリーダムとデモクラシーそして幸福の追求なのだが、それらが結果として作り出す大衆の日常は、物の種類や数の多さに反比例して、アメリカ的に荒涼とした虚しさのきわみに身を置いたようでしかなかった。

大衆はどこかの会社に雇われ、時間割りに沿って労働を提供するのと引き換えに報酬を得る。その報酬で生活を維持していく。大量生産に参加しつつ、同時に大量消費の担い手ともなる。大衆に消費される物を大衆が生産する。それ以上の物は作り出されてはこない。そしてそのような無数の物によって、大衆の生活様式はかたっぱしから自動的に決定されていく。労働の内容は話に聞いてみるとおそろしく単純なものだ。生活を支える根幹は、毎日タイム・クロックを押す雇われ先で繰り返す、単純作業だ。

そのような作業の繰り返しのなかから、大衆は世界を見て理解しようとする。大衆は話にもなにもならないほどに無知であり、その無知さかげんに気づかないほどに鈍い。無知で鈍ければ、感情生活がニュアンス豊かに複雑に育ったりするわけがない。さきほど書いた、荒涼たる虚しさのきわみに身を置くというような文芸的な言いかたは、大衆の日常生活のつまらなさをなんとか簡単に表現してみようとするときの、つい手を出してしまう手軽な言いかただ。毎日の生活がこれほど荒廃していると、たとえばちょっと複雑で難しい事柄に関する大衆の判断力などまったくあてにならないはずだ、と推論出来る。そしてその推論は正しい。しかし、そのような大衆の判断力が、世論として機能したりもする。

一九七三年のオイル・ショックに戻ろう。この年、たまたまアメリカで、僕はダットサンのTVコマーシャルを見た。ダットサンとは狭義には日産のピックアップ・トラックを意味する。荷台のリア・パネルにDATSUNと浮き出しプレスがしてあるところから、通称としてダットサンと呼ばれている。ピックアップだけではなく日産の車の総称でもあり、当時は日本製の自動車の総称でもあった。そしてダットサンが日本製であることを知らない人が多かった。

そのTVコマーシャルでは、若くして経済的な成功をおさめたかに見える、豊かそうで美しい夫婦のような男女が、きらびやかに画面に登場した。男性のほうは、凝った作りの、見るからに高そうなガラスのデカンターを、胸にかかえるように持っていた。そのデカンターのなかには、高級なブランデーさながらに、ガソリンが入っていた。いつ聞いてもおなじひとりの男性が語っているような、あのアメリカ的な説得力のある低音の声で、自動車の燃費に関するナレーションがその男女の姿に合わせて流れた。そしてしめくくりのひと言は、「ダットサン・セイヴス」だった。ダットサンはガソリンを節約する、つまり燃費がいいということだ。ダットサンの燃費がもっともいいという公式な発表があった直後のTVコマーシャルだ。

アメリカの一般大衆の前に、日本製の自動車が肯定的な輝かしさをともなって登場したのは、僕の実感のなかではこのときが最初だ。このダットサンは日本国内ではサニーと呼ばれていたと思う。アメリカでは誰の目にも明らかに小さな、しかしほのかにアメリカ的な雰囲気をたたえたすっきりした造形のファスト・バックだ。ほんの少し前までは、日本製の自動車はサンフランシスコの坂道を登ることの出来ない車として、冗談の種でしかなかった。戦後の日本で生産されて輸出されていた雑貨のようなものは、実際に使うためのものでありながらすぐに壊れた。壊れてからよく観察しなおすと、さもありなんという粗末な作りであることがわかり、したがってメイド・イン・ジャパンはジョークの種だった。

ジョークの種ではないのは絹と真珠だけという時代の次に、ダラー・ブラウス（一ドルのブラウス）というような言葉で日常的には代表される、日本からの安い繊維製品の時代が来た。ニクソン大統領と佐藤栄作首相との繊維交渉で歴史に残る、日本からの繊維製品の輸出攻勢だ。カメラ、双眼鏡のような光学機械、オーディオ製品、トランジスター・ラジオなどをへてついに自動車が、アメリカという市場で確かな立場をひとつ獲得するにいたった。ダットサン・セイヴスとは、燃費のことなど考えてもみないままに全体として急激に質を低下させつつ、アメリカらしさを食いつぶしていたアメリカ製の自動車の前に、アメリカらしさとはなんの関係もない文脈のなかから、燃費の良さという品質をたずさえた自動車が登場したということだ。現在の日本車は日本らしさに深入りして正しい方向を完全に見失い、さあ困った、どうしよう、という現状のなかにいる。

アメリカからその先へと突進を続けていく資本主義に、日本は合流することが出来た。高いところで安定した品質を持った均一な製品を大量に安く生産することによって、その合流は可能となった。支えたのは技術革新と労働力の質だ。日本はアメリカよりもはるかに強く資本の論理で動く社会だ。世のなかや人生は高能率や収益だけではないよ、というアメリカの個人主義に根ざす考えかたは資本論理の突進にブレーキをかけるし、宗教的な制御も強力に効く。なにか問題があれば議論や意見が百出し、プロセスとしても延々と蛇行する。日本では人々は均一の価値観を持ち、教育の程度と質はそろっている。労使の関係は上による下の搾取を主題とした厳密な管理の関係ではなく、収益につながる高能率をともに目的とする同一枠内での協調の関係だ。最大のテーマは能率であり、この能率のために日本語という母国語が最大限にその機能を発揮した。

戦後の日本とアメリカとの関係はじつに奇妙な関係だ。世界史のなかに類例を見ない奇妙な関係、と最近では言われているが。突進していくほかない資本主義がその奔流のただなかで生んだ関係だから、前例はどこにもなくて当然だろう。その奇妙な関係のいちばん外側の枠は、東西冷戦の構造だった。

自分が提唱し推し進めていくフリーダムとデモクラシーを、世界の広がりのなかで自分が守ることを世界に対して宣言して、アメリカは第一次大戦に参加した。理念としてはフリーダムとデモクラシー、そして現実としては大衆消費社会を、アメリカは世界において守ることにした。守る、という言葉は気安く使用されるが、じつはたいへんに強い言葉だ。守ると言うからには敵が存在しているか、少なくとも明確に想定されていなければならない。守る、という決意とそのための行動の強さに匹敵するほどの、敵だ。

生来的にアメリカには常に敵が必要だとよく言われているが、いちおうそのとおりだ。第二次大戦が終わる以前から、アメリカはソ連を自分たちにとってのこれからの最大の敵としてとらえていた。アメリカにとっての利益は、世界が安定していることによってもっとも大きく高く確保される、とアメリカは考えた。世界を東と西に二分し、東を敵とした。東のパワーに対して、西は集団的にぜんたいを防衛する。冷戦構造のなかで日本が入ったアメリカの傘の下とは、このような実用最優先のシステムだった。

ソ連はすべての権力が共産党つまり党幹部にのみ属する単なる全体主義国家だった。社会主義を本当に理想的に遂行しようとした国ではなかった。そしてそのソ連にとって西側は、油断しているとやられるから防衛していなければならない相手だった。こうして途方もない防衛戦が始まった。防衛戦の最大の攻撃力は相手を囲い込んで自閉させ、密室化したその内部で自己崩壊させることだ。防衛力をひたすら増強させていくことの出来るほう、つまり経済力のより大きくあるほうがその戦いに勝つ。そして経済力とはその社会が持っている実用度の高さだ。フリーダムとデモクラシーの大衆消費社会と、党幹部が権力を独占する全体主義との、実用度の高さの戦争だ。日本がアメリカという実用性の側につくことが出来たのは、ある部分ではアメリカなど比較にもならない高度な実用性を日本はそなえていたからだ。

僕にとって東西冷戦の最初のイメージは、アメリカのごく普通の家庭の居間にあったTV受像機だ。キャビネット自体は家具的な雰囲気をたたえてどっしりと大きいが、画面は小さくそしてまだ白黒だった。その小さなTVの画面に世界の白地図が映し出される。正確でも精密でもない、ごく一般的な世界の全体図だ。共産主義の威嚇というものについて、男性の声でナレーションが始まる。ダットサンのところで書いた、いつ聞いてもおなじひとりの人が喋(しゃべ)っているような、アメリカ的な説得力としての男性の低音によるあの声だ。共産主義は世界を征服することを目的としてかたときも休むことなく、いまこの瞬間においても確実に世界に向けてその影響力を広げつつある、とその声は語る。

語りに合わせて、共産主義の影響下にある国々が、ひとつずつ白から黒へと変わっていく。なるほど、この勢いをほっておくならほどなく世界のすべては共産主義の下に入ることになるだろう、と普通の人は誰もが思う。その思いは恐怖につながる。そして恐怖は決意へと変わる。共産主義と戦わなくてはいけない、という決意だ。そのような思考と感情の動きに合わせて、ナレーターの声は共産主義と戦うことの重要性を説いていく。そのときその居間のなかでは、アメリカを脅かすものはなにであれすべて、共産主義となる。

第二次世界大戦が終わると同時に、この共産主義の東側を敵にして、いつでもフル・スケールの戦争がただちに遂行出来るよう、アメリカは二十四時間制の迎撃臨戦態勢に入った。軍事技術の徹底的な開発、軍事最優先による装備の増強、軍事費の増額、情報収集など、戦後から五十年近くその態勢は続いた。これがいかに途方もない試みであるかを説明するために、どのような書きかたをすればいいのだろうか。アメリカといえども最終的には大きく傾かざるを得ないほどに、その試みは経済体力を食っていく。

そしてアメリカは実際に傾いたが、囲い込まれたソ連のほうが先に自己崩壊を遂げた。社会主義に対して民主主義は勝ったと言われることもあるが、それは間違いだ。社会主義はソ連では一度もまともには実行されなかった。デモクラシーの究極のスタイルと言っていい社会主義は、理想的なかたちではまだ一度も実行されていない。資本主義のあとを引き受けるものとして、社会主義は理屈ではもっとも理想的であるというような文脈のなかでは、社会主義はまだ死んではいない。

戦後の日本はやがてアメリカのようになる、少なくとも基本的な価値やルールは完全に共有することの出来る国になる、とアメリカは思った。なります、なりつつあります、もう少しです、と日本は言い続け、思わせ続けた。戦後の復興とそれに続く高度経済成長のなかで、アメリカの要求に妥協するかたちで日本はそのつど応えてきた。要求は次第に厳しいものとなっていった。そしてあるとき、要求は核心に迫った。アメリカはルールの共有を日本に求めてきた。日本はユニークな国です、と日本は答えた。文化も伝統も国民性も習慣その他すべて、アメリカとはまったく違っています、日本には日本が日本であるという日本の事情があるのです、と日本は言った。日本は異質であるという論が、日本だけからではなくアメリカからも盛んに出てくるようになった。

共有すべきルール以外あらゆることが異質であって当然なのに、異質さのひとつひとつが国家間の問題にされるという不思議な関係に、このふたつの国は入った。おたがいの相違についての真の理解をおこなう作業を、どちらの国も五十年にわたってせずにきたことの結果だ。おたがいのあいだにある差異に関して、どちらもその五十年間、本格的な関心を持たないままだった。ということは、両者のそれまでの関係が、おたがいの基本的な質と真剣にかかわり合うような関係ではなく、主として経済という実用上の関係だけに終始してきた事実を、示している。

基本的には価値やルールを自分たちと共有出来る国に、日本はやがてなっていくはずだとアメリカはアメリカらしく思い込んだ。その裏側で日本は、アメリカの理念や原理、原則などに関して本質的に理解する手間を、完全に省略した。自由と民主が西欧のすべてを支えているはずなのに、それには関心を示さなかった開国期の日本とおなじ日本がここにもある。「戦後におけるアメリカと日本との関係は、日本に対するアメリカからの希望の歴史であった」という表現を僕はどこかで読んだことがある。どちらか一方が相手に対して一方的に希望を向ける関係は、真のコミュニケーションが成立している関係ではない。

両者の本質的な差異の大きさは、すでに頂点に達してその向こうへ越えている。アメリカは、その実用的な資本主義を、問題は多いにせよグローバルな方向に向けて開いている。そのなかに他者が入って来るのをアメリカは寛大に許している。しかし日本はまだ許していないという事実が、世界の前にはっきりと提示された。

2

一九八五年頃だったと思うが、CBSの『イーヴニング・ニュース』で、日本に関する面白い レポートを僕はふたつ見た。当時、バナード・ゴールドバーグという特派員がCBSの東京オフィスにいた。僕が見たふたつのレポートは彼が作ってニューヨークへ送ったものだ。彼がアメリカへ帰ってからも、彼のレポートは『イーヴニング・ニュース』でよく見た。いつも独得のひねりが効いている彼のレポートは面白かった。そのゴールドバーグが日本で取材して作ったふたつのレポートのうちのひとつは、帽子についてだった。日本人は帽子をかぶる人たちだ、とそのレポートのなかでゴールドバーグは語った。帽子なんかいまではかぶりませんよ、というのがいまの日本人の一般的な反応だろうけれど、ある目的のために特定の視線を持ってあらためて日本人を眺めると、なるほど彼らはじつによく帽子をかぶっている。

帽子をかぶっている人たちが次々に画面に出てきた。幼稚園の園児たち。通学途上の小学生たち。工場で働いている人たち。警備員たち。ハイキングをしている中年の女性たちのグループ。配達の人たち。ほんとにびっくりするほどに、彼らはみな帽子をかぶっていた。特定のグループに属していることを証明する、ユニフォームとしての帽子だ。

なにかの宗教的な行事のために虚無僧が大勢集まっている場面もあった。虚無僧たちはあの深いかぶりものをいっせいに脱いだ。モノクロームの古いフィルムだった。どこからか捜して来たのだ。効果的なその場面に重ねて、ほらごらんください、彼らはほんとによく帽子をかぶっているでしょう、とゴールドバーグは語った。帽子をかぶっている人が多いのは事実だし、その事実を意図的に強調して編集してあるから、そのレポートを見る人たちはびっくりしてしまう。なにびっくりするのかというと、日本人の集団性に対してだ。帽子は集団性のシンボルとしてとらえてあるのだから。

これほどまでに帽子をかぶる日本人たちはいま経済的に大成功をおさめ、日本ではすべてがうまくいっています、とゴールドバーグは語った。なにをやっても巧みにやりぬいてしまう彼ら日本人の、うまくやるための秘訣(ひけつ)は、彼らがいつもかぶっている帽子のなかに隠されているのです、とゴールドバーグはしめくくった。昔からあるきまり文句を最後に持ってきて、ぜんたいに対してわかりやすく落ちをつけると同時に、彼はそれを自分のレポートの結論とした。落ちは効いていた。うまくやる秘訣を帽子のなかに隠して誰とも分かち合わず、自分たちだけが繁栄を楽しんでいるというきわめて冷たい日本異質論の視点を、一見したところ暇ネタのこのレポートは持っていた。

もうひとつのレポートは、東京の地下鉄についてのごく短いレポートだった。地下鉄というものは所定の料金さえ払えば誰が利用してもいい。したがって地下鉄のなかにどんな人がいても驚くには値しないし、ニューヨークの地下鉄ともなるとそこでなにが起こっても不思議ではない状況に到達している、というようなリードに合わせて東京の地下鉄のラッシュ・アワーが紹介された。こういう光景はニューヨークにもある、とゴールドバーグは語った。

呼びとめられた通勤途上のサラリーマンが、「私たちはもう慣れてますから」という意味のつもりだろう、We are used to it. などとゴールドバーグに言っていた。これに慣れてしまえばあとはどんな地獄にもなじめることだろう、と誰もが思うようなラッシュ・アワーの描写のあと、そのレポートの画面に夜の地下鉄の酔っぱらいがひとり登場した。日本人の目にはもうほんとに慣れっこの、会社勤めの仕事おじさんの酔っぱらいだ。コートと上着の前をだらんとはだけて、その中年の会社員はご機嫌だった。片言の英語でゴールドバーグになにか言ってみたり、バイバイと手を振ったりするそのおじさんは、日本的な基準ではそれほどの醜態ではなかった。しかしニューヨークの地下鉄といえどもこういうのはいませんとゴールドバーグは言い、カメラは酔って歩いていくそのおじさんを追い続けた。ゴールドバーグは効果的になにも言わず、千鳥足のおじさんは夜の地下鉄構内の深いところへ消えていった。

このふたつのレポートは、さきほど書いたとおり、僕の記憶では一九八五年頃の夜のプライム・タイムに放映された三十分のニュース番組という、たいへん一般的な場で語られた日本異質論のはしりの部分に相当する。それから十年近くあと、アメリカのTVニュースで、僕はたまたま次のような三つのレポートを見た。PBSの『マクニール／レーラー・ニューズ・アワー』という時局解説番組のなかで、『文化の衝突』と題した特集が四日間にわたって放映された。その第一回めは、日本人に関してアメリカのなかで再び登場し始めている、ネガティヴ・ステレオタイプについてだった。再びとは、太平洋戦争の頃に続いて再び、という意味だ。

ネガティヴ・ステレオタイプとは、自分にとってたとえばある限度を越えて威嚇となりつつあるものに関して、その存在の実体や本質についてはなにも理解していないまま、その存在に関してネガティヴなかたちでの見本や典型を作り出し、それだけを使ってもっとも手っ取り早くその存在の像を描くときの、その見本や典型のことだ。太平洋戦争中に映画監督のフランク・キャプラが作った戦意高揚映画『汝の敵、日本を知れ』という作品の一部分が、この特集のなかで十秒ほど紹介された。攻撃や侵略をファナティックに遂行してやまない日本人、という否定的な像としての日本人をドキュメントで描いた映画だ。傑作の一種だということは、わずか十秒ほどの映像からでも僕にはよくわかった。

フランク・キャプラのこの作品をネガティヴ・ステレオタイプの古典だとするなら、現代の新作は一九九一年にアメリカ南部のいくつかの州で二日間だけオン・エアされて引っこめられたという、キャデラックのＴＶコマーシャルだ。これはほぼ全篇が紹介された。白黒の画面に太平洋戦争を思わせる戦闘機が登場する。その操縦席のパイロットがアップになる。平たくて肉厚のふてぶてしい東洋系の顔。丸く飛び出したギョロ目。丸い黒縁の眼鏡。低くひしゃげた鼻。めくれた分厚い唇。飛び出しそうな反っ歯。太平洋戦争中にアメリカやヨーロッパで新聞の漫画などに盛んに描かれ、現在でも描き続けられているいわゆる典型的とされる日本人像の、じつに良く出来た再来だった。いまどきこれほどの人材をよくも見つけて来たものだと、キャスティングの努力に拍手したくなるほどに、その戦闘機パイロットはかつてのネガティヴ・ステレオタイプそのままだった。

　このネガティヴ・ステレオタイプの日本兵は、獲物をしとめる寸前の喜悦の表情をその異教徒的風貌（ふうぼう）ぜんたいに浮かべている。彼がいままさに機関銃弾を射ちこもうとしている相手は、地上にあるキャデラックの新車だ。アメリカらしさをそのぜんたいにみなぎらせて凛々（りり）しいキャデラックは果敢に応戦する。キャデラックのヘッドライトの両わきから機関銃の銃口が現れて猛然と火を噴く。地面に対して水平なままのキャデラックだが、その機関銃弾は上空の日本軍戦闘機に命中する。戦闘機は黒煙を上げて墜落していく。墜落して爆発する。この部分には太平洋戦争で実写された記録フィルムが使ってあった。ネガティヴ・ステレオタイプというものは、鋭く穿（うが）つ一点は持っているかもしれないが、それ以外はすべて馬鹿馬鹿しさで固められて成立している。その馬鹿馬鹿しさに、いやあ、これはすごい、と僕は感心した。

このときからさらに二年ほど前にアメリカで放映されたポンティアックのTV－CMも、ついでに紹介された。CMとして放映された当時、僕はこのCMを何度か見た。赤いポンティアックの新車が美しく疾走していく。その画面に男性の声でナレーションが重なる。たとえば大統領選挙中に競争相手を攻撃するためになされる、ネガティヴなTV広告によく出てくるような男性の声が、いちだんとすごみを効かせて次のように言う。

「買ゃあいいじゃないですか、買いたきゃあ買うといいですよ。日本の車がそんなにいいのなら、お買いなさい。でもねえ、二〇〇一年のクリスマスには、そのおかげでニューヨークでは、ロックフェラー・センターではなくヒロヒト・センターで、恒例のツリーを見ることになりますぜ」

この『文化の衝突』という特集の最終回のしめくくりで、特集ぜんたいの取材者そして案内役のポール・サルマンは、大意次のようなことを語った。

「この特集の取材を終わったいまでも、日本という国や日本の人たちについて、私はわかったようでわからない妙な気持ちです。しかし、ひとつだけはっきりしたことがあります。それはなにかというと、アメリカの文化とはほぼ完全に異質な日本文化が、私たちアメリカ人にとって、自分たちの自己認識にかかわる根源的な挑戦となっている、という事実です」

サルマンの言葉の最後の部分、「自分たちの自己認識にかかわる根源的な挑戦」は、fundamental challenge to our self-definition という言いかただった。日本という異文化との接触関係をとおしてアメリカが到達するにいたった、自己の実体や本質についての認識にかかわる根源的な挑戦、とはいったいなにだろうか。自分たちの本質的なありかたはこうなのだとこれまでずっと信じてきたものが、日本という異文化との関係をとおして、その根底から揺るがされている。根底から揺らいでいるものは建てなおさなくてはいけない。一度はすべてを白紙にして、作り換えなければならない。日本という異文化との関係をとおして、アメリカは自己改革に目覚めた。

日本だけではなく世界のいたるところにある異文化は、自分たちの本質であるルールやシステムがアメリカ国外ではほとんど有効ではない事実を、アメリカに教えてきた。これまでの自分たちの拠りどころであり、世界に対しても広げていこうとしていたルールやシステムは、世界との関係においてほとんど無力であることをアメリカは知った。相手がヨーロッパであってさえそうなのだ。だからといって、自分たちの本質ぜんたいをなにか別のものに交換することは、やってはいけないことだし不可能でもあるから、方針を変えるほかない。

3

メリーランド州ボルティモアの港の近くに、ソニー・フロレンドさんという女性がきりもりしている一軒の食堂がある。レストラン、とは言いがたい。食堂という日本語のほうがふさわしい。そしてそれよりもっとふさわしいのは、簡易食堂という日本語だ。英語だとフード・ストールという言いかたが、ぴったり来るのではないか。フィリピン出身のフロレンドさんは、いま中年を経過し、その向こうにある年齢に入り込もうとしている。元気で頼りになりそうな、誠実で真面目な働き者の印象を、彼女はそのぜんたいに持っている。そしてそのような印象は、すべてフロレンドさんの実際のありかたそのものだ。

彼女がきりもりしている簡易食堂は繁盛している。フィリピンおよびその周辺の調理のしかたと味の出しかたを魅力の中心にした、庶民的でおいしい料理は常連客に熱意を持って支持されている。高い値段を取れる店ではないからどの料理も安い。これもまた彼女の店が地元で支持を受ける大きな理由のひとつだ。一日に三度の食事のうちの一度を、安心して楽しみながらちゃんと食べた、という充実感を手に入れることの出来る貴重な店だ。以前と変わることなく、彼女の店はいまも盛業中であるはずだと、期待をこめて僕は思う。

彼女の店の名はソニーズという。SONY'Sと綴る。簡単な作りのネオン管による店名が、かつては店の正面に掲げてあった。いまそのネオン管はない。店も料理もお客もそしてフロレンドさんもまったく変化はないのだが、店の名だけはある日を境にして別なものに変わった。自分の店がまだソニーズだった頃、ある日突然、フロレンドさんはソニーという会社から命令を受けた。「貴殿経営の店名は当社の社名と酷似しており商標権の侵害に該当する故、店名にソニーという名を使用することを即刻停止するように」という内容の手紙を、アメリカのソニーから彼女は受け取った。申し入れでも提案でもない、一方的な命令だった。

フロレンドさんはアメリカでの生活がすでに長い。ものの考えかたは充分にアメリカ的だ。このような命令を一方的に受けたときの、もっとも原初的にアメリカ的な反応は、「オーケー、スー・ミー」だ。直訳すると「私を訴えなさい」だが、日常の語感としては「そんなことが出来ると思うならやってごらんなさい」という感じだろう。アメリカ・ソニーはフロレンドさんを正式に訴えた。商標権侵害による損害賠償金二百九十万ドルを支払え、という訴えだった。アメリカ・ソニーとソニー・フロレンドさんとのあいだで裁判が始まった。

裁判は四年続いた。フロレンドさんにとって裁判の経費は四年で一万ドルに達した。これ以上の経費負担はとうてい無理だと判断したフロレンドさんは、ソニー・アメリカの命令を全面的に受け入れて裁判を終わらせることにした。彼女の店の名として長く親しまれたソニーズというネオン管の看板が、ある日の午後、取りはずされて降ろされた。後日、アメリカ・ソニーからフロレンドさんのもとに一通の封書が届いた。正確な引用ではないが、内容は次のような会社文書だった。

「今回の当社の措置に関しましては、貴殿への悪意敵意に起因するものではなく、あくまでも社名と関係する諸権利を守るためのものであったことをお伝えするとともに、今後の貴殿の発展とご成功を祈るものであります」

資本主義のもとに営まれる企業の利益追求活動は、最終的にはとてつもないスケールで常軌を逸脱していくよう運命づけられている。その運命にぴったりと沿っているという意味において、フロレンドさんに対して取ったアメリカ・ソニーの行動はきわめて正しい。そしてそれ以外の文脈においてはまったく正しくない。

この小さな出来事は一九九一年の四月なかば、CBSの『イーヴニング・ニュース』のなかで報道された。この三十分番組はCMその他を差し引くと正味で二十四分ほどだ。その短い時間のなかに数多くの項目を詰め込む。国外のニュースと国内のものとの比率は、僕の印象では半々だ。扱うどの項目も、たいていの場合、要領良く短い。しかし、ソニー・フロレンドさんの出来事のレポートには、異例の長さがあたえられていた。

代理でアンカーを務めるビル・プラントに、ジム・ステュアートが報告していた。どちらの男性も、煉瓦(れんが)をひとつずつきっちりと積んでいくように、静かな調子で淡々と事実関係を説明していた。このような出来事についてこういう調子で語るとき、アメリカの人は原理的な部分で本気で怒っているのだ、とTVの画面を見ながら僕はひとりで思った。

コメンテーターとして上院議員のバーバラ・ミカルスキーが登場し、かんかんに怒っていた。仕事の上でアメリカの政府や財界と接している日本の人たちには、ミカルスキーは日本に対するいわゆる怒り屋さんとしてとおっているようだ。彼女は怒り屋さんでもなんでもない。常にきわめてアメリカ的であるだけだ。これも正確な引用ではないが、およそ次のようなことを彼女は語っていた。

「ソニーはアメリカで本当に自由に商売をしてきました。いまでもそうです。そこから受けた多大な恩恵にはなんら思いをいたすことなく、返す刀でアメリカン・ドリームを一刀両断してなんとも思わないのです」

アメリカン・ドリームとは、個人がその努力と才能そして運によって、それなりの成功をつかむにいたる営為の抽象的な総称だ。このような営為は、人が普通に参加する社会システムのほぼぜんたいが、実用的な開放系であることを前提にしている。ソニー・アメリカがフロレンドさんに対して採択した企業行動はおそろしいほどに閉鎖系のものであり、まずその意味においてそれはアメリカと正面衝突している。さらに、アメリカン・ドリームにとって欠くことの出来ない重要な要素である運というもの、つまり神は自分に味方してくれるかもしれないという可能性を、問答無用でばっさりと断ち切っていることにおいて、もう一度アメリカと正面衝突している。

フロレンドさんの簡易食堂をめぐるこの小さな出来事は、アメリカ社会と日本社会との基本的な成り立ちの部分における、決定的な差異から発生している。そのような決定的な差異は日本側においてやがてなくなるはずだ、と日本との戦争に勝って以来ずっとアメリカは思い続けた。戦前戦中の日本がかかえていた旧弊を一掃し、アメリカに準じた民主主義国にしたから、やがて日本はアメリカと基本的価値観をおなじくする国になるはずだ、とアメリカはナイーヴにも思った。そして日本は、アメリカとのあいだになにか問題があるたびに、もうちょっと待ってください、いまに我々もアメリカのようになりますから、と問題の本質的な解決を先送りしてきた。

おたがいに相手の本質を正視し合うことなく経過させた五十年のつけは、おたがいのあいだにいくらあっても当然の差異のひとつひとつを、理解しがたく不気味で威嚇的なものとしてしかとらえることが出来ない状況として、等しくどちらの側にもまわってきた。日本異質論は一九九二年の一月に頂点に到達したと僕は感じている。日本がアメリカと基本的な価値やルールを共有する国にやがてなるのだというアメリカの希望は消えた。日本異質論は充分に展開された。おたがいにいくら異質でもそれはいっこうに構わない、とアメリカは思うにいたった。おたがいに異質だからそれはそれで良しとして、実務上のルールを日本に共有させるための戦略へと、アメリカは方針を変えた。その寸前、異質論の頂点と終わりとを同時に飾ったと僕が思う出来事が、ブッシュ大統領が日本を訪れたときにおこった。

大統領が日本へ向かって出発する直前、アメリカ国内のどこかの空港で彼が専用機を背後にして訪日の目的を記者たちに語っている映像を、僕はアメリカのTVのニュース番組で見た。My highest priority is jobs. と大統領は言っていた。そして日本へ来てからの彼は、今回の自分の訪日が最終的にもたらす結果のひとつは、――permanent improvement in the lives of Japanese consumers――であると言った。アメリカ国内での雇用創出と、日本の一般消費者の生活の質的向上とが直接に結びつくというこのちょっとした不思議を、大統領に代わってたとえばカーラ・ヒルズがパラフレーズすると、次のようになった。

「日本は市場を開放すべきです。製品の価格と質とにおいて、日本はアメリカと公正に競合すべきです。そうすることによって、日本の一般消費者にこれまでよりも大きな選択の余地をあたえるべきです。その結果としてアメリカの輸出は増大し、アメリカ国内での雇用も増加します」

大統領は宴席で嘔吐（おうと）し卒倒した。彼が退場したあと、バーバラ夫人がスピーチを代行した。

「それというのも、アンバサダー（アマコストのこと）がいけないんですよ。彼は大統領とペアを組み、天皇陛下とテニスをしたのですけれど、こてんぱんに負けてしまいました。ブッシュ家の人たちは、あんなふうに負けることに慣れていないのです」

と、彼女は冗談を言っていた。とっさのことだけにやや苦しいが、満面に笑みをたたえたアマコストはバーバラ夫人の言葉を正面から受けとめていた。バーバラ夫人のスピーチにつづいて、宮沢首相がスピーチをおこなった。日本語でのスピーチの冒頭、彼は大意次のようなことを述べた。

「一九四〇年、私が初めてアメリカへ渡りましたおり、私はそこでふたつのものを知りました。ひとつはいまも私の妻であります女性、そしてもうひとつは自由というものであります」

いささか平凡ではあるけれど、状況を考えればけっして悪くない第一節だ。首相のすぐかたわらにすわっていたバーバラ夫人の反応は、たいへんにアメリカ的なものだった。共感と賞賛の表情を顔いっぱいに広げた彼女は、熱意をこめて首相を見上げていた。まあそうでしたか、それは素晴らしいこと、本当に良かったですね、という意味をその全身から発散させつつ、彼女はその第一節に対して拍手を惜しまなかった。このような場面ではこんなふうに反応する文化のなかの人として彼女はそう反応したのであり、そこにはなんの無理も歪みもなかった。列席していたほかのアメリカ人たちの反応も同等で同質だった。

おなじ場所に何人もいた日本人たちは、きわめて日本的に反応した。首相のこのひと言に対して、彼らはいっさいなんの反応も見せなかった。感嘆の声を上げるわけではなし拍手するわけでもなく、思わず首相に共感の視線を向けるでもなく、きまりごとのスピーチの単なる冒頭の一部分として、彼らはそれを右から左へ聞き流した。首相のこのひと言は、彼ら日本人の内面に、なんの感慨も共感も呼び起こすことはなかった。

日本とアメリカ、つまり異なった文化どうしの異質さによる対立関係の、これ以上に見事な出来ばえのものは望めないほどに見事な対立が、ここにあると僕は思う。そしてこのエピソードをもって日本異質論の時代は終わった。異質さはそのままに、つまり文化的な内面は不問にして、日本は実務的な国へと急速に変化せざるを得ないだろう。個や市民という近代化なしでもここまで到達することが出来た自分が、これまでとは比較にならないほどの複雑さを持った世界各部とのやっかいな関係へと押し出されていくプロセスのなかで、さらにその先へと生きのびていくためには、世界とおなじルールに立つ実務的な国へと変わっていくほかに道はない。

真の文化とは時間の蓄積だ

1

顔が見えない、言葉が聞こえてこない、理念がない、なにを考えているのかわからない、不気味だ、不可解だ、威嚇的だ、などと批判されている日本にとって、そう言われることの原因のすべてがそのまま、現在の日本の力だ。戦後から現在まで、ひたすら経済活動だけを追求してきたことのなかに、いまの日本のすべてがある。経済活動の展開には多大な困難が常につきまとうことは誰でも承知している。日本もその経済活動のなかで多くの困難を経験してきた。

しかし、経済活動は、自分にとって儲(もう)けにならない話、つまり都合の悪い話は、断ったり中止したりすることが出来る。自分にとって都合のいいことだけを、戦後の日本は追求してきた。現時点では自分の側にとってたいそう不利な話でも、断ったり中止したりすることの不可能なこと、あるいは長期的にかなり不利な話でも周到に粘り抜いて継続させ持続させていかなくてはならないこと、つまり外交を、日本はおこなってこなかった。

政治としての国際関係を、日本は持たないままに来た。多くの文明がそれぞれ直接に接し合う時代のなかで、日本の接し合いかたは経済上の意味においてのみなされている。接する相手は製品を売りさばくマーケットか、そうでなければ安い労働力の安定した供給地だ。

工場で単純労働をして賃金をもらうことがたいへんに魅力的であるという状態に、その国全体がとどまっているかぎりにおいて、その国はたとえば日本にとって、安い労働力の安定した供給地となる。現地での日本企業による労働力の確保は、現地には安定した雇用をあたえインフラ整備にも貢献しているという言いかたも出来るが、それと同時に、相手とのあいだにある経済力の格差を日本が利用しているだけ、という言いかたも成立する。多くの異質のものが複雑に接し合う構造の時代のなかで、労働すれば賃金を払うというだけの関係は、人を労働力としてしか見ないきわめて狭く限定された単一の世界観をあらわにし過ぎる。あまりにもあらわだと、それは深刻な紛争の出発点になる。

出来るだけ広い範囲に作用する共通のルールというものだけが、多くの異質さが直接に複雑に接し合う世界をなんとかさばいていくことが出来る。国際化とはそのようなルールのただなかへ入っていくことだ。ひとつの国ともうひとつの国とのあいだに、上下の関係などもはやとうてい想定し得ない。どちらが上でどちらが下など、なんの意味も持たない。歴史や文化の違いや差にも、ほとんど意味はない。日本とアメリカとの関係について書いた部分で、日米文化摩擦を遠い昔の懐かしい出来事だと僕は書いた。世界のどの国も、おたがいに利益をめぐって複雑に接し合う相手、つまり単なる競争相手でしかない。

関係の複雑さはそのままに、世界はひとつの市場となりつつある。だから経済はどこの国にとっても世界経済だ。技術はすさまじい速度で進歩し続ける。それが単一市場と単一経済に向かう世界に覆いかぶさる。覆われた世界のなかにあるどの国も、おたがいに経済上の依存関係を日ごとに高める。そして他のすべてのことがこの原理にしたがう。

利益の追求や利害の調整という現実問題の最たるもののみに、これまでの日本はかまけてきた。徹底して実践的な問題を、徹底的に現実に即して、日本は追求してきた。その全体をつらぬくひとつの原則は、自分にとっての利益の上昇的な確保だ。こういう問題を相手にしていく日々にとって、最終的にもっとも有効なのは妥協の技術だ。次の利益のためにいまここでしておくこの妥協という、損の最小化と利益の最大化をめぐる精緻(せいち)で複雑な人間関係技術に、完全に国内文脈だけのなかで日本は磨きをかけてきた。

このような日々のなかから、完全に日本独自の、しかし世界に共通して通用する理念を、自前で引き出すことは可能だろうか。世界のなかでの自分の位置の正確な計測。世界というものを深く考慮に入れた上での、自分の考えかた。これからその世界のなかで自分がどうありたいのかにかかわる展望。これからの行動をどのように長期的に計画しているのか。こういったことを誰にも理解出来る言葉ではっきりと、世界という外に向けて表明することが出来るようになるトレーニングから、日本は国際化を始めなければいけない。

世界各国がおたがいに競争相手として複雑に接触していく時代のなかでは、どの国の文化の独自性も特異性も、それ自体はその国にとってそれぞれ有利に作用しなければならない。どんなに特異な文化も、別の国からの批判や攻撃の対象にはならない。この意味でも文化摩擦の時代はとっくに終わっている。国と国とのあいだにある昔からの対立や、いわゆる民俗的な確執が終わってない地域が世界のあちこちにある。そのような旧世界では、クラシカルな対立や抗争はこれからも続くだろう。

理念というものも、いまや危ういところにいるのではないか、と僕は思う。競争相手どうしとして激しく複雑に接し合う世界各国は、どの国も国益を最優先させる。国益だけを追求して、世界のどの国も、おたがいに関係の離合を繰り返す。なにしろそれは世界スケールでおこなわれるのだから、日本国内などとは比較のしようもないほどに冷徹で現実的であり、それを遂行していく手段の洗練さは複雑さと多様さをきわめる。仰ぎ見る高いところから世界の隅々へ届けとばかりに放たれる光のような理念というものは、現実に負けるのではないか。少なくとも過渡期においては、理念というものの位置は低くなるのではないか。そして過渡期は長く続くのではないか。

ひとつの国が世界に向けて理念を高く掲げること自体、まずなによりもその国にとって国益追求と矛盾するのではないか。アメリカの自由や民主という理念が、いまそのことを体験しつつある。自由や民主というアメリカそのものと言っていい理念を、時と場合によっては低いところへ置かざるを得なくなったとき、前方への見通しの悪さをまっ先に痛感するのはアメリカだ。どの国にとっても、誰にとっても、前方への見通しがほとんど常に困難な時代がすぐ前方にある。

戦後の日本という言葉を、いま書いている文章のなかで僕は何度も使っている。戦後の日本とは、いまここにいる自分たちの過去のことだ。そしてその過去において、自分たちがしてきたことだ。過去に自分たちがしてきたことを正しくとらえ、それを自分たちの一貫した歴史観とすることを、日本は自分でたいへん難しいことにしてしまったようだ。一貫した歴史観とは、単に過去についての記述ではない。歴史とは過去のことであるというまったく正しくない教育が、日本では小学校からおそらく大学まで、いまでもおこなわれている。歴史とは現在および未来の自分たちのことだ。

これからの自分たち、そしてその自分たちが身を置かずにはすますことの不可能なこれからの世界に関して、自分たちがどのような考えかたやプログラムを持っているのか、世界に対して明示し承認してもらうことが、一貫した歴史観というものが果たす役割だ。世界のどこからも文句をつけられたり攻撃されたりすることのない内容の歴史観とその明示が、日本にとっていまなにより必要だ。自分の得になりそうなことだけをそのつどおこなっては日々をしのいでいく時代は、すでに終わっている。

自分とはなになのか。自分はなにを信じているのか。信じているそのことは、世界に共通して作用し得ることなのか。あくまでも現実に即した適応力と、その応用の自在な強さを自分たちの信条としていくというのなら、それはそれでいい。どこからも文句や攻撃の来ないかたちで、それを出来るだけ広く世界に普及させるほかない。させないでいること、それがもっとも危険だ。

いまの日本のもっとも日本らしい部分、つまりいまの日本が持っている力の根源が、外国からの批判や攻撃の対象となっている。日本らしさそれ自体が気にくわない、と言われてしまうとあとは喧嘩(けんか)しかない。国際関係では喧嘩は最後の最後まで避けなければいけないことだし、もし喧嘩するなら誰もそれを喧嘩とは思わないかたちでおこない、なおかつ半分以上は勝たなくてはいけない。自分の考えかたや方針を明示する行為だけで、自分に対してなされるかもしれない批判や攻撃の大半は、前もって回避することが出来る。相手に向けて自分の考えを明示することは、相手の存在を自分が認めていることを意味する。こちら側からの明示の行為は、相手を受け入れる行為でもある。国と国とは基本的にはそのようにして結びついていく。

自分たちがもっとも信を置いている価値観を、外に向けて正確に伝えるための言葉、そしてその言葉を使うトレーニングを、戦後の日本はしてこなかった。最終的には数字だけが問題となる経済行為のみを、戦後の日本は追求してきた。顔のない日本というものは、そのことの結果のひとつだ。最初から顔がないままというような状態はあり得ない。顔はあるのだが口をきかないからいけない。そしてその口のききかたには、現場での過酷なトレーニングの蓄積が生む洗練さが必要だが、戦後の日本はそれをしてこなかった。

戦後の日本はあまりにも国内文脈だけにかまけ過ぎたようだ。国内文脈とは日本語つまり母国語の世界だ。作業能率の高度で緻密な追求という目的のために、母国語があらかじめ持っている性能を、その特徴や傾きに沿って、極限的に人々は駆使してきた。ビジネス言語としてのそのような母国語で、自分たちが日常的に言いあらわし得る世界が世界のすべてだ、と彼らは思ってきた。

外にある世界と話をしようとするとき、使おうとする言葉がほぼ完全に国内文脈のしかも絶対会社主義にからめ取られたものであることを自覚するためのきっかけを、いったいどこに見つけたらいいのかというような初歩的な状態に対して要求されているのは、システムを出来るだけ早くに世界とおなじものかあるいは世界に通用するものに変えていく作業だ。

2

日本の経済は一流だが政治は三流である、という言いかたを人はしばしば日本で目にする。こういうものの言いかたは日本的にたいへん呑気だと僕は思う。経済は一流、政治は三流、という言いかたを受けとめる人それぞれが、その言葉を頭のなかで自分なりの曖昧なイメージに転換し、そのイメージに対して納得をおこない、そこですべては静止してしまう。だからそれは呑気だ。そこですべてが静止するとは、たとえば三流とはどのような事態を指すのか、具体的な正しい事実を広範囲にわたって知るための個人的な行動が、まずとにかくスタートすらしないでいる状態を意味する。

どんな方向にせよひとつの国を動かしていく内閣は、国にとって指導的な機能を発揮すべき中枢だ。その中枢がじつは利益の売買関係でしかなく、その関係は政党内の派閥によって作られているというおよそ信じがたい事実、それが三流であることの内容だ。一流というものがもしあるなら、その下には二流のものが位置し、さらにその下に三流が来る。一流と二流そして三流との差は、質において少しずつ差があるだけだと思うなら、それは決定的に悲劇的な思い違いだ。

三流とは、ひと言で言うなら、恐るべき事態以外のなにものでもない。三流の政治においては、利益を受けるいくつもの会社と、そのための法律を作る官僚との橋渡しが、政治家の活動つまり利益となる。国を動かしていくための意志決定のシステムという、他に代わるもののない唯一のもっとも正式な、そしてもっとも高度な公共性を持つべきソフト中のソフトであるべき、インフラのなかのインフラが、日本では決定的にない。

政治家がいけないと多くの人は言うが、いけない人たちが勝手に政治家になれるシステムはどこにもない。彼らは国民の投票によって選出されている。自分の利益にもっともつながりやすい人に人々は投票したという言いかたが言い過ぎなら、実力のある人にすべてを仕切ってもらって安心していたいために、人々は投票した。その結果が三流の政治なのだから、投票のときの判断がまず三流だったというとらえかたは充分に成立する。

政治改革を、とこれも多くの人が言う。しかしその多くの人たちは、現実の事実をどれだけ広く正確に知っているだろうか。おそらく彼らはほとんどなにも知らない状態であり、知るための努力はしないですむならしたくないというのが、普通の人たちの正直な反応ではないだろうか。

知るための努力をいくらしても、それは短期的には一円の儲けにもつながらない。自信はないし行動をおこすのは面倒だ、そして知ったことを行動につなげようと思っても、そのためのルートが大衆の身辺には皆無と言っていい状態だ。行動には責任がついてくるがそれも嫌だとなると、いっさいを預けてしまうのがもっとも普通の結果となる。いっさいを預けるとは、市民によって政治が常に厳しく監視され、最有効なチェックを受け続けるシステムを、丸ごと放棄することでもある。そして現に日本ではそうなっている。

かねのかからない政治を、とまた多くの人が言う。政治を預けたままチェックも監視もしないとは、現実問題として実力者にすべてを自由に仕切らせることにほかならない。ではその実力者たちはなにをするか。既得権益を長期にわたって守り維持するための活動を彼らはおこなう。そのためには資金が必要だ。その資金はどこから出るのか。企業からだ。現在の日本でおこなわれている企業による政治資金の提供は、人ではないけれども確実に実体として認識されている企業という不思議なものが、自分の利益確保のためのもっともリスクの少ない先行投資のひとつとしておこなっている。そしてそれは事実上の野放しであっていい、と最高裁が判例で認めている。

現在の日本のシステムは利権の構造なのだということが、事実を知るためのほんの少しの努力によって、誰の目にも見えるまでの状況に達している。日本のシステムは利権によって深刻に侵されている。そして政治家たちが発揮すべき政治家としての力そのものが、彼らが守り維持してきた利権によって、ゼロに向けて急激に低下しつつあるのが現在の日本の現状だ。

真に有能な人材は日本では政治には向かわず、経済のほうへ流れていくようになっている。政治家としての人材が市場に充分に出ているかどうかの質問には、出てはいないと答えるほかない。出ていなければ選びようもないという事態に日本のTVや新聞が介在すると、いまはこの人がそして次にはその人が、見た目の好感度やそのときどきの気分によって、選ばれたり支持されたりする状況が生まれてくる。

しかしこのような状況も、悪いことやマイナスばかりで満ちているわけではない。三流という恐るべき事態を日常のこととして目のあたりにしていると、現在のシステムに関する根源的な疑問が、多くの人の頭のなかに生まれてくる可能性を否定出来ないからだ。政治家という職業があっていいのかどうか。もしあるとしたら、どのような人こそ政治家として適性なのか。どのくらいの期間にわたって、その人は政治家という職業を続けるべきなのか。投票とはなになのか。選挙とはなにか。立候補とはいったいなにか。代議制とは、そもそもなになのか。いったんはゼロに戻り、根源的なところから考えなおす作業のポジティヴさは、恐るべき深刻な事態というネガティヴな状況と、正しく釣り合っている。

いまの日本は良くないところはたいへんに良くない、そして良い部分はたいへんに良いというとらえかたは正しい、と僕は思う。問題は、たいへんに良い部分とたいへんに良くない部分との、共存のしかただ。極端なプラスとマイナスとの、おなじ場所における併存は、プラスがマイナスを背負いマイナスの上にプラスが立つという、マイナスとプラスがおたがいに根深く浸透し合って一見したところ両者を分けることはとうてい不可能に見える状況を作り出している。

法人資本主義につらぬかれている日本は、会社主義による全員参加の総動員態勢で、生産効率と規模の拡大を追求してきた。そしてそれぞれの社のシェアと利益の確保という目標を段階ごとに達成してきた。しかしそのおかげで、日本はありとあらゆる矛盾をその内部にかかえ込むことになった。先進国ですでに問題となったこと、そしてこれから問題となるはずのことのほとんどすべてを、日本は体験したかあるいはこれからかならず体験する運命にある。

ありとあらゆる矛盾と犠牲は、会社主義の徹底ぶりと正比例して、徹底している。システム全体が矛盾であるという事態のなかにいまの日本はある。システムそのものの根本的な改革が必要だ、というような言葉をワード・プロセサーのキーを叩(たた)いて入力しては変換していくときの、おそろしいまでの虚しさをかろうじて支えてくれるのは、戦後の日本を観察するとおのずからわかってくる、システムの根本的な改革に日本は向いていそうもないという感想だ。システムの根本的な改革というものはこれまでの日本のマニュアルのなかにはなかったし、価値観の体系のなかにも存在しなかった。日本がおこなってきた活動のなかに、そのような種類の改革とその必要はなかった。向いていないとは言いきらないまでも、そのようなことをまったく知らない自分をまず変えていくための、いちばん最初のもっとも基礎的なトレーニングが必要であるという段階を目の前に見ている自分たちが、そんなことはせずにすませたいと願っている自分を今日も見るという屈折のなかに、人々はあるようだ。

日本の政治は国内の利害調整で手いっぱいだ。利害の調整とは、考え得るかぎりの種類の妥協を、そのときどきの微妙な関係のなかで、複雑に組み合わせたり重ね合わせたりしていくことだ。そのような世界のなかでは、たとえば理念のようにまっすぐで硬質なものはただ単に邪魔なものでしかない。理念を仮に言葉にして表現してはみても、それは単なる空念仏でしかないというような批判が、これまで数多く繰り返されてきた。国際関係のなかで最重要なのは理念であり、日本におけるその決定的な欠如は、国際関係のなかでもっとも決定的にあらわとなる、という批判も何度も繰り返された。

理念はすでに出つくした、と僕は思う。これからの理念は、国際社会のなかであろうと外であろうと、崇高なものである必要はまったくない。出来るだけ広く共通して作用し、とりあえずもっとも現実的に肯定的に機能するものであればそれでいい。このような種類の理念の立てかたは、利害の調整という妥協の計測技術と、かなりのところまで似ていないだろうか。利害の調整技術は理想を追わない。と同時に、普遍的に硬く成形された価値観というものは、現実的には無意味なものかもしれない。対立も紛争も、あるいは内向も閉鎖も、意味を持たない。肯定的な意味のあるものだけを列挙していき、それの平均値を取ったもの、それが世界全体にとってのひとまずの理念だろう。そのような理念の運営なら、日本は巧みなのではないか。

空想的にそのような可能性を期待してみると、たちまち現実がその期待を打ち砕く。国際社会のなかで、出来るだけ広くと言った場合、それは世界というもっとも広い場での、公共性というものを意味する。国内の文脈とはまったく相容（あいい）れることのない、およそ考えもつかないような質の覚悟や犠牲が、そのような広い場での利害調整にはかならずともなう。完全な国内文脈での、自分たちだけの利益を最重要な主題とした利害の調整技術とは、じつはまるで異質な世界だ。

国際社会、特にヨーロッパやアメリカでは、それが存在することが社会の基本である公共性が、日本ではいっさいなくて当然のものであり、そのことがなんら疑問視されてこなかったという基盤の上に、日本の会社主義は巨大に成立した。国内には公共性など決定的にないまま、世界のなかでは模索しながらの公共性を唯一の足場にして考え行動しなければならないという、いまだかつてなかった前代未聞の出来事を、日本は引き受けなければならないようだ。

世界規模での公共性は、いまの人類にとっての最大の課題であり難問だ。誰も犠牲になることなく、ある程度以上の生活を世界全体に作ることが、果たして可能だろうか。現在の日本の普通の人たちが、ごく当然のこととして身を置いているのとおなじ程度の暮らしを、世界のすべての地域に作ることが出来るかどうか。出来ないのではないかという覚悟の上で進めながらも、その作業は最初からおそらく最後まで、苦戦続きとなるだろう。

国内でどうしてもやらなくてはいけないのは、システム全体の根本的な改革だ。おそらく出来ないだろうという予測のなかに、さきほど書いたプラスとマイナスの併存がふたたび見えてくる。自らの存亡にかかわる切実な実務として、改革を引き受けなければならない部分は改革を進めるだろう。ごく簡単に言うならそれは民だ。改革を拒む規制力としての官が、強力なマイナスとして民のプラスに覆いかぶさる。

根本的な改革はおそらくしないだろうという予測を支えるのは、日本における自由のありかたとその質、さらには自由というものに関する理解度だ。公共性は自由が生むものだ。いま可能なかぎりの広がりのなかで、考え得るありとあらゆることを視野に入れて考えていくことが、公共性の土台だ。自由というものをよくわかった上で、その行使とそれにともなう責任を心得、可能なかぎりの広さを持った視野のなかで、可能なかぎりのことを考えていくなかから、進むべき一本の道を見つけ続けていく作業が、最終的には公共性を作り出す。

そのような自由を自分たちは知っているかどうか。自由をそのように理解しているかどうか。自由を自分のものとして行使したことがあるのかどうか。根本的な問いかけを自らに対して厳しくおこなったなら、それに対して出さなければならない答えは、これまでの日本の考えと行動の領域はあまりにも単一だった、というワン・センテンスに収まる。

日本の会社は、そのなかに身を置く人々にとっては、運命共同体であると言われてきた。そうではなかった、ということはすでに誰もが知っている。会社とは、自分のところに出来るだけ大きな利益を集めようとして、他の社と競争する人々の集団だ。「利益を得たいという本音の内部への、日ごとに強固となる居直りの、じつに正直な共有の関係」という表現をかつて僕はどこかで読み、カードに書き取っていまも持っている。

会社主義は会社の利益を守り大きくした。そしてそのことと反比例して、社会全体にとっての公共性、あるいは社会資本は、極端に貧しくなった。システム全体の改革について、言葉で語ることはいくらでも出来る。しかし実際には改革への行動は出来ないと判断することが正解であるほどに、システムは完成の域に到達している。改革について語ることによって、なんとか根本的な改革を回避していきたいというのが、現在のシステムからなんらかの利益を得ている人たちの本音だろう。しかし、改革への動きは出来なくとも、システムはすでに深刻な機能不全となりつつある。思いがけないところから、それはさまざまに崩れていきつつある。そしてその事実には、改革への助走路として期待が持てる。

システムを改革しないということは、会社を主役にしたこれまでどおりの経済活動以外に関心を持たないということだ。日本の会社の活動以外は認めず、その外にある世界はどうでもいいということだ。会社にかようだけでいいという方針と、それだけではもはや充分ではないという方針とを、決定的に分ける最初の分岐点はなにだろうか。それは、いまの自分たちに起こっている事態に関して、出来るだけ広く可能なかぎり正確に、誰もが知ることだ。

正確な情報を広い領域にわたって要求し続け、手に入れ続け、事態の全体を正確に知っていく行為の蓄積。分岐点はそこにある。これまで見えなかったこと、見もしなかったことなどが、それによって見えてくる。事態がどのようなものであるのかを知るにつれて、その事態に対する恐怖はつのってくるはずだ。

3

三種の神器、という言葉がかつてあった。自分の家庭にもぜひとも欲しい三つの物、というほどの意味だ。ぜひとも欲しい三つの物とは、TV受像機、電気洗濯機そして冷蔵庫だった。氷を使う冷蔵庫ではないから、正確には電気冷蔵庫と言わなくてはならない。三種の神器という言葉を僕はいわゆるリアル・タイムで聞いた。しかしまだ幼い子供だったから、なんのことだかわからなかったし、切実な問題でもなかった。いつの流行語だったかをいま知るためには、僕は日本史年表を見なくてはいけない。一九五〇年から一九六〇年まで、年表のなかで社会・文化という項目を見ていったのだが、三種の神器という言葉は出ていない。一年につき三十項目ほどの簡単な年表だ。それに、方針として流行語は拾わないことにしている年表のようだ。

TV受像機は、三種の神器という言葉が流行語だった期間の前半は白黒、そして後半でカラーになったのではないかと、僕は推測する。TVに関する記載を年表のなかに見ていくと、一九五三年にNHKの本放送が開始されている。半年遅れて民間局のTV放送も始まった。そして一九五八年の五月には、TVの受信契約数が百万を越えた。次の年の四月には皇太子の結婚があり、このパレードを自宅のTVで見るというのが、当時の日本の大衆にとっての到達シンボルのように機能した。さらに次の年の九月にはNHKによるカラーTVの放送が開始された。一九六二年の三月、TVの受信契約者数が一千万を越えた。以上のことから推測して、三種の神器という言葉は、一九五〇年代の終わりから六〇年代のごく始まりの期間にかけての流行語だった、と僕は判断する。

年表を見たついでに書いておくと、僕がいま見た期間のなかには、日本初のという記載が多い。一九五〇年に千円札が発行されている。おなじ年に短大が出来た。パンの給食が始まった。一九五一年、大阪で初のワンマン・カーの運転が始まった。一九五二年、東京に日本初のボウリング場が営業を開始した。一九五三年、日本初のスーパー・マーケットが開店した。これは東京・青山の紀ノ國屋だ。一九五四年、五十銭以下の小銭が廃止された。戦後では最初の地下鉄である丸ノ内線の一部が開通した。第一回の自動車ショーが開催された。

一九五〇年から五四年いっぱいまででも、これだけある。詳しく拾うなら、もっとたくさんあるはずだ。このことはすべて、戦後の日本の経済復興速度の、現実におけるたいへんな速度を示すものだ。たとえば僕の個人的な言いかたでは、「一九五〇年代なかばの東京なんて、まだ汚穢車が走ってたよ」となったりする。汚穢車とは、汲み取り式の便所から糞尿を汲み取って運び去る車のことだ。いまでもたまに見かけるいわゆるバキューム・カーではなく、人が杓で汲み取ったのを木製の桶に入れ、それを天秤棒で担ぎ、馬が引く荷車に積んでいくというものだ。事実として一九五〇年代なかばは確かにそのとおりなのだが、汚穢車にすべてを象徴させ、当時の日本にはなにもなかった、たいそう遅れていた、とばかりはとうてい言えない状態に、そのとき日本はすでに達していた。

　復興の早さは要するに必死で物を生産したことによって可能となった。しかし生産だけしてもどうなるものでもない。それを買ってくれる巨大なマーケットが必要だ。そしてそれはアメリカだった。復興の早さを支えた底力というものが日本にあったとするなら、その力はマーケットとしてのアメリカの、政治、経済、軍事、文化などあらゆる領域での、とてつもない強さと直接に依存関係としてつながっていた。そしてアメリカのその強さは、世界史上でも特筆すべき、とんでもない異常事態と言っていいほどの、アメリカに集中し偏在した強さだった。

　一九五六年の日本の経済白書は、もはや戦後ではない、と宣言した。三種の神器が日本全国の一般家庭用の製品として、ちょっと無理をするなら手の届くものとして世に出てきたとき、それらはたいそう輝かしい物だったのではないか、と僕は思う。その三種は一九六〇年代なかばには早くも百パーセントの普及率に到達し、現在もそのことに変化はないどころか、それらは常にそこにあってあたりまえであり、あることをいっさいなんとも思わない人たちが大衆であるという状態が、現在の日本だ。

　もはや戦後ではない、とはまだ言えなかった頃の日本は、ほんとになんにもなかった時代だったかもしれない。その日本でアメリカ映画が上映される。ホーム・ドラマのような映画だ。ごく普通の家庭の、朝のキチンでの様子がスクリーンに映し出される。ポップ・アップ式のトースターから焼けたパンが跳ね上がってくる。あれはいったいなになのかと、のちに作家になったり評論家になったりした人たちが、真剣に悩み考え論議したという、そのような時代だ。

しかしそのような時代を、日本は急速に抜け出した。そして一九五六年にはもはや戦後ではなくなった。五五年体制はそのことの有力な証拠のひとつだ。同年の後半から神武景気が、そして五九年の後半からは岩戸景気が始まり、六〇年には所得倍増計画が政府によって決定された。「この年に電気冷蔵庫普及」と年表が告げている。轟々たる高度成長の急激な登り坂の途中へ、戦後の日本は難なく到達した。

なにもなかったところへまず現れた物として、純真さをまだ存分にまといつけていたがゆえに、三種の神器は輝かしくまぶしい物だったにちがいない。洗濯機によって日常の洗濯はそれまでとは比較にならないほど楽になった。機械に洗濯をまかせているあいだ、人はほかのことをすることが出来るようになった。人はすでにいまにつながる多忙さのなかにあった。それからもうひとつ見落としてはいけないのは、洗濯機でいっきに洗うほどに、早くも衣服がたくさんあったということ、そして機械で洗っても破れたりしない品質のものであったということだ。ある程度以上の品質の服を頻繁に洗って着るという習慣が生活のなかに定着していくことと重なって、洗濯機は普及した。

着る。装う。それを人に見られる。服装で自己を演出する。TPOなどという、いまとなっては苦笑するほかない初歩的な教えも、流行語のひとつとなった。そんなことがあったねえ、と苦笑しただけではいけない。着る、装う、それを人に見られるというようなことは、きわめて都会的な文脈のなかでのみ成立することだ。洗濯機の普及は日本全体の都会化と密接につながっている。事実、一九六〇年代の十年間で、日本では農村から都会に向けて人口の大移動が完成した。

大量生産と大量消費のために、数多くの人が農村とその周辺からいっきに都会地に集められた。洗濯機がただ単に洗濯機であることにとどまらないのとまったくおなじように、冷蔵庫は日本人の日常の食べ物とその食べかたの全域にかかわる革命だった。大量生産と大量消費という画一的な生活を作り出すために、伝統をかたっぱしから捨てていくという意味においての革命だ。革命とは、世界がそれまでとはまったく別のものになることだ。日本人とその食べ物および食べかたは、冷蔵庫の普及に象徴される技術上のそして経済機構上の出来事によって、それまでとはまったく異なったものとなった。

家庭のＴＶ受像機は娯楽と啓蒙(けいもう)だろう。それまでは少なくともたやすくは見ることの出来なかったものを、たやすく見ることを可能にした魔法の窓だ。娯楽や啓蒙は、ひと言で言うなら情報だ。そしてそれは大衆に向けて発信された。日本における初の大衆の発生という事態をＴＶの普及は招いた。生産と消費の二面をあわせ持った主役である、大衆の支配する大衆消費社会へと日本は変質した。大衆とは普通の人たちのことだが、それまでの普通の人たちとはまったく質の異なる普通の人たちを、マイクロエレクトロニクス技術が作り出した。

三種の神器を生産することに直接かかわった人たちにとって、生産の過程はポジティヴな面を強く持った、まさに生産だったはずだ。それらの普及によって、人々の生活は目に見えて向上していくのだし、良質の製品を安定した品質で迅速にしかも大量に作るという、じつに難しいチームワークを日々こなしていくのは、大きな喜びだったはずだ。しかも生産したそれらの物は、神器と呼ばれて売れていく。作りかた、つまり設備投資から技術の革新にいたるまで、すべてが強烈な前進的弾みを獲得していく。

三種の神器とは革新され続ける生産技術であった、と言い換えることも出来る。ある程度以上の技術が日常の製品として日常のなかに浸透していくと、その日常はそれまであったものとはまったく異なったものへと変わっていく。進歩、発展、国の経済力の拡大、生活の向上などの明るいイメージに隠されて気づきにくいかもしれないが、人々の日常がそれまでのものとはまったく異なったものになっていくとは、ある時期を境にして日本人が別の日本人になっていくことを意味する。生活のしかたから物事のとらえかたなど、価値というものの全領域で、日本人は昨日まではまったく異なった人たちとなった。社会は根本的に変革されていくこととなった。

人々が買い求めた三種の神器は、全国津々浦々の、一軒ごとの民家における根本的な変質体験の、そのときはまだ素朴な前触れだった。その前触れは、マイクロエレクトロニクス技術の日常生活への応用という、果てしないSF的な出来事の発端でもあった。マイクロエレクトロニクス技術はすさまじい速度で新しくなっていく。日進月歩という言いかたは、そこでは比喩(ひゆ)ではなく現実だ。進化の時間単位は半日を切っているのではないか。そのような技術によってたいへんなスピードで変化し続けるのが現在である、という状況がこともなげに日常になる。

マイクロエレクトロニクス技術は汎用(はんよう)性が高い。それはいろんなところに使える。大衆の日常だけに使途を限っても、使い道つまり売りかたはさまざまにある。思いがけないかたちで、あるとき突然、とんでもないところにそれは出現し、しかも次々に革新されては交代していく。急速な変化そのものが大衆の日常となる。伝統などあっさりと断ち切られ、捨てられる。というよりも、伝統などの居場所はどこにもない。

古いもの、たとえばつい昨日は、そのような世界のなかでは、ただ消えるほかない。技術そのものは、革新されていくプロセスのなかに開発の歴史として蓄積されるが、末端の大衆にとっては昨日が過去にすらなることなく、ただ消えていく。変化し続ける現在だけが世界であり、それ以外に世界はないという日常を、大衆は生きることとなる。

昨日から今日へ、そして今日から明日へと、積み重ねられていく価値の世界は、イデオロギーの発生現場だ。マイクロエレクトロニクス技術が大衆の生活に浸透していくことをとおして、すべてのイデオロギーは稀薄になりただ消えていく運命となった。ある日を境にして完全に異なった世界となることが日常的に繰り返されるのだから、現実にイデオロギーはそのほとんどが消えている。

研究室のような密室のなかで、技術だけが純粋にいくら革新されても、意味はほとんどないのだということは誰にもわかる。その技術を日常のなかで使う大量の人たち、つまり大衆がいなくてはどうにもならない。日本にはそのような人たちがいた。多くの領域で質のそろった、勤勉な現場主義を生きかたの信条とする、便利さを受け入れるのをことのほか好む人たちが、日本には大量にいた。そのような人たちとの緊密な呼応の関係があって初めて、途方もない技術が日常へ絶えまなく応用され続けるという事態は可能となった。

技術が革新されていく速度、そしてその技術が応用される範囲の拡大される速度などは、そっくりそのまま、それを受け入れて使いこなした多くの人たち、つまり日本人の存在証明だ。そのような事態を作り出したのもおなじ彼らだから、彼らはそのような世界を作れるだけの力を持っていたという事実の証明でもある。いま彼らの身のまわりにある多くの小さな押しボタンの陰には、マイクロエレクトロニクス技術の先端がかならず潜んでいる。そのような押しボタンの多さ、そしてそれらをただ指先で押すだけで達成されることの多さについて、思ってみるといい。

いまこの瞬間も革新され続けている技術が、日常という陳腐な現場を埋めつくす。そしてそれを人々は使いこなしていく。そのような現在について、彼らはもはやなんの感慨も持ってはいない。五十年前から見ると想像すら出来なかった別世界がそこにあり、おなじ日本人とは言うものの内容的にはまったく別の人たちがそこに生きている。

そうなる以前の日本にとって固有のものだった日本文化は、崩壊し消滅した。そのかわりにいまそこにあるのは、マイクロエレクトロニクス技術の、日本における日常的な汎用のさまざまな形態だ。それをいまの日本文化、あるいはもっと曖昧(あいまい)に、日本的なもの、と言うことにどれほどの意味があるか不明だが、かつてとはまったく違った人たちがまったく別な価値観の上に立ち、まったく別な生活を送っていることは確かだ。

4

三種の神器という言葉に匹敵するほどの言葉を、それ以後の日本史年表のなかに捜して僕が見つけるのは、情報化社会という言葉だ。

「情報化社会、ソフト化社会の最大の特徴は、個別化である」と書いた三インチ×五インチのカードを一枚、いま僕は手に取って見ている。かつて僕がどこかで目にして、自分の勉強のために書きとめておいたものだ。前後の文脈をもう少し取り込んでおいたならもっとわかりやすいのだが、順を追って考えていけばこのワン・センテンスが言わんとしていることはすぐに理解出来るはずだ。

情報化社会やソフト化社会とは、たとえば現在の日本のことだと思っていい。自分から能動的にはほとんどなにもしなくても、作ったものに値段をつけて売るための情報、つまりなんらかのかたちで消費を訴え促すための情報が、大量に届いて来る。消費のためだけとは限らないが、とにかく自分のところに届いて来る情報によって、じつに多くの人がその情報の指し示す方向へ動いていく状態が出来上がっている社会、それが情報化社会だと理解すれば充分だろう。

いろんな情報があふれかえっている、と人は気楽に言うが、あふれているのは消費活動だ。そしてそれを促すための情報は、限界に近い状態にまで整理された上で発信される。あらかじめきわめて受け取りやすく加工された情報が世のなかへ注ぎ込まれることにより、その情報が目的としている方向に向けて大量の人の流れが出来る。このような効率の高さの上に、日本という情報化社会は成立している。

そのような社会の最大の特徴は個別化である、と言うときのその個別化という言葉は、けっして良い意味ではないし楽観もしていない、と僕は思う。文化的な統一のある関係や連帯、つながりなどから、どの人もひとりずつすべて切り離され孤立している状態を、個別化という言葉は意味しているのではないか。

情報そのものが、そしてそれよりも先に存在するはずの、広い意味での商品のほとんどすべてが、考えてみると最初から個別的だ。それを受けとめるとき、人は個別に、つまり誰もがひとりで、受けとめる。自分にとってそれは必要か必要ではないか、気に入るか気にくわないか、快適か不快か、欲しいか欲しくないか、欲望が触発されるかされないか、衝動を正当化してくれるか否か、というようなまったく利己的な判断をどの情報に対しても下すという意味において、情報の受け手は個別的だ。

ひとりで個別的に多くの情報を受け取る人は、その人自体が数多くの情報によって細かく寸断される。消費をとおして自分がしなければならないと思っていることはたくさんある、とその人は思っている。理屈で言うなら、送り出されてくる商品の数だけ、それはある。買いたい、買わなくてはいけない、と思っている商品の数とおなじ数に、ひとりの人というターゲットは分断される。統一感を中心軸にしてひとつのまとまりを持った、トータルなひとりの人ではなくなる。買う商品ごとに、その人はこま切れとなる。

なんの統一もない情報つまり消費活動によって、ひとりの人は細かくいくつにも切り刻まれる。内面ではまとまりとしての統一感がどんどん消えていく。まとまりがなければ方向だってただちに失われるだろう。しかし消費活動は、自分が自分や人々あるいは社会とかかわっていくにあたっての、唯一のと多くの人が思い込んでいる経路でもある。消費活動は自分の現状を肯定する手段だ。これをしないでいると、なにもしていない自分というものが見えてしまう。そしてそれはみじめな状態だから、消費をしないでいることはなんとしても避けなければならない。

作られた商品は売りさばかれる必要がある。そのためのターゲットは、ひとりの人をさまざまな欲望で細かく切っていくことによって、生まれてくる。消費活動がある一定の限度を越えると、ひとつひとつの欲望はどれもみなどうでもいいようなものばかりとなる。したがってどうでもいいようなものが商品になる。それを作って売るという、本来は意味を見つけがたいことが仕事になる。どうでもいいような消費を人々は繰り返す。統一やまとまりを持った自分と引き換えに、人は自分を細かく寸断し、そのひとつひとつを使って多様な消費をおこなう。

情報を受けとめるのは消費の前段階だ。どう受けとめるか、その受けとめかたにおいて、人は基本的にひとりだ。それが自分にとって必要か必要ではないかを、人それぞれ微妙に視点の異なる利己的な判断でさばいていく。人が利己的になっている状態は、ひとりでいる状態というものの典型だ。面白(おもしろ)そうか、そうではないか。快か不快か。人と差がつくかつかないか。欲望を喚起してくれるか、くれないか。衝動を後押ししてくれるか、そうではないか。

このようにひとりで利己的に刹那(せつな)的に受けとめるという基本と表裏一体のものとして、選んだそのものがその人にあたえる効果がすぐに消える、という基本的な枠組みがある。消えたあとへ向けて、次々に新しい情報が来る。あのときはそれ、いまはこれ、そして次がなにであるのか、当人こそもっとも知らない。

ターゲットとして細かく寸断されたひとりの人が、その寸断されたひとつひとつにおいておこなう消費活動は、どれもみなその場かぎりのまにあわせだ。受けとめる側における統一は失われる一方であり、自分はいったいなになのか、なにをしたいのか、どこへ向かっているのかなど、いっさいわからない宙吊りの状態の自分をめがけて、ばらばらの情報が間断なく届いて来る。

情報化社会・ソフト化社会とは、少しだけ悲観的に見るなら、たとえば以上のようなものだ。そしてそれは経済成長があって初めて可能になったことだ。だから経済成長というものは、固有の文化の消滅と、それ以後の社会的な質の無限の低下を、本質のひとつとして持っている。

消費の担い手としてのひとりの人は、あまりにもひとりであり、あまりにも多くの部分に寸断され、あまりにもそのときだけだ。そしてあまりにも次々に、消費活動をしなければならない。ひとりの人という存在にあるべきひとつのトータルな意味は、かたっぱしから失われていく。ひとりの人とその周囲にあるべき固有の文化は消えていくのみだ。というよりも、そのようなものがあらかた消えて久しいところに、情報化社会・ソフト化社会は成立していく。

人に消費活動をさせるのは企業群だ。伝統は消滅し、固有の文化は失われた。企業による商品が自分に向けて差し出されるのを待つだけという状態は、次々に要求するだけという状態と表裏一体だ。そして要求するというかたちで発揮される力は、たちどころに相手側に巧みに利用されるだけだ。

「真の文化とは時間の蓄積だ」というワン・センテンスを書いた三インチ×五インチのカードをいま僕は見ている。僕自身の言葉ではなく、どこかで目にして書きとめておいたものだ。次々に送り出されてくる商品を買いさえすればそのときはひとまずそれでいいという、まにあわせの手っ取り早さが連続していくだけというありかたとはまったく反対の側に、真の文化はあるらしい。

真の文化が時間の蓄積であるなら、真の文化を生んでいく作業にとってまずなによりも必要なのは、豊かにある自由時間だ。そのなかでまとまりのある生活を継続的に作っていくためにもっとも必要なのは、高度に個性的で独創的な才能と、それを発揮し続ける強靭な意志だ。そしてこういうものは、どうでもいいような商品の消費をとおして身につくものではない。

大衆が消費の主役であることで成り立っている社会では、その大衆の数の多さがもっとも重要な問題だ。伝統が消滅したあとの経済成長社会では、人は画一的な商品を相当なところまで引き受けることが可能なのであり、その意味では大衆を均質な多数としてとらえることは可能だ。したがって経済成長がスタートしてからこちら側の日本では、大衆はことのほか均質な存在としてとらえられてきた。消費者の内容や質はどうでもいい、購買力があればそれでいいという意味でも、大衆は均質なものとしてとらえられてきた。

買う人の内容や質はどうでもいいとは、商品そのものに価値はともなわないし、商品が作られるにあたって最初から使用者の質的な向上など考えに入ってはいないということだ。ひとりひとりはばらばらに孤立し、細かく無数に寸断されて統一を失う。彼らどうしが結びついて生活文化を作っていくための接点が、おたがいにどこにもない、ものごとを正しく判断する基準点のない大量の人たちが生まれ、彼らが大衆として消費を担う。

経済成長とは、それがおこる前の状態から眺めるなら、社会のあらゆる領域で実現されたにわかには信じがたい激変だ。そのような激変を受け入れ、自らそれを促進するような性質を持った社会ではないと、経済成長は少なくとも滑らかにしかも短期間に可能とならない。

一九六〇年代の日本という十年間のなかで、主として農村から都市部へ人口の大移動がおこなわれた。農村という固有の生活を持った地域から都市部へ移動した多くの人たちは、それまで身を置いていた生活から引き離され断ち切られ、もはやそれを継承することも体現することもない、単なる雇用者となった。画一的な消費生活という、それまでの生活とはまったく質の異なった生活を、彼らは始めた。彼らの生活では新製品を買うことによってそのつど充足感がもたらされた。そしてその充足感はたいそう画一的だったから、それのそもそもの発生点である広告宣伝を、きわめて効率の高いものにした。経済成長という激変は、そのことによって内部から加速され続けた。

大衆が画一的に消費するものは、じつはすさまじく偏っている。企業群が利益の追求手段として開発し製品化した商品が、生活の全領域をまんべんなくしかも真に文化的に満たしているとは、誰も思っていない。企業にとって都合のいいもの、商品化しやすいもの、そして大衆によって消費されやすいもの、好まれやすいものだけが、大量に商品となる。

消費対象の偏りやバランスの欠落の程度はもはや尋常ではない。便利なもの、手っ取り早いもの、享楽的なものなどに向けて、商品は圧倒的に偏っている。そしてそのような偏りのさなかで、これまで以上の需要を作り出そうとする行為、つまり激しく偏ったかたちでの大衆の欲望のさらなる正当化が、おこなわれ続ける。以前より状況はさらに悪くなったのに、良くなりつつあると思わせる行為がその正当化にともなう。買うこと、つまり自分の欲望を満たすのは正当なことであり、その正当さによって自分は向上しているのだと大衆は思う。

画一的な商品を買い続けることをとおして、商品を買うだけでは満足出来ない領域が少しずつ見えてくる。買えば買うほど、買うことによる満足度は小さくなっていく。満足度が小さいという不満に、買うだけでは満足出来そうにない領域というものが、おぼろげにせよ見え始める。いつまでたっても真には充足しないまま、こんな状態が唯一の道であるはずがないと感じつつ、それに代わるべきものはいっこうに見えてはこないという閉塞(へいそく)感のなかに、いまの日本はある。

　これまでのありかたに代わるべきまったく別のありかたを見つけるのは、原理的にはたいへんに簡単なことだ。これまでのあまりにも偏った消費は、日本の会社主義が作り出したものだ。そしてその会社主義を国が支えた。これまで日本の会社は、社会やその文化とはじつはほとんどまったく無関係に、自分の都合だけの上に立ち自分の利益のみを追求してきた。矛盾や犠牲の上での高い効率は利益を上げた。これからは、社会ぜんたいとの緊密で文化的な関係の内部に自らを置くという、これまでまったく無縁だった巨大なコストを、永続的な厳しいルールとして引き受けつつ、そのなかで利益を見つけていかなくてはいけない。どんなに簡単に言っても、これはたいへんなことだ。これまでの会社主義は、いったんひっくり返るのだから。

　文化的には非常に貧しい教育システムから送り出された、しかし会社の人としては優秀な人材は、会社のなかの仕事のエキスパートになっていく。あるひとつの小さな部門の専門家として特化していく日々が誰にとってもの生活となる。そしてそこで得た知識や体験で世界ぜんたいを判断しようとするとき、その判断は非常にしばしばたいへんに保守的であったりひどく間違っていたりする。

　その人はこれからはそのような世界から出ないといけない。会社だけが世界であり、その外に世界などないと考えていた人が、会社の外へ出なければいけない。しかし、いまの日本で会社の外になにがあるだろう。会社のある場所や会社の仕事で動きまわる地域のぜんたいを職とするなら、住は寝に帰るだけのところとなって久しくないか。住はひとつのコミュニティであるはずだが、会社まで電車の乗り換えがないからというような理由でたまたま住んでいる場所が住だ。コミュニティまで会社のなかに取り込まれている。

コミュニティの集まりが社会だとするなら、人にとっての真の現場はやはりコミュニティしかない。

人はみんなおなじようなもの、という恐るべき大前提で突進してきた会社主義は、規格品の大量生産と販売の技術を発展させ拡大させてきた。その技術が、経済成長つまりひどく偏った消費のシステムを作り出した。そしてそのなかに身を置くことだけが生活となった。商品がカヴァーしていない領域あるいはカヴァーしきれない領域は、存在しないも同然の扱いを受けることによって、犠牲になってきた生活だ。じつはそのように犠牲となってきた領域のなかにこそ、真の多様性があるはずだ。この多様性に画一的な商品で幸福がもたらされるとは、もはや誰も思っていない。

英語のIに相当する日本語は、自分にとってもっとも強固なアイデンティティーという意味において、ひょっとしたら「うち」ではないかと僕は思う。自分が勤めている会社のことを「うち」と呼ぶときなどの、あの「うち」だ。「うち」の論理が支えた五十年、などと言うと平凡な評論のタイトルのようだが、戦後の日本は数多くの「うち」がそれぞれに「うち」の内部で、すさまじく頑張っていくプロセスだった。そのプロセス、そしてそれがもたらした結果を、けっして過小評価してはいけない。現在の日本のすべては、「うち」の頑張りの上に立っているのだから。

ほとんど誰によっても「うち」と呼ばれる会社群が日本を覆いつくし、それらの会社群は強い力を持ち、日本は会社となった。「うち」のなかが世界のすべてであり、その外にはなにがあるのですかと問われたなら、いちばん外の枠はまあ「くに」だろうかという程度の認識にとって、官僚組織とその力はたいへん似つかわしい。会社群を保護し育成し、管理しつつそれによりかかってきた官僚組織も、「うち」のなかのものだ。

つい昨日までは「うち」が世界のすべてだったのに、その「うち」が外のぜんたいと直結されないことには次の時代はあり得ない、という状況がすでに始まっている。「うち」が「うち」のなかで頑張っていた時代には、「うち」のルールだけでことは足りた。外のぜんたいと直結されるとは、「うち」のルールは外のルールと同一になる、ということだ。「うち」は自らを開き、外のルールを取り入れ、それにのっとって考え行動していかなくてはならない。

いつも切実に外と接している会社群では、「うち」を開いてルールを外とおなじにしていく作業が、とっくに始まっている。「うち」を開くことに関して最後まで抵抗するのは、官僚組織だろう。官僚組織に準じた組織、つまり外との切実な接触のまだない領域でも、抵抗は試みられることだろう。「うち」を開いていく部分と開かずにおこうとする部分との二極分化の日本、という呑気(のんき)な見取り図にとって、もっとも呑気ではいられないのは、神経中枢とも言うべき金融が、外の世界と直結されるという事態だ。「うち」の時代はどうやら終わったようだ。

僕の国は畑に出来た穴だった

1

僕はいま一枚の写真を見ている。八十センチ四方ほどの大きさにプリントされた、黒白の航空写真だ。二メートルほどの距離を置いて画面のぜんたいを眺めると、ディテールのなかなか鮮明な写真だ。プリントのしかたに注意を払い、範囲をもっと狭くしぼり、これの四分の一ほどのサイズにプリントしたなら、細部はもっと克明に浮き上がるのではないか。昭和二十二年十一月七日の午後、おそらく二時から三時頃にかけて、上空から撮影されたものだ。

占領した日本を統治していくにあたって、GHQは膨大な基礎資料を整える作業をおこなった。たとえば戦後の日本全土を飛行機から写真に撮影し、重要な基礎資料の一部とした。文字どおり全土を、くまなく撮影しつくしたのだ。僕がいま見ているプリントは、そのような写真のネガからプリントしたものだ。撮影された当初は米軍にとっての軍事的な資料だったはずだが、いまではとっくにそのぜんたいが公開されている。位置と範囲を指定し、自分がもっとも希望している撮影年月日に近いものを選んでリクエストすると、それはじつにあっけなくかなえられる。なにかをするにあたって、情報を収集し蓄積させて機能的に管理し、正しく解読して有効に使用していくというシステムの機能力は、日本とアメリカとのあいだでは昔もいまも馬鹿ばかしいほどに格段の差がある。その格段の差に、いまでは公開度の差が加わっている。

僕がいま見ているその航空写真の右端は、上から下まで瀬戸内海の海だ。上空からとらえた海の、黒白のプリントにおける色には、僕の視線を引きつける力がある。その海に沿って、上から下まで、今津川の河口につながる海岸線だ。その今津川が画面の下を左から右へと横切っている。画面の右上から左下に向けて、山陽本線がのびている。昔の国鉄の、いまの言葉では在来線などと呼ばれる線路の、地形に則した結果から生まれてくる必然としてのカーヴをたたえたのびかただ。地形や線路、そして道路などのごく基本的なありかたは、昭和二十二年と現在とのあいだに、さほど大きな変化はないはずだ。

昭和二十二年十一月七日に撮影されたこの航空写真のなかに、僕がいる。この年のこの月、この日のこの時間、この航空写真がとらえた範囲のなかに、まず間違いなく僕はいた。僕はここにいました、と指先で一点を示すことが出来る。まだ就学以前の幼さだった僕が、住んでいるとも滞在しているとも言いがたい、そのどこか中間のような状態でいた家を、この航空写真はとらえている。

当時の国鉄岩国駅は画面の中央にある。ひと目でそれとわかる。駅からその家まで歩くとき、あるいは家から駅まで歩くとき、妙にまっすぐな幅の広い道をかなり長く歩いた、という記憶がある。これがその道かな、と僕は黒白の写真のなかから一本の白い筋を選び出す。その筋を画面の右上に向けてたどっていくと、「あの家がここに映っている」と自分に言いながら、僕はその家を指先で押さえることが出来る。

四倍のルーペでのぞき込むと、かなりぼけた写真であることがわかる。しかしそのぼけ具合のなかにもディテールを読み取ることは可能だ。そしてそのディテールのひとつひとつが、僕の記憶のなかのディテールと重なっていく。記憶の曖昧(あいまい)な部分、あるいは不正確な部分を正しく修正してくれるほど、写真のディテールは鮮明だ。

駅からのまっすぐな道を右上に向けてたどっていくと、その道は一本の川と合流する。潮の干満に合わせて、その川も満ちたり干(ひ)いたりしていた。人々はその川を入り川と呼んでいた。合流地点には橋がある。しかしその橋は渡らず、川の東側にぴったりと沿い始めるその道をなおもいくと、ふたたび橋がある。この橋を渡る。橋の下、東側の水面に橋の影が出来ている。その影をルーペごしに見る僕は、あの頃のこの地方で体験した、十一月初旬の気候の感触を、全身の感覚のなかに思い出す。陽ざしは淡く斜めだ。寒さとしては、もう冬かなあ、と思う程度でしかないが、その寒さにはくっきりとした透明な直接性が満ちていた。思い出すそのような気候感のなかを、いまの僕がルーペごしの視線で歩いていく。

道は橋を越え川の向こう側にまわり込む。川に面して家なみがあり、やがてその道は山陽本線の下をガードでくぐる。橋からそのガードまでのあいだの家なみのまんなかあたりに、当時の僕がいた家がある。僕の祖父がハワイから帰国し、故郷に錦を飾ったその錦の一例として建てた家だ、と僕は聞いた。上空から見る家なみのなかではいちばん大きい。家のすぐうしろは、老齢な中国山脈のあの優しげな山裾(やますそ)だ。雨の季節には土砂崩れが危険だ。細かく砕かれた花崗岩(かこうがん)という土質と、その上に積もった松葉の匂いが独特だ。その山裾に向けて、家の建物は中庭を抱き込んで「コ」の字になっている。農家ではないし商家でもなかったから、町家の一種だろう。子供心にも使い道のよくわからない、不思議な家だった。二階から外の道を見下ろす部屋のひとつが、僕の部屋だった。窓から屋根へ出て、屋根の縁から電柱を伝わって道へ降り立つ、というのが僕の得意なコースのひとつだった。

　昭和二十二年、一九四七年、幼い僕がいた家の周辺を、四倍のルーペごしの視線となって、僕は歩きまわる。その視線は、いまの僕だけのものではなく、当時の僕のものであるようだ。山陽本線のガードは懐かしいというよりも現在そのもののような気がする。線路はスロープの上にあり、このスロープは全線にわたって子供たちの絶好の遊び場だった。列車の通過を狙って線路に釘(くぎ)を置いておくと、通過したあとその釘はものの見事に平たくなっていて、子供にとっては財産となった。川にかかる短い鉄橋の、線路の下にある鉄の桁(けた)や柱につかまって体を小さくし、頭上を貨物列車が轟々(ごうごう)と通過していくのを体感する、という遊びもよくおこなった。

　航空写真の画面を斜めに横切る山陽本線の上に、列車はいないだろうかと思った僕は、右上から左下まで、ルーペごしに線路をたどってみた。二階の僕の部屋から、スロープの上を走る列車がよく見えた。窓辺で待っていると、いつだってほどなく、蒸気機関車に牽引(けんいん)された列車が走って来たものだった。しかし航空写真のなかには、走る列車はとらえられてはいなかった。岩国駅には貨物列車が停車している。貨車の数を数えることが出来る。二階の窓から見る貨物列車の貨車の数を、僕はよく数えた。ひっきりなしにと言っていいほどに、貨物列車が走っていた。貨物列車とは、物流にほかならない。昭和二十二年の日本では、早くも貨物列車がひっきりなしに走っていた。岩国駅から今津川に向けて下ったのち、画面の左上に向けて方向を変え、岩徳線がのびていく。この汽車にも錦帯橋(きんたいきょう)へいくために僕はしばしば乗った。航空写真のなかには岩徳線の列車もとらえられてはいなかった。

テーブルの上に広げて見ていた航空写真を、僕は押しピンで壁の低い位置に止めた。二メートルほど離れて写真と向き合い、僕はフロアにあぐらをかいてすわった。僕の正面に昭和二十二年十一月の岩国駅が見える。駅のすぐ南側には操車場が見える。線路が何本もある。この操車場の転車台で蒸気機関車が向きを変えるのを、飽きることなく眺めたことを僕は数十年ぶりに思い出した。僕はルーペでその転車台を探した。すぐに見つかった。やや白く映っている丸のまんなかに、まっすぐに太い直線のあるこれが、あのときのあの転車台だ。一般の公道から操車場の敷地に入るまでもないすぐのところに、その転車台はあったのだ、といまの僕がルーペの倍率の彼方(かなた)で思う。

駅と操車場を中心にしてその周囲には畑が広がっている。畑の作付けの様子まで、写真のなかにはっきりと見ることが出来る。そしてその畑には、小さな黒い丸がたくさん散っている。規則性があるようなないような、奇妙な散りかただ。岩国駅と操車場をあいだにはさんで山陽本線の両側に広がる畑の、ある一定の範囲内に、黒い小さな丸の散乱は集中している。その意味では、黒い小さな丸点の散りかたには、規則性があると言っていい。

この黒い小さな丸のひとつひとつは、爆弾の爆発によって出来た穴だ。一九四五年八月十四日、つまりあの戦争が終わる前日、マリアナから飛んで来たアメリカの第二十航空軍の、Ｂ－29という爆撃機の編隊が落としていった爆弾の炸裂(さくれつ)が畑に作った穴だ。

Ｂ－29による爆撃を岩国は五回にわたって受けたという。一九四五年の五月十日、七月二十四日、二十八日、そして八月九日と十四日だ。第二十航空軍が公式に発表した資料を見ると、五月十日には八回の出撃が記録されている。そのうちのひとつでは、大島の燃料庫と呉(くれ)の海軍工場とに、八十八機のＢ－29が爆撃を加えている。五月十日の岩国空襲とは、おそらくこれのことだろう。七月二十四日には川西の宝塚工場と桑名が、おなじく八十八機のＢ－29で爆撃を受けている。川西とは、今津川の西側にある工場地帯だ。

七月二十八日の岩国空襲は、第二十航空軍の資料には見当たらない。僕の調べかたが不徹底なのかもしれない。八月九日の爆撃記録も見つからない。そして八月十四日には、じつに百十五機のＢ－29が、四千七百メートルから五千五百メートルという高度から、麻里府(まりふ)操車場に爆弾を落とした。操車場のあるあたりは、いまでも麻里府という。僕が壁にピンで止めていま見ている昭和二十二年十一月の航空写真のなかで、駅と操車場を中心に散っているたくさんの黒い小さな丸点は、この八月十四日の爆撃によるものだ。

昭和二十年に撮影された航空写真だけを見ると、投下された爆弾は駅にも操車場にもほとんど命中していず、その両側の少しだけ離れたあたりに、集中的に落下したように見える。当てようとした操車場にはぜんぜん当たってないじゃないか、という見かたはまったく間違いだ。昭和二十二年というと、敗戦から二年が経過している。鉄道に受けた被害は、このときすでにすべて修復されていたはずだ。だから鉄道には丸い小さな黒い点はひとつも見えない。鉄道を中心にしてその両側に向けて、爆弾の穴は次々に埋め戻されたに違いない。だから昭和二十二年の航空写真には、操車場の両側の畑のなかにしか、爆弾の穴はない。

日本の各地に爆撃を加えているさなかあるいは爆撃直後に、米軍によって撮影された航空写真もいまでは公開されていて、珍しくもなんともない。日本の出版物のなかでも、そのような写真を嫌というほどに見ることが出来る。たとえば『米軍が記録した日本空襲』（草思社）には、岩国の麻里府操車場に爆撃が加えられた直後の写真が掲載されている。

それと知らなければこれがどこなのかまずわからないだろう。なにを写した写真なのかすら理解出来ないのではないか。いま僕が見ている昭和二十二年の航空写真と照合させると、これはまさに上空から見た爆撃直後の麻里府操車場だ。駅と操車場には大量の爆弾が命中している。その周辺一帯も、無傷の地表はほとんどないほどに、重なり合う爆弾の穴でびっしりと覆われつくしている。百十五機のB－29が積めるだけ積んで来た爆弾を、ひとつの駅とその操車場を狙ってばら蒔けば、その結果はこうでしかあり得ない。爆撃は午前十一時十五分から始まり、三十分続いたという。駅の国鉄職員や汽車を待っていた人たちを中心に一千名以上の死者が出て、遺体の処理が終わったのは十日後つまり八月二十四日だったという。

操車場の南側に広がる畑のなかに、僕の祖父の所有していた畑、あるいは親戚の人たちが所有して野菜を自ら作ったり、人に貸したりしていた畑があった。この畑へ僕はしばしば出かけた。畑のなかにひとりでいていろんなことを観察していると楽しいからだ。学校へはいかないかわりに、僕はひとりで無鉄砲にいろんなところへいく子供だった。畑へいって親戚の人が作業をしていると、僕は日が暮れるまで喜んで手伝った。

畑そのものとはなんの脈絡もなしに、畑のあちこちに丸い池があるのはたいそう不思議だった。僕が爆弾の穴を最初に見たとき、その穴はすでに池になっていた。雨水がたまり、地下からの湧き水もおそらく加わり、満々と水をたたえて水草ののどかに繁る、立派な生態系としての池だった。蛙は当然のことのようにいたし、おたまじゃくしもいた。池によっては人の放った魚が、すっかりそこになじんで生活していた。

このような池に絶対に入ってはいけないと、親しい人々もそうではない人たちも、無鉄砲な僕に常に厳しく警告してくれていた。警告されるまでもなく、僕はそのような池は観察するだけでなかには入らなかった。大小の差は多少はあるものの、どの池もきれいに丸かった。そして池の中央に向けてのスロープがかなり急だ。生態系としてはたいへんに牧歌的なのだが、そのようなぜか丸い池には、どことは言いがたく暗い雰囲気があった。危険な感じと言ってもいいし、冷たさと表現してもいい。五千メートルの高度でB-29の弾倉を出て地表に落下して炸裂した、破壊と殺戮のみを目的とした爆弾の作った穴の池だ。暗くて危険そうで冷たい雰囲気があって当然だろう。野山や海で遊びまわって直感を感覚の内部にたくわえた子供なら、こういう池には手を出さない。

畑のあちこちにあるこうした丸い池が、アメリカの爆撃機の落とした爆弾によって出来たものであることを、親しい人たちは幼い僕に教えてくれた。敗戦の前日に麻里府操車場が爆撃を受けたとき、さきほど書いたあの「コ」の字型の大きな家に僕はいた。駅からその家まで、子供の足で歩くとかなりあるが、爆撃機にとっては至近距離だ。しかし僕には、たとえば編隊の爆音を聞いた記憶すらない。駅が爆撃を受けたという話は、身近にいた人たちから聞いたような記憶がうっすらとある。

　東京で信濃町の慶応病院で生まれた僕は、そのままいけば東京の子供になっていたはずだった。しかし東京は日増しに激しく爆撃を受けるようになり、父親は僕を遠くへ避難させることにした。とっくにハワイから引き上げていた祖父のところなら東京から充分に遠い、と父親は単純にも思った。麻里府が百機を越えるB-29の爆撃を受けると知っていたなら、父親は僕をどこへ避難させただろう。東京から汽車で一昼夜以上におよぶ疎開旅を、種明かしされるときのサブリミナル映像のように、僕は記憶している。

　空襲、焼夷弾、爆撃、防空頭巾、防空壕、といった言葉を東京にいるときに僕はすでに知っていた。「出てこいニミッツ、マッカーサー、出てくりゃ地獄へ逆落とし」という歌の文句も、その部分だけはメロディとともに知ってもいた。まだ赤子同然なのだが、その赤子を取り巻く外界の様子に、なにか変だなあ、という感触を持っていた記憶がある。自宅のなかが守られた安全な世界だとするなら、その外にある外界に関しての僕の最初の記憶は、これはなにかが変だ、というものだ。おそらく練馬あたりだと思うが、ある晴れた日に爆撃を受けた。僕が住んでいた目白周辺まで、晴れた日の昼間だというのに、空は濃い灰色に変わった。曇った日の灰色とは基本的にまったく質の異なる、奇妙で不気味な灰色だった。妙な匂いがした。当時の木と紙そして土壁の民家が、折り重なって燃えるときの匂いだったのだろう、といまの僕は思う。黒こげになった障子紙や襖紙の破片が、灰色の空の下を奇妙な匂いとともに飛んで来ていた。赤子をあなどってはいけない。赤子は事態の核心を相当なところまで感じ取って記憶しているものだ。自分の国は戦争をしていて、しかもすでに敗色が濃厚だったから、外界は赤子にとっても変だったのだ。

　麻里府の操車場が大爆撃を受けた明くる日、自分の国がしていた戦争は終わった。戦争が終わった、と人々は言っていた。そうか、戦争は終わったのか、と幼い僕は思った。聞いたことをおうむ返しのように自分でも思ってみただけであり、具体的なあるいは特別の感慨はなにもなかった。そしてそれはそのときの僕の、年齢的な幼さにたいそうふさわしい。

　終わってから十日ほどあと。はっきり日数を記憶しているわけではないが、いまならかなりの根拠を持ってそう書ける。戦争が終わって十日ほどあと、八月も終わりに近い日のお昼前後、家の外で遊んでいた僕は、橋のほうから歩いて来たひとりの男性に声をかけられた。三十代なかばないしは後半の年齢の、中肉中背を絵に描いたような、誠実そうな雰囲気の人だった。日本の軍人のような服装をしていた。軍靴にゲートル、そして国防色のズボンに白い開襟シャツ。家の人を呼んでおいで、とその男性は優しく僕に言った。

　家のなかに入った僕が、たまたまそこにいた人たちとともに外へ出ると、その男性は隣近所の人たちを数人、すでに自分の周囲に集めていた。集まった人たち全員に向けて、その男性は奇妙なことを言った。あと十五分ほどもすると、この道を三台のトラックがとおります。どうか皆さん、そのトラックをご覧にならないように、家のなかに入っていてください、特に子供たちがトラックを見ないように気をつけていてください。よろしいですか、お願いしますよ、三台のトラックがとおり過ぎるまで、皆さんは家のなかにいて外を見ないでください。そう言い残して、その人はさらに次の隣近所へと、歩いていった。ほどなくここを通過する三台のトラックを見ないように、と人々に触れてまわるのが、そのときの彼には職務の一部だった。

見てはいけないと言われると僕は見る。二階の自分の部屋に上がり、なんとなく窓辺にいるだけで、川に沿って直線でのびてくる道を遠くまで見渡すことが出来た。橋を越えると道は家の前を鉄道のガードに向けてのびていく。眼下をトラックがとおるなら、橋を渡るずっと以前からガードをくぐって見えなくなるまで、二階の僕の部屋の窓からまる見えだ。

待っているとまっすぐな道の向こうにトラックが見え始めた。さきほどの人が言っていたとおり、三台のトラックだ。走って来るそのトラックに、見てはいけないような理由はどこにもないように思えた。橋に向けて接近し、一台ずつ橋を渡った。そして僕の家の前の道に入り、最初の一台が僕の目のすぐ下を通過していった。荷台にはその四辺に大きな板をあてがい、荷台が見えないように、そして通常よりは余計に積めるようにしてあった。積み荷がなにであるのか、誰にでもひと目でわかったはずだ。

丸裸の焼死体が山積みになっていた。どの死体も胴や四肢が丸々とふくれ上がっていた。四肢を縮ませる途中でそのまま固定してしまったようなポーズで、なぜか仰向けになっているものが多かった。文字どおり黒焦げの部分と、鮮やかなピンクの部分とに分かれている焼死体は、荷台の上での向きがばらばらだった。一台めのトラックの積み荷をそのようにして見た僕は、二台めからは見なかった。さらに見ることに、どれほどの意味があるだろう。

荷台の上に積み上げられた数多くの焼死体の、向きがばらばらであることを見て、ひとりの子供は直感する。焼死体をこのトラックに積み上げる作業をした人たちは、心を鬼にして、とにかく一体ずつ荷台にほうり上げたのだ。直感することはもうひとつある。荷台の上で折り重なる焼死体のなかに、子供の小さな焼死体があるとするなら、それはこの自分であってもなんらおかしくはない、ということだ。

麻里府操車場が爆撃を受けて千人を越える死者が出たこと、そしてその遺体の処理には十日もかかったことを、さきに僕は書いた。僕が二階の窓から見たのは、処理される途中のその遺体の一部だった、と断定していいと僕は思う。操車場の周辺の畑に、いまはもう爆弾の穴はないだろう。ひとつくらい残っているかもしれない。あるいは、畑そのものがすでに残っていないかもしれない。しかしいま僕の目の前にある航空写真には、敗戦二年後の爆弾の穴がたくさん見える。奇妙に丸い、静かに危険な池として、爆弾の穴は僕の記憶のなかにもある。

爆弾の穴の記憶は、見ないでくれと言われたトラックの荷台の、積み上げられた焼死体と分かちがたく重なる。そしてそこからさらに延長線をのばしていくと、国家つまり自分の国というものに関する、時間的にも内容的にも原点と言っていい記憶に、その延長線はまともに突き当たる。生まれてふと気がつくと、自分の国は戦争をしていた。その戦争には、客観的な形容語句をつけたほうがいい。まるっきり勝ち目のない、というような語句だ。開戦当時の日米の海軍力の差を示す数字を見ると、絶望と悲しみで気持ちはまっ平らになる。「出てこいニミッツ、マッカーサー、出てくりゃ地獄へ逆落とし」と人々は歌った。こういう歌の品性の上下は問わないとしても、それを支えている主観的な願望の、なんと浅くそして脆くあったことか。

壁にピンで止めた昭和二十二年の航空写真に接近して、僕はすわりなおす。そしてルーペごしに見ていく。ルーペの丸い視界の底には、昭和二十二年に幼い僕が住んでいた近辺が、ほどよくぼけて浮かび上がる。ルーペをのぞき込んでいるのは現在のこの僕だが、その視線がいったんルーペのなかに入ると、そこからはその視線は昭和二十二年の僕の視線に入れ替わってしまうようだ。僕は二重になる。僕は当時の僕に戻り、当時の自宅の近所をルーペのなかで見て歩く。

夏の晴れた暑い日、自宅で僕は昼食を食べる。食べてしばらくして、僕は二階の窓から外の川を見る。潮の満ち干きに合わせて、水位が大きく上昇したり下降したりする川だった。いつもの満潮時の水位を越えて、ひときわ満潮になるときがあった。そのときには、水位は路面とほぼおなじ高さになった。川に潮が満ちているのを確認した僕は、一階へ降りていく。家の奥から玄関に向けて走っていき、家の外へ出る。

家のなかのひやっとした空気から、外の暑く照らされた空気のなかへ僕は出る。夏の陽光を全身に浴びて、僕は川に向けて走っていく。十歩も走らずに道を横断出来たと思う。舗装されてはいない道の、裸足の足の裏に対する感触を、当時の僕に戻って僕は感じる。道の縁をひと蹴りして、僕は潮の満ちた川へダイヴする。子供の体はいっぱしに水面を叩き割る。そのままクロールで対岸まで泳いでいき、石を積み上げた護岸を上へよじ昇っていく。夏の陽を受け続けていた石の熱さを、両手に、顔に、腹に、そして足に、いまも僕は感じる。

橋の欄干を突き破って消防自動車が川へ落ちたことがあった。川の向こう側を、川に沿ってまっすぐにのびる道が、川のこちら側へ移るために斜めに越える橋だ。川はほぼ満ち潮だった。橋に向けて入って来るその消防自動車を、僕は自宅の二階の窓から見ていた。速度は速すぎる、と僕は思った。次の瞬間、消防自動車は木製の欄干をへし折り突き破り、川に向けて落ちていった。盛大な水しぶきが上がった。自動車はすぐに川の底に沈んだ。乗っていた人たちはみな無事だった。笑いながら、あるいは首をかしげたりしながら、それぞれに護岸へ泳ぎ、道へ上がってきた。

川底に横倒しになった赤い消防自動車は、しばらくそのままだった。潮が干くたびに、不思議な光景が川のなかに現出した。潮が干ききった川でも、子供たちはよく遊んだ。消防自動車のそばへいってはいけない、と大人たちは厳しく言っていた。自動車を引き上げる作業がやがて始まった。いまならクレーン車が来て、おもむろにつり上げてそれでおしまいかと思うが、当時は違っていた。

川底からちょうど僕の家の前あたりに向けて、木製のスロープが何日かかけて組み上げられた。横倒しになったままの消防自動車は、川底で本来の姿勢に戻された。一台のトラックが道の上からワイアー・ロープで斜めに引っ張りながら、それに合わせて何人もの男たちが、川底で赤い自動車を押した。自動車は少しずつ木製のスロープへと接近していき、いったんスロープに乗るとそこからはかなりあっけなく、道へ引き上げられてしまった。消防自動車はどこかへいってしまい、丸太や板を組んだスロープだけがあとに残った。それはしばらくのあいだそのままそこにあった。子供たちの遊び場になった。そしてある日のこと、それも取り壊され、跡形なくすべては消えた。

思い出すことはいくつもあるが、それひとつでくっきりと独立した出来事の思い出は、ありそうでいてなかなかない。断片的で小さな思い出がおたがいにいくつも重なり合い、にじんでぼけてくっつき合い、遠いと言うなら遠い過去にふさわしく、曖昧に漂っているだけでほとんどなんの役にも立たない。僕は瀬戸内育ちですというようなひと言を、僕だけのためにかろうじて支えてくれている。

橋から川に落ちた消防自動車という出来事は、おそらくもっとも輪郭の鮮明な、しかもそれだけで独立し得ている出来事だ。その川の前に建つ家に住んでいた頃の僕にとっては、この出来事が輪郭の明確さにおいても独立度の高さにおいても、最高の出来事だった。しかしいまの僕にとっては、これを越える出来事がひとつだけある。当時はさほどにも思わなかったが、いまなら一位にしなければならない出来事だ。

一九四五年八月六日の午前八時十三、四分頃、僕は自宅近くの山陽本線のガードの下をくぐった。前夜を自宅ではないどこかで過ごした僕は、朝のその時間、自宅へ帰ろうとしていたのだろう。どこで過ごしたかとうてい思い出せないという事実には、朝のその時間に自宅に向けて歩いていたのなら、しばしばそうであったように朝食を食べに家へ帰ろうとしていたに違いない、という推測を重ねるほかない。

ガードから自宅の前まで、子供が普通に歩いて三分もかからない。自宅の隣りの家の前を歩いていたとき、僕の背後のぜんたいから、非常に明るい光が射して僕の全身をかすめてとおり越し、前方に向けて走り去って消えた。ほんの一瞬の、しかし強力に明るいその光に対して、子供は子供らしく反応した。誰かがうしろから懐中電灯を照らしたのだ、と僕は思った。僕は振り返った。道を歩いている人はひとりもいなかった。

　真夏の晴れた日の朝の、あの強く明るい、すべてのものをくっきりと浮き立たせる自然光のなかを、それとはまったく異質の、そしてその異質さにおいて自然光を越える光が、重なりつつもひとつに溶け合うことはないまま、自宅前の見なれた光景のなかを一瞬のうちに走り抜けた。なにが光ったのだろうかと思いながら、僕は自宅に入った。そしてすぐに、その光は僕の意識の外へ出てしまった。

　このときのその光は、広島に投下された原子爆弾が、上空五百メートルほどのところで爆発した瞬間に放った、閃光(せんこう)だった。ピカドンの「ピカ」のほうだ。ピカッと光ったのちにドーンと爆発音が轟(とどろ)いたからピカドンだ。庶民の端的な造語能力が見事に発揮された一例だ。「ピカ」は僕をかすめて走り抜けていったが、広島から岩国まで離れていると、さすがに「ドン」のほうはまったく聞こえなかった。

　いつものとおり一日じゅう外で遊んだ僕は、夏の午後のいちばん奥の時間がゆっくりと夕方へと落ちていく頃、自宅に帰ろうとして道を歩いていた。潮の満ち干きするあの川の外側にぴったり沿うまっすぐな道のまんなかあたりまで歩いていくと、そこに近所の人たちが数人、立っていた。彼らは東のほうを見ていた。

　当時の空気中にはたとえば排気ガスや煤煙(ばいえん)などの不純物は皆無だったと言っていい。たいそう牧歌的に澄んだ夏の夕方の東の空は、昼間とは違った色調のきれいなブルーだった。視界の端のほうに少しだけ白い雲があり、その雲の複雑な造形の縁は低く位置を落とした太陽の光を受けとめ、淡くピンク色に染まっていた。

その空に、黒い雲の柱が高く立ち上がっていた。黒い雲といま僕が書くのは、それを見たそのときそうとしか言いようのないものに見えたからだ。円柱だということは見てすぐにわかった。太かったかそれとも細かったかと問われるなら、それは明らかに細かった。かすかにでこぼこのある、まっ黒くて細い、途中で少しだけ曲がったりしている、しかし高さは充分にある黒い雲の柱だった。そしてその柱の頂上には、黒い傘のような雲が広がっていた。

生まれて初めて子供が目にする異様なものだったが、それほど驚愕(きょうがく)した記憶はない。あれはいったいなんだろう、とは思った。広島に爆弾が落ちた、その爆弾は原子爆弾だ、というような大人たちの会話を僕はそのときそこで聞いた。黒い傘を頂上に広げた、細く高く黒く立ちのぼっている雲の柱を、僕はしばらく眺めた。それからどうしたか、記憶はなにもない。いつものように子供は自宅へ帰った。そして夕食に向かう時間のなかで、東の空に見た光景は子供の関心の外へ出たのだろう。

爆発して一分後には一万メートルもの高度に達し、さらに上昇を続けたというキノコ雲を、僕はこのようにして見た。その日の朝、やはり外で見た一瞬の人工の光を、このキノコ雲と結びつけて理解出来るようになったのは、中学校を終える頃ではなかったかと思う。

2

まだごく幼い僕がふと気づいたら、日本つまり自分の国は勝つはずのない戦争をしていた。勝つはずのない戦争をしていた国、それが僕にとっての自分の国だ。ただ単に戦争をしていた国ではなく、勝つはずのまったくない戦争をしていた国だ。僕にとって自分の国とはそういう国であり、僕が自分の国をめぐって持っている国家観はすべてこの認識の上に立っている。どうごまかすことも出来ない、見ないでいたり考えることを避けたりすることも不可能な、否も応もなくとにかく正面から受けとめて引き受けるほかない、僕という人にとっての日本国家観だ。

国家などというものについてなにひとつ考えずにいる、というありかたは充分に可能だと僕は思う。自分の考えを立てていく土台をどこにも持たないというありかたによっても、現在をどこまでも続けていくことが出来る。しかし僕は幼い頃に自分の国を見てしまい、自分の国に気づいてしまった。無謀な戦争を非科学的におこない、人類史上前例のないかたちと内容の惨敗をした国だ。

国家には暴力装置が内蔵されている。もっともわかりやすいかたちでは、軍備、軍隊、軍事力といったものだ。日本としてはこうありたい、日本はこれからこういう状態を目ざすのだ、日本国民はすべからくこうあれ、などと強制する力も、国家が発揮する暴力だと言っていい。戦前戦中はそれは武力による外への拡張つまり戦争となり、戦後から現在までは経済活動つまり会社の仕事というかたちになった。そして国民はそのような国家要請に応えた。

日本が戦争をしていた日清戦争からの長い期間は、武力によって自らを外へ拡張させていくという国家方針によって生まれた。そしてその方針は、財界つまり財閥が軍部に強く働きかけ続けることをとおして、可能となった。真珠湾攻撃から敗戦にいたるまでの期間に、戦争によって直接に、そして戦争が大きな理由となって、命を落とした日本国民の数はいったいどのくらいだろうかと思って調べてみると、信頼していい数字として五百万という数が浮き上がってくる。当時の日本の人口から優秀さの順に五百万という数の人を消してしまうと、戦後の日本は三流の人材でスタートせざるを得なかった、という視点が成立するという意見を僕はどこかで読んだ。国家が内蔵する暴力装置は、ときとしてこのような結果も招く。

主権の壁で厚く高く囲んだ国家には、軍事力という昔ふうなものがたいへん良く似合う。なぜ軍事力を昔ふうなものと呼ぶのかは、ではいまふうなものとはなになのか、これからの国家はどうあればいいのか、という問題と直接につながってくる。国家というものは、なくなりはしない。なにかと言えばこれからも国家はおもてに出てくるだろう。しかし、これからの至上の命題はなにごとにせよ多国間の関係のなかで解決するということだ。あらゆる問題は地球ぜんたいに広がり、地球ぜんたいの問題となった。

国家の壁は低くならざるを得ない。人間全員にとっての地球環境という難問は、低くなる国家の壁と密接に連関した、もっともわかりやすい問題だろう。地球環境という全員にとっての難問を前にして、ひとつの国家が主権の壁を高く立てるのは、いまふうの国家暴力だ。俺んとこは石炭を好きなだけ燃やすのだから煤煙なんかいくら出ても知ったことではないと言い放つのは、予算を計上して軍備にはげみ、戦車の数はどうにかそろったなどと言っているよりも、はるかに暴力的だ。国民が平凡に毎日の食事をしていくだけで、全世界に対する暴力となるいま、戦車や軍艦は明らかに昔ふうではないか。たとえば日本の穀物自給率は三十パーセントほどしかなく、輸入してまかなっている量は世界の穀物貿易の十五パーセントに達している。その数字は輸入もままならない国の人たちに対するすさまじい暴力であり、相場を上昇させる暴力であると同時に、日本にとってはいかなる軍備でも解決することの不可能な、呆気に取られて立ちすくむほかない弱さでもある。

昔ながらのクラシカルな戦争は、充分に環境破壊的だった。核戦争の環境破壊力は圧倒的だし、枯れ葉剤のような兵器の環境に対する破壊的な暴力の強さと質は、核にまさるとも劣らない。冷戦の期間中の核兵器はアメリカとソ連の軍事力を均衡させ、おたがいに対して戦争の抑止力として作用したといまなら言える。もし核戦争があったなら、国家を守る最強の武器として想定された核兵器は、全地球的にその破壊力を発揮したはずだ。国家の壁を可能なかぎり高く分厚くするはずの核兵器は、じつは生産されてただそこに存在するだけで、国家というものを消し去っていた。国家を消すだけではなく、人間という存在の根拠すら、核兵器はゼロにしてみせた。

使用されなかった核兵器の後始末は、核戦争の裏がえしのような、困難さをきわめた膨大な作業だ。そして使用出来る状態のまま拡散していく核兵器は、もはやとうてい抑止力ではなく、その完全に反対の、いつどこにどのような地獄をもたらすか誰にもわからない、どの国にも抑止の不可能な、破壊と混乱を招く最大の力となる。このような意味でも国家は消えていく。産業や経済の活動による環境の破壊の蓄積も、国家を消していく。こうした状況の上に、金融の世界では国家はとっくに消えている、というような状況が重なっていく。

日本がしていた戦争は敗戦で終わった。戦後の日本はアメリカの傘の下に入った。安全保障に関してだけではなく、経済的にもアメリカの傘の下に入った。だからアメリカの傘は、核兵器のような軍事力だけではなく、その頃のアメリカが持っていた力のすべてを意味した。冷戦という種類の戦争を継続したアメリカの軍事力の基本は海軍力だ。建国の独立戦争以来、アメリカが戦ってきたいくつもの戦争での勝ちかたを見ていくと、海軍力がもっとも大きな力を発揮したことがすぐにわかる。

ソ連と東側という世界を崩壊させたのは、その内部においては、システムがまともには一度も運営されなかったという事実の蓄積、そして外部における最大の力は、ソ連を囲い込んで外との経路を断ち、巨大な密室にして窒息させたアメリカの海軍力だ。そのような海軍力とは、ソ連を海へ出させないことだ。もっと具体的には、海を貿易のために自由に使わせない、ということだ。外との自由な貿易関係という、ひとつの国にとってのもっとも基本的な土台を、アメリカの海軍力はソ連にとって完全に空洞にしてしまった。外の世界を相手にした自由な貿易によるドル圏への参加、という生命線を断ち続けた。

荷物を満載した船が行き交うという意味で、海は自由な貿易にとっての具体的な経路だ。と同時に、海は自由な貿易というものの象徴としての役も担っている。海のぜんたいが船の通路だが、もっともわかりやすい海の通路は、パナマ、スエズ、ジブラルタル、マラッカ、といった海峡だ。

この海峡は俺のものだからほかの奴らはとおってはいけない、とどこかの国が言ったなら、その海峡に第七艦隊という軍事力を通過させることが出来るのは、アメリカだけだ。自由世界の自由貿易を、アメリカはこういう意味で守ってきた。

戦争をしていた頃の日本の軍事力の頂点と、戦後のそして現在のアメリカの巨大な制海力の最前線は、一例として横須賀で直結されている。横須賀には第一から第六まで、六つのドライ・ドックがある。第一から第五まではすでに日本に返還され、日本の企業が使っている。しかし第六ドライ・ドックだけは、いまもアメリカ海軍専用だ。信濃という戦艦を建造するため、土地の造成から手をつけてかつての日本が作ったこのドライ・ドックは、艦船を建造するだけではなく修理するためのものでもある。

この第六ドライ・ドックでアメリカ海軍の艦船修理を引き受けているのは、日本の技術者たちだ。彼らの技術の高さと徹底した心くばりについて具体的な話を聞けば、まともな軍人なら誰もが感涙するほどの、世界でおそらく最高と言っていい次元の技術を彼らは発揮している。ミッドウエーやインディペンデンスという、サラリーマンになぞらえるなら完全に退職勧告年齢の空母が太平洋で睨みを利かせていることが出来たのは、ヨコスカのおかげだ。

横須賀に三沢、佐世保そして嘉手納を加え、そこへさらに韓国に置いてあるのを重ね、第七艦隊でまとめ上げると、戦闘集団としてきわめて能力の高い軍事プレゼンスとなる。アメリカがいま世界を相手におこなっている貿易のなかで、太平洋を船の通路として使っている貿易はもっとも大きい。そしてそれは今後さらに大きくなるはずだ。日本も貿易や投資を世界に広げている。

アジアは巨大な製造現場であり、おなじく巨大な消費をあてこむことの出来る市場だ。自由貿易で国を支えていくアメリカと日本にとって、太平洋に接する地域ぜんたいの安定は重要きわまりない。

そこにアメリカの軍事プレゼンスがなかったらという仮定は、想像を楽しむきっかけとしてかなり面白(おもしろ)い。もしそれがそこになければ、一例として中東からの輸入原油の航海ルート全域を、日本は自前で守らなくてはならない。さまざまにあり得る威嚇に対して我が身を守るぞ、という構えの思考でいくなら、軍備は大増強へ向かうだろう。そのための財源を作るには、いまの日本に当然のことのようにいきわたっている消費生活を、ことごとく犠牲にしなくてはならない。そしてそのような日本は、地域での最大の不安定要素になるはずだ。軍事力を強くすればするほど、周辺各国も強く出てくるのだから。

自分で自分を守るという、国にとって最大の仕事は、日本にとっていちばんやっかいな、いちばんおかねのかかる、したがってもっともやりたくない仕事だ。このもっとも面倒でもっとも避けたい嫌な大仕事を、安保同盟によって日本はアメリカに一任してきた。最高にやっかいくさくて複雑な、最高に資金を食う、なんと言ってもとにかくいちばんやりたくない仕事を、日本国家はやらなくてすんだ。会社の仕事さえしていればいいことになった。なんという楽なことだろう。

朝鮮戦争以後、アメリカの軍隊が日本を完全に巻き込むかたちで、日本の近辺で大動員されるような危機は起こらなかった。緊急事態のさなかで安保同盟がどんなふうに有効かあるいは有効ではないか、実地に試してみる機会は持たないままで来た。もしソ連が海へ出てきていたなら、それに対抗するアメリカの軍事力にとって、日本は文字どおり最前線となったはずだ。

起きなかったことについて考えていくと、アメリカの同盟国であることによって日本が地域のなかで果たした抑止力は、けっして小さなものではなかったことがわかる。国内にいくつもの基地をアメリカ軍に持たせ、自らは自衛隊を持っただけで、それ以上のことはせずアメリカからもすることを要求されなかったが、ソ連を囲い込むにあたって日本が果たした役は大きい。地理的に都合のいいところにあった、というだけではない。地理的にいくら都合が良くても、いっさいなんの力も持っていない国だったら、アメリカも使いようがなかったはずだ。

アメリカン・プレゼンスが規模を縮小したり撤退したりすると、太平洋の西側に接している地域ぜんたいにとって、それは不安定な状況を作り出す大きな要素になるだろうか。なるに違いない、と考えるのがもっとも現実的だ。だからアメリカはそう考えている。不安定になると自分も困るから、プレゼンスをこれ以下にはしないよ、という意志表示は常に必要だ。

その意志表示の手段として、在日米軍はたいそう使いやすい。日本に対しては、アメリカが必要としている限度を越えて日本が軍事大国になっていくこと、特に核武装することを抑止する機能を発揮する。韓国や台湾に対しても、在日米軍はおなじ機能を持つ。日本の軍事力やそれにもとづく役割をアメリカの認める枠内にとどめることは、中国に過剰な反応をさせずにすむというかたちでの、中国の抑制機能となる。安保同盟のなかの日本というものは、地域の各国にとってわかりやすくていい。

ちょうどいい程度にアメリカが西太平洋にプレゼンスを保つこと、あるいはそれを保たさせることは、地域ぜんたいにとっていまのところもっとも現実的で好ましい。冷戦が続いていたあいだは、ソ連の力とアメリカの力との対抗関係によって、地域の安定が保たれていた。そのソ連がなくなったあとの地域では、日本とアメリカの同盟、つまり日本がアメリカに組み込まれるかたちで存在することによって安定が保たれる、と地域の各国は思う。日本にある米軍基地の複雑な性格が見えてくる。

一九五八年三月、当時の日本の首相は、「在日米軍基地への攻撃は日本への攻撃である」と、衆議院での答弁で述べた。集団的自衛権を前提にした答弁なら、ごく普通の答弁だ。しかし、日米安保は日本にとって集団的自衛権であるのかどうか。日米安保条約が発効したのは一九五二年だ。その二年前、一九五〇年にマッカーサー元帥によって創設された警察予備隊は、五二年には自衛隊の前身である保安隊へと進展した。一九五〇年にはアメリカの統合参謀本部議長が日本へ来て、沖縄を含めて日本の米軍基地を強化することを宣言した。その年の一月一日には、日本の憲法は日本の自衛権を否定していない、とマッカーサー元帥は述べた。平時には自分たちの基地が、そしていったん戦時となれば日本全土とすべての施設が、自分たち優先で使えるのだとアメリカは思い、日本にはそのような国民的なコンセンサスがあるものと受けとめて現在にいたっている。

安保条約は最初は日本国民に対しては秘密事項だった。米軍基地に関してコンセンサスなどないことをアメリカは知ることとなり、沖縄をめぐって地元を中心に感情が高まるのを見て、これをひとまず収めるには普天間（ふてんま）の全面返還しかない、とアメリカは決定した。それと引き換えに日本からなにを引き出すかを、アメリカは検討した。日本に置いた基地に関して、アメリカの考えはまだこのあたりにとどまっている。機能と規模を落とすことなく、普天間の代替を日本国内に、しかも日本政府が建設することが確定した。

極東有事の想定は当然の前提に変わり、連関してガイドラインの見直し、つまり日本の役割がアメリカの考えに沿ったかたちで、これまでよりもはるかに深く広いものへと進展した。冷戦の期間中はソ連とアメリカの対立に即して、こっちとあっちというふうに、極東という地域をごく単純に特定することが出来た。しかし冷戦が終わると、そのような単純な地域分けは不可能になった。ということは、なにかあるそのたびに、アメリカの認識のしかたや方針にしたがって、極東とはどこなのかが決定されていく、ということにほかならない。地域の特定がそうなるなら、日本が担う役割の範囲や質も、当然のこととしてそのつど、アメリカによって規定されていく。アジアという地域ぜんたいの関係が安定を作り出すべき時代のなかでは、軍事という昔ふうな力はずっと後方へ後退すべきだ。アメリカと日本という二国間の安保共同宣言は、そのような時代のなかでは、有効範囲は最初から狭いのではないか。それに安保は軍事だから、共同宣言は軍事共同宣言だ。その軍事共同宣言の内部で、アメリカによるアジアのとらえかたやアジアに対する方針などに日本はしたがうという視点から観察しなおすと、共同宣言はさらに古風なものに見える。

アメリカから期待されている役割の拡大というものを、長期的な見通しの上に立ったきちんと理のとおった厳しい意見をアメリカに対して述べ、述べるだけではなくその方向へ現実を向かわせるためのいくつもの機会へとねじ伏せていくことが、日本に出来るだろうか。アメリカにとって西太平洋で軍事的にもっとも関心があるのは、台湾海峡だろう。そこへ米軍が出動するとなったら、日本はその出動に自動的に同意し、アメリカが求めるとおりの支援を後方でおこなわなくてはならない。こんなことを考えていると、日本がいま置かれている状態と、日本が地域で真におこなうべきこととの落差が、はっきりと見えてくる。

台湾海峡がアメリカにとって軍事的に大きな関心であるとは、アメリカが中国を潜在的な威嚇とみなしていることを意味する。日本とアメリカの同盟関係のなかには、アメリカと中国の対立が内蔵されている。だから日本はアメリカとの同盟を介して、中国と対立する。中国を軍事的な威嚇ととらえて有事を想定するのはするほうの勝手だとしても、されるほうの中国から見るなら、アメリカと日本が自分たちを封じ込めようとしている、と見える。日本と中国の対立をアメリカに作られてしまうという手はない。それに台湾の問題には日本は介入してはいけないはずだ。しかしアメリカも中国と単純に対立することは出来ない。中国との関係からアメリカはもはや抜け出せないからだ。

日本によるガイドラインの見直しとは、日本がアメリカの軍事行動を後方で支援することにほかならない。後方とはいったいなにか、そしてその範囲はどこまでか、というような議論は平時のものだ。緊急事態となったら求められるままに支援するほかなく、そのためには民間のあらゆる領域が全面的に協力するほかない。しかしその協力を根拠づける法律は、いまの日本にはひとつもない。

威嚇と有事の想定は、日本の軍事的な役割を拡大させる。アメリカが求める軍備に日本は応じていかなくてはならないが、求められるままに拡大していくいっぽうでもない。日本の軍備と役割をどこまでにするかに関する意志決定はアメリカにある。だから軍事だけではなく日本の力ぜんたいに対して、アメリカは必要があればそのつど枠をはめていくことも可能だ。

日本のありかたがじつに奇妙で複雑だということがわかってくるが、さらにもうひとひねりそこに加わる。アメリカに組み込まれたかたちの日本にとって、アメリカが中国を威嚇に想定してくれると、かつてのソ連が中国に替わっただけで、冷戦はそのまま日本だけには継続されることになる。いちばんやっかいな、したがっていちばんやりたくないことを、しないままでいられる状況が、そのようにして手に入る。石油の確保に迫られる中国は周辺との深刻な摩擦要因である、という説には説得力があることだし。

日本は北朝鮮や中国との関係を、アメリカの意志に沿ったかたちで作っていかなければならないしかけだ。日本と韓国との関係を安保のなかに読もうとすると、安保が地域を安定させるならそれはそれでいい、という程度のことしか読めない。日本の役割がアメリカの意志によって拡大されていくのは、韓国だけではなく地域のすべての国にとって、それぞれの国との自主的な関係作りよりもアメリカの意志を、日本は優先させることにしているのだと見える。

威嚇を想定してその上に有事という考えかたを組み上げ、有事にそなえるという根拠で軍備を増強していく。あれも有事だしこれも有事だから、どんどん大きくなる軍備に比例して、威嚇に想定した存在とのまともな関係は希薄になり、対立的な関係だけが強く濃厚になっていく。威嚇としてこちらで勝手に想定した相手の軍事力に対して、こちらも軍事力を積み上げていくという、力に対する力によるバランスの上に自分の国の安全があるという考えかたは、危険であると同時に馬鹿ばかしい。考えの向かう方向が大きく時代錯誤されているからだ。

安保が再定義されるなら、軍備の縮小に向けての再定義であるべきだ。軍備の縮小とは、軍事以外の出来るだけ多くの領域で、地域のなかのすべての国がおたがいに関係を作っていくことだ。関係がある程度以上に出来ていくと、その関係から自分がはずれることが、自分にとってもっとも危険なことになる。これからのアジア地域のなかで、あるひとつの国にとっての最大の危機は、これをおいてほかにない。

ふたつの陣営に分かれて対立するというありかたはすでに過去のものだ。冷戦がそうだったように、軍事力は陣営をふたつに分ける力の典型だ。有事にそなえることによって自分のところには平時がもたらされるという理屈は、地域ぜんたいにとっての安定をどう作るかという、威嚇の想定などとは比較にならないほどにやっかいな作業をあらかじめ放棄していることにおいて、完全に過去のものだ。冷戦の終わりは、事態がじつは複雑きわまりないものであることを、明らかにしてくれた。これからの前方には複雑さしかない。

地域の安定をこんなふうに作っていこうという提案、そしてそれに沿って地域の各国と作っていくさまざまな関係の維持のなかにしか、日本の安定はない。威嚇にそなえる軍備というものが過去のものとして後方へ後退していくいま、日本にとっていちばんやっかいな、したがっていちばんやりたくない作業が、じつは地域内でのこのような関係作りなのだ。

日本の価値はほかのいくつもの国が日本をどう評価するかによって生まれてくる。地域の安定に関する日本の提案に多くの国が賛同してくれるなら、その賛同分だけは確実に日本の価値が上昇する。地域に対して日本はなにを提案出来るのか、なにをしようとしているのか、という視点から見た日本の評価が低いものなら、その低さに相当する分だけ、日本は地域のなかで沈んでいく。そして地域各国がおこなう日本に対する評価は、アメリカやヨーロッパの日本に対する評価に、きわめて敏感に影響をあたえていく。

地域のこれからというものを、日本はどうとらえているのか。平和がいちばんいいにきまっているが、ではその平和を作り出すために、日本はなにを提案するのか、なにをしたいのか、なにが出来るのか。国家が軍事力ですべて請け負いますという答えは最悪のものだ。そうか、そういうことか、それはいい、と地域各国が正しく読み取ることの出来る、どこの国も賛同するこれからの全体像が、日本に描けるのかどうか。もし描けるとしたら、それを実現させていくにあたっては、たとえば日本国憲法の制約などなにひとつない。

3

幼い僕が初めて自分の国というものに気づいたら、その国は戦争をしていた。戦争をしていたという言いかたは、問題を戦争だけに限定してしまう。可能なかぎり範囲の広い言いかたに換えるなら、自分の国というものに初めて僕が気づいたとき、その国は方針を悲劇的に間違えていた、とするのがもっとも正解に近いだろう。ぜんたいの状況を決定的に読み違え、その上に間違った政策を乗せ、その政策にもとづいて無謀に外へ打って出た。読み間違えにもとづいた方向の誤りは、ただ単に死者の数を数えただけでも、五百万人が消えたというたいへんな結果を招いた。

間違った政策を新聞が煽り、それに大衆が乗った。大衆という存在は、なにかいい話はないものかと、常に待っている人たちだ。理性とは反対側に位置する心情の持ち主だ。外に打って出て領域を広げるという政策を、そりゃあいい話だ、と大衆は受けとめた。明治維新から十五年戦争をへて敗戦まで、事態はいったいどうなっているのか、大衆はなにも知らなかった。そして敗戦となり、占領、新憲法、民主主義と、それ以前をなんにも知らないところへ、予備知識も考える余裕もないまま、新しい事態が矢つぎ早に起こっていった。

知らないこと、そしてわからないことばかりだったが、大改革された現実を国民の頭数で割ると、それは誰にとっても、なんともありがたいマッカーサー様、ということだった。難しいことはなにも考えずに、全員で走っていくことの許された唯一の方向、それは日本の経済復興だった。経済復興は、実現されればされるほど、身のまわりの現実の向上となって目に見えた。一九五〇年代には復興は早くも立ち上がっていたし、それから五年後には、もはや戦後ではないと国が宣言してもいいほどに、復興は進んでいた。

明治維新から戦争をはさんで新憲法そして民主主義まで、自分の国に関して自前で考えて持つべき国家や歴史に関する、可能なかぎり客観的な視点という、もっとも重要なことを戦後の日本は見事にバイパスした。戦争が方針の間違いであった以上に、戦争以後もじつは間違っていた。しかしそのバイパスの見事さは、それ以後の経済活動にとって、原動力のように作用した。

戦争は終わっていないという言いかたは、文芸的にではなく、しごくまともな文脈で成立する。戦争が終わっていないのであれば、大事なことはなにひとつ考えずにきたという意味で、戦後を知らないと言わなくてはならない。戦後を知らなければ、たとえば冷戦がなにだったか、本当には知らないことになる。外に打って出る政策を、そりゃあいい話だと支持した大衆は、理性とは反対側の位置にいた人たちだった、とさっき僕は書いた。理性とは、自分の頭を使って考え抜くこと、つまり個人の自由だ。昔にはこれがなく、昔以後もなかったという状態は、経済活動つまり物を作って売るためのエネルギーに、姿を変えた。

新憲法の制定は天皇制の維持と引き換えだったとする説が本当なら、それは大きなねじれを生んだ。引き換えでなければ天皇制は否定されていたのだろうか、日本が外でおこなった戦争はすべて侵略行為とされ、明治からの日本は世界によっていったんは否定されたのだろうか。しかしそれはまぬがれた。昔のシステムを日本は復活させ、経済活動にあてはめて頑張った。

国というものは、そこに生きる人々を抜きにして考えると、単なる概念にしか過ぎない。国とは、そこに生きる人々だ。そして国の力とは、その人々の生産性のことだ。今日と明日はたいして変わらないかもしれないが、十年、二十年と経過すれば、経過した時間の量に相応して、人々の生活はより良き方向に向けて、目に見えた変化をしていなくてはならない。そうなるように、おおもとの枠組みを考えて実行に移すのが、国の仕事だ。

日本という国はそういうことをしているかどうか。人々の生活はより良い方向へと変化しているだろうか。戦後の自国内での自分たちの生活の変化は、たとえばアジア地区のいくつもの国の人たちにとって、目標的なお手本になるだろうか。ヴィデオ・カメラが小さくなってきみの生活は向上したかいときかれたなら、なんの関係もないよと答えるほかない。

人々の生活にとって、もっとも基本となる土台は、住む家だろう。神戸の地震でそのことはきわめて具体的に立証された。人々の家のために、日本という国はどんな政策を採用してきただろう。いまのアメリカでの場合と比較すると、一軒の民家の建築費は少なく見積もって日本はアメリカの四倍、そして税金はこれは確実に五倍だ。アメリカで家が安いのは安くなるような政策を国が採択したからだ。日本で高いのは高くなるような政策をそのまま維持し続けたからだ。

材料費、建築費、税金という直接的な費用がすべて日本ではずば抜けて高いだけではなく、一軒の家が建つまでの物の動きの経路のぜんたいに、コストを押し上げる原因が数多く貼りついている。この高コスト体質から逃れるために、たとえば製造業はインフラストラクチャー費用の安い海外へ逃げていく。製造業が海外へ出ていくのは人件費が安いからであり、人々が裸足(はだし)で歩いている貧乏な国では人件費も安いさ、というような理解は間違っている。人件費は製造に必要な費用の十パーセント以下だ。製品が出来てからそれを動かすための費用が、日本にくらべて三分の一のところがあれば、製造業はそこへ出ていく。日本でなぜ高いかというと、状況の進展をなにも見ないままに高く放置しておく政策が敷かれているからだ。

状況を見ないことと、そして昔は有効だったがいまはもはや有効ではない政策を、頑として守りとおすことを、日本という国は仕事にしている。土地価格の高さは政策の間違いから生まれた典型的な症状だ。戦後の日本の経済成長の原理は、他とのあいだにある差が儲(もう)けになるという、資本主義の原理だった。他との差とは日本の技術力だ。しばしば言われてきたとおり、いい物を安くたくさん作って売るという作業ぜんたいが、他では出来ずに日本では出来た、ということだ。

この原理による経済活動の成長期には、企業は資金を大量に必要とした。持っている土地を担保にすると、銀行はおかねを貸してくれた。企業活動の規模を拡大し、新しい領域に広げていく作業には、当然のこととしてリスクがともなう。日本では土地の担保力がこのリスクを引き受けた。成長期だから企業の業績は上がっていく。株が上がる。企業はさらに拡大していく。持っている土地の価格も上がる。そのことによる利益に税金はかからないしかけだ。土地価格の上昇は他のすべての土地へ波及していく。銀行はさらに資金を提供してくれる。

土地は会社のもの、そして銀行のものだ。企業や銀行を過剰に支える政策が五十年も続いた。企業や銀行は確かに支えられたけれど、そのことによる弊害や矛盾を政策の側の人たちは見なかっただけではなく、五十年はほんの仮のことにしか過ぎないのに、これはこのまま続いていくと思ってしまったことが、これから以後に対してたいへんなマイナスとなって作用する。経済活動にはかならずなんらかのリスクがともなう。もっとも純粋なリスクは、次に来る新しい状況というものだ。その状況によっては、なにがどうなるかわからない。長期的に見とおす視点は現在の弊害や矛盾をかならずすくい上げるはずだし、次に来るべき状況もとらえるはずだ。しかしその視点は日本にはなかったようだ。

銀行が企業に融資した資金は国民の貯蓄だ。次の時代をわざわざ大いなる危機として迎えることに、その資金は使われた。戦争をすることを別にすると、国民にとって国が犯し得るこれ以上の間違いがあるだろうか。日本の経済活動はからくりのなかに守られてきた。世界を巻き込んだ巨大なからくりならまだしも、すぐに駄目になる児戯に等しいものであっただけに、国民としてはなおさらつらいところだ。

製品は大量に生産され売られたが、それらの製品の質や内容において、日本企業は真の競争をしてその競争に勝ったのだろうか。そうも言いがたいと思うなら、その思いの向こうにからくりのすべてがある。企業どうしが持ち合った株や銀行の保有株は、証券会社によって誘導されて高値となる。一夜にしてなんの苦労もなしに資本が増える。株が下落すると含みの目減りというじつに情けない事態、つまり日本システムの総体が、日本の企業にとってあっさりとコストへと転換していく。からくりとは日本システムであり、それらすべてがこれからの日本にとって膨大なコストになる。

からくりの有効期限は終わった。日本の企業千五百七社の、一九九〇年と九四年との利益を比較した数字を、僕はカードにメモしておいた。それを僕はいま見ている。九四年の利益は九〇年のそれの半分だったという。これは驚愕すべきことではないか。個々の企業の問題ではなく、明らかに日本システムの問題だ。しかも半分に落ちたその利益は、株と土地を処分してようやく達成したものだということだ。真の利益は九〇年の三分の一だと知ると、もはや惨状と言っていい収益の低さに対して、責任を取るシステムはあるのだろうか、などと僕は思う。そのようなシステムは日本の企業にはない。

低い収益でもいいからとにかくシェアを拡大する、というような方針はたとえば株の持ち合いによって守られてきた。自分たちで持ち合うことによって、自分たちの外にいる人である株主の発言を限りなくゼロにしておく。そんな低い収益では困る、と発言するチェック機能を消してしまう。株を保有している銀行は、融資が稼ぎだから企業に融資する。この場合の融資とは、拡大や進出のことだ。収益率は低くてもいいからとにかく出ていくということになり、アメリカへ進出したりした。

日本の貿易黒字がしばしば話題になるのを見るが、そんな黒字は本当なの、という気持ちにならないだろうか。儲かるのはいいことじゃないか、などと思っていてはたいへんだ。総合収支は恐怖を覚えるほどの赤字だし、黒字だけを切り取って観察しても、黒字の数字の大きさは、日本にとっての怖さが世界じゅうに広がりきっていることを教えてくれる。世界で唯一の貿易黒字があるとは、それだけ途方もなく買ってくれたマーケットがあり、日本は完全にそこに依存しているということだ。製品を作るためには原材料やエネルギーを輸入しなければならないのだから、貿易黒字の大きさはその点でも日本が決定的に外に依存していることを語るものだ。エネルギーの外への依存度は九十パーセントを越えているのではないか。

円高のとき日本の貿易黒字は減ったと言われた。売ることによる黒字は減るかもしれないが、原料やエネルギーは安く買える。為替(かわせ)的に安くなったものをあまりにも買うから、減った黒字を補っただけではなく、円高になる以前よりも黒字はさらに増えた。外の世界に対する日本の依存度の高さは、そこまで到達していた。日本が貯め込んだ対米黒字は日本がアメリカで売りすぎたからだなどと難くせをつけながら、アメリカは円高へ誘導した。それまで灯(とも)っていた明かりが消えたかのように、おもてになっていたカードが風のひと吹きで裏にひっくり返ったかのように、日本の稼ぎは文字どおり一瞬にして消えた。

公的年金基金、企業年金、共済年金、生命保険、信託、簡易保険、郵便貯金、といった言葉もその実態も、僕の生活にはほとんど関係はないけれど、これらの基金つまり国民の貯金で国家はアメリカの国債を買い、為替の差による損失は五十兆円に達している、とメモしたカードも僕のファイルのなかから出てきた。僕は夢を見ながらこのメモを書いたのではないかとも思うが、どうやら本当のことらしい。円高の対策として、という名目でデリヴァティヴにも手を出すことを強制され、そこでも巨額の損が出ているという。国民の貯金がいっさいなんの利益も生まないどころか、いつのまにか消えてなくなるという政策を国家は採択し実行した。

一九八〇年代の前半、日本の円は一ドルに対して二百八十円もしていた。この安さはそもそも間違っていた。もっと高く評価されるべきだったのだが、この安さは日本の企業にたいへんな儲けをもたらした。儲けは企業内部に蓄積された。一九八五年の円高誘導で円は百二十円にまでなった。それ以前の巨大な儲けの内部蓄積があったから、企業はこの円高を切り抜けることが出来た。そしてその頃はバブルに向けてすべてが膨らみつつあった。虚構の内需が爆発のように拡大された。値上げしてその内需に支えてもらうというからくりの上を、企業群は轟々と滑走していった。

円高の頃、海外とくにアメリカで、ダンピングの批判が日本に集中した。からくりの正体を見るためのヒントがここにある。ダンピングだという批判とは、日本は不当に安く売っているではないか、という批判だ。不当に安く売るとは、この場合は日本が値上げをしなかった、ということだ。製品の価格を日本企業は据え置いた。そのぶんを国内の合理化と内需が引き受けた。合理化も遠くを見とおした上での確たる方針ならいいけれど、外でつらいから内に無理を言うといった種類のものだったから、円高はたいへんだたいへんだと騒がなければならず、騒いだついでに値上げがおこなわれ、国民はその値段で買ってからくりを支えた。

日本は会社になった。日本のすべてが会社に囲い込まれた。官が会社を手厚く保護して支え、その構造ぜんたいに対して政がもたれかかる、という聞きなれた三角形の決定的な弱さは、あらゆることが会社単位でしかおこなわれないという点にある。会社の営業品目にあることだけが、世界のすべてになってしまう。国家百年の計を練り上げて支えるだけの人材は探せば民間にいることは確かだが、国家百年の計を会社が引き受けるわけがない。

出来るだけ正確な情報を広い範囲にわたって自前で集め、それらを自分の頭で分析して方向を導き出し、それにもとづいて自主的な判断を下しつつ、適切に行動しその責任を自分で負う、というような確立された強い個人を、会社は作り出さなければならない。世界と直接に接する最前線では、そのような人材が切実に必要とされている。必要のあるところに、その必要にふさわしい人材が集まってくる可能性は、否定出来ない。

この五十年間の日本をひと言で言いあらわすと、すさまじいまでの変化、というようなひと言がふさわしいと僕は思う。外見上の変化だけを見ても、変わり果てた我が祖国がそこにある、と言っていい。それほどまでの変化を土台のところで支えているのは、三流の土木建築工事の積み重なりだ。そしてそれは政財官の癒着の象徴でしかない。人々が邁進(まいしん)した経済活動は、そのまま日本のすさまじい変化へと姿を変えた。我が社の利益やシェアは、個人の利益や欲望の象徴だった。

それだけがこの五十年間のすべてであり、それを越えたものはどこにもない。それを越えたものと言われても、ちんぷんかんぷんに近いのではないか。内容的に見ても、この五十年間は急激な変化の連続だった。ついさっきまでは最新だったものが、あれはもう古いものとして打ち捨てられてそれっきり、ということが繰り返されて生まれる変化の連続だ。作っては壊し、壊しては作るという高回転の上に、すべては支えられた。

激しい変化とは、その前後とつながりを持たない状況のひとつひとつ、ととらえていい。だからそのような激しい変化の連続は、人々のあいだに断絶が多く生まれたことを意味する。激しい変化の連続とは、世代間のかたっぱしからの断絶だ。世代ごとにぶつぶつと切れてしまって、脈絡のあるつながりはなくなった。断絶の単位はいまでは世代どころではなく、もっと細かい。人々は細かな単位で切れてしまっていて、つながりを持っていない。

そのような社会がまっ先に失うのは、どの世代にとっても共通して作用すべき重要なもの、というものだ。人々が社会を作り出して支えていくにあたって、人々の価値観のなかをつらぬくもっとも重要な中心軸。これが早々と失われるから、そのようなものが自分たちの社会のなかに存在していないことに、人々は気づかない。そういうものがないのだから知らなくても当然だし、世代から世代へと確実に伝わっていくことなど、最初から期待出来ない。個人のあの欲望やこの願望を越えたところにある、したがって社会ぜんたいに共通する大きな価値。なんですかそれ、という状況に五十年かけて到達した。五十年前にはそれがあったのかどうか、その時代にはいなかった僕にはなんとも言えない。

次々に現れてはつながっていく時代というものが、自分たちにとっていったいなにであるかを正しく認識するためには、これこそ自分たちが信じる価値なのだ、と言いきれる判断の基準となるものが必要だ。そういうものが頭の端にのぼることもなく、信じられるのは個人の利益や欲望という、そのときどきの小さな実感だけだというなら、かつてもいまもこれからも、時代などなにひとつわからないままとなるだろう。いつまでたってもしがらみとしてのいまが連続するだけであり、そのなかには個人の欲望の消費的な充足だけがある。

自分たちの社会を自分たちでは支えられない、という事態がすでに生まれている。社会を自分の手で作っていくことが出来ない、という状態がいまの日本であり、いまの日本の弱さや貧しさの源はここにある。自分たちの社会を自分たちで支えられないのなら、国の力は低下を続けていくほかなく、このような意味での国力の低下こそもっとも危険だ。そしてこのような事態の上にいまも乗っているのが、日本システムという奇怪なねじれだ。

密室のなかにいるごく少数の人たちが、ほとんどなんの根拠もないままに、間違った決定をする。決定されたとたん、その決定は正しくて不動のものとされる。多くの優秀な頭脳が集まって、その決定を多くの視点から厳しく検討する中立の機関という夢のようなものは、どこにも存在しない。したがって間違った決定はそのまま一方的に全員に強制される。どんな問題がおこっても決定はくつがえらず、変更も修正もされない。日本システムそのものが、変化への対応が悲劇的に遅れるしかけになっている。このシステム、そしてそのシステムによる遅れが、世界というものがいまおこなっている日本に対する評価だ。

国会は唯一の立法機関であるはずなのに、現実はまるでそうではないというふうに、システムとその運営そのものが大きく間違っている。ほとんどの法案は行政府や官僚が作って内閣が提出する、という経路で成立している。立法権を行政にあたえていっさいまかせてしまうという、しばしば批判される問題はいっこうに改められる気配がない。議員立法は事実上の不可能という状態が確立されて久しい。そして国会はこのような現実に対してなんら力を持っていない。行政は法律にしたがわなくてもいいというシステムだから、政策の決定のルートはそのつど状況に呼応していくらでもあることになる。これでは国が正しく運営されるはずがない。

こういう基本的な間違いをなんと呼べばいいのだろう。基本からこうも間違っていると、いまなにが問題なのか、どう問題なのか、それがまずつかめない。問題に対する正しくて有効な対応などは夢物語にとどめるとして、なにがどう問題なのかすら把握出来ない時代遅れ状況のなかに、いまの日本はある。

問題とは、新たに立ち起こってきたやっかいな状況の総称だ。どの問題も単独のしかも突発的なものではなく、すべての問題がひとつにつながって、これからの時代というものを見せてくれている。時代遅れだと問題は見えないし、見えても関係ないことあるいは一時的なこととして否定されたり、問題とするほうが間違っているなどとしりぞけられ、それっきりだ。次々に立ちあられる問題とは、外部の環境というものだと言いなおしてもいい。次々にあらわれる問題は、外部環境が急速に変化しつつあることを意味している。外部に生まれてくる新しい環境に適応して自分を変えていくことの出来ない存在は、淘汰(とうた)され消えていく。

人になぞらえるとわかりやすいかもしれない。これからの会社の社員に求められている能力は、情報を出来るだけ多く集め、正確に分析して有効策を引き出し、それを仕事にあてはめて実行し成功させる、という能力だ。このような能力を継続的に発揮していくことをとおして、その人は自分により多くの価値を加えていくことが出来、それが他者からのその人への評価となる。これが出来ない人は従来どおりのただの中間層でしかなく、淘汰されるほかない。つまりいずれ失職する。

日本は閉鎖市場であるという批判に対して、時代遅れの日本システムは、閉鎖はしていない充分に開いている、日本には日本の国情がある、そんなことを言うのは内政干渉だ、などと反応した。これからの世界の趨勢(すうせい)は、どの国も多くの国と相互的に依存する複雑な関係を維持していく、という方向だ。相互依存的な複雑な関係なのだから、きわめて肯定的な提案でも内政干渉的な側面を持つのは当然だろう。世界はそのようになっていくのだが、時代遅れの目にはそれが見えない。

市場の開放とはなにか。製品や原料を売ったり買ったりという単一な関係ではなく、多くの領域にまたがる関係に入ってくれないか、という提案なのだ。複雑な関係を結び合う多くの国のひとつになってくれないか、世界という共通の場を作るひとりになってくれないか、という提案だ。

こういう提案に対して、日本は自動車の台数や半導体の数量で応じた。

市場の開放は、何度も指摘されたとおり、国内での多くの失職につながるだろう。これまでどおりの産業のなかでこれまでどおりにしている人たちが、世界の趨勢と合致しなくなったからこそ、失職するのだ。だからそのような失職に対しては、国家にとっての最前線の業務として、次の時代の新たな産業を育成する試みで、応えていかなくてはならない。

そのような最前線の業務に必要な人材は、育成されてはこなかった。個人の創造力を問う教育は、この五十年間いっさいなされなかった。それどころか、創造力とは反対の方向を向いた教育が、一律に強制されてきた。入試はその典型的な見本だろう。これから自分はなにをどうしたいのかという、創意の源泉のありやなしやを問うべき入試が、過去以外のなにものでもないものを材料に、正しいか正しくないかを問うだけの問題作りに、かまけてきた。

このような入試に対応するための教育は、知識の詰め込みなどと言われている。知識ではなく、点数へと転換しやすい過去、と言ったほうがいい。そういう種類の過去をたくさん記憶すると点数は上がり、その点数が高いと成績がいい、ということになった。この点数制は時代遅れのピラミッド構造と見事に対応している。

管理職についている女性の割合が、アメリカは四十パーセント、そして日本は七・九パーセントという数字がある。これだけの差をどう読むか。文部官僚なら国情の違いなどと言うだろう。国情という言葉は、なにもかもいっしょくたにした上で、他との差異や落差の言い訳とするのに都合のいい言葉だ。国情とは言わずに国のシステムと言えばはるかにわかりやすい。そしてシステムは人が頭で考えて作り出す。だから国情の違いとは、頭の程度の違いだ。四十パーセントと七・九パーセントとでは、頭の違いは決定的だ。四十パーセントは現実問題として五十パーセントだと思っていい。アメリカでは男と女は一対一であり、創造するなら男でも女でも区別しない、ということだ。七・九となると、統計を取れば数字としては上がってくる、という程度のものでしかなく、現実には皆無に近い少数派だ。少数派にはありとあらゆる苦労がふりかかるのが、日本というシステムだ。そのシステムがいかに時代遅れであるか。

ごく少数の人たちが方針を決定して全員に強制する。その方針の間違いに少数の決定者たちは気づかないし、指摘されても修正しようとはしない。このようなシステムは江戸で完成された思想統一までさかのぼるのかもしれない。このようなシステムを作り換えていくための、もっとも基礎的な力は個人の自由な発想だ。個人も自由も、日本システムのなかには居場所はないに等しい。だから個人や自由がいったいなになのか、本当はそれがどのようなものなのか、日本システムのなかの人たちにはよくわからないかもしれない。

創意は個人の自由な発想からのみ出てくる。ひとりひとりの頭がどれだけ質の高いことを考え、それを実行に移して達成出来るか。これからのビジネスは質が決定していく。個人の自由というものを知らないままに来た五十年のつけは重い。自分はこれを試みてみたい、こう生きてみたい、というふうに自分のやりたいことを自前で見つけ、それを存分に追ってみる日々、そしてそれを支える柔軟なシステム。どちらも日本にはない。そこにあるのは、これまでという過去を守るルールが、現在および未来にもあてはめられているという、閉塞(へいそく)感のきわまった現実だけだ。過去を守るルールが現在および未来に対してもあてはめられていることのもたらす、もっとも大きなマイナスの結果は、国の生産性の低下だ。

個人が自前で見つけたやりたいことを、存分に追ってみることを支える柔軟なシステムとは、新しい試みに対してリスクを負うシステムのことだ。このシステムこそ、社会ぜんたいにとって役に立つ、誰もが使うことの出来る、もはや普遍的なと言っていいほどの、公共のストックだ。これがないという絶望的な状況を見るのは、国内に生きる日本の人たちだけではない。外から見るなら、この状況はもっとはっきり見える。

外界の変化に鋭く正しく反応し、自分のなかの必要ない部分を新しい別なものに変えていかないと、淘汰されて死んでしまう。変化への正しい反応を自分の内部に組み込んで機能させる。生きのびるとはこういうことだ。国もひとつの生命体なら、考えられるあらゆる状況に対応するための優秀な人材を数多く集め、正しいシステムをフル稼働させていないと、その生命は消えていく。

間違ってはいなかったものとして、戦後の日本にはなにがあるだろう。普遍的に作用する力を持った、基本的なルールのようなもの。新憲法だけがそれに該当する。そしてそれはアメリカによって用意されあたえられたものであり、この五十年間の日本の現実は、ほとんどあらゆる領域で憲法違反であった。昭和二十二年に畑のなかで爆弾の穴を見ていた幼い子供が、いまそう思っている。

あとがき

この本を作るのに五年ほどの時間がかかっている。僕ひとりで作ったのではなく、いまはフリーランスの編集者として仕事をしている、まだ二十代の、吉田保さんとの共同作業だ。彼は僕に原稿の催促をし続けて、五年も粘りぬいた。

一冊の本を作る提案を僕に最初にしたとき、彼はある出版社に勤めていた。本はそこから出る予定だった。僕がそれまでにさまざまな雑誌に書いた文章を、吉田さんは丹念に集めて編集し、こんなふうにまとめて一冊にしたいのです、と僕に見せてくれた。

雑誌に書いた文章を一冊にまとめた本というものを、僕はすでに何冊も作った。もう一冊作っても作らなくてもどちらでもいいという気持ちで、僕は彼がまとめてくれた原稿を見ていった。見るだけで一年くらいかかったのではなかったか。その一年を使って僕がたどりついた結論は、すべてあらたに書きおろしたほうがいいからそうしよう、ということだった。僕のその提案を、吉田さんは受けてくれた。その頃には彼は別の出版社に移っていたと思う。

彼がまとめてくれた原稿を第三者的な視点で見ていった僕は、その原稿がはからずもカヴァーしている領域を見ることとなった。その領域とは、アメリカとはなにか、英語つまりスタンダード・アメリカン・イングリッシュとはなにか、日本語とはなにか、そして日本とはなになのか、というような領域だった。こういった領域について、部分的に飛び飛びに書いてある自分自身の文章というものは、書いた当人にとって気持ちのいいものではない。出来るだけ気持ちのいいものにするためには、ぜんたいを書き下ろすほかなかった。だから僕はそうした。ぜんたいを書き下ろすとは、気のすむまで言葉を敷きつめてみる、というようなことだ。

その作業に四年かかった。なぜですかときかれたら、僕には答えようがない。それだけの時間が必要だったのだ、と思うことにしよう。なにしろ膨大な領域だから、どの部分においても深入りしたならにっちもさっちもいかなくなる。かといって一般論で対応するのは無駄なことだ。どの部分もすでに多くの人の評論で書きつくされている、と言っていい。と同時に、僕個人の主観にすべてを染め上げることを、僕は可能なかぎり避けたいとも願った。

こういう領域に関して、主観的に書くことにどれほどの意味があるだろう。ほとんどないと僕は思う。しかし書いていく人はこの僕ひとりであり、その文章は僕の歴史のなかからしか出てこない。どうすればいいのか。書きかたの問題であることは明白だ。どんな書きかたをすればいいのか。出来上がった文章ぜんたいが実像になり、それを書かせた僕の歴史はレンズとなり、そのレンズのこちら側にいる、本来なら実像であるはずの僕が虚像になるような書きかたをするなら、それがもっとも好ましいのではないか。

そのような考えに到達し、僕に出来る範囲で可能なかぎりそのように書いていくために、時間がかかった。書き手の時間というものは、時としてそのようにも費やされる。

この本の冒頭で、僕はアンドリュー・ワイエスのヘルガの絵について書いている。湾岸戦争が始まった夏、高原の美術館で見たヘルガの絵についてだ。ヘルガを描いた絵の、最初の展覧会が開かれたのは、一九八七年、ワシントンのナショナル・ギャラリー・オヴ・アートでだった。その後、アメリカのなかで五つの都市を巡回したあと、その展覧会は海外へ出た。僕が見たのはそのうちのひとつだったようだ。

その展覧会での順路の入口近くの壁に、解説文のパネルがかけてあった。日本語によるその解説を読むともなく読んだ僕は、アンドリュー・ワイエスの次のような言葉を記憶することとなった。正確な引用ではないが、ひとまず括弧に入れておこう。「私の絵を見て寂しいとかペシミスティックだと言う人たちがいますが、自分がいま見ている光景をずっと自分のもとにとどめておきたいと私は願うので、そのことがペシミスティックな印象を生むのでしょう」

美術館の庭に出て芝生に横たわり、夏の空のあちこちを眺めながら、ワイエスのこの言葉をもとの英語でつきとめたい、と僕は思った。ワイエスの画集についている解説文のなかに、きっと見つけることが出来るはずだ、と僕は思った。思ったまま、五年が経過した。

『ザ・ヘルガ・ピクチャーズ』という画集をすでに手に入れていた僕は、このあとがきのためにあらためてその画集を手に取った。鉛筆、水彩、ドライブラシ、そしてテンペラなどによるヘルガの絵を、たくさん収録した見ごたえのつきない画集だ。ちなみに、アンドリュー・ワイエスがヘルガを描いたのは、一九七一年から一九八五年までにわたる期間だ。彼に描かれ始めたとき、ヘルガは三十八歳だった。

『ザ・ヘルガ・ピクチャーズ』というこの画集は、ぜんたいがいくつかに区分けされている。区切って説明するための区分けではなく、ぜんたいを見渡す人の視線をよりいっそう滑らかにするための手助けとしての、じつに気持ちのいい区分けだ。その区分けのワン・ブロックごとにワイエスの言葉が引用してあり、章タイトルのように機能させてある。ヘルガの絵のなかを視線で歩いていく人たちにとっての、適所ごとに立っている指標のようだ。

引用してあるワイエスのいくつかの言葉のなかに、僕は探していた言葉を見つけた。仮に翻訳すると次のようになる言葉だ。「私の絵のなかにはメランコリーの雰囲気があると言う人たちがいます。時間は刻々と経過して過ぎ去っていくという自覚とともに、いつまでもそれをとどめておきたいと願う気持ちが、私にはあります。このへんに人々は悲しさのようなものを感じるのかもしれません」。あの夏の展覧会で僕が日本語で読んだ彼の言葉は、ほぼ間違いなくこの言葉の翻訳だ。

絵を描くことは自分にとって見るという行為だ、とワイエスはこの画集のいちばん最初の引用のなかで言っている。視神経で見るだけではなく、感情でも見ないことには、なにを見てもそれは自分のアートにはなってこないという。

二番めの引用では彼は次のように言っている。「日々そのときどきの自分の感情や思いを表現してくれるだけのものを見つけられるかどうかに、すべてはかかっているのです。見つけた対象に関して、自分の感情がどれだけ成長し深まっていくかということだけを、私は追い求めているのです」

ヘルガの絵の展覧会でもうひとつ僕の記憶に残ったのは、鉛筆による数多くの断片的なスケッチだ。最終的に作品がまとまるまで、たどりつづけなければならない試行の跡だ。鉛筆は絵の具とはまったく別の領域のものだし、事物の核心に迫ることを可能にしてくれる鉛筆というものの質を、彼はたいそう好いているそうだ。

最終的にひとつの絵が出来るまで、いくつものスケッチが、それに必要なだけの時間のなかで、ワイエスによって描かれていく。そのようなスケッチを当人はどこかにしまい込んだまま、忘れてしまう。たまたまフロアに落ちてもそのままにしておけばそれはそれっきりとなるし、フロアに落ちているのを踏んで歩いてもいっこうに気にならないという。終わった試行はすでに終わったことでしかないのだ。何度も重ねた試行をとおして、対象と自分とのあいだでのやりとりは、すでに充分になされた。充分になされたからには、試行によって得たものすべては、彼の意識下に入っているはずだ。そしてそれらがすべて、完成品となるべき最後の試みのなかに現れ出てくる。

そのようにして描いていく絵のなかに、彼がとどめようとしているものはなになのか。抽象のなかにひらめく一瞬の閃光(せんこう)のようなものだ、と彼は言っている。たとえるなら、視界の端にちらっとだけ見えてすぐに消えたもの。描き手である彼にとっては、抽象的なしかも一瞬のものだが、絵として完成すると、人はそれを直接に目の前に、望むならかなり長い時間、見ていることが出来る。事物をめぐって自分は強度にロマンティックなファンタジーを抱く、と彼は認めている。作品として完成させていくものもじつはロマンティックなファンタジーなのだが、作品を完成させるまでの経路はリアリズムだ、と彼は言う。

「夢が真実によって裏づけされていないことには、出来上がった作品はくっきりと独立しないのです」

片岡義男

［解説］人生のすべては母国語のなかにある

高橋源一郎

「過剰に情緒的文芸的だった一九六〇年代という時代をどうにかこうにかやり過ごした身としては、片岡義男の文体と書き言葉は衝撃だった。しかし、当時はまだ細々と生き残っていた『文壇』と文壇的センスは、うかつにも片岡義男という日本語表現上の事件に気づくことなく黙殺した。かえすがえすも惜しむべきことである」と関川夏央は書いている。

片岡義男は心理描写を排した極度にシンプルな言葉づかいの、不思議な乾いた抒情を感じさせる小説で多くの読者を得た。彼の小説は日本文学の中にまったく類を見ないものであったが、ほとんど論じられたことがなかった。それはなぜだったろう。

「売れる」エンタテインメント文学としてはなから批評の対象にされなかったからだろうか。あるいは、作品の核にある未知の何かが「文壇」的批評を怯えさせ、無意識のうちに遠ざけられたからだろうか。

だが、謎は謎のまま残り、時だけが流れた。そして、片岡義男は六百頁を超える巨大な評論『日本語の外へ』（筑摩書房）を持ってぼくたちの前に姿を現したのである。

ぼくは『日本語の外へ』を読みながら、一九九七年は片岡義男のこの本と加藤典洋の『敗戦後論』（講談社）の二冊の出現によって画期的な年として記憶されることになるだろうと思った。この二冊は「戦後」という特殊な時空間を、他人の歴史ではなくそこに生きる者として解き明かそうとし、ついにそのことに成功したからである。

『日本語の外へ』の白眉は後半の第二部「日本語」だ。第一部で「アメリカ」という文化を語った片岡義男は、第二部で英語と比較しつつ日本語の本質に激しく迫ってゆく。「戦後」の、いや現在の日本のすべての問題の根源には日本語が横たわっているからだ。

「言葉はものすごく不自然なものだ。そして、その不自然さにおいて、まさにそれは人間のものだ。……。そしてこのようにして身につけた複雑なルールを、その精緻さのままに駆使できるようになった言葉つまり母国語は、その人のすべてだ。その人という、そのようにしてそこにそうある存在、そしてその人がこうありたいと思う願望などすべては、その人が身につけた母国語のなかにある」

すべての言語はそれぞれの美点と歪みを持つ。だから、日本語のなかで生きるぼくたちは、日本語という歪みを通してしか考えられない、そう、日本語の歪みのなかでしか生きられない。「戦後」という時空間は、実はその「歪み」そのものなのである。では、ぼくたちはついにその「歪み」から自由になることはないのだろうか。

そんなことはない、と作者はいう。「歪み」を知り、そのことを熟知した上で「歪み」を駆使しながら、日本語の外へ出ていくことによってのみ、ぼくたちは「歪み」から自由になることができる、と作者はいう。

「僕の背後のぜんたいから、非常に明るい光が射して僕の全身をかすめてとおり越し、前方に向けて走り去って消えた。ほんの一瞬の、しかし強力に明るいその光に対して、子供は子供らしく反応した。誰かがうしろから懐中電灯を照らしたのだ、と僕は思った。僕は振り返った。道を歩いている人はひとりもいなかった」

一九四五年、八月六日、午前八時十三、四分頃、片岡義男は岩国の自宅の近くで鮮烈な光を浴びる。それは広島に投下された原爆の閃光だった。

政治とも「戦後」ともいちばん遠いと思われた片岡義男の肉声をようやくぼくたちはいま聞こうとしている。

（たかはし・げんいちろう　作家）

※初出「週刊朝日」一九九七年一〇月三一日号、
『退屈な読書』（朝日新聞社、一九九九年四月刊）より転載

本書は一九九七年五月に弊社より刊行した『日本語の外へ』と二〇〇三年九月に同書名で刊行された角川文庫版を底本としました。

編集協力・佐藤八郎

ちくま文庫

日本語の外へ

二〇二四年十二月十日　第一刷発行

著　者　片岡義男（かたおか・よしお）

発行者　増田健史

発行所　株式会社　筑摩書房
東京都台東区蔵前二―五―三　〒一一一―八七五五
電話番号　〇三―五六八七―二六〇一（代表）

装幀者　安野光雅

印刷所　三松堂印刷株式会社

製本所　三松堂印刷株式会社

ISBN978-4-480-43999-4　C0195